D1937150

btb
Aus Freude am Lesen

btb

Buch

Südfrankreich, im Jahr 1763. In dem kleinen Nest Racleterre-en-Rouergue ist der Teufel los. Clovis Tricotin, der Holzschuhmacher, ist Vater von Fünflingen geworden – und er ist der Held des Tages. Doch das Familienglück der Tricotins währt nur kurze Zeit: Clodomir, Pépin, Dagobert, Clotilde und Charlemagne sind gerade erst elf, als die Eltern sterben und die Kinder völlig mittellos zurückgelassen. Gnadenlos wird die verschworene Geschwistergemeinschaft auseinandergerissen – und jeder seinem Schicksal überlassen. Das führt Charlemagne, den Findigsten von ihnen, auf gar sonderbare Wege. Der junge Mann reißt aus und flieht in die Wälder. Dort, fernab von den Menschen, stößt Charlemagne auf einen ungewöhnlichen Komplizen. In seinem Versteck entdeckt er einen Wolf, der ihm hilft zu überleben. Nach und nach lernen die beiden sich verstehen, und Charlemagne schließt sich dem Rudel an. Als sein Anführer gelingt es ihm, zahllose Gefahren zu bestehen, bis eines Tages aufgebrachte Bauern Rache an den Wölfen schwören und zur großen Hetzjagd blasen…

»Wolfsjunge« ist ein faszinierender historischer Roman aus dem Frankreich des späten 18. Jahrhunderts und eine anrührende und spannende Kaspar-Hauser-Geschichte voller Witz und schwarzem Humor. »Michel Folco begeistert seine Leser wieder mit seinem unbändigen schelmischen Erzähltalent.« *Le Monde*

Autor

Der Franzose Michel Folco (geb. 1943) arbeitete nach seinem Studium bei verschiedenen Fotoagenturen in New York und Paris. »Wolfsjunge« ist sein zweiter Roman. Bereits mit seinem literarischen Debüt »Die rechte Hand Gottes« (Goldmann TB 41371) ist Michel Folco ein großer Erfolg gelungen.

Michel Folco

# Wolfsjunge

Roman

*Aus dem Französischen*
*von Gabrielle und Georges Hausemer*

btb

Die französische Originalausgabe erschien
unter dem Titel »Un Loup est un Loup«
bei Éditions du Seuil, Paris

Umwelthinweis:
Alle bedruckten Materialien dieses Taschenbuches
sind chlorfrei und umweltschonend.

btb Taschenbücher erscheinen im Goldmann Verlag,
einem Unternehmen der Verlagsgruppe Bertelsmann.

1. Auflage
Deutsche Erstausgabe Oktober 1996
Copyright © 1995 by Éditions du Seuil
Copyright © der deutschsprachigen Ausgabe 1996
by Wilhelm Goldmann Verlag, München
Umschlaggestaltung: Design Team München
Satz: IBV Satz- und Datentechnik GmbH, Berlin
MK · Herstellung: Ludwig Weidenbeck
Made in Germany
ISBN 3-442-72020-6

# Erster Teil

## 1

*Im Wald von Saint-Leu, März 1763*

In der Dämmerung, mit der Schnauze im Wind und gespitzten Ohren, suchte die Wölfin nach einer kümmerlichen Mahlzeit, wobei der zu schwere, fast über den Boden schleifende Bauch ihr ziemlich lästig war. Sie hätte zu Hause bleiben sollen, doch seit vier Tagen schon hatte sich ihr Gefährte nicht mehr im Wolfsbau blicken lassen.

Sie hörte, wie über ihr, im Geäst einer Weißbuche, ein Marder einem Eichhörnchen nachjagte. In einiger Entfernung wurde ein Wurf junger Waldmäuse auf sie aufmerksam und verschwand schleunigst in einem Loch. Diese gleichzeitig nahe und unerreichbare Nahrung verstärkte den Hunger der Wölfin. Ihre letzte Fleischmahlzeit hatte sie tags zuvor eingenommen, doch diese hatte sich auf einen alten Waldkauz beschränkt, der von einem Baum gefallen und zu krank gewesen war, um auf und davon zu fliegen: Leider gibt es an einer Eule, die zu drei Vierteln aus Federn besteht, nicht sonderlich viel zu beißen.

Die Wölfin näherte sich einer großen Eiche, deren Rinde völlig zerkratzt war. Sie schnupperte an den von den Hirschen hinterlassenen Spuren und hielt diese für zu alt, als daß sie eine Verfolgung gerechtfertigt hätten, die ihr Zustand ihr ohnehin untersagte.

Als sie sich durch das kühle Gras entfernte, bemerkte sie

plötzlich einen Igel, der sich eilig unter einem Busch verstekken wollte. Allerdings wurde er bei seiner Flucht von einem halb aufgefressenen jungen Kaninchen behindert, von dem er auf keinen Fall lassen wollte. Die Wölfin stürzte sich auf den Igel. Das Tier ließ sofort seine Beute los und verwandelte sich in eine Kugel aus fünftausend Stacheln. Gierig fraß die Wölfin den Rest des kleinen Kaninchens und verschlang sogar dessen pelzigen Schwanz.

Mit der Vorderpfote rollte sie die stachelige Kreatur vorsichtig zum Fluß, den man in der Nähe plätschern hörte. Ungeachtet des Halbmondes, der sich auf der Oberfläche spiegelte, stieß sie den Igel ins Wasser und tauchte ihn unter. Sogleich zeigte sich die nach Luft schnappende Schnauze des Igels. Die Wölfin packte sie und zermalmte sie zwischen ihren Pfoten. Dann zog sie das Tier aus dem Wasser, schleuderte es mit einer jähen Bewegung in die Luft und wiederholte diesen Vorgang insgesamt dreimal. Schließlich blieb der Igel auf dem Rücken liegen und bot der Wölfin seinen Bauch dar.

Da der Igel gerade erst aus dem Winterschlaf erwacht war, erwies er sich als wenig fett. Doch zumindest enthielt sein Magen die andere Hälfte des jungen Kaninchens.

Nachdem die Wölfin ihren Hunger auf diese Weise ein wenig gestillt hatte, trank sie ausgiebig aus dem Fluß. Ein Salamander auf Schneckenjagd kam unvorsichtigerweise in ihre Nähe. Sie bekam ihn zu fassen und verschlang ihn ohne Genuß (der Lurch schmeckte nach Kieselsteinen), doch ihr Hunger war so mächtig, daß sie sogar einen Frosch gefressen hätte, obwohl Frösche ganz unten auf der Liste ihrer bevorzugten Speisen standen, *ex aequo* mit den Regenwürmern. Sie trank erneut und setzte ihre Suche nach Frischfleisch fort.

Als sie kurze Zeit später eine Lichtung erreichte, näherte sie sich den abgebrochenen Ästen umgestürzter Buchen, die von Steinböcken angenagt waren. Ihre Schnauze erschnupperte den äußerst verlockenden Duft eines Kadavers. Dieser Geruch stieg zwischen den Büschen und dem Unterholz auf und ähnelte dem eines verletzten Tieres, das sich dorthin verkrochen hatte. Er führte sie zu der Leiche eines Hundes, den man am untersten Ast einer Esche aufgehängt hatte. In einiger Entfernung hielt die Wölfin inne, schnüffelte aufgeregt in alle Richtungen und war gerührt, als sie schwache Geruchspartikel ihres Gefährten wahrnahm, die ihr verrieten, daß er wenige Tage zuvor an dieser Stelle vorbeigekommen war.

Der Hund hatte eine Schlinge um den Hals. Er war alt, und seine geschwollene Zunge hing aus einem Maul mit abgenutzten Zähnen. Vorsichtig ging die Wölfin einmal um das Tier herum, ehe sie sich dazu entschloß, sich ihm zu nähern: mit zitternder Schnauze und heftig knurrendem Magen angesichts des gut abgehangenen, köstlich duftenden Fleisches.

Im selben Augenblick schlossen sich die grausamen Klauen einer Falle um ihren rechten Fuß und zermalmten ihn.

»Hierher!« befahl der Mann in schroffem Ton.

Widerwillig näherte sich der Bastard mit den traurigen Augen und wehrte sich nicht, als sein Herr ihm die haarige Pfote, die er gerade verschlingen wollte, aus dem Maul nahm.

Der Mann erkannte die rechte Vorderpfote einer ausgewachsenen, mindestens vier Jahre alten Wölfin. Zweifellos handelte es sich um die Gefährtin des alten Wolfs, der einige Tage zuvor an der gleichen Stelle in die Falle gegangen war. Der Mann steckte die Pfote in die leinene Jagdtasche, in der sich bereits zwei erwürgte Rammler befanden. Wolfsklauen, so sagte man, seien gut gegen Hühneraugen und eingewachsene Nägel; außerdem ließen sie sich für zwei Sols das Stück verkaufen, zum Preis eines halbpfündigen Weißbrots also.

Er untersuchte die am Stamm der Esche befestigte Falle und war enttäuscht, als er die zahlreichen, gelblich weißen Abdrücke daran entdeckte: Das verdammte Tier hatte sich zunächst die Fangzähne an der Eisenfalle abgeschliffen und sich schließlich die Pfote abgenagt, als es begriff, daß es sich nur auf diese Weise befreien könnte.

Mühelos folgte der Spürhund der noch warmen Fährte.

Das Tier hatte sich in das dichte Unterholz zwischen den Kastanienbäumen geschleppt, die etwa eine halbe Wegstunde entfernt lagen: Es hatte soeben sechs kleine Wölfe geboren, die bereits an ihr saugten, als der Hund und der Mann sie aufstöberten.

Die Wölfin erhob sich auf ihren drei verbliebenen Pfoten und bot den Eindringlingen mutig die Stirn. Einer der kleinen Wölfe klammerte sich noch einen Moment lang an die Milchdrüse, ließ dann los und fiel winselnd ins Gras.

Der Mann zielte auf die Stelle des Brustkorbs, wo sich das Herz befand, und stieß seinen Jagdspieß so tief hinein, daß er bis zu den Ohren drang.

»Verrecke, verfluchtes Biest!«

Die Wölfin sackte zur Seite und starb mit einem heiseren Heulen. Der Mann drehte das Eisen in der Wunde.

»Zurück!« befahl er dem Hund, bevor dieser über die appetitlichen Wölfchen herfallen konnte.

Der Ritter Virgile-Amédée benutzte sie, um seine Hunde auf den Wolf abzurichten, und bezahlte für jeden zwei Livres. Allerdings mußten sie lebendig sein.

Der Mann stopfte sie in seine Jagdtasche.

Es fehlten zwei.

Er sah den Spürhund an, der mit unschuldiger Miene den Blick abwandte.

»Mordiou, ich weiß ganz genau, daß es mehr waren.«

Da sie als Neugeborene blind und taub waren, konnten sie nicht weit sein. Er entdeckte sie schließlich, als er die tote Wölfin hochhob. Sie lagen unter dem schweren Leib ihrer Mutter.

Der Mann nahm sein Jagdmesser, schnitt die Augen aus den Höhlen des Tieres und aß sie, um auf diese Weise in den Besitz ihrer hervorragenden Sehkraft bei Nacht zu gelangen.

Mit den Hinterpfoten befestigte er die Wölfin an einem Ast, schlitzte ihr den Bauch auf und nahm die Eingeweide heraus, die er dem Hund als dampfenden Happen hinwarf.

Dann zog er dem Tier die Haut ab (wegen des Fells), schnitt ihm die drei verbliebenen Pfoten ab (wegen der Nägel) und trennte seinen Kopf ab (wegen der Zähne). Zuletzt riß er ihm die Zunge aus dem Maul und überließ sie dem Hund als Nachtisch.

Die Untersuchung des Mauls war enttäuschend. Von den zweiundvierzig Zähnen waren lediglich noch fünf unversehrt, alle andern hatten bei der Befreiungsaktion Schaden genommen.

Der Mann kehrte zur Esche zurück, spannte die Falle erneut und legte sie unter das Tier, das ihm elf Jahre lang als treuer Spürhund gedient hatte: Als Alter und Rheuma es jedoch in einen unnützen Fresser verwandelt hatten, hatte der Mann es getötet und sich seiner ein letztes Mal als Köder bedient.

Zu den beiden bereits erlegten Hasen gesellten sich zwei weitere erwürgte Rammler. Mit geschulterter Jagdtasche und in Begleitung seines gesättigten Hundes, der respektvoll hinter ihm her trottete, ging der Mann zu dem Pfad zurück, wo er sein Maultier stehengelassen hatte.

Am späten Vormittag trat er durch die Porte des Croisades, das Stadttor von Racleterre. Aufgrund seines Wildhütergehänges mit dem Wappen der Familie Armogaste wurde ihm anstandslos Einlaß gewährt.

Kaum hatte er die dicht bevölkerte Rue Jéhan-du-Haut betreten, da ahnte er bereits, daß sich etwas Außergewöhnliches zugetragen haben mußte.

# 2

*In der Holzschuhmeisterei Tricotin, Racleterre-en-Rouergue*

Gutmütig und mit dem Kopf nach unten hing Charlemagne in einer milden, tiefschwarzen Nacht, die nichts Gutes und nichts Schlechtes verhieß, sondern in der alles war wie gewohnt. Er kannte weder Hunger noch Durst, und da es nichts zu sehen gab, hatte er die Augen bislang noch nie geöffnet. Er verspürte keinerlei Bedürfnisse, nicht einmal das Bedürfnis zu atmen; allerdings nahm er die Herzschläge von Apolline wahr und konnte die seinen klar von denen der andern unterscheiden.

Da ein derart vegetativer Zustand vollendeten Glücks ihm kaum Anlaß zu Mißtrauen gab, war er völlig überrascht, als die Wände um ihn herum immer enger wurden und ihn von allen Seiten zu drücken begannen. Es braute sich etwas Ungewöhnliches und sehr Unangenehmes zusammen.

Ganz in der Nähe, in der Geborgenheit seiner dicken Pelzdecke, wurde Clovis erneut von schrecklichen Alpträumen geplagt. Diesmal träumte er, er sei mit offenem Mund unter einem Baum eingeschlafen und eine dicke schwarze Ratte hätte diese Gelegenheit genutzt, um in seinen Körper einzudringen. Er spürte, wie sie zappelnd in seinen Rachen glitt.

Zum Glück setzte ein schriller Schrei seinem Schlaf ein jähes Ende. Er öffnete die Augen und sah, daß es im Zimmer vollkommen dunkel war.

»Beeil dich, Clovis, und lauf zu Madame Bienvenu«, jammerte Apolline mit sterbender Stimme.

Er zögerte. Es sollte erst in gut drei Wochen soweit sein und handelte sich beileibe nicht um den ersten falschen Alarm. Und außerdem war es draußen bitterkalt, und die Hebamme wohnte weit entfernt.

»Bist du sicher?«

»Natürlich bin ich sicher!«

An ihrem gereizten Tonfall erkannte er, daß er sie wütend gemacht hatte. Er schlüpfte aus dem Bett und tastete im Dunkeln nach Schuhen und Strümpfen. Er war von seinem bösen Traum noch ganz benommen. Wer herrschte bloß über seine Träume? Es war das erste Mal, daß er eine Ratte verschlingen mußte. Normalerweise vertilgte er Frösche, Mücken, manchmal auch Aale, häufig Spinnen. Jedesmal bestand das Ziel dieser Tiere darin, seinen Magen zu erreichen und dort ihre Eier abzulegen.

Clovis schlug Feuer und zündete den Docht der Öllampe an. Der Anblick seiner Frau, die ihren übermäßig dicken Bauch mit beiden Armen umschloß, schnürte ihm die Kehle zu. Der Schmerz und die Besorgnis entstellten ihr von Pocken übersätes Gesicht.

Hastig streifte er seine Weste über und schlüpfte in seine Holzschuhe.

»Möchtest du, daß ich Feuer mache? Es ist verdammt kalt.«

»Überlaß das Petit-Jacquot. Beeil dich, um Himmels willen, und sag auch meiner Mutter Bescheid.«

»Nur Mut, meine Liebste, ich bin schon unterwegs.«

Er nahm seinen schweren Überwurf aus Lammfell vom Haken.

Unter der Treppe, die zum Dachgeschoß führte, befand sich die Werkstatt, wo der Lehrling auf seinem mit Maisblättern gefüllten Sack in tiefen Schlaf gesunken war. Energisch rüttelte Clovis ihn wach.

»Mach rasch Feuer für die Herrin! Und anschließend läufst du zur Hufschmiede und läßt meine Familie wissen, daß es soweit ist.«

Am liebsten hätte er ebenfalls die Camboulives, seine Großeltern, benachrichtigt, doch die Gerber wohnten außerhalb der Stadtmauern, flußaufwärts am Flüßchen Dourdou, und bis zum Tagesanbruch blieben die drei Stadttore geschlossen.

Im Nu hatte er die Werkstatt verlassen, ohne Dreispitz und ohne seine Laterne. Als er sich dessen bewußt wurde, hatte er die Rue des Afitos bereits erreicht, und nun war es zu spät, um umzukehren.

Die ungepflasterte, vom Halbmond beschienene Straße war mit einer dicken Schicht Mist bedeckt – einer Mischung aus Stroh, Blättern, verfaulten Pflanzen, organischen Abfällen, die man aus den Küchenfenstern ins Freie warf, aus den Exkrementen verschiedener Tiere, dem Inhalt der Nachttöpfe der Bewohner... Von den Rädern der Fuhrwerke und den Füßen der Passanten war dieser Belag in einen ekelerregenden Schlamm verwandelt worden, der Baptiste Floutard, dem Straßenreinigungsmeister von Racleterre, ein Vermögen einbrachte.

Im Laufschritt erreichte Clovis den Place de l'Arbalète, passierte die Pferdepost Durif und gelangte zum Brunnen von Sainte-Cécile. Vor dem eisernen Tor des Lagerhauses von Maître Floutard blieb er stehen und klopfte so lange dagegen, bis sein Schwiegervater in Nachthemd und Nachtmütze und mit einem Kerzenleuchter in der Hand auf dem Balkon erschien. Die beiden mochten sich nicht sonderlich und pflegten eher kühlen Umgang miteinander. Clovis war nicht der gefügige Schwiegersohn, den Floutard sich gewünscht hatte.

»Bei Apolline haben die Wehen eingesetzt, sie verlangt nach ihrer Mutter. Ich hole in der Zwischenzeit die Hebamme.«

Ohne eine Antwort abzuwarten, verschwand Clovis in der Rue des Deux-Places, der Hauptgeschäftsstraße, welche den Place de l'Arbalète mit dem Place Royale verband. Seine eisenbeschlagenen Holzschuhe hallten auf den Pflastersteinen der breiten, von schönen Häusern gesäumten Straße wider. Als er am Fenster des Hauses von Lamberton, dem Vorsitzenden der Holzschuhmachergilde, vorbeikam, verfluchte er diesen und wünschte ihm noch vor Ostern den Ziegenpeter an den Hals.

Überraschend trat ein hochgewachsener Schutzmann mit

drei Gefolgsmännern aus dem Vorbau des Hauses von Monsieur Bompaing, dem Geldeintreiber, wo sie Schutz vor der Kälte gesucht hatten. Einer von ihnen hielt eine große Öllaterne in der Hand.

»Halt! Stehenbleiben!« befahl der Schutzmann mit auffälligem Berry-Akzent.

Die bewaffneten Landsknechte pflanzten sich vor Clovis auf. Einer richtete seine Pike auf ihn, die beiden anderen ließen sie auf der Schulter. Der Schutzmann war der einzige, der mit einer kompletten Uniform in den Stadtfarben (dunkelgrün mit roten Umschlägen) bekleidet war, seine Untergebenen trugen lediglich den Dreispitz, das Gehänge und die Pike.

»Was hast du um diese Zeit ohne Lampe hier zu suchen? Dabei siehst du gar nicht aus wie ein Herumtreiber«, sagte er und schaute auf den Silberring, der am rechten Ohr des jungen Holzschuhmachers baumelte.

»Das bin ich tatsächlich nicht, Herr Schutzmann. Meine Frau steht kurz vor der Niederkunft, und ich bin unterwegs, um Madame Bienvenu zu holen.«

Er deutete auf die dunkle Masse des ehemaligen Priesterseminars des Ordens der Wächter von Saint-Prépuce, hinter dem das Suif-Gäßchen lag, in dem die Hebamme wohnte.

»Ich bitte Euch, unverzüglich zu ihr gehen zu dürfen.«

Vom Laufen war er völlig außer Atem, und während er nach Luft rang, traten weiße Wölkchen aus seinem Mund.

»Zuvor mußt du eine Geldstrafe wegen des fehlenden Lichts bezahlen.«

Die Stadtverwaltung hatte angeordnet, daß eine Geldbuße von fünf Livres gegen denjenigen zu verhängen sei, der sich im Dunkeln ohne Laterne im Freien bewegte und somit nicht bereits von weitem zu erkennen war. Da der Lohn der Wachleute von den so erhobenen Bußgeldern abhängig war, kannten sie bei Vergehen dieser Art keine Gnade. Es handelte sich vorwiegend um Söldner, die nicht aus Rouergue stammten, und den meisten dieser ehemaligen Soldaten machte es nichts aus, eine derart unbeliebte Tätigkeit auszuüben.

»Caramba! Soviel Geld habe ich nicht bei mir, und es fehlt mir die Zeit, um umzukehren und es zu holen.«

Der Wachmann mit der Laterne trat näher an ihn heran und leuchtete ihm ins Gesicht.

»Ich kenne ihn, *mon sergent*. Es ist Tricotin, der Holzschuhmacher aus der Rue des Afitos, und es stimmt, daß seine Frau mit einem dicken Bauch rumläuft, mit einem sehr, sehr dicken Bauch sogar.«

Unter dem Dreispitz erkannte Clovis das pfiffige Gesicht von Bizotte, dem Sohn eines Ziegelhändlers, der keinen besonders guten Ruf genoß und dessen allzu zahlreiche Familie sich in alle Winde verstreut hatte, um überleben zu können.

Der Schutzmann aus der Provinz Berry hob seine Partisane.

»Ich lasse dich gehen, weil man dich kennt, doch morgen früh wirst du ins Stadthaus kommen und deine Strafe bezahlen. Wehe dir und deiner Familie, wenn du das nicht tust.«

Clovis bedankte sich mit einer kurzen Handbewegung und setzte eilig seinen Weg fort. Er überquerte den Place Royale und bekreuzigte sich vor der Statue des heiligen Benedikt, die in einer Kirchturmnische stand. Er flehte den Heiligen an, Apolline nicht allzusehr leiden zu lassen.

Die Tatsache, daß die junge Frau von kräftiger Statur war, erklärte keineswegs den gewaltigen Umfang ihres Bauchs. Ab dem dritten Monat konnte sie sich nur mehr bewegen, indem sie ihn mit Hilfe eines breiten, um den Hals gebundenen Tuchs stützte.

Schwer atmend erreichte er das Haus, in dem die Hebamme wohnte.

»He! Madame Bienvenu! Ich bin's, Tricotin, der Holzschuhmeister aus der Rue des Afitos. Meine liebe Frau kommt nieder und verlangt dringend nach Euch!«

Seine kräftige Stimme hallte laut in der schmalen Passage

wider. Da keine Reaktion kam, schlug er mit der Faust gegen den Türflügel.

»Lieber Gott, mach, daß sie zu Hause ist. Mach, daß sie nicht gerade jetzt anderswo entbindet.«

Da Alphonsine Bienvenu die einzige Hebamme in ganz Racleterre war, war sie eine äußerst gefragte Person. Nicht einmal in Roumégoux und Bellerocaille gab es Geburtshelferinnen, und in der ganzen Provinz zählte man ihrer knapp sechs. Um sie zu behalten, bezahlte die Stadt ihr jährlich hundert Livres und gewährte ihr zudem freie Unterkunft.

Clovis machte noch mehr Lärm.

»Madame Bienvenu! Madame Bienvenu!«

»Um Gottes willen! Ich bin doch nicht taub! Hört endlich auf mit diesem Krach«, brummte eine tiefe Stimme.

Im selben Augenblick wurde im gegenüberliegenden Haus ein Fenster geöffnet. Eine Hand tauchte auf, die einen Nachttopf festhielt. Und ehe der Holzschuhmacher sich versah, ergoß sich dessen Inhalt über seinen ungeschützten Kopf.

»Verdammtes Arschloch!« schrie er, als die kalte, ekelhafte Flüssigkeit durch seine Kleidung sickerte.

Noch während er überlegte, wie er sich rächen könnte, öffnete sich die Haustür der Hebamme, und eine Matrone mit rundem, plattem Gesicht, das nach Schweiß und Schnaps roch, tauchte auf. Die mit braunen Flecken übersäten Nasenflügel deuteten darauf hin, daß sie einem guten Schluck keineswegs abgeneigt war. Beim Anblick von Clovis, aus dessen langen Haaren Tropfen fielen, die auf dem Schafsfell gelbe Kreise entstehen ließen, sperrte sie ihre schläfrigen Augen weit auf. Sie bat ihn in ihr Haus und reichte ihm einen Lappen, damit er sich abtrocknen konnte.

»Wer hat Euch denn so bepinkelt?«

Er rieb sich trocken, ohne Antwort zu geben; anschließend beschimpfte er sie, weil sie ihre Gerätschaften seiner Meinung nach allzu langsam zusammensuchte.

»Beeilt Euch, Madame, beeilt Euch.«

Als er die Geburtszange mit den Metallklammern sah, deren Gebrauch die Neugeborenen angeblich schrecklich entstellte, verzog er das Gesicht zu einer Grimasse.

»Hoffentlich braucht Ihr nicht auf dieses Instrument zurückzugreifen.«

Die Hebamme warf ihm einen verächtlichen Blick zu. Dieser junge Tolpatsch wußte wohl nicht, daß man das Übel durch seine bloße Erwähnung mit derselben Gewißheit anlockt wie die Mücke die Spinne. Sie versuchte, dieses Unglück abzuwenden, indem sie die Medaille der heiligen Anna, der Mutter Marias, der Schutzpatronin sämtlicher Mütter, die sie um den Hals trug, küßte. Dann setzte sie ihre Vorbereitungen fort und füllte die Schüssel, in der totgeborene Kinder die Nottaufe empfangen, mit gesegnetem Wasser.

»Ich bin bereit«, murmelte sie schließlich und hängte sich die Schere zum Durchtrennen der Nabelschnur um den Hals.

»Wo ist Eure Laterne?«

»Ich habe sie vergessen.«

»Dann könnt Ihr von Glück reden, daß Ihr dem Wachmann nicht begegnet seid.«

Achselzuckend ging Clovis hinaus. Die schneidende Kälte ließ seine feuchten Haare gefrieren und brachte ihn zum Niesen.

Er hob einen Kieselstein von der Größe eines Apfels vom Boden auf und schleuderte ihn gegen das Fenster, aus dem die scheußliche Kaskade herabgeregnet war. Die Scheibe zerbrach. Ein schwacher Aufschrei war zu hören. Ein Hund bellte.

Mit einem mißbilligenden Kopfschütteln verriegelte die Hebamme ihre Tür.

»Das hättet Ihr nicht tun sollen. Das ist die Wohnung von Monsieur Crandalle. Und der ist so hinterlistig wie eine kranke Forelle. Außerdem ist er…«

»Beeilen wir uns, wir haben schon genug Zeit verloren«, unterbrach Clovis sie ungeduldig.

Vom Turm schlug es sechs Uhr früh, als sie in die Rue des Afitos gelangten. Die Werkstatt war bereits von weitem durch das Schild zu erkennen, auf dem in salatgrüner Farbe ein Holzschuh von der Größe eines halben Klafters abgebildet war. Darauf stand zu lesen:

ZUM SCHÖNEN HOLZSCHUH TRICOTIN
HIER WERDEN SCHUHE AUS HOLZ ANGEFERTIGT.

Unter der Tür drang Licht nach draußen. Clovis trat ein. Er sah seinen Vater Louis-Charlemagne und seinen Bruder Caribert, die neben der Werkbank und vor einem Fläschchen Branntwein mit zwei Bechern standen und gemütlich ihre Pfeife rauchten.

Clovis umarmte seinen Vater, der ihn schroff zurückstieß.

»Um Himmels willen! Du stinkst ja fürchterlich nach Pisse!«

Hinter ihm betrat Madame Bienvenu die ordentlich aufgeräumte Werkstatt, in der jedes Werkzeug seinen festen Platz hatte. Rund hundert Bücher mit blauen Einbänden standen sorgfältig aufgereiht auf einem Regal, das von einer Wand zur andern reichte, und bezeugten, daß man in diesem Haus des Lesens mächtig war.

Während sie begehrlich nach der Flasche mit dem geschmuggelten Schnaps schielte, begrüßte die Hebamme die Anwesenden. Der alte Tricotin und seine Söhne waren gleich groß (fünf Fuß, vier Daumen), hatten die gleiche gewölbte Stirn, die gleichen hohen Wangen, das gleiche energische Kinn (etwas spitz und aufwärts gekrümmt). Lediglich Clovis hatte den schlitzäugigen Blick seiner Mutter Jeanne geerbt, der ihm, wenn er die Augen zusammenkniff, das Aussehen eines kurzsichtigen Maulwurfs verlieh.

Er entledigte sich seines Überwurfs und wollte gerade erklären, was ihm passiert war, als plötzlich Schreie aus dem Schlafzimmer zu hören waren. Madame Bienvenu machte eine verdrießliche Miene.

»Wie es scheint, habt Ihr mich umsonst aus dem Bett geholt«, sagte sie und schielte noch begehrlicher nach der Schnapsflasche.

Ein markerschütternder Schrei ließ sie erstarren. Die Hebamme reagierte als erste und betrat das Zimmer. Die andern folgten ihr.

Clovis sah, wie seine Mutter Jeanne ein zerknittertes, schmächtiges Kind abwusch, das kaum größer war als eine kleine Karaffe. Adèle Floutard, Apollines Mutter, saß am Kopfende des Bettes und redete beruhigend auf ihre Tochter ein. Immaculée saß zwischen Bett und Wand und stickte an einem Kopfkissenbezug. Er begrüßte sie, indem er kurz das Kinn hob, mied es jedoch, ihrem Blick zu begegnen.

Clovis ertrug das Verlangen nach seiner Schwägerin so wie man Frost im Frühling, Hagelstürme im August oder Haarausfall nach dem vierzigsten Geburtstag erträgt. Er hoffte, daß es vorbeigehen würde, doch »es« ging um so langsamer vorbei, als Apollines Zustand ihn seit acht Monaten zur Enthaltsamkeit zwang. Eine Enthaltsamkeit, die ihm jede Nacht unerträglicher wurde.

»Ach! Mein Clovis, bald kann ich den Schmerz nicht mehr ertragen«, schrie Apolline, als sie ihren Mann eintreten sah.

»Nur zu, meine Liebste, nur zu!« erwiderte er ihr verlegen.

»Da seid Ihr ja endlich!« fuhr Adèle die Hebamme knurrend an. »Beeilt Euch, es kommt noch eins!«

Ohne sich deswegen im geringsten zu beeilen, zog Madame Bienvenu ein Ölporträt der heiligen Anna aus ihrer Tasche und stellte es ans Fußende des Bettes, zündete zwei Kerzen von zehn Sols an und sprach mit leiser Stimme ein Gebet, das nur sie kannte. Es war das dritte Mal in ihrer zwanzigjährigen Berufserfahrung, daß in ihrem Beisein Zwillinge geboren wurden. Beim ersten Mal hatte Gott die Kinder gleich am Tag nach ihrer Geburt zu sich geholt, beim zweiten Mal hatte Er eine Woche damit gewartet.

Sie packte ein Stück ranzige Butter aus, das in ein graues Tuch gewickelt war.

Was folgte, war ausschließlich Frauensache. Die Männer wurden aus dem Zimmer geschickt. Bevor Clovis jedoch hinausging, warf er seiner Mutter einen fragenden Blick zu. Jeanne hatte das Kind in lauwarmem Wasser gebadet und wusch es nun mit rotem Wein ab.

»Sei unbesorgt, jetzt hast du deinen Stammhalter.«

Sie zeigte ihm das Kind. Dann rümpfte sie die Nase und fragte:

»Bist du derjenige, der so nach Pisse stinkt?«

Clovis öffnete seine Wäschetruhe und nahm ein paar trokkene Kleidungsstücke heraus. Bevor er das Zimmer verließ, sah er, wie Madame Bienvenu sich die Hände bis zu den Ellbogen mit Butter einschmierte.

In der Werkstatt schenkte er sich einen Becher Branntwein ein und prostete der Wiege zu, die er im vorigen Monat aus einem Eichenstamm geschnitzt hatte. Nun mußte er noch eine zweite Wiege anfertigen.

»Auf die Gesundheit der Tricotin-Zwillinge!«

Der fast reine Alkohol brannte in seinem leeren Magen. Er ließ das Glas gegen seinen Ohrring klingen.

»Wenn ich säe, gibt es wenigstens eine gute Ernte.«

Als er sah, daß Cariberts Wangen feuerrot wurden, begriff er, daß er eine Dummheit gesagt hatte.

»Entschuldige, Brüderchen. Du denkst bestimmt, ich mache mich über dich lustig.«

Er umarmte seinen Bruder, der sich das trotz des üblen Geruchs gefallen ließ.

Seit vier Jahren schon war Caribert mit Immaculée Trognon, der Tochter eines Arbeiters aus der Gerberei der Familie Camboulives verheiratet, doch bislang hatte sich noch kein Nachwuchs eingestellt. In einem Land, wo man Unfruchtbarkeit mit Bodentrockenheit gleichsetzte, wurde das nicht besonders geschätzt.

»Laßt uns essen gehen«, schlug ihr Vater zur Ablenkung vor.

Die Tricotins waren stolz darauf, daß ihr Name fünf Generationen zurückverfolgt werden konnte.

Die Herkunft ihres ersten Vorfahren jedoch war unbekannt. Man wußte lediglich, daß er an einem Markttag im Weiler La Valette aufgetaucht und geblieben war. Man wußte ebenfalls, daß er Stöcke (die man *tricotes*, also Holzstricke nannte) zuschnitt und verkaufte, einen unverständlichen Dialekt sprach und seine Worte mit großen Gesten begleitete, um sich verständlich zu machen.

Es gab drei Hinweise auf diesen Vorfahren. Der erste war im Pfarregister der Kirche von La Valette zu finden und bezog sich auf seine Heirat.

> Im Jahre 1604 habe ich Unterzeichneter, Pfarrer von La Valette, die kirchliche Trauung von Lou Tricoten, aus einem anderen Ort stammend, und Magdeleine Jolyette aus der Pfarrgemeinde von Louvoignac-sur-Dourdou in meiner Kirche von La Valette in der Burggrafschaft von Racleterre vorgenommen.
>
> Tourrel, Pfarrer.

Der zweite Hinweis auf Lou Tricoten fand sich in der Grundsteuerliste der Burggrafschaft aus dem Jahre 1627. Dort wurde er zwar als Landmann und Teilpächter des Grafen Armogaste aufgeführt, doch er stellte immer noch Holzstricke her, denn jedes Exemplar seiner Produktion wurde erwähnt und mit einer Steuer belegt. Er hatte drei verschiedene Größen im Angebot. Das Modell *Freluquet* eignete sich bestens zum Verdreschen von ungehorsamen oder arroganten Knappen, schmutzigen Mägden und ungeschickten Küchenmeistern. Das Modell *En forme* empfahl sich für das Vertreiben von Wölfen, wilden Hunden, säumigen Zahlern und zudringlichen Gläubigern. Das Modell *Mahousse* aus altem, knorrigem Eichenholz, das so hart war wie Granit, diente zur Bestrafung von Ehebrechern und zur Befriedigung privater Vergeltungsgelüste.

Der letzte Hinweis stand ebenfalls im Pfarregister und betraf die Todesfälle im Jahre 1653.

> An diesem 10. März des Jahres 1653 habe ich Lou Tricautin aus La Valette, ungefähr siebzig Jahre alt, vielleicht auch älter, mit den Sterbesakramenten der Kirche versehen. Er wurde in Anwesenheit von Magdeleine, seiner Gemahlin, und ihres Sohnes Clodion beigesetzt.
>
> Tourrel, Pfarrer.

Childéric Tricotin, Sohn des oben genannten Clodion, verließ La Valette, um sich als Hufschmied in Racleterre niederzulassen, wo es damals nur einen einzigen Hufschmied gab. Als Louis-Charlemagne zwei Generationen später die Nachfolge seines Vaters Mérovée antrat, zählte der Marktflecken sechs Hufschmiede, die alle in der Rue des Frappes-Devant angesiedelt waren.

Der bald fünfzigjährige Louis-Charlemagne konnte demnach ruhig und zufrieden sterben. Dank seiner Söhne war sein Haus gut bestellt.

Caribert, der Älteste, war ein geschickter Geselle und würde zu gegebener Zeit einen guten Schmiedemeister abgeben. Clovis, sein jüngerer Bruder, hatte sich in der lokalen Rangordnung emporgearbeitet, indem er Holzschuhmacher geworden war (einem beharrlichen Vorurteil gemäß war es mehr wert, seinen Mitbürgern Holzschuhe anzufertigen, als Vierbeiner mit Hufeisen zu beschlagen).

Clovis war erst vierzehn Jahre alt gewesen, als er den Wunsch äußerte, sich nicht sein Leben lang als Lehrling seines älteren Bruders verdingen zu wollen. Er war in der großen Werkstatt von Maître Aristide Lamberton vorstellig geworden, einem beleibten Mann mit doppeltem Schmerbauch und dreifachem Kinn, der trotz seines freundlichen Lächelns ein harter und ziemlich beschränkter Kerl war.

»Ein Lehrlingsvertrag! Hast du nicht bereits bei deinem Herrn Vater ein Handwerk gelernt?«

»Doch, Maître, aber der Umgang mit Eisen sagt mir nur wenig zu, ich ziehe das Bearbeiten des Holzes vor.«

»Ich brauche niemanden.«

Clovis wollte nicht lockerlassen, doch ebensogut hätte er versuchen können, eine Gans zu beschlagen. Lamberton wollte nichts von seinem Anliegen wissen. Ebenso enttäuschend verliefen seine Besuche bei den Holzschuhmachern in den anderen Vierteln der Stadt. Mit gekränkter Seele und hängendem Kopf kehrte er in die Hufschmiede zurück.

Kurz bevor es zur Vesper läutete, erschien ein kleiner Mann mit krummen Beinen und braunen, lockigen Haaren, die an einen Italiener erinnerten, in der Hufschmiede.

»Ich heiße Culat und arbeite als Geselle bei Lamberton. Ich hörte, wie der Meister dich wegschickte. Wenn du immer noch Holzschuhmacher werden willst, so schreibe ich dir eine Empfehlung, mit der du bei meinem früheren Meister in Millau vorstellig werden kannst.«

Louis-Charlemagne unterzeichnete die Vormundschaftserklärung, ohne die ein Minderjähriger nicht außerhalb der Burggrafschaft reisen durfte, und Clovis fuhr nach Millau, das fünfundzwanzig Wegstunden von seinem Heimatort entfernt lag.

Nach fünfzehn Monaten war seine Ausbildung bei Maestro Miguel Antonio Arranda abgeschlossen. Der Katalane brachte ihm das Trocknen, das Schneiden, das Aushöhlen, das Schleifen und Polieren bei. Er lehrte ihn auch, die genaue Größe eines Fußes mit dem Auge abzuschätzen und den Ballen und Schwielen Rechnung zu tragen.

Bevor Clovis nach Racleterre zurückkehrte, blieb er drei Jahre lang zweiter Geselle und zwei Jahre lang erster Geselle. Man war sich einig, daß er sich verändert hatte, und wußte nicht so recht, was man von seinen »Caramba!«-Ausrufen und dem Silberring halten sollte, der an seinem rechten Ohrläppchen baumelte.

Da dem jungen Holzschuhmacher das Geld fehlte, um eine Werkstatt zu pachten, lieh er sich bei seinem Großvater, dem Gerber Camboulives, ein zwölfjähriges Maultier und bei seinem Vater, dem Hufschmied, einen genauso alten Handkarren. Er spannte eine Plane darüber, schrieb auf jede Seite in schwarzen Buchstaben FAHRENDE HOLZSCHUHWERKSTATT TRICOTIN und zeichnete ein gewaltiges Paar Holzschuhe, das er zinnoberrot ausmalte, damit es weithin zu sehen war.

Er zog durch die Dörfer und Marktflecken, suchte entlegene Bauernhöfe und Sennhütten in ihren gottverlassenen Tälern auf, zögerte nicht, die Grenzen der Burggrafschaft zu verlassen und sich bis nach Roumégoux im Osten, nach Bellerocaille und Rodez im Westen, nach Réquista im Süden und bis zu den Ausläufern des Aubrac im Norden zu begeben. Er hatte drei Holzsorten anzubieten: Birken-, Buchen- und Erlenholz, drei gleichzeitig geschmeidige und widerstandsfähige Hölzer, die er unter großer Gefahr und unerlaubterweise in den Wäldern auf seinem Weg fällte.

»Ich fertige Euch das Paar für fünfzehn Sols an, das sind fünf Sols weniger als bei Lamberton, caramba! Außerdem bekommt Ihr bei mir die Ferse dazu, obendrein verziere ich die Schuhe auf Wunsch, und zudem spart Ihr Euch die Reise in die nächste Stadt.«

Hatte er erst mal Maß genommen, brauchte er eine Dreiviertelstunde für jeden Holzschuh.

Clovis besuchte die verschiedenen Jahr- und Wochenmärkte, wo er zahlreiche Bekanntschaften machte. Man brachte ihn dazu, Streichhölzer aus Quercy und Salz aus Poitou zu schmuggeln, die er mit einem hübschen Gewinn weiterverkaufte. Diesen Gewinn investierte er prompt in ein jüngeres Maultier und in einen größeren, robusteren Karren.

In einem der fahrenden Bordelle, die während der Hochsaison über Land unterwegs waren, lernte der Holzschuhmacher eines Tages Baptiste Floutard kennen, den Straßenreinigungsmeister vom Place de l'Arbalète, der die Dirnen ebenfalls zu schätzen wußte.

Einige Monate später heiratete Clovis dessen einzige Tochter, die nur von wenigen Männern begehrte Apolline. Damit kam er in den Besitz einer Aussteuer von dreihundert Livres und erhielt das Recht, in dem von Floutard unlängst erworbenen Wald von Bonnefons Bäume zu fällen. Darüber hinaus überließ ihm Floutard großzügigerweise das mietfreie Nutzungsrecht für ein kleines Haus mit Hof, das in der Rue des Afitos im Arbalète-Viertel lag. Am darauffolgenden Tag gab es in Racleterre eine weitere Holzschuhmacherei.

Und an jenem Morgen des 31. März 1763, am Tag des heiligen Benjamin, wurde Clovis Vater eines Jungen, vielleicht auch von zwei.

## 3

»Da der Mann zwei Geschlechtsorgane hat, ist es normal, daß diese gelegentlich gemeinsam in Aktion treten und einen Doppelschlag landen«, prahlte Clovis mit vollem Mund, als ein Schrei ihn unterbrach.

Weitere Schreie folgten. Die zweite Geburt verlief schwierig.

Da ihm der Appetit schlagartig vergangen war, verließ er die

Küche, um die Schlafzimmertür einen Spaltweit zu öffnen: Das Schauspiel, das sich ihm darbot, stürzte ihn in große Verwirrung.

Madame Bienvenu hatte ihren Rock bis zu den Hüften hochgerafft und hockte auf dem ebenfalls nackten Bauch von Apolline, die unter ihr zappelte, als würde sie geritten werden. Jeanne und Immaculée hielten sie fest, während Adèle sich zwischen ihre Schenkel beugte, dem zur Hälfte hervorlugenden Kopf des Säuglings eine Fünf-Livres-Münze zeigte und ihm versprach, ihm diese zu schenken, sobald er sich dazu entschließen würde, endlich auf die Welt zu kommen.

Geräuschlos schloß Clovis die Tür und ging in die Küche zurück. Sein Vater und sein Bruder sahen ihn fragend an. Er antwortete ihnen mit einem zweideutigen Gesichtsausdruck.

Er leerte gerade seinen Weinbecher, als plötzlich weitere schrille Schreie ertönten und dazu führten, daß er sich verschluckte. Er hustete, und Caribert klopfte ihm ein paarmal kräftig auf den Rücken.

Schritte näherten sich. Clovis erkannte sie als die seiner Mutter. Sie lächelte.

»Noch ein Junge. Vergiß nicht, der heiligen Anna eine Kerze von einer Livre zu schenken, das bist du ihr schuldig.«

Freudestrahlend versprach er, alles zu tun, was man von ihm verlangte.

Zwillinge! Die Nachbarn würden staunen. Er schlug sich mit der flachen Hand auf die Schenkel und lachte nervös.

Madame Bienvenus Stimme drang durch sämtliche Wände.

»Heilige Muttergottes der Eingeweide, es kommt noch eines!«

Jeanne rannte in das Schlafzimmer zurück, die Tricotins und Petit-Jacquot ihr hinterher.

»Macht das Feuer wieder an, kocht frisches Wasser und zündet zwei weitere Kerzen an, andernfalls garantiere ich für nichts«, schrie die Hebamme mit erregter Stimme.

»Ich brauche Wasser, und der Krug ist leer.«

Clovis trat auf die Straße hinaus, wo ein ungewisser Tag anbrach, und lief zum Brunnen am Place de l'Arbalète. Die Mägde, die mutig der Kälte trotzten, um dem morgendlichen Gedränge zuvorzukommen und sich in aller Ruhe mit Wasser zu versorgen, staunten nicht schlecht, als sie ihn sahen. Männer kamen sonst nie zum Brunnen.

»Ich bin auf einen Schlag Vater von drei Kindern geworden«, rief er ihnen mit einem albernen Grinsen zu.

»Drei Kinder auf einen Schlag! Allmächtiger Gott!«

In ganz Racleterre konnte niemand sich an ein solch denkwürdiges Ereignis erinnern. Die Frauen füllten seinen Eimer und wollten gar nicht mehr aufhören, ihn mit immer neuen Fragen über den Zustand der Mutter, das Gewicht der Kinder, die Farbe ihrer Augen zu bedrängen…

Das freudige, vom Place Royale herüberschallende Gebell kündigte an, daß die Meute aus dem Schloß zum Fluß unterwegs war, um dort, wie jeden Morgen, herumzutollen. Kurze Zeit später kamen an die achtzig Hunde in vollem Tempo aus der Rue des Deux-Places gerannt, in Begleitung der Hundebetreuer und des sehr unsympathischen Ersten Stallmeisters Quentin Onrazac, der seine gewaltige Peitsche schwang. Jedem Tier hatte man seitlich das große A der Familie Armogaste ins Fell rasiert.

Mit langen Schritten und vollem Eimer eilte Clovis nach Hause zurück. Er sah, daß seine Mutter vor der Tür der Werkstatt stand und ungeduldig auf ihn wartete. Sie lächelte nicht mehr.

»Kaum war das dritte Kind da, kündigten sich bereits die Füßchen des vierten an. Madame Bienvenu möchte, daß du Pater Gisclard holst.«

»Den Exorzisten! Caramba, was hat der denn hier verloren?«

Er betrat das Schlafzimmer und wurde vor Kummer fast

ohnmächtig, als er sah, wie Apolline mit gekrümmtem Rücken dalag, mit weit aufgerissenen Augen an die Decke starrte und wie ein auf dem Trockenen liegender Fisch nach Luft schnappte. Die Hebamme war mit der rechten Hand bis zum Gelenk in ihren Unterleib geglitten und versuchte, das Kind dazu zu bewegen, mit dem Kopf voran zur Welt zu kommen. Bei jeder Bewegung schrie Apolline auf und krallte sich im Leintuch fest, was ein Geräusch verursachte, das den übrigen Anwesenden heftige Zahnschmerzen bereitete.

Die Situation war so außergewöhnlich, daß niemand daran dachte, ihn aus dem Zimmer zu jagen.

Clovis hielt dieses Schauspiel für ausgesprochen abstoßend. Mit einem Mal verstand er sehr gut, warum die Frauen bei diesen Vorgängen unbedingt unter sich bleiben wollten. Er dachte an seinen Großvater Mérovée, der ihm immer wieder eingebleut hatte: »Sobald man das Rad des Pfaus hochhebt, sieht man nichts anderes als das Loch seines Bürzels.«

»Es ist ein Mädchen, und es lebt!« rief Madame Bienvenu.

Mit der Geschwindigkeit kochender Milch sprach dic Neuigkeit sich in der ganzen Stadt herum. Zwillinge hätte man für eine interessante Begebenheit gehalten, Drillinge für ein außergewöhnliches Ereignis, doch Vierlinge! Man war einfach sprachlos. Niemand, nicht einmal die Dorfältesten, konnten sich erinnern, so etwas schon einmal erlebt zu haben.

Trotz der frühen Stunde und der großen Kälte füllte sich die Werkstatt mit Nachbarn und Nachbarinnen, Freunden und Neugierigen, die kamen, um die auf dem Tisch liegenden Vierlinge zu bestaunen.

Und angesichts dieser Vielzahl von Bälgern stieß jeder ein »Oh!« oder »Ah«, ein »Du gütiger Himmel!« oder ein »Naja, naja!« aus.

Man sah den Erzeuger mit teils bewundernden, teils ratlosen Augen an. Man suchte an ihm nach einem Hinweis, der diese

Großtat erklären könnte. Doch man fand nichts. Bald war der Andrang so groß, daß alle, die im Grunde nichts hier verloren hatten, weggeschickt werden mußten.

Louis-Charlemagne und Caribert bezogen an der Eingangstür Stellung, ließen nur mehr Vertraute ins Haus und vertrieben die Neugierigen und Neider.

Obwohl Clovis hocherfreut war über die Art und Weise, wie die Dinge sich entwickelten, hatte er doch einen klaren Kopf bewahrt, was dazu führte, daß er sich Gedanken über die bevorstehenden Ausgaben machte und diese mit vier multiplizierte.

Das Eintreffen von Konsul Dussac sorgte für zusätzliche Aufregung. Er lobte das Paar für seine außergewöhnliche Fruchtbarkeit, die, wie er versicherte, eine große Ehre für den Marktflecken und die Burggrafschaft darstelle.

Die Säuglinge lagen bis zum Hals fest gewickelt in den offenen Schubladen der Anrichte und jammerten. Sie glichen dikken Larven mit menschlichen Köpfen.

»Man muß sie mit eigenen Augen gesehen haben, um es zu glauben«, wiederholte er und wartete darauf, daß alle Anwesenden ihm beipflichteten. »Welche Namen werdet Ihr ihnen geben?«

»Nun, da ich auf eine solche Kinderschar nicht gefaßt war, weiß ich im Moment nur den Namen des Ältesten, und der lautet Clodomir.«

Plötzlich wurde Clovis furchtbar blaß im Gesicht. Sein Blick wanderte von einem Kind zum andern, und er wußte nicht, auf welches er ihn richten sollte. Er suchte nach Madame Bienvenu und entdeckte sie schließlich in der Werkstatt, wo sie, mit einem Becher Branntwein in der Hand, vor einer Versammlung von Klatschweibern dozierte.

»Wer ist der Erstgeborene?« fragte er sie mit unsicherer Stimme.

Unvermittelt verlor das aufgedunsene Gesicht der Hebamme an Farbe. Ihr schwulstiger Mund öffnete sich, ohne daß auch nur der leiseste Ton herauskam. Im Eifer des Gefechts hatte sie ganz vergessen, darauf zu achten, in welcher Reihenfolge die Kinder zur Welt gekommen waren. Sie senkte den Kopf. Betroffenes Schweigen breitete sich im Zimmer aus.

»Der Älteste ist der da«, erklärte Jeanne schließlich und berührte mit dem Finger das dritte Kind von links. »Ich weiß es, weil es das einzige Kind ist, das ich gewickelt habe, und das war eben das erste. Um die drei andern hat Adèle sich gekümmert.«

»Wie könnt Ihr das mit solcher Entschiedenheit behaupten?« fragte der Konsul.

»In unserer Familie steckt man die Spitze der dritten Windel mit der Nadel fest, während Adèle diese Spitze lieber unbefestigt läßt.«

Die Frau des Straßenputzermeisters bestätigte diese Aussage.

Das betreffende Kind wurde aus der Schublade genommen. Jeanne befreite es aus seinem Wickeltuch, zog sein rechtes Händchen hervor und band ihm einen roten Wollfaden um das Gelenk.

Die in Rouergue geltende Erbfolge gründet auf dem Erstgeburtsrecht, demzufolge der Älteste als erster gestillt wird, und zwar so lange, wie er das wünscht. Er wird ebenfalls als erster gewickelt und wird auch später überall stets der erste sein. Er wird die Werkstatt erben, und sein ältester Sohn wird wiederum der Erbe sein, so wie das, ohne Rücksicht auf die Jüngeren, seit Menschengedenken der Brauch ist.

Da nun feststand, welcher Säugling der älteste und daß das Mädchen als viertes Kind zur Welt gekommen war, brauchte nur noch die Rangfolge der beiden anderen bestimmt zu werden.

Am Ende war es der Konsul höchstpersönlich, der festlegte, wer vor dem Gesetz als der Zweit- und wer als der Drittgeborene zu gelten hätte.

»Möge Gott, der Allwissende, mir verzeihen, wenn ich mich irre.«

Er berührte das ihm am nächsten liegende Kind mit den Fingerspitzen und erklärte es zum Zweitgeborenen. Man band zwei rote Wollfäden um sein Handgelenk.

»Er wird Pépin heißen«, sagte sein Vater.

Dann berührte der Konsul das letzte Kind, das sogleich den Vornamen Dagobert erhielt. Clovis glaubte, im Blick seines Vaters Enttäuschung zu erkennen.

In dem Moment betrat ein verstört wirkender Mann die Werkstatt. Es war ein Faßbinder aus der Rue Pinardière. Er verlangte nach Madame Bienvenu, da seine Frau in Kürze niederkommen würde und sie dringend zu sich bat.

Bevor sie ihm folgte, wickelte die Hebamme die Mutterkuchen und Nabelschnüre in ein feuchtes Tuch, das sie in ihre Tasche stopfte. So wie die Kleider von Verurteilten in den Besitz des Henkers übergingen, so gehörten die Überreste einer Geburt von Rechts wegen der Hebamme. Aus ihnen fertigte sie Fruchtbarkeitsgebetsriemen. Unter den gegebenen Umständen konnte sie viermal soviel wie üblich dafür verlangen.

## 4

Mit einem eleganten, herbstfarbenen Schlafrock bekleidet, nahm Baptiste Floutard die Berichte seiner Straßenkehrer und Grubenentleerer entgegen. Jeden Morgen, bei Tagesanbruch, besichtigten diese Männer die Straßen in den zehn Stadtvierteln und gaben ihr Urteil über die Reife des Mistbelags ab.

»Abgesehen von der Rue Jéhan-du-Haut und der Rue Jéhan-du-Bas, die in drei Tagen brüchig sein werden, braucht das Croisades-Viertel noch eine Woche, ehe es soweit ist«, sagte der Kolonnenführer mit dem rauhen Akzent der Gegend von Aubrac.

»Bei mir sieht es noch schlechter aus, lieber Onkel. Wegen dieser verfluchten Kälte geht einfach nichts voran«, sagte Duganel, der Kolonnenführer des nördlichen Quartiers, der aus Brameloup-en-Aubrac stammte, wo fünf Jahrhunderte zuvor die Wiege der Familie Floutard gestanden hatte.

Der Straßenreinigungsmeister betrachtete aufmerksam den Stadtplan von Racleterre, den er mit hohem Kostenaufwand in Öl hatte anfertigen lassen. Der klare und genau eingezeichnete Verlauf der Straßen, Gassen, Gäßchen und Sackgassen ermöglichte es ihm, die tägliche Strecke der Straßenkehrer und Grubenentleerer so perfekt wie möglich festzulegen.

»Wo ist Filobard?«

Die Männer antworteten ihm mit ratlosen Blicken. Der Kolonnenführer der zentralen Stadtviertel hätte längst dasein müssen.

Baptiste wandte sich an den Anführer der Grubenentleerer und übergab ihm das Wort. Der Mann und seine Leute, die alle aus Pradès d'Aubrac, einem winzigen Nachbardorf von Brameloup stammten, liefen durch die Stadt und machten mit einem Glöckchen auf sich aufmerksam; sie notierten die Adressen derjenigen Bewohner, die ihre Dienste in Anspruch zu nehmen wünschten.

»Ich soll vierundfünfzig Aborte und sechs Jauchegruben leeren.«

Baptiste verzog das Gesicht. Das war nicht sonderlich viel für eine Stadt mit etwas mehr als dreitausend Einwohnern. Vor allem im Winter, wenn die Leute mehr aßen. Oft dachte er daran, der Fäkalienproduktion ein wenig nachzuhelfen und ein für Maultiere bestimmtes Abführmittel in sämtliche Wasserbrunnen der Stadt zu schütten. Allein die Angst, erwischt zu werden, hielt ihn davon ab.

Mit dem Hut in der Hand und unterwürfiger Miene standen seine Leute um ihn herum und lauschten respektvoll seinen Überlegungen. Zunächst erteilte er dem Anführer der Grubenentleerer, der ebenfalls aus Brameloup stammte, seine Anweisungen.

»Du sperrst die Rue Jéhan-du-Haut auf der Höhe der Rue Bouton.«

Alle begriffen, daß das Croisades-Viertel schneller reifen würde, als der Verantwortliche vorausgesagt hatte.

Lärm im Treppenhaus kündigte das späte Eintreffen Filobards an. Baptiste achtete jedoch nicht darauf, sondern fuhr mit der Darlegung seines Arbeitsplans fort.

»Du blockierst die Straße mit einem vollen Kippkarren, so daß niemand auf die Idee kommt, dir bei der Beseitigung behilflich zu sein.«

Indem der Straßenreinigungsmeister den Verkehr da und dort zum Erliegen brachte, leitete er ihn klugerweise in kaum befahrene, weniger festgestampfte Straßen um und sorgte auf diese Weise dafür, daß der Mistbelag schneller reif wurde.

Völlig außer Atem betrat Filobard den Raum mit den getäfelten Wänden. Alle sahen ihn mitleidig an. Der Nachzügler starrte die Anwesenden ebenfalls mit großen runden Augen an, bevor sein Blick auf dem verschlossenen Gesicht seines Arbeitgebers innehielt. Wie alle andern war auch er als jüngstes Kind in einem Weiler des Aubrac geboren worden und dankbar dafür, daß er für den Straßenreinigungsmeister arbeiten durfte.

»O nein, Monsieur Floutard! Ihr wollt doch nicht etwa behaupten, nichts davon gehört zu haben?«

»Was soll ich denn gehört haben?«

»Aber... Nein, das gibt's doch nicht, Eure Tochter! Ein richtiges Wunder! Was sag' ich, ein vierfaches Wunder!«

Unruhig rutschte Floutard auf seinem Stuhl hin und her und wurde immer grimmiger.

»Meine Tochter hat endlich ihr Kind bekommen? Ist es das, was du mir mitteilen willst? Wenn das allerdings deine Erklärung dafür ist, warum du zu spät gekommen bist, dann sollst du wissen, daß ich dich mit einer Strafe von drei Sols belege.«

Filobard zeigte sich wenig beeindruckt und schaute seinen Meister mit offenkundiger Freude an.

»Nein, nein, Eure Apolline hat nicht nur ein Kind bekommen, sondern gleich vier. Und das auf einen Schlag! Das, das war vielleicht ein Bild! Ich habe sie gesehen, so wie ich Euch jetzt vor mir auf Eurem Stuhl sitzen sehe. Und dann habe ich sie gezählt, immer wieder gezählt.«

Aufgeregt fuchtelte er mit den Händen.

»Die Rue des Afitos ist voller Leute, bis zum Schloßplatz hat sich ein Stau gebildet. Natürlich möchte jeder sie sehen. Ein solches Ereignis regt wahrlich die Phantasie an!«

»Verfluchter Dummkopf! Du bist wohl betrunken.«

»Ganz und gar nicht, Monsieur Floutard! Der Teufel soll mich holen, wenn ich nicht die Wahrheit sage. Übrigens solltet Ihr Euch selbst davon überzeugen.«

Filobard öffnete das Fenster, das auf den Place de l'Arbalète hinausging. Eisige Luft, erfüllt vom üblichen Lärm eines Markttages, drang ins Zimmer.

»Mach das Fenster sofort wieder zu, es ist bitterkalt«, sagte Floutard, wobei er seine Überraschung nur schlecht verbergen konnte.

Er gab den Kolonnenführern die letzten Anweisungen. Daraufhin setzten diese ihre Hüte wieder auf und machten sich an ihre Arbeit. Filobards Strafe wurde aufgehoben.

Floutard zog sich in sein Schlafzimmer zurück, um sich anzukleiden. Er entschied sich für ein rehbraunes Gewand englischen Schnitts und zog elfenbeinfarbene Reitstiefel an. Zuletzt versteckte er seine leicht ergrauten Haare unter einer Perücke, die er besonders üppig puderte. Da er einer der wichtigsten, wenn nicht gar der wichtigste Steuerzahler der ganzen Burggrafschaft war (er bezahlte hundertzwanzig Livres), ärgerte es ihn um so mehr, wenn er wegen des Geschäfts, mit dem er seine Louisdors verdiente, verächtlich angesehen wurde. Wachsen nicht gerade auf Misthaufen die schönsten Blumen?

»Rue des Afitos«, befahl er und ließ sich auf die gepolsterte Sitzbank seines Tragsessels fallen.

Nach dem Vorbild der Schloßherrin, des Pfarrers von Bartonnet und des Richters Puigouzon ließ Baptiste Floutard sich in einer Sänfte durch die Gegend befördern. Gewiß, die Fahrten waren weniger schnell als die mit einem Pferdegespann, und die Träger waren rascher müde als ihre hoch zu Roß sitzenden Kollegen, doch dafür erwies sich die Sänfte als manövrierfähiger und kam auch an den Stellen noch durch, wo ein Wagen unweigerlich steckenblieb. Auf diese Weise gelangte der Straßenreinigungsmeister in jedes noch so schmale Gäßchen, ohne je einen Fuß in den Dreck zu setzen.

»Es ist, als wären wir schon da, mein Herr«, sang Arsène, der vordere Träger, und spuckte in seine breiten, schwieligen Hände. Véron, der hintere Träger, machte es ihm nach.

Wie Filobard gesagt hatte, wimmelte es in der Rue des Afitos nur so von Menschen. Floutard wunderte sich, den rotgrünen Wagen des Gemeindehauses vor der Werkstatt seines Schwiegersohns stehen zu sehen. Er bahnte sich einen Weg durch die Menge der Neugierigen, die sich vor der Tür versammelt hatten, und begrüßte kurz Louis-Charlemagne und Caribert. Freundlich erwiderten die beiden Männer seinen Gruß und traten zur Seite, um ihn eintreten zu lassen.

Als er das Schlafzimmer betrat, wunderte er sich abermals, und zwar darüber, daß der Konsul eine Perücke und sein rotgrünes Prunkgewand mitsamt Mütze trug.

»Donnerlittchen! Was für eine Ehre!« brummte er und grüßte ihn noch beiläufiger als die Tricotins.

Floutard näherte sich nicht dem Bett, in dem seine Tochter lag, sondern begnügte sich damit, ihr zuzunicken. Er nahm es ihr immer noch übel, daß sie nicht als Junge zur Welt gekommen war; so wie er ihr die Pocken nicht verzeihen konnte, die ihre Wangen in frühem Kindesalter entstellt und ihre Mitgift verdoppelt hatten.

Statt dessen betrachtete er die Vierlinge in ihren Schubladen und hielt sie dem Aussehen nach für Laffen. Er warf einen bösen Blick in Richtung seiner Gattin Adèle, der er nicht verzeihen konnte, daß sie nie wieder schwanger geworden war.

»Welches Kind willst du mir verkaufen?« fragte er seinen Schwiegersohn in halb lustigem, halb ernstem Ton.

»Wenn ich Euch eines verkaufe, Schwiegervater, dann selbstverständlich das Mädchen«, erwiderte Clovis im selben Ton.

Er versetzte seinem Silberring einen leichten Stoß, so daß er leise klirrte.

Einen Moment lang haßte Baptiste Floutard seinen Schwiegersohn.

## 5

Der Menschenandrang in der Rue des Afitos ließ einfach nicht nach. Alle fruchtlosen Bäuche und sterilen Schwänze der zehn Stadtviertel belagerten die nähere Umgebung der Werkstatt und verlangten lauthals nach dem Zaubertrank, dem Rezept oder gar dem Fluch, der zu dieser erstaunlichen Fruchtbarkeit geführt hatte. Clovis trat höchstpersönlich vor die Tür, um ihnen zu erklären, daß dieses überwältigende Ergebnis keineswegs geplant gewesen sei, sondern daß Gott allein es so arrangiert habe.

»Liebe Leute, ich kann euch wirklich nicht helfen, aber ich wäre euch sehr dankbar, wenn ihr uns jetzt in Frieden lassen würdet.«

Doch es war nichts zu machen, niemand ließ locker.

»Schrupphobler! Sag uns lieber, wieviel du verlangst!«

Clovis zuckte die Achseln und ging zu Apolline zurück.

Das Geräusch eines Gespanns, das Wiehern eines Pferdes und laute Schreie der Überraschung lockten ihn erneut vor die

Tür. Zwei Wagen in den Farben und mit dem Wappen der Familie Armogaste hielten in der Mitte der Straße an und behinderten den Verkehr, der ohnehin schon fast zum Erliegen gekommen war.

Der Holzschuhmacher war erstaunt, als er in einem der Wagen die Burgherrin Jacinthe d'Entrevallée-la-Verte erkannte. Sie trug ein Reifrockgestell und war hübsch frisiert. In ihren knochigen Armen hielt sie eine dicke Angorakatze, die Monsieur Hubert hieß und in ganz Racleterre in Verruf geraten war, seitdem ein Gerücht umging, das besagte, ihr Halsband sei soviel wert wie drei Kühe mitsamt Kälbern. Im Moment allerdings verdeckte ihr langes Fell dieses Halsband, so daß eine Überprüfung dieser Behauptung nicht möglich war.

Verlegen ging Clovis der Burgherrin entgegen und wies sie auf die flachen Steine hin, die wie eine Furt aus dem Dreck ragten und sie trockenen Fußes zur Werkstatt brachten. Hinter ihr stieg Blaise Onrazac, der Sohn des Ersten Stallmeisters der Familie Armogaste, aus dem Wagen, ein zwölfjähriger Junge, den seine Mutter als Edelknaben zu verkleiden pflegte; er war für den Reifrock zuständig und achtete darauf, daß er nicht beschmutzt wurde. Letzten Sommer hatte Clovis ihn am Rand von Floutards Wäldchen dabei ertappt, wie er einen Buchfink und eine Meise mit einer Schnur zusammenband. Dann hatte der Bursche die Vögel freigelassen und mit interessiertem Blick ihren Flug beobachtet. Da sie sich nicht einigen konnte, griff die Meise den Buchfink an und tötete ihn. Natürlich riß der besiegte Vogel den Sieger mit in die Tiefe.

Die ledernen Aufhängungen des Wagens knirschten von neuem, als Pater Gisclard, der Hauskaplan der Familie Armogaste, ausstieg. Er war mit einer schlichten Soutane aus abgetragenem und schlecht gestopftem Leinen bekleidet, die vorne voller Flecken war. Trotz der Kälte steckten seine Füße nackt in den Riemensandalen. Bei der bischöflichen Gerichtsbehörde war der Kaplan zudem als Exorzist tätig.

Seine Anwesenheit mißfiel Clovis, doch er ließ sich das nicht anmerken, als er ihn bat einzutreten.

Im zweiten Wagen hockte der kleine Hofstaat der Herrin, der sich aus drei jungen Männern mit Perücken zusammensetzte, die fein gekleidet und mit dem Schwert bewaffnet waren: Alix de Bompaing, der Sohn des königlichen und herrschaftlichen Geldeintreibers, der von einem mit Schleifen geschmückten und unentwegt kläffenden Welpenpärchen begleitet wurde; Jacques-Antoine de Puigouzon, der wie eine Kurtisane geschminkt und von seinem Vater, dem Richter und Verwalter, zur lebenden Schande der ganzen Familie erklärt worden war; und schließlich Armand Hugonec de Pégayrol, der jüngste Sohn des alten Alcide de Pégayrol, der angeblich so geizig war, daß er sich in seinem Testament als sein eigener Erbe eingesetzt hatte.

Alle drei gehörten zu den fünfzehn Adelsgeschlechtern der Burggrafschaft und schienen ihr Leben damit zu verbringen, ihren Müßiggang zur Schau zu stellen. Ihnen folgte die Kammerzofe von Madame Jacinthe, Élodie Clochette, die eine enganliegende Bluse mit tiefem Dekolleté trug: Ihr sagte man nach, sie sei hinterhältiger als ein lautloser Furz.

Clovis öffnete beide Türflügel, damit Madame Jacinthe mit ihrem Reifrock hindurchpaßte. Als sie die Werkstatt des Holzschuhmachers betrat, sah sie sich neugierig nach allen Seiten um. Louis-Charlemagne und Caribert grüßten sie, indem sie ihren Dreispitz abnahmen. Sie staunte über die blaue Bibliothek auf den Regalen.

»Ich wußte nicht, daß Holzschuhmacher auch Bücher verkaufen.«

»Mit Verlaub, Madame, ich verkaufe die Bücher nicht, ich lese sie.«

»Wie amüsant.«

Als sie das Schlafzimmer betreten wollte, mußte ihrem zu weiten Rock mit etwas Gewalt nachgeholfen werden. Mehrere

Reifen zerbrachen mit einem dumpfen Geräusch. Die anwesenden Frauen machten einen höflichen Knicks, während Apolline der Besucherin zur Begrüßung ein schwaches Lächeln schenkte.

Obwohl Madame Jacinthe sich über die ihrem Rock zugefügten Schäden ärgerte (es war nicht gerade billig, die Reifen aus Walbeinstäbchen zu ersetzen), lächelte sie über das ganze Gesicht, als sie Apolline rasche Erholung wünschte und ihr zu dieser phantastischen Fruchtbarkeit gratulierte. Dann kam sie auf den eigentlichen Grund ihres Besuchs zu sprechen, der darin bestand, daß Pater Gisclard die Vierlinge auf ihre körperliche Unversehrtheit untersuchen sollte.

Als die Kleinen nackt dalagen, trat Pater Gisclard zu ihnen, und wider Erwarten wußte er sehr geschickt mit ihnen umzugehen: Keiner der Säuglinge wehrte sich. Zwar hielt er sie nicht für besonders kräftig, doch angesichts ihrer Zahl und der Enge ihrer Unterkunft war das kaum verwunderlich.

»Sie sind bei guter Gesundheit, es fehlt ihnen lediglich etwas Fett.«

Mit der Weihwasserprobe schloß er seine Untersuchung ab. Alle Anwesenden hielten den Atem an, als er jedem der Säuglinge ein paar Tropfen über die Stirn goß. Da sich weder ein Loch bildete noch grüner Rauch aufstieg, erklärte er die Kinder für gesund und geeignet, das heilige Sakrament der Taufe zu empfangen. Der Hofstaat klatschte Beifall, die Welpen bellten, und Monsieur Hubert zappelte unruhig in den Armen seiner Herrin.

Mit einer Handbewegung forderte Pater Gisclard die beiden Schwiegermütter auf, die Kleinen wieder zu wickeln.

»Das macht vier Livres, mein Sohn«, erklärte er Clovis.

Mürrisch verzog dieser das Gesicht. »Pfui, Herr Kaplan! Das ist ein Batzen Geld für einen bescheidenen Holzschuhmacher, der von den Umständen bereits arg gebeutelt wird und nicht um diese Prozedur gebeten hat.«

Die Miene des Geistlichen verdüsterte sich. Säumige Zahler verstanden es immer wieder, ihn auf Gedanken zu bringen, die eines vollkommenen Gottesdieners, für den er sich hielt, unwürdig waren. Als er sich eben damit einverstanden erklären wollte, Clovis einen Nachlaß von einer halben Livre zu gewähren, schrie Apolline plötzlich laut auf.

Alle Köpfe drehten sich nach ihr um. Es war Clovis peinlich, als er mit ansehen mußte, wie seine Frau jegliche Scham verlor, ihr Hemd hochraffte und mit tonloser Stimme jammerte:

»Mutter, liebe Mutter, schaut schnell her und sagt mir, ob es sich lediglich um die Nachgeburt des letzten Kindes handelt.«

Adèle beugte sich zwischen die breiten, weißen Schenkel ihrer Tochter und sah, wie der Kopf eines fünften Tricotin-Kindes sich der Welt zeigte.

Im Gegensatz zu seinen Vorgängern, die sich mehr oder weniger lange bitten ließen, schnellte der Nachzügler aus dem Bauch seiner Mutter wie der Kern einer Kirsche, auf die man mit zwei Fingern drückt.

Da Madame Bienvenu nicht mehr anwesend war, durchschnitt Jeanne die Nabelschnur und entfernte mit dem Zeigefinger den Schleim, der dem Säugling Mund und Nase verstopfte.

Gleich darauf folgte die Plazenta.

Appolline, die sich endlich geleert hatte, schloß die Augen und schlief sofort ein.

## 6

Charlemagne war äußerst unzufrieden.

Nichts von dem, was er berührte, nichts von dem, was ihn berührte, nichts von dem, was er hörte, (nur undeutlich) sah oder roch, hatte einen Namen, geschweige denn einen Sinn.

Er war – wider Willen – in eine unbekannte Welt entlassen

worden, die aus lauter widersprüchlichen, oft schmerzlichen, hin und wieder sogar grauenhaften und immer wiederkehrenden ersten Malen bestand; wie etwa diese seltsame Vertreibung, bei der sein von den Beckenknochen eingeschlossener Kopf sich zusammendrücken und schrecklich in die Länge ziehen, sich sogar verformen mußte, um sich einen Weg bahnen zu können. Mit geschlossenen Augen und vor lauter Anstrengung zerknittertem Gesicht mußte er atmen (ein völlig neues Gefühl) und anschließend ständig von neuem nach Luft schnappen, um nicht zu ersticken (noch eines dieser völlig neuen Gefühle). Die Luft, die in seine gerade erst vom Fruchtwasser befreiten Lungen eindrang, kam ihm vor wie Feuer: Um sich dagegen zu wehren, stieß er einen lauten Schrei aus, der erste von vielen Schreien, die noch folgen sollten.

Der Schrei drang durch Türen und Wände und gelangte schließlich auf die Straße.

»Noch ein Kind!«

Was folgte, war ein unbeschreibliches Durcheinander. Wäre eine Leiter vom Himmel gefallen, an der Kirchenlieder singende und Laute spielende Engel herunterstiegen, die Anwesenden wären nicht weniger verblüfft gewesen.

Erneut begann das Kind zu plärren. Jeanne wusch es mit Wasser ab, anschließend mit lauwarmem Wein, und da keine Windeln mehr vorhanden waren, wickelte sie es ganz einfach in das Tischtuch.

Für Pater Gisclard unterdessen stand eindeutig fest, daß solche Fruchtbarkeit weit über die Grenzen der Natur hinausging. Wenn Gott gewollt hätte, daß diese Frau fünf Kinder auf die Welt bringt, dann hätte Er ihr bestimmt auch fünf Brüste gegeben.

Ganz gleich, wie oft er den Kleinen drehte, von allen Seiten betrachtete und an ihm schnupperte, er entdeckte keine einzige Beule, keine Schwiele, keine Verstümmelung, keine Hautschuppen und roch nicht die Spur von Schwefel. Dieses Kind war nicht nur vollkommen normal, sondern es war auch größer als die vier anderen.

»Fast könnte man meinen, er habe auf Euren Besuch gewartet, um auf die Welt zu kommen, gnädige Frau«, schwafelte Alix de Bompaing und zog seinen betreßten Dreispitz vor dem Letztgeborenen. Die übrigen jungen Leute taten es ihm gleich.

Madame Jacinthe war sehr gerührt von diesem Anblick und errötete vor lauter Freude. Diese Gesichtsfarbe stand ihr gut.

»Wie wird er heißen?« erkundigte sie sich bei Clovis, den diese letzte Geburt beinahe sprachlos gemacht hatte.

Er kreuzte den Blick seines Vaters und erwiderte:

»Er wird Charlemagne heißen.«

Mit den Fingerspitzen strich die Schloßherrin über Charlemagnes Stirn und verkündete mit feierlicher Stimme:

»Charlemagne, ich werde deine Patin sein.«

Clovis sah, wie sie das Kollier von Monsieur Hubert löste und es dem Kind um den Hals hängte.

»Von nun an wird dieses Halsband ihn von seinen Geschwistern unterscheiden«, erklärte sie in weihevollem Ton und entfernte die fünf Wollfäden, die Jeanne um das Handgelenk des Säuglings gebunden hatte.

Wie es hieß, bestand dieses Kollier aus vergoldetem Silber und war mit kostbaren Edelsteinen und Perlmuttknöpfen besetzt, deren Größe einen förmlich um den Verstand brachte.

Plötzlich jedoch verdüsterte sich das Gesicht der Schloßherrin, auf dem das Alter seine Spuren zu hinterlassen begann, so als würde sie ihre Geste bereits bereuen – was tatsächlich der Fall war. Wann immer sie die gutmütige, großzügige Dame spielte, tat es ihr im nächsten Moment schon wieder leid. Da sie ihr Wort jedoch nicht einfach so zurücknehmen konnte, verübelte sie dem Begünstigten diese Situation, machte ihn für deren Peinlichkeit verantwortlich und nutzte fortan jede Gelegenheit, um ihm zu schaden.

Jacinthe d'Entrevallée-la-Verte war neun Jahre alt, als ihre Eltern sie ins Kloster Sainte-Cécile nach Albi schickten. Mit sechzehn durfte sie es verlassen, um den Ritter Virgile-Amédée Armogaste zu heiraten, den Lehnsherrn von Racleterre und anderen Orten, der vierzehn Jahre älter war als sie.

Die Klosterfrauen hatten Jacinthe beigebracht, wie man tanzt und singt, wie man Cembalo spielt, wie man stickt, ohne sich in den Finger zu stechen, was man aus Heiligengeschichten lernen kann, wie man ehrfürchtige Knickse macht, wie man Lakaien, Knappen, Hausdienern und Köchen Befehle erteilt.

Die Tatsache, daß ihr künftiger Gemahl wie ein verlebter Greis aussah, stürzte das junge Mädchen in tiefe Trauer. Am Tag ihrer Hochzeit, als sie sich ihm nicht länger entziehen konnte, brach sie in lautes Schluchzen aus. Die Nacht war noch viel schlimmer. Was der Ritter von ihr verlangte, kam ihr derart widernatürlich vor, daß sie kurzerhand Reißaus nahm. Man verfolgte sie durch das ganze Schloß, über sämtliche Flure und Treppen, bevor sie am Ende von den Hunden im Westturm in die Enge getrieben und schnaufend ins Schlafzimmer zurückgebracht wurde.

Zwei Hundeknechte packten sie an Händen und Füßen und hielten sie auf dem Bett fest, während der Ritter sie »aufspießte«.

Einen Monat später war Jacinthe schwanger.

Statt sie zu besänftigen, versetzten die ersten Regungen des Kindes, das in ihrem Leib heranwuchs, sie in noch größere Wut. Eines Tages, als sie sich vergewissert hatte, daß niemand in der Nähe war, kletterte sie auf einen Tisch und sprang mit beiden Füßen fest auf den Fliesenboden, wobei sie schrie:

»Verschwinde, altes Schreckgespenst!«

Vergebens.

Später kroch die Schwangere bäuchlings über spitze Kieselsteine, um der verhaßten Kreatur das Leben zu verleiden, schlug sich mit einem Nudelholz auf den Unterleib, um das Ding zu vertreiben, hielt sich stundenlang im eiskalten Wasser des Dourdou auf, in der Hoffnung, es auf diese Weise zu töten. Doch es half alles nichts. Ihr Bauch wurde immer dicker und das »alte Schreckgespenst« in ihrem Innern Tag für Tag lebendiger.

Da sie sich selbst keinen Rat mehr wußte, suchte Jacinthe ein Klatschweib im Viertel von Loupiac auf. Diese Frau verkaufte ihr für teures Geld einen Liebestrank, den sie – wie sie behauptete – aus Hühnerurin hergestellt und in dem sie eine nachts gefangene Eidechse ertränkt hatte. Jacinthe trank eine ganze Schale davon. Doch abgesehen vom grauenvollen Geschmack, der ein saures Aufstoßen verursachte, zeigte der Zaubertrank keinerlei Wirkung auf die hartnäckige Frucht in ihrem Bauch.

Daraufhin begab sich die Schloßherrin zu Lacroque, einer ehemaligen Einsiedlerin, die zur Hexenmeisterin geworden war und am Dourdou flußaufwärts in einer Hütte lebte. Mit ihr zusammen lebten ein rothaariger Esel, ein Ziegenbock, zwei Geißen und einige Kröten, die große Mengen von Fliegen und Stechmücken fraßen.

Lacroque brummte lange vor sich hin, ehe sie damit einverstanden war, ihr drei Wurzeln Liebeskraut und das entsprechende Rezept zu verkaufen.

»Am besten, Ihr trinkt die Brühe vor dem Schlafengehen. Und wenn es sich nach zwei Tagen und zwei Nächten immer noch bewegt, dann kommt Ihr noch einmal zu mir.«

Noch am selben Abend nahm Jacinthe die Liebeskrautbrühe zu sich. Sie konnte gerade noch ein *Deo Gratias* und ein *Ave Maria* beten, bevor sie, von schrecklichen Koliken und Durchfall geplagt, auf ihren Nachtstuhl eilte und bis zum nächsten Morgen darauf verharrte.

Dann ging die junge Frau zu Lacroque zurück, die sich mit eigener Hand davon überzeugte, daß das Kind immer noch lebte.

»Sehr gut! Die Kreatur hat es nicht anders gewollt. Kommt in einer Woche wieder.«

Eine Woche später erhielt Jacinthe ein Pulver von Lacroque, das sie umgehend schluckte.

Nach zwei Tagen und zwei Nächten, in denen Jacinthe unter heftigen Schmerzen und unerklärlichen Halluzinationen litt (es war, als würden Igel sich in ihrem Bauch streiten), löste sich das »alte Schreckgespenst« schließlich von der Gebärmutter und wurde mitsamt der Nachgeburt ausgestoßen.

Als die junge Frau sich erholt hatte, schwängerte Virgile-Amédée sie von neuem.

Diesmal fügte sich Jacinthe in ihr Schicksal und gebar im darauffolgenden Sommer einen hübschen, sechs Pfund schweren Jungen, dem sein Vater den Vornamen Anselme gab.

Als die Schloßherrin in der Tür der Werkstatt Tricotin erschien, rief eine Frau mit bewegter Stimme:

»Es lebe unsere Herrin!«

Dieser Ruf wurde mehrmals wiederholt. Hüte wurden geschwenkt.

Daß eine Adelige, die überdies noch Schloßherrin war, die Patenschaft für den Sohn eines Holzschuhmachers übernahm, rührte die Menschen zutiefst.

Pater Gisclard, der sich immer noch darüber ärgerte, daß man ihn nicht für seine Dienste bezahlt hatte, fragte mit falscher Liebenswürdigkeit:

»Welches ist deine Gemeinde, mein Sohn?«

»Sankt Benedikt«, erwiderte Clovis mißtrauisch.

»Wenn der Vikar die Geburten in sein Register einträgt, dann vergiß auf keinen Fall anzugeben, daß er von nun an der Älteste ist.«

Er deutete auf Charlemagne, der, weil gerade nichts Geeigneteres in Reichweite war, am kleinen Finger von Jeanne lutschte.

»Nein, er ist der Älteste, weil er als erster geboren wurde«, entgegnete Clovis und zeigte auf Clodomir, der etwas weiter hinten auf dem Tisch lag.

Pater Gisclard gab sich erstaunt.

»In Millau und Rodez, wo man sehr stolz darauf ist, auf einige intelligente Männer in der Bevölkerung zählen zu können, ist das älteste stets das Kind, das zuletzt auf die Welt kam.«

»Kann sein! Aber unser Brauch will es anders«, meinte Clovis, der ahnte, worauf der Kaplan hinaus wollte.

In diesem Moment trat der Kutscher mit der graugelben Uniform an Pater Gisclard heran und erinnerte ihn daran, daß Madame Jacinthe bereits auf ihn wartete. Wie ein Bösewicht, der sich davonschleicht, nachdem er sein verhängnisvolles Gift verspritzt hat, verabschiedete sich der Kaplan und wiederholte:

»In Millau wie in Rodez weiß außer den Tauben und den Geizkragen jeder, daß das zuletzt geborene Kind als erstes gezeugt wurde.«

Schweigend sah man sich im Schlafzimmer an. Dann ergriff Adèle Floutard die Initiative und löste das Kollier vom Hals des Kindes, um es genauer zu betrachten. Alle drängten sich um sie.

»Diese Halskette ist mindestens fünfhundert Livres wert«, sagte Caribert.

Eine gewaltige Summe. Von fünfhundert Livres konnte eine ganze Familie ein Jahr lang leben. Caribert verdiente als Hofschmiedgeselle nur dreihundert Livres im Jahr, und der Schulmeister knapp die Hälfte.

Apolline, die plötzlich aufgewacht war, murmelte ein paar unverständliche Worte und schlief wieder ein. Man ließ sie in Frieden.

Wirrer Lärm von der Straße kündigte einen weiteren Besucher an, und zwar Mathieu Izarn, den einzigen Arzt des Weilers, den man für derart widerwärtig hielt, daß er, zusammen mit den Läusen und dem Maifrost, zu den schlimmsten Plagen des Ortes gezählt wurde.

Clovis begrüßte ihn kühl, und erst nach dem inständigen Flehen des Arztes erlaubte er ihm, sich die Fünflinge anzusehen. Als Izarn sich jedoch anschickte, sie aus ihren Windeln zu befreien, um sie einer wissenschaftlichen Untersuchung zu unterziehen, wies Clovis ihm mit drohendem Blick die Tür. Draußen rückte die versammelte Menge so eng zusammen, daß der Arzt Mühe hatte, sein Pferd wiederzufinden, das Spaßvögel losgebunden hatten und das nun in einem nahen Gäßchen Mist fraß.

## 7

In Tricotins Werkstatt ging es drunter und drüber. Obwohl keine diesbezüglichen Anweisungen erfolgt waren, traf eine wahre Flut von Spenden ein. Jeanne und Immaculée waren eifrig mit einem immer größer werdenden Berg von Wickeltüchern, Leibchen, Wämschen, Häubchen, Käppchen und Hütchen beschäftigt. Die Stecknadeln gaben sie in einen großen Kochtopf, und die zehn, zwölf Fläschchen stellten sie auf die Werkbank. Clovis und Petit-Jacquot nahmen die Lebensmittelspenden in Empfang: Schinken, Blutwürste, frische Eier, Käse, Eimer voll Nüsse, Säcke voll Kastanien, Marmeladentöpfe, Honigkrüge usw.

Apolline, an deren Seite Adèle wachte, schlief tief und fest. Zum ersten Mal seit Wochen waren ihre Gesichtszüge entspannt.

Culat tauchte mit einer Ziege auf, die er am Halfter hinter sich herzog, und trug ein Bündel Kleider unter dem Arm, die von seinen drei, mittlerweile erwachsenen Kindern geblieben waren. Clovis umarmte ihn.

Die Ziege – eine Geiß aus Poitiers, die anderthalb Pinten

Milch am Tag gab – durfte, solange es kein eingezäuntes Weidestück für sie gab, frei im Hof herumlaufen. Nach kurzem Zögern begann das Tier, an den Holzscheiten zu knabbern, die unter dem Vordach aufgetürmt waren.

Clovis zeigte seinem Freund die Fünflinge, die sich allmählich von der ganzen Aufregung erholten. Der Älteste lag in der Wiege, welche die Form eines Siebenmeilenstiefels hatte, während man die übrigen Kinder in die beiden Schubladen gelegt hatte.

Culat beugte sich nach vorne, um das Kollier zu betrachten. Ungläubig schüttelte er den Kopf.

»Es ist mindestens sechshundert Livres wert.«

Um auf eine solche Summe zu kommen, hätte Clovis dreihundert Paar Sonntagsholzschuhe verkaufen müssen.

Caribert trat zu ihnen, um seinen Bruder mit besorgter Stimme darauf aufmerksam zu machen, daß ein Dragoner nach ihm verlangte.

»Ein Dragoner? Was will er? Er soll eintreten.«

»Er will dich sehen, nicht die Kinder, und der älteste der Brasc-Brüder begleitet ihn«, sagte Caribert.

Die Familie Brasc, seit vier Generationen Generalsteuerpächter auf den Landgütern und Schlössern der Familie Armogaste, stand im Ruf, die reichste Familie der ganzen Grafschaft zu sein. Clovis zählte keinen Brasc zu seinen Bekannten.

Er folgte seinem Bruder nach draußen. Der Dragoner war in kompletter Uniform erschienen: Die Wachmütze saß ihm schräg auf dem Kopf, und um seine Schultern lag ein grüner Tuchmantel, der mit Schnüren in den Farben seines Regiments geschmückt war. In der einen Hand hielt er ein rotbraunes Pferd am Halfter, und mit der andern hinderte er die Spitze seines Säbels daran, durch den Mist zu schleifen.

Paul Brasc, dem in seinem warmen *riding coat* bestimmt nicht kalt war, hatte es nicht für nötig gehalten, von seinem Pferd zu steigen. Der älteste der Brasc-Brüder war als überaus streitsüchtiger Charakter bekannt. Er hatte einen Spitzbart, der ihm das Aussehen eines Fauns verlieh.

Ratlos die Stirn runzelnd, begrüßte Clovis die beiden Männer.

»Seid Ihr der besagte Clovis Tricotin?« fragte der Dragoner mit schroffer Stimme.

»Der bin ich.«

Im Nu hatten sich zahlreiche Neugierige um sie versammelt und machten die Pferde nervös.

»Gestattet mir, mich vorzustellen: Joseph-Antoine Mondidier, Obergefreiter der zweiten Kompanie der ersten Schwadron aus dem Royal-Languedoc. Dies hier ist Monsieur Paul Brasc, der mich in seiner Eigenschaft als Zeuge begleitet. Wir kommen im Auftrag von Monsieur René-Auguste Crandalle.«

Zeuge? Im Auftrag Crandalles? Das Herz des Holzschuhmachers verkrampfte sich. Der Name Crandalle war ihm nicht unbekannt, doch er verband kein bestimmtes Gesicht damit. Er wandte sich an seinen Bruder, der ebenso ahnungslos zu sein schien.

»Monsieur René-Auguste Crandalle erlaubt sich, Euch zur Wiedergutmachung durch den Degen aufzufordern, da Ihr ihn des Nachts tätlich beleidigt habt.«

»Ich? Herr Obergefreiter, mit Verlaub, es muß sich um einen Irrtum handeln. Ich kenne keinen Monsieur Crandalle.«

»Ihr kennt ihn gut genug, um ihn während seines Schlafs aus der Fassung gebracht zu haben, und das gerade erst letzte Nacht.«

Clovis wollte widersprechen, doch der Offizier kam ihm zuvor: »Die Gesetze der Ehre verbieten es uns, allzu lange mit dem Beleidiger, der Ihr seid, zu verhandeln. So bitte ich Euch, Eure Sekundanten so schnell wie möglich auszuwählen. Und laßt sie wissen, daß wir in der Rue de la Banque, im Haus von Monsieur Brasc, auf sie warten, um dort die Prozedur des Duells festzulegen. Ihr ergebener Diener, Maître Tricotin.«

»Sagt mir wenigstens, wer dieser Mann ist, der mich mit seinem Schwert durchbohren will.«

Wortlos stieg der Dragoner auf sein Pferd. Er wollte bereits davonreiten, als er sich plötzlich umdrehte und Clovis über die Schulter zurief: »Monsieur Crandalle ist Fechtlehrer und unterrichtet in der Rue des Maoures.«

Dann verschwand er Richtung Place de l'Arbalète, gefolgt von Brasc dem Ältesten, der den Mund nicht ein einziges Mal aufgemacht hatte.

Ein Raunen ging durch die Menge. Einige Klatschbasen, die es nicht erwarten konnten, auch diese neue Episode eines außergewöhnlich ereignisreichen Tages weiterzuerzählen, entfernten sich eiligst.

Clovis brachte sich vor der allgemeinen Neugier in Sicherheit, indem er in die Werkstatt zurückkehrte und die Tür hinter sich schloß.

»Was hat dieser Crandalle dir vorzuwerfen? Du mußt es doch wissen?« fragte Culat.

Clovis erzählte ihm, was in der vergangenen Nacht vorgefallen war.

»Er war derjenige, der mir plötzlich seinen vollen Nachttopf über dem Kopf ausleerte. Ich habe nur einen Stein gegen sein Fenster geschleudert, um mich bei ihm zu bedanken.«

Culat schüttelte bekümmert den Kopf.

»Wenn der Stein ihn getroffen hat, handelt es sich um eine Tätlichkeit, und du weißt so gut wie ich, daß das ein schlimmes Vergehen ist.«

»Vor allem ist es lächerlich«, schrie Caribert. »Mein kleiner Bruder hatte noch nie einen Degen in der Hand, und dieser Mann ist Fechtlehrer!«

»Wen möchtest du als Zeugen haben?« fragte Culat.

Jeanne herrschte ihn schroff an: »Halte doch endlich den Mund, elender Schwätzer! Clovis kann sich einem solchen Kampf nicht stellen. Es wäre Mord.«

Der Betroffene war ganz ihrer Meinung, doch wie sollte er sich der Herausforderung entziehen, ohne dabei das Gesicht zu verlieren? Andererseits wußte er nicht, wie er einem Fechtlehrer trotzen sollte, ohne schon beim ersten Kreuzen der Klingen getötet zu werden.

In diesem Augenblick klopfte jemand laut an die Tür.

»Was ist denn jetzt schon wieder los?« schrie Clovis verärgert.

»Öffnet, Maître Tricotin, es ist Monsieur Pagès-Fortin, der Anwalt. Er bringt Euch eine Kuh, die so dick ist, daß ihr Euter den Boden berührt.«

## 8

Mit hochrotem Gesicht erzählte der Bauer Cassagne dem Anwalt, was sich zugetragen hatte, doch Alexandre Pagès-Fortin verstand nur jedes zehnte Wort seines Dialekts. Der gleichermaßen aufgeregte Sohn übersetzte, wobei er vor allem mit seinen großen, schwieligen Händen gestikulierte. Sie stammten aus La Valette und besaßen einen bescheidenen Bauernhof mit zwei Pflügen. Dem Anlaß entsprechend, hatten sie ihre besten Kleider sowie ihre Sonntagsholzschuhe angezogen.

Ihre Streitsache, schlechte nachbarliche Beziehungen wegen des widerrechtlichen Betretens ihrer Felder, zählte wie Erbschaftsangelegenheiten und nicht eingehaltene Eheverträge zu den alltäglichen Fällen, mit denen sich der Anwalt zu beschäftigen hatte. Der Streit währte bereits seit etlichen Jahren, doch das hatte nicht in erster Linie mit dem Bemühen der Familie Cassagne um Recht zu tun, sondern eher mit ihrem Widerwillen, dem Gegner nachzugeben.

Es gab bereits zahlreiche Klagen, welche die Söhne von ihren Vätern geerbt hatten und später an ihre eigenen Nachkommen weitervererben würden. Rechtsstreitigkeiten wie diese wurden von den Juristen als »unsterblich« bezeichnet und stellten für die fünf Anwaltskanzleien von Racleterre in gewisser Hinsicht die Geschäftsgrundlage dar.

»Was sagt er?«

»Er sagt, daß wir nun in den Graben hinabsteigen müssen, um mit dem Karren voranzukommen.«

»Warum habt Ihr denn nichts unternommen, als mit dem Bau begonnen wurde?«

»Weil sie die Mauer über Nacht errichteten.«

»Eine hundert Fuß lange Mauer kann man unmöglich in einer einzigen Nacht bauen.«

»Sie taten es trotzdem. Es waren mindestens dreißig Leute. Ja! Auf diese Weise haben sie ihrer Schlechtigkeit alle Ehre gemacht.«

Der Anwalt erhob sich aus seinem Sessel, um das Feuer im Kamin zu schüren. Angesichts solcher Bescheidenheit nickten die beiden Bauern anerkennend mit dem Kopf.

Pagès-Fortin war der Sohn eines königlichen Staatsanwalts aus Millau und betrachtete sich als einen aufrichtigen und aufgeklärten Menschen. Er war etwa vierzig Jahre alt, ein eifriger Anhänger Voltaires, und sein erklärter Ehrgeiz bestand darin, eines Tages zum Konsul gewählt zu werden. Dabei betonte er immer wieder, daß er einzig und allein nach diesem Amt strebte, um in seiner neuen Position Gutes tun zu können. Seine Feinde hingegen sagten ihm Kaltherzigkeit nach, die nicht nur mit Habgier, sondern vor allem auch mit einer Scheinheiligkeit gepaart sei, die ihresgleichen suchte.

Der Anwalt hatte eine gelehrte Gesellschaft gegründet, die den Namen Akademie der Aufklärung trug und deren Mitglieder alle gleich waren, ungeachtet ihres Standes. Regelmäßig meldete er sich zu Wort, um die unzähligen Ungerechtigkeiten einer »gefährlich archaischen« Gesellschaft anzuprangern. Er setzte sich für die Abschaffung der Geburtsprivilegien und für das Recht ein, das es jedem erlaubte, den Beruf seiner Wahl zu ergreifen. Ferner verlangte er, daß der König dem Klerus und dem Adel dieselben Steuern auferlegen sollte wie den einfachen Bürgern und alle vor dem Gesetz gleich behandelt werden sollten. Diese Forderungen trieben nicht nur den Ritter Virgile-Amédée förmlich zur Weißglut.

Kürzlich war Pagès-Fortin gegen das Monopol der einträglichen Privatschulen vorgegangen, indem er aus eigener Tasche ein ehemaliges Lokal in der Rue des Serre-Ceintures angemietet und dort eine kostenlose Schule eingerichtet hatte. Sie wurde Tempel des Wissens genannt und stand allen bedürftigen Kindern aus dem Dorf und der näheren Umgebung offen.

Als nächstes wollte der Anwalt dem Monopol der Brotbäkkereien auf den Leib rücken, die ausnahmslos im Besitz des Ritters waren.

Pagès-Fortin nahm wieder in seinem Sessel Platz und sagte zu den Klägern: »Zuerst lassen wir das unzulässige Vorhandenscin dieser Mauer durch den Gerichtsvollzieher bestätigen, und anschließend übergeben wir den Fall der Justiz.«

Er griff nach der kleinen Kupferglocke, die auf seinem Schreibtisch stand, und läutete. Die Tür des Kabuffs, das gleich neben der Kanzlei lag, öffnete sich, und ein junger Schreiberling mit tintenbefleckten Fingern trat ein.

»Geh zu Maître Jovial und frag ihn, ob er sich morgen zu einer Protokollaufnahme nach La Valette begeben kann.«

Bevor der Gehilfe sich auf den Weg machte, sagte er lächelnd: »Übrigens, Monsieur, habt Ihr schon gehört, daß letzte Nacht in einer Holzschuhmacherfamilie Drillinge geboren wurden? Joliette hat es mir erzählt. Sie weiß es vom Vater höchstpersönlich, der am Sainte-Cécile-Brunnen war.«

Nur mäßig erstaunt zog der Anwalt die Augenbrauen hoch: »Drillinge, sieh an!«

Der Sohn des Bauern übersetzte seinem Vater, der verärgert die Achseln zuckte. Für ihn war einzig und allein seine eigene Angelegenheit wichtig.

Kurze Zeit später trat der Gehilfe mit freudigem Gesichtsausdruck noch einmal ins Zimmer.

»Es sind keine Drillinge, sondern Vierlinge. Ich weiß es von Filobard. Er hat sie gesehen, er hat sie mit eigenen Augen gesehen.«

Vierlinge! Also wirklich, die Natur versetzte einen doch immer wieder in Erstaunen!

»Haben sie wenigstens alle überlebt?«

»Filobard sagt, sie seien zwar etwas schmächtig, doch sehr wohl lebendig. Der Konsul hat sie besucht: Er hat den Vater vier Jahre lang vom Straßendienst und von der Froschjagd freigestellt. Ein Jahr pro Kind.«

Der alte Cassagne brummte irgend etwas vor sich hin.

»Was sagt er?«

»Er meint, man müsse etwas von einem Tier an sich haben, um so viele Kinder zu zeugen.«

Als die Besprechung zu Ende war, begleitete der Anwalt die beiden Männer vor die Tür. Er erzählte ihnen von seinem Tempel des Wissens und fragte, warum ihre Kinder bislang noch nicht dort anzutreffen waren.

Der alte Cassagne verzog das Gesicht. Für ihn war die Schule völlig unnütz, weil das Wissen, das dort vermittelt wurde, meistens keinerlei praktische Anwendung im Alltag der einfachen Leute fand. Außerdem sei er selbst, der nie eine Schule besucht hatte, deswegen keineswegs dümmer als die andern.

»Was sagt Euer Vater?«

»Er sagt, daß er sie zu Euch schicken wird, sobald der Rechtsstreit zu unseren Gunsten entschieden ist.«

Ein zuversichtliches Lächeln ließ das Gesicht des Anwalts erstrahlen.

»Das wird nicht mehr lange dauern«, sagte er und war gleichzeitig vom Gegenteil überzeugt.

Er ging in seine Wohnung im ersten Stock, um in unmittelbarer Nähe der Büste des jungen Voltaire nachzudenken, die so am Fenster stand, daß sie auch von der Straße aus zu sehen war. *Traut euch, selbst zu denken* war in goldenen Buchstaben in den Sockel graviert.

Plötzlich hatte er eine Idee, die er für ausgezeichnet hielt.

Als er in seinem Einspänner Platz nahm, erfuhr er vom Kutscher, daß die ganze Stadt der Schloßherrin Jacinthe zujubelte, da sie soeben die Patenschaft für das fünfte Kind Tricotins übernommen hatte.

»Jesus, Maria und Josef!«

Genau das war auch seine Idee gewesen: die Patenschaft für eines der Kinder zu übernehmen. Doch nun war Jacinthe ihm zuvorgekommen.

»Ein fünftes Kind, sagst du?«

»Ja, jetzt sind es fünf.«

Pagès-Fortin kehrte zur Büste von François-Marie zurück und zerbrach sich erneut so lange den Kopf, bis er eine weitere hervorragende Idee hatte. Dann ließ er sich aus der Stadt fahren und kaufte für hundertfünfzig Livres eine Milchkuh aus dem Aubrac. Er wußte zwar, daß Ziegenmilch fetthaltiger und besser für Säuglinge war, doch eine Kuh von sechshundert Kilo war weiß Gott ein beeindruckenderes Geschenk als ein bloß dreißig Kilo schweres Zicklein.

Die Kuh wurde hinten am Pferdewagen festgebunden, und die Kutsche holperte gemächlich über die Pflastersteine der Rue Haute-Neuve, als Pagès-Fortin plötzlich dem ältesten der Brasc-Brüder begegnete, der in Begleitung eines Soldaten mit selbstgefälligem Gesichtsausdruck war. Er richtete einen kühlen Gruß an Brasc und ignorierte dessen Begleiter, der ihm ebensowenig Beachtung schenkte.

Vor der Werkstatt des Holzschuhmachers in der Rue des Afitos standen immer noch kleine Gruppen von Schaulustigen und Klatschweibern. Der Anblick der Kuh löste Beifall aus, was den Anwalt in der Richtigkeit seiner Wahl bestätigte.

»Donnerwetter! Eine Kuh mit sechs Zitzen aus dem Aubrac«, stellte ein Kenner fest.

Pagès-Fortin betrat die Holzschuhmacherwerkstatt, in der seltsamerweise eine Atmosphäre herrschte wie bei einer Totenwache.

Das Atelier war ordentlich aufgeräumt und roch angenehm nach Holzspänen. Über die blaue Bibliothek auf den Regalen wunderte er sich nicht. Er wußte, daß viele Handwerker begeisterte Leser waren.

»Hier entlang, Herr Anwalt, ich werde sie Euch zeigen.«

Pagès-Fortin folgte Clovis in einen Raum mit niedriger Decke, in dem es sehr warm war. Der Rauch des Herdfeuers, der sich mit dem der Kerzen, dem schlechten Geruch von Schweiß, Blut, warmem Wein, ranziger Butter und Perückenpuder vermischte, machte die Luft so stickig, daß man kaum atmen konnte. Doch der Vorschlag, die Fenster zu öffnen, wäre als Böswilligkeit aufgefaßt worden.

Beim Anblick der fünf Neugeborenen, die in ihren Wickeltüchern fast wie Mumien aussahen, ließ sich der Anwalt zu einer Reihe von Banalitäten hinreißen, die er sogleich wieder bereute.

»Was für ein Wunder! Man muß es gesehen haben, um es glauben zu können... Es ist der Antike würdig! Mir fehlen die Worte, um meine...«

Er schwankte zwischen höchstem Entzücken und einem sonderbaren Unbehagen, als er das Kollier am Hals des fünften Kindes bemerkte. Er beugte sich vor und registrierte verwundert einen Saphir, einen Smaragd, zwei Topase, sechs Perlen, drei Diamanten und einen Rubin von der Größe einer Erbse.

Als Clovis ihm erzählte, wie es zu diesem Geschenk gekommen war, wurde er ganz traurig. Erneut hatte die Schloßherrin ihn übertroffen. Selbst seine Kuh mit ihren sechs Zitzen konnte dieses großzügige Präsent nicht überbieten.

»Sag ihm lieber, daß du zwei Zeugen brauchst, die dir zur Seite stehen«, unterbrach ihn Culat und fügte, an den Anwalt gerichtet, hinzu: »Helft ihm, mein Herr, denn es steht schlecht um ihn.«

Pagès-Fortin war entzückt. Er mochte es, gebraucht zu werden, und vergaß nie, die ihm zu Dank Verpflichteten daran zu erinnern. Er knöpfte seinen Mantel auf, nahm auf einer Bank Platz und setzte eine ernste Miene auf, während er zuhörte und anschließend sagte: »Ich habe bereits von diesem Monsieur Crandalle gehört. Er ist ein ehemaliger, sehr wohlhabender Offizier, der Fechtunterricht gibt. War es nicht ein wenig unvorsichtig von Euch, sich mit ihm anzulegen?«

Diese Bemerkung ärgerte Clovis.

»Woher sollte ich das wissen? Aber was soll's, er hätte seinen vollen Nachttopf eben nicht über mir ausschütten dürfen.«

»Er wird behaupten, er hätte Euch nicht gesehen, und daher sei scinc Handlungsweise auch gar nicht gegen Euch gerichtet gewesen.«

»In dem Fall hätte er mich warnen müssen.«

Eine kommunale Anordnung schrieb vor, daß man »Vorsicht da unten« schreien mußte, bevor man irgend etwas auf die Straße warf. Zuwiderhandelnde wurden mit einer Geldbuße von drei Livres bestraft und waren verpflichtet, gegebenenfalls Hut und Kleidung des Opfers reinigen zu lassen.

»Hat er das denn nicht getan?«

»Ganz und gar nicht. Sonst wäre ich doch ausgewichen! Folglich bin ich das Opfer, und nicht er, caramba!«

Pagès-Fortin sah, wie er mit dem Fingernagel gegen seinen Ohrring schnippte und dabei ein leises Klingeln verursachte.

»Wie kam es zu dieser Aggression?«

»Ich war in Eile, doch Madame Bienvenu schlief so fest, daß ich ein wenig an ihrer Tür rütteln mußte.«

»Wird sie zu der Aussage bereit sein, daß Crandalle Euch nicht gewarnt hat?«

»Keine Ahnung.«

»Was ist mit dem Stein? Wie groß war er?«

Der Holzschuhmacher zeigte seine geschlossene Faust. Pagès-Fortin schüttelte den Kopf.

»Ach so! Immerhin.«

Als er erfuhr, wer die Zeugen des Fechtlehrers waren, verzog er spöttisch den Mund.

»Ihr erweist mir eine große Ehre, mich als Euren Zeugen auszuwählen, Maître Tricotin, doch die Gesetze des Ehrengerichts schreiben für jede Partei zwei Zeugen vor. Folglich müßt Ihr Euch nach einem zusätzlichen umschauen.«

»Ich habe meinen Lehrling bereits zu meinem Vater geschickt. Er wird bald hier sein. Er ist Hufschmied, wohnt in der Rue des Frappes-Devant und war sechs Jahre lang Vertreter dieses Viertels.«

»Das ist nicht gestattet. Die Tatsache, daß Ihr Blutsverwandte seid, wird das Urteil Eures Vaters beeinflussen und seinen Gerechtigkeitssinn, die wichtigste Eigenschaft eines guten Zeugen, beeinträchtigen.«

»Was nützt es, nach Sekundanten zu suchen, wenn dieses Duell gar nicht stattfinden kann!« meinte Caribert empört. »Mein Bruder hatte noch nie einen Degen in der Hand.« Er packte Clovis' Arm und schüttelte ihn. »Sag ihm, daß du nicht gegen diesen Degenfechter antreten willst.«

Clovis blickte zu Boden und hütete sich davor, eine Antwort zu geben.

»Er hat Angst, für einen Feigling gehalten zu werden. Doch das ist immer noch besser, als sich umbringen zu lassen!« rief Jeanne mit vor Kummer verzerrtem Gesicht.

Alle, selbst der Anwalt, sahen sie strafend an. Wenn die Männer redeten, hatten die Frauen zu schweigen.

»Sie ist meine Mutter«, sagte Clovis zu ihrer Entschuldigung, doch Caribert ließ nicht locker: »Mutter hat recht. Es wäre Selbstmord, gegen diesen Fechtmeister anzutreten.«

Sollte sein Bruder getötet werden, so wäre Caribert gezwungen, ihn zu rächen und Crandalle seinerseits zum Duell zu fordern, sich also ebenfalls umbringen zu lassen.

Zwar hatte Clovis nicht die geringste Lust, sich zu duellieren, doch er hatte das ungute Gefühl, daß er seinen Ohrring nie wieder zum Klingen bringen und nie wieder sein Caramba ausstoßen könnte, wenn er die Herausforderung nicht annähme. Nicht zum erstenmal stellte er fest, daß die Meinung der andern wichtiger war als seine eigene.

Indem er dem eindringlichen Blick seines Bruders auswich, schlug er Culat als seinen zweiten Zeugen vor. Dieser fühlte sich so geschmeichelt, daß er das Angebot sofort annahm. Nach einigen Fragen jedoch lehnte der Anwalt ihn wegen fehlender Unparteilichkeit ab. Außerdem hatte Culat nicht genug Ahnung von den Gesetzen der Ehre und der Kunst des Fechtens.

Die Gesetze der Ehre richteten sich in ihrem Wesen und ihrer Strenge nach dem Temperament und dem Charakter des Beleidigten. Eine der Eigentümlichkeiten der Ehrengesetze bestand darin, daß man sich keinesfalls mit einer materiellen Entschädigung zufriedengeben durfte. Es mußte Blut fließen.

»Ein guter Zeuge, meine lieben Freunde, ist ein Zeuge von unbestreitbarer Ehrenhaftigkeit. Ein Mann, der sich mit den Regeln des Duells auskennt, mit Angelegenheiten in Sachen der Ehre vertraut ist, mit Waffen umzugehen weiß und schließlich das richtige Augenmaß und die erforderliche Kaltblütigkeit besitzt, um bei einem Regelverstoß im Verlauf des Gefechts mit der nötigen Autorität eingreifen zu können.«

Clovis zuckte mit den Schultern. Er kannte niemanden, der diesen Anforderungen gerecht wurde.

»Aber ich«, sagte der Anwalt. »Und zwar Maître Laszlo Horvath, den Pferdezureiter des Schlosses. Ein ehemaliger Husar, der sich jedoch mit der Armee überworfen zu haben scheint und, wichtiger noch, ein ausgewiesener Kenner der Pariser Ehrengesetze ist.«

»Ich kenne ihn flüchtig«, sagte Culat enttäuscht, »er versteht kein einziges Wort unserer Sprache.«

»Gewiß, Maître Horvath schert sich einen Dreck um die Syntax, aber in unserem Fall ist er meines Wissens der einzige, der unserem Freund ein paar Grundbegriffe der Fechtkunst beibringen kann.«

Um die Mutter und den Bruder sowie den Betroffenen selbst zu beruhigen, fügte er hinzu: »Ich kann Euch versichern, daß bei weitem nicht alle Duelle tödlich enden. Außerdem haben wir, so wie dieser Fall sich präsentiert, das Recht, den Kampf mit dem Degen abzulehnen und uns für eine andere, besser geeignete Waffe zu entscheiden. Oder die Auseinandersetzung beim ersten Blutvergießen unverzüglich abzubrechen. Übrigens, Maître Tricotin, seid Ihr in irgendeiner Kampfart bewandert?«

Clovis schüttelte den Kopf. Abgesehen davon, daß er als Kind sein Messer gegen einen Baumstamm zu schleudern verstand und streunende Hunde mit Steinen bewarf...

»Könnt Ihr wenigstens mit dem Gewehr schießen?«

Clovis kniff die Augen zusammen, um herauszufinden, welche Absicht sich hinter dieser Frage verbarg. Hin und wieder schoß er heimlich auf Hasen und Rebhühner, obwohl der Besitz von Gewehren innerhalb der Burggrafschaft der Familie Armogaste mit hohen Strafen belegt war.

»Vielleicht, aber sicher bin ich mir keineswegs.«

Pagès-Fortin begann, seinen Mantel wieder zuzuknöpfen.

»Ich werde mich jetzt unverzüglich um unseren zweiten Zeugen kümmern. Anschließend werde ich in seiner Begleitung das Haus von Brasc dem Ältesten aufsuchen, um dort über die Einzelheiten des Duells zu verhandeln. Natürlich werden sie unsere Bedingungen ablehnen, doch in dem Fall werden wir einen Ehrenschiedsrichter bestimmen, der die definitive Entscheidung trifft. Selbstverständlich werde ich vorher versuchen, sie dazu zu überreden, die Herausforderung zum

Duell in eine einfache Strafanzeige umzuwandeln. In dem Fall hätten wir es, statt eines Duells, lediglich mit einem Gerichtsverfahren zu tun, aber…«

Aus dem Ton dieses »Aber« hörte Clovis heraus, daß er sich keine allzu großen Hoffnungen auf dessen Ausgang machen durfte. Bevor Pagès-Fortin das Zimmer verließ, schaute er noch einmal voller Bewunderung zu den Fünflingen hinüber.

»Man könnte meinen, Ihr hättet im entscheidenden Augenblick den Schluckauf gehabt.«

Clovis lächelte nicht und gab auch keine Antwort. Späße dieser Art waren ihm an jenem Morgen bereits mehrfach aufgetischt worden. Er begleitete den Anwalt zu seinem Wagen, der vor der Werkstatt stand. Der Kutscher nahm die Decke vom Pferd, die es vor der Kälte schützte, und machte sich zum Aufbruch bereit.

Als Pagès-Fortin endlich auf der Bank Platz genommen hatte, streckte er noch einmal den Kopf durch die Wagentür und rief:

»Ich wäre Euch sehr dankbar, wenn Ihr zu Hause bleiben und auf meine Rückkehr warten würdet. Ich werde mich beeilen. Die Zeit läuft gegen uns, und daher ist es besser, nicht noch zusätzlich welche zu verlieren.«

»Was wollt Ihr damit sagen?«

»Die Gesetze der Ehre schreiben vor, daß das Gefecht spätestens zwei Tage nach der Aufforderung zum Duell stattfinden muß.«

»Caramba!« entgegnete Clovis ohne große Begeisterung. Vor lauter Beunruhigung dachte er nicht einmal daran, seinen Ring zum Klingen zu bringen.

Mit einem Mal war er fest davon überzeugt, daß er dieses Duell nicht überleben, seine Kinder nicht aufwachsen sehen würde und niemals mehr mit Immaculée schäkern könnte…

Die Ziege im Hof meckerte; die Kuh antwortete ihr mit einem lauten Muhen.

# 9

Seit nahezu drei Jahrhunderten regelte der Belfried, der Stolz der Verwaltung, den Schlaf, den Hunger und alle anderen Aktivitäten der Einwohner von Racleterre. Wenn es um sechs Uhr morgens zum Gebet läutete, hieß es aufstehen. Um neun Uhr wurde gefrühstückt, um zwölf Uhr zu Mittag gegessen, und um sechs Uhr abends nahm man das Abendbrot ein. Um neun Uhr blies man die Kerzen aus, und um Mitternacht ließ man den Schalk heraus. Wenn die Glocken also mittags läuteten, wußte jeder, daß Essenszeit war. Schlagartig setzte sich der Verkehr in der Rue des Afitos wieder in Bewegung.

Bei den Tricotins kam es infolge der fünffach erforderlichen Säuglingspflege zu organisatorischen Problemen, die ohne die Unterstützung der ganzen Familie und einer entsprechenden Aufgabenverteilung nicht zu bewältigen gewesen wären.

Adèle war zum Place de l'Arbalète zurückgekehrt, um sich um das Mittagessen ihres Mannes zu kümmern. Immaculée blieb allein im Schlafzimmer zurück und stickte, am Bett von Apolline sitzend, die nach wie vor schlief. Von Zeit zu Zeit hielt sie mit ihrer Arbeit inne, um ein weiteres Holzscheit ins Feuer zu schieben. Die Fünflinge schlummerten.

Jeanne Tricotin hielt sich in der Küche auf und bereitete eine stärkende Knoblauchsuppe, während ihre Mutter, Marie Camboulives, Zwiebeln dünstete. Die Tricotins und der Gerbermeister Félix Camboulives waren in der Werkstatt, wo sie starken Branntwein tranken und Familienrat hielten. Clovis hielt eine Feder in der Hand und zählte offensichtlich entmutigende Zahlen zusammen.

»Wenn ich bloß dieses Kollier verkaufen könnte. Dann hätte ich genügend Geld, um im nächsten Jahr eine Magd in Dienst zu nehmen. Ich könnte sogar ein größeres Haus in der Rue des Deux-Places mieten.«

»Falls du dann noch am Leben bist«, erinnerte ihn Caribert mit finsterer Miene. Caribert hatte die Absicht, den Konsul zu bitten, diesen allzu ungleichen Kampf zu verbieten.

Die Tür wurde geöffnet, und Petit-Jacquot trat ein.

»Ich habe den Wolfsjäger ausfindig gemacht, Meister, er kommt wegen der Zähne.«

Mit einer Wolfsfellmütze auf dem Kopf und dem Wildhüterriemen mit dem Wappen der Familie Armogaste über der Brust betrat Achille Javertit hinter dem Lehrling den Raum. Seine tiefe, von unzähligen Falten zerfurchte Stirn und seine herabhängenden Mundwinkel verliehen ihm ein leicht melancholisches Aussehen. Er trug einen Leinensack über der Schulter, in dem sich etwas bewegte.

Clovis warf einen Blick auf seine Ausgabenliste und seufzte:

»Diese Kosten hatte ich ganz und gar vergessen.«

Der Brauch, ein Neugeborenes an einem Wolfszahn lutschen zu lassen, galt als die sicherste Methode, ihm zu einem einwandfreien Gebiß zu verhelfen.

Man wußte wenig über den Jagdaufseher, außer daß sein Vater als Holzfäller für die Familie Armogaste gearbeitet hatte und wegen Wilderei vom alten Ritter Évariste gehängt worden war. Er wohnte mit seiner Frau und zwei Kindern in einer eigenhändig errichteten Hütte unweit der Loubière-Grotten, an der Grenze zur Sauvagerie, dem geheimnisvollen Herzen des Waldes von Saint-Leu.

Am Vortag jeder Hetzjagd kam er nach Racleterre, um Ritter Virgile-Amédée Bericht über sein Revier zu erstatten. Er nutzte diese Gelegenheit, um durch die Straßen zu ziehen und die von seiner Familie hergestellten Produkte feilzubieten.

Der Wildhüter stellte seine Tasche zu Boden und öffnete sie ein wenig, um den vier kleinen, kümmerlichen Wölfen Luft zu verschaffen. Nur ein Wölfchen gab schwache Lebenszeichen von sich. Petit-Jacquot beugte sich über die Tasche, um die jungen Wölfe genauer unter die Lupe zu nehmen.

Der Mann zog einen Lederbeutel aus seiner grauen Weste, in dem er eine ganze Sammlung von Wolfszähnen aufbewahrte, und breitete den Inhalt auf der Werkbank aus, wobei er mit schwermütiger Stimme den Preis jedes einzelnen Zahns nannte.

»Anderthalb Livres für einen Eckzahn, zehn Sols für einen Schneidezahn, sechs für einen Backenzahn. Ich habe auch billigere Zähne, aber die stammen von einem Fuchs.«

Clovis suchte einen schönen, langen Eckzahn für Clodomir, den Ältesten, aus, drei Schneidezähne für die jüngeren Knaben Pépin, Dagobert und Charlemagne sowie einen kleinen Backenzahn für Clotilde, das Mädchen. Es wurde nicht lange gefeilscht. Der Wildhüter war sofort einverstanden, ein paar Sols mit dem Preis herunterzugehen. Als Clovis ihn bezahlt hatte, nahm er seine Tasche und ging wortlos davon.

## 10

Neben dem Wagen von Pagès-Fortin trabte ein Reiter auf einem Apfelschimmel dahin.

Der Anwalt machte ein besorgtes Gesicht. Clovis ahnte, daß seine Angelegenheit nicht zum besten stand.

»Maître Tricotin, ich möchte Euch Maître Laszlo Horvath vorstellen, der uns die Ehre macht, Euch als Euer zweiter Sekundant zur Seite zu stehen.«

Der Ungar stieg von seinem Pferd. Er war spindeldürr und etwa vierzig Jahre alt, trug einen zu engen und im Rücken geschlitzten Gehrock, hatte krumme Beine und ausgeprägte Schenkel, die in eine ehemals himmelblaue Hose gezwängt waren; er wirkte viel größer, als er tatsächlich war. Seine leicht schlitzförmigen Augen, seine hohen Backenknochen und sein langer, aufgezwirbelter Schnurrbart erinnerten Clovis an die Zeichnungen aus den Reisebüchern von Marco Polo (von denen er alle sechs Bände besaß). Auf dem Kopf trug Laszlo Horvath eine Soldatenmütze, deren Krempe mit da und dort bereits etwas abgescheuertem Leopardenfell besetzt war. Über seinen Nacken verlief eine breite Narbe, die zweifellos von einem Säbelhieb stammte. An einem der Ohren fehlte ein Stück, und seine gebrochene, ziemlich platte Nase verlieh ihm ein sehr eigenartiges Provil. Seltsamerweise gefiel der Ungar den Frauen und war sich dessen, wie man an seinem Verhalten deutlich erkennen konnte, wohl bewußt.

Höflich bedankte Clovis sich bei ihm. Der Ungar musterte ihn von oben bis unten und beschränkte sich mit einem kurzen, rätselhaften »Gut so!«

»Habt Ihr Euch mit den andern besprochen?« fragte Clovis den Anwalt.

»Bis zur völligen Heiserkeit. Aber diese ungehobelten Kerle sind nicht zu Kompromissen bereit, sondern beharren darauf, daß sie die Opfer sind.«

»Das hattet Ihr mir zuvor bereits prophezeit, oder?«

»Gewiß, Maître Tricotin, aber da wußte ich noch nicht, daß Euer Stein Monsieur Crandalle im Gesicht getroffen hat. Da wir ihn bei Brasc antrafen, konnte ich mich mit eigenen Augen von der Schwere seiner Verletzung überzeugen. Was unsere Position, wie Ihr selbst zugeben müßt, erheblich schwächt. Noch besorgniserregender ist allerdings die Tatsache, daß Monsieur Crandalle einen Abbruch beim ersten Blutvergießen entschieden ablehnt und ein, wie er sagte, Duell bis zum bitteren Ende fordert.«

Clovis schlug die Augen nieder, um sich seine Verwirrung nicht anmerken zu lassen. Der Anwalt fuhr fort: »Nachdem wir uns diesen Bedingungen widersetzt hatten, verlangten wir nach einem Ehrenschiedsrichter, der eine Entscheidung trifft und festlegt, wer denn nun Opfer und wer Täter ist.«

»Auf wen fiel die Wahl?«

»Die Wahl fiel einstimmig auf Ritter Virgile-Amédée Armogaste. Und nun, mein lieber Freund, nehmt Euren Mantel, denn jetzt begeben wir uns ins Schloß.«

Die Reiter und der Wagen des Anwalts überquerten den Platz in Richtung des neuen Schlosses, das hinter hohen Mauern lag, die lediglich der alte Burgfried überragte.

Obwohl die Zugbrücke in Friedenszeiten außer nachts nie hochgezogen wurde, wäre es unschicklich gewesen, sie zu überqueren, ohne sich zuvor bei Martial anzumelden. Der Schlüsselverwalter wohnte über dem Tor mit den Seilwinden, mit denen die Brücke und das doppelte Fallgatter hochgezogen wurden.

Als der Ungar die Brücke erreichte, beugte er sich aus seinem Sattel nach unten und läutete die Glocke.

Mit feierlichem Gesichtsausdruck erschien Martial. An seinem Gürtel hing ein Ring mit zahllosen Schlüsseln.

»Zu einer unpassenderen Stunde hättet ihr nicht kommen können! Die Herrschaft sitzt gerade beim Mittagessen. Kommt am frühen Nachmittag noch einmal vorbei!« rief er ihnen zu, ohne sich nach den Gründen ihres Besuchs zu erkundigen.

»Ehrenangelegenheiten dulden keinen Aufschub. Lauft und sagt Eurem Herrn Bescheid. Und beeilt Euch, denn es ist bitterkalt hier draußen«, erwiderte Pagès-Fortin, der nicht unzufrieden darüber war, daß er den Schloßherrn beim Essen störte.

Der Wagen fuhr über die Brücke und hielt neben der Freitreppe. Martial öffnete die Tür zur Eingangshalle und befahl ihnen, ihm zu folgen.

Es war das erste Mal, daß Clovis das Schloß der Familie Armogaste betrat.

## 11

*Im Schloß der Familie Armogaste, März 1763*

Während Virgile-Amédée Armogaste, der siebenundzwanzigste Namensträger, zu Mittag aß, lagen die alten Spürhunde zu seinen Füßen. Der Abt von Bartonnet, der wegen seiner ausgeprägten Vorliebe für die Wolfstreibjagd auch »Abbé Harloup« genannt wurde, saß zu seiner Rechten, und der Vicomte Renaud du Poitrail, Hauptmann des Royal-Languedoc, zu seiner Linken. Er war zu der am nächsten Tag stattfindenden Treibjagd eingeladen worden und versuchte, sich für die Worte des Ritters zu interessieren.

»Einst waren die wichtigsten Jagdwaffen selbstverständlich der Knüppel und der Stein. Dann verwandelte sich der Knüppel in eine Keule, während der Stein, nachdem er behauen und mit einem Stiel versehen worden war, zu einer Axt, einem Wurfspieß oder einer Harpune wurde. Die Jagd, Monsieur Vicomte, besteht darin, sich einem wilden Tier bis auf mindestens zwanzig Fuß zu nähern, wobei das Überleben des gejagten Tieres, wie ich Euch bereits erklärte, von seiner Begabung abhängt, seine Feinde in einem Umkreis von sechshundert Fuß durch den Geruchssinn, von fünfhundert Fuß durch den Blick und von dreihundert Fuß durch das Gehör wahrzunehmen.«

Ritter Évariste, der seit seinem tragischen Unfall geistig verwirrt war, saß in seinem Rollstuhl in der Mitte des langen Tisches und aß unappetitlich mit den Fingern, wobei seine Ärmelaufschläge ständig in den Teller hingen. Hin und wieder zuckten seine fußlosen Unterschenkel. Seine Tochter Cécile de Montenbasset, die reiche Witwe des Vicomte de Montenbasset, der vor einigen Jahren an einer Darmverschlingung gestorben war, saß ihm gegenüber und ließ ihn nicht aus den Augen. Sie war es, die seinen Rollstuhl schob und seine Waden jeden Tag in mit Merinowolle gefütterte Ledersäcke stopfte.

An einem Kopfende des Tisches, weit entfernt von ihrem am anderen Tischende sitzenden Gatten, stocherte die Schloßherrin Jacinthe verdrossen in ihrem Teller, auf dem kleine, fritierte Aalquappen lagen (sie grübelte immer noch über das Kollier und dessen horrenden Preis). Rechts neben ihr hatte Pater Gisclard Platz genommen, der nicht zu wissen schien, wie sehr seine Anwesenheit den Abt von Bartonnet ärgerte. Monsieur Hubert hatte sich vor dem Kaminfeuer auf einem grünen Samtpuff zu einer Kugel zusammengerollt und drehte der Gesellschaft den Rücken zu. Da es trotz des lodernden Feuers ziemlich kalt in dem großen Saal war, hielt jeder Gast seine Füße über einen mit Holzglut gefüllten Fußwärmer.

Ritter Virgile-Amédée starrte den Vicomte mit seinen runden, fast lidlosen Augen an. Da er nie blinzelte, verliehen sie ihm das Aussehen einer scharf beobachtenden Henne, obwohl er selbst eher an einen Adler dachte.

»Um das Wild erlegen zu können, muß der Jäger in diese drei Abwehrkreise eindringen. Das setzt allerdings voraus, daß er sich jahrelang mit den Sitten und Verhaltensweisen der Tiere vertraut gemacht hat.«

Der Vicomte nickte zustimmend und nahm ein dickes Stück von der mit Morcheln gespickten Aalpastete, die Küchenmeister Francol ihm hinhielt. Es gab reichlich Aale in den Schloßgräben, in denen es auch vor Schleien, Karpfen und Barschen nur so wimmelte.

»Besteht das erste wahre Meisterwerk des Menschen nicht darin, sich den Hund, das Pferd und den Falken gefügig gemacht zu haben? Denn, und Ihr werdet mir gewiß recht geben, Monsieur Vicomte, ohne die Nase des Hundes, ohne die Beine des Pferdes und ohne die Flügel des Falken hätten wir uns die Herrschaft über die Tiere der Schöpfung nie sichern können.«

Der Vicomte stimmte ihm erneut zu und nahm diesmal eine dicke Scheibe von der mit Speck umwickelten Fasanenpastete, die der Küchenmeister ihm reichte.

Der Hauptmann war gewarnt worden: »Die Schloßküche ist ausgezeichnet, doch wenn Ihr davon kosten möchtet, mein Lieber, so müßt Ihr das Gespräch unbedingt auf die Treibjagd bringen. Dann könnt Ihr in aller Ruhe essen und braucht nur noch hin und wieder mit dem Kopf zu nicken.«

Hinten im Saal, neben der Tür, die in die Küche und in das Anrichtezimmer führte, oder anders ausgedrückt: mitten im Luftzug saß der Schloßarzt Éloi Larzac dem jungen Gabriel Pillehomme gegenüber, der gleichzeitig Sekretär des Ritters und Gerichtsschreiber der Gemeinde war. Beide wohnten im Schloß, und obwohl es ihnen aufgrund ihrer Stellung erlaubt war, zur gleichen Zeit zu speisen wie die Herrschaft, waren sie unentwegt dem Spott der Diener ausgesetzt, denen es nicht paßte, einfache Leute bedienen zu müssen. Daher ließen sie sich alle nur erdenklichen Vorwände einfallen, um diese zu ärgern.

Die Zeit, die der Ritter nicht seinen Lieblingsbeschäftigungen (der Treibjagd, dem Abrichten der Hunde und dem Verfassen eines Standardwerkes über die Dressur von Jagdhunden und -pferden) widmete, verbrachte er in Gesellschaft von Éloi Larzac. Gemeinsam studierten sie die alten Bücher, in der Hoffnung, darin auf neue Besteuerungsmöglichkeiten oder längst in Vergessenheit geratene Feudalrechte zu stoßen, die wiedereingeführt werden könnten. Schließlich wünschte sich der Ritter nichts sehnlicher, als erneut in den Genuß dessen zu kommen, was die Gemeindeverwaltung als »Kommunalgut« bezeichnete, das aber eigentlich der Familie Armogaste gehörte, da ihr Geschlecht seit dem Jahr 1000 im Besitz des gesamten Kalkplateaus war.

Plötzlich wurde die zweiflügelige Tür des großen Saales einen Spaltweit geöffnet, und Martial trat ein. Seine ernste Miene verriet, daß er sehr wohl wußte, wie unpassend sein Erscheinen in diesem Moment war.

»Ihr müßt mich bitte entschuldigen, edle Herrschaft, aber

draußen warten sechs Männer, die unbedingt von Euch empfangen werden möchten. Sie behaupten, es handele sich um eine äußerst wichtige Angelegenheit.«

»Wer sind diese Störenfriede?«

»Nun, da sind Rechtsanwalt Pagès-Fortin und Monsieur Brasc der Älteste, dieser Fechtlehrer aus der Rue des Maoures und ein Dragoner. Ihr Zureiter ist auch dabei. Den andern kenne ich nicht, aber er trägt Holzschuhe und ist in der Kutsche des Herrn Rechtsverdrehers vorgefahren.«

Der Name des Anwalts erregte heftiges Mißfallen. Als der Ritter ihn hörte, veränderte sich sein Gesichtsausdruck. Er haßte diesen Aufklärer und war strikt dagegen, daß man sich regelmäßig in dessen Gelehrtenakademie traf, um dort Diskussionen zu führen, die eine große Gefahr für die öffentliche Ordnung darstellten.

Zwar weinte Virgile-Amédée nicht unbedingt der Zeit nach, da die Lehnsherren noch das Recht hatten, über Leben und Tod ihrer Untergebenen zu richten, doch er bedauerte es außerordentlich, daß er eine derart lästige Person nicht außer Gefecht setzen konnte, ohne sogleich mit demütigenden Vergeltungsmaßnahmen von Seiten der Justiz rechnen zu müssen. Er war der festen Überzeugung, daß alle diese arroganten und allzu reich gewordenen Bürger nur davon träumten, eine neue Aristokratie einzuführen, in der Geld die Adelstitel ersetzen sollte, die sie nie tragen könnten und nie tragen würden.

»Haben sie es so eilig, daß sie nicht einmal warten können, bis ich mit dem Essen fertig bin?«

»Es scheint sich um eine Sache der Ehre zu handeln, edler Herr.«

Der Gesichtsausdruck des Ritters veränderte sich erneut.

»Laßt sie unverzüglich eintreten.«

Die Größe der Zimmer, die Höhe der Decken, die kostbaren Möbel, die zu den oberen Stockwerken führenden Marmorgeländer, die kupfernen Lüster mit den Kerzen von einer Livre, die Wandbehänge, die Arroganz des Schlüsselverwalters – das alles lag Clovis schwer im Magen. Er verstand nicht, wieso gewisse Leute so viel besaßen, während andere sich mit so wenig begnügen mußten: Seine Familie, zum Beispiel, lebte dicht zusammengedrängt in einem Häuschen, das mehrmals in diese riesige Vorhalle gepaßt hätte.

Martial führte sie durch einen dunklen Flur, der mit Hirsch-, Reh- und Damhirschgeweihen geschmückt war, in ein Vorzimmer, in dem kein einziger Stuhl stand. Er bat sie, sich nicht von der Stelle zu rühren, bis er zurück sei. Dann verschwand er durch eine mit dem Kopf eines vierjährigen Wildschweins verzierte Tür.

Crandalle und seine Sekundanten stellten sich etwas abseits neben ein Fenster, so als wollten sie mit leiser Stimme ein Komplott schmieden. Der Ungar trat an das gegenüberliegende Fenster und kehrte ihnen den Rücken zu. Clovis blieb neben dem Anwalt stehen und tat so, als würde er sich für ein Ölgemälde interessieren, das Ritter Évariste darstellte, als er noch dreißig Jahre jünger war. Er trug eine dunkelgrüne Uniform mit roten Ärmelaufschlägen, eine schwarze Tuchweste, eine graue Samthose sowie Kesselstiefel und schickte sich an, einen von einer bellenden Hundemeute in die Enge getriebenen Wolf mit seinem Jagdschwert zu erledigen. Neben dem Bild hing eine Tafel aus Nußbaumholz, die über den Vorgang berichtete:

> Ein mehr als acht Jahre alter Wolf, der am 8. November 1737 in der Nähe des Wassergrabens im Wald von Saint-Leu um neun Uhr morgens aufgestöbert wurde.
> Erlegt am 9. November, bei untergehender Sonne, in den Palanges-Bergen.
> Ehre dem Ritter Évariste Armogaste.
> Treibjagd, dargestellt von Sans-Chagrin und Lasylve.

»Ich habe gehört, er sei ein außergewöhnlicher Oberjagdmeister gewesen«, sagte Pagès-Fortin und deutete auf das Bild.

Wenn alle schwiegen, fühlte der Anwalt sich nicht wohl in seiner Haut; er hatte meist den Eindruck, daß dieses Schweigen gegen ihn gerichtet wäre.

»Ihn hat es den Verstand und beide Füße und uns einen ganzen Arbeitstag gekostet«, erwiderte Clovis, der an der Suchaktion beteiligt gewesen war, damals, als Évariste sich im Wald verirrt hatte.

Der Ritter war an einem Sonntag aufgebrochen, um die Verfolgung eines Herdentiers aufzunehmen, das bereits mehrere Schafe gerissen hatte. Die Fährte führte geradewegs in den Wald von Saint-Leu, und als Ritter Évariste sie entdeckte, zögerte er nicht und drang entschlossen in den Hochwald vor.

Als Évariste einem niedrigen Ast ausweichen wollte, verlor er seinen Hut, und seine langen Haare verfingen sich in den Blättern des folgenden Astes. Wie eine Feder wurde der Reiter aus dem Sattel, nicht jedoch aus den Steigbügeln gerissen, die sich plötzlich spannten, als das Pferd weiterlief. Der Ritter wäre förmlich zerrissen worden, wenn seine Kesselstiefel nicht so gütig gewesen wären, seine Füße freizugeben. Am späten Vormittag des darauffolgenden Tages fand man ihn: bewußtlos, mit in die Länge gezogenem Körper und gebrochenen Knöcheln, mit den Haaren an einem hohen Baumast hängend. Seine Füße waren inzwischen weggefressen worden.

Daß er trotz des erheblichen Blutverlustes überlebte, grenzte wahrhaftig an ein Wunder, das er dem heiligen Hubert zu verdanken hatte, dem Schutzherrn der Oberjagdmeister. Daß er den Verstand verlor, wurde der Tatsache zugeschrieben, daß er am Tag des Herrn zur Jagd gegangen war.

Im Einverständnis mit dem königlichen Verwalter und der Gemeinde rief Virgile-Amédée, der neue Namens- und Waffenträger der Familie Armogaste, der zum Zeitpunkt jenes Ereignisses Hauptmann im Royal-Guyenne war, zu einer großen Rachetreibjagd auf, an der sich fast zweihundert Leute beteiligten und in deren Verlauf eine Menge Wildkaninchen und Rebhühner getötet wurden, jedoch kein einziger Wolf.

»Der Herr Ritter ist gewillt, Euch zu empfangen«, verkündete der Pförtner bei seiner Rückkehr ins Vorzimmer.

Sie folgten ihm durch einen Flur, dessen große Glasfenster den Blick auf den Hühnerhof, die Stallungen und einen Teil des Burgfrieds mit den grauen, von Unkraut überwucherten Bruchsteinen freigaben. Martial stieß eine zweiflügelige Polstertür auf und forderte sie auf, einzutreten.

Clovis betrat einen großen Saal, in dem es trotz des riesigen Kamins, in dem man ohne weiteres ein Pferd mitsamt Reiter hätte braten können, recht kalt war. An einem langen Eichentisch saßen einige Adelige und speisten zu Mittag. An den Wänden hingen die Porträts ihrer Vorfahren, und in jeder Ecke des Raums stand eine komplette Ritterrüstung. Der perspektivisch auf eine Wand gemalte Schlachtruf der Familie Armogaste war von einer beeindruckenden Zahl ausgestopfter Wolfsköpfe umgeben.

Als sie eintraten, bellten drei alte Hunde. Einer von ihnen kam näher und schnupperte an Clovis' Mantel. Clovis fragte sich, ob er es wagen dürfe, dem Köter einen Fußtritt zu versetzen, falls dieser sich als bissig erweisen würde. Schließlich war der Ritter für die große Liebe zu seinen Hunden bekannt.

Als der alte Spürhund seine Inspektionspflicht erfüllt hatte, kehrte er an die Seite seines Herrn zurück. Clovis hob den Kopf und sah, daß die Schloßherrin ihn mit krauser Stirn und herabhängenden Mundwinkeln eindringlich anstarrte.

Die Anwesenheit Madame Jacinthes und der reichen Witwe bestätigte das Gerücht, daß in Adelskreisen Frauen und Männer am selben Tisch zu speisen pflegten. Bei den einfachen Bürgern war das gewiß nicht der Brauch und bei Handwerkern und Bauern geradezu unvorstellbar. Das Leben eines Ritters hatte wahrhaftig nichts mit dem Leben von Clovis und seinesgleichen gemein.

»Da schau her, unser so fruchtbarer und so großzügiger Holzschuhmacher«, spottete Pater Gisclard.

Clovis entzog sich der allgemeinen Aufmerksamkeit, indem er seinen Blick auf den alten Évariste richtete, der unbeirrt weiteraß. Seit seinem Unfall ließ er sich nicht mehr im Dorf blikken, doch man wußte, daß er noch lebte, weil er sich regelmäßig vom Burgfried aus an seine früheren Treibjagden erinnerte. Dort saß er dann und blies zum Halali. Wenn der Wind aus südlicher Richtung wehte, konnte man sein Jagdhorn bis in die Rue des Afitos hören.

Mit schwülstiger Stimme gab Pagès-Fortin ein paar Höflichkeitsfloskeln von sich. Mit fester Stimme stellte sich anschließend der Obergefreite Mondidier vor, während Crandalle den Ritter mit seinem gesunden Auge eindringlich anstarrte, so als wollte er dessen ganze Aufmerksamkeit auf sich lenken.

Der Schloßherr hörte ihnen zu und biß sich dabei auf die Unterlippe. Er hatte sein Besteck niedergelegt und seinen Stuhl vom Tisch weggeschoben, um ihnen entgegenzutreten. Seine Gäste hingegen ließen nicht von ihrer Mahlzeit ab, doch man merkte ganz genau, daß sie aufmerksam zuhörten. Brasc der Älteste und der ungarische Zureiter standen etwas abseits neben der Tür und gaben vor, sich fürchterlich zu langweilen.

Clovis bemühte sich, eine angemessene Haltung einzunehmen, hielt sich zunächst sehr gerade und verschränkte die Hände auf dem Rücken. Dann kreuzte er die Arme vor der Brust, nach wie vor in sehr aufrechter Haltung.

»Ein Duell zwischen Nichtadligen!« rief Virgile-Amédée plötzlich. »Das ist doch nicht Euer Ernst, Herr Anwalt! Für Maître Crandalle, der immerhin Hilfsoffizier war, mag das ja noch angehen, aber für einen Holzschuhmacher!«

Clovis fühlte bei diesen Worten eine große Erleichterung und gleichzeitig einen Hauch von Bedauern. Doch schon ergriff Pagès-Fortin mit lauter Stimme des Wort, um energisch zu protestieren.

»Ehre ist kein Privileg, Monsieur Armogaste, Ehre besitzt JEDER! Gestattet, daß ich Euch daran erinnere!«

Dann begann der Anwalt leidenschaftlich über das Thema Ehre zu referieren, betrachtete die anwesende Gesellschaft als seine Zeugen und richtete sich sogar an die alten Hunde, als er endgültige Sätze formulierte wie diesen:

»Wenn die Ehre das Erbgut des Gewissens ist, wenn es DAS Gefühl ist, das uns Selbstachtung verleiht, was bleibt dann von diesem Gefühl übrig, wenn man drei Pinten Urin auf den Kopf geschüttet bekommt, Monsieur Armogaste? Das frage ich Euch, Herr Ritter.«

Obwohl Clovis ganz und gar seiner Meinung war, wäre es ihm lieber gewesen, wenn er geschwiegen hätte. Man merkt ganz deutlich, daß nicht der Anwalt derjenige ist, der zum Duell antreten muß, dachte er und stellte gleichzeitig fest, daß außer ihm keiner der Anwesenden Holzschuhe trug.

Ritter Virgile-Amédée erhob sich und ging ein paar Schritte auf und ab. In diesem Moment kam Joignotte, die Frau des Küchenmeisters, mit einem hübsch dekorierten gebratenen Fasan aus dem Anrichtezimmer. Bei dessen Anblick lief mehr als einem der Versammelten das Wasser im Mund zusammen, allen voran Clovis, der jeden Tag zur gleichen Zeit am Mittagstisch saß und noch nie eine Mahlzeit versäumt hatte.

Während Francol das Tier zerlegte, hielt der Abt von Bartonnet es für angebracht, alle Anwesenden daran zu erinnern, daß es ein doppelter Verstoß gegen die göttlichen Gesetze sei, töten oder sich selbst umbringen zu wollen.

»Liebe Kinder, sich zu duellieren ist genauso schlimm wie sich dem Teufel zu verschreiben! Außerdem stellt es eine Auflehnung gegen den König und seine Verordnungen dar.«

Es war Pater Gisclard, der die Worte des Abts aufgriff und sich unmittelbar an Clovis wandte:

»Der Herr Abt hat vergessen, dich, mein Sohn, daran zu erinnern, daß Gott die Duellanten zur Strafe aus seiner Gemeinschaft ausschließt, und falls du unglücklicherweise nicht überleben wirst, so sollst du wissen, daß du weder die heiligen Sterbesakramente empfangen noch in geweihtem Boden begraben werden kannst. Willst du etwa zu einem dieser erbarmungswürdigen Märtyrer des Teufels werden? Denk doch an deine Kinder.«

»Der Grund, warum Ihr mir und nicht Crandalle eine Moralpredigt haltet, ist der, daß ich Euch keine vier Livres gegeben habe«, erwiderte Clovis und zeigte mit dem Finger auf Crandalle. »Er will doch den Kampf, er hat mich zum Duell herausgefordert…«

Fast hätte er »…und nicht ich ihn« hinzugefügt.

Pater Gisclard wollte ihm bereits widersprechen, doch der Ritter kam ihm zuvor.

»Beruhigt Euch, Herr Pfarrer, und eßt lieber, bevor Euer Fasan kalt wird. Was Euch, meine Herren Streithähne, und Euch, meine Herren Sekundanten, betrifft, so bitte ich Euch, mir in mein Arbeitszimmer zu folgen. Auch Ihr, Pillehomme, kommt mit, aber zuvor solltet Ihr zu Ende essen«, sagte er zu seinem Sekretär, der seine Mahlzeit unterbrochen hatte und das Streitgespräch mit Interesse verfolgte.

Die Männer folgten dem Ritter zunächst auf den Flur, dann über die Treppe ins erste Stockwerk und schließlich in ein schönes, geräumiges Zimmer, in welches das Tageslicht durch ein Doppelfenster fiel. Von diesem Fenster aus erblickte man den mit Zinnen versehenen Rundgang, die Dächer des Dorfes und ein Stück des Glockenturms der Kirche des heiligen Benedikt. Das getäfelte Arbeitszimmer führte in einen kleinen, runden Raum, in dem die Waffen und Sammlungen des Ritters untergebracht waren. An den Deckenbalken hing eine solche

Fülle an Jagdtrophäen, daß einem richtig schwindelig wurde. Nicht eine einzige Stelle war frei geblieben.

Clovis betrachtete den auf einer Kommode liegenden Schädel eines eigenartigen Tieres, das weder ein Pferd noch eine Kuh sein konnte, als der Ritter in einem der Sessel Platz nahm, die um den Arbeitstisch mit den gedrechselten Füßen standen. Da er niemanden aufforderte, es ihm gleichzutun, blieben alle andern stehen.

»Bevor ich eine Entscheidung fällen kann, müßt Ihr mich über die genauen Umstände aufklären«, sagte der Ritter und gab Clovis mit einem Handzeichen zu verstehen, daß er näher treten solle. »Was hattest du überhaupt zu jener späten Stunde auf der Straße verloren?«

Clovis schluckte. Es war das erste Mal, daß ein Armogaste das Wort an ihn richtete. Er schaute dem Ritter kurz in die Augen, die ihn sogleich an eine legende Henne erinnerten.

»Meine Liebste lag in den Wehen, und ich war unterwegs, um die Hebamme zu holen, Herr Ritter.«

»Erzähl mir, was passiert ist!«

Clovis schilderte, wie der Inhalt des Nachttopfes auf seinem Kopf landete, als Crandalle ihm plötzlich ins Wort fiel.

»Ich konnte nicht wissen, daß er unter meinem Fenster stand, Herr Ritter. Ich dachte, die Gasse sei menschenleer.«

»Seid still, Maître Crandalle, Ihr kommt später an die Reihe.«

Clovis fiel auf, daß der Ritter ihn duzte, während er den Fechtlehrer mit Ihr anredete. Dennoch fuhr er mit seinem Bericht fort, und als er auf den von ihm geworfenen Kieselstein zu sprechen kam, wandte sich der Schloßherr dem Verletzten zu, um zu erfahren, was aus diesem Wurfgeschoß geworden war.

Crandalle öffnete seine Tasche und zog einen riesigen, kürbisgroßen Stein heraus, der den Holzschuhmacher sogleich ganz außer sich geraten ließ. Unruhig bewegte sich der Silberring an seinem Ohrläppchen.

»Potz Blitz! Das ist keineswegs der Stein, den ich geworfen habe! Dieser verfluchte Pißbruder lügt wie gedruckt, Herr Ritter! Mein Stein war weitaus kleiner.«

In diesem Augenblick sprang der Fechtmeister so unvermittelt auf, als hätte jemand ihm Säure ins Gesicht gespritzt.

»Mich einen Lügner zu heißen! Du Taugenichts! Du Hundesohn! Das wirst du mir büßen!«

Bei diesen Worten griff er nach seinem Schwert, doch Brigadier Mondidier trat mutig dazwischen, während Clovis aufgeregt mit den Holzschuhen klapperte. Er war so wütend, daß er sich auf der Stelle mit diesem Wahnsinnigen angelegt hätte, der seinen hinterlistigen Charakter mit diesem Stein deutlich zu erkennen gegeben hatte.

»Herr Ritter, wenn ein so gewaltiger Stein ihn tatsächlich im Gesicht getroffen hätte, glaubt Ihr dann, daß er derart frisch und munter hier hätte erscheinen und schwadronieren können?«

»Dieselbe Frage wollte ich Euch auch gerade stellen«, behauptete Pagès-Fortin, der froh gewesen wäre, wenn man ihm einen Stuhl angeboten hätte.

Dieses Argument schien dem Ritter wohl einleuchtend. Er wog das Wurfgeschoß in der Hand und fand es ziemlich schwer.

»Maître Crandalle, ich bitte Euch, seid so freundlich und legt Euren Verband ab, damit ich die Schwere des Vergehens ermessen kann.«

Der Waffenmeister zögerte, doch der hennenhafte Blick des Armogaste gebot ihm zu gehorchen. Schließlich enthüllte er seine geschwollene, aufgeschürfte Backe und das darüberliegende Auge, das in sämtlichen Farben des Regenbogens schillerte.

Die Verletzung, die der Ritter sah, hätte sehr wohl von einem Faustschlag oder von der Kante einer Tür stammen können, gegen die man gerannt war, unter Umständen sogar von einem Stein, aber mit Sicherheit nicht von dem Stein, den Crandalle präsentiert hatte. Dieser Stein hätte das Gesicht seines Opfers völlig zerschmettert.

Clovis war immer noch wütend und brachte seine Erregung auch lautstark zum Ausdruck:

»Meine Frau hat mir fünf Kinder geschenkt, doch anstatt dieses freudige Ereignis genießen zu können, werde ich von einem Schurken beschuldigt, für dessen übel zugerichtetes Auge verantwortlich zu sein! Das ist genauso, als würde ich behaupten, er hätte mich in seiner Pisse ertränken wollen.«

Vergeblich bemühte sich Crandalle, seinen Verband wieder anzulegen. Schließlich stopfte er ihn, mit dem niederträchtigen Blick eines Falschspielers, in seine Schultertasche.

Nachdem der Ritter ausgiebig an seiner Unterlippe gekaut hatte, hörte er sich Crandalles Version des Vorfalls an, die sich übrigens als recht kurz erwies. Der Fechtmeister gab an, seinen Nachttopf wie jede Nacht auf die Gasse geleert zu haben, und zwar nicht, weil er sich dafür revanchieren wollte, daß der Lärm ihn aus dem Schlaf gerissen hatte, sondern ganz einfach, weil der Topf voll war.

»Ich war längst wieder eingeschlafen, als plötzlich mein Fenster zerbrach und dieser Stein mir ins Gesicht flog, der mich für unbestimmte Zeit bewußtlos machte. Erst das Gebell meines Hundes ließ mich wieder zu mir kommen.«

Der Anwalt näherte sich Clovis und flüsterte ihm ins Ohr:

»Wieso weiß er, wer Ihr seid? Er kennt Euch doch gar nicht.«

»Ich habe meinen Namen genannt, als ich nach Madame Bienvenu rief.«

Crandalles Version endete mit der Behauptung, nur ein Duell könne seine verletzte Ehre retten.

Daraufhin mischte Pagès-Fortin sich ein: »Maître Crandalle, kann es sein, daß Ihr Maître Tricotin zuvor weder gesehen noch vom Namen her gekannt habt?«

Der Fechtlehrer sah den Anwalt an wie ein Hund eine Straßenlaterne: »Bis zu jenem Tag habe ich ihn nicht gekannt.«

»Sehr schön! Aber nun bitte ich Euch, seid so liebenswürdig und verratet uns, wie Ihr seine Bekanntschaft gemacht habt. Meines Wissens stand sein Name nicht auf dem Stein, oder?«

Obgleich die Frage an Crandalle gerichtet war, schaute der Anwalt den Ritter an. Der Fechtlehrer verlor allmählich die Beherrschung.

»Nun, mein Gott, ich kann mich nicht mehr erinnern, aber ich werde Euch…«

Pagès-Fortin ließ ihm nicht die Zeit, sich eine weitere Lüge auszudenken.

»Nun seid Ihr bereits zum zweiten Mal beim Lügen ertappt worden. Zuerst habt Ihr diesen Stein hervorgezaubert, und nun leugnet Ihr, gehört zu haben, daß Maître Tricotin mit lauter Stimme seinen Namen nannte. Folglich wußtet Ihr ganz genau, daß die Gasse nicht menschenleer war und daß jemand unter Eurem Fenster stand, als Ihr Euren vollen Nachttopf ausgeschüttet habt. Demnach ist Maître Tricotin ganz eindeutig das Opfer. Und aus diesem Grund fordern wir, die Art der Waffen bestimmen und den Ort, den Tag und die Stunde des Duells festlegen zu dürfen.«

»Gut und schön, Herr Anwalt, aber ich bin immer noch derjenige, der darüber entscheiden wird«, warf Virgile-Amédée mäßigend ein, erhob sich, holte drei Bücher von einem der Regale und legte sie auf den Tisch. »Hier sind die *Duellregeln* von Alciade, die *Abhandlung über das Duell* von Rivaut de Florence sowie *Die Wissenschaft der Ehre* von Ocloff du Cap. Der Zufall wird entscheiden, auf welches Werk wir uns berufen werden.«

Er zog einen Silbertaler aus seiner Westentasche, warf ihn in die Luft, fing ihn im Fluge auf, betrachtete ihn und steckte ihn wieder ein.

»Das Los ist auf Baron Ocloff du Cap gefallen.«

Obwohl diese Vorgehensweise reichlich fragwürdig erschien, wagte niemand dagegen zu protestieren.

Virgile-Amédée setzte ein paar Augengläser auf, öffnete das dicke Buch mit dem abgenutzten, glatten Einband und begann darin zu blättern. Er achtete nicht auf das ungeduldige Getue von Pagès-Fortin, der laut seufzend um die zahlreichen Stühle schlich und sich nicht traute, Platz zu nehmen.

Dann betrat Gabriel Pillehomme das Schreibzimmer. Virgile-Amédée hob den Kopf und wies auf den Stuhl, der neben dem Anwalt stand.

»Setzt Euch und haltet Euch bereit.«

Virgile-Amédée setzte seine Lektüre fort, während der Sekretär seine Feder mit einem langen Taschenmesser spitzte. Nach einer Weile, die eine Ewigkeit zu dauern schien, verkündete der Ritter: »Da hätten wir zunächst den nächtlichen Lärm, der die öffentliche Ruhe stört. Unter Berücksichtigung der Umstände, durch die der besagte Lärm zu erklären ist, stellt das Leeren des Nachttopfes von Maître Crandalle eine schwerwiegende Tätlichkeit dar, die das Opfer *de facto* zum Beleidigten macht. Da dieser jedoch mit einer anderen Tätlichkeit geantwortet hat, die sich als noch schwerwiegender erweist als die vorherige, verliert er seinen ursprünglichen Status des Beleidigten.«

Pagès-Fortin hob die Hand, um das Wort zu erbitten. Falls erforderlich, wäre er bereit gewesen, diese letzte Behauptung bis tief in die Nacht hinein zu widerlegen, doch der Ritter beachtete ihn nicht.

»In Anbetracht der Tatsache, daß Maître Crandalle sich als abgefeimter Lügner entpuppt hat, gehört er bestraft, so daß wir Maître Tricotin abermals als den Beleidigten betrachten müssen, der das Recht hat, die Wahl der Waffen zu treffen, mit Ausnahme der Feuer- und Wurfwaffen.«

Der Anwalt war sprachlos. Außer dem Jagdgewehr hatte er keine Alternative vorgesehen.

Clovis merkte, daß man ihn anstarrte.

»Muß ich mich jetzt gleich entscheiden?«

Die Antwort lautete: Ja.

Unschlüssig wackelte er in seinen Holzschuhen hin und her. Dann klopfte Laszlo Horvath ihm kräftig auf die Schulter und brummte mit arg germanisch klingender Stimme:

»Du nimmst Säbel.«

Da er weder mit dem Säbel noch mit dem Degen umzugehen verstand, bezweifelte Clovis, ob das Privileg, sich zwischen diesen beiden Waffen entscheiden zu dürfen, wirklich von Vorteil für ihn war. Die Tatsache jedoch, daß Crandalle sichtlich unzufrieden mit dem Vorschlag des Ungarn war, veranlaßte ihn zur Entscheidung.

»Ich wähle den Säbel, Herr Ritter, auch wenn ich bislang noch nie einen in der Hand gehabt habe«, glaubte er hinzufügen zu müssen, um Mitleid zu erregen.

Er wagte es nicht, selbst darauf hinzuweisen, wie ungleich dieser Kampf sein würde, und bedauerte es, daß der Anwalt nicht ausführlicher auf dieses entscheidende Detail einging.

Der Sekretär schrieb Clovis' Antwort nieder.

»Gut so!« versicherte der Ungar.

Bevor der Ritter fortfuhr, lutschte er noch einmal an seiner Unterlippe.

»Das Duell wird morgen, eine Stunde nach Sonnenaufgang in den Wassergräben vor dem Croisades-Tor stattfinden.«

Damit waren die Sekundanten einverstanden. Der Grund der ehemaligen Wassergräben war nicht nur vor der Sonne, sondern auch vor Wind und Staub geschützt. Der Boden war eben und an die zehn Klafter breit, so daß sowohl der Ehrenrichter als auch die Sekundanten genügend Platz hatten, um den Kampf zu verfolgen, ohne ihn zu behindern.

»Als Sanitätsoffizier wird der Barbier und Wundarzt Perceval anwesend sein. Der Kampf ist zu Ende, sobald der erste Tropfen Blut fließt.«

Crandalle biß die Zähne zusammen und ballte die Fäuste. Clovis hörte, wie er mit zischender Stimme drohte: »Der erste Blutstropfen kann gleichzeitig der letzte sein.«

Clovis schlug leise gegen seinen Ring, der wie üblich leise klirrte. Er hatte schrecklichen Hunger. Außerdem waren seine Beine vom langen Stehen ziemlich müde geworden. Aber erst mußten noch die Regeln des Duells schriftlich festgehalten werden.

Auf einmal war Clovis fest davon überzeugt, daß er sich geirrt hatte. Er hätte nicht auf den Ungarn hören dürfen. Caramba! Er hätte sich für den Degen entscheiden sollen, der nicht nur leichter, sondern für einen Anfänger auch einfacher zu handhaben war.

Als die Niederschrift der Duellbedingungen abgeschlossen war, las Pillehomme sie noch einmal mit lauter Stimme vor. Anschließend mußte jeder Sekundant unterschreiben. Der Ritter unterschrieb ebenfalls und verabschiedete sie dann, indem er in schroffem Ton sagte: »Bis morgen. Und seid pünktlich.«

Kaum war der Ritter aus dem Zimmer gegangen, ließ Pagès-Fortin sich in dessen noch warmen Sessel sinken und blieb so lange darin sitzen, bis der Sekretär mit den Kopien des Protokolls fertig war. Jede Partei mußte im Besitz einer solchen Abschrift sein.

Anschließend tauchte erneut Martial auf und führte sie zu der Freitreppe, wo ihre Pferde warteten. Ohne sich mit einer Geste oder einem Blick zu verabschieden, ritten Crandalle und seine Sekundanten davon. Pagès-Fortin wies auf Laszlo, der auf dem Weg zu den Stallungen war.

»Wir werden auf die Rückkehr von Maître Horvath warten, der Euch einen Säbel holt, damit Ihr so schnell wie möglich mit dem Training beginnen könnt. Er war früher ein großer Degenfechter und kennt viele Stöße. Er wird genau wissen, welche er Euch bis morgen früh beibringen muß.«

»Warum wollte er, daß ich mich für den Säbel entscheide? Der Degen wäre doch besser gewesen, oder nicht?«

»Ihr irrt Euch, das Fechten mit dem Säbel ist leichter als das mit dem Degen. Bei der Handhabung des Säbels spielen rein physische Eigenschaften eine wichtige Rolle, was Eure Chancen gegenüber einem geübten Fechter wenigstens teilweise ausgleicht. Maître Crandalle hat zwar Erfahrung, das stimmt, aber wie Ihr feststellen konntet, ist er nicht mehr der Jüngste und… ach! Da kommt unser Zureiter.«

Der ehemalige Husar näherte sich im Trab. Quer über dem Sattel lagen zwei Säbel in ihrer Scheide.

»Mir wäre es lieber, wenn ich zuvor etwas essen könnte. Ich habe nämlich einen Mordshunger.«

Der Anwalt stellte sich taub.

»Habt Ihr bemerkt, wie er auf sein Pferd springt? Unser Freund ist ein echter Zentaur.«

Bis zur Rue des Afitos hörte Pagès-Fortin nicht auf, laut zu denken und an die schönsten Momente der Protokollniederschrift zu erinnern.

Stumm, mit zwischen die Schultern gezogenem Kopf und leerem Blick kauerte Clovis auf der Sitzbank.

## 12

In der Rue des Afitos strömten von neuem die Neugierigen zusammen. Einige drückten sogar das Gesicht gegen die geschlossenen Fensterläden, um einen Blick ins Innere der Werkstatt zu erhaschen. Das Eintreffen von Laszlo und der Kutsche sorgte für ein wenig Abwechslung.

»Ihr werdet in guter Gesellschaft sein«, sagte Pagès-Fortin und deutete auf den vom Pferd steigenden Ungarn. »Nur jetzt nicht den Kopf hängenlassen, Maître Tricotin! Denkt an David und Goliath, wenn Ihr eine Aufmunterung benötigt.«

Clovis hütete sich davor, die Achseln zu zucken, so wie er es gerne getan hätte. Statt dessen bat er den Ungarn, einzutreten, doch dieser wollte sein Pferd nicht allein auf der Straße lassen.

Wortlos führte Clovis ihn in die Rue du Lop, wo sich der Torweg befand. Es war ihm peinlich, daß er nicht wußte, worüber er sich mit ihm unterhalten sollte.

»Ich glaube, hier können wir in aller Ruhe üben«, murmelte er schließlich und wies auf den Hof.

Es gab wenige Höfe im Zentrum des Dorfes, die so geräumig waren. Früher verfügte jedes Haus über einen eigenen Hof, doch aus Platzmangel und wegen der Bevölkerungszunahme *intra muros* waren diese Höfe nach und nach verschwunden.

Laszlo schnürte die hinter dem Sattel zusammengerollte Decke los und legte sie über sein Pferd. Clovis sah, wie er zwei dicke Karotten aus den Halftern zog und sie dem Tier gab.

»Richtig, Herr Zureiter, auch ich habe großen Hunger, und gewiß wird es mir leichter fallen, Euren Säbel zu führen, wenn ich mich erst einmal gestärkt habe.«

Laszlo zeigte ein eigenartiges Lächeln, das kleine Falten um seine schmalen Augenwinkel entstehen ließ und in seinem Mund auf das Fehlen mehrerer Zähne verwies.

»Gut so!« sagte er und klopfte Clovis erneut auf die Schulter. »Du gehst essen, ich hier auf dich warten.«

Clovis forderte ihn auf, mitzukommen. Der ehemalige Husar nahm die Einladung sofort an. In den fünf Jahren seines Aufenthalts in Racleterre war es das erste Mal, daß ein Dorfbewohner ihn an seinen Tisch bat.

In der leeren Küche roch es angenehm nach gebratenen Zwiebeln. Clovis hängte den Kochtopf mit der Knoblauchsuppe an den Kesselhaken, entfachte die Glut und schlug dem Ungarn vor, sich zunächst einmal die Fünflinge anzusehen.

Laszlo folgte ihm ins Schlafzimmer, wo Jeanne, Adèle und Immaculée gerade damit beschäftigt waren, den Kleinen lauwarmes, mit Honig vermischtes Wasser zu trinken zu geben.

Der Älteste war bereits gefüttert und schlummerte in seiner Wiege. Auch Apolline schlief hinter dem zugezogenen Bettvorhang. Jedes Kind trug seinen Wolfszahn an einem Lederriemen um den Hals. Nur Charlemagne trug den seinen um das Handgelenk, da um seinen Hals bereits etwas anderes hing.

Mit den Worten »Das hier ist mein zweiter Sekundant, und er wird mich ein wenig im Säbelschwingen unterrichten, aber zuvor wollen wir uns noch etwas zwischen die Zähne schieben«, stellte Clovis den Ungarn vor. Dabei vermied er es, einen Blick auf seine Schwägerin zu werfen, deren pralle Brüste sich unter ihrem Mieder abzeichneten.

Sie gingen in die Küche und wurden von Immaculée bedient, die derart nervös und ungeschickt war, daß sie sich die Finger verbrannte, als sie ohne Lappen einen zu heißen Teller anfaßte. Erst als Clovis die junge Frau dabei ertappte, wie sie einen Blick auf die muskulösen Schenkel des Ungarn warf (dreißig Jahre Reiten hatten sie in wahre Eisenzangen verwandelt), begriff er, was los war, und vergaß einen Augenblick lang sogar das Duell.

»Nicht zuviel essen, *bitte*. Mit vollem Bauch schlecht kämpfen«, warnte Laszlo, als er sah, daß Clovis wahllos alles in sich hineinstopfte.

Nach dem Käse und einem letzten Glas Wein, das den Ungarn zufrieden mit der Zunge schnalzen ließ, wurde es höchste Zeit, daß Clovis mit dem Training begann.

Trotz der Kälte zog Laszlo sein Wams und sein Hemd aus und erschien mit nacktem Oberkörper. Er forderte Clovis auf, ebenfalls einen Teil seiner Kleidung abzulegen. Clovis gehorchte, obwohl es ihm nicht unbedingt wünschenswert erschien, sich gerade jetzt eine Lungenentzündung zu holen.

Zunächst wollte der Ungar sich ein Bild von seinen körperlichen Kräften machen. Wie ein Pferdehändler tastete er deshalb die Muskeln an seinem Rücken, seinen Schultern und seinen Armen ab. Clovis ließ ihn gewähren. Protestiert hätte er nur, wenn der Ungar versucht hätte, auch noch seine Zähne in Augenschein zu nehmen.

»Gut so«, sagte Laszlo schließlich und griff nach einem der Säbel: Zischend glitt die Klinge aus der Scheide.

Mit dem Griff nach vorne hielt Laszlo dem Holzschuhmacher den Säbel hin. Der Ungar prüfte seine Griffhaltung und bat ihn, die Stellung des Daumens zu korrigieren.

Als Clovis dieser Aufforderung nachkommen wollte, sah er plötzlich, daß Immaculée am Küchenfenster stand und sie beobachtete.

»Mir ist es lieber so«, knurrte er und hielt an der schlechten Griffhaltung fest.

Laszlo ließ sich nicht aus der Ruhe bringen. Er zog den zweiten Säbel und sagte: »In Stellung.«

Clovis ging in Position. Laszlo griff an. Clovis wehrte den Angriff ab. Dann zwang ein schrecklicher Schmerz im Handgelenk ihn, die Hand zu öffnen. Sein Säbel flog durch die Luft und fiel vor der Ziege zu Boden, die zurückwich und ein verängstigtes Blöken von sich gab.

Der Ungar setzte keine Siegermiene auf, als Clovis seinen Säbel vom Boden aufhob und den Daumen nun um den Griff schloß.

Der Unterricht konnte weitergehen. Im Schnellverfahren brachte Laszlo dem Holzschuhmacher bei, wie man sich durch die Parade deckt, wie man zurückweicht, wie man angreift, wie man einen Stoß ausführt, wie man einen Hieb pariert, kurzum: wie man mit dem Säbel ficht. Nach einer knappen Viertelstunde war Clovis völlig außer Atem, hatte einen steifen Arm und Schweißperlen auf Stirn und Brust.

Der Lehrer schlug eine Pause vor, und sie gingen wieder in die Küche zurück. Immaculée war verschwunden, und im Nebenzimmer plärrten die Fünflinge im Chor, wobei einer der Säuglinge das Geschrei der vier andern zu übertönen versuchte.

Clovis füllte zwei Becher mit Schnaps. Laszlo leerte seinen Becher in einem Zug. Dann stopfte Clovis seine Pfeife und legte den Tabaksbeutel zwischen sich und den Ungarn, damit dieser sich ebenfalls bedienen sollte, falls er Lust hätte. Der Ungar setzte seine Kappe ab und zog daraus seine Pfeife hervor.

Sie rauchten gemütlich ihre Pfeifen, als plötzlich bewaffnete Männer lärmend in die schmale Küche eindrangen. Clovis erkannte Oberleutnant Rondon wieder. Er war in Begleitung von vier Wachmännern und einem Gerichtsvollzieher mit Perücke. Den Schlosser, der aus Platzmangel draußen bleiben mußte, sah er nicht. Er war erleichtert, da er glaubte, sie wären gekommen, um das Duell zu verbieten. Er zwang sich, auf seinem Stuhl sitzen zu bleiben, und machte vorsichtshalber ein verärgertes Gesicht.

Der Wachoffizier, der gleichzeitig der Schwager von Konsul Dussac war, stellte zunächst seine Identität fest. Dann erklärte er, die Geldbuße von fünf Livres, die wegen der vergessenen Laterne zu entrichten sei, würde nun das Doppelte betragen und müßte auf der Stelle bezahlt werden, da sie nicht fristgerecht beglichen worden sei.

»Andernfalls hat unser Schlossermeister das Recht, sämtliche Türen auszuhängen und ins Gemeindehaus zu bringen.«

Clovis konnte noch so überzeugend auf die besonderen Umstände seines Versäumnisses hinweisen, der Offizier blieb stur. Schließlich versuchte der Holzschuhmacher sogar, ihn umzustimmen, indem er ihm die Fünflinge zeigte. Zunächst betrachtete der Offizier die Säuglinge mit Interesse, vor allem denjenigen, der das Kollier trug, doch am Ende wiederholte er seine Zahlungsaufforderung. Clovis bezahlte, und der Wachmann, der Gerichtsvollzieher und der Schlosser zogen ab.

Spät am Abend wurde Apolline wach. Sie trank eine Schale Hühnerbrühe und schlief sofort wieder ein. Clovis verbot allen, ihr von dem Duell zu erzählen.

## 13

*Erster Apriltag des Jahres 1763*

Es war noch dunkel, als Laszlo Horvath in der Rue des Afitos eintraf. Clovis hatte kein Auge zugetan. Falls er es dennoch getan hätte, so wäre er doch vom Geschrei der fünf Immerhungrigen geweckt worden, die nie satt zu werden schienen. Er hatte sich rasiert, seinen Pferdeschwanz am Hinterkopf zusammengebunden und trug seine schönsten Kleider, die ihm ein wenig zu eng waren.

»Hübsch angezogen, *natürlich*, aber wir nicht gehen in Kirche.«

Dann wühlte der Ungar selbst in der Kleidertruhe und wählte ein Paar alte Hosen mit aufgeplatzten Nähten und ein weit geschnittenes Hemd aus, das ziemlich verschlissen und bereits hundertmal gestopft worden war.

Clovis machte ein trauriges Gesicht. »Man wird mich für einen Bettler halten.«

Die Gelassenheit des Ungarn erinnerte ihn an den Unterricht vom Tag zuvor: Er sah noch einmal den Augenblick vor sich, da sein Säbel ihm aus der Hand glitt und durch die Luft flog. Er zog sich um, versuchte jedoch, sein zerlumptes Aussehen abzuschwächen, indem er einen Dreispitz aus schwarzem Filz und mit goldener Borte aufsetzte, den er in Rodez gekauft hatte.

Louis-Charlemagne und Caribert kamen mit ihrem Karren aus der Rue des Frappes-Devant. Culat begleitete sie.

Sechs Glockenschläge verkündeten die Öffnung der Tore. Clovis weigerte sich, Apolline zu wecken.

»Wozu ihren Schlaf stören? Dazu ist später auch noch Zeit.«

Er umarmte die Fünflinge, den ältesten zuerst. Da es ihnen nicht paßte, geweckt worden zu sein, fingen sie einstimmig zu schreien an, was den Ungarn zu amüsieren schien.

Clovis schloß seine Mutter Jeanne und seine Schwiegermutter Adèle in die Arme, die einander die ganze Nacht über bei den Kindern abgelöst hatten. Zuletzt umarmte er Petit-Jacquot, wobei er ihm sanft über das Haar strich. Dann stieg er auf den Karren und setzte sich zwischen seinen Vater und seinen Bruder. Culat verzog sich nach hinten. Laszlo sprang auf sein Pferd und ritt ihnen voran.

Sie erreichten die ehemalige Zugbrücke, die seit zwanzig Jahren nicht mehr hochgezogen wurde. Laszlo ritt über den steinigen, leicht abschüssigen Weg, der zum einstigen Schloßgraben führte. Der Sonnenaufgang tauchte die Mauern in rötliches Licht.

Der vereinbarte Kampfplatz war menschenleer.

»Ich bin der erste«, prahlte Clovis.

Caribert zuckte die Achseln. Da es ihm trotz all seiner Bemühungen nicht gelungen war, den Konsul zum Verbot des Duells zu überreden, hatte er beschlossen, den Mörder seines Bruders nach dessen Tod unverzüglich und ohne Vorwarnung mit dem Vorschlaghammer zu töten, den er zuvor unter den Sitz des Karrens geschoben hatte.

Der Obergefreite Mondidier, der vier Säbel mit sich trug, und Brasc der Älteste, der seine Perücke, aber nicht seine Kleider gewechselt hatte, trafen gemeinsam ein. Dann fuhr der Wagen von Pagès-Fortin vor, und kurz darauf der des Ritters Virgile-Amédée, der vom Wundarzt Achille Perceval und von Gabriel Pillehomme begleitet wurde. Letzter hatte ein kleines, tragbares Schreibpult dabei.

Allmählich wurde es hell. Es fehlte nur noch Crandalle.

Obwohl Clovis nicht allzusehr an ein Nichterscheinen seines Gegners zu glauben wagte, wünschte er nichts sehnlicher, und mit der aufgehenden Sonne wuchs seine Hoffnung. Ganz in der Nähe war Laszlo damit beschäftigt, die Säbel mit einem Ölstein einzureiben. Sein Pferd, das gleich neben ihm stand, fraß eine dicke Möhre.

Als Clovis sich gerade fragte, wo der Ungar um diese Jahreszeit die Möhren aufgetrieben hatte, vernahm er plötzlich Stimmen. Er hob den Kopf und sah, wie die ersten Zuschauer zwischen den Zinnen der Mauer auftauchten. Der Wind hatte die grauen Wolken vom Vortag vertrieben. Der Himmel war strahlend blau.

Da die Auslosung der Standplätze nicht ohne die beiden Kontrahenten vorgenommen werden konnte, blieb nichts anderes übrig, als zu warten.

Auf dem Rundweg oberhalb der Stadtmauer strömten immer mehr Menschen zusammen. Um besser sehen zu können, versammelten sich die besonders Neugierigen am Grabenrand, wo sie sowohl die Duellanten als auch das Tor im Auge behielten, um sich beim geringsten Zeichen der Wache aus dem Staub zu machen.

Als die ersten Sonnenstrahlen auf das Gras fielen, ergriff der Ritter das Wort und sagte zu den Sekundanten des Waffenmeisters: »Meine Herren, wie wir alle wissen, schickt es sich nicht, zu spät zu einem Ehrenduell zu erscheinen. In fünf Minuten wird die viertelstündige Gnadenfrist von Monsieur Crandalle abgelaufen sein, und anschließend muß seine Abwesenheit zu Protokoll genommen werden.«

Clovis verschränkte die Arme vor der Brust, um seine Nervosität zu verbergen. Fünf Minuten, das waren zehn *Pater Noster*. Er sah zu Boden, schloß die Augen und begann zu beten.

Er war beim siebten *Vaterunser*, als der Ritter mit kühler Stimme verkündete: »Die Frist ist abgelaufen, und somit erkläre ich den Kampf für null und nichtig, und dies zur großen Schande von Monsieur Crandalle, der nicht zum vereinbarten Rendezvous erschienen ist.«

Clovis konnte seine große Erleichterung nur mühsam verbergen. Der Obergefreite Mondidier bat um eine Verlängerung der Frist, die ihm jedoch verweigert wurde. Daraufhin plädierte er für eine Verschiebung der Protokollaufnahme.

»Sein Fernbleiben kann nur durch höhere Gewalt erklärt werden. Ich bitte Euch abzuwarten, Herr Ritter, welche Gründe für das Zuspätkommen von Monsieur Crandalle vorliegen, bevor Ihr eine Entscheidung trefft.«

»Da kommt er!« rief Brasc der Älteste und deutete mit dem Arm auf einen Reiter, der sich dem Wassergraben näherte.

Es war tatsächlich Crandalle, dessen Hut schräg auf dem Kopf saß. Er war schrecklich wütend.

Alles Blut aus Clovis' Körper verzog sich in seine Stiefel. Er spürte, wie seine Füße bis zu den Knöcheln anschwollen.

»Meine Herren, ich bitte um Nachsicht«, rief der Waffenmeister und stieg von seiner Stute.

Er trug keinen Verband mehr. Die Schwellung seiner Wange war zurückgegangen, die Schürfungen waren nahezu verheilt. Obwohl sein Auge immer noch blau war und tränte, blickte es recht wachsam drein.

»So seid Ihr also zumindest da, um das Karenzprotokoll zu unterzeichnen«, spottete Virgile-Amédée zur Begrüßung.

Crandalle streckte beide Arme von sich, so als wollte er dem Ritter seine Brust darbieten.

»Das entspricht nicht den Vorschriften, Herr Ritter. Es handelt sich um einen Fall von höherer Gewalt. Der Wagen des Grubenentleerers versperrte die Rue Jéhan-du-Haut. Ich wollte durch die Rue Serpente ausweichen, doch da auch noch andere auf diesen Gedanken gekommen waren, kam ich auch dort nicht voran. Also ritt ich zur Rue Bon-Roy-Henry zurück, und dort gab es – ich schwöre, daß ich die Wahrheit sage – eine weitere Behinderung. Diesmal war es ein Mistkarren. Ich mußte bis zum Gemeindeplatz zurückreiten und einen riesigen Umweg machen.«

Niemand zweifelte an seiner Aufrichtigkeit, nicht einmal Clovis, der nur zu gut wußte, wer für diese ständigen Verkehrsstockungen verantwortlich war.

»Das ist sehr ärgerlich, denn ich habe das Duell bereits für null und nichtig erklärt und kann diese Entscheidung nicht rückgängig machen«, sagte der Ritter langsam. »Es sei denn«, er wandte sich an den Holzschuhmacher, »Ihr akzeptiert die Annullierung der Nichtigkeitserklärung.«

»Auf keinen Fall!« erwiderte Clovis spontan.

Es kam nicht in Frage, noch länger irgend jemandem etwas vorzumachen. Seine Angst war zu groß. Beiläufig bemerkte er, daß der Ritter ihn gesiezt hatte.

Caribert umarmte seinen Bruder herzlich.

»Gut so, Brüderchen. Dieser Blutsäufer hätte eben rechtzeitig hiersein sollen.«

In seiner Verärgerung über den beschämenden Verlauf der Dinge hielt der Ritter es für angebracht, sich zurückzuziehen. Doch dazu kam es nicht, denn soeben hatte Crandalle eine Handvoll Erde vom Boden aufgehoben und damit auf Clovis geworfen. »Feigling! Törichter Hahnrei!« schrie er so laut, daß man es bis zum Gemeindeplatz hören konnte.

Diese Schmähung traf Clovis tief in der Seele. Er rief den Ritter zurück und erklärte mit erstickter Stimme, er hätte es sich anders überlegt.

Zur allergrößten Zufriedenheit der Zuschauer wurde die Prozedur an dem Punkt wieder aufgenommen, an dem sie zuvor unterbrochen worden war.

Zunächst wurden die Standplätze ausgelost. Der Ritter griff erneut auf den Taler zurück, doch diesmal ließ er die Münze zu Boden fallen, damit jeder sehen konnte, welche Seite nach oben lag. Dem Holzschuhmacher wurde die östliche, dem Waffenmeister die westliche Seite zugewiesen.

Dann wurden die Säbel ausgewählt.

Der Obergefreite Mondidier und Laszlo zeigten sie dem Ritter. Es waren mindestens zwei Exemplare vorgeschrieben. Falls eine Klinge brechen oder ein Säbel unbrauchbar sein sollte, müßte der Kampf nicht wegen fehlender Ersatzwaffen unterbrochen und verschoben werden.

Der Ritter verglich ihr Gewicht, ihre Länge und ihre Spitze: Einen der Säbel des Dragoners lehnte er wegen der geraden Klinge und der übermäßigen Größe ab.

»Meine Herren, legt Eure Kampfkleidung an.«

Der Befehl löste zustimmendes Raunen bei der anwesenden Menge aus. Das Schauspiel konnte beginnen.

Clovis faltete sein Wams zusammen und legte es auf den Sitz des Karrens. Angesichts der unmittelbar bevorstehenden Gefahr war er außerstande, einen klaren Gedanken zu fassen.

Crandalle erschien in einem weit ausgeschnittenen Hemd, das seine muskulöse und von grauen Haaren bedeckte Brust frei ließ.

Clovis fühlte sich nicht wohl in seiner Haut. Die Wut, die in ihn gefahren war, als Crandalle ihn vor allen Leuten als Gehörnten beschimpft hatte, und die ihm Kraft gegeben hatte, war leider verschwunden und einer Angst gewichen, die seine Eingeweide zusammenschnürte.

Wie in einem Alptraum sah er den Ritter Virgile-Amédée zwei Schritte nach hinten treten und hörte ihn rufen: »Los!«

Ohne zu überlegen hob Clovis seinen Säbel und ließ ihn, ein kraftvolles »Ah!« ausstoßend, mit aller Kraft auf Crandalle niedergehen.

Da der Waffenmeister nicht mit einem derart raschen Angriff gerechnet hatte, kam seine Abwehrreaktion viel zu spät, so daß die frisch geschärfte Stahlklinge ihn genau am Hals traf und ihn durchschnitt.

Als Crandalles Kopf mit weit aufgerissenen Augen in den Staub fiel, hörte man nur noch das morgendliche Zwitschern der Vögel. Ansonsten herrschte vollkommene Stille. Aus dem enthaupteten Körper, der, bevor er auf den Rücken fiel, noch drei kleine Schritte nach vorne tat, ohne den Säbel loszulassen, spritzte ein dicker Blutstrahl. Dann war ein Gurgeln zu hören, und unter der Hose bildete sich ein feuchter Fleck.

»Himmeldonnerwetternochmal!« fluchte jemand.

Es war wie ein Signal. Plötzlich begannen alle, sich zu bewegen und gleichzeitig zu sprechen.

»Ein Pibrac hätte es nicht besser machen können, heiliger Himmel!«

Trotz der zahlreichen aufmerksamen Zuschauer war der Angriff derart plötzlich, derart abrupt und so schrecklich unerwartet erfolgt, daß niemand so recht begriffen hatte, was eigentlich passiert war.

Clovis wurde von seinen Leuten beglückwünscht und umarmt. Er fühlte sich wie betäubt, wie trunken vor lauter Erleichterung.

Da Crandalles Sekundanten sich seines Sieges sicher gewesen waren, hatten sie nichts für den Abtransport seiner Leiche vorgesehen. Und da sowohl der Ritter als auch der Anwalt sich weigerten, die Sitzbänke ihrer Wagen mit Blut beschmutzen zu lassen, blieb ihnen nichts anderes übrig, als die Tricotins um Hilfe zu bitten.

»Ihr wollt unseren Karren benutzen? Was fällt Euch ein?« spottete Caribert. »Ihr braucht ihn doch bloß auf sein Pferd zu legen und ihn so nach Hause zu bringen.«

Das hielt Brasc für eine gute Idee, so daß er sich anschickte, Crandalles Stute loszubinden. In diesem Moment versperrte Laszlo ihm den Weg und erklärte: »Das Pferd gehört uns.«

Nach einem Gesetz aus der Zeit der Turniere hatte der Sieger das Recht, sich das Streitroß, den Sattel und die Waffen des Besiegten zu nehmen.

Die schöne, fünfjährige Stute aus dem Limousin, der Sattel, der Inhalt seiner Halfter, der Säbel und sein Gehänge, das Wams, der Hut sowie die Stiefel des Fechtlehrers gehörten von nun an also dem Holzschuhmacher.

Die Kleidung und die Schuhe lehnte Clovis dankend ab. Das Pferd jedoch, das ihn unverhofft zum Reiter machte, und den Säbel, den Laszlo aus Crandalles verkrampften Fingern löste, nahm er mit stolzem Lächeln an.

Schließlich legte man den Leichnam Crandalles über das rotbraune Pferd von Mondidier, während Brasc der Älteste sich um den Kopf des Toten kümmerte. Um sich die Hände nicht mit Blut zu besudeln, packte er ihn an den Haaren und drückte ihn ganz einfach ins Innere des Hutes, den der Holzschuhmacher abgelehnt hatte.

Da der Ritter es kaum erwarten konnte, endlich zur Treibjagd aufzubrechen, verließ er als erster den Schloßgraben. Kurz darauf machten sich Pagès-Fortin, die Tricotins und Clovis, der auf die Stute des Verstorbenen gestiegen war und neben dem Ungarn stolz in die Rue des Afitos trottete, ebenfalls auf den Weg.

Clovis begann von nun an jeden seiner Tage damit, Favorite zu striegeln, die in einer Box gegenüber dem Kuhstall von Clarabelle und der Koppel von Biquette untergebracht war. Laszlo hatte ihm beigebracht, wie man ihre Nüstern und Augen mit einem sauberen Lappen wusch, ohne daß sie mit den Hinterbeinen ausschlug. Ferner hatte Laszlo ihm einen Striegel geschenkt, mit dem er ihr Fell auskämmen und den Staub entfernen konnte. Einmal hatte er ihm sogar eine sanfte Bürste zum Glätten gegeben und ein anderes Mal einen Kamm, um die Mähne und den Schwanz zu entwirren. An dem Tag, an dem er ihm einen Hufreiniger brachte, fiel Clovis schließlich auf, daß er stets an den Tagen kam, an denen auch Immaculée in der Rue des Afitos erschien, um Apolline bei ihren fünffachen Pflichten zu helfen.

# Zweiter Teil

## 14

Charlemagne empfand sein neues Dasein als äußerst eigenartig. Wenn er nicht schlief, wurde er gestillt, und wenn er weder schlief noch an der Mutterbrust trank, ruhte er auf dem Rükken in einer Welt, die aus den Dingen bestand, die er mit den Fingern berühren konnte – im Augenblick waren das die Ränder seiner Wiege –, und aus allem andern, das noch verschwommen und unerreichbar war.

Auch wenn er zwischen Wärme und Kälte, zwischen Nacht und Tag unterscheiden konnte, so blieb der Unterschied zwischen drinnen und draußen doch weiterhin verwirrend. Noch gelang es ihm nicht, sich auf mehr als nur eine Sache zu konzentrieren, und sobald er auf eine zweite Sache aufmerksam wurde, vergaß er die erste. Mit jedem Tag wurde ihm deutlicher bewußt, daß er in der Lage war, gewisse Dinge herbeizuführen. Wenn er beispielsweise die Augen schloß, dann wurde alles dunkel, und wenn er den Arm abrupt von sich streckte, dann fiel seine Flasche zu Boden. Nach und nach begriff er den Unterschied zwischen »ich will« und »ich kann«.

»Oje! Jetzt schon! Wer schreit denn da schon wieder?« fragte eine müde Stimme.

»Charlemagne natürlich«, erwiderte eine nicht weniger müde Stimme.

»Was will er denn nun schon wieder?«

»Trinken, was sonst.«

»Kann er denn nicht warten, bis er an die Reihe kommt, dieser nimmersatte Kerl?«

So als hätte er ganz genau verstanden, was eben gesagt wurde, begann der Säugling noch schriller zu schreien und weckte prompt seine vier Geschwister, die sich seinem Plärren unverzüglich anschlossen.

Apolline seufzte erschöpft. Aus der Hausgemeinschaft war ein wahrer Kindergarten geworden, und hin und wieder kamen ihr schändliche Mordgedanken, die ihrem Gewissen sehr zu schaffen machten. Indem sie sich mit fünf multipliziert hatte, was sie eigentlich in ein ständiges Glücksgefühl hätte versetzen müssen, hatte sie sich eine monotone, harte und ermüdende Arbeit aufgeladen. Acht Flaschen pro Tag und pro Kind – das ergab insgesamt vierzig Flaschen täglich. Gleiches galt für die Leibchen, die andauernd gewechselt, gewaschen und gebügelt werden mußten. Und wenn die Nägel der Kleinen zu lang wurden, mußten ihrer nicht weniger als hundert geschnitten werden.

Aus Brameloup hatte Apollines Vater Baptiste die fünfzehnjährige Prune Déhaut mitgebracht, eine kräftige Kusine, die ihr die schwersten Hausarbeiten abnahm. Außer sonntags, wenn ihre Mutter oder gelegentlich ihre Schwiegermutter Jeanne sie ablöste, damit sie zum Hochamt gehen konnte, kam sie nie aus dem Haus. Insgeheim war sie immer noch davon überzeugt, gegen die von Gott gewollte natürliche Ordnung verstoßen zu haben, und dieses Gefühl der Abnormalität und der Schuld, das ihr bereits die Schwangerschaft vergrault hatte, wurde sie nicht mehr los.

Bereits im dritten Monat hatte sie geahnt, daß das Kind, das sie unter dem Herzen trug, nicht allein war oder aber, falls es allein war, ein Riese sein mußte. Mit der Zeit war ihr Bauch so übermäßig dick geworden, daß zu der langen Liste ihrer Besorgnisse auch noch die Angst, diese Schwangerschaft nicht zu überleben, kam und ihr Dasein in einen Alptraum verwandelte. Immer häufiger lag sie, die früher einen gesunden Schlaf gehabt hatte, nachts wach.

Da sie sich niemals vorstellen konnte, mehr als Zwillinge zu gebären, sah sie ihre schlimmsten Befürchtungen durch die Geburt der Fünflinge eindeutig bestätigt. Die in die Welt gesetzten Gerüchte über die Zahl (und die Identität) der Liebhaber, deren Dienste sie notgedrungen in Anspruch genommen haben mußte, um eine derartige Leistung vollbringen zu können, trugen selbstverständlich nicht gerade zu ihrer Beruhigung bei. Auch wenn der Name Crandalle nur gelegentlich genannt wurde, so wollte mit der Zeit doch niemand mehr so recht glauben, daß das Duell einzig und allein wegen einer belanglosen Nachttopfentleerung stattgefunden hatte.

Eine weitere ärgerliche Nebenerscheinung war die, daß die junge Frau es nicht mehr ertrug, von ihrem Mann berührt zu werden. Allein der Gedanke, erneut schwanger zu werden, versetzte Apolline in Furcht und Schrecken. So kam es, daß sie fürchterliche Schmerzen an den Haarwurzeln vortäuschte, um Clovis abzuweisen, als dieser ihr vierzig Tage nach der Geburt das übliche Myrtewasser schenkte, dem man eine aphrodisische Wirkung nachsagte. Am nächsten Tag klagte sie über eine Magenverstimmung und am übernächsten über unerklärliche Atembeschwerden.

Als ihr eines Abends keine weiteren Ausflüchte mehr einfielen und sie Clovis endlich in ihrem Bett empfing, verkrampften sich ihre Muskeln so sehr, daß sich ihr Körper, der normalerweise so weich war wie ein Daunenkissen, hart wie ein Brett anfühlte.

Clovis, der nichts von weiblicher Befindlichkeit verstand, wurde mit jedem Tag unglücklicher. Er wurde jähzornig und verhielt sich bei der Arbeit so ungeschickt, daß die Holzschuhe ihm mißlangen und nur noch dazu taugten, als Brennholz benutzt zu werden. Überdies war es sehr anstrengend, in Gesellschaft von fünf Neugeborenen zu schlafen. Kaum war er eingeschlafen, begann eines der Kinder – meistens war es Charlemagne – nach seiner Flasche zu schreien, und dann dauerte es nicht lange, bis auch die andern Geschwister sich dem Geplärr anschlossen.

Und wenn Clovis endlich schlief, dann träumte er, er würde eines der Kinder verschlingen, was wiederum zu dem furchtbaren Gedanken führte, er könnte zu einem Menschenfresser geworden sein. Alle diese Unannehmlichkeiten sowie das unbegreifliche Verhalten seiner Frau trieben ihn eines Tages dazu, den Speicher aufzuräumen und sich dort einzurichten.

Die Tatsache, daß Clovis der Vater der »fünf Wunderkinder von Racleterre« – so wurden die Fünflinge genannt – war, hatte ihn zu einer berühmten Persönlichkeit gemacht. Zudem hatte er sich durch das Duell einen guten Ruf erworben und wurde respektiert wie alle Duellanten, von denen man sagte, sie seien »Männer, die dem Tod ins Auge zu schauen wagen«. Wenn man ihn auf seiner schönen Stute vorbeireiten sah, grüßte man ihn freundlich und überlegte es sich zweimal, ob man ihn weiterhin einen Gehörnten schimpfen sollte.

Der Säbel des Waffenmeisters hing an der Wand in der Werkstatt, gut sichtbar unter der blauen Bibliothek, und nur gelegentlich zog Clovis ihn aus der Scheide, um die Klinge zu betrachten.

Sein Sieg über Crandalle wirkte sich nicht unwesentlich auf seine Geschäfte aus, wie an dem bis unter die Decke reichenden Stapel Holzscheite, aus denen Holzschuhe entstehen würden, deutlich zu erkennen war. Würden auch weiterhin so viele Bestellungen eingehen, so könnte er bald einen zweiten Lehrling einstellen und die Erlaubnis erhalten, seiner Werkstatt den angeseheneren Titel »Atelier« zu geben.

Das unerwartete Erscheinen des königlichen Intendanten, Monsieur Alexis de Gourge, versetzte die Bürger von Racleterre und ihre Verwaltung in helle Aufregung. Der König höchstpersönlich hatte ihm den Auftrag gegeben, sich mit eigenen Augen von der Authentizität dieser außergewöhnlichen Geburt zu überzeugen. Offensichtlich war die Nachricht also bis zum Monarchen vorgedrungen und der Name Racleterre von königlichem Mund ausgesprochen worden.

Die Aufregung verwandelte sich in einfältige Ungläubigkeit,

als der Intendant seine Untersuchung mit einem positiven Resultat abschloß und der Gemeindeverwaltung ein vom König unterzeichnetes Schreiben übergab, in das nur noch der Familienname Tricotin und der Name des Dorfes Racleterre eingetragen werden mußten.

Eine Passage dieses wertvollen Dokumentes hielt fest, daß die Geschwister kostenlos zur Schule gehen sollten, sobald sie das sogenannte »Alter der Vernunft« erreicht hätten, also sobald von ihnen erwartet werden durfte, daß sie Gutes von Bösem unterscheiden könnten.

Zu gerne hätte Clovis das Schriftstück behalten und es an der Wand seiner Holzschuhwerkstatt befestigt, zwischen der Bibliothek und dem Säbel, doch der Konsul entschied anders und hängte es im Versammlungszimmer auf, unter dem von König Karl VI. unterzeichneten Freiheitsbrief.

Da kein Monat verging, ohne daß aus weiter Ferne angereiste Besucher kamen und seinen Nachwuchs bestaunten, setzte Clovis eine obligate Spende von einer Livre pro Person durch. Wenn eine Zeichnung angefertigt wurde, verlangte er zwei Livres, und für ein Ölbild, für das mehrere Tage lang posiert werden mußte, bezahlte man ihm fünf Livres. Ferner führte er einen Pauschaltarif von zehn Livres für wissenschaftliche Gäste ein, welche die Fünflinge untersuchen und verschiedene Körpermessungen vornehmen wollten. Diese Untersuchungen fanden stets im Beisein von Goliath statt, der die Zähne fletschte und zu knurren begann, sobald einer der Säuglinge nicht richtig angefaßt wurde und leise jammerte. Der Hund Crandalles, der zwei Wochen nach dessen Tod vor Clovis' Tor gestanden und sich nicht mehr hatte abweisen lassen, war zu einem treuen Wächter der Familie geworden.

Charlemagne, das kräftigste Kind, hatte bei seiner Geburt vier Pfund und sechshundert Gramm gewogen, während Dagobert, das schmächtigste, sowie Clotilde nur jeweils drei

Pfund und achthundert Gramm auf die Waage gebracht hatten. Auch Clodomir und Pépin waren mit jeweils vier Pfund und zweihundert Gramm Fliegengewichte im Vergleich zu einem normalen Neugeborenen, das etwa sieben Pfund wog.

Für die meisten Ärzte stand eindeutig fest, daß das Überleben der einen Monat zu früh geborenen Fünflinge an ein Wunder grenzte; einige behaupteten aber auch, so etwas könne nicht mit rechten Dingen zugehen.

Ein Arzt und Geburtshelfer aus der Vendée milderte Apollines Schuldgefühle, indem er ihr eine alte Nummer des *Gelehrtenjournals* zeigte, in der in allen Einzelheiten die Geschichte einer ebenfalls erstgebärenden Frau aus Saintonge erzählt wurde, die in drei Tagen nicht weniger als neun Kinder geboren hatte.

Doktor Rudolf Thaler, einem praktischen Arzt deutscher Abstammung, gelang es schließlich, sie endgültig zu beruhigen, als er ihr eine Abhandlung übersetzte, in der von der Geburt von Fünflingen in Augsburg berichtet wurde. Folglich war ihr Fall trotz aller Außerordentlichkeit nicht einzigartig.

Außerdem machte er Apolline auf die fast perfekte Ähnlichkeit zwischen Clodomir und Pépin aufmerksam.

Dagobert, der schmächtiger war, unterschied sich durch seinen andersartigen Haarwuchs und die abstehenden Ohren, während Clotilde, das einzige Mädchen, eigentlich niemanden interessierte.

Charlemagne hingegen glich keinem der übrigen Kinder. Er war der rundlichste, aufgeweckteste, gefräßigste und widerspenstigste der Säuglinge. Außerdem plapperte er am meisten – Unterschiede, die sich im Lauf der Zeit und aufgrund der bevorzugten Behandlung, die ihm als Patenkind der Schloßherrin zuteil wurde, immer stärker herausbildeten.

Eine Woche nach seiner Geburt hatte Madame Jacinthe ihm eine komplette Wäscheausstattung aus englischer Baumwolle geschenkt, die bestimmt ein Vermögen gekostet hatte.

Als sie später erfuhr, die Windeltücher würden in Wirklichkeit für Clodomir, den Ältesten, und nicht für ihr Patenkind benutzt, wurde Madame Jacinthe so wütend, daß sie sich sogleich in die Rue des Afitos fahren ließ, um die Verantwortlichen zur Rechenschaft zu ziehen. Obwohl jedes Kind seine eigene Wiege hatte, bestand sie darauf, daß Charlemagne in dem roten Schaukelstuhl schlief, den sie auf dem Speicher des Schlosses gefunden hatte und der irgendeinem Armogaste gehört haben mußte.

Obwohl sie es nicht zugab, zog Apolline dem Ältesten, Clodomir, den schwächlichen Dagobert vor, der sie mehr brauchte. Dann kam Clotilde, die von allen anderen vergessen zu werden schien. Pépin hatte sie bei seiner Geburt so sehr leiden lassen, daß sie ihm deswegen immer noch böse war. Und dann war da noch Charlemagne, bei dem sie nicht recht wußte, was sie von ihm halten sollte, weil die Persönlichkeit seiner Patentante sie in ihrem Urteil stark verwirrt hatte.

Apollines Präferenzen offenbarten sich vor allem beim Stillen. Wenn sie mit dem Ältesten begann und ihm die rechte Brust gab, dann war ihre linke Brust nicht für Pépin bestimmt, wie es eigentlich hätte sein sollen, sondern für Dagobert, den sie ein *Ave Maria* länger stillte als die andern. Anschließend kamen Clotilde und Pépin an die Reihe, und zuletzt folgte Charlemagne, der sich an die Brustwarze klammerte wie ein Wolf an die Kehle eines Lammes: Er konnte nie genug bekommen, was er auch deutlich kundtat.

Da die Gesundheit eines Kindes nach seiner Rundlichkeit bemessen wurde, streckte man die Mahlzeiten der Fünflinge mit Brotsuppen, Gemüsebrühen und verdünnter Ziegenmilch.

Für Clovis zählte einzig und allein Clodomir, und wenn Pépin in der Reihenfolge seiner Präferenzen als zweiter kam, so nur, weil er dem Ältesten verblüffend ähnlich sah. Dagobert und Clotilde waren ihm ziemlich gleichgültig, weswegen er ihnen wenig Aufmerksamkeit entgegenbrachte. Was Charlemagne betraf, so fand er es unerträglich, daß die Besucher sich von seiner feinen Wäsche, der Ritterwiege und seinem wertvollen Kollier täuschen ließen und ihn für den Ältesten hielten.

Dieses Halsband beeinträchtigte seine Urteilskraft. Hätte er es verkaufen können, wäre es ihm ein leichtes gewesen, in ein größeres Haus zu ziehen.

Madame Jacinthe schien seine Gedanken erraten zu haben, denn bei keinem ihrer Besuche versäumte sie es, sich zu vergewissern, daß das Kollier noch da war. Wenn der Hals ihres Patenkindes dicker wurde, schickte sie den Goldschmied aus der Rue du Château vorbei, um an Ort und Stelle die Kette zu erweitern. Es kam ebenfalls vor, daß sie mit lauter Stimme die Edelsteine zählte und den Tricotins mißtrauische Blicke zuwarf, was die Familie sehr kränkte, da sie sich einer vererbten Aufrichtigkeit zu rühmen pflegte.

Im Mai verkündete Caribert stolz, Immaculée sei schwanger, doch niemand wagte zu fragen, von wem.

Charlemagne brauchte sechs Monate, um seine Hand und sein Auge aufeinander abzustimmen und später seine rechte Hand von seiner linken Hand zu unterscheiden. Es dauerte einen weiteren Monat, bis er nach toten Gegenständen greifen, sich an ihnen festhalten und sie ungeschickt handhaben konnte, während er gleichzeitig feststellen mußte, daß lebende Gegenstände längst nicht so einfach zu beherrschen waren. Zudem mußte er einsehen, daß es nicht genügt, einfach nur die Augen zu schließen, damit die andern einen nicht mehr sehen können.

Acht Monate nach ihrer Geburt befreite man die fünf Tricotins aus ihren Wickeltüchern und zog ihnen ihre ersten Kinderkleider an: braune, billige Wolle für den Ältesten, rauhe, ungebleichte Baumwolle für die andern. Die Schloßherrin nutzte diese Tradition, um ihrem Patenkind ein Schulterkleid aus blauem Satin mit Silberstreifen und dazu passende Seidenstrümpfe zu schenken, die Charlemagne bei der erstbesten Gelegenheit ruinierte, indem er sich auf dem Boden wälzte.

Zwei Tage vor Weihnachten überraschte Charlemagne die ganze Familie, als er sich ohne fremde Hilfe aufrichtete und in einem Satz quer durch das Zimmer, die Werkstatt, die Küche und den Hof ging, ehe er zu taumeln begann und mit dem Hintern in einem Kuhfladen von Clarabelle landete, was ihn außerordentlich zu entzücken schien.

Der aufrechte Gang eröffnete ihm Perspektiven, die um so erstaunlicher waren, als sie völlig unerwartet auftauchten. Bis zu jenem Tag hing jede seiner Bewegungen vom guten Willen eines andern ab, doch von nun an konnte er darauf verzichten und selbst schauen, was sich hinter den Möbeln oder auf der andern Seite der Wände verbarg.

Zu der langen Liste täglicher Plagen kam nun auch noch die ständige Suche nach Charlemagne hinzu. Mal fand man ihn mit eingeklemmtem Kopf in einem – glücklicherweise leeren – Eimer, mal steckte er im Ausgußbecken fest, das immerhin vier Fuß über dem Boden angebracht war (man verdächtigte ihn, auf den Hund geklettert zu sein). Oder aber man stöberte ihn im Kamin auf, wo er, schwarz wie ein Neger, mit den dort zirpenden Grillen plapperte.

Von seinen Erkundungen brachte er alle möglichen, am liebsten lebende Tierchen mit nach Hause. Keine Tierart war ihm zuwider, und er schien auf ganz natürliche Weise hervorragende Beziehungen zur Tierwelt, einschließlich der Insekten, aufgenommen zu haben. Vor allem die Art und Weise, wie Goliath ihn von seinen Geschwistern unterschied und ihm völlig ergeben war, wurde als ein herausragendes Beispiel für diese außergewöhnlich engen Beziehungen betrachtet.

Am Dreikönigstag des Jahres 1764 brachte Immaculée Tricotin einen acht Pfund schweren Jungen mit blauen, leicht geschlitzten Augen zur Welt. Caribert war überglücklich und nannte ihn Mérovée.

Am übernächsten Tag, dem Tag des heiligen Lukian, ohrfeigte Laszlo Horvath in aller Öffentlichkeit Paul Brasc den Ältesten.

Jemanden zu ohrfeigen war schlimmer, als ihm einen Faustschlag zu versetzen. Eine Ohrfeige war eine bewußte Geste, die den Gegner eher demütigen als ihm körperliche Schmerzen zufügen sollte. Die Wirtsstube der Durif-Herberge war gerammelt voll. An einem Tisch saßen sogar Soldaten, die ihn kannten. So blieb Brasc nichts anderes übrig, als den Ungarn zum Duell zu fordern. Dieser deutete auf den großen Hof der Pferdepost und sagte: »Gut so!«

Der Kampf war schnell entschieden. Nach einer kurzen Folge von Angriffen und Abwehrstellungen durchbohrte Laszlo die Brust seines Gegners mit einem geschickten Klingenstoß. Brasc brach zusammen. Laszlo versetzte ihm einen weiteren Schlag und traf Brasc am Handgelenk. Damit war der Arm des Duellanten endgültig außer Gefecht gesetzt. Geräuschvoll fiel Brascs Säbel auf die Pflastersteine im Hof.

Paul Brasc der Älteste überlebte seine Verletzungen, doch er rührte nie mehr ein Schwert an und machte sich auch nie wieder lauthals über die Identität des wahren Vaters von Mérovée Tricotin lustig.

Aus Anlaß des ersten Geburtstages der fünf Wunderkinder von Racleterre ließ die Gemeindeverwaltung ein großes Fest ausrichten.

Der Marktflecken und seine Mauern wurden beflaggt, alle Glockentürme läuteten im Chor. Es gab ein Bankett, Reden, einen Wettbewerb im Armbrustschießen, dessen Gewinner fünfzig Livres und drei Klettermasten (einen Klettermast auf jedem Platz) erhielt, die reichlich geschmückt und kräftig eingeseift waren.

Höhepunkt dieses denkwürdigen Tages bildete jedoch ohne Zweifel der Umzug der Fünflinge, die von ihren Eltern und der Schloßherrin, die sich in letzter Minute ebenfalls aufgedrängt hatte, begleitet wurden.

Clovis saß auf der Plattform eines mit Blumen geschmückten Karrens, der von vier rothaarigen Ochsen mit sorgfältig gekämmtem Fell gezogen wurde. Er trug seine besten Kleider (war jedoch verärgert, weil man ihm davon abgeraten hatte, seinen Säbel mit sich zu führen) und hatte Clodomir, den Ältesten, auf dem Schoß. Jeanne Tricotin trug Pépin auf dem Arm, Apolline hatte sich für Dagobert entschieden, und Adèle Floutard, die lieber Pépin getragen hätte, mußte mit Clotilde vorliebnehmen.

Madame Jacinthe saß auf einem auf der Plattform befestigten Sofa und trug ein preußischblaues Kleid mit scharlachroten Volantärmeln. Während sie der Menge zulächelte, bemühte sie sich, ihr Patenkind ruhig zu halten, das mit einem violetten Satinkleid und rosafarbenen Strümpfen bekleidet war und wie hundert Maden zappelte.

Auf die Dauer ging dieses ungebührliche Betragen ihr dermaßen auf die Nerven, daß sie den Knaben zornig ins Bein kniff. Daraufhin begann Charlemagne so fürchterlich zu schreien, daß sein Gebrüll auf dem Karren, in der Menge und sogar beim Ochsengespann für erhebliche Aufregung sorgte. Die beiden Ochsen blieben prompt stehen und schüttelten die Hörner. Wie üblich stimmten Charlemagnes Geschwister in das Gebrüll mit ein, und zwar so laut, daß die allgemeine Verwirrung noch um einiges gesteigert wurde.

Um Charlemagne zu beruhigen, mußte man ihn aus den Armen seiner Patentante befreien, die seine Wut nur noch steigerte, weil sie in ihrer Verärgerung nicht gerade zimperlich mit ihm umging. Als er endlich still war, verstummten auch die andern. Die Ochsen setzten ihren Weg fort, die Prozession kam wieder in Bewegung, die Menge applaudierte.

»Ein Hoch auf unsere Wunderkinder!«

Zunächst handelte jedes der fünf Kinder für sich und unabhängig von den andern. Jedes spielte für sich allein, keines teilte mit einem seiner Geschwister. Wenn es zu Streitigkeiten kam, bei denen es meistens um den Besitz eines bestimmten Gegenstandes ging, setzte sich stets das stärkste durch. In neun von zehn Fällen war das Charlemagne.

Erst als sie ungefähr drei Jahre alt waren, begannen sie, sich zu organisieren. Clodomir und Pépin wurden so unzertrennlich wie zwei einander ergänzende Hälften. Wenn der eine mit dem rechten Mundwinkel lächelte, lächelte der andere mit dem linken. Zeugen dieses Schauspiels schwankten unentwegt zwischen Belustigung, Verwunderung und einem gewissen Unbehagen.

Dagobert hatte weniger Erfolg, wenn er sie nachzuahmen versuchte. Kam es zu Auseinandersetzungen, so nahm er meistens Reißaus und suchte Schutz bei seiner Mutter. Clotilde hingegen mußte bis zu dem Tag als Prügelknabe herhalten, an dem Charlemagne sich ihrer annahm und sie von nun ab unter seinem Schutz stand.

Nicht selten verbündeten sich seine drei Brüder gegen ihn, und meistens ging es darum, ihm sein Kollier abzunehmen. Das ließ er sich jedoch nicht gefallen, sondern wehrte sich mit bewundernswerter Verbissenheit und zahlte jeden Schlag, den er einstecken mußte, dreifach zurück. Fairerweise wartete er stets, bis seine Gegner in der Überzahl waren, bevor er einen schrillen Schrei ausstieß, der dafür sorgte, daß Goliath ihm zu Hilfe kam.

Falls jedoch ein Außenstehender es wagte, sich mit einem der fünf Geschwister anzulegen, dann bildeten sie eine Front, wie fünf Bienen aus einem umgeworfenen Bienenstock.

Das erste verständliche Wort des Ältesten lautete »ich«. Am

nächsten Tag stieß Pépin ein klares »Bums« aus. Einige Zeit später sagte Dagobert »Mami-Mami«, doch niemand erinnerte sich an das erste Wort von Clotilde. Charlemagne seinerseits begnügte sich damit, Tierschreie nachzuahmen. Sobald er einen Laut – irgendeinen Laut – vernahm, imitierte er ihn mit verwirrender Leichtigkeit.

Erst ein Jahr nach allen andern gab er seinen ersten richtigen Satz von sich, und zwar sagte er, als er die Kolonne der königlichen Gendarmerie durch die Rue des Afitos reiten sah:

»Es ist ein schönes Pferd, caramba!«

Später entwickelten die Geschwister eine eigenartige Sprache, die sich aus diversen Schreien, Gesten, Katzenjammern, Mäusequietschen, Vogeltrillern und Hundegebell zusammensetzte und aus der nach und nach eine Art Geheimsprache entstand, die sie »Die-uns« nannten. Die Bedeutung dieses Ausdrucks verrieten sie nie.

Sie waren vier Jahre und einige Wochen alt, als sie geschlossen vor ihre Eltern traten und eine Erklärung für die unbestreitbare Tatsache forderten, daß Clotilde keinen »Stachel« besaß wie die Knaben.

»Weil sie ein Mädchen ist!«

Diese Erläuterung schien sie nicht sonderlich zu überzeugen, vor allem nicht Clotilde, die sich sehr verschwommen daran erinnerte, einst ebenfalls einen gehabt zu haben, ihn jedoch aus Versehen, zweifelsohne beim Pinkeln, verloren zu haben.

Zum ersten Streit mit ihren Erzeugern kam es an ihrem fünften Geburtstag, an dem Tag, da sie der Tradition gemäß ihre Säuglingskleidung ablegen mußten. Der Älteste bekam ein blaues, die andern jeweils ein graues Leinenkleid. Clotilde erbte einen Überrock aus Baumwolle, einen ausgefransten Unterrock, ein Mieder mit Fischgrätenmuster und eine Schürze aus Drillich.

Die Auseinandersetzung begann, als Clovis die Jungen mit in

die Werkstatt nehmen und Apolline das Mädchen in die Küche führen wollte.

Clotilde wehrte sich dagegen, von ihren Brüdern getrennt zu werden, und lief zu ihnen. Entschlossen stellten die Brüder sich schützend um ihre Schwester. Und als ihr Vater ihnen mit dem Säbel drohte (er benutzte die leere Scheide, um ihnen, wenn nötig, den Hintern zu versohlen), rief Charlemagne Goliath zu Hilfe.

»Wollt ihr etwa, daß wir euch in den Dienst von Ritter Walter geben? Oder möchtet ihr lieber, daß wir Pibrac darum bitten, euch Gehorsam beizubringen?« drohte ihnen Apolline und stemmte vor Wut beide Fäuste in die Hüften.

Die Antwort der Kinder führte dazu, daß sie ihre Frage sogleich bereute:

»Wenn wir zusammenbleiben dürfen, könnt Ihr uns verpachten, an wen Ihr wollt.«

Clotilde durfte bei ihren Brüdern bleiben, mußte jedoch die Mädchenkleider anbehalten und durfte nie wieder wie die Knaben im Stehen pinkeln.

Am nächsten Tag tauchte Madame Jacinthe in der Rue des Afitos auf. Sie war in Begleitung ihres kleinen Hofstaats und eines Schneidermeisters, der sich darüber ärgerte, daß er seine Schuhe mit Mist beschmutzt hatte.

Die Schloßherrin opferte einen ganzen Nachmittag, um mit ihrem Patenkind zu spielen wie mit einem kleinen Tier. Sie zog den Jungen an, zog ihn wieder aus, probierte insgesamt sechsunddreißig verschiedene Kleider an ihm aus und entschied sich schließlich für das prunkvollste, das die Bekleidung seiner Brüder wie Lumpen aussehen ließ.

Als seine Patentante wieder gegangen war, stieß Charlemagne einen lauten Schrei der Erleichterung aus und rannte zu den andern, die im Hof über ihren Schatten zu springen versuchten (was ihnen allerdings nur in zwei von zehn Fällen gelang). Bevor man ihn davon abhalten konnte, wälzte er sich auf dem Boden, zappelte mit den Armen und Beinen, lachte aus vollem Hals, machte sich von Kopf bis Fuß schrecklich schmutzig und schien darüber äußerst zufrieden zu sein.

Der Wechsel vom Säuglingskleid zum Erwachsenenkleid in Miniaturausführung brachte eine andere radikale Veränderung mit sich. Clovis brachte die Betten der Fünflinge auf den Speicher und konnte nun endlich in sein Schlafgemach und vor allem zu seiner Frau zurückkehren.

Die neue Schlafstätte war den Kindern nicht nur sehr genehm, sondern bewirkte zudem, daß sie von nun an noch fester zusammenhielten. Obwohl Clodomir und Charlemagne ein eigenes Bett hatten, so schliefen sie doch alle fünf häufig auf einem gemeinsamen Strohsack, eines neben dem andern, in der Reihenfolge ihrer Geburt.

An einem Sommertag des Jahres 1769 sorgte Madame Jacinthe für große Aufregung bei den Geschwistern, als sie Charlemagne unter dem Vorwand mit ins Schloß nahm, ihn ein neues Kleid anprobieren zu lassen. Seine Brüder und seine Schwestern suchten ihn im ganzen Haus, im Hof, in Favorites Box, im Stall von Clarabelle, in der Koppel von Biquette, im Hühnerstall und riefen immer wieder: »Charlemagne, Charlemagne.« Sie konnten einfach nicht begreifen, warum er nicht antwortete.

Am späten Nachmittag brachte Élodie Clochette ihn wieder nach Hause. Er trug einen wunderbaren grüngrauen Gehrock, roch nach Moschus und schlief fest, was angesichts der Uhrzeit ungewöhnlich für ihn war. Die Tatsache, daß die Kammerzofe sich sofort wieder auf den Rückweg machte, ließ Apolline mißtrauisch werden. Als sie das Kind entkleidete, um es ins Bett zu legen, fuhr sie zusammen: »Clovis, komm schnell her!«

Der Holzschuhmacher war gerade damit beschäftigt, eine Buche auszuhöhlen, gehorchte jedoch ohne Widerrede. Die Stimme seiner Frau war zu eindeutig gewesen.

»Schau, es ist nicht mehr dasselbe«, sagte sie und deutete auf das Kollier.

Clovis kniff die Augen zusammen, als er sich über Charlemagne beugte. Man brauchte kein Alchimist zu sein, um zu begreifen, daß das, was früher einmal Gold gewesen war, sich in Kupfer verwandelt hatte und daß aus den Edelsteinen gewöhnliche, farbige Glassplitter geworden waren.

Als das Kind am nächsten Morgen aufwachte und seine Eltern es über die Geschehnisse vom Vortag ausfragten, gab es ihnen immer wieder dieselbe Antwort: »Ich habe gut geschlemmt, ich habe gut getrunken, vielen Dank, liebes Jesulein.«

»Sie hat ihn eingeschläfert, damit er nichts merkt«, murmelte Clovis.

Apolline schüttelte den Kopf. »Sie hat ihn betrunken gemacht. Deshalb hat er so stark nach Moschus gerochen.«

Kaum hatte Charlemagne seine neuen Kleider angezogen, da rannte er mit seinen Brüdern und seiner Schwester auf die Straße hinaus, wo sie es mit den Schreien der Wilden aus Amerika hätten aufnehmen können.

## 15

Am Tag des heiligen Benjamin im Jahre 1770, am siebten Geburtstag der Fünflinge, begab sich Clovis zu einer öffentlichen Anhörung ins Gemeindehaus, um die Versammlung an die königliche Anmerkung bezüglich der Ausbildung der Kinder zu erinnern.

Am nächsten Morgen brachte er die fünf Geschwister zur Kleinen Sankt Benedikt-Schule, wo sie ihren ersten Tag in geistiger Grundausbildung absolvieren sollten.

Die Schule, die hundert Jahre zuvor gegründet worden war, um den wahren Glauben an Gott durchzusetzen und gegen die protestantische Irrlehre anzukämpfen, lag im Erdgeschoß eines schönen Erkerhauses, das einst einer ungläubigen Tuchhändlerfamilie gehört hatte, die aufgrund des Ediktes von Nantes vertrieben worden war.

Der Rektor Joseph Vessodes – Sohn eines Knechtes, der sich kurz vor seiner Geburt aus dem Staub gemacht hatte, und einer Linsenleserin – war fünfzig Jahre zuvor in Steißlage geboren worden. Die Mutter hatte die Geburt nicht überlebt. Dieses Unglück hatte ihm die unnachgiebige Feindschaft seiner acht Geschwister eingebracht. Mit zwölf Jahren fand er Schutz im Priesterseminar des Ordens der Wächter, das damals noch existierte.

Sein mangelndes Wissen glich Joseph Vessodes, der vom Abt von Bartonnet zuerst zum Diakon und später zum Rektor ernannt worden war, durch seine tadellose Frömmigkeit und seinen ausgeprägten Frauenhaß aus. Seit drei Jahrzehnten brachte er den etwa fünfzig Kindern aus dem Dorf, die das Schulgeld bezahlen konnten, das ABC, die Silbentrennung, die zehn Gebote sowie das Meßdienen bei. Da die Frau, laut augustinischer Interpretation, als ein hinterhältiges und gefährliches Geschöpf anzusehen war, nahm man keine Mädchen in der Schule auf. Neben dem glimmenden Holzstück wurde keine Hede geduldet.

»Ich versichere euch, liebe Kinder, daß die Frau in Wahrheit schlimmer ist als der Tod, denn obwohl der Teufel Eva zur Sünde getrieben hat, so war es Eva, die Adam verführte«, dozierte er mit einem Ausdruck ehrlicher Überzeugung in der Stimme.

Clotilde, die natürlich mit ihren Brüdern erschien, wurde umgehend abgewiesen.

»Die Jungen dürfen hierbleiben, aber diese lasterhafte Göre kommt mir nicht unter die Augen«, befahl er mit einer verächtlichen Handbewegung.

Clovis lächelte ihn freundlich an. Er hatte sein bestes Tuchkleid aus Saint-Geniez und Holzschuhe aus Nußbaum angezogen, die er mit fleischfarbener Farbe frisch gestrichen hatte. Auch hatte er seinen Ohrring in Essig getaucht, damit er in vollem Glanz erstrahlen konnte.

»Da es uns stets allergrößte Mühe bereitet, sie voneinander zu trennen, lassen wir sie einfach zusammen, das ist viel unkomplizierter. Und was Clotilde betrifft, Herr Rektor, so werdet Ihr sehen, daß sie ein nettes und wohlerzogenes Mädchen ist, das bereits ein wenig lesen, ein wenig schreiben und sogar ein wenig zeichnen kann, glaubt mir.«

Letzten Sommer hatte Clovis beobachtet, wie Clotilde die Konturen des Schattens von Charlemagne mit Hilfe eines Stocks auf den Boden zeichnete. Im Herbst zeichnete sie immer noch Charlemagnes Umrisse, doch diesmal benutzte sie ein Stück Kohle und malte auf die Mauer im Hof. Ihr exklusives Modell war begeistert von den Ergebnissen und fing vor Freude darüber jedesmal so laut zu schreien an, daß in empfindlichen Ohren das Trommelfell zu platzen drohte.

»Bemüht Euch nicht, Maître Tricotin, in dieser Schule werden keine Mädchen unterrichtet.«

Daraufhin begab sich Clovis mit den Kindern zum Gemeindehaus, um dort laut und heftig zu protestieren. Da der Rektor dem Konsul nicht unterstellt war, verwies dieser den Holzschuhmacher an den Abt von Bartonnet, der erstaunlicherweise immer ein offenes Ohr für die kleinen Leute hatte. Trotz seiner Gicht ließ er sich bereitwillig in seinem Sessel zur Schule bringen, wo er mit dem Rektor einen Kompromiß schloß, der eines Jesuitengenerals würdig gewesen wäre: Clotilde durfte dem Unterricht von draußen beiwohnen, und zwar vom Fenster aus, das geöffnet bleiben mußte, damit sie alles mitbekommen konnte. Selbstverständlich war es ihr nicht gestattet, sich bemerkbar zu machen oder das Klassenzimmer zu betreten.

Seine etwa fünfzig Schüler hatte der Rektor sorgfältig im

Klassenzimmer aufgeteilt. Allerdings nicht nach ihren schulischen Leistungen, sondern nach der Sitzordnung in der Kirche: Die Kinder der Adeligen und Wohlhabenden saßen an den Pulten direkt vor seinem Schreibtisch, während die andern sich mit den weiter hinten aufgestellten, rückenlosen Bänken aus Tannenholz begnügen mußten. Ganz hinten im Zimmer, im Luftzug, stand die Strafbank, die als Pranger diente, und neben dem Fenster befand sich die Bank, die den Erstkläßlern vorbehalten war. Diese Bank wies Vessodes den vier Tricotin-Brüdern zu. Zunächst jedoch zeigte er ihnen seine mit sechs Lederschnüren ausgestattete Klopfpeitsche.

»Küßt euren besten Freund, denn er wird euch dabei helfen, eines Tages zu angesehenen Männern zu werden.«

Mißmutig stellte Vessodes fest, daß die Brüder, bevor sie ihm gehorchten, sich in einem ebenso zungenfertigen wie unverständlichen Kauderwelsch miteinander unterhielten.

Da die Tricotins seit ihrer Geburt daran gewohnt waren, angestarrt, bewundert oder sogar mit Applaus bedacht zu werden, beeindruckte es sie keineswegs, daß sie nun einer ganzen Klasse gegenübersaßen und alle Schüler sie neidisch begafften. Sie kreuzten die Arme vor der Brust und nahmen jene hochmütige Haltung an, die ihnen den Spitznamen »Wunderkinder« eingebracht hatte. Geduldig warteten sie auf das, was folgen würde.

Von Anfang an erregte Charlemagne das Mißfallen des Rektors. Erstens, weil er den andern nicht ähnlich sah und somit das Gerücht bestätigte, in seinem Fall läge Ehebruch vor; und zweitens, weil er trotz der teuren Kleider, die seine Patentante ihm geschenkt hatte, unglaublich schmutzig war, was eindeutig auf einen widerspenstigen Charakter hindeutete.

Er zeigte ihnen den ABC-Tisch, der mit einer dicken Sandschicht bedeckt war und auf dem die Anfänger mit dem Finger die Buchstaben des Alphabets übten.

»Zeigt mir, was ihr bereits könnt.«

Die Brüder erhoben sich. Vessodes protestierte:

»Nicht alle gleichzeitig. Der Älteste zuerst.«

Pépin und Dagobert setzten sich wieder, während Clodomir und Charlemagne vortraten und den Rektor noch mehr ärgerten: »Ich habe gesagt: der Älteste!«

»Ich bin der Älteste!« beteuerten beide einstimmig und wären am liebsten aufeinander losgegangen.

Pépin und Dagobert lachten laut und freuten sich bereits auf eine unterhaltsame Schlägerei. Dann tauchte Clotildes Kopf im Fenster auf. Auch sie lachte.

Da der Rektor dachte, er sollte zum besten gehalten werden, schlug er derart fest mit der flachen Hand auf das Lehrerpult, daß alle erschrocken zusammenzuckten.

»Geht an eure Plätze und rührt euch nicht mehr von der Stelle!«

Dann begann er mit dem Unterricht und beachtete sie absichtlich nicht mehr. Statt dessen befragte er Louis Dussac, den Enkel des ehemaligen Konsuls, der nach einer Weile stotternd aufzusagen begann: »Gebt mir die Gabe der göttlichen Gnade des Glaubens, die meine fünf Sinne beschützen und beherrschen wird, die mich an die acht Werke der Barmherzigkeit, an die zwölf Artikel des Glaubens glauben und mich die zehn Gebote des Gesetzes befolgen läßt und die mich bis zum letzten Tag meines Lebens von den sieben Todsünden befreit. Amen.«

Die Geschwister wurden des unnatürlichen Stillsitzens rasch müde und begannen miteinander zu flüstern. Charlemagne erhob sich als erster aus seiner Bank, um einer ausgewachsenen Schabe hinterherzurennen, die gerade das Klassenzimmer unvorsichtigerweise durchqueren wollte.

Da absoluter Gehorsam die erste und unerläßliche Voraussetzung jeglicher Erziehung ist, packte der Rektor das Kind an den Haaren, als es an ihm vorbeilief und die Zickzackbewegungen des in Panik geratenen Tieres nachahmte, und schlug mit seiner Klopfpeitsche auf den Jungen ein. Der beleidigte Schrei, den Charlemagne daraufhin ausstieß, war der Beginn der bedauerlichen Ereignisse, die folgen sollten.

Clotilde sprang durch das Fenster ins Klassenzimmer, während Clodomir und Pépin sich gesenkten Kopfes und mit ihrer ganzen Kraft auf den alten Rektor stürzten. Dieser war im Nu überrumpelt, fiel mit ausgebreiteten Armen auf den Rücken und ließ von Charlemagne ab. Der Junge nutzte die Gelegenheit, um einen seiner Holzschuhe auszuziehen und sich damit für die üble Behandlung, die er soeben erfahren hatte, am Rektor zu rächen. Dabei zielte er vor allem auf dessen Kopf und schlug mit hochrotem Gesicht so kräftig zu, wie er nur konnte.

Diese Vergeltungsmaßnahmen lösten ein allgemeines Durcheinander aus. Die Schüler eilten zum Ausgang und liefen nach Hause, um dort vom entsetzlichen Angriff der Wunderkinder auf den Herrn Rektor zu berichten.

Zu Ostern hatten die Fünflinge die Windpocken und mußten das Bett hüten. Wie Würstchen waren sie eingeschnürt, damit sie sich nicht kratzen und entstellen konnten, wie ihre Mutter es als Kind getan hatte.

Als sie wieder auf den Beinen waren, wurde Clovis von Clarabelle gebissen, was die Tricotins und auch alle andern Bewohner von Racleterre in ein äußerst betrübliches, furchtbares Dilemma stürzte.

## 16

*Racleterre, Mittwoch, 14. Mai 1774*

Die Pferdepost von Maître Arsène Durif, teils Stall, teils Herberge, war einer der wenigen Orte in Racleterre, wo von früh bis spät reger Betrieb herrschte. Ein breites, zu beiden Seiten mit Granitsteinen versehenes Tor führte in einen Hof, in dessen Mitte sich ein großer Brunnen befand. Die etwa dreißig Eimer, die um diesen Brunnen hingen, waren dazu bestimmt, die Gästezimmer, die Küche, die Stallungen sowie die Tränke mit Wasser zu versorgen.

Das Gästehaus lag linker Hand. Im Innern konnte man sich an einem offenen Schalter, unter einer von Fliegendreck übersäten Tafel mit der barmherzigen Aufschrift GEH FORT, WENN DU KANNST, eine Fahrkarte kaufen und einen Platz reservieren lassen.

Man konnte dort auch essen und trinken, gegebenenfalls sogar übernachten, doch Kredit wurde niemandem gewährt. Eine andere, ebenfalls an der Wand befestigte Tafel beschimpfte säumige Zahler unzweideutig als Verbrecher.

Der Schuppen mit der Sattlerei, die Hufschmiede und die großen Stallungen, in denen man die Pferde wiehern und ungeduldig mit den Vorderhufen scharren hörte, lagen auf der rechten Seite des Hofes.

Maître Durif besaß insgesamt fünf unbequeme Postkutschen, drei Briefkutschen und drei Eilkutschen und herrschte über achtzig Pferde, siebenundzwanzig Kutscher, Fuhrmänner und Postillione, zwölf Pferdeknechte, fünf Stallburschen, eine Gattin, drei Söhne, vier Töchter und mehrere Katzen. Nicht zu vergessen die Milliarden von Flöhen und Wanzen, die so zahlreich vorhanden waren, daß sie manchmal von der Decke fielen und schlimmstenfalls auf dem Kopf, bestenfalls im Teller eines Gastes landeten.

Da der Postmeister für den König arbeitete, mußte er keine Steuern zahlen, seinen ältesten Sohn nicht zum Militär schikken, keine Soldaten beherbergen und sich nicht an den Kosten der Wache beteiligen: Dieses letzte Privileg wurde ihm allerdings immer wieder von der Gemeindeverwaltung streitig gemacht, da es ihrer Meinung nach eine königliche Einmischung in die Angelegenheiten des Dorfes darstellte und zudem eine ernsthafte Geldeinbuße bedeutete.

Auf dem Pferdepostamt wartete man auf die Ankunft oder die Abfahrt der Kutschen. Außerdem erfuhr man dort die allerneuesten Nachrichten von auswärts, welche die Kutscher gerne erzählten. Neben der Schenke *A la dalle en pente* in der Rue Trousse-Vache war die Post der Ort, an dem die beschäftigungslosen Soldaten sich am liebsten trafen, um sich vollaufen zu lassen, zu rauchen und Karten zu spielen. Gleichzeitig war hier der Treffpunkt derer, die mit Almanachen hausieren gingen, sowie der Verkäufer von Bildern und sogenannten »sprechenden Papieren«.

Clovis stieg von seinem Pferd und band es an einen Pfosten. Der Knecht, der in der Nase bohrte, während er auf die Pferde des Royal-Navarre aufpaßte, deutete ihm an, daß er sich auch um Favorite kümmern würde.

Clovis stieß die Tür zur Herberge auf und betrat einen großen, verqualmten Raum, in dem es laut zuging. Sämtliche Tische waren besetzt.

Clovis schaute in die Ecke, wo gewöhnlich die fahrenden Händler saßen, und entdeckte drei von ihnen beim Essen. Ein an einem Stock befestigtes, großes Schild, von dem sechs ausgestopfte, an den Schwänzen aufgehängte Ratten hingen, deutete darauf hin, daß einer von ihnen Rattenfänger war. Die beiden andern verkauften Almanache, billige Ritterromane und sogar ein paar alte Nummern des *Mercure de France*. Auf der Brust trugen die drei Männer die Kupferplakette mit der Bezeichnung ihres Standes.

Clovis gesellte sich zu ihnen und sagte gerade, daß er Interesse an ihren Büchern hätte, als der Lärm eisenbeschlagener Räder auf den Pflastersteinen die Gäste in Unruhe versetzte. Sie rannten in den Hof hinaus, wo die Postkutsche aus Rodez soeben vorfuhr.

»Der König ist tot«, schrie der Kutscher, noch bevor er sein Sechsergespann zum Stehen gebracht hatte.

Mit düsteren Mienen und gedämpften Stimmen bestätigten

die Passagiere die außergewöhnliche Nachricht und berichteten, daß der König vor vier Tagen an den Pocken gestorben war.

Clovis stieg auf seine Stute und kehrte in die Rue des Afitos zurück.

»Vor vier Tagen ist der König gestorben«, rief er jedem zu, dem er unterwegs begegnete, und freute sich über die große Überraschung.

Auf der Stelle legten alle ihre Arbeit nieder. Vessodes, der Schulrektor, brach den Unterricht ab und schickte die Kinder nach Hause. Viele rannten in die Kirche. Vom Belfried läutete die Totenglocke. Der Ritter sagte die Hetzjagd ab. Die Schloßherrin legte Trauerkleidung an.

Sogar Prune Déhaut war dermaßen verstört, daß sie Clarabelle auf der Wiese stehenließ. Als sie sich wieder gefaßt hatte, waren die Stadttore längst geschlossen, und erst am nächsten Morgen würden sie wieder geöffnet werden.

»Was für ein gedankenloses Geschöpf du bist! Die Wölfe werden sie fressen«, schimpfte Apolline.

»Arme Clarabelle! Arme Clarabelle!« jammerten die Fünflinge im Chor.

Als die Tore geöffnet wurden, machten sie sich unverzüglich auf den Weg. Die Fünflinge hatten einen leeren Sack für Klee dabei, während Prune die Kanne und den Melkschemel trug. Auch Clovis und Goliath zogen mit hinaus. Die Wiese lag eine halbe Wegmeile entfernt an der Straße, die am Wald von Floutard vorbei nach Roumégoux führte.

»Da ist sie!« riefen Charlemagne und Clodomir wie aus einem Mund und eilten zu der Kuh. Die andern folgten ihnen mit einigem Abstand. Zuletzt kam Dagobert.

Clarabelle war an einem blühenden Kirschbaum angebunden und wartete wiederkäuend darauf, daß man sich um sie kümmerte. Ihr Euter hing prall in das noch taufeuchte Gras.

Gewöhnlich wurde sie morgens und abends gemolken. Die überschüssige Milch wurde zu Butter und Käse verarbeitet und verkauft.

Prune faltete die Hände und bedankte sich bei der heiligen Prune, der Schutzpatronin der Gedankenlosen. Da eine Milchkuh aus dem Aubrac ziemlich teuer war, hätte sie ihren Meister jahrelang für deren Verlust entschädigen müssen.

Clovis überprüfte die Feuchtigkeit des Mauls und den Glanz in den Augen der Kuh, die traurig muhte.

»Ruhig, meine Schöne. Ich bin's.«

Er streichelte sie vom Widerrist bis zur Kruppe, achtete auf das Schimmern ihres Fells, die Geschmeidigkeit ihrer Haut und ihr regelmäßiges Atmen – die wichtigsten Zeichen guter Gesundheit, wie die Erfahrung ihn gelehrt hatte.

Alles schien völlig normal zu sein, bis er auf einmal Bißwunden an einem Bein und getrocknetes Blut an der Spitze des linken Horns entdeckte. Die langen, braunen Haare, die hängengeblieben waren, deuteten darauf hin, daß die Kuh den Angriff eines Fuchses abgewehrt und das Tier dabei verletzt hatte.

Der Holzschuhmacher war überrascht: Normalerweise wagen Füchse sich nicht an eine Beute dieser Größe.

Prune setzte sich auf ihren Schemel und stellte den Eimer unter die Zitzen. Clarabelle muhte von neuem. Dann fing sie mit eigenartiger Verbissenheit erneut an zu kauen.

Nachdem die Kuh einigermaßen heil wiedergefunden worden war, verstreuten sich die Fünflinge auf der Wiese. Dagobert pflückte Schlüsselblumen, die er seiner Mutter schenken wollte, Pépin suchte nach Grillen, Gottesanbeterinnen, Heuschrecken oder sonst etwas Lebendigem, dem er nachjagen, das er fangen, quälen und schließlich töten könnte. Clodomir, Clotilde und Charlemagne standen mit verschränkten Armen unter dem Haselnußstrauch, plauderten und beobachteten die Magd. Der Hund war im dornigen Unterholz verschwunden.

»Was sagt ihr?« fragte ihr Vater, obwohl er es längst aufgegeben hatte, ihr Kauderwelsch verstehen zu wollen.

Charlemagne ließ die Arme sinken, um besser mit den Achseln zucken zu können.

»Er fragt sich, wieso das grüne Gras, das Clarabelle frißt, sich in derart weiße Milch verwandeln kann«, erklärte Clodomir lachend.

In seiner Wut, verraten worden zu sein, warf sich Charlemagne auf seinen Bruder. Sie fielen ins Gras und balgten sich. Clovis packte sie am Kragen und trennte sie. Im selben Moment machte Clarabelle einen Sprung nach vorne und versuchte davonzulaufen, so als sei sie von einer Bremse gestochen worden. Da sie jedoch angebunden war, kam sie nicht weit.

Prune fiel vom Schemel und stieß ein wütendes »Dummes Vieh!« aus. »Was ist bloß in sie gefahren? Sie scheint immer noch böse auf mich zu sein, weil ich sie gestern vergessen habe«, jammerte sie und erhob sich.

Mit ungewöhnlicher Gefräßigkeit machte sich Clarabelle erneut über den Klee, die toten Blätter, kleinen Zweige, Blumen und sogar über einen ihrer eigenen Kuhfladen her, auf dem bereits Pilze wuchsen.

Kriegsgeschrei lenkte Clovis' Aufmerksamkeit von der Kuh ab. Clodomir und Charlemagne waren mit hastig entlaubten Ästen erneut aufeinander losgegangen. Clotilde ballte die Fäuste, machte eine finstere Miene und war bereit, jeden Augenblick zu Charlemagnes Gunsten einzugreifen.

Plötzlich war Goliath aus dem Unterholz zu hören. Sein Bellen deutete darauf hin, daß die tags zuvor ausgelegten Schlingen ihren Zweck erfüllt hatten.

»Macht euch nützlich, und sammelt Klee für Favorite«, befahl Clovis den Kindern in strengem Ton und begab sich auf die Suche nach Goliath.

Wie verrückt tänzelte der Hund um ein acht Pfund schweres

Kaninchen, das von der vor dem Eingang zu seinem Bau angebrachten Schlinge erwürgt worden war.

Clovis befreite das Tier aus der Falle, schlitzte ihm mit seinem Messer den Bauch auf und warf dem Hund die Eingeweide hin. Dann spannte er die Schlinge erneut.

Als er plötzlich Geflüster hinter sich hörte, drehte er sich abrupt um. Die vollzählig versammelte Geschwisterschar beobachtete ihn aufmerksam. Er hatte sie absolut nicht näher kommen hören.

»Caramba! Habe ich euch nicht befohlen, Klee zu sammeln! Müßt ihr ausgepeitscht werden, damit ihr mir endlich gehorcht?«

»Nein, bitte nicht, lieber Vater, wir wollten Euch bloß beim Wildern zuschauen«, erklärte der Älteste.

Clovis war sprachlos. Wilddiebe wurden in der Burggrafschaft streng bestraft. Ritter Évariste hatte einen seiner Holzfäller zum Tod durch den Strang verurteilt, nachdem er ihn eines Nachts mit einem erwürgten Reh ertappt hatte. Daß der Wald von Floutard seinem Schwiegervater gehörte, änderte daran nichts. Sogar den Waldbesitzern selbst war es verboten, die Tiere zu jagen, die sich dort aufhielten. Die Jagd war ein Privileg, das ausschließlich dem König und den Edelmännern vorbehalten war, die ein Lehnsgut besaßen.

»Wer hat euch gesagt, daß ich wildere?«

Mit vorgetäuschter Verblüffung sahen sie einander an, hüteten sich jedoch, eine Antwort zu geben. Je älter sie wurden, um so verschlossener wurden sie. Nicht weil sie widerspenstig gewesen wären, sondern vielmehr, weil sie es sich zur Gewohnheit gemacht hatten, niemals zu gehorchen, ohne sich vorher (und zwar in ihrer Geheimsprache) miteinander abgesprochen zu haben.

Als Clovis sich ihrer absoluten Brüderlichkeit zum ersten Mal bewußt wurde, waren sie noch kleine Kinder. Es kam vor, daß man nach Clodomir rief und alle andern reagierten, oder daß der eine einen Satz begann und ein anderer ihn zu Ende brachte. Letztes Jahr, als Pépin einer Henne hinterherrannte, die ihn schief angeguckt hatte, stolperte er und schürfte sich das rechte Knie auf. Obwohl Clovis ihn weder schreien noch weinen gehört hatte, waren die andern vier unverzüglich im Hof aufgetaucht.

Bevor Clovis die Klinge in den Horngriff seines Messers zurückklappte, wischte er sie am Fell des Kaninchens ab.

»Könnt ihr wenigstens ein Geheimnis für euch behalten?«

Einstimmig nickten sie mit dem Kopf.

»Gut, dann dürft ihr niemandem erzählen, was ich getan habe, andernfalls besteht die Gefahr, daß man euren armen Vater erhängt. Und ihr wollt mich doch wohl nicht am Strick baumeln sehen?«

Sie berieten sich kurz und schüttelten dann entschieden den Kopf.

»Gott sei Dank«, murmelte Clovis.

Als sie in Sichtweite des Croisades-Tores kamen und sich anschickten, den Marktflecken zu betreten, hakten sich die Fünflinge plötzlich einer beim andern unter und bildeten eine geschlossene Reihe. Man hätte sie für die fünf Zehen eines Fußes halten können. Dann begannen sie im Trab vorwärts zu laufen, wobei sie ruckartig ein rhythmisches »Hü! Hü! Hü!« ausstießen.

Es war ein sonderbares, wunderliches Schauspiel, doch es gefiel den Leuten, die lachend zur Seite traten, um sie vorbeizulassen.

»Aha! Da kommen sie, unsere Wunderkinder!« riefen sie und blickten ihnen erstaunt hinterher.

Clovis verdächtigte Charlemagne, der Anstifter dieser Zirkusnummer zu sein. Nicht nur, weil er sich in der Mitte befand und die andern mitriß, sondern wegen des trabenden Laufs, wegen der »Hü! Hü! Hü!«-Rufe und wegen der Art und Weise, wie sie alle fünf Schritte den Kopf in den Nacken warfen und die Wolken anwieherten.

Als sie die Rue Jéhan-du-Bas erreichten, die wie immer verstopft war, änderten sie ihre Aufstellung (ohne daß der leiseste Befehl dazu gegeben wurde) und verwandelten sich in eine fünfgliedrige Kette, die immer noch im Takt »Hü! Hü! Hü!« rief und sich geschickt zwischen den Schubkarren, den Kippkarren, den Wagen, Einspännern, Sänften und Trägern hindurchschlängelte.

Clovis war gezwungen, seine Schritte zu beschleunigen, falls er nicht abgehängt werden wollte.

## 17

Allmählich wurde Apolline ungeduldig. Bald war Brotzeit, doch Prune und Clarabelle waren immer noch nicht von der Weide zurückgekehrt. Um sich die Wartezeit zu verkürzen, knabberte sie an einem Stück harten Gebäck, das sie in Enzianwein tunkte.

Als die Magd schließlich auftauchte, war sie völlig außer Atem und in Tränen aufgelöst. Die Haare standen ihr wirr vom Kopf, was auf heftige Verwirrung hindeutete, seitdem Prune eitel geworden war.

»Ach, liebste Herrin! Clarabelle weigert sich, nach Hause zurückzukehren. Sie hat mich angegriffen, und wenn sie nicht angebunden gewesen wäre, so hätte sie mich glatt aufgespießt. Ich schwöre beim Heiligenschein meiner Namensvetterin, daß ich Euch die Wahrheit sage.«

Apolline nahm sie in die Arme und tröstete sie: Prune zitterte am ganzen Leib.

»Sei so gut und schau nach, was mit ihr los ist. Wir können sie doch nicht noch einmal draußen übernachten lassen«, sagte Apolline zu Clovis, der widerwillig den Kopf schüttelte.

Er hatte den ganzen Tag in der Werkstatt gearbeitet und freute sich darauf, in aller Ruhe seine Pfeife rauchen und die Geschichte von Misère weiterlesen zu können, die er am Abend zuvor, zur großen Freude der Fünflinge, begonnen hatte.

Die Geschichte erzählte zunächst von zwei Reisenden, Pierre und Paul, die von einem Unwetter überrascht wurden und bei einem Bauern namens Misère Unterschlupf fanden. Seinen Namen verdankte der Bauer der Tatsache, daß er schrecklich arm war und nur einen einzigen Birnbaum besaß, dessen Früchte regelmäßig geklaut wurden. An diesem Punkt der Erzählung war es zwischen den Kindern zu einem Streitgespräch darüber gekommen, was jedes von ihnen an Stelle von Misère getan hätte, um nicht länger beraubt zu werden.

Clodomir, der Älteste, hätte einen mächtigen Zaun um den Baum errichtet und zahlreiche Wolfsfallen aufgestellt.

Pépin hielt es für gescheiter, mit dem Säbel seines Vaters auf den Baum zu klettern und dort auf die Missetäter zu warten, um sich anschließend auf sie zu stürzen und ihnen den Kopf abzuschlagen.

»Ich mag keine Birnen«, hatte Dagobert gesagt und mit den Schultern gezuckt.

»Ich würde die grünen Birnen rot anmalen«, hatte Clotilde gemeint und dabei mit tiefer Stimme gesprochen, um die Stimme von Charlemagne nachzuahmen.

»Und dann?«

»Na ja, dann würden die Diebe Durchfall bekommen und nicht mehr wiederkommen.«

Charlemagne schließlich hatte seine schlaue Miene aufgesetzt und wie gewohnt mit allzu lauter Stimme verkündet:

»Ich, ich werde niemals arm sein.«

Als Clovis und Prune zu der Wiese kamen, verdunkelten große Schwärme von Staren den rosa-grauen Himmel, der Regen verkündete.

Die Magd blieb am Wegrand stehen und weigerte sich, auch nur einen einzigen Schritt weiterzugehen. Mit dem Zeigefinger deutete sie auf die Stelle, an der sie die Milchkanne und den dreifüßigen Melkschemel zurückgelassen hatte.

Die Kuh stand nach wie vor unter dem Kirschbaum und schien sich seit dem Morgen nicht von der Stelle gerührt zu haben.

Clovis band sie los, aber Clarabelle bewegte sich nicht, sondern starrte ihn mit trauriger Miene an. Er zog fester am Seil. Die Kuh gab ein jammerndes Muhen von sich, bevor sie sich schließlich doch in Bewegung setzte und ihm folgte. Einmal streichelte Clovis kurz über das Maul des Tieres, das ihm ungewöhnlich warm und trocken vorkam. Prune nahm die Milchkanne und den Schemel und trottete etliche Schritte hinter den beiden her.

Da der Holzschuhmacher es eilig hatte, nach Hause zu kommen, ging er schnell und zerrte an Clarabelles Strick, damit auch sie ihren Schritt beschleunigen sollte. Plötzlich jedoch rannte die Kuh von hinten auf ihn zu und stieß ihn so heftig in den Rücken, daß er zu Boden fiel. In dem Augenblick, da Clarabelles gewaltiges Maul genau über ihm war und die Kuh ihm ihre riesigen, gelben Eck- und Schneidezähne zeigte, zwischen denen noch grüne Kleereste hingen, drehte der völlig verblüffte Clovis sich um. Instinktiv hob er den rechten Arm, um sich zu schützen. Die Kuh erwischte seine Hand, und es fehlte nicht viel, und ihre Zähne hätten die Hauptschlagader durchtrennt. Im Anschluß an diese schändliche Tat ging die Milchkuh mit gesenkten Hörnern auf die umstehenden Zuschauer los und rannte alles um, was sich ihr in den Weg stellte.

Panisch lief Prune davon, ließ Kanne und Schemel zurück, um sich schnellstens in Sicherheit zu bringen.

Ein kräftiger Mann half dem sprachlosen Clovis, sich aufzurichten. Seine Hand blutete und schmerzte.

Dann war plötzlich dieser schreckliche Schrei zu hören, auf

den weitere Schreie folgten und für allgemeine Aufregung sorgten: »Die Kuh hat die Tollwut!«

Clovis hörte den Satz deutlich, doch sein Geist weigerte sich, ihn zu begreifen. Im Gegensatz zu dem Mann, der ihn unverzüglich losließ, so als hätte er sich an ihm die Finger verbrannt, und weglief, ohne sich noch einmal umzudrehen.

Clovis war starr vor Entsetzen, vergaß Clarabelle, die eine Panik auf der Promenade auslöste, und eilte durch die Testa-Verde-Passage, die in die Rue Frappes-Devant führte.

»Das kann nicht sein, das kann nicht sein, das kann doch nicht sein«, sagte er sich immer wieder und streckte seine verletzte Hand von sich. Er rannte, so schnell er konnte.

In der Hufschmiede der Tricotins war gerade Feierabend. Einer der Holzschuhträger fegte den Boden, während ein anderer ihm dabei zuschaute. Weder Louis-Charlemagne noch Caribert waren anwesend.

»Wo ist der Meister?«

»Im Garten«, erwiderte der Lehrling und deutete auf die offenstehende Tür, die in den Hof führte.

Ein Drittel des Hofes wurde von einem Gemüsegarten eingenommen. Sein Vater nutzte das letzte Tageslicht, um die Erde mit dem Rücken eines Holzrechens zu glätten.

»Vater, Ihr müßt mich ausbrennen, schnell!«

Er streckte seine blutende Hand von sich.

Louis-Charlemagne ließ den Rechen fallen und eilte mit vor Rheuma geplagten Schritten zu seinem Sohn.

»Wie ist das passiert?«

»Clarabelle hat mich gebissen.«

Der Hufschmied erblaßte. Er befahl den Holzschuhträgern, das Feuer erneut anzufachen, und tauchte die lange, flache Klinge, mit der er bei Vierbeinern offene Wunden ausbrannte, in die Glut. Während die Klinge heiß wurde, ritzte er mit der Spitze seines Messers die Haut um die Wunde auf, damit sie vollständig ausbluten konnte.

»Und jetzt haltet ihn fest!« befahl er den beiden Lehrlingen, die Clovis packten, ihm um Entschuldigung flehende Blicke zuwarfen und ihn so fest umklammerten, wie sie es bei einem störrischen Maultier getan hätten.

Louis-Charlemagnes Hand zitterte nicht, als er die glühende Klinge auf die Wunde legte, die knisternd zu qualmen begann und einen Geruch verströmte, der an den eines Schweins erinnerte, dessen Schwarte man über die Flammen hält, um sie von ihren Borsten zu befreien.

Um nicht zu schreien, biß Clovis sich so fest auf die Unterlippe, daß auch sie zu bluten begann. Tränen stiegen ihm in die Augen. Schließlich wagte er zu fragen: »Glaubt Ihr, daß ich sterben muß?«

Da Louis-Charlemagne nicht lügen wollte, antwortete er mit einer Gegenfrage: »Wo ist Clarabelle jetzt?«

»Keine Ahnung. Nachdem dieses Mistvieh mich gebissen hatte, flüchtete es auf die Ritterpromenade, um dort für ein heilloses Durcheinander zu sorgen. Ich habe große Angst, daß der Wachposten Clarabelle töten wird.«

»Hoffentlich nicht«, murmelte sein Vater und bestrich die Wunde mit einer Salbe, die aus Knoblauch, zerstampftem Salz und reichlich Honig bestand.

»Wir müssen sie wiederfinden«, fügte er hinzu und schloß die Heildose.

Clarabelle lag tot an der Kreuzung der Ritterpromenade und der Rue des Maoures. Ein Oberfeldwebel des Royal-Navarre, der zufällig vorbeigekommen war und sich offenbar freute, ins Schwarze getroffen zu haben, ohne von seinem Pferd gestiegen zu sein, hatte sie mit seiner Pistole ins Ohr geschossen.

»Da kommt er!« sagte jemand, als Clovis und sein Vater sich näherten.

Louis-Charlemagne kniete sich neben die Kuh, um die Lefzen mit Hilfe seines Messers hochzuziehen und sich das Maul anzusehen. Er entdeckte zwar Speichel, doch nicht in übermäßigem Maße.

Auch die Untersuchung der Beinverletzung des Tieres brachte ihn nicht weiter. Obwohl die Tollwut hauptsächlich von Füchsen und Wölfen übertragen wurde, deutete nichts darauf hin, daß das Tier, das Clarabelle gebissen hatte, an diesem Übel erkrankt war.

Martialisches Trampeln und dumpfes Stimmengewirr kündigten das verspätete Eintreffen des Wachpostens an.

Zunächst stellte der Hauptmann den Besitzer des Rindes fest und brummte ihm eine Geldbuße wegen Verkehrsbehinderung auf. Anschließend erkundigte er sich, wer das Tier getötet hatte, woraufhin der nach wie vor auf seinem Pferd sitzende Unteroffizier sich mit träger Stimme zu Wort meldete.

Da man den Anweisungen gemäß allen Schwierigkeiten mit den Garnisonssoldaten aus dem Weg gehen sollte, ließ der Wachmann es dabei bewenden.

Weil er jedoch nicht in der Lage war zu entscheiden, ob das Tier die Tollwut hatte oder nicht, bat er einen Bogenschützen, den Arzt Mathieu Izarn oder notfalls den Wundarzt Perceval zu holen. Schließlich begann er, die verstopfte Kreuzung räumen zu lassen. Was sich als ein hartes Stück Arbeit erwies, da Clarabelle immerhin um die tausend Pfund wog.

Wegen seiner verletzten Hand konnte Clovis sich nicht an dieser Arbeit beteiligen, sondern war gezwungen, seinem Vater und den Männern der Wache dabei zuzuschauen, wie sie die Kuh mühsam von der Fahrbahn schoben.

»Hat sie Euch diese Bißwunde zugefügt?« fragte der Hauptmann.

»Ja.«

»Wenn sie die Tollwut hatte, wird es kritisch für Euch werden.«

Der Tonfall seiner Stimme machte Clovis klar, daß es nicht nur um seine Gesundheit ging.

Als der Arzt, ein vierzigjähriger Mann, der aussah wie ein sechzigjähriger, eintraf, konnten sich verschiedene Leute ein Lachen nicht verkneifen. Mathieu Izarn trug eine Perücke auf seinem unverkennbaren Wasserkopf, der auf einem kümmerlichen Körper saß, dessen schmächtige Gliedmaßen ihm ein kränkliches, Unheil verkündendes Aussehen verliehen.

Als er sich über Clarabelle beugte, sagte jemand spöttisch: »Glücklicherweise ist die Kuh schon tot, so kann er sie wenigstens nicht mehr umbringen.«

Die Bewohner von Racleterre, die der Naturheilkunde mehr vertrauten als der offiziellen Medizin, die sie für weniger wirksam und weitaus kostspieliger hielten, nahmen die Dienste des Arztes nur in äußersten Notfällen und gewöhnlich viel zu spät in Anspruch. So kam es, daß man Izarn nachsagte, er würde seine Patienten umbringen.

Mit vorsichtiger Zurückhaltung untersuchte Izarn die tote Kuh, konnte jedoch nichts Besonderes feststellen. Er sah sich ebenfalls die Hand des Holzschuhmachers an und erklärte, die Wunde sei ordentlich eingeschnitten und ausgebrannt worden, was den Hufschmied sehr freute.

Dann deutete der Arzt mit dem Finger auf die Milchkuh und fügte hinzu: »Schade, daß sie getötet wurde, denn nun müssen wir hundertundeinen Tag warten.«

Ein Schaudern ging durch die versammelte Menge, die Frauen bekreuzigten sich kopfschüttelnd, während andere die Augen schlossen und ihr Muttergottesmedaillon küßten.

Wenn ein der Tollwut verdächtigtes Tier jemanden gebissen hatte, so mußte es eingefangen und sechs Tage lang beobachtet werden. War es danach nicht verendet, so konnte man sicher sein, daß es nicht von der ansteckenden Krankheit befallen war, und dem Gebissenen und seinen Angehörigen blieben die Qualen der grausamen Ungewißheit erspart. Wenn das Tier jedoch seinen Verfolgern entkommen oder, wie gerade geschehen, getötet worden war, mußte der Gebissene hundertundeinen Tag lang warten, um Gewißheit über seinen Zustand zu erhalten.

Nachdem Clovis seinen Vater gebeten hatte, sich an den Abdecker Touvier zu wenden, damit dieser sich des verendeten Tieres annehme und es außerhalb der Stadtmauern verbrenne, ging er nach Hause.

Die schlechte Nachricht war bereits bis in die Rue des Afitos vorgedrungen. Vor der Tricotin-Werkstatt hatten sich etliche Nachbarn eingefunden und diskutierten aufgeregt über das Vorgefallene. Clovis' Eintreffen bewirkte ihr jähes Verstummen. Man trat beiseite, und obwohl der eine oder andere ein paar dem Anlaß entsprechende Worte an ihn richtete, wagte es niemand, sich ihm zu nähern. Alle starrten auf seine Hand.

»Ja, das habe ich Clarabelle zu verdanken, doch ich weiß nicht, was in sie gefahren war«, gestand er mit verständnisloser Miene.

»Eine Kuh, die beißt, muß die Tollwut haben«, meinte Boissonade, der Holzschuhmeister, dessen Werkstatt nur wenige Häuser entfernt lag.

Clovis widersprach dieser Behauptung nicht, denn das war auch seine Meinung.

Apolline setzte ihren Ausgehhut auf und betrachtete sich im Widerschein einer Kupferpfanne. Jeanne war damit beschäftigt, mit bedrückter Miene Nüsse zu zerstampfen. Prune half ihr dabei. Vom vielen Weinen hatte sie eine rote Nase und rote Augen bekommen.

Die Fünflinge saßen etwas abseits in dem schmalen Gang zwischen Bett und Wand und redeten in ihrer Geheimsprache auf Clotilde ein.

»Dem Himmel sei Dank!« rief Apolline, als Clovis eintrat, »ich machte mir schon große Sorgen und wollte dir entgegengehen.«

Prune begann zu schluchzen, erhob sich und verließ den Raum, wobei sie einen großen Bogen um Clovis machte, um ihm nicht zu nahe zu kommen.

Er setzte sich hin und hielt seine Hand, in der die Schmerzen immer größer wurden. Während er über die Umstände von Clarabelles Tod und über die Ungewißheit sprach, die sich daraus ergab, unterbrach Jeanne ihre Arbeit und sah sich die Bißwunde genauer an.

Auch die Fünflinge eilten herbei, aber nicht der Verletzung wegen; sie schien weder ihr Interesse zu wecken noch ihr Mitleid zu erregen. »Lest uns die Fortsetzung vor, bitte, lieber Vater, Clotilde tut nur so, als könne sie lesen.«

»Laßt ihn in Frieden. Ihr seht doch, daß es ihm nicht gutgeht«, griff Großmutter Tricotin ein und ersetzte die Salbe von Louis-Charlemagne durch eine Schicht aus zerstampften Nüssen, die sie auf die Wunde streute, während sie das Antitollwut-Gebet sprach: »Du, tödliches Übel, schau, daß du wegkommst, denn ich sehe Gott und seine Heiligen, das heilige Kreuz und die heilige Kirchenfahne, und vor allem den heiligen Leu mit seiner Mistgabel, mit der er dir den Kopf einschlagen wird, falls du nicht schleunigst verschwindest.«

Am nächsten Tag würde sie die zerriebenen Nüsse wieder wegnehmen und sie den Hühnern zu fressen geben. Würde eines von ihnen sterben, so wäre das der Beweis dafür, daß Clovis tatsächlich von einem tollwütigen Tier gebissen worden war.

»Ganz gleich, ob ich nun sterben muß oder nicht: Gewiß ist, daß wir keine Kuh, keine Milch, keine Butter, keinen Käse mehr haben... Ach ja, caramba! Zudem habe ich mir eine Geldbuße wegen Verkehrsbehinderung eingehandelt und muß auch noch für die Kosten des Schinders aufkommen. Ach! Wahrhaftig ein schwarzer Tag!«

Der Schmerz breitete sich in seinem ganzen Arm aus und erhitzte sein Blut, das wie warmer Wein unter seiner Haut zu glühen schien. Auch Apolline konnte nicht schlafen. Clovis erkannte es an ihren kurzen Atemzügen und an der Steifheit ihres Körpers auf der Matratze. Hatte sie etwa Angst, daß er plötzlich tollwütig werden, sie beißen und sie ebenfalls mit der Tollwut anstecken würde?

Die Kenntnisse des Holzschuhmachers über die Tollwut beschränkten sich auf die Geschichten, die man sich an den Winterabenden vor dem Kaminfeuer erzählte. Etwa die des Bauernknechtes aus La Valette, den ein tollwütiger Wolf angesteckt hatte. Nachdem er seine Kinder, seine Gattin und seine Schwiegermutter gebissen hatte, mußt man ihn zwischen zwei Matratzen ersticken. Seine Opfer wurden ebenfalls erstickt.

Da er Durst hatte, schlich er sich aus dem Bett, woraufhin Apolline fragte: »Ist dir nicht gut?«

»Ich will nur etwas trinken, mach dir keine Sorgen.«

Er hatte sich gerade einen zweiten Becher Wasser eingeschenkt, als er plötzlich ein müdes Trampeln und metallisches Klirren auf der Straße hörte. Er öffnete das Fenster und bewegte sich hinaus. Etwa dreißig Hunde nahmen die gesamte Breite der Straße ein und zogen mit gekrümmtem Rücken und heraushängender Zunge an ihm vorbei. Einige Tiere hinkten, und zwei von ihnen waren so schwer verletzt, daß sie von ebenfalls völlig erschöpften Knechten getragen werden mußten. Hinter der Hundemeute und den Knechten kamen die Stallmeister Onrazac, der Vater, zu Pferd und Blaise, der Sohn, zu Fuß. Ihnen folgten Ritter Virgile-Amédée und seine Gäste, von denen der Abt von Bartonnet seinen Dreispitz verloren und offenbar Mühe hatte, sich im Sattel zu halten. Ihre Pferde waren bis zur Brust verdreckt, an ihren Flanken waren zahlreiche Schürfwunden zu erkennen. Welches Tier auch immer sie gejagt hatten, es war ihnen entwischt.

Clovis schloß das Fenster und begab sich wieder zu Bett. Er

blies die Kerze aus, schloß die Augen und wartete auf den Schlaf, so wie man auf die Postkutsche wartet, wenn schlechtes Wetter ist oder sie Verspätung hat.

## 18

*Freitag, 16. Mai 1774*

Clovis schlief wenig und träumte, er würde Nacktschnecken verschlingen. Als er aufwachte, war seine Hand stark geschwollen und die Wunde näßte unter den zerriebenen Nüssen, während sich in seiner Achselhöhle eine Geschwulst gebildet hatte, die so dick war wie ein Entenei.

Da er den Arm in der Schlinge tragen mußte, konnte er nicht arbeiten und verzichtete darauf, in den Wald von Floutard zu gehen, um sich dort Holz zu besorgen. Statt dessen beschränkte er sich darauf, Petit-Jacquot (der inzwischen seine Gesellenprüfung abgelegt hatte) Arbeit zuzuweisen und die Kunden zu empfangen, bei denen es sich jedoch meistens nur um Neugierige handelte, die gekommen waren, um sich über die Entwicklung seiner Bißwunde zu informieren, so wie man einen wolkenverhangenen Himmel betrachtet und sich fragt, wann er endlich aufbrechen wird.

Nachdem die Fünflinge ihre Morgensuppe gegessen hatten, gingen sie ihren täglichen Pflichten nach. Der Älteste und Pépin blieben bei ihrem Vater, der ein Jahr zuvor mit ihrer Ausbildung begonnen hatte. Dagobert mußte der Mutter beim Aussortieren der Linsen in der Küche helfen. Charlemagne holte Favorite aus ihrer Box und striegelte sie.

Clotilde hatte sich die Mistgabel gegriffen, die zweimal größer war als sie, und wechselte die Streu. Dabei rief sie ihrem Bruder von Zeit zu Zeit ein paar Worte in ihrer Geheimsprache zu, woraufhin Charlemagne ihr in gleichem Ton antwortete.

Der alte Goliath inspizierte indessen den Hof. Allerdings beschränkte er sich bei seinem Rundgang darauf, die nachts von den Ratten hinterlassenen Spuren zu beschnuppern und einige Tropfen Urin darauf fallen zu lassen.

In der Werkstatt hatte Clovis den Jungen die Augen verbunden und ihnen das Laubwerk von vier verschiedenen Bäumen vorgelegt, damit sie diese am Geruch und durch Befühlen erkennen sollten.

»Das ist eine Birke«, sagte Clodomir, nachdem er ohne große Überzeugung ein Stück Nußbaum betastet und daran gerochen hatte.

Clovis seufzte. Die Fähigkeit, die verschiedenen Holzarten voneinander zu unterscheiden, stellte in gewisser Hinsicht das Einmaleins des Holzschuhmachers dar, doch nach einem Jahr Ausbildung waren seine Söhne dazu immer noch nicht in der Lage. Und noch weniger verstanden sie es, mit einem Schärfmesser umzugehen. Um ein Haar hatte Clodomir einen Daumen verloren, und kürzlich erst hatte Pépin die Schneide des Messers arg beschädigt, als er damit einen Nagel durchtrennen wollte. Obwohl sie guten Willens waren, verfügten sie leider über keinerlei Talent, weder für das Handwerk des Holzschuhmachens im speziellen noch für das Arbeiten mit Holz im allgemeinen.

Sie waren zerstreut, und Clovis merkte deutlich, daß sie mehr an den Vorgängen im Hof interessiert waren als an dem, was er ihnen beizubringen versuchte.

»Ich frage mich, was für ein Leben Gott sich für euch ausgedacht hat, wenn ihr euch nicht ändert!« sagte er besorgt und vergaß einen Augenblick lang sogar seine Wunde.

Als er ihnen die Augenbinde abnahm, betrat Mathieu Izarn die Werkstatt, grüßte ihn und bat darum, seine Hand untersuchen zu dürfen. Clovis war einverstanden, unter der Voraussetzung, daß der Arzt anschließend kein Honorar von ihm verlangen würde.

»Nein, nein, keine Angst, ich bin ausschließlich aus medizinischer Neugier gekommen, Maître Tricotin«, versicherte der Arzt und zog eine große Lupe aus dem Lederetui, durch die er die Bißwunde ausgiebig betrachtete.

»Wonach sucht Ihr eigentlich?« fragte Clovis schließlich.

»Ich möchte mich davon überzeugen, daß kein Hundekopfwurm in Eurer Wunde heranwächst.«

Bevor der Arzt zu Clovis gekommen war, hatte er sein Gedächtnis aufgefrischt und in den Werken von Avicenne und Ambroise Paré nachgeschlagen. Beide waren felsenfest von der Existenz solcher Würmer überzeugt und behaupteten, ihr Auftauchen jeweils wenige Stunden nach der Ansteckung festgestellt zu haben.

»Ihr könnt beruhigt sein. Gewöhnlich verstecken sich diese Würmer unter der Zunge und zwischen den Zähnen der erkrankten Tiere. Doch die Untersuchung, die ich an Eurer Kuh vorgenommen habe, hat nichts dergleichen ergeben. Ihr habt demnach allen Grund, optimistisch zu sein. Trotzdem solltet Ihr vorsichtig sein und mich eiligst zu Euch bestellen, sobald einer dieser Würmer sich zeigen sollte.«

Besorgt betrachtete Clovis seine Hand.

»Sagtet Ihr, daß diese Würmer Hundeköpfe haben?«

Der Arzt nickte mit dem Kopf und fügte hinzu: »Köpfe wie von älteren Hunden.«

»Wieso von Hunden? Ich wurde doch von einer Kuh gebissen und nicht von einem Hund.«

Da Doktor Izarn nicht auf diese Frage gefaßt war, versuchte er Zeit zu gewinnen, indem er die Frage wiederholte, mit interessierter Miene die Stirn runzelte und ein nachdenkliches »Hm, hm« vor sich hin murmelte.

»Genau auf dieses Detail wollte ich Euch gerade aufmerksam machen. Es versteht sich von selbst, daß in Eurem Fall natürlich nach Würmern mit Kalbsköpfen Ausschau gehalten werden muß, Maître Tricotin.«

Der Arzt steckte seine Lupe wieder ein und wollte sich eben verabschieden, als plötzlich das jedermann bekannte Glockensignal ertönte, das die zehn Viertelvorsteher aufforderte, sich unverzüglich ins Gemeindehaus zu begeben.

Clovis wußte, worum es bei der Versammlung gehen würde.

Einzig der Tatsache, daß er der Vater der berühmten Wunderkinder war, hatte Clovis es zu verdanken, daß er nicht auf der Stelle aus dem Dorf gejagt wurde. Statt dessen faßte die Versammlung der Viertelvorsteher folgenden Beschluß:

DER KONSUL UND SEINE VERSAMMLUNG

Es wurde beschlossen, daß, ab dem heutigen Tag und für die Dauer von hundertundeinem Tag, Maître Clovis Tricotin, der in der Rue des Afitos eine Holzschuhwerkstatt betreibt, jeden Tag, ob es glühend heiß, windig ist oder schneit, im Gemeindehaus vorstellig werden muß, damit sein Zustand als vermeintlich Tollwütiger vorschriftsmäßig kontrolliert werden kann.
Angefertigt in Racleterre am sechzehnten Mai des siebzehnhundertvierundsiebzigsten Jahres des Herrn.

Unterzeichnet: De Puigouzon und seine Versammlung.

Auf die Bitte des Viertelvorstehers Floutard hin, der aufgrund seiner verwandtschaftlichen Beziehungen um besondere Unparteilichkeit bemüht war, wurde ein neuer Beschluß gefaßt, in dem »jeden Tag« durch »zweimal täglich« ersetzt wurde.

Da es in Racleterre keine Druckerei gab (dies verhinderte Ritter Virgile-Amédée), mußten mehrere Kopien von Hand angefertigt werden. Anschließend machte sich Maffre, der Ausrufer, auf den Weg, um sie an der Fassade des Gemeindehauses, an den drei öffentlichen Plätzen, den drei Toren und zuletzt auch an der Haustür des Betroffenen anzuschlagen.

In seiner Freude über die einzige gute Nachricht des Tages, die seine Mutter ihm überbracht hatte (die mit den zerriebenen Nüssen gefütterten Hühner hatten überlebt), gab Clovis dem Flehen der Fünflinge nach und las ihnen die Fortsetzung der Mißgeschicke von Monsieur Misère vor.

»Eines Tages, als er friedlich in seinem Häuschen weilte, hörte der Bauer, wie jemand an seine Tür klopfte. Er war sehr erstaunt über diesen Besuch, mit dem er nicht so früh gerechnet hatte: Es war der Tod, der seine Runde durch die Welt machte.«

In diesem Moment schlug jemand kräftig gegen die Tür der Werkstatt. Die Kinder zuckten zusammen. Clovis lächelte verkrampft.

»Es ist Maffre, der Ausrufer«, sagte Apolline.

Clovis legte das Buch beiseite und ging hinaus. Die Fünflinge folgten ihm neugierig.

Mit seiner klaren, weithin hörbaren Stimme las der Ausrufer die Verordnung vor und befestigte sie am Türflügel. Clovis erblaßte. Wer würde in Zukunft noch Handel mit einem »vermeintlich Tollwütigen« treiben wollen?

Die folgenden Stunden bestätigten seine Befürchtungen. Nicht ein einziger Kunde betrat die Werkstatt, und noch am Abend desselben Tages wußte jeder Bewohner von Racleterre, daß sich das Übel »vermeintlich« *intra muros* befand.

Nach dem Abendbrot, das er ohne rechten Appetit zu sich genommen hatte, mußte er sich den immer lauter werdenden Forderungen der Fünflinge beugen und die Lektüre fortsetzen.

»›Seid willkommen‹, sagte Misère gelassen, wobei er den Tod wie einen Mann anschaute, vor dem er sich keineswegs fürchtete.

›Wie das?‹ entgegnete der Tod. ›Du hast also keine Angst vor mir, der ich mit einem einzigen Blick alles Mächtige auf der Welt zum Zittern bringen kann, vom Hirten bis zum Monarchen!‹

›Nein‹, erwiderte der Bauer, ›Ihr macht mir keine Angst. Ich habe weder Frau noch Kinder und besitze kein einziges Stück Land, das irgendeinen Wert hätte, ausgenommen diese kleine Hütte und meinen Birnbaum. Ehrlich gesagt, wenn irgend etwas auf dieser Welt mir Kummer bereiten könnte, so wäre das die Liebe, die ich für diesen Baum empfinde, der mich seit Jahren ernährt. Da es jedoch keinen Sinn hat, Euch zu widersprechen, wenn Ihr verlangt, daß man Euch folge, bitte ich Euch um nichts anderes, als daß Ihr mir gestattet, vor meinem Tod noch eine meiner Birnen zu essen!‹«

Plötzlich hielt Clovis inne und war außerstande, noch länger vorzulesen. Seine Hand brannte vor Schmerzen, und das Fieber trübte seinen Blick. Er schloß das Buch. Die Fünflinge wurden ungeduldig.

»Sagt uns wenigstens, was der Tod ihm geantwortet hat«, flehte Clodomir und schlug das Buch von neuem auf der betreffenden Seite auf.

Mit schwacher Stimme las Clovis vor:

»›Deine Bitte ist zu vernünftig, als daß ich sie dir abschlagen könnte‹, sagte der Tod. ›Such dir die Birne, die du essen möchtest, selbst aus, ich bin damit einverstanden.‹«

## 19

*Samstag, 17. Mai 1774*

Kurz vor neun Uhr machte sich Clovis in seinen besten Kleidern auf den Weg ins Gemeindehaus.

Hätte er sich dieser medizinischen Kontrolle widersetzt, hätte man ihn aus dem Dorf vertrieben; und wenn er den Anschlag zerrissen hätte, müßte er nun dreißig Livres Strafe zahlen und noch eine Livre zusätzlich, um eine neue Kopie beim Gerichtsschreiber anfertigen zu lassen.

Apolline und die Fünflinge begleiteten ihn. Auch sie hatten

ihre schönsten Kleider angezogen. Clotilde trug eine mit Feldblumen bestickte Bluse und einen Ausgehrock. Clodomir war in dem gleichen blauen Tuch aus Saint-Geniez gekleidet wie sein Vater. Pépin und Dagobert hatten graue Kleidung an, während Charlemagne über seiner kükengelben, zugeknöpften Weste und der zu engen Hose, die früher einmal blaßgrün, nun jedoch braun war, ein spinatgrünes Wams mit senffarbenen Aufschlägen trug. Seine langen Haare waren im Nacken zu einem Pferdeschwanz zusammengebunden. Die Strümpfe hingen ihm auf den Knöcheln, und der einzige Verstoß gegen den guten Geschmack bestand darin, daß er die gleichen Holzschuhe trug wie seine Geschwister, weil er in den hochhackigen Schuhen, die seine Patentante ihm aufzwang, nicht gehen konnte.

Es schlug neun Uhr, als sie im Gemeindehaus eintrafen.

Der Hausmeister saß an einem Tisch gegenüber der häßlichen Statue des ersten gewählten Konsuls. Linker Hand befand sich der Aufsichtsraum der Wache, der zum Keller führte, und rechter Hand der Gerichtsraum, dem sich eine kleine Kammer anschloß, die man als das Justizarchiv bezeichnete. Eine kleine, gewölbte Tür führte zum Glockenturm und zur Wohnung des Glöckners.

Die medizinische Untersuchung fand im Sitzungssaal im ersten Stock statt. Anwesend waren der Konsul, einige Mitglieder des Rates und ein spärliches, jedoch sehr aufmerksames Publikum. Ein Hauptmann und sechs Bogenschützen hielten sich bereit, um eingreifen zu können, falls der vermeintlich Tollwütige sich plötzlich in einen wahrhaftig Tollwütigen verwandeln sollte.

Mangels eines kompetenteren Spezialisten und trotz seiner Weigerung, das Honorar zu senken (für einen Hausbesuch innerhalb des Dorfes verlangte er eine Livre, für eine Konsultation außerhalb des Marktfleckens das Doppelte), war Doktor Izarn mit der Untersuchung betraut worden. Er forderte Clovis auf, seine Hand auf das Pult des Gerichtsschreibers zu legen, und verlangte dann nach völliger Stille. Als er seine große Lupe zur Hand nahm, war es mucksmäuschenstill im Saal.

Apolline stand unter der Freiheitscharta und dem Glückwunschschreiben des verstorbenen Königs Ludwig XV. und leierte mit leiser Stimme das Gebet gegen die Tollwut herunter. Gleichzeitig fingerte sie nervös an der Sankt Hubertus-Medaille herum, die sie erst tags zuvor gekauft hatte. Hand in Hand und brav wie fünf regungslose Bilder, beobachteten die Fünflinge die Gesten des Arztes.

Als Izarn mit der Untersuchung der Hand fertig war, legte er sein Instrument nicht sogleich ins Etui zurück.

»Ich würde mir noch gerne Eure Zunge anschauen.«

»Meine was?« fragte der Holzschuhmacher erstaunt.

»Eure Zunge, Maître Tricotin, oder, wenn Ihr so wollt, dieses fleischige und bewegliche Organ, dessen hinteres Ende in Eurer Mundhöhle befestigt ist.«

»Soweit ich mich erinnern kann, hat Clarabelle mich nicht in die Zunge gebissen.«

Der Arzt wandte sich an den Konsul und die übrigen Anwesenden: »Ich will mich bloß davon überzeugen, daß diese mörderischen Würmer sich nicht bereits bis unter der Zunge befinden, die einen strategisch wichtigen Ort für ihre abscheuliche Begabung zur Infizierung darstellt. Dort befinden sich nämlich die Drüsen, die den Speichel produzieren, in dem sich – Sie gestatten doch, meine Herren, daß ich Sie noch einmal daran erinnere – die Würmer am liebsten aufhalten.«

Der Konsul gratulierte dem Arzt zu der Umsicht, mit der er seinen Beruf ausübte, und befahl dem Holzschuhmacher, sich dessen Anweisungen zu fügen.

Mit vor Verlegenheit geröteten Wangen streckte Clovis die Zunge heraus. Seine Kinder starrten ihn verblüfft an. Für ein solches Verhalten hätte man ihnen kräftig den Hintern versohlt.

Da kein Wurm zu sehen war, durfte Clovis den Mund wieder schließen und nach Hause gehen, um sich am späten Nachmittag zu einer neuerlichen Untersuchung im Gemeindehaus einzufinden.

In der Halle trennte er sich von Apolline und den Kindern.

»Geht heim, ich werde später nachkommen.«

Dann hob er die Stimme, damit jeder ihn hören konnte, und fügte in verärgertem Ton hinzu: »Habt ihr gesehen, wie sie mich behandelt haben! Ich werde Monsieur Pagès-Fortin, den Anwalt, aufsuchen, denn das werde ich mir künftig nicht mehr gefallen lassen, caramba!«

Angesichts der Verletzung seiner Hand konnte er leider seinen Ohrring nicht zum Klingen bringen.

Der Gedanke, sich an den Anwalt zu wenden, erwies sich als eine äußerst glückliche Idee. Es gelang Pagès-Fortin nämlich, beim Konsul durchzusetzen, daß die Untersuchungen nicht mehr im Gemeindehaus, sondern im Haus des Holzschuhmachers durchgeführt wurden. Zudem konnte er ihn dazu überreden, dem Holzschuhmacher als Ausgleich für die Einkommenseinbußen, die er seit dem Anschlag der Verordnung an seiner Tür zu erleiden hatte, eine Entschädigung zu gewähren.

Statt eines Honorars verlangte Pagès-Fortin, daß die Fünflinge fünfmal in der Woche am Unterricht in seinem Lehrtempel teilnehmen sollten.

Die Vorstellung, daß seine Kinder mit den ärmsten, ungezogensten und verlaustesten Kindern des Dorfes und seiner Umgebung in ein und dieselbe Klasse gehen sollten, gefiel Clovis ganz und gar nicht. Doch angesichts der überraschend schlechten Leistungen, die sie im Jahr zuvor in der Kleinen Schule erbracht hatten, gab es kaum eine andere Möglichkeit, wenn die Fünflinge ein Minimum an Ausbildung erhalten sollten.

Nach einer vierjährigen Lehre bei einem Meister in Marseille und sechs weiteren Jahren als Geselle bei seinem Vater hatte Paul Eustachette sich schließlich der Meisterprüfung als Apotheker unterzogen. Das Kollegium der Apothekermeister verlangte von ihm, verschiedene Heilpflanzen zu unterscheiden und fünf Heilpräparate anzufertigen.

Da sein Vater durch einen in seiner Nähe niedergegangenen Blitzschlag erblindet war, hatte er ihm die Führung der großen Apotheke vorzeitig übertragen. Während seiner Ausbildung in Marseille hatte Paul Eustachette zahlreiche exotische Heilmittel kennengelernt und erfahren, wie sie zu dosieren waren, was ihn schließlich zum angesehensten Apotheker des Marktflekkens gemacht hatte. All diese Heilmittel wurden mit Wein, Honig, gehacktem Vipernfleisch und reichlich Mohn- und Hanfextrakten zubereitet.

Da es sich überdies um kostspielige Arzneien handelte, die nur wohlhabende Leute sich leisten konnten, zuckte Maître Eustachette zusammen, als Louis-Charlemagne seinen Laden betrat und nach zehn Gramm Theriak verlangte. Dieses von Neros erstem Arzt erfundene Mittel hatte sich vor allem bei der Heilung von Dickdarmentzündungen, Brustbeschwerden, Schlaganfällen, Pocken, giftigen sowie durch tollwütige Tiere verursachten Bißwunden bewährt.

»Darf ich dich darauf aufmerksam machen, lieber Mann, daß das Theriak von Aquin siebenundsiebzig ebenso seltene wie ungewöhnliche Substanzen enthält, die alle aus weit entfernten und für die Ungastlichkeit ihrer Bewohner bekannten Gegenden stammen, und überdies …«

Plötzlich hielt er inne. Der Hufschmied hatte einen Louisdor auf die Marmortheke gelegt, der unverkennbar wie ein Goldstück klirrte. Am fehlenden Glanz des Metalls und am Profil des jungen Ludwigs XIV. erkannte der Apotheker, daß die Münze lange in einem dunklen Versteck gelegen hatte, bevor sie hervorgekramt worden war.

Der Apotheker mischte das Wundermittel und überredete Louis-Charlemagne dazu, für das Wechselgeld fünf Orvieto-Körner zu kaufen, die sich bestens bei kurz- oder langwierigen Zuckungen bewährt hätten, einen Aufguß von Wundklee, der wegen seiner heilenden Wirkung auf offene Wunden geschätzt würde, sowie eine Unze Beruhigungssalbe, die aus einer raffinierten Mischung aus dreiunddreißig narkotischen Pflanzen bestehen und jede Form von Schmerzen mildern würde.

Zur selben Zeit fuhren Apolline, Jeanne Tricotin, ihre Mutter Blandine Camboulives, Adèle Floutard und die Fünflinge mit dem Karren zur Sankt Hubertus-Kapelle, die auf einer Lichtung im Wald von Saint-Leu lag, zwei Wegmeilen vom Marktflecken entfernt. Das Gebäude stammte aus der Zeit der englischen Herrschaft und des Ritters Hubert le Honni, dem zwölften Namensträger der Familie Armogaste, der die Kapelle errichtet hatte.

Die Kapellenwände waren geschmückt mit zahlreichen Votivbildern von Jägern, die dem heiligen Hubert dafür dankten, daß sie diesen oder jenen Jagdunfall überlebt hatten. Etliche dieser Danksagungen wurden Wilderern zugeschrieben. Einer von ihnen hatte sich vorsichtigerweise ohne Kopf dargestellt und dankte dem heiligen Hubert, daß er den Mond im entscheidenden Moment mit dicken Wolken verdeckt und ihm auf diese Weise zur Flucht vor dem Jagdaufseher verholfen hatte, der auf dem Votivbild an seinem Gewehr und am Gehänge mit den Wappen der Familie Armogaste zu erkennen war.

Adèle und Blandine stellten acht Wachskerzen um die Statue des Heiligen, und während sie sie anzündeten, sprachen sie ein erstes Gebet.

Clotilde war vom Anblick der Bilder fasziniert. Da sie zu klein war, um alles genau sehen zu können, stieg sie auf Charlemagnes Schultern, der sie ohne Widerrede gewähren ließ.

»Warum malen wir nicht auch so ein Bild?« fragte sie schließlich ihre Mutter.

»Das tut man erst, wenn man erhört wurde.«

»Dann werde ich das Bild unseres Vaters malen, sobald er wieder gesund ist.«

»Zunächst werden wir alle zusammen für euren Vater beten. Kommt und kniet nieder«, befahl Apolline und wies auf die staubigen Steinplatten, die mit Rattendreck übersät waren.

»Wir sind neun, und falls er uns dennoch nicht erhört, muß er auf beiden Ohren taub sein«, sagte Clodomir, während er den Heiligen anstarrte, dessen Farben im Lauf der Jahrhunderte verblaßt waren.

»Oder aber er will uns nicht erhören«, meinte Pépin.

»Oder er ist gerade nicht da«, sagte Dagobert.

»Oder er kann nicht«, sagte Clotilde.

»Oder er schert sich einen feuchten Dreck um uns«, schlußfolgerte Charlemagne.

Die Wirkung des im Theriak enthaltenen Opiums setzte ungefähr eine Stunde nach der Einnahme ein. Clovis' Gereiztheit nahm in dem Maße ab, wie der Schmerz nachließ. Es war wie ein Wunder. Sogar die Angst verschwand.

In der Nacht des vierten Tages sank das Fieber, und am Morgen des fünften Tages war es schließlich verschwunden. Die Geschwulst in der Achselhöhle schrumpfte, und anstelle von kleinen Würmern mit Kalbsköpfen tauchten unter der Lupe des Arztes da und dort die ersten Zeichen von Vernarbung auf.

Clovis schlief besser. Ebenso Apolline und die Nachbarn.

Am zehnten Tag waren die Wunden mit einer dicken Kruste überzogen, unter der, wie Clovis spürte, die zerfetzte Haut sich neu bildete.

Einige Kunden, die ihre Bestellungen vor dem Kuhbiß aufgegeben hatten und seither nicht wieder aufgetaucht waren, kamen wieder und taten so, als hätten sie nie daran gezweifelt, daß Clovis wieder gesund werden würde.

Jeden Tag, pünktlich um neun Uhr morgens und um sechs Uhr abends, kam Doktor Izarn in die Werkstatt mit den verschlossenen Fensterläden. Begleitet wurde er vom Gerichtsschreiber Gabriel Pillehomme, der die Aufgabe hatte, die Diagnose des Arztes schriftlich festzuhalten, einem Offizier und vier Bogenschützen – für den Fall, daß...

Am fünfzehnten Tag konnte Clovis seine Hand wieder öffnen und schließen. Auch die Finger konnte er wieder bewegen, doch noch fehlte ihnen die Kraft, die nötig war, um mit seinen Werkzeugen umzugehen. Er fühlte sich gut und tat dies kund, indem er vor sich hin sang und Pläne schmiedete, beispielsweise eine Reise nach Rodez und einen Besuch im Bordell *Bon Oustal*, was zweifellos auf wiedergewonnene Vitalität hindeutete.

Am zwanzigsten Tag nach Clarabelles Biß wurden die Krusten rissig und lösten sich allmählich, so daß eine feine, glatte, rosafarbene Haut zum Vorschein kam.

Die Verordnung hing zwar immer noch an der Tür seines Hauses, doch ein Regenschauer hatte den Text verwischt und die Ecken des Zettels gelöst, so daß dieser nun traurig nach unten hing.

Am einundzwanzigsten Tag gingen Apolline und die Fünflinge noch einmal in die Sankt Hubertus-Kapelle, um dem heiligen Leu ein Votivbild zu schenken, das Clotilde auf ein zwei Fuß langes und einen Fuß breites Eichenbrett gemalt hatte.

Das Mädchen hatte sich von den zwölf Kreuzwegstationen aus der Sankt Benedikt-Kirche inspirieren lassen und das Brett in vier kleine Gemälde unterteilt, die die Geschichte ihres von Clarabelle gebissenen Vaters erzählten. Auf dem letzten Bild sah man ihren geheilten Vater mit dem heiligen Leu und Clarabelle, die zusammen einen fröhlichen Reigen tanzten.

Am Morgen des dreiundzwanzigsten Tages war Clovis überzeugt, daß er keine Tollwut hatte.

## 20

*Freitag, 6. Juni 1774*

Clovis band sich seine Lederschürze um, ergriff ein Stück uraltes Erlenholz und legte es auf den Hackklotz. Er war allein in der Werkstatt, in der es vollkommen still war. Apolline, die Fünflinge und Goliath waren am frühen Morgen in den Wald gegangen, um Ameiseneier zu suchen. Prune hatte im öffentlichen Waschhaus zu tun, und der beschäftigungslose Petit-Jacquot trieb sich irgendwo herum.

Clovis packte die Axt am Stil und schlug zu. Doch bei dieser Anstrengung durchfuhr ihn ein heftiger Schmerz. Er ließ die Axt los und starrte seine Hand an. Seltsamerweise saß der Schmerz nicht in der feinen, rosafarbenen Haut über den Narben, sondern in den Rändern, die weitaus empfindlicher waren.

Clovis entledigte sich wieder seiner Schürze, legte das Erlenholzstück beiseite, fegte die Späne weg und trat hinaus in den sonnenüberfluteten Hof. Dabei zwang er sich, an alles, nur nicht an seine Hand zu denken. Als die Ränder zu kribbeln begannen, kratzte er an ihnen herum, so daß der Juckreiz nur noch schlimmer wurde. Plötzlich wurde Clovis sehr unruhig. Was würde Doktor Izarn davon halten?

Er ging in die Küche, füllte einen Topf mit Wasser und tauchte seine Hand hinein. Während das kalte Wasser den Juckreiz vorübergehend abschwächte, spürte er, wie ein heftiger brennender Schmerz in seinem Arm hochstieg. Angst überfiel ihn, er erinnerte sich an die lähmende Furcht, die er elf Jahre zuvor, vor seinem Duell, verspürt hatte. Er beugte sich zum Fenster hinaus, betrachtete aufmerksam den Himmel und las vom Stand der Sonne ab, daß es auf neun Uhr zuging: folglich würde demnächst der Arzt eintreffen. Die Angst hinderte Clovis daran, einen klaren Gedanken zu fassen, und als er schließlich das Haus verließ, wußte er nicht, wohin er eigentlich ging.

Eine Weile marschierte er einfach drauflos, mit gesenktem Kopf, aber gleichzeitig tat er so, als hätte er ein genaues Ziel vor Augen. Als er sich umsah, stellte er fest, daß er sich in der Rue du Purgatoire befand. Er betrat die Kapelle der Grauen Büßer und vergewisserte sich, daß niemand in seiner Nähe war, bevor er die Hand in das Weihwasserbecken tauchte. Wäre es, falls er sich tatsächlich mit der Tollwut angesteckt hatte, nicht besser, sich das Leben zu nehmen, bevor er Apolline und die Kinder beißen oder man ihn im Schlaf zwischen zwei Matratzen ersticken würde? Doch die Hydrophobie, die Doktor Izarn so oft als sicheres Zeichen erwähnt hatte, hatte sich noch nicht bemerkbar gemacht. Nach Izarns Worten genügte der bloße Anblick von Flüssigkeit, um den Tollwütigen in Panik zu versetzen. Clovis beruhigte sich, als er seine bis zum Gelenk im geweihten Wasser versunkene Hand betrachtete.

»Wollt Ihr nicht auch noch ein Fußbad nehmen!« spottete eine ärmliche Frau, die er nicht kommen gehört hatte.

»Entschuldigung, Mütterchen, ich war zerstreut.«

Er zog die Hand aus dem Weihwasserbecken und verließ die Kapelle. Als er am Eingang einen Brennesselsack bemerkte, ging er noch einmal hinein.

Apolline wurde lauter: »Jetzt reicht's aber, Herr Doktor! Wie oft soll ich Euch noch sagen, daß ich soeben aus dem Wald zurückkomme und keine Ahnung habe, wo er hingegangen ist.«

»Das ist sehr ärgerlich«, klagte Izarn und ging auf seinen dünnen Beinen hin und her.

»Sehr ärgerlich«, bestätigte der Gerichtsschreiber Pillehomme, der die ganze Angelegenheit so rasch wie möglich hinter sich bringen wollte.

Mit dem Finger zerdrückte Apolline eine Ameise, die über ihren Unterarm lief. »Wenn Ihr nicht länger warten wollt, so könnt Ihr morgen oder später wiederkommen. Schließlich ist mein Mann geheilt.«

»Ganz und gar nicht, Madame Tricotin. Um hundertprozentig sicher zu sein, fehlen noch sechsundsiebzig Tage. Und aus eben diesem Grund muß ich ihn jeden Tag untersuchen.«

»Daß ich nicht lache! Es geht Euch doch hauptsächlich um Euer Honorar! Auch ich kann mit wichtigtuerischer Miene an einer Hand herumfummeln und anschließend dafür eine Livre verlangen.«

In dem Moment, da der zutiefst gekränkte Arzt widersprechen wollte, betrat Clovis die Werkstatt. Er trug einen Sack mit Brennesseln über der Schulter.

»Hier«, sagte er zu seiner Frau, »damit kannst du einen Monat lang Suppe kochen. Aber sei vorsichtig, sie brennen.«

Er zeigte seine Hände, die völlig zerkratzt waren.

Im Gegensatz zu Doktor Izarn fiel Apolline nicht auf den Trick herein. Sie wußte ganz genau, daß niemand in ihrer Familie auf Brennesselsuppe, diese Armeleute-Kost, erpicht war. Als der Doktor gegangen war, stellte sie ihn zur Rede. »Kannst du mir sagen, warum du diesen Sack gekauft hast? Willst du etwa, daß man uns für Bettler hält?«

Er versuchte ihr auszuweichen und verdrückte sich in die Küche, doch Apolline folgte ihm.

»Was ist denn hier los, caramba?« fragte er erstaunt, als er die beiden Hasen und das Rebhuhn sah, mit deren Zerlegung Charlemagne und Clotilde unter den interessierten Blicken ihrer Geschwister beschäftigt waren.

Goliath hockte neben dem erkalteten Kamin und fraß die Eingeweide.

»Ich habe Eure Schlingenfallen geleert«, sagte Clodomir zufrieden lächelnd.

»Und ich habe sie erneut gespannt, was weitaus schwieriger

war«, erklärte Charlemagne, ohne seine Arbeit zu unterbrechen.

Clovis füllte einen Becher mit Wasser und starrte ihn mit düsterer Miene an, bevor er ihn in einem Zug leerte. Dann ging er in den Hof hinaus, wo Apolline zu ihm trat.

»Wieso benutzt du noch immer nicht deine rechte Hand?«

Er hielt ihrem Blick stand. Doch seine Stimme war von der Anstrengung gezeichnet, die nötig war, um die Beherrschung nicht zu verlieren: »Ich glaube, ich habe die Tollwut. Ich glaube, ich werde euch bald verlassen und euch in großem Elend zurücklassen müssen.«

Sein Gesicht war mit einem Mal so gealtert, als wären zwischen diesen beiden Sätzen zehn Jahre vergangen. Er bewegte seine verletzte Hand und verzog das Gesicht zu einer Grimasse. Dann erzählte er seiner Frau von dem brennenden Juckreiz und den Kopfschmerzen, die hinter seinen Schläfen pochten.

Apolline bekreuzigte sich, weinte, jammerte vor Mitleid, rang vor Verzweiflung die Hände, hütete sich jedoch davor, sich Clovis zu nähern, geschweige denn, ihn zu umarmen. Hatte er eine so schreckliche Sünde begangen, daß Gott ihn auf solche Weise bestrafen mußte? Sie wagte nicht, ihn darauf anzusprechen.

»Wie furchtbar«, sagte sie schließlich.

»Wem sagst du das!«

Sie ließ ihn stehen, ging in die Küche zurück und versammelte die Kinder um sich.

»Laßt alles liegen, Prune wird sich darum kümmern. Kommt mit, ich habe Arbeit für euch.«

Auf der Türschwelle drehte sie sich noch einmal nach Clovis um und sagte zu ihm, ohne ihn anzuschauen: »Warte hier auf mich. Ich bringe sie fort und komme zurück. Wir müssen miteinander reden.«

Er war einverstanden. Es mußte etwas geschehen. Sein Puls

schlug schneller, seine Kopfschmerzen wurden immer schlimmer. Er kratzte an seiner Hand und suchte nach einer Stelle, die nicht bereits wund gerieben war. Er fühlte eine tiefe Beklemmung in sich, so als würde ein gewaltiges Gewicht auf seinem Brustkorb lasten und ihm das Atmen erschweren.

Nachdem er ein kleines Feuer im Kamin angezündet hatte, erhitzte er einen Topf mit Wasser, in das er eine Handvoll Kräuter gegen Kopfschmerzen streute. Da er sehr heftige Schmerzen hatte, fügte er eine zweite Handvoll hinzu.

Als er das gelbe, bittere Gebräu in kleinen Schlucken trank, hörte er, wie seine Frau aus der Werkstatt nach ihm rief.

»Liebster? Wo bist du?«

Der Ton ihrer Stimme klang sehr vorsichtig.

»Ich bin hier und noch keineswegs tollwütig, wenn es das ist, was du wissen möchtest. Du kannst ruhig hereinkommen«, erwiderte er in seiner Verzweiflung.

Apolline betrat die Küche. Ihr Vater folgte ihr. Aus seinem Mantel ragte der Griff einer Hakenbüchse: Er hielt das schwere Eisenrohr, mit dem er gewöhnlich den Mist abmaß, fest umklammert.

»Apolline sagt, du glaubst, du hättest die Tollwut! Aber in dem Bericht von heute morgen steht, daß du geheilt bist.«

Clovis gestand, daß die Sache mit den Brennesseln nur ein Trick gewesen war. Floutard wurde wütend.

»Diese Giftschlange! Hab ich nicht immer schon gesagt, daß dieser Quacksalber nichts taugt. Woher weißt du, daß du dich angesteckt hast?«

»Nun, zunächst war ich mir nicht hundertprozentig sicher, so daß ich nichts sagen wollte...«

Bei diesen Worten warf er Apolline einen anklagenden Blick zu, doch sie beachtete ihn nicht.

»Sie hat richtig gehandelt«, erklärte Floutard. »Du stellst eine große Gefahr für die Öffentlichkeit dar, und deshalb müssen wir uns so schnell wie möglich vor dir schützen.«

Clovis leerte sein Glas und kratzte sich gedankenverloren an der Hand.

»Wann, glaubst du, wird die Tollwut bei dir ausbrechen?«

»Woher soll ich das wissen? Ihr werdet Euch wundern, aber es ist das erste Mal, das mir so etwas passiert!«

Floutard runzelte die Stirn und setzte eine sehr ernste Miene auf.

»Ich rate dir, das Haus nicht zu verlassen. Das ist nicht nur besser für uns, sondern auch für dich selbst, denn sobald sich herumspricht, daß du…«

## 21

Jean-Baptiste befahl seiner Tochter, unverzüglich zum Place de l'Arbalète zurückzukehren, um sich gemeinsam mit Adèle um die Unterbringung der Fünflinge zu kümmern, »bis man mit Gewißheit weiß, was mit deinem Mann los ist«.

»Was wird man mit ihm tun?«

»Wenn er tatsächlich die Tollwut hat, wird man ihn schnellstens töten müssen«, erwiderte er in aller Offenheit.

»Gibt es tatsächlich keine andere Lösung?«

»Doch. Er würde uns einen großen Gefallen tun, wenn er sich dazu entschließen könnte, sich selbst umzubringen.«

»Aber Ihr wißt doch ganz genau, daß er dann nicht auf dem Friedhof begraben werden kann. Ihr erinnert Euch doch, was sie mit dem armen Simon getan haben.«

Bislang war der Glöckner des Belfrieds der letzte Selbstmörder im Dorf gewesen. Der Tote wurde zu verschiedenen Mißhandlungen durch den Henker verurteilt, bevor die Leiche schließlich mit dem Kopf nach unten an den Pranger gestellt wurde.

»Wo ist der Hund?« fragte Maître Floutard ungeduldig.

»Bei den Kindern, wie immer.«

»Duganel muß ihn uns vom Hals schaffen. Wir dürfen kein Risiko eingehen.«

Apolline hatte genug gehört, sie ergriff den Saum ihres Rokkes und lief mit gesenktem Kopf zum Place de l'Arbalète, während ihr Vater sich zum Gemeindehaus begab.

Der Konsul, Arnold de Puigouzon, saß mit dem Geldeintreiber Amans de Bompaing und dem Gerichtsschreiber Pillehomme in seinem Arbeitszimmer. Sie bereiteten die jährliche Erhebung der königlichen und herrschaftlichen Steuern vor. Von jeder eingezogenen Livre erhielt Monsieur de Bompaing elf Prozent. Mit Hilfe seiner Männer brauchte er ungefähr zwei Wochen, um die Steuern der Burggrafschaft einzutreiben, auf friedliche oder auf erzwungene Weise.

Floutard unterbrach sie bei ihrer Arbeit, um ihnen von dem traurigen Zustand zu erzählen, in dem er seinen Schwiegersohn zurückgelassen hatte. Dann erklärte er, daß man nicht länger warten dürfe, sondern sofort etwas unternehmen müsse.

Die Glocken des Belfrieds läuteten, die Versammlung trat zusammen; die Diskussion war äußerst lebhaft. Auch wenn alle sich darüber einig waren, daß Clovis aus dem Weg geräumt werden mußte, so bestanden doch unterschiedliche Auffassungen über die Vorgehensweise.

Da man zu keiner Entscheidung kam, erklärte der Konsul, daß er mit einer Warnung an die Bevölkerung nicht länger warten könne.

»Wo befindet sich Euer Schwiegersohn jetzt?«

»Er ist in der Holzschuhwerkstatt, während meine Tochter mit ihren Kindern bei mir ist. Ich habe Petit-Jacquot, seinem Gesellen, und auch Prune, der Magd, verboten, in das Haus zurückzukehren. Außerdem habe ich seinen Hund töten lassen.«

»Habt Ihr Euren Schwiegersohn eingesperrt?«

»Um Himmels willen, nein.«

Der Steuereintreiber war entrüstet. »Und wie könnt Ihr

dann sicher sein, daß er immer noch dort ist? Möglicherweise läuft er bereits durch die Straßen und beißt alles, was ihm über den Weg läuft!«

»Wir wären lieber zu Hause, Großmutter«, beteuerte Clodomir, als er mit Arsène und Véron zusammen die Strohsäcke vom Speicher holte und in das Zimmer brachte, das einst, vor ihrer Hochzeit, Apollines Zimmer gewesen war.

»Es wird nicht für lange sein, und außerdem wird es euch hier gut gefallen«, versprach sie ihnen, ohne sie tatsächlich zu überzeugen.

Rasch unterhielten sich die Fünflinge in ihrer Geheimsprache miteinander.

»Wenn wir hier schlafen sollen, müssen wir unsere Sachen holen«, sagte Charlemagne.

»Nein! Vorläufig dürft ihr nicht nach Hause zurück.«

»Aber wieso denn?« fragten alle fünf wie aus einem Mund.

»Weil ich es euch sage. Wann werdet ihr endlich gehorchen lernen?«

»Aber warum denn?«

»Gehorchen, das heißt, nie ›aber warum denn‹ zu fragen. Los, beeilt euch! Und du, Clotilde, mach dich nützlich und hilf mir mit den Laken.«

Viel lieber wäre das Mädchen mit seinen Brüdern in den großen Hof der Floutards gestürmt.

Apolline sah, wie sie sich im Laufschritt zu den Ställen begaben, allen voran Charlemagne. Sie dachte an Clovis, der allein mit seiner Tollwut in der Holzschuhwerkstatt saß, und brach in Tränen aus. Sie schlug die Hände vor die Augen und sah nicht, wie die Kinder wieder aus den Ställen kamen, den mit zweirädrigen Kippkarren verstellten Hof durchquerten und im Gänsemarsch das Tor erreichten, das auf den Place de l'Arbalète führte.

In der Reihenfolge ihrer Geburt faßten sich die Geschwister

an der Taille und marschierten in Richtung Rue des Afitos, indem sie sich im Gleichschritt, wie ein fünfwirbeliges Reptil, vorwärts bewegten.

Da der Aufguß seine Angst und die Kopfschmerzen ein wenig gelindert hatte, hatte Clovis seine Almanach-Sammlung vor sich aufgestapelt und suchte nach der Ausgabe mit dem Artikel über *Die aufrichtige, vorteilhafte und individuelle Methode, sein Testament zu verfassen, je nachdem, ob man dem Klerus, dem Adel oder dem Dritten Stand angehört.*

Bei dieser Suche stieß er auf einen *Aufsatz über die Tollwut*. Er las den Beitrag mit großer Aufmerksamkeit. Der Autor, ein Arzt aus Angers, berichtete über die zahlreichen Tollwutfälle, die er beobachtet hatte, und Clovis erkannte sich in den Schilderungen wieder.

Als plötzlich die Fünflinge in die Werkstatt gestürmt kamen, zuckte er heftig zusammen. Lächelnd sahen sie ihn an. Der Anblick der aufeinandergestapelten Almanache ließ sie den eigentlichen Grund ihres Kommens vergessen.

»Ach, lieber Vater! Dürfen wir auch darin blättern?«

Clovis hatte nichts dagegen, unter der Bedingung, daß sie vorsichtig mit den Seiten umgingen.

Nach einer Weile, in der sie friedlich die Bücher anschauten, fragte Clovis: »Weiß eure Mutter, daß ihr hier seid?«

Sie machten eine betretene Miene und beantworteten die Frage ihres Vaters mit einer anderen Frage: »Wo ist Goliath?«

»Ich dachte, er sei bei euch.«

»Nicht mehr. Wir glaubten, er sei hierher zurückgekehrt«, sagte Charlemagne.

»Nein, er ist nicht hier.«

»Und warum müssen wir bei Großvater Baptiste schlafen?« fragte Clodomir und runzelte die Stirn, um seinem Vater verständlich zu machen, daß dieser Umzug ihnen nicht gefiel.

»Erinnert ihr euch an die Zeit, als ihr die Masern hattet?«

Sie lachten und taten so, als wollten sie Dagobert, der als erster an den Masern erkrankt war, verprügeln.

»Erinnert ihr euch daran, daß Dagobert hierblieb, während ihr am Place de l'Arbalète übernachtet habt, um nicht angesteckt zu werden? Nun, diesmal ist es genauso.«

»Dennoch hat jeder von uns die Masern bekommen«, stellte Clotilde mit Nachdruck fest.

»Und wessen Schuld war das? Ihr habt nicht gehorcht und euren Bruder besucht.«

»Aber heute sind wir doch nicht krank.«

»Nein, ihr nicht, aber ich.«

»Ihr habt die Masern?«

»Nein..., ich habe eine andere Krankheit.«

»Vater hat die Tollwut«, erklärte Charlemagne, der sich darüber freute, daß er etwas wußte, von dem seine Geschwister keine Ahnung hatten. »Ich habe gehört, wie unsere Mutter es dem Großvater erzählte.«

Nicht ängstlich, sondern interessiert starrten die Kinder ihren Vater an.

Clovis wollte ihnen antworten, als es draußen plötzlich ganz still wurde. Er erhob sich und öffnete die Tür. Bogenschützen leiteten den Verkehr nach oben in die Rue Jéhan-du-Haut und nach unten in die Rue des Deux-Places um. Das Geschäft des Hutmachers, das gegenüber der Holzschuhmacherwerkstatt lag, war seltsamerweise geschlossen, ebenso alle übrigen Geschäfte.

Maffre, der Ausrufer, und Maître Pons traten ein paar Schritte näher. Der Schreiner aus der Rue Saint-Joseph wurde von seinen mit Brettern beladenen Gesellen begleitet.

»Glaubt mir, Maître Tricotin, es tut mir schrecklich leid, was mit Euch passiert ist, und ich bedaure Euch sehr. Dennoch muß ich Euch mitteilen, daß die Gemeindeverwaltung Euch verbietet, Euch in den Straßen, auf den Märkten und Plätzen, in den Kirchen und an anderen öffentlichen Orten blicken zu lassen. Von jetzt an ist es Euch nicht mehr gestattet, Euch irgendwem, ob Mann oder Frau, Kind oder Tier, aus welchem Grund auch immer zu nähern. Des weiteren schreibt die Gemeindeverwaltung Euch vor, in Eurem Haus zu bleiben und die Türen und Fenster fest verschlossen zu halten, damit keine giftigen Ausdünstungen nach außen dringen können. Und das so lange, bis ein Widerruf dieser Anordnung erfolgt.«

Die von den Bogenschützen mühelos auf Distanz gehaltenen Bewohner der Straße ließen sich keines seiner Worte entgehen.

»Auf Anordnung des Konsuls wird Maître Mons nun das Verschließen sämtlicher Öffnungen Eures Hauses vornehmen.«

Ohne Clovis aus den Augen zu lassen und bereit, bei der erstbesten Gefahr Reißaus zu nehmen, luden die Schreinergesellen ihre Bretter ab.

»Warum gehst du nicht einfach weg, Clovis? Das wäre für uns alle das beste!« rief Marcellin, der Schneider, der im Nachbarhaus wohnte.

In diesem Moment tauchten die Fünflinge hinter ihrem Vater auf.

»Die Wunderkinder sind immer noch bei ihrem Vater!« stellte der Ausrufer erstaunt fest.

»Ja, aber nicht mehr lange. Glaubt ihr etwa, es würde mir Spaß machen, sie zu beißen?«

»Sie müssen weg, andernfalls werden sie ebenfalls in Quarantäne gesetzt. Haltet Ihr Tiere?«

»Eine Stute. Nehmt sie und führt sie zur Hufschmiede Tricotin. Mein Vater hat genug Platz in seinem Pferdestall. Es gibt auch noch einen Hund, aber der ist verschwunden.«

Während die Fünflinge auf den Speicher eilten, um ihre Sachen zu holen, begannen die Gesellen von Maître Pons, die Fensterläden der Holzschuhwerkstatt mit breiten, daumendikken Brettern zu verschließen.

»Auch die Tür?« erkundigte sich Clovis und spürte, wie er erneut Kopfschmerzen bekam.

»Auch die Tür.«

»Wie werde ich zu gegebener Zeit beichten können? Und was ist mit den Sterbesakramenten?«

»An Eurer Tür, Maître Tricotin, werden wir eine Schiene anbringen, die sich nach Belieben hin und her schieben läßt, doch selbstverständlich nur von außen«, erklärte der Schreinermeister.

Einer nach dem andern umarmten die Fünflinge ihren Vater, zuerst Clodomir, zuletzt Charlemagne. Auf ihr »Bis morgen« erwiderte Clovis mit einem erstickten Murren: Plötzlich wurde ihm bewußt, daß er sie nie mehr wiedersehen würde. Er ging in die Werkstatt zurück und schloß die Tür: Es kam ihm vor, als würde er die ganze Straße erleichtert aufatmen hören.

Kurze Zeit später, als der Zaubertrank Wirkung zu zeigen begann und Clovis sich hinlegen wollte, waren plötzlich erregte Stimmen zu hören. Er schleppte sich zur Tür, um zu lauschen. Sein Vater und sein Bruder stritten sich mit dem Wachmann: Sie wollten Clovis' Haus betreten, doch die Bogenschützen, die vor der Werkstatt postiert waren, ließen sie nicht durch.

»Ihr werdet mich jedenfalls nicht daran hindern, mit ihm zu sprechen!« schrie Louis-Charlemagne mit lauter Stimme. »Clovis! Ich bin's, antworte mir bitte!«

»Ich höre Euch, Vater. Geht es Favorite gut?«

»Diese Rüpel lassen mich nicht zu dir, aber du sollst wissen, daß ich, dein Bruder und unsere Vorschlaghämmer die ganze Nacht hierblieben werden. Wenn du irgend etwas brauchst, so laß es uns wissen.«

»Geht es Favorite gut?« wiederholte Clovis.

»Ja, es geht ihr gut.«

»Ich habe kein Theriak mehr«, fügte er nach kurzem Schweigen hinzu.

»Ich werde dir welches besorgen«, versprach Caribert und machte sich auf den Weg.

## 22

*Samstag, 7. Juni 1774*

Louis-Charlemagne lehnte mit dem Rücken an der Werkstattwand und kämpfte gegen die Müdigkeit an, indem er versuchte, die Kartenpartie zu verfolgen, welche die beiden Bogenschützen im Lichtschein einer Talgkerze spielten. Vom vielen Pfeiferauchen brannten ihm Mund und Kehle.

Es schlug Mitternacht. Um drei Uhr sollte Caribert ihn ablösen, und Clovis, den er nun nicht mehr in der Werkstatt, im Schlafzimmer, in der Küche oder im Hof auf und ab gehen hörte, schien endlich Schlaf gefunden zu haben. Er gähnte, ebenso die Bogenschützen.

Als er endlich eingedöst war, weckten ihn sonderbare Geräusche, denen ein tierisches Knurren folgte. Als er sein Ohr gegen den Fensterladen des Schlafzimmers drückte, hörte er, wie Clovis in einem ebenso flehentlichen wie gereizten Ton brummte:

»Genug, Herr, macht, daß es endlich aufhört!«

Dann ertönten Schläge gegen die Wände. Die Bogenschützen griffen nach ihren Piken. Einer von ihnen stellte sich neben Louis-Charlemagne, um ebenfalls zu lauschen.

»Clovis, was ist los?« fragte sein Vater.

»Es tut weh! Das ist los. Es tut weh, weh, weh!«

Im selben Moment ließ ein gewaltiger Lärm Tür und Fenster erzittern. Es schien, als hätte Clovis sich gegen die Wand geworfen. Die Geräusche der auf den Fliesen zerbrechenden Teller deuteten darauf hin, daß nun auch noch der Geschirrschrank umgestürzt war.

»Öffnet mir die Tür, damit ich mich um ihn kümmern

kann«, befahl Louis-Charlemagne dem Wachmann, der sich jedoch weigerte: »Nein, kommt nicht in Frage! Angesichts dieses Radaus muß ich zunächst einmal den Herrn Oberleutnant wecken.«

»Ich ersticke!« schrie Clovis mit schriller Stimme.

In den Nachbarhäusern wurden die ersten Kerzen angezündet. Türen gingen auf, mit Schlafmützen und Nachthemden bekleidete Menschen traten auf die Straße. Einige von ihnen waren mit Sicheln, Mistgabeln und Küchenmessern bewaffnet. Das Fenster auf der linken Seite wurde von heftigen Schlägen erschüttert.

»Beruhige dich, Clovis!« schrie Louis-Charlemagne, der das Schlimmste befürchtete.

Mit ohrenbetäubendem Lärm zerbarsten die Scheiben und die Fensterläden, die von Maître Pons angebrachten Bretter lösten sich. Die schwere Salzkiste, die Clovis als Wurfgeschoß benutzt hatte, zerschellte auf dem Straßenpflaster. Als Clovis selbst durch das weit geöffnete Fenster sprang und vor Schmerz laut aufschrie, weil er sich den Knöchel verstaucht hatte, waren von allen Seiten Schreie des Entsetzens zu hören. Aber es dauerte nur einen kurzen Augenblick, bis die Bogenschützen ihr lähmendes Entsetzen überwunden hatten; sie senkten ihre Piken.

Beidhändig schwang Louis-Charlemagne seinen Vorschlaghammer.

»Zurück!« befahl er den Bogenschützen in barschem Ton. »Er wird wieder ins Haus gehen und drinnen bleiben. Ich schwöre es bei Gott, der uns zuschaut, doch ihr müßt die Finger von ihm lassen.«

Mit schmerzverzerrtem Gesicht hüpfte Clovis auf einem Bein hin und her. Die Bogenschützen hielten ihre Piken auf ihn gerichtet, rührten sich jedoch nicht von der Stelle.

Louis-Charlemagne öffnete die Tür, packte seinen Sohn um die Taille und holte ihn in die Holzschuhwerkstatt zurück.

»Mein armer Clovis«, flüsterte er, als er die umgestürzten Bänke, das zerbrochene Geschirr und die überall verstreuten Almanache sah.

»Ach, wie recht Ihr habt!« sagte der Unglückliche, befreite sich aus den Armen seines Vaters, humpelte zu seinem Bett und ließ sich dort nieder.

Er sah sehr schlecht aus. Dunkle Schatten lagen unter seinen Augen, und auf seiner schweißnassen Stirn war eine dicke Beule zu erkennen.

»Komisch, die Wunde war doch gut verheilt«, wunderte sich Louis-Charlemagne, als er die völlig zerkratzte Hand seines Sohnes untersuchte. »Vielleicht ist es gar nicht die Tollwut.«

»Noch nie habe ich mich so elend gefühlt; diese fürchterlichen Kopfschmerzen bringen mich um den Verstand.«

»Hast du Durst?«

»Nein«, murmelte Clovis und konnte fast nicht schlucken.

Dabei hatte das Fieber, das für den Aufruhr in seinem Kopf verantwortlich war, ihm Mund und Kehle völlig ausgetrocknet.

»Wir müssen uns Gewißheit verschaffen. Ich werde dir Wasser holen.«

Die Bogenschützen beobachteten sie durch die Öffnung, die einst das Fenster gewesen war.

Louis-Charlemagne kam mit einem Becher Wasser aus der Küche zurück. Clovis schloß die Augen und trank einen Schluck. Heftige Krämpfe zogen seine Zunge zusammen, stiegen durch seinen Rachen, stießen gegen die Kehlkopfdeckel und drohten ihn zu ersticken, da sie ihm die Speiseröhre zuschnürten.

Er spuckte das Wasser wieder aus und hustete lange. Ihm war, als würde sein Kopf bersten wie ein Stück trockenes Holz. Sein verstörter Blick und vor allem sein verzerrter Mund, aus dem weißer Speichel rann, ließen Louis-Charlemagne verängstigt zurückweichen.

Kurze Zeit später erschien der diensttuende Offizier mit vier weiteren Bogenschützen, die sich nicht wohl in ihrer Haut fühlten, vor dem Haus. Ihnen folgten in einiger Entfernung die Nachbarn und Nachbarinnen, die sie alarmiert hatten.

Louis-Charlemagne trug die Salzkiste ins Haus zurück und reparierte die beschädigten Fensterläden, so gut es ging.

In knappen Worten gab der Wachmann seinen kurzen Bericht ab, und der Offizier erstellte ein Protokoll wegen »nächtlicher Ruhestörung«.

Konsul Puigouzon war noch im Nachthemd, als der Oberleutnant ihn über die Ereignisse der letzten Nacht informierte. Er reagierte sofort.

»Ihr hättet mich unverzüglich wecken müssen! Verdoppelt die Zahl der Wachposten in der Rue des Afitos. Beruft die Versammlung ein, aber diesmal ohne Glockengeläut, und laßt Maître Gastounet umgehend zu mir kommen.«

Gastounet war der Vertreter der Körperschaft der Maurer.

In Begleitung von acht Gesellen und Lehrlingen, die einen mit Ziegelsteinen beladenen Karren zogen und schoben, traf Maître Gastounet in der Rue des Afitos ein.

Unter der Aufsicht des Wachmanns, der keine Mühe hatte, die Neugierigen auf Distanz zu halten, wurden die Ziegelsteine abgeladen.

»He, Maître Gastounet, was tut Ihr hier?« fragte plötzlich Clovis durch die Spalten der zersplitterten Fensterläden hindurch.

»Die Gemeindeverwaltung hat mir befohlen, Euch einzumauern, doch Ihr könnt mir glauben, daß mir das keineswegs leichtfällt.«

Die Gesellen hatten bereits damit begonnen, in einem großen Kübel Mörtel anzurühren.

»Es lebe der Konsul!« schrie jemand.

»Schließt die Läden und bringt mir eine Kerze«, befahl Achille Perceval und öffnete seinen kleinen Koffer.

Aderlässe wurden vornehmlich in dunklen Räumen vorgenommen.

Während Prune die Kerze holte, schloß Adèle die Fensterläden, um das Zimmer ins Halbdunkel zu tauchen. Apolline lag auf dem Bett und klagte über schreckliche Atembeschwerden, die von krampfhaften Zuckungen und anhaltenden Kopfschmerzen begleitet wurden.

Lauter Symptome, die aufgetaucht waren, kurz nachdem Petit-Jacquot ihr mit tränenerstickter Stimme erzählt hatte, daß man dabei war, Clovis auf Anordnung der Gemeindeverwaltung in der Holzschuhwerkstatt einzumauern. Symptome, die, wie sie behauptete, der Grund dafür waren, daß sie nicht bei ihrem unglücklichen Mann sein konnte. In Wirklichkeit aber hatte Apolline schreckliche Angst.

Prune kam mit einem brennenden Kerzenleuchter zurück. Adèle sah sie fragend an. Prune antwortete ihr mit einem Kopfschütteln: Noch war kein Vollstrecker ernannt worden.

Maître Perceval legte seine Lanzette neben die verbeulte und nicht ganz saubere Kupferschüssel.

Normalerweise mußte sich die Ader, die angezapft werden sollte, in der Nähe der Schmerzensquelle befinden. Da Apolline jedoch über Kopfschmerzen und Atembeschwerden klagte, mußte der Patientin zweimal Blut aus den Stirnadern und zweimal an den Ellbogen entnommen werden.

»Genügt ein einziger Aderlaß nicht?«

»Je mehr Wasser man aus einem Brunnen hochzieht, um so besser wird es, Madame Floutard, oder anders ausgedrückt: Je länger die Amme stillt, um so mehr Milch hat sie. Mit dem Blut und dem Aderlaß verhält es sich ähnlich.«

Apolline streckte ihm ihren bis zur Schulter entblößten Arm hin. Perceval band ihn mit einem Lederband ab, das durch die häufige Benutzung weich und fettig geworden war. Die Schüssel, die in den Ritzen und Beulen von altem, verkrustetem Blut ganz schwarz geworden war, stellte er unter den Ellbogen.

Dann fuhr Perceval mit der Spitze seines Mittelfingers über Apollines Arm, fand die an der Oberfläche liegende Kubitalader und schnitt sie mit seiner Lanzette ein, während Adèle hinter ihm leise murmelte: »Feuer des Fiebers, verlier deine Hitze, so wie Judas seine Gesichtsfarbe verlor, als er Unseren Herrn verriet.«

Plötzlich wurde die Tür geräuschvoll aufgerissen, und laut plappernd stürmten die Fünflinge ins Zimmer. Sie hielten nur kurz inne und stürzten dann zum Bett ihrer Mutter. In ihrem Ungestüm rannten sie Perceval beinahe über den Haufen, dem dabei die Lanzette auf den staubigen Boden fiel.

»Mutter! Man hat uns verboten, zu unserem Vater zu gehen, und man ist böse auf uns«, erklärte der Älteste mit fester Stimme, während die andern ihm kopfnickend beipflichteten.

»Eure Mutter ist krank. Habt Mitleid mit ihr und erspart ihr euer Gejammer«, befahl Adèle und zog Dagobert und Clotilde vom Bett weg.

»Es ist nicht so schlimm, meine Kleinen, bald wird es mir wieder bessergehen, und dann werden wir gemeinsam euren Vater besuchen«, versprach Apolline, während Perceval die Lanzette vom Boden aufhob und seine Patientin bat, den anderen Arm zu entblößen.

Puigouzon war schlecht gelaunt. Obwohl der Rat bereits seit zwei Stunden tagte, war immer noch keine Entscheidung gefallen.

Überdies hatte der Wachmann soeben den Landaufseher Frey gebührenpflichtig verwarnt, weil dieser im Namen der Dorfbewohner mit einem Gewehr in der Hand auf ein Dach hinter der Holzschuhwerkstatt gestiegen war und auf Clovis geschossen hatte, als dieser im Hof aufgetaucht war. Um ein Haar hätte er ihn getroffen.

»Natürlich wollte ich ihn nicht töten, sondern ihn nur dazu bringen, von hier zu verschwinden. Andernfalls hätte ich ihn, das könnt Ihr mir ruhig glauben, bestimmt nicht verfehlt. So wahr ich Frey heiße, ich treffe das Auge eines Rebhuhns mitten im Flug!« erklärte er, bevor er wieder ging.

Und nun waren auch noch die Leute aus der Rue des Afitos und der Rue du Lop ins Erdgeschoß des Gemeindehauses eingedrungen und verlangten die Exekution des Tollwütigen durch die Gesundheitspolizei oder zumindest dessen sofortige Vertreibung aus dem Dorf.

Da trat Louis-Charlemagne vor die Versammlung und schlug eine Lösung vor, die sofort und einstimmig angenommen wurde.

## 23

»Wenn Ihr mit der normalen Kutsche fahrt, werdet Ihr kaum vor übermorgen in Bellerocaille sein. Nehmt lieber die Eilkutsche, dann seid Ihr schon morgen am späten Vormittag dort«, hatte der Konsul Louis-Charlemagne geraten.

Jeanne Tricotin, Caribert, Immaculée, die den kleinen Mérovée an sich drückte, Baptiste und Adèle Floutard sowie die Fünflinge standen im Hof und waren Zeugen, als Louis-Charlemagne zu seiner schmerzlichen Mission aufbrach.

Der Eilkutscher beobachtete gerade, wie das Leitpferd, ein ziemlich nervöses Tier aus der Franche-Comté, gezäumt wurde, als Charlemagne sich dem Tier näherte. Dem Jungen war aufgefallen, wie gereizt das Pferd war, und er hatte auch den Grund dafür erkannt: Der Nasenriemen war falsch angelegt worden und tat ihm weh.

»Weg, du Rotzbengel! Es hat heute keinen guten Tag«, befahl ihm der Kutscher.

Charlemagne dachte nicht daran zu gehorchen, sondern trat

näher und streckte beide Hände nach dem Nasenriemen aus. Im selben Moment hob das Pferd den Kopf und stieß dem Jungen heftig gegen das Kinn. Charlemagnes Kiefer prallten gewaltsam aufeinander.

Mit ausgebreiteten Armen taumelte er nach hinten, und kurz bevor er das Bewußtsein verlor, hörte er noch, wie der Kutscher brüllte: »Ich habe dich gewarnt!«

Niemand, der an jenem Tag im Hof des Pferdepostamtes von Maître Durif anwesend war, vergaß jemals den anschließenden Tumult.

Laut schreiend versuchten die Geschwister, das Pferd zu steinigen. Das Tier wieherte und bäumte sich unter den Wurfgeschossen auf, stieß die Knechte zur Seite, erschreckte die übrigen Tiere, deren Bewegungen die Deichsel arg in Mitleidenschaft zogen und die Vordertür mit mehreren Hufschlägen eintraten. Als der Kutscher einschreiten und sich Dagobert, der in seiner Nähe stand, packen wollte, setzte Clodomir ihn mit einem Steinwurf außer Gefecht.

Pépin, auf den niemand geachtet hatte, kam plötzlich mit einer Mistgabel bewaffnet aus dem Stall und rammte sie dem Pferd bis zum Heft in den Bauch, wobei er einen langgezogenen, unverständlichen Schrei ausstieß, der sich ungefähr anhörte wie GARAUS DIR DU SCHANDROCK: Kläglich wiehernd brach das Tier zusammen und strampelte noch kurze Zeit mit den Beinen in der Luft, bevor es reglos liegen blieb.

Clotilde zog einen Holzschuh aus und versuchte, dem Pferd damit die Augen auszustechen. Ihre Brüder kreischten vor Entzücken und feuerten sie lautstark an.

Schließlich ließen sie von ihrem sterbenden Opfer ab und versammelten sich um Charlemagne, den ihr Großvater Tricotin und Onkel Caribert zum Brunnen getragen hatten. Als sie sein Gesicht mit Wasser besprühten, kam der Junge wieder zu sich, und nun vergewisserte sich Louis-Charlemagne, daß ihm außer einem Stück Zunge nichts Ernsthaftes fehlte.

»Das hast du dir ganz alleine zuzuschreiben, mein Junge. Und was euch, ihr kleinen Wilden, betrifft, so war es ein großer Fehler, dieses Pferd zu töten, denn nun schulden wir Maître Durif eine Menge Geld.«

»Aber wir dachten, es hätte Charlemagne umgebracht!« widersprachen die Geschwister empört, wie aus einem Mund und jederzeit bereit, es noch einmal zu tun.

Maître Floutard, der zwischenzeitlich hinzugekommen war, hatte beobachtet, wie entschlossen die Kinder vorgegangen und wie grausam ihre Schläge gewesen waren.

»Es wird höchste Zeit, daß sie getrennt werden, wenn jemals etwas aus ihnen werden soll«, sagte er sich.

Nachdem Floutard den aufgebrachten Maître Durif über das Ausmaß des Schadens unterrichtet hatte, befahl er ihm, einen neuen Kutscher zu besorgen und schnellstens eine andere Eilkutsche anspannen zu lassen.

»Und beeilt Euch, denn es geht um die Gesundheit von uns allen.«

Gegen fünfzehn Uhr brachen sie auf und fuhren die ganze Nacht durch. Da sie lediglich anhielten, um den Pferden zu trinken zu geben, kam das schnelle Gefährt bereits am darauffolgenden Morgen in Sichtweite des Dolmens am Kreuzweg des Jüngsten Gerichts, wo seit einundneunzig Jahren die Galgen mit den vier Pfeilern des Baronats von Bellerocaille standen. Hinter der hohen Mauer aus rosafarbenem Sandstein tauchten die scharlachroten Türme und das mit schwarzen Schindeln gedeckte Dach des Hauses von Justinien Pibrac III. auf, dem hauptberuflichen Scharfrichter des Barons Ferdinand Boutefeux. Eine halbe Wegmeile entfernt, im Gegenlicht der Morgensonne, zeichnete sich die Burg der Lehnsherren von Bellerocaille auf ihrem Vulkanhügel ab.

Zerschlagen kletterte Louis-Charlemagne aus dem engen Gefährt und verzog das Gesicht. Kaum hatte er Boden unter den Füßen, knallte Tricouillare, der Kutscher, mit der Peitsche und fuhr einmal um den Dolmen herum, bevor er die Kutsche auf den Weg Richtung Bellerocaille lenkte.

Louis-Charlemagne leerte seine Blase, brachte seine Kleider in Ordnung und betrat den mit Veilchen und Klatschmohn gesäumten Pfad, der sich bis an das Portal schlängelte. Angewidert und gleichzeitig fasziniert betrachtete er den hohen Frontgiebel mit dem Steinwappen und fragte sich einmal mehr, ob das, was man sich über die Sitten der Familie Pibrac erzählte, tatsächlich stimmte. Er hätte nie gedacht, eines Tages vor ihrer Tür zu stehen und darauf zu warten, daß man ihm öffnete.

Ohne das leiseste Geräusch ging schließlich einer der Türflügel auf. Ein junger Mann mit einer Stupsnase und noch flaumigem Bartwuchs musterte ihn abschätzig. Er trug ein verschlissenes, tomatenrotes Gewand mit anthrazitfarbenen Ärmelaufschlägen sowie Holzschuhe aus der Auvergne, deren Spitzen leicht nach oben gebogen waren.

»Was willst du, alter Mann?«

Sein rüpelhaftes Benehmen und sein unhöflicher Ton verrieten deutlich, daß er sich in seiner Rolle als Henkershelfer noch nicht besonders wohl fühlte.

»Ich möchte zu Maître Pibrac.«

»Und was willst du vom Meister, du alter zerknitterter Kerl?«

»Ich möchte seine Dienste in Anspruch nehmen.«

Bei diesen Worten glaubte der junge Mann, hämisch grinsen und seine schwieligen Hände in die Hüften stemmen zu müssen. »Der Meister ist teuer.«

»Verflucht! Ich habe Geld.«

»Dann kannst du ja auf ihn warten, denn der Meister ist wie jeden Sonntag in der Kirche.«

Und damit schloß er die Tür.

Louis-Charlemagne warf einen Blick zum Himmel und las am Stand der Sonne, daß das Hochamt vermutlich gerade erst begonnen hatte und er folglich noch etwas Geduld haben müßte. Er spazierte eine Weile unschlüssig hin und her, bevor er schließlich auf den Galgen zusteuerte.

Da sich die Galgen auf einer breiten, acht Fuß hohen und mit Steinplatten belegten Plattform erhoben, sah man sie bereits aus weiter Entfernung. Weil die Hinrichtungen stets am Place du Trou stattfanden, dienten die Galgen lediglich der abschreckenden Zurschaustellung der Verurteilten, die längst tot waren, wenn Pibrac sie dort aufknüpfte (falls sie geköpft worden waren, legte er ihnen das Seil um die Fußgelenke oder befestigte es in den Achselhöhlen).

Ein Platz unter dem Galgen schien ihm zum Warten wenig geeignet, und so setzte er sich in den Schatten eines Baumes.

## 24

Zunächst war nur ein fernes Klappern zu hören. Dann tauchte eine Staubwolke auf mit einem rotschwarzen Punkt in der Mitte, der immer größer wurde und sich schließlich in eine scharlachrote Karosse verwandelte, die von vier mit Glöckchen behangenen Pferden gezogen wurde. Polternd überquerte der Wagen die Kreuzung und zermalmte die Steine unter seinen eisenbeschlagenen Rädern.

Die Flügel des Portals wurden geöffnet. Der Kutscher in der tomatenroten Livree mit den schwarzen Ärmelaufschlägen zügelte die Pferde. Er hatte einen nach oben gezwirbelten Schnurrbart, wie ihn die Spanier trugen, und verbarg sein kantiges Kinn unter einem dichten und bereits leicht angegrauten Bart. Beim Vorbeifahren erkannte Louis-Charlemagne den Scharfrichter in Begleitung von drei Frauen, deren Trauerkleidung sich deutlich vom knallroten Samtbezug in der Kutsche abhob.

Der unverschämte Bursche mit der Stupsnase wollte die Flügel schon wieder schließen, als Louis-Charlemagne nach dem Griff der Glocke langte und Sturm läutete.

Die Karosse blieb stehen. Die Tür, die so reichlich mit Wappen geschmückt war wie die eines Marquis, wurde geöffnet. Justinien Pibrac stieg aus. Der Junge flüsterte ihm etwas ins Ohr und zeigte auf den Hufschmied, der sich ihnen näherte. Eine drohende, vom südlichen Tor herüberschallende Stimme veranlaßte ihn, den Kopf zu heben. Zwischen zwei Schießscharten stand ein uniformierter Mann und zielte mit einer Doppelflinte auf Louis-Charlemagne.

»Schon gut, Honoré«, rief der Henker dem Schützen zu und gab ihm mit einem Handzeichen zu verstehen, daß keine Gefahr drohte.

Das heftige Läuten hatte auch zwei furchteinflößende Wachhunde angelockt. Mit gesträubtem Fell kamen sie angerannt. Hinter ihnen tauchten zwei Jugendliche auf. Der eine war mit einer Sichel, der andere mit einer Mistgabel bewaffnet. Justinien Pibrac beruhigte die Hunde mit ein paar Worten und die beiden Burschen mit einem strengen Blick.

Eine Wölfin, die zwar alt, aber immerhin eine Wölfin war, kam angehumpelt. Ihr fehlte die linke Vorderpfote. Sie verjagte die Wachhunde, indem sie die Lefzen hochzog, und trat neben ihren Herrn.

Es stimmt also, dachte Louis-Charlemagne erstaunt. Bislang hatte er die Geschichten, die von der engen Beziehung zwischen der Pibrac-Familie und den Wölfen erzählten, nie geglaubt. Auch mit Fledermäusen, Skorpionen, Vipern und mehreren Spinnenarten brachte man die Pibracs in Verbindung.

»Ich grüße Euch, mein Herr. Mein Knecht sagt mir, Ihr möchtet meine Dienste in Anspruch nehmen.«

»So ist es, Maître Pibrac, leider.«

Der Hufschmied zögerte zunächst, vor einem Scharfrichter den Hut zu ziehen, tat es dann aber trotzdem, und zwar für einen Mann, der ihn mit »mein Herr« angeredet hatte.

Der Scharfrichter war ungefähr vierzig Jahre alt und von großer, aufrechter Gestalt. Er hatte ein viereckiges Gesicht und eine ausgeprägte Hakennase. Die dicht beieinander liegenden Brauen über seinen blauen, lebhaften Augen verliehen ihm den Anschein von Nachdenklichkeit, sein breiter, voller Mund wirkte ein wenig schlaff. Er war ganz in Rot gekleidet: Sein Wams war karminrot, und seine Weste war zinnoberrot; die krapprote Hose, die in klatschmohnfarbenen Seidestrümpfen steckte, war mit einem korallenroten und mit Rubinen besetzten Strumpfband geschmückt. Seine kirschroten Schuhe hatten blutrote Absätze und porphyrrote Schnallen. Die Spitzen seines Hemdes waren purpurrot, und seine Perücke aus braunen Kaninchenhaaren bewahrte er in einem weinroten Haarbeutel auf.

»Ich komme wegen eines Tollwütigen, der, falls das überhaupt noch möglich ist, geheilt oder aber für immer erlöst werden soll«, erklärte Louis-Charlemagne.

»Von welchem Tier wurde er gebissen?«

»Von einer Kuh.«

»Wo hat die Kuh ihn gebissen?«

»In die Hand.«

»Wann war das?«

»Vor fast einem Monat.«

Die Knechte hörten ihnen aufmerksam zu.

»Hat er bereits Anzeichen von Hydrophobie gezeigt?«

Da Louis-Charlemagne diese Frage nicht richtig verstanden hatte, kratzte er sich an der Stirn.

»Dieses Wort kenne ich nicht.«

»Ekelt er sich vor dem Wasser?«

»Seit gestern. Deshalb habe ich beschlossen, Euch aufzusuchen.«

»Euer Mann hat demnach die Tollwut, und es ist zu spät, ihn zu heilen. Habt Ihr einen Wunsch bezüglich der Art und Weise, wie er erlöst werden soll?«

Alljährlich hatte Justinien Pibrac mit etwa zwölf Fällen von Tollwut zu tun. Traditionsbewußte Leute verlangten nach der klassischen Erstickung zwischen zwei Matratzen, während andere das Verbrennen, Vergiften, Ertrinken oder gebrannten Kalk vorzogen.

»Ich habe mich für die barmherzigste Methode entschieden.«

Die Knechte gluckten. Denn diese Methode war nicht nur die schwierigste, sondern auch die kostspieligste. Sie bestand darin, den Tollwütigen mit einem einzigen, überraschenden Schlag zu töten. Da es jedoch äußerst schwierig ist, einen Menschen zu überraschen, der ständig auf der Hut ist, war diese Mission alles andere als einfach und erforderte ganz besonderes Organisations- und Improvisationstalent.

»Gut. Wo wohnt Ihr?«

»In Racleterre.«

Der Henker runzelte die Stirn.

»Tut mir leid, mein Herr, aber dieser Ort ist zu weit weg, und ich kann mich derzeit nicht von meinem Heim entfernen. Es tut mir leid.«

Louis-Charlemagne griff mit einer Hand in die Innentasche seiner Weste und zog einen prall gefüllten Geldbeutel hervor.

»An Geld fehlt es mir nicht, Maître Pibrac! Ich zahle jede Summe, die Ihr verlangt.«

»Ihr habt mich falsch verstanden, mein Herr. Meine Frau steht kurz vor der Niederkunft, und ich kann jetzt unmöglich ein paar Tage wegfahren.«

»Maître Pibrac, ich flehe Euch an, bei der Heiligen Muttergottes und dem kleinen Jesuskind, nehmt Euch meines Sohnes an, bevor man ihm Übles antut.«

Da er nicht wußte, was er sonst noch sagen sollte, fügte er hinzu: »Er heißt Clovis Tricotin und ist der Vater der Wunderkinder von Racleterre.«

Der Henker nickte zögernd und setzte eine nachdenkliche

Miene auf. Er wollte etwas erwidern, überlegte es sich dann aber anders, drehte sich um und entfernte sich. Die Wölfin, die Wachhunde und die Knechte folgten ihm.

## 25

Louis-Charlemagne ging zum Dourdou hinunter und marschierte die Pappel- und Erlenallee entlang, die parallel zum Fluß nach Bellerocaille führte.

Am Place du Trou stieß Louis-Charlemagne auf die Pferdepost Calmejane, und im Hof stand die ausgeschirrte Eilkutsche. »Der Kutscher ist in die Herberge *Au bien nourri* gegangen«, sagte der Stalljunge.

Tricouillare saß vor einem Krug mit hellem Rotwein und führte das große Wort. Doch als er den Hufschmied eintreten sah, verstummte er: Daraus schloß Louis-Charlemagne, daß man über ihn gesprochen hatte – über ihn oder über Clovis.

Da er davon ausging, daß er in dieser Runde nicht sonderlich willkommen war, sagte er: »Leert Euren Krug so schnell wie möglich, denn wir müssen auf der Stelle nach Rodez zurückfahren.«

Es war, als hätte Louis-Charlemagne einer schlafenden Katze auf den Schwanz getreten. »Ich lasse mich von niemandem herumkommandieren, Donnerwetter noch mal! Und außerdem wurde mir von Maître Durif gesagt, daß die Fahrt nach Bellerocaille und nicht bis nach Rodez geht. Und da heute obendrein der Tag des Herrn ist, werde ich zunächst einmal in aller Ruhe essen und trinken, und wenn ich damit fertig bin, fahre ich nach Racleterre zurück.«

»Ich bin im Auftrag der Gemeindeverwaltung hier«, beharrte Louis-Charlemagne, »und Ihr setzt leichtfertig das Wohlergehen unseres ganzen Dorfes aufs Spiel. Falls ich Euretwegen nicht rechtzeitig einen Scharfrichter ausfindig machen kann, werde ich den Konsul über Eure Verantwortungslosigkeit unterrichten, und dann werden wir ja sehen, ob Ihr das Maul immer noch so weit aufreißt.«

Der Kutscher leerte seinen Becher und schrie durch den Raum: »He! Bringt mir noch eine Flasche Wein und ein Kartenspiel. Wer will mit mir spielen… und verlieren?«

Während Louis-Charlemagne noch verzweifelt nach einem Argument suchte, das diesen Rüpel dazu bewegen könnte, ihm zu gehorchen, kam plötzlich ein Stalljunge des Pferdepostamtes in die Wirtsstube gerannt und verkündete der versammelten Gesellschaft mit atemloser Stimme: »Pibrac kommt!«

Die ganze Gesellschaft verstummte.

Der Scharfrichter erschien in Begleitung von Basile Plagnes, der seit dreißig Jahren sein erster Knecht war, und Honoré Plagnes, dessen ältestem Sohn. Beide trugen eine tomatenrote Livree mit schwarzen Ärmelaufschlägen. Basile hatte eine Flinte mit trichterförmigem Lauf dabei, mit der er die nähere Umgebung in einem Umkreis von zehn Klaftern mit Bleikugeln von der Größe eines Kirschkerns hätte durchsieben können. Honoré war mit einer Kutscherpeitsche aus geflochtenem Leder bewaffnet, mit der er ein Ohr, einen Finger, ja sogar eine Nase hätte abtrennen können.

Die Mägde bekreuzigten sich.

»Maître Calmejane hat mich zuvorkommenderweise wissen lassen, daß ich Euch hier antreffen würde«, erklärte der Scharfrichter und fügte ohne Umschweife hinzu: »Seid Ihr mit Childéric Tricotin verwandt, der vor einundneunzig Jahren Hufschmied in Racleterre war?«

Louis-Charlemagne war so überrascht, daß er Justinien III. bat, seine Frage zu wiederholen. Also wiederholte der Scharfrichter die Frage.

»Mein Urgroßvater väterlicherseits hieß tatsächlich Childéric und betrieb eine Hufschmiede am Place de l'Arbalète, später in der Rue des Frappes-Devant, wo sich jetzt meine eigene

Werkstatt befindet. Doch wie kommt es, daß Ihr meinen Urgroßvater kennt?«

Der Scharfrichter deutete ein schwaches Lächeln an, nahm seinen Dreispitz ab und sagte höflich: »Zu Euren Diensten, Maître Tricotin. Falls Ihr meine Dienste nach wie vor in Anspruch nehmen wollt, so können wir uns sofort auf den Weg nach Racleterre machen. Während der Fahrt werde ich Gelegenheit haben, Euch alles zu erklären.«

Wie in einem Traum folgte Louis-Charlemagne dem Scharfrichter zu dessen granatroter Karosse. Er stieg ein, und mit einem Mal wurde ihm bewußt, daß er nun mehr als einen ganzen Tag lang mit dem Scharfrichter aus Bellerocaille allein sein würde.

Er entschied sich dafür, in Fahrtrichtung Platz zu nehmen, und ließ sich auf der gepolsterten Lederbank nieder, die breit genug war für zwei weitere Passagiere. Im Gegensatz zu der Samtpolsterung jener Karosse, die er kurz zuvor gesehen hatte, war das Innere dieser Kutsche mit Mahagoni getäfelt, das einen lieblichen Bienenwachsduft verströmte. Justinien III. setzte sich auf die Bank gegenüber und legte seinen Dreispitz, das Gehänge, das Schwert und die Pistolen ab. Letztere verstaute er in den Halftern, die an der linken Tür befestigt waren. Die rechte Tür war mit einer Ledertasche versehen, die mehrere Bücher enthielt – eine weitere Überraschung für Louis-Charlemagne, der sich nicht vorstellen konnte, daß der Scharfrichter abends ein Buch las, nachdem er den ganzen Tag lang gefoltert, gehängt, verprügelt, verbrannt, überbrüht, gepeinigt hatte…

Auch die Knechte des Scharfrichters hatten mittlerweile ihre Plätze auf der Kutsche eingenommen. Justinien III. brauchte nur die Hand zur Tür hinauszustrecken, damit die Kutsche sich schwerfällig in Bewegung setzte.

Als sie den Azémard-Wald durchquerten, erzählte Justinien III. ihm, wie man seinen Großvater, Justinien I., einundneunzig Jahre zuvor angegriffen, ausgeraubt und, weil man ihn für tot hielt, nackt zurückgelassen hatte. Childéric Tricotin hatte ihn gefunden und mit nach Hause genommen; er hatte ihm zu essen und zu trinken gegeben und ihn mit neuen Kleidern versorgt.

Ein Ausdruck grenzenlosen Erstaunens erschien auf dem Gesicht des Hufschmieds.

»Falls es Euch tröstet«, fuhr der Scharfrichter mit einem traurigen Lächeln fort, »so sollt Ihr wissen, daß er damals noch nicht Scharfrichter war. Und daß mein Großvater Eurem Verwandten viel schuldig geblieben ist und diese Schuld bis heute nicht beglichen wurde.«

»Warum hat er diese Schuld nicht zu seinen Lebzeiten beglichen?«

Justinien III. gab vor, auf diese Frage keine Antwort zu wissen: »Keine Ahnung. Allerdings hat er diese Schuld, so wie es sich gehört, im Familienbuch festgehalten, und als ich heute morgen nach Eurem Besuch darin las, habe ich den Zusammenhang zwischen *unserem* Tricotin, dem Hufschmied, und Eurem Tricotin, dem Holzschuhmacher und Vater der Fünflinge, erkannt.«

## 26

Der Tag ging friedlich zur Neige, als die granatfarbene Kutsche unweit des Zisterzienserklosters von Maneval langsamer fuhr und schließlich unter einem großen, blühenden Ahornbaum anhielt. Die Pferde tranken im Fluß und bekamen eine Mischung aus Hafer und Karotten zu fressen, die ihnen gut zu schmecken schien. Gaspard suchte nach Holz. Arthur zündete ein Feuer an, und Honoré kochte darauf das Abendessen.

Da Louis-Charlemagne nichts zu tun hatte, ging er zu Basile, der gerade die Fesseln der vorderen Stute untersuchte, und stellte erstaunt fest, daß das Pferd auf spanische Art beschlagen war. Traditionsgemäß wurden die Pferde in Rouergue ausschließlich nach Lyoner Art beschlagen: In dem Fall war das Hufeisen lang und nach oben gebogen und der äußere Teil dick und breit, weswegen es ziemlich schwer war und sich nicht besonders gut für die unwegsamen Straßen des Rouergue eignete.

Er ging neben der Stute in die Hocke, und nachdem er um die entsprechende Erlaubnis gebeten hatte, hob er den Huf hoch und stellte fest, daß er ordentlich gehobelt und anständig mit Blei beschlagen war.

»Diese Arbeit stammt kaum von einem Hufschmied aus unserer Gegend.«

Wahrscheinlich hatte Basile diesbezügliche Anweisungen erhalten, denn anstatt mit einer wohlgezielten Unverschämtheit zu antworten, erwiderte er höflich:

»Es war der Meister selbst.«

Louis-Charlemagne zeigte sich sichtlich beeindruckt.

»Alle Achtung! Er kann ausgezeichnet beschlagen.«

»Der Meister kann ALLES«, erklärte Basile schlicht und richtete sich behend auf, während Louis-Charlemagne sich auf seine Oberschenkel stützen mußte, um sein Kreuz zu schonen.

Dabei waren beide ungefähr im gleichen Alter.

Der Diener deutete auf die Kutsche und sagte in vertraulichem Ton:

»Er hat elf Veränderungen daran vorgenommen, und zur Zeit arbeitet er sogar an einer zwölften.«

Im Innern des Wagens saß Justinien III., mit den Augengläsern auf der Nase und der Pfeife im Mund, und zeichnete mehrere Variationen eines neuen Federungssystems auf ein ein Sol teures Blatt Papier, bei dem die vier existierenden Vorrichtungen durch zwei weitere Lederfederungen verstärkt wurden.

»Schon als Säugling krabbelte er aus seiner Wiege, um die Schaukelvorrichtung zu reparieren.«

Louis-Charlemagne nickte mit dem Kopf.

»Tatsächlich.«

Gaspard breitete einen dicken Teppich auf dem Gras aus. Arthur bedeckte ihn mit einem weißen Tafeltuch, das mit den Initialen JP bestickt war, und verteilte darauf zwei Teller und zwei silberne Gläser. Dann verkündete Honoré, daß das Essen fertig sei.

Als der Henker mit gefalteten Händen und ehrfürchtig gesenktem Kopf vor dem reichlich gedeckten Tuch stand und das Tischgebet sprach, nahte die Eilkutsche von Maître Durif in schnellem Galopp.

Im Innern der Kutsche erkannte Louis-Charlemagne zwei Personen. Auf dem vorderen Pferd saß Tricouillare und ließ seine Peitsche frecherweise in ihre Richtung knallen. Als die Kutsche vorbeigerauscht und nur noch eine Staubwolke von ihr zu sehen war, die allmählich zu Boden sank, warf Basile einen bedauerlichen Blick auf seine Flinte, die er auf dem Sitz zurückgelassen hatte, während Pibrac sein Gebet zu Ende sprach, sich im Schneidersitz auf eines der Kissen niederließ und seinen Gast bat, ebenfalls Platz zu nehmen.

»Laßt uns essen, ich habe einen Mordshunger.«

Eine Hand weckte ihn sanft.

Louis-Charlemagne öffnete die Augen. Der Scharfrichter von Bellerocaille lächelte ihn freundlich an. Es war bereits heller Tag, und die Kutsche kam zügig voran. An der Stein- und Ginsterlandschaft, die an ihnen vorbeizog, erkannte der Hufschmied, daß sie Tras-la-Carrigue bereits hinter sich gelassen hatten und sich den Ländereien des Abtes von Bartonnet näherten. Falls die Kutsche weiterhin in diesem Tempo vorankäme, würden sie Racleterre noch vor neun Uhr erreichen. Als er an Clovis dachte, schnürte sich seine Kehle zusammen. Wie mochte seine Nacht wohl verlaufen sein?

Der Scharfrichter deutete auf die Platte mit den Nahrungsmitteln und den Obstkorb und forderte ihn auf, sich zu bedienen. Louis-Charlemagne ließ sich nicht zweimal bitten und langte kräftig zu. Besonders gut schmeckte ihm die mit Nachtigallzungen gefüllte Wachtelpastete, bei deren Genuß er am liebsten geweint hätte. Wie konnte er bloß so hemmungslos schlemmen, wo er doch genau wußte, daß dieser zuvorkommende und liebenswürdige Mann, der ihm gegenübersaß, noch am Abend desselben Tages oder spätestens am nächsten Tag seinen Sohn umbringen würde?

Um Gelassenheit vorzutäuschen und sich selbst zu beruhigen, begann Louis-Charlemagne in seinem Sack nach seiner Pfeife zu wühlen.

»Möchtet Ihr davon probieren? Es ist echter Pongibon-Tabak.«

Der Henker nahm das Angebot dankend an.

## 27

Nur mit Mühe gelangte das Gespann zur Spitze des »Hügels des Buckligen«, von wo aus man das Kalkplateau, den Dourdou, die Sankt Benedikt-Brücke und den Marktflecken überblicken konnte. Racleterre lag hinter der dicken Granitmauer versteckt, die vom Donjon der Familie Armogaste überragt wurde.

Eine Weile ließ Basile die Pferde verschnaufen, und dann fuhren sie hinunter ins Dorf.

Allem Anschein nach hatte Tricouillare, der sie in der Nacht überholt hatte, ihr Kommen angekündigt, denn zwischen den Schießscharten und in den Gräben wimmelte es nur so von Menschen. Louis-Charlemagne entfernte sich von der Tür und kauerte sich auf der Sitzbank zusammen. Mit einem Mal begannen seine Wangen heftig zu brennen.

Da die Scharfrichter für ihre Kutschen keine Gebühren entrichten mußten, ließen die Bogenschützen am Croisades-Tor den Wagen anstandslos passieren.

Sie fuhren ein Stückchen die Rue Jéhan-du-Bas hoch und wollten gerade in die Rue Jéhan-du-Haut einbiegen, als Louis-Charlemagne endlich begriff, was los war. Der Verkehr kam ungewöhnlich fließend von der Stelle, was nicht hätte sein dürfen, wenn der Wachmann die Rue des Afitos gesperrt hätte. War die Rue des Afitos jedoch nicht länger gesperrt, so bedeutete das, daß...

»Bittet Euren Kutscher, nach links in die Rue des Afitos abzubiegen.«

»Das ist unmöglich. Zuerst muß ich im Gemeindehaus vorstellig werden. Außerdem wäre es nicht ratsam, Euren Sohn mit unserer Kutsche in Aufregung zu versetzen.«

»Leider habe ich allen Grund anzunehmen, daß wir zu spät kommen.«

Er erklärte ihm seine Befürchtungen, und die Anwesenheit mehrerer Offizierspferde des Royal-Navarre im Hof des Gemeindehauses, die von den Stallburschen bewacht wurden, bestärkte ihn in seinen Vermutungen.

Staubbedeckt stieg Honoré von der vordersten Stute und klopfte seine Kleider ab. Basile blieb auf seinem Kutschersitz sitzen, fingerte an seiner Flinte herum und warf den Burschen, einem Schutzmann und zwei schnurrbärtigen Gefreiten, die zu plaudern aufgehört hatten, um jene selbstgefällige Miene anzunehmen, die Soldaten stets in Anwesenheit von Zivilisten zur Schau trugen, strenge Blicke zu.

Louis-Charlemagne und der Scharfrichter aus Bellerocaille waren ausgestiegen und steuerten zielstrebig auf die Eingangshalle zu.

Der Hausmeister hatte sie offenbar schon erwartet und hieß sie willkommen.

Der Konsul empfing sie unverzüglich im großen Saal. An den unnatürlich glänzenden Augen und den verkrampften Gesichtern des Konsuls und der Offiziere erkannte Louis-Charlemagne deutlich, daß ihr Gespräch problematisch gewesen war.

Ohne die Anwesenden vorzustellen, ging Konsul Puigouzon auf den Hufschmied zu, hielt die rechte Hand auf das Herz und verkündete mit vibrierender Stimme: »Zunächst sollt Ihr wissen, Maître Tricotin, daß die Gemeindeverwaltung und ihr Rat in keiner Weise für die Ermordung Eures Sohnes verantwortlich sind.«

So erfuhr Louis-Charlemagne, daß man Clovis tags zuvor getötet hatte, und zwar auf eine Art und Weise, bei der unbegreiflich war, wieso Gott eine solche Tat überhaupt zulassen konnte.

Einige Unteroffiziere der 4. Kompanie des Royal-Navarre-Regiments, die in Roumégoux einquartiert waren, hatten ihren Urlaub dazu genutzt, um ihren Kameraden der 6. Kompanie, die in Racleterre stationiert waren, einen Besuch abzustatten. Bei dieser Gelegenheit kam es zu einem jener unvermeidlichen, gewaltigen Besäufnisse, in deren Verlauf die Beteiligten durch sämtliche Tavernen und Herbergen zogen, wo all jene zurückblieben, die sich nicht mehr auf den Beinen halten konnten, und dort ihren Rausch ausschliefen. Schließlich blieb nur mehr eine Handvoll Männer – sechs, um genau zu sein – übrig, auf die der Wein keinerlei Wirkung zu haben schien. Bei Sonnenuntergang landeten sie in der Herberge des Pferdepostamtes von Maître Durif und bestellten Schnaps.

Wer von den sechs auf die Idee gekommen war, wer die Initiative ergriffen und die anderen mitgerissen hatte, wer die erste Schaufel Erde auf das Opfer geworfen hatte – das wurde bei der später vom königlichen Staatsanwalt aus Millau durchgeführten Untersuchung nicht herausgefunden. Fest stand allerdings, daß die Unteroffiziere die Wachposten außer Gefecht gesetzt hatten und in den Hof der Holzschuhwerkstatt eingedrungen waren, um Clovis auf grausame Weise umzubringen.

Nicht ohne Widerstand seitens Clovis', denn immerhin ließen zwei Soldaten bei dieser Aktion ihr Leben.

Die Ansicht der Hauptmänner über diese verabscheuungswürdige Angelegenheit war »klar und eindeutig«. Ihrer Meinung nach verdienten ihre Männer Anerkennung dafür, daß sie die Initiative ergriffen und das Dorf freiwillig von der schrecklichen Bedrohung befreit hatten, die aufgrund dieses tollwütigen Mannes über ihm schwebte. Anerkennung – und zusätzlich eine Prämie, die dem eingegangenen Risiko sowie dem erlittenen Schaden Rechnung tragen müßte.

Der Konsul war gänzlich anderer Auffassung und hatte eine anderslautende Schilderung der Ereignisse vorliegen. Ihr entsprechend lebte Clovis noch, als die Unteroffiziere den Brunnen, in den sie ihn geworfen hatten, mit Erde zuschütteten.

Die Fenster und die Tür der Werkstatt waren zugemauert. Am Schild waren Spuren von Gewehrkugeln zu erkennen. Die fünf Miniaturschuhpaare, die einst unter dem Schild hingen, waren verschwunden.

Louis-Charlemagne eilte in die Rue du Lop, wo die Ziegelmauer, welche die Tür zum Hof versperrt hatte, ein großes, mit einer Hacke geschlagenes Loch aufwies. Er zwängte sich hindurch.

Angesichts der Dicke der Mauer und der Widerstandsfähigkeit des Türflügels hatten die Eindringlinge hart arbeiten müssen, um ihr Ziel zu erreichen. Und es muß einen fürchterlichen Lärm gegeben haben! Wieso hatte der in der Rue des Afitos postierte Wachmann nichts unternommen?

Im Hof herrschte reger Betrieb. Der Gerber Félix Camboulives, Petit-Jacquot und Culat halfen Caribert, ein Seil und eine Rolle am Brunnenrand zu befestigen. Ein unweit davon entferntes, großes Loch im Boden deutete darauf hin, wie viele Schaufeln Erde die Missetäter in den Brunnen geworfen hatten.

Caribert umarmte seinen Vater.

»Sie haben ihn auf eine Art und Weise umgebracht, wie man nicht einmal einen tollwütigen Wolf töten würde.«

Er schnüffelte, um die Tränen zurückzuhalten, die durch seine Nase rannen.

»Ich weiß. Ich habe es schon vom Konsul erfahren.«

»Ach ja!« rief Caribert mit sehr lauter Stimme aus. »Hat er Euch auch gesagt, daß alle Bewohner dieser Straße mitschuldig sind? Hat der Konsul Euch das ebenfalls gesagt?«

»Nein, davon hat er mir nichts erzählt. Aber warum schreist du so? Ich bin doch nicht taub.«

»Ich schreie, damit mich alle hören können.«

Er deutete auf die umliegenden Häuser.

»Damit alle wissen, daß es eine Untersuchung geben wird und daß alle bestraft werden!«

Bei diesen letzten Worten kamen Jeanne, Adèle und Marie Camboulives aus der Küche geeilt. Sie trugen Schürzen und waren dabei, das ganze Haus gründlich sauberzumachen.

Wortlos schloß Louis-Charlemagne seine Frau in die Arme und starrte auf den Brunnen.

»Wie geht es Apolline?« fragte er schließlich.

»Sie liegt immer noch im Bett. Maître Perceval läßt sie jetzt sogar zweimal täglich zur Ader, doch es hilft alles nichts.«

## 28

Auf ihrem rothaarigen Esel sitzend, ritt Lacroque in den Marktflecken ein und achtete nicht auf den Wachposten, der sie gewähren ließ. Stumm und in einiger Entfernung folgte man ihr (eine Verhexung war schnell geschehen!), und als Lacroque den Place de l'Arbalète überquerte und das Haus von Floutard betrat, schloß man daraus, daß Apollines Zustand sich weiter verschlechtert hatte.

Nicht einmal eine Stunde später tauchte die Hexe wieder auf. Einige Frauen trauten sich, ein paar Fragen an die Hexenmeisterin zu richten, doch diese stellte sich taub.

Kaum hatte sie den Marktflecken verlassen, da kamen Verdächtigungen auf wie aufbrechende eitrige Geschwüre. Erneut bekam man es mit der Angst zu tun, und die war genauso ansteckend wie die Tollwut.

Kurze Zeit später erhielt die Gemeindeverwaltung Besuch von einer mehrköpfigen Delegation von Bürgern, die verlangten, daß »die Frau des tollwütigen Tricotins« von einem Arzt untersucht werden müßte, damit man endlich wisse, wieso sie so lange das Bett hüte.

Der Konsul schickte den vereidigten Arzt Izarn in Begleitung von vier Wachmännern und des Gerichtsschreibers Gabriel Pillehomme zu den Floutards.

Floutard war gerade damit beschäftigt, den Fünflingen eine Strafpredigt wegen ihrer unglaublichen Faulheit zu halten, als man ihn über das Eintreffen des Arztes und seiner Gefolgschaft unterrichtete. Er ging ihnen entgegen, empfing sie ohne Verwunderung und führte sie höchstpersönlich in das verdunkelte Zimmer, in dem seine Tochter im Sterben lag. Noch bevor Izarn an das Bett getreten war, erkannte er am süßlichen Gestank, der die stickige Luft verpestete, was los war: Der Anblick von Apollines rechtem Arm, der bis zur Schulter brandig war, bestätigte seine mit dem Geruchssinn erstellte Diagnose.

»Es ist bereits zu spät. Selbst eine Armamputation würde ihr nicht mehr helfen«, versicherte er und verzog das Gesicht zu einer Grimasse. »Ihr habt zu lange gewartet, Maître Floutard.«

Floutard sagte kein Wort. Einen ähnlich lautenden Befund hatte Lacroque ihm bereits am frühen Morgen gestellt. Darüber hinaus hatte die Hexe mit dem Finger auf einen der Einschnitte gedeutet, der von der Lanzette von Maître Perceval stammte und ihrer Meinung nach der Grund für das Abfaulen des Armes war.

Apolline starb am Tag des heiligen Laurentius und wurde am darauffolgenden Tag im Familiengrab der Tricotins, neben Clovis, beigesetzt.

Die Kinder standen still und stumm dabei und begnügten sich damit, dem Totengräber und seinen Helfern zuzuschauen, wie sie den Sarg mit Hilfe von Seilen in die Grube sinken ließen. Da sie an der Seite ihrer Mutter waren, als diese starb, hatten sie dem Tod zum ersten Mal bei seiner Arbeit zugesehen und dieses Schauspiel in unangenehmer Erinnerung behalten.

Baptiste Floutard erklärte sich selbst zum Vormund der fünf Waisen und rief die Familien Tricotin und Camboulives zusammen, um ihnen mitzuteilen, daß er die Absicht hatte, die Kinder voneinander zu trennen.

»Wenn sie zusammen sind, sind sie zu nichts zu gebrauchen; sie machen nur Dummheiten. Sie sind widerspenstig, kennen kein Schamgefühl und tun nur, was ihnen in den Kram paßt. Zudem geht neuerdings sogar das Gerücht um, sie würden Unglück bringen.«

Louis-Charlemagne war der einzige, der gegen die Trennung, die er für voreilig hielt, protestierte.

»Es ist noch zu früh. Sie werden zu Tode betrübt sein, wenn sie nicht mehr zusammensein dürfen.«

Am Ende wurde beschlossen, daß Clodomir, der Älteste, bei Floutard bleiben und dieser ihn als seinen Nachfolger ausbilden sollte. Pépin und Charlemagne sollten bei den Tricotins das harte, aber stolze Handwerk des Hufschmieds erlernen, während Dagobert und Clotilde bei Félix Camboulives, ihrem Gerberonkel, lernen sollten, der flußabwärts wohnte, weit entfernt von den empfindlichen Nasen des Marktfleckens.

Um die Grausamkeit der Trennung zu mildern, einigte man sich darauf, daß sie sich jedes Jahr an ihrem Geburtstag, zu Ostern, zu Allerheiligen und zu Weihnachten sowie jeweils sonntags zum Hochamt treffen dürften.

Blieb nur noch, die Betroffenen über diese Beschlüsse in Kenntnis zu setzen, das heißt, sie zunächst einmal ausfindig zu machen, da sie sich erneut in Luft aufgelöst zu haben schienen. Als sie zur Mittagszeit mit zerzaustem Haar, fröhlich und nach nassem Hund stinkend auftauchten, antworteten sie mit einem Grinsen auf die Frage, wo sie gewesen waren. Da ihr Großvater jedoch nicht lockerließ, erwiderte Clodomir schließlich: »Wir waren bei Onkel Laszlo. Er bringt uns das Fechten bei. Er sagt, wir seien sehr begabt.«

»Vor allem iss«, verkündete Charlemagne.

Seit ihm ein Stück Zunge fehlte, lispelte er. Doch es war niemandem anzuraten, sich deswegen über ihn lustig zu machen.

Die Ankündigung der bevorstehenden Trennung beeindruckte sie anscheinend nicht. Statt dessen schlugen sie sich gierig den Bauch voll, nahmen von sämtlichen Speisen und scharten sich schließlich – so wie sie das jeden Abend vor dem Schlafengehen taten – um Clotilde, die ihnen ein Kapitel aus *Die wahre Geschichte von Walter, dem Angelsachsen und Herrscher über die Wölfe, dem wahren Schrecken des Waldes von Saint-Leu-en-Rouergue* vorlas, einem der Bücher ihres Vaters, die dessen Zerstörungswut entgangen waren.

## 29

Dagobert und Clotilde mußten als erste Abschied nehmen.

Ihr Großonkel Félix Camboulives holte sie mit seinem Karren ab, in dem er ihre wenigen Habseligkeiten verstaute. Schweigend wohnten die drei andern den Reisevorbereitungen bei.

Als sie nicht einmal im Moment des Aufbruchs den Mund aufmachten, wunderte sich ihr Großvater Baptiste: »Sagt ihr nicht einmal auf Wiedersehen?«

Sie starrten ihn kurz an. Dann rief Clodomir Dagobert und

Clotilde die Worte »*Figaschon tock perett maradack*« zu, woraufhin die beiden über das ganze Gesicht grinsten. Floutard verlangte nach einer Übersetzung, doch als Antwort erhielt er nur das gewohnte Achselzucken.

Kurz darauf folgten Pépin und Charlemagne Caribert in die Rue des Frappes-Devant und bezogen über der Hufschmiede ihr Zimmer.

Als Floutard schließlich mit Clodomir, dem Ältesten, allein war, begann er, ihm in knappen Worten seine Reichtümer zu beschreiben. Er ließ ihn das Ölgemälde von Racleterre bewundern, erzählte ihm alles über seinen Betrieb und verriet ihm einige seiner Pläne, wobei er ganz besonders betonte, ihn eines Tages zu seinem Nachfolger zu machen.

»Doch bevor es soweit ist, mußt du selbstverständlich noch eine Menge lernen. Deshalb werde ich trotz der damit verbundenen Kosten einen Lehrer aus Briançon mit drei Federn für dich engagieren.«

Bei den Wanderlehrern war es Brauch, die Kopfbedeckung je nach ihrem Wissen mit ein, zwei oder drei Entenfedern zu schmücken. Eine Feder bedeutete, daß sie das Schreiben lehrten, zwei Federn, daß sie das Schreiben und Rechnen lehrten, und drei Federn zeigten an, daß sie Schreiben, Rechnen und Lesen unterrichteten. Von sämtlichen Wanderlehrern, die über Land zogen, waren besonders die aus Briançon für die Güte ihres Unterrichts bekannt.

Anschließend führte Floutard den Jungen zu den Stallungen und in die Scheune, wo die Kippkarren standen. Vor einem Gefährt mit fehlendem Rad hielt er inne.

»Schau, Clodomir, das hier war mein erster Karren. Ich war damals der einzige Straßenreiniger und besaß bloß ein Seil, einen Eimer, eine Stange zum Lockern, und als Entleerungsbehälter benutzte ich ein altes, undichtes Faß.«

Er deutete auf den riesigen Schuppen und die zwanzig Kippkarren.

»Bist du dir eigentlich bewußt, was für eine einmalige Chance das Schicksal dir bietet?«

»Ich bin ein wenig hungrig«, erwiderte Clodomir mit einem freundlichen Lächeln.

Nach der Vesper war der Junge plötzlich verschwunden. Als er auch zum Abendessen nicht erschien, ordnete Floutard das Anschirren der Kutsche an und machte sich auf den Weg in die Hufschmiede. In die Rue des Deux-Places traf er Louis-Charlemagne und Caribert, die auf der Suche nach Charlemagne und Pépin waren.

»Wir waren auf dem Weg zu Euch, um nachzusehen, ob Charlemagne und Pépin etwa bei Clodomir sind«, sagte Louis-Charlemagne und erriet die Antwort des Straßenreinigungsmeisters, noch bevor dieser etwas gesagt hatte.

»Und ich wollte Euch gerade einen Besuch abstatten, um nach Clodomir zu suchen.«

»Dann sind sie also abgehauen, Kreuzdonnerwetter!«

»Aber wohin?«

»Zuerst müssen wir in die Gerberei fahren. Und dann..., nun ja, nur Gott weiß, was sie beschlossen haben.«

Um sich Gewißheit zu verschaffen, fuhren sie zum Wachposten am Croisades-Tor.

»Ja, kurz bevor die Tore geschlossen wurden, habe ich zwei, vielleicht auch drei Kinder vorbeigehen sehen, so genau weiß ich das nicht mehr«, erwiderte der Wachposten und weigerte sich kategorisch, die Tore ohne einen von der Gemeindeverwaltung ausgestellten Passierschein zu öffnen.

»Sie werden nicht weit kommen«, prophezeite Floutard. »Schließlich sind sie noch Kinder. Morgen früh werde ich nach ihnen suchen lassen und dafür sorgen, daß sie noch vor Sonnenuntergang wieder zu Hause sind.«

Er hielt Wort und schickte acht seiner Leute los. In Begleitung von Caribert, der auf Favorite saß, verließen sie die Stadt, sobald die Tore geöffnet waren. Zwei Wegmeilen später stießen sie auf die Fünflinge, die einer hinter dem andern, wie eine Meute kleiner Wölfe, auf der großen Straße nach Rodez unterwegs waren. An ihrer Spitze ging Charlemagne, mit einem langen Stock bewaffnet, den er wie einen Jagdspieß in die Höhe hielt, während Clodomir das Schlußlicht bildete. Pépin hatte die Taschen voller Kieselsteine und trug Dagoberts Bündel. Clotilde hatte die alten Kleider ihres Bruders angezogen, die ihr ausgezeichnet paßten.

Sie war es, die die Verfolger als erste bemerkte und Alarm schlug. Die Fünflinge versuchten zwar noch querfeldein zu flüchten, doch die Hecken am Wegrand waren zu dicht; sie kamen nicht weit.

Wieder zu Hause kamen die Geschwister vor ein Familiengericht, das sich aus den Vertretern der Familien Floutard, Tricotin und Camboulives zusammensetzte.

»Und wohin wolltet ihr flüchten, ihr kleinen Gauner?«

»Nach Paris.«

Bei dieser Antwort konnte sich selbst Floutard ein Lächeln nicht verkneifen.

»Und was hattet ihr vor in Paris?«

Erst als man eine Maultierpeitsche in ihre Richtung schwang, rückte Charlemagne mit einer Antwort heraus. »Uns den Husaren ansließen.«

Aus dem Lächeln wurde ein lautes Lachen. »Mehr nicht! Na so was! Und zu welchem Zweck, wenn ich fragen darf?«

»Um ssusammenbleiben ssu können.«

Ihre Entscheidung war das Ergebnis einer lebhaften Diskussion gewesen. Während Dagobert die Klosterschule vorzog, sprachen sich Clodomir und Pépin für die Militärschule aus. Auch Charlemagne war dafür, doch nur unter der Voraussetzung, daß sie sich der Reitertruppen anschlössen.

»Und was ist mit ihr? Was hättet ihr mit ihr getan?« fragte Floutard ironisch und deutete auf Clotilde, die inzwischen wieder Mädchenkleider trug.

Die Frage erstaunte die Geschwister. Sie begriffen nicht, was sie bedeuten sollte.

»Hat Maître Laszlo euch kleinen Dummköpfen denn nie gesagt, daß ein Mädchen nicht Soldat werden kann? So wie es übrigens auch keine Husaren gibt, die erst elf Jahre alt und kaum höher als ein Sack Kartoffeln sind.«

Da diese Hindernisse ihnen durchaus bewußt waren, hatten sie sich passende Argumente zurechtgelegt.

»Wir hätten unseren guten König, der alles kann und uns sogar beim Namen kennt, um Hilfe gebeten.«

Clodomir spielte auf den Glückwunschbrief an, der an der Wand im Gemeindehaus hing. Ihr Vater hatte ihnen diese Urkunde oft gezeigt und sie einen nach dem andern hochgehoben, damit sie ihre Namen und die Unterschrift des Königs aus nächster Nähe bestaunen konnten.

»Er hätte euch gar nicht empfangen können, denn er ist im vergangenen Frühjahr gestorben, und nun haben wir einen neuen König in Versailles«, entgegnete Floutard, der seine Belustigung nur mit Mühe verbergen konnte.

»Dann hätten wir halt beim neuen König vorgesprochen, denn immerhin haben wir etwas in der Hand«, erwiderte Clodomir und stampfte mit dem Schuhabsatz auf den Boden, um seine Entschlossenheit deutlich zum Ausdruck zu bringen.

»Und was ist das, was ihr, wie du sagst, ›in der Hand habt‹?«

Der Älteste zog den königlichen Gratulationsbrief aus seinem Bündel, womit bewiesen war, daß sie trotz ihrer jungen Jahre in der Lage waren, mit Vorbedacht zu handeln.

»Gott sei Dank hat Clotilde daran gedacht«, erklärte er den verdutzten Familienmitgliedern, nicht um seine Schwester zu verraten, sondern, im Gegenteil, um sie wegen dieser ausgezeichneten Idee hervorzuheben.

»Das hat uns gerade noch gefehlt! Jetzt sind sie auch noch Diebe!« schrie Floutard, der nun überhaupt nicht mehr gut gelaunt war. »Wir müssen diesen Brief so schnell wie möglich zurückgeben, andernfalls wird dieser launische Puigouzon noch auf die Idee kommen, euch alle fünf des Diebstahls zu bezichtigen.«

Der Familienrat beschloß, dieselben Verfügungen beizubehalten, die Kinder von nun an jedoch strengstens zu überwachen. Zudem wäre es ihnen in Zukunft nicht mehr erlaubt, sich frei zu bewegen.

»Wir wollen doch bloß zusammenbleiben, mehr nicht!« verteidigten sie sich.

»Ihr werdet euch jeden Sonntag und an allen Feiertagen sehen können, das reicht. Das Leben ist kein Spiel, und es wird allmählich Zeit, daß ihr euch nützlich macht!«

Dann brachten Floutard, Louis-Charlemagne, Caribert und Onkel Félix die Kinder ins Gemeindehaus, wo sie frostig empfangen wurden.

Gemäß den unterwegs erhaltenen Anweisungen übergab der Älteste dem Konsul das Schriftstück mit einer demütigen Verbeugung. Puigouzon wies das Dokument mit einer schroffen Handbewegung zurück.

Das Verschwinden des Briefes sei tags zuvor bemerkt worden, erklärte er ihnen und schaute zur Seite. Daß man deswegen nichts unternommen hatte, läge allein daran, daß die Ratsversammlung nicht wünsche, ihn erneut an der Wand des Sitzungssaales anzubringen. Der Name Tricotin hätte seinen guten Ruf in Racleterre verloren, selbst wenn er neben dem des Königs stünde. Sie könnten jetzt gehen, was sie dann auch wortlos taten.

Vor dem Portal mit dem steinernen Leoparden wartete eine Karosse mit den Wappen der Familie Armogaste. Élodie Pillehomme (geborene Clochette) beugte sich aus dem Wagenfenster und verkündete mit ihrer schrillen Stimme, die Schloßherrin sei tief betrübt, daß man sie bei der Verteilung der Fünflinge nicht um Rat gefragt hätte, und wünsche ihr Patenkind unverzüglich zu sehen.

»Und was hat sie mit ihm vor?« rief der Hufschmied und wurde ganz blaß im Gesicht.

Charlemagne war schließlich sein Lieblingsenkel.

»In ihrer großen Barmherzigkeit möchte meine liebe Herrin ihn im Schloß unterbringen, damit er dort die Ausbildung erhält, die dem Patensohn einer adeligen Dame angemessen ist. Eine solche Gunst wollt Ihr ihm doch nicht etwa verwehren?«

Noch am selben Abend badete Madame Jacinthe Charlemagne, kleidete ihn als Pagen und bettete ihn auf eine Matratze in der winzigen Kammer neben ihrem Schlafgemach. In diesem Verschlag waren bereits ihr Nachtstuhl, ihr Nachttopf und der Spucknapf untergebracht.

Der Junge, der nicht gewohnt war, alleine zu schlafen, hing eine ganze Weile trüben Gedanken nach, bevor er sich schließlich beruhigte. Als seine Patentante eingeschlafen war, verließ er auf Zehenspitzen das Zimmer und versuchte zu fliehen. Doch die Zugbrücke war hochgezogen und die geheime Ausfallpforte dreifach verriegelt.

Als Madame Jacinthe sein Verschwinden am nächsten Morgen bemerkte, ordnete sie eine allgemeine Suchaktion an. Es war der Erste Stallmeister, Quentin Onrazac, der den Jungen schließlich im großen Hundezwinger entdeckte, wo er sich zu einer Kugel zusammengerollt hatte und inmitten der furchterregenden Bastarde schlief, die aus höchst bedenklichen Kreuzungen zwischen Wölfinnen und reinrassigen Mastiffen hervorgegangen waren: eine schlimmere Rasse gab es nur in der Hölle.

Ohne Charlemagne zu wecken, holte der Stallmeister den Ritter, der sich sehr über diesen Anblick wunderte. Der Junge lag da und klebte geradezu am Rudelführer Quinteux, dem gefährlichsten Tier.

»Hast du sie denn nicht bellen hören? Es stimmt also tatsächlich, daß du allmählich taub wirst.«

Der Stallmeister machte eine ebenso bekümmerte wie entrüstete Miene. Sein Gehör ließ in der Tat immer mehr nach, doch noch war es nicht so schwach, daß er das Bellen eines Hundes nicht mehr gehört hätte.

»Nein, nein, Herr Ritter, das kann nicht sein. Ich schwöre auf die Schnauze von Sans-Pareil, daß keines der Tiere einen Laut von sich gegeben hat.«

Sans-Pareil war sein bester Spürhund, ein schwarz-weißer Sankt Hubertus aus der Abtei von Andain, der ein ausgezeichneter Jäger war.

»Hier gibt es fast hundert Hunde. Und du willst mir weismachen, daß beim Auftauchen eines Fremden keiner von ihnen gebellt hat?«

»Er versteht es halt, mit Hunden umzugehen, Herr Ritter, und wenn man Eurem Zureiter Glauben schenken darf, so gilt das auch für die Pferde«, entgegnete Onrazac widerwillig und dachte dabei an seinen Sohn Blaise, der absolut kein Talent im Umgang mit Tieren hatte.

»Weck ihn und bring ihn zu Madame, bevor sie einen Anfall bekommt.«

Onrazac faltete die Peitsche auseinander, die er unter dem Arm trug, und lockerte sie mit einer kurzen, präzisen Bewegung. Das Leder knallte durch die Luft. Das Ende der Peitschenschnur traf die Hand des schlafenden Jungen, der sich jäh aufrichtete und ein lautes »Aua!« von sich gab.

Die Hunde in ihren Käfigen wurden unruhig.

»Wer hat dir erlaubt, hier einzutreten?« Der Ritter begann, ratlos an seiner Unterlippe zu kauen.

Charlemagne gab keine Antwort. Statt dessen rieb er seinen Handrücken, auf dem der gekordelte Lederriemen ein Mal hinterlassen hatte, das zusehends dunkler wurde.

Die Peitsche knallte ein weiteres Mal. Diesmal traf sie Charlemagnes linkes Ohr. Quentin Onrazac hätte es ihm problemlos abreißen können. Er war sieben Jahre alt gewesen, als sein

Vater ihm seine erste Peitsche schenkte und ihm eintrichterte, daß Hunde auf die Peitsche und nur auf die Peitsche hörten.

Charlemagnes Ohr schmerzte, als hätte ein brennendes Stück Holz es berührt. Er stieß einen derart wütenden Schrei aus, daß die Bastarde sich nach hinten verzogen, sich auf den Bauch legten, vor Angst zitterten, die Ohren hängenließen und sich nicht mehr mucksten. So etwas hatte der Ritter noch nie gesehen.

»Wenn dein Herr dich etwas fragt, hast du gefälligst zu antworten«, schimpfte der Stallmeister und schwang die Peitsche, um seinen Worten noch mehr Nachdruck zu verleihen.

Prompt und mit Tränen in den Augen tat Charlemagne, wie ihm geheißen: »Iss bin einfach eingetreten, weiter nists.«

Wenn das Ohr und die Hand ihm nicht so weh getan hätten, hätte er die Arme vor der Brust verschränkt und eine hochnäsige Miene aufgesetzt.

»Haben die Hunde gebellt?« wollte der Ritter wissen.

Der Stallmeister verzog das Gesicht. Eigentlich hätte der Ritter seinen Worten Glauben schenken müssen.

»Wieso sollen sie gebellt haben?«

»Sie kennen dich doch nicht.«

Charlemagne zuckte mit den Schultern. »Miss kennen sie immer.«

»Hast du dir die Zunge verbrannt, oder warum sprichst du so komisch?« spöttelte Onrazac.

Charlemagne griff nach einem Bündel Heu, spuckte darauf und warf es nach dem Stallmeister, der ihm geschickt auswich. Gleichzeitig war das erneute Knallen der Peitsche zu hören. Diesmal fuhr ein brennender Schmerz durch Charlemagnes rechtes Ohr. Er schrie nicht auf, doch weil diese Zurückhaltung ihn stark anstrengte, wurde er ganz rot im Gesicht. Als er sein Ohr befühlte, wurden seine Finger blutig. Er streckte sie Quinteux hin, der sich ihm näherte und sie beschnupperte, bevor er sie sauberleckte.

Der Ritter und sein Erster Stallmeister warfen sich einen ungläubigen Blick zu.

»Meine Gemahlin verlangt nach dir. Geh zu ihr und sei ihr von nun an untergeben und folgsam. Andernfalls stecke ich dich ins Verlies«, warnte ihn der Ritter und deutete auf den Donjon.

Mit steifem Rücken, geballten Fäusten und brennenden Ohren verließ Charlemagne den großen Hundezwinger.

## 30

Da es nicht in Frage kam, daß das Patenkind der Schloßherrin weiterhin den Tempel des Wissens besuchte, übertrug man Pater Gisclard die Aufgabe, den Jungen zu erziehen. Allerdings war der Kaplan bei diesem Unterfangen nur wenig erfolgreich. Die ständige Aufforderung »Traut euch, selbst zu denken« des ungläubigen Rechtsanwalts Pagès-Fortin schien den Jungen in einen unermüdlichen Fragesteller verwandelt zu haben, der die komischsten Dinge wissen wollte: »Und was tat der Herr vor der Ssöpfung? Und wieso war die Heilige Familie so arm, nachdem die Drei Könige ihr all diese teuren Gessenke gebracht hatten? Und wo waren die Adeligen ssur Sseit von Adam und Eva?«

Schon nach wenigen Wochen war Madame Jacinthe nicht mehr an ihrem unartigen Pagen interessiert und gab es auf, ihm beibringen zu wollen, sie bei Tisch zu bedienen, sich anmutig vor ihr zu verbeugen, ihre Schleppe graziös zu tragen, ihr auf zurückhaltende Weise frische Luft zuzufächern oder ihr mit Eleganz den Nachttopf oder den Spucknapf zu reichen.

Nur zu gerne hätte Madame Jacinthe ihn seiner Familie zurückgegeben, doch sie befürchtete, damit das Mißfallen des einfachen Volkes zu erregen.

Die Diener mochten Charlemagne nicht, was er ihnen heimzahlte, indem er unglaubliche Wutanfälle bekam, wenn sie sich über seinen Sprachfehler lustig machten oder sich weigerten, ihm einen weiteren Teller Suppe vorzusetzen. Folglich war man sich darin einig, daß er für einen Elfjährigen ziemlich mürrisch war. Sogar wenn er sauber angezogen war, wirkte er schmutzig. Außerdem aß er für fünf und hatte die schreckliche Angewohnheit, immer wieder einfach zu verschwinden.

Entweder stöberte man ihn im Stall bei den Pferden oder auf der Terrasse des Donjons auf, wo er die im Turmerker hausenden Dohlen fütterte, oder auf dem Rundweg, wo er sich mit den Saatkrähen unterhielt, indem er ihre krächzenden Laute auf perfekte Art und Weise nachahmte. Wenn eine Gesellschaft zur Treibjagd aufgebrochen war, wartete er im südlichen Turm auf die Rückkehr der Hunde, während er das Treiben auf dem Place Royale beobachtete. Er träumte vor sich hin und dachte an seine Geschwister. Er stellte sich vor, wie sie mit diesem oder jenem beschäftigt waren, malte sich aus, in ihrer Begleitung zu sein, so wie früher, als sie sich noch damit begnügten, einfach in den Tag hinein zu leben, und alles bekamen, wonach sie verlangten.

Er verstand die Gründe, weshalb sie getrennt worden waren, noch immer nicht, ja, es machte ihn wütend, wenn er darüber nachdachte. Auf der Liste seiner »Todesfeinde« rangierte sein Großvater Baptiste gleich neben den Stallmeistern – dem jungen und dem alten –, neben Martial und Monsieur Anselme, der ihn kürzlich als Pibrac-Schlingel bezeichnet hatte, weil er ihn auf der Treppe nur widerwillig vorbeigelassen hatte.

Abends, bevor er einschlief, machte sich Charlemagne ausgiebig Gedanken über mögliche Vergeltungsmaßnahmen. Doch wie sollte er es anstellen, das Schloß zu verlassen und mit seinen Geschwistern nach Versailles zu fliehen, um dort mit dem König zu sprechen, Husar wie Onkel Laszlo oder vielleicht reich und mächtig wie Ritter Virgile-Amédée zu werden?

Sobald die Hundemeute und die Männer in der Rue des Deux-Places auftauchten und sich dem Schloß näherten, erkannte Charlemagne an ihrem Gang, ob die Jagd erfolgreich gewesen war oder nicht. Die Hunde waren stets erschöpft, häufig bis zu den Ohren naß, immer gab es auch ein paar verletzte Tiere. Sie mußten untersucht und behandelt werden, alle wollten ihr Futter. Dann waren die ebenfalls erschöpften Stallmeister und Knappen so beschäftigt, daß sie nichts dagegen einzuwenden hatten, wenn der Junge ihnen half. Schließlich verstand niemand es so gut wie er, sich den mürrischsten Tieren zu nähern, um sie von den Zecken, Flöhen und Blutegeln zu befreien, die sie aus dem Wald mitgebracht hatten.

Indem Charlemagne sich in ihre Haut versetzte, fand er bei fast allen Tieren mühelos heraus, in welcher Stimmung sie waren: Nur Reptilien und Insekten gaben ihm hin und wieder Rätsel auf.

An dem Tag, an dem Madame Jacinthe mit Entsetzen entdeckte, daß Charlemagne einen Wurf schwarzer Ratten (mit großen, rosafarbenen, fast durchsichtigen Ohren und einem langen, schuppigen, weißen Schwanz) in der Abstellkammer aufzog, warf sie ihn kurzerhand aus seinem Kabuff. Die jungen Ratten wurden Martial übergeben, der sie bei lebendigem Leib verbrannte.

Der Junge schlief eine Zeitlang bei Laszlo, ehe Virgile-Amédée ihm befahl, sich mit seinem Strohsack im Verschlag des Hundestalls einzurichten und dort mit seiner Ausbildung zum kleinen Hundeknecht zu beginnen.

Vor dieser Entscheidung hatte Virgile-Amédée seinen Stallmeister um Rat gefragt.

»Du wirst zugeben müssen, mein lieber Quentin, daß es eine Dummheit wäre, nicht von seinem Talent zu profitieren. Noch nie bin ich jemandem begegnet, der sich gut mit Tieren versteht.«

Quentin Onrazac horchte stets auf, wenn der Ritter ihn mit »mein lieber Quentin« ansprach.

»Sieht es nicht aus, als hätte er geradezu einen Pakt mit sämtlichen Tieren geschlossen? Hast du schon mal gehört, wie er sich mit den Saatkrähen in den Kastanienbäumen unterhält? Oder mit den Dohlen aus dem Donjon? Sie fressen ihm aus der Hand. Dabei wissen wir alle, daß es sich bei diesen Vögeln keineswegs um gesellige Tiere handelt.«

Zu jener Zeit ging im Schloß das Gerücht um, Charlemagne hätte sich sogar mit den Ratten des Schlosses verbündet – zur großen Empörung des Hausmeisters, zu dessen Aufgaben es gehörte, diese Biester ein für allemal auszurotten.

»Gewiß, Herr Ritter, gewiß, aber leider hat er einen sehr schwierigen Charakter. Er ist so wenig gefügig wie ein Stück Eisen und das Gegenteil dessen, was man gehorsam nennt. Außerdem *spielt* er mit den Hunden.«

Eine der ersten Lektionen für Hundeführer schrieb vor, sich nie spielerisch mit den Tieren abzugeben, *da sie sonst zu vertraut mit dem Menschen würden.*

Virgile-Amédée zeigte auf die Peitsche, die der Stallmeister niemals aus der Hand legte.

»Es ist deine Aufgabe, mein Lieber, ihn gefügig zu machen. Noch ist er jung genug. Bring ihm bei, seine Begabung zu nutzen, und mach den besten Hundeknecht der ganzen Gegend aus ihm.«

Die zerfurchten Gesichtszüge Onrazacs verfinsterten sich. Er ging auf die Vierundfünfzig zu, sein Gehör ließ ebenso nach wie sein Sehvermögen. Nicht zu vergessen sein Rücken, der ihm bei feuchtem Wetter große Schmerzen bereitete. Bald würde er sein Amt niederlegen müssen. Zu Ersten Stallmeistern wurden jedoch stets nur die besten ersten Stallknechte bestimmt – zu denen Blaise nie gehören würde.

Hatte der Ritter etwa vor, diesen kleinen Scheißkerl, diesen Sohn eines hergelaufenen Holzschuhmachers zum künftigen Ersten Stallmeister der Familie Armogaste zu machen?

»Ich kann deine Bestürzung verstehen, mein lieber Quentin, aber du weißt ganz genau, daß dein Sohn Blaise ein Nichtsnutz ist, der nichts kann, als das Horn zu blasen«, erklärte der Ritter. »Bei ihm jedoch liegen die Dinge gänzlich anders.«

Er weigerte sich, Charlemagne mit seinem Vornamen zu nennen. Er sagte entweder »er« oder »der andere«, denn er hielt es für reichlich verfehlt, daß ein Nichtadeliger den Namen eines Königs trug.

## 31

*April 1775*

Im großen Hundezwinger lebten vier Rudel, die durch grün und rot gestrichene Holzgitter voneinander getrennt waren. Zwei davon waren ausschließlich auf den Wolf, eines auf das Wildschwein und das letzte auf den Hirsch sowie das übrige Wild abgerichtet. Die Hunde schliefen auf mit Streu bedeckten Brettern. Der mit gebrannten Fliesen ausgelegte Fußboden wies ein leichtes Gefälle und in der Mitte eine Rinne auf, damit der Urin und das Wasser ablaufen konnten.

Zusätzlich gab es zwei kleinere Hundezwinger: einen für die Spür- und die Vorstehhunde sowie einen für jene Rudel, die auf Durchgang waren und nur vorübergehend hier unterkamen. Die Aufsicht über diese vier Zwinger, die dreihundert Hunde und die fünf großen und kleinen Stallknechte, die für die Pflege der Tiere zuständig waren, lag in den Händen des Ersten Stallmeisters Quentin Onrazac, dem einzigen Mann am Hof, der gleich nach dem Ritter und Gott kam und mit »Herr« angeredet wurde.

Charlemagne teilte den winzigen Verschlag im Hundestall

mit dem kräftigen La Fouine, dem etwa fünfzehnjährigen Sohn eines Stallmeisters des früheren Schloßherrn Évariste, dessen Vater von einem ausgewachsenen Hirsch aufgespießt worden war, als er das Halali blies.

Bevor er die Hunde zum freien Auslauf an den Dourdou führen, mit einem Spürhund auf die Pirsch gehen und an einer Hetzjagd teilnehmen durfte, mußte ein kleiner Knappe erst einmal lernen, wie man den Boden der Hundezwinger gründlich wäscht, die Streu wechselt, die Tränke füllt, den Wandelgang von Kot säubert, das Fressen zubereitet, die Futtertröge reinigt und sich widerspruchslos damit abfindet, bei jeder Gelegenheit gescholten und gerügt zu werden.

Charlemagne fand sich nicht damit ab! Er war sehr wohl bereit, die Hunde auszuführen, sie zu pflegen, falls sie krank waren, sie (in seiner Geheimsprache) zu trösten, wenn sie traurig waren, oder sie zu beruhigen, wenn sie streitsüchtig waren, doch er dachte nicht daran, ihren Dreck zu entfernen oder ihre Tröge zu scheuern. Er liebte die Hunde, weil sie seine Liebe erwiderten, und die Tatsache, sich inmitten eines Rudels aufzuhalten, gab ihm jenes tröstliche Gefühl, das er bislang nur in Gesellschaft seiner Geschwister kennengelernt hatte.

»Iss bin nist ihr Diener, i iss bin mehr.«

Dieses »iss« brachte ihm eine kräftige Ohrfeige vom Ersten Stallmeister ein, die ihn taumeln und die Sterne sehen ließ, obwohl es noch lange nicht Nacht war.

Als das Rudel am nächsten Morgen bei Sonnenaufgang zur Hetzjagd aufbrach, stahl Charlemagne sich aus dem Schloß, mischte sich unter die Hunde und kroch auf allen vieren zwischen ihnen herum. Bevor er entdeckt wurde, hatten sie den Place Royale längst erreicht.

Ritter Virgile-Amédée demütigte seinen Stallmeister, indem er ihm vor den Augen seines Sohnes und der Knechte einen Tadel erteilte: »Verflucht noch mal! Bist du blind geworden,

Quentin? Du hast einen Hund zuviel in deinem Rudel und merkst es nicht einmal!«

Als Charlemagne begriff, daß man ihn entdeckt hatte, richtete er sich auf und rannte, so schnell seine Füße ihn trugen, zur Sankt Benedikt-Kirche, in die er laut schreiend eindrang: »Iss bitte um Asyl!«

Als der Vikar und der Küster ihn an den Schultern packten, riß Charlemagne sich los, beschimpfte sie als Verräter und raste zum nächstbesten Ausgang, den er erblickte – eine kleine, gewölbte Tür, die zur Treppe des Glockenturms führte. Vier Stufen auf einmal nehmend, stürzte er die Treppe bis zu einer Leiter hoch, die an einer offenstehenden Falltür lehnte. Er kletterte die Leiter hinauf und erreichte die Turmspitze, wo sich die drei Glocken befanden. Der schwankende Boden war von alten Eulenfedern, allerlei Vogeldreck und Mäusekot übersät.

Mühsam zog er die schwere Leiter zu sich hoch, klappte die Falltür zu und sicherte sie mit der Leiter ab. Dann lehnte er sich zur bogenförmigen Öffnung hinaus und schrie mit lauter Stimme: »Iss will ssu meinen Brüdern!«

Da er großen Wert auf Genauigkeit legte, fügte er mit ebenso lauter Stimme hinzu: »Und iss will auch ssu meiner Swester!«

Es war das erste Mal, daß er den ganzen Marktflecken überblickte. Die Aussicht überwältigte ihn. Racleterre war rund wie ein Gartenkürbis und lag gut geschützt hinter einer dicken Steinmauer.

»Clodomir, Pépin, iss bin hier, caramba!« schrie er zum Place de l'Arbalète und anschließend zur Rue des Frappes-Devant hinunter.

Die Wasserträgerinnen und Reisigbündelverkäufer, die den Platz überquerten, hielten inne und schauten zum Glockenturm hoch.

»Iss will ssu meinen Brüdern!« schrie er und schwang seine geballte Faust.

Er war wirklich sehr unzufrieden.

Der Vikar, der Küster und der Erste Stallmeister, die an der Falltür angelangt waren und nicht mehr weiterkamen, fluchten in allen Tonlagen und verlangten die sofortige und bedingungslose Rückgabe der Leiter.

»Um erneut ausgepeitst oder mitten ins Gesist geslagen zu werden, nein danke!«

Charlemagne legte die Hände trichterförmig um den Mund und brüllte: »Clodomir! Pépin! Jakotin Figapong fitu fitu.«

Dann läutete er die Glocken.

Er drehte am Halbrad, das die größte der drei Glocken in Bewegung setzte. Der schwere Klöppel begann hin und her zu pendeln, gewann an Schwung und schlug gegen das Metall. Bereits der erste Schlag versetzte Charlemagne in völlige Betäubung, und kurz darauf war der Lärm so gewaltig, daß er sogar die beleidigten Protestschreie des Vikars und des Küsters übertönte.

An jenem Morgen wohnte Clodomir gähnend den Erläuterungen der Kolonnenführer bei, die sich um seinen Großvater versammelt hatten. Der Tag hatte gerade erst begonnen, doch Clodomir langweilte sich bereits. Er begriff nichts von dem, was besprochen wurde, und versuchte auch gar nicht, etwas davon zu begreifen. Statt dessen dachte er angestrengt darüber nach, wie er unbemerkt verschwinden und sich zu Pépin in die Rue des Frappes-Devant schleichen könnte.

Auch Clodomir litt sehr unter der Trennung von seinen Geschwistern und verstand nicht, warum man ihnen solche Schwierigkeiten machte. Mit Ausnahme der drei Stunden, die er täglich mit dem Lehrer aus Briançon verbrachte, befand er sich ständig in der Gesellschaft seines Großvaters und mußte sich dessen bedeutsame Lehren anhören.

Bei den ersten Glockenschlägen bohrte sich Clodomir nachdenklich in der Nase und achtete nicht länger auf seinen Großvater, der den Kolonnenführern auf der Stadtkarte jene Straßen zeigte, die als nächste abgesperrt werden müßten.

Stirnrunzelnd hielt Floutard plötzlich inne.

»Das kommt doch von der Sankt Benedikt-Kirche«, sagte Filobard und spitzte die Ohren wie ein Vorstehhund.

Das Glockengeläut war äußerst ungewöhnlich. Es war weder die Morgen- noch die Sturm- oder die Totenglocke, und es läutete auch nicht zur Vesper, zu einer Hochzeit oder Taufe. Es war ein wirres Läuten, das immer gräßlicher wurde.

»Es hört sich an, als hätte der Küster zuviel Meßwein getrunken«, stellte Duganel, der Kolonnenführer des nördlichen Viertels, fest.

Der Lärm war so gewaltig, daß alle Einwohner von Racleterre mit ratlosen Blicken in den Fenstern ihrer Häuser auftauchten. Schließlich unterlag das Läuten der Glocken sehr strikten Vorschriften. Vom feierlichen Geläut bis zum gewöhnlichen Bimmeln entsprach jedes Läuten einem genau festgelegten Code, der sich seit Jahrhunderten nicht verändert hatte und jedem bekannt war.

Obwohl er sich seine Gewißheit nicht erklären konnte, so war Clodomir doch sicher, daß Charlemagne hinter diesem Vorfall steckte. Er rannte zur Tür, lief den Flur entlang und eilte die Treppe hinunter. Dabei hielt er den Kopf gesenkt wie ein Stier; seine ganze Haltung deutete darauf hin, daß nichts und niemand ihn aufhalten könnte.

Gleichzeitig trat Pépin aus der Hufschmiede in der Rue des Frappes-Devant und rannte, mit seinem Schmiedeeisen in der Hand und so schnell er konnte, zum Place Royale. Auch er hatte denjenigen, der für diesen unglaublichen Krach verantwortlich war, unmittelbar identifiziert und kam nun herbeigeeilt.

Gleichzeitig riefen Dagobert und Clotilde in der Gerberei Camboulives wie aus einem Mund: »Das ist Charlemagne!«

Bevor Onkel Félix sie daran hindern konnte, huschten sie

wie zwei von einer Katze verfolgte Mäuse über die große Straße nach Racleterre.

Als Dagobert und Clotilde das Croisades-Tor erreichten, marschierte der Wachposten gerade ungeduldig auf und ab: Ungeduldig wartete er auf die Rückkehr des Bogenschützen, der losgegangen war, um nähere Informationen einzuholen.

Dagobert und Clotilde rannten die Rue Jéhan-du-Bas hinauf und erreichten schließlich die Rue des Afitos. Hier kamen sie an der ehemaligen Holzschuhwerkstatt Tricotin vorbei, doch sie achteten nicht auf die frisch gestrichene Fassade, das neue Schild und den neuen Besitzer, der wie alle andern vor die Tür seiner Werkstatt getreten war und sich fragte, was das Glokkengeläut bedeuten mochte. Er erkannte die beiden Tricotin-Kinder und fragte sich, wohin sie so eilig unterwegs waren.

Clodomir traf als erster auf dem Platz ein. Er erblickte seinen Bruder, der hoch oben im Glockenturm stand, und stieß einen freudigen Schrei aus, der vom Dröhnen der Glocken allerdings übertönt wurde. Angriffslustig bahnte er sich einen Weg durch die auf dem Vorplatz versammelte Menge und schaffte es, trotz der Straßenreiniger und ihrem »Haltet ihn fest, verdammt noch mal!« in die Kirche zu gelangen.

Der Junge hatte nur eines im Kopf: Er wollte zu seinem Bruder – und wehe dem, der ihn daran zu hindern versuchte!

Vor dem Mittelschiff blieben seine Verfolger plötzlich stehen und zögerten, da sie nicht wußten, ob es sich schickte, in einer Kirche zu laufen.

Offensichtlich kannte Clodomir solche Skrupel nicht. Er gelangte zur kleinen, gewölbten Tür, ohne seine Schritte zu verlangsamen, und stieg eilig die Treppe hoch.

Der Küster und der Vikar waren verschwunden. Der eine suchte nach einer Leiter, während der andere zum Abt unterwegs war, um diesen über die Gründe des dröhnenden Durcheinanders zu unterrichten.

Geblieben war lediglich Quentin Onrazac, der Verstärkung von seinem Sohn Blaise bekommen hatte. Mit einer langen Betbank als Rammbock versuchten sie die Falltür zu zertrümmern. Sie stimmten ihre Bewegung aufeinander ab und gaben laute Oh! Ha! Oh!-Schreie von sich. Die Schläge erschütterten den Boden der Falltür, doch sie gab nicht nach.

»Komm sofort da raus, oder ich werde dich räuchern wie einen Dachs«, drohte Blaise mit ungestümer Stimme.

Im selben Moment drang Clodomir in den engen Raum ein, warf sich auf ihn und brüllte: »Gachtung tupeck.«

Da Charlemagne vollkommen taub geworden war, konnte er seinen Bruder nicht hören.

Clodomir bekam den Arm des Jungen zu fassen und biß mit seiner ganzen Kraft zu.

Blaise schrie auf und ließ die Bank fallen. Sein Vater sprang zur Seite, um nicht getroffen zu werden, stieß dabei jedoch mit dem Rücken gegen einen der vier Pfeiler, die die Decke stützten. Obwohl es fürchterlich knarrte, hielt die Decke stand, so daß der Schlag lediglich den Boden erschütterte, auf dem Charlemagne stand. Dieser stieß vor Überraschung einen grellen Schrei aus. Die Glocken läuteten nicht mehr. Einen Augenblick lang war es mucksmäuschenstill.

In diesem Moment fiel Blaise mit wutverzerrtem Gesicht über Clodomir her und begann, auf ihn einzudreschen wie auf einen staubigen Teppich.

Vor Schmerzen schrie der Junge laut auf und wehrte sich, indem er wild mit Händen und Füßen um sich schlug.

Da Quentin Onrazac diesen Kampf nicht länger mit ansehen konnte, drängte er seinen Sohn rücksichtslos zur Seite, packte Clodomir an den Haaren und am Hintern und warf ihn die Treppe hinunter.

Dem Küster, der gerade mit einer Leiter zurückkam, fiel der Junge genau gegen die Beine. Wie eine Holzfigur im Kegelspiel kippte der Kirchendiener um, ließ die Leiter los, prallte gegen die Wand und krachte schwerfällig und mit einem lauten Schrei auf die Treppenstufen.

Clodomir richtete sich tapfer wieder auf. Das Knie, die Hüfte, der Hals und die Schulter taten ihm weh, und er blutete über einem Auge, doch er kümmerte sich nicht darum. Seine Erregung war so groß, daß er die Schmerzen gar nicht wahrnahm.

Der Küster erwischte ihn gerade noch am Knöchel. »Nicht so schnell! Dich kenn' ich doch. Du bist doch der Bruder dieses Lausebengels.«

Da Clodomir sich sträubte, versetzte der Küster ihm einen Faustschlag gegen die Schläfe, der ihn bewußtlos machte.

»Es tut mir genauso weh wie dir, mein Kleiner, aber ich habe keine andere Wahl, Dummkopf«, sagte der Küster und packte ihn unter den Armen, um ihn hochzuheben und nach unten zu tragen.

Auf halbem Wege tauchte plötzlich Pépin auf. Er war völlig außer Atem, hatte ein vor Anstrengung hochrotes Gesicht und hielt in beiden Händen einen jener Hämmer, mit denen die Hufschmiede das Eisen bearbeiteten.

Als er das blutige Gesicht seines Bruders sah, stieß er einen fürchterlichen Schrei aus: »Gachtung tupeck maluck.«

Sein Schmiedehammer sauste auf den Fuß des Küsters nieder und zermalmte ihm drei Zehen.

»Ach, du lieber Himmel!« schrie der Mann und riß fassungslos den Mund auf.

Doch schon zielte Pépin auf den anderen Fuß und zerquetschte vier Zehen.

»Ach, du lieber Himmel!« wiederholte der Küster und brach auf der Treppe zusammen. Seine Augen füllten sich mit Tränen.

»Nein, Pépin, laß ihn«, sagte Clodomir zu seinem Bruder, der gerade ein weiteres Mal zuschlagen wollte und bereits das Knie anvisierte.

Pépin gehorchte, doch enttäuscht verzog er das Gesicht. Jeder wußte, wie gern er hämmerte, zertrümmerte, kaputtmachte, plattschlug, zerbeulte, zermalmte und sogar vernichtete. Er war der einzige der Fünflinge, der sich mit seinem neuen Dasein als Hufschmiedlehrling abgefunden, ja sogar einigen Gefallen an der Eisenverarbeitung gefunden hatte.

Am oberen Ende der Treppe waren die beiden Onrazacs erneut dabei, die Kirchenbank gegen die Falltür zu rammen. »Oh! Ha! Oh!«

Gleichzeitig begannen die Glocken von neuem laut und wild zu läuten.

»Los!« sagte Clodomir.

Er warf einen Blick auf die Leiter und schaute Pépin an, der sofort begriff und jede Sprosse mit seinem Hammer zertrümmerte. Clodomir ergriff einen der Holme und hielt ihn wie die Lanze eines Ritters vor sich, als er die Treppe hochstieg.

Blaise drehte der Treppe gerade den Rücken zu, als ihn ein Stoß an der Hüfte traf. Er ließ die Bank los, und wie zuvor sprang sein Vater zur Seite, um auszuweichen; er stieß wieder gegen denselben Pfeiler, der diesmal jedoch nachgab. Die Decke, die aus langen Balken und drei Finger breiten Brettern bestand, brach laut krachend zusammen, zermalmte die übrigen Stützen, begrub die Onrazacs und Clodomir unter sich und wirbelte feine Wolken aus mehreren Jahrhunderte altem Staub auf, der sich nur sehr langsam wieder zu Boden senkte.

Da Charlemagne spürte, wie der Boden unter seinen Füßen nachgab, sprang er hoch und hielt sich an dem Querbalken fest, an dem die Glocke hing, und schlang beide Beine um den nach oben schmaler werdenden Bauch.

Er schaute nach unten und sah, daß alles unter einer Staubwolke verschwand. Dann erblickte er Pépin, der unversehrt am Fuß der Treppe stand und ihm etwas zurief, das er nicht verstand. In seinen Ohren war nach wie vor dieses gewaltige Dröhnen, das alle übrigen Geräusche übertönte.

Er lächelte seinem Bruder zu und fragte: »Wo ist Clodomir?«

Ratlos deutete Pépin auf das wirre Durcheinander aus Balken und nägelgespickten Brettern. Dann stieß ihn jemand nach vorne. Leutnant Rondon, zwei Bogenschützen und der Vikar tauchten auf. Als der Vikar das Ausmaß des Schadens erblickte, traten ihm vor Entsetzen fast die Augen aus dem Kopf. Aus den Trümmern, die sich da und dort bewegten, waren jämmerliche Klagelaute und wütendes Murren zu hören.

»Ihr müßt meinen Bruder snell befreien, er liegt da drunter«, befahl eine laute Stimme, die von ganz oben kam.

Sie hoben den Kopf und sahen Charlemagne, der sich an der Glocke festhielt und sie angewidert anstarrte.

»Jetzt sitzt ihr aber ganz schön in der Klemme«, erwiderte der Vikar schroff.

Clodomir lag dicht an der Wand. Abgesehen von zahlreichen Beulen und einigen Schürfwunden fehlte ihm nichts.

Unter strenger Bewachung wurden die drei Brüder aus dem Turm geführt. Die Bogenschützen hatten ihnen die Hände auf dem Rücken gefesselt. Clodomir humpelte. Obwohl seine Augenbraue nicht mehr blutete, klebte mit Staub und Flugasche vermischtes Blut an seiner Wange. Charlemagne, der immer noch halb taub war, hatte sich an der Glocke mit Grünspan beschmutzt. Pépin war tadellos sauber.

Trotz der Umstände schienen sie sich darüber zu freuen, endlich wieder zusammenzusein, lächelten einander ohne Unterlaß an und kauderwelschten eifrig drauflos. Hin und wieder drehte Pépin sich um und warf dem Bogenschützen, der ihm den schweren Hammer abgenommen hatte, einen vernichtenden Blick zu.

Auf dem Place Royale wimmelte es von Leuten. Eine feindselig gestimmte Menge hatte sich um die Kirche versammelt. Als die drei kleinen Tricotins auftauchten, kam es zu einigem Aufruhr. Buhrufe waren zu hören.

»Jetzt ist Schluß mit euch!«

»Verbannt diese Unruhestifter aus der Stadt!«

»Wegen dieses unnötigen Lärms konnte ich kein Mittagsschläfchen halten.«

Der Küster lehnte mit dem Rücken an der Eingangstür und weinte jämmerlich. Seine Füße waren unglaublich geschwollen. Jemand befreite sie aus seinen Schuhen, indem er das Leder mit einem Taschenmesser aufschnitt. Ein anderer hatte sich auf den Weg gemacht, um den vereidigten Arzt und den Wundheiler zu holen.

Als die Jungen sahen, wie Großvater Baptiste, Großvater Louis-Charlemagne und Onkel Caribert sich ihrer Ellbogen bedienten, um sich einen Weg durch die Menschenmenge zu bahnen, mußten sie lachen.

»Sie sind im Namen des Volkes verhaftet worden«, teilte der Offizier ihnen mit.

»Wohin bringt ihr sie?« fragte Louis-Charlemagne.

»Ins Gerichtsgebäude natürlich. Der Herr Richter möchte, daß sie ihm unverzüglich vorgeführt werden. Wer von den dreien ist übrigens der Eure?«

Der Hufschmied zeigte auf Pépin, der freundlich lächelte.

Verächtlich verzog der Offizier den Mund.

»Ihr tätet gut daran, uns zu begleiten. Er ist nämlich derjenige, der dem Küster die Füße zermalmt hat.«

Er deutete auf den dicken Hammer, der von einem der Bogenschützen getragen wurde.

»Der Schmiedehammer gehört mir«, sagte Caribert.

»Schon möglich, aber jetzt ist er ein Beweisstück.«

Floutard schwieg. Er beschränkte sich darauf, Clodomir anzustarren, der Charlemagne etwas ins Ohr flüsterte.

Der kleine Zug erreichte soeben die Rue des Deux-Places, als Dagobert und Clotilde plötzlich aus der Rue des Afitos gerannt kamen. Sie liefen nebeneinander in der Mitte der Straße und waren völlig außer Atem.

Fröhlich schrie Charlemagne ihnen entgegen: »Rawantopeck meifreunde!«

Ihre Gesichter leuchteten auf. Clotilde lief ihren Brüdern entgegen und steuerte direkt auf Charlemagne zu. Dagobert folgte ihr.

»Greift Euch den andern«, befahl der Offizier, während er sich das an ihm vorbeirennende Mädchen schnappte. Als sie sich wehrte, verlor sie ihre Haube.

Ein Bogenschütze hielt Dagobert fest.

»Laßt sie los! Sie haben doch nichts verbrochen. Sie sind eben erst gekommen«, protestierte Onkel Caribert.

»Genau, Maître Tricotin. Und das ist der Beweis dafür, daß die Sache von langer Hand geplant war.«

Folglich wurden alle fünf im Keller des Gemeindehauses eingesperrt.

Dort, unter dem Zimmer des Wachpostens, lagerte man das Holz und die Kohlen, die man zum Heizen des Gebäudes benötigte. Ferner waren in diesem Keller die mit Rattenfallen gesicherten Weizenreserven untergebracht, die Weinfässer, die für das Wohlbefinden des Konsuls und seiner Ratsversammlung erforderlich waren, sowie die Türen der säumigen Zahler und die hundert Piken, die man bei Gefahr an die Bevölkerung verteilte.

Der Raum, der als Gefängnis diente, befand sich im hinteren Teil des Kellers und bestand aus feuchten Bruchsteinmauern. Das Tageslicht fiel durch eine vergitterte Luke herein. Die hölzerne Tür hatte man aus Zaunlatten gezimmert, der Fußboden war nackt, das Mobiliar beschränkte sich auf einen Eimer, in den die Gefangenen ihre Notdurft verrichteten.

Die Fünflinge setzten sich kreisförmig auf den Boden und begannen ausgelassen miteinander zu plaudern, wobei sie heftig gestikulierten und sich vor Lachen den Bauch hielten.

Draußen, unter dem Portal mit dem Leoparden, standen Floutard und die Tricotins und unterhielten sich mit düsterer

Miene über das, was sie nun unternehmen sollten. Die Worte des Straßenreinigungsmeisters klangen ziemlich verzweifelt.

»Ganz gleich, wie der Urteilsspruch ausfällt – wir müssen zahlen. Und zwar nicht wenig, angesichts des angerichteten Schadens.«

Louis-Charlemagne und Caribert, die das Pferd von Maître Durif noch immer nicht abbezahlt hatten, enthielten sich einer Antwort.

Während der Offizier mit der Niederschrift seines Protokolls der »Festnahme im Namen des Volkes« beschäftigt war, setzte der Hausmeister seinen Dreispitz auf und eilte zum Richter Puigouzon, der auf der gegenüberliegenden Seite des Platzes in einem großen Gebäude mit Erkern und Ecktürmchen wohnte.

Unterdessen wartete der Erste Stallmeister Onrazac, der hoch oben im Glockenturm eingeklemmt war, ungeduldig darauf, daß Pons, der Zimmermann, ihn mit einer improvisierten Zugwinde befreien sollte.

»Ich habe meine Peitsche verloren. Sucht nach ihr«, knurrte er zwischen zwei Flüchen.

Sein Sohn Blaise wurde leblos aus den Trümmern geborgen. Doktor Izarn hatte ihn bereits für tot erklärt, als er plötzlich wieder zu sich kam, mehrmals nieste und mit zitternder Stimme verlangte, man solle ihm doch erzählen, was passiert sei.

In vier Anklagepunkten wurden die Tricotin-Fünflinge schuldig gesprochen: unerlaubter Gebrauch der Glocken, grobe Verletzung der öffentlichen Ruhe, Beschädigung des Glockenturms der Sankt Benedikt-Kirche, Tätlichkeit gegen die Person des Küsters besagter Kirche.

Sie wurden zu einer Geldbuße von zwanzig Livres verurteilt, hatten die Kosten der angerichteten Schäden am Turm zu tragen und den unglücklichen Kirchendiener mit einer Summe von fünfunddreißig Livres (fünf Livres pro Zehe) zu entschädigen.

Nachdem der Richter zur Kenntnis genommen hatte, daß die Beschuldigten zahlungsunfähig waren, forderte er die vormundschaftlichen Familien auf, die Strafe an ihrer Stelle zu begleichen. Der Name des Ritters wurde nicht erwähnt.

Außerdem verurteilte Puigouzon die Fünflinge dazu, einen ganzen Tag lang – von Sonnenaufgang bis Sonnenuntergang – am Pranger zu stehen.

Über diese ehrenrührige Strafe waren die Tricotins und die Camboulives sehr empört. Floutard enthielt sich jeglichen Kommentars.

Da das Urteil am Tag nach der Verkündung vollstreckt werden mußte, wurden die Kinder erneut in das Gemeindegefängnis gebracht. Ihre Großmütter Adèle und Jeanne sowie ihre Tante Immaculée gaben dem Unteroffizier, der sie bewachte, fünf Decken und einen Korb mit Nahrungsmitteln.

Als die Fünflinge wieder unter sich waren, setzten sie sich erneut in einem Kreis auf den Boden, drückten sich Schulter an Schulter und verbrachten den Abend damit, sich den Bauch vollzuschlagen, sich im Spaß zu zanken und so glücklich zu sein, wie sie es seit ihrer Trennung nicht mehr gewesen waren. Denn hatten sie nicht endlich das erreicht, was sie sich so lange gewünscht hatten?

## 32

Bei Tagesanbruch stiegen ein Schutzmann und vier verschlafene Bogenschützen in den Keller und weckten die Fünflinge, die unverzüglich gehorchten und ihnen in den Raum des Wachmannes folgten, wo man sie aneinanderkettete. Bevor sie aufbrachen, besorgte sich der Schutzmann noch fünf große Vorhängeschlösser.

»Bekommen wir vorher nists zu essen?«

»Nein.«

Im Gänsemarsch und in Begleitung der Wachposten und des Schutzmannes, der in der einen Hand sein Schwert und in der andern die Kette trug, begaben sie sich zum Pranger. Clodomir, der Älteste, marschierte an der Spitze, Charlemagne am Ende. Sie sahen aus wie fünf Jagdhunde, die man an der Leine führt.

Die Luft war mild, der Himmel wolkenlos – es würde ein heiterer Tag werden.

Die Frühaufsteher, denen sie unterwegs begegneten, blickten ihnen stumm hinterher. Der vor dem Geschäft eines Essighändlers liegende Hund richtete sich auf und bellte, als sie näher kamen. Als Charlemagne daraufhin das Knurren eines gereizten Bastards nachahmte, kläffte der Hund noch einmal überrascht und zog sich in den Laden zurück. Alle, sogar die Bogenschützen, lachten.

Der Pranger auf dem Place Royale bestand aus einem sechseckigen, kioskähnlichen Gebäude, das nach allen Seiten offen war und auf einer fünf Fuß hohen Plattform stand, zu der eine steinerne Treppe führte. Die sechs Halseisen steckten in robusten Kastanienholzbrettern mit mehreren Löchern: die beiden kleinen Öffnungen waren für die Hände und das größere Loch für den Kopf bestimmt.

Als alle fünf am Pranger angekettet waren, nahm der Schutzmann sein Schwert und entfernte sich, während einer seiner Männer Wache stand.

Mit geschulterter Pike und unsicheren Schrittes ging der Bogenschütze eine Weile auf und ab und suchte nach einer Sitzgelegenheit. Schließlich entschied er sich für die Stufen des Prangers. Er hatte die Anweisung erhalten, niemanden auf die Plattform zu lassen, damit die Verurteilten weder angegriffen noch befreit werden könnten. Allerdings durfte man sie verhöhnen und anspucken, ja sogar mit Dreck nach ihnen werfen.

Nach anfänglichem Schweigen begannen die Fünflinge, sich angeregt miteinander in ihrer Geheimsprache zu unterhalten.

Nach kurzer Zeit fiel es ihm allerdings schwer zu glauben, daß dieses Durcheinander aus bizarren und ungeheuer schnell ausgesprochenen Wörtern tatsächlich etwas bedeuten sollte. Dennoch schienen die Fünflinge einander zu verstehen und sogar einer dem andern zu antworten. Vor allem aber schienen sie glücklich darüber zu sein, endlich wieder zusammenzusein.

Charlemagnes Halseisen war so ausgerichtet, daß er die Festung vor Augen hatte. Clotilde sah bloß einen kleinen Teil des Schlosses, die Rue Haute-Neuve sowie einen großen Teil des ehemaligen Klosters des Ordens der Wächter. Dagobert schaute auf zwei jahrhundertealte Eichen, die zu beiden Seiten einer gewaltigen Tür mit rostigen Eisenbeschlägen standen. Clodomir blickte auf das Suif-Gäßchen, die Sankt Benedikt-Kirche und den Friedhof, auf dem ihre Eltern ruhten, während Pépin die Toreinfahrt zum Haus des Geldeintreibers Bompaing und die Rue des Deux-Places im Blickfeld hatte.

Es war Pépin, der das Maultier als erster erblickte. Es zog einen Karren, auf dem Louis-Charlemagne und ihr Vetter Mérovée saßen. Pépin wies die andern auf seine Beobachtung hin, woraufhin alle fünf wie aus einem Munde riefen: »Guten Tag, lieber Großvater! Guten Tag, Mérovée! Guten Tag, Fanfan.«

Fanfan war das Maultier.

Der Bogenschütze erhob sich und sah, wie der Hufschmied sich ihm näherte. Er erwiderte seinen Gruß mit einem Kopfnicken.

»Guten Tag, meine Kleinen«, sagte Louis-Charlemagne und brachte Fanfan vor dem Pranger zum Stehen.

»Iss habe Hunger!« erklärte Charlemagne und verrenkte sich beinahe den Hals, um seinen Großvater sehen zu können.

»Wir auch!« schrien seine vier Geschwister.

»Nun, das haben wir uns schon fast gedacht«, sagte der Hufschmied und stieg mühsam von seinem Karren.

Der kleine Mérovée – am Dreikönigstag war er elf Jahre alt geworden – deutete lächelnd auf einen Korb: Darin befanden sich fünf mit Hasenpastete belegte Brotscheiben, ein in fünf Portionen zerlegtes Pilzomelett aus zehn Eiern und fünf harte Ziegenkäsestückchen, die in Weinblätter gewickelt waren. In einem Schlauch hatten sie gewässerten Wein mitgebracht.

Da sie sich ihrer Hände nicht bedienen konnten, mußten die Kinder gefüttert werden, was einige Zeit in Anspruch nahm.

Louis-Charlemagne ging von einem zum andern und freute sich über ihren gesunden Appetit. Er ahnte, daß sie diese Strafe nicht als eine wirkliche Strafe betrachteten, da sie ihnen erlaubte, wieder zusammenzusein. Mehr denn je war er gegen ihre Trennung und hielt es für ungerecht, was mit ihnen passierte. Auf der Versammlung des Familienrats, die am Abend ihrer Verurteilung abgehalten worden war, hatte er vorgeschlagen, sie wieder zusammenzuführen, womit Floutard jedoch nicht einverstanden gewesen war. Der Straßenreinigungsmeister hegte nach wie vor die Hoffnung, daß Clodomir eines Tages seine Nachfolge antreten würde.

Bevor er aufbrach, legte Louis-Charlemagne unauffällig einen Liard von drei Sols auf die Stufe, neben welcher der Wachmann saß.

»Bitte seid so nett und bindet sie los, wenn sie ihre Notdurft verrichten müssen.«

Der Bogenschütze erhob sich und setzte sich auf die Kupfermünze.

»Das würde ich gerne tun, Maître Tricotin, doch leider hat der Schutzmann die Schlüssel.«

»Aber bis zum Sonnenuntergang halten sie das unmöglich aus. Irgendwann müssen sie sich erleichtern. Zumal sie soeben gegessen und getrunken haben. Und das nicht zu knapp.«

Ratlos hob der Bogenschütze die Schultern, während Louis-Charlemagne einen Blick auf die unter seinem Hintern unsichtbar gewordene Münze warf.

»Dann seid wenigstens so freundlich und kratzt sie, wenn es sie irgendwo juckt.«

Der Bogenschütze nickte. Dann stieg der Hufschmied auf seinen Karren und fuhr mit Mérovée davon.

Der Bogenschütze wartete, bis der Hufschmied in der Rue des Deux-Places verschwunden war, bevor er sich erhob und den Liard einsteckte.

Peitschenschläge, Gebell, laute »He! He!«- und »Ruhig, ruhig«-Schreie verkündeten, daß die Schloßhunde ausgeführt wurden.

Charlemagne, der vereinzelt die Stimmen seiner Lieblingshunde erkannte, stellte sie seinen Geschwistern vor.

»Das ist Tapasaud, der Anführer des Sankt Hubertus-Rudels, und das ist Sicanaud, sein Sohn, der nie zufrieden ist, genau wie Großvater Baptiste.«

»Und Quinteux? Den würde ich gerne einmal sehen«, sagte Pépin.

Am Abend zuvor hatte Charlemagne ihnen ausführlich von seiner Flucht inmitten der Hunde und von ihrem launischen Anführer erzählt.

Die ersten Hunde, welche den Pranger erreichten, waren die Bracken, allen voran natürlich Laissez-Passer, ein großer, kräftiger Hund. Ihnen folgten die von den Knechten und dem Stallmeister flankierten Hubertus-Hunde, die wilden Hunde aus der Bretagne und zuletzt die Bastarde. Blaise machte ein finsteres Gesicht. Er hatte einen Verband um das Handgelenk und einen um die Stirn; sein Gesicht wies zahlreiche Schrammen auf. Sein Vater war nicht dabei.

»Ach! Du siehst aus, als wäre dir eine Decke auf den Kopf gefallen«, sagte Clotilde mit tiefer Stimme, welche die ihrer Brüder nachzuahmen suchte.

Die Fünflinge brachen in lautes Gelächter aus, aus dem vor allem Charlemagnes Lachen herauszuhören war. Es war mindestens zehn Dezibel lauter als das seiner Geschwister.

Der Bogenschütze erhob sich und ging um den Pranger herum, um festzustellen, was dort los war. Er sah, wie der Stallmeister eine Handvoll Dreck vom Boden aufhob und sie dem Mädchen ins Gesicht warf.

»Damit wenigstens du schöner aussiehst, du häßliches Entlein.«

Er bückte sich wieder nach einer Handvoll Dreck und zielte damit auf Charlemagne, der den Kopf senkte und oben auf dem Schädel getroffen wurde.

»Auch dir wird das Lachen vergehen, sobald du erfährst, was der Lehnsherr mit dir vorhat.«

Er nahm sich noch eine Handvoll Dreck und schleuderte ihn ein weiteres Mal auf Clotilde, die zu schreien begann, während Clodomir, Pépin und Dagobert sich in ihren Halseisen nach allen Seiten verrenkten. Sie konnten zwar alles hören, doch nichts sehen.

Als der Stallmeister sich noch einmal bückte, warnte der Bogenschütze ihn mit gleichgültiger Stimme: »Vorsicht, Maître Onrazac! Da die Kinder auf keinen Fall verletzt werden dürfen, solltet Ihr Euch vergewissern, daß sich keine Kieselsteine im Dreck befinden.«

In dem Moment, da Blaise den Wachmann beschimpfen wollte, begann Charlemagne plötzlich provozierend zu bellen. Die Hunde erstarrten auf der Stelle mit gespitzten Ohren und zitternder Schnauze. Der Stallmeister erblaßte, doch bevor er reagieren konnte, ahmte Charlemagne das Bellen eines Hundes nach, der einen andern herausfordert.

»Vorsicht!« rief Blaise den Knechten zu.

Sie starrten die Hunde an, die immer unruhiger wurden.

Blaise schwang seine Peitsche, um damit auf Charlemagne einzuschlagen, doch der Bogenschütze trat dazwischen und drohte ihm mit dem Griff seiner Pike.

»Das ist verboten. Zwingt mich nicht, Euch zu protokollieren.«

Charlemagne nutzte diesen Moment, um auf seine Hundeimitation das Miauen einer ausgewachsenen, in die Enge getriebenen Katze folgen zu lassen, bei dem sich die Felle sämtlicher Hunde sträubten und ein regelrechtes Chaos ausbrach. Die vier Rudel rannten jaulend, jammernd und laut kläffend in alle Richtungen davon.

Die in Panik geratenen Knechte schrien Befehle und Gegenbefehle und sorgten damit für ein noch größeres Durcheinander. Blaise rannte los und brüllte, ohne sich dabei umzudrehen: »Pibrac wird dich auf den Scheiterhaufen bringen, verfluchter Tricotin!«

»Und iss, iss werde dir ssuvor sämtliche Ssähne ausslagen!« entgegnete Charlemagne in seiner grenzenlosen Wut. Diesmal gelangte die Lautstärke seiner Stimme über die Obergrenze des menschlichen Gehörs hinaus.

Ohne Zähne kann man nicht zum Halali blasen, da die Stütze für die Spitze des Horns fehlt. Der Tag, an dem Blaise nicht mehr in sein Horn blasen könnte, wäre gleichzeitig sein letzter Tag als Stallmeister des großen Hundezwingers.

»Die Bastarde! Verdammt noch mal! Fangt zuerst die Bastarde ein«, befahl Blaise den Knechten und deutete auf Quinteux' Rudel, das in Richtung Suif-Gäßchen rannte und die Passanten in Angst und Schrecken versetzte.

Ritter Virgile-Amédée frühstückte gerade in Gesellschaft seines Sohnes Anselme, als er das erste Bellen vernahm. Die Lautstärke überraschte ihn. Der Hund, der die Meute anführte, mußte von außergewöhnlichem Wuchs sein, um derart laut bellen zu können. Dann hörte er das ungewöhnlich laute Miauen einer Katze, dessen Intensität gleichsam auf einen Kater von der Größe eines Esels hindeutete, was es, den Naturgesetzen gemäß, natürlich nicht geben konnte. Allerdings begriffen die beiden sofort, was die Jagdrufe bedeuteten, die auf das Miauen folgten.

»Um Gottes willen, die Hunde brechen aus!« schrie der Ritter und richtete sich in seinem Sessel auf. Vor Entrüstung war er purpurrot im Gesicht geworden.

»Dieser dreifache Taugenichts von Blaise sollte sie heute morgen ausführen«, sagte sein Sohn und erhob sich ebenfalls.

Sie rannten auf den Flur hinaus und begegneten dort Francol, der gerade mit dem restlichen Frühstück – marinierte und gut durchgebratene Hirschfilets – aus der Küche kam. Ohne zu begreifen, was los war, blickte der Küchenmeister ihnen hinterher und mußte feststellen, wie steif der Gang seines bald zweiundsechzigjährigen Herrn geworden war.

Als sie in den Hühnerhof gelangten, sahen sie, wie Quentin Onrazac hinkend aus dem großen Hundezwinger kam.

Der Erste Stallmeister hatte noch im Bett gelegen, als das Gebell plötzlich losgegangen war.

»Falls es tatsächlich Blaises Schuld sein sollte, werde ich dafür sorgen, daß er die Hunde nie wieder ausführt«, schrie der Ritter und eilte zur Zugbrücke, wo Martial stand und beide Hände in die Hüften gestemmt hatte.

»Schuld war wieder dieses ungezogene Wunderkind, mein Herr«, sagte er und deutete in Richtung Pranger. »Wer eine solche Macht über Tiere hat, kann kein Christ sein.«

Mit Ausnahme von Madame Jacinthe und Baptiste Floutard fand sich an jenem Tag ganz Racleterre auf dem Place Royale ein. Niemand wollte sich das Schauspiel am Pranger entgehen lassen. Die letzte öffentliche Zurschaustellung dieser Art hatte am Tag des heiligen Martin stattgefunden: Zwei Kartenspieler, die man in der Herberge *La dalle en pente* beim Falschspielen erwischt hatte, mußten drei Tage und drei Nächte lang am Pranger ausharren, damit sie Zeit hatten, sich an jeden ihrer Züge zu erinnern.

Auch Großvater Tricotin kam noch einmal vorbei. Diesmal wurde er von Großmutter Jeanne begleitet.

»Ich habe mit dem Schutzmann gesprochen«, sagte er zum Bogenschützen, »und da er nichts von ihrer Notdurft wissen will, haben wir einen Eimer mitgebracht.« Er wandte sich an die Kinder: »Muß einer von euch pinkeln?«

»Oh ja!« riefen alle fünf gleichzeitig.

Nachmittags tauchte Laszlo Horvath auf dem Place Royale auf – völlig verstaubt und unrasiert. Trotz seiner Müdigkeit und der Gliederschmerzen hielt er sich sehr gerade im Sattel.

Sie kamen aus Roumégoux zurück, wohin sie vier Tage zuvor aufgebrochen waren, um auf dem dortigen Markt sechs junge, schöne Pferde zu kaufen. Crespin, der Stallbursche, der ihn begleitete, schien sich kaum mehr im Sattel halten zu können. Es sah aus, als würde er im Sitzen schlafen. Unterwegs war er mehrmals eingenickt und sogar vom Pferd gefallen, wie man an seiner geschwollenen Stirn deutlich erkennen konnte. Es war ihm unbegreiflich, wie der Zureiter, der immerhin dreißig Jahre älter war als er, nach einer Nacht voller Ausschweifungen einen solch anstrengenden Ritt durchstehen konnte. Crespin hatte sich nämlich davon überzeugen können, daß der Ruf des Ungarn keineswegs zu Unrecht bestand. Der Zureiter kannte tatsächlich alle Besitzerinnen und Mitarbeiterinnen der vier Bordelle in der Rue Haut-de-Chausse beim Namen.

Laszlo kümmerte sich nicht um die um den Pranger versammelten Menschen, sondern ritt achtlos vorbei. Doch plötzlich hörte er, wie fünf Stimmen im Chor seinen Namen riefen: »Guten Tag, Onkel Laszlo!«

»He!« rief der Ungar überrascht.

Er ritt auf den Pranger zu und scherte sich nicht um die Leute, die rasch zur Seite traten, um nicht umgeworfen zu werden. Einem Reiter mußte man stets Platz machen, vor allem wenn er mit einem Säbel bewaffnet war.

Wortlos, ohne von seinem Pferd zu steigen, umkreiste Laszlo den Pranger. Vor Charlemagne, der sich fast den Hals verrenkte, um ihn sehen zu können, blieb er schließlich stehen. Der Junge stieß ein leises Wiehern aus, um auch das Pferd zu begrüßen, dessen Nüstern zu zittern begannen, als es ihn an seinem Geruch wiedererkannte.

»Wie lange noch hierbleiben?«

Die Jahre vergingen, doch Laszlos Sprachprobleme blieben.

»Bis Sonnenuntergang.«

Ohne ein weiteres Wort kehrte Laszlo um und setzte seinen Weg in Richtung Schloß fort. Crespin, der die sechs mit den Halftern aneinandergebundenen Pferde hinter sich herzog, folgte ihm.

Nach einer knappen halben Stunde war Laszlo wieder da – diesmal zu Fuß, mit einem großen Korb. Er enthielt die üppigen Reste der letzten Mahlzeit der Familie Armogaste: Rebhuhnpastete, auf spanische Art zubereitete Fasanenfüße, gefüllte Wachteln und einige Wildschweinfilets in Pfeffersauce. Larouzaude, der Koch, der diese Reste gewöhnlich an die Armen zu verkaufen pflegte, hatte es nicht gewagt, sich dem Zureiter zu widersetzen, als dieser die Sachen für die Kinder eingepackt hatte.

»Gut so!« sagte der Ungar und fütterte die Kinder.

Es war kurz vor achtzehn Uhr, als Onkel Félix Camboulives sich in seinem Wagen einen Weg durch das lärmende Treiben auf dem belebten Platz bahnte.

Seitlich des Prangers brachte er seinen Karren zum Stehen und zog unter dem Sitz einen Korb mit einer Honig-Mandel-Torte hervor, die mehr als einem das Wasser im Mund zusammenlaufen ließ.

»Tante Blandine hat sie für euch gebacken«, sagte er und schob ihnen der Reihe nach große Stücke in den Mund.

Als die Torte aufgegessen war, zog Onkel Félix zehn Zuckerkrapfen aus dem Korb sowie eine große Korbflasche mit Wein aus La Valette unter dem Sitz hervor.

Als er Pépin davon zu trinken gab, tauchten Louis-Charlemagne und Jeanne Tricotin wieder auf. Da die Verurteilten bald losgebunden werden würden, kam jede Familie vorbei, um ihre Sprößlinge abzuholen.

Weil Baptiste Floutard der Ansicht war, daß es hinsichtlich seiner Wahl zum Viertelvorsteher nicht opportun sei, in irgendeiner Weise mit dem Pranger in Verbindung gebracht zu werden, schickte er Arsène und Véron mit der alten Sänfte zum Place Royale. Nachdem sie ihre Last neben der Treppe abgesetzt hatten, nahmen die beiden Träger bereitwillig den Becher Wein, den Onkel Félix ihnen anbot.

Dann traf Culat mit einem Korb voller Schinken ein.

»Eigentlich wollte ich schon früher kommen, doch das war nicht möglich«, entschuldigte er sich, verteilte die Schinkenscheiben aus Najac und wunderte sich, daß die Kinder keinen besonderen Appetit zeigten.

»Wir haben einfach keinen Hunger mehr, Onkel Jean«, gab Dagobert zu.

»Wollt ihr mich beleidigen? Einen derart guten Schinken kann man auch essen, wenn man keinen Hunger hat. Probier auch diese Gurke und sag mir, wie sie dir schmeckt.«

Als die Sonne hinter dem Donjon unterging, tauchten Leutnant Rondon, der Schutzmann und drei Bogenschützen auf.

Der Offizier stieg auf die oberste Stufe des Prangers und verkündete mit monotoner Stimme das Ende der Bestrafung.

Daraufhin betrat der Schutzmann die Plattform und befreite Clodomir aus seinem Halseisen. Sogleich rannte der Junge zum Eimer und pinkelte geräuschvoll hinein. Dann wurden auch Pépin, Dagobert, Clotilde und zuletzt Charlemagne losgekettet. Sie sagten kein Wort und schienen sich nicht sehr sicher auf den Beinen zu fühlen. Dagobert hielt sich mit beiden Händen den Bauch, während Charlemagne so laut rülpste, daß man es für ein Niesen hätte halten können.

Wortlos und fast ohne einander anzuschauen, trennten sie sich.

Der Älteste verschwand in der Sänfte, mit der sich Arsène und Véron sogleich schnellen Schrittes entfernten. Clotilde und Dagobert setzten sich neben Onkel Félix auf die Bank, während Pépin zwischen seinem Großvater und seiner Großmutter Platz nahm.

Charlemagne wurde vom Schutzmann fest am Arm gepackt, ins Schloß gebracht und dort dem Ritter Virgile-Amédée übergeben.

Der Schloßherr hielt sich in den Ställen auf und bewunderte die Käufe seines Zureiters. Die Pferde waren nicht nur schön, sondern hatten zudem nicht allzuviel gekostet. In einem Jahr würde Laszlo sie zugeritten haben, und dann könnte er sie problemlos für sechshundert Livres und mehr weiterverkaufen.

»Dieses hier nicht schön, aber das beste von allen sein«, sagte Laszlo und streichelte die Kruppe eines Tieres aus der Auvergne, dessen wolfsgraues Fell ihm ein »schmutziges« Aussehen verlieh. »Gutes Blut. Nicht verkaufen. Wird Nachfolge von Tonnere antreten.«

Tonnere war das rotbraune Reitpferd des Ritters, ein eher störrisches Tier, das jedoch sehr schnell und ausdauernd war und sich von nichts aufhalten ließ.

Martial tauchte im Stall auf und sagte unwillig: »Ich bitte Euch tausendmal um Entschuldigung, mein Herr, aber Leutnant Rondon hat soeben den Tricotin zurückgebracht.«

Bei diesen Worten verschwand der zufriedene Ausdruck vom Gesicht des Ritters.

Der Schutzmann der Wache trat ein, indem er einen widerspenstigen Charlemagne vor sich her schob. Als der Junge jedoch den Stallgeruch einatmete und Laszlo neben den neuen Pferden stehen sah, beruhigte er sich.

Mit knappen Worten bedankte sich der Ritter beim Leutnant, der den Stall rückwärts verließ und sich tiefer verbeugte, als nötig war (er trachtete danach, eine Anstellung für seine jüngste Tochter im Schloß zu ergattern, wußte aber nicht so recht, wie er dieses Thema zur Sprache bringen sollte).

Charlemagne kreuzte die Arme vor der Brust, hielt den Kopf jedoch gesenkt und milderte auf diese Weise seine arrogante Haltung.

»Wegen deiner Verfehlungen mußte ich der Gemeindeverwaltung gestern nicht weniger als dreiundvierzig Livres bezahlen.«

Der Ritter zog die Kostenaufstellung aus der Tasche, die Pillehomme, sein Sekretär, ihm übergeben hatte, und setzte seine Augengläser auf: »Eine Strafe von zwanzig Livres, sechzehn von achtzig Livres, die der neue Boden des Glockenturms kosten wird, und sieben von fünfunddreißig Livres, die der Küster als Schmerzensgeld erhält.«

Charlemagne nickte. Da er selbst bislang nie mehr als zehn Sols besessen hatte, schmeichelte es ihm, für eine derart beträchtliche Ausgabe verantwortlich zu sein.

»Diese Summe entspricht genau dem Lohn, den du in drei Jahren und acht Monaten als kleiner Hundeknecht erhältst. Folglich ist es nur gerecht, daß du bis zum letzten Tag des Jahres 1778 keinen Sou mehr bekommst.«

Charlemagne stand nach wie vor mit verschränkten Armen da und blickte immer noch zu Boden. Dann hörte der Ton des Ritters sich plötzlich versöhnlicher an: »Ich kann einfach nicht verstehen, wieso du immer wieder versuchst auszureißen. Jemand, der wie du keine Zukunft hat, müßte Gott jeden Tag dafür danken, daß er in unserem Schloß leben darf. Ist es nicht erhabener und wünschenswerter, Stallmeister zu werden, anstatt sich als Geselle in einer Hufschmiede oder als Laufbursche in einer Gerberei verdingen zu müssen?«

»Iss will bloß su meinen Brüdern und su meiner Swester, weiter nists.«

In einem der hinteren Ställe begann eines der Pferde zu schnaufen und mit den Hufen zu scharren.

»Sauterelle ist durstig«, sagte Charlemagne, ohne den Blick zu heben.

Der Ritter machte ein erstauntes Gesicht. »Wie kannst du das wissen? Von hier aus ist die Stute ja nicht einmal zu sehen.«

Der Junge zuckte die Achseln. Er hielt das für eine dumme Frage. »Sie hat es selbst gesagt.«

»Die Stute *sagt*, daß sie Durst hat?«

»Ja, und falls sie Hunger hätte, so hätte sie auch das gesagt.« Er gab eine Reihe von Pferdeschnaufern von sich und scharrte mit beiden Holzschuhen auf dem Boden.

»Gut so!« stellte Laszlo voller Bewunderung fest.

Der Ungar wußte schon lange, daß die Pferde sich untereinander durch vielerlei Laute und Verhaltensweisen verständigen. Anscheinend hatte Charlemagne das ebenfalls herausgefunden und war darüber hinaus in der Lage, die Zeichen zu verstehen. Zudem besaß er die seltene Fähigkeit, alle nur erdenklichen Laute perfekt nachzuahmen.

»Tiere sprechen nicht«, entgegnete der Ritter ohne große Überzeugung.

Insgeheim hatten seine fünfzigjährige Erfahrung mit Hunden und Pferden einige seiner festesten Überzeugungen diesbezüglich ins Wanken gebracht. Es fiel ihm zunehmend schwerer, Tiere als seelenlose Maschinen zu betrachten, deren Verhalten einzig von einem natürlichen, von Gott festgelegten Plan bestimmt war. Gestand man den Tieren die Fähigkeit zu, denken, fühlen oder gar sprechen zu können, so bedeutete das, daß man ihnen gleichzeitig eine Seele zuerkannte, was sehr gottlos, sehr blasphemisch und sehr verwirrend war.

Charlemagne gähnte.

»Is bin müde.«

»Das ist nach einem solchen Tag nicht weiter verwunderlich«, erwiderte der Ritter ironisch. Und dem Pförtner, der wartend neben der Tür stand, gab er den Befehl: »Martial, sperr ihn drei Tage lang ins Verlies!«

Charlemagne hob den Kopf, löste die Arme aus der Verschränkung und ballte die Fäuste.

»Iss habe doch nists getan, das ist nist gerest.«

»Du hast wohl vergessen, daß wir deinetwegen einen ganzen Vormittag lang damit beschäftigt waren, die Hunde wieder einzufangen. Es grenzt an ein Wunder, daß niemand gebissen wurde.«

»Das ist nist meine Ssuld. Wenn man die Hunde nist zusammenhalten kann, führt man sie halt nist aus, so ist das.«

Dem Ritter gefielen die geballten Fäuste und der rebellische Ton des Jungen ganz und gar nicht. Folglich klang seine Stimme erneut unnachgiebiger, als er sagte: »Wenn du uns nochmals Ärger machst, bekommst du die Peitsche zu spüren. Hast du verstanden?«

Erneut verschränkte Charlemagne die Arme und blickte zu Boden. Auf der Liste seiner Todfeinde war der Ritter soeben ein paar Plätze weiter nach oben gerückt.

Mit seinem Strohsack, seiner Decke und einem Nachttopf unter dem Arm stieg Charlemagne die Stufen des Donjons hoch, die infolge der vierhundertjährigen regen Benutzung in der Mitte völlig ausgetreten waren. Martial folgte ihm und versetzte ihm jedesmal, wenn er stehenbleiben wollte, um Atem zu holen, einen Stoß in den Rücken.

Seit dem Tod von Ritter Évariste war der alte Turm unbewohnt. Nur die Vorratskammer und der Keller waren weiterhin in Betrieb. Virgile-Amédée hatte sich schon vor längerer Zeit in dem geräumigen und bequemen Hauptbau eingerichtet, der dem Donjon zwei Jahrhunderte zuvor angegliedert worden war und den man »das neue Schloß« nannte.

Der ehemalige Raum der Wachmänner auf der vierten Etage

diente seither als Schloßgefängnis. In diesem Zimmer gab es keine Möbel. An den Wänden hingen rostige Lampen. Karges Tageslicht fiel durch die vier schmalen Bogenöffnungen, die man in die sieben Fuß dicke, feuchte Mauer geschlagen hatte. Der Fußboden war mit einer dicken, von zahlreichen Ratten- und Schabenspuren zerfurchten Staubschicht bedeckt.

Charlemagne schlug sein Lager vor dem großen, unbenutzten Kamin auf. Auf einer vor der Kaminrückwand stehenden gußeisernen Platte war die mit einem Bogen bewaffnete Jagdgöttin Diana abgebildet.

»Ich wünsche dir einen miserablen Schlaf, du Rotznase«, sagte der Pförtner in vollem Ernst und schloß die Tür dreimal hinter sich ab.

Charlemagnes erste Reaktion war die Suche nach einer Fluchtmöglichkeit.

Als er sich die schwere Eichentür genauer ansah, stellte er fest, daß sie ohne Axt nur nach mehrstündiger harter Arbeit zu überwinden wäre. Die Flucht aus dem Fenster war ohne ein langes, robustes Seil unmöglich. Blieb also nur der Kamin.

Er trat hinein und mußte enttäuscht feststellen, daß der obere Ausgang verstopft war, und zwar nicht erst seit kurzem, wie er aus der abgestandenen Luft schließen konnte.

Er rollte sich in die Decke ein und schloß die Augen, um besser darüber nachdenken zu können, was er dem Ritter an dem Tag antun würde, an dem sich ihm dazu die Gelegenheit böte.

## 33

Ein grauer, regnerischer Tag war angebrochen, als Martials Schritte im Treppenhaus widerhallten.

Die Tür wurde geöffnet. Die Schlüssel seines Gürtels klirrten, als er sich bückte, um einen Krug Wasser abzustellen und einen handgroßen Brotkanten auf den Boden zu legen.

Bevor er wieder ging, machte der mürrische Alte eine abschätzige Bemerkung über die Ratten, die Charlemagne jedoch nicht verstand.

Das Brot war so hart, daß er es im Wasser eintunken mußte, bevor er hineinbeißen konnte. Im selben Augenblick sah er, daß Rattenkot im Krug schwamm. Er entfernte ihn mit den Fingern und stillte seinen Durst, ohne Ekel zu empfinden.

Er wußte, daß Martial entsetzt gewesen war, als er erfuhr, daß er sich eines Wurfs junger Ratten angenommen hatte. Für jemanden, der täglich mit der Vernichtung dieser Tiere beschäftigt war, mußte ein solches Verhalten zwangsläufig auf einen schlechten Charakter hinweisen. Denn waren nicht gerade die Ratten die ärgsten Feinde des Menschen? Was, um Himmels willen, würde geschehen, wenn er eines Tages eine giftige Viper, einen Skorpion oder eine haarige Tarantel finden würde?

Nachdem Charlemagne den letzten Bissen verschlungen hatte, beugte er sich zum Bogenfenster hinaus, das auf den Hühnerhof ging, und schrie mit einer Stimme, die einem durch Mark und Bein ging. »He! Iss habe noch Hunger, caramba!«

Die Dohlenfamilie, die unter dem Erker ihr Nest gebaut hatte, stob aufgeschreckt auseinander. In den Zwingern begannen mehrere Hunde zu bellen, während eine Stute wieherte und die Hühner laut gackerten. Sogar die in den Kastanienbäumen hockenden Saatkrähen schlugen verärgert mit den Flügeln.

Kurz darauf vernahm Charlemagne die Geräusche von Stiefeln, welche die Steintreppe hochkamen. Ein Schlüssel wurde im Schloß gedreht. Charlemagne ging zur Tür, die von Blaise Onrazac geöffnet wurde. Laut lachend, schüttete der Stallmeister ihm einen Eimer mit schmutzigem Wasser über den Kopf. Dann knallte die Tür wieder zu.

Bebend vor Wut, trocknete sich Charlemagne die Haare und das Gesicht mit seiner Decke ab und fluchte über seine Ohnmacht. Das mit Fett vermischte Wasser hatte den Staub auf dem Fußboden in grauen Schlamm verwandelt.

Draußen begann es zu regnen.

Charlemagne war mit düsteren Rachegedanken beschäftigt, als er plötzlich leise Geräusche registrierte. Es tröpfelte im Kamin. Neugierig trat er hinein, und schon fielen ihm einige Regentropfen ins Gesicht. Aufgrund der Dunkelheit im Schacht konnte er dessen Höhe nicht genau abschätzen. Da sich der Raum der Wachposten unter dem Wehrgang befand, konnte er eigentlich nicht besonders hoch sein.

Charlemagne erinnerte sich an die kleinen Savoyarden, die jedes Jahr gegen Ende des Sommers nach Racleterre kamen: Bevor sie in den schmalen Kamin der Holzschuhwerkstatt kletterten, zogen sie sich einen Sack über den Kopf.

Er stellte sich auf die Zehenspitzen und tastete die rußgeschwärzten Wände ab. Seine Finger streiften die Platte, an der ein Luftzugschutz befestigt war. Er zog seine nasse Jacke aus und bedeckte sich damit den Kopf. Dann rollte er seinen Strohsack zusammen und zog ihn in den Kamin, um sich darauf zu stellen und so zwei Fuß größer zu sein. Er mußte ein wenig in die Höhe springen, um an die Platte zu gelangen und dagegen drücken zu können. Da seine Holzschuhe bei diesen Sprüngen hinderlich waren, streifte er sie kurzerhand ab. Schließlich gelang es ihm, sich mühsam in dem engen Raum hochzuziehen, wobei er sich mit den Knien und dem Rücken an den Seitenwänden abstützte und unter dem Jackett fürchterliche Grimassen schnitt. Schon bald war er außer Atem und mußte eine kurze Verschnaufpause einlegen. Er hielt inne, indem er den Rücken und die von sich gestreckten Beine gegen die Wände preßte. Nach dem leuchtenden Viereck zu urteilen, das auf den Boden des Kamins fiel, war er etwa sechs Fuß hoch geklettert. Mühsam setzte er seinen Aufstieg fort, nicht wissend, was ihn dort oben erwartete. Seine Beinmuskeln zitterten vor Anstrengung.

»Aua!«

Er war mit dem Kopf gegen etwas Metallenes gestoßen, das sich bewegt hatte.

Er nahm die Jacke vom Kopf und sah, daß der Schacht vergittert war. Der Stoß hatte ein altes Nest bewegt; das geschickt angelegte Gewirr aus winzigen Zweigen war zur Seite gerutscht, so daß etwas Tageslicht eindringen konnte.

Charlemagne packte das Gitter mit einer Hand und rüttelte daran. Sein Herz schlug schneller. Das Gitter war nicht festgeschweißt. Er brauchte es bloß hochzuheben, um den Schacht verlassen zu können. Er zerriß das Nest und kippte das Gitter zur Seite.

Langsam tauchte sein Kopf aus dem Kamin auf. Es regnete immer noch, und die grauen Wolken, die am Himmel vorbeizogen, hingen so tief, daß man sie mit ausgestrecktem Arm beinahe berühren konnte.

Charlemagne drehte sich nach Osten und stellte fest, daß ein zweiter Kamin an seinen Kamin angebaut war. Führte dieser zweite Kamin in das Zimmer von Ritter Évariste oder in den ehemaligen großen Saal auf der zweiten Etage? Kein Gitter versperrte den Weg.

Nachdem er sich vergewissert hatte, daß niemand ihn sehen konnte, stieg Charlemagne aus dem Schacht, lief gebückt durch die Pfützen und auf das steinerne Türmchen über der Eingangstür zu, die natürlich abgeschlossen war. Er verfluchte Martial, der seine Aufgaben stets gründlich erledigte.

Nun blieben ihm zwei Möglichkeiten: Entweder er begab sich in sein Gefängnis zurück, oder aber er versuchte sein Glück durch den zweiten Kamin. Er entschied sich für letzteres. Unverzüglich begann er mit dem Abstieg und wünschte sich, daß dieser nicht allzu lange dauern möge. Obwohl er sich wieder seine Jacke über den Kopf gelegt hatte, waren seine Augen und seine Nase bald voller Ruß.

Nach einer Weile, die ihm unendlich lang vorkam, hatte

Charlemagne den unteren Teil des Kamins erreicht. Mit geschlossenen Beinen ließ er sich in einen kleinen Aschehaufen fallen und befand sich im Schlafzimmer des Ritters Évariste Armogaste.

Der Raum roch immer noch nach schlechten Ausdünstungen und Medikamenten. Auf dem großen, aus drei Matratzen bestehenden Bett fehlten die Laken. Zahlreiche kleine Phiolen standen auf dem viereckigen Tisch mit der Marmorplatte. An den Wänden hingen alte Teppiche, die bis zur Decke reichten. Die Stoffe waren angeschimmelt. Ratten waren über das Leder des mit Rollen ausgestatteten Sessels hergefallen, der in dem schmalen Gang zwischen dem Bett und der Wand stand.

Mit zugeschnürter Kehle durchquerte Charlemagne das Zimmer bis zur Tür. Als er an einem großen Spiegel vorbeiging, sah er, daß er schwarz wie ein Neger war. Die Tür war abgeschlossen. Obwohl er damit gerechnet hatte, zerriß es ihm beinahe das Herz. Als er an den Weg dachte, den er zurücklegen müßte, um wieder in sein Gefängnis zu gelangen, war er einen Moment lang sehr niedergeschlagen. Er sah, daß seine rußgeschwärzten Hände und Füße überall Spuren hinterlassen hatten.

Mit neuem Mut begann er das Zimmer gründlich zu durchsuchen und fand plötzlich sogar große Freude daran, alles zu durchwühlen, zu befummeln, zu öffnen, hochzuheben und von allen Seiten zu betrachten. Ohne sich dessen bewußt zu sein, erlebte er zum ersten Mal das Glück, das jeder Plünderer beim Anblick seiner Beute empfindet: eine berauschende Mischung aus triumphierender Begeisterung und jubilierender Allmacht.

»Wenn ich will, kann ich alles mitnehmen«, sagte er sich genüßlich und ohne zu lispeln: In Gedanken lispelte er nie.

Die Schlüssel befanden sich in einem schweren Lederetui, das ganz unten in einer Truhe voller Schuhe (versteckt?) lag.

Charlemagne war sich der Bedeutung seiner Entdeckung nicht sogleich bewußt. Er zog den Schlüsselring aus dem Etui und zählte einundvierzig rostige Exemplare.

Er kannte lediglich zwei ähnliche Schlüsselringe: den des Ritters Virgile-Amédée und den von Martial. War es möglich, daß es einen dritten gab? Konnte es sein, daß es sich dabei um den gleichen Ring handelte, den er nun in den Händen hielt? Diese Möglichkeit ließ ihn schneller atmen.

Er ging zur Tür zurück, untersuchte das Schloß und versuchte es mit einigen zufällig ausgewählten Schlüsseln aufzusperren – ohne Erfolg. Daraufhin beschloß er, systematisch vorzugehen und einen nach dem andern zu probieren. Als er den sechzehnten Schlüssel hineinsteckte, hörte er, wie die Eingangstür des Donjons geöffnet wurde. Einige Sekunden lang hörte sein Herz zu schlagen auf. Seine Hände zitterten. Um ein Haar wäre er in Panik geraten. Auf keinen Fall hätte er genug Zeit gehabt, in sein Verlies zurückzukehren.

Er drückte das Ohr gegen den Türflügel und erkannte die Stimmen von Larouzaude, dem Geflügelkoch, und dessen Gehilfen Coco. Er hörte, wie sie im Erdgeschoß die Tür zur Vorratskammer öffneten. Sie waren also nicht seinetwegen gekommen.

Ungeduldig wartete er, bis sie wieder gegangen waren, ehe er seine Versuche fortsetzte.

Der Schlüssel, mit dem sich Ritter Évaristes Schlafzimmer aufsperren ließ, war der neunundzwanzigste des Ringes. Der Schlüsselbart paßte in die Öffnung und ließ sich widerstandslos drehen.

Wie in einem Traum stieß Charlemagne die Tür auf. Er ging ein paar Schritte auf dem Treppenabsatz hin und her und mußte die Zähne zusammenbeißen, um nicht einige siegestrunkene »Ahiiiiiii! Caramba!«-Schreie auszustoßen.

Er zwang sich, in das Zimmer zurückzugehen, die Tür zu schließen und sich auf die Bettkante zu setzen. Er mußte sich beruhigen und darüber nachdenken, was als nächstes zu tun war. Nach einer Weile stellte er fest, daß er Hunger und Durst hatte.

Als er ins Treppenhaus hinaustrat, sah er, daß seine schwarzen Füße Spuren auf dem Steinboden hinterlassen hatten. Noch einmal ging er ins Zimmer zurück. In einer Kommode aus Nußbaumholz fand er nach einigem Suchen alte Hemden mit Spitzenkragen und versuchte damit, seine Fußspuren zu beseitigen. Doch ohne Wasser und Seife ließ sich der Ruß nur schwer entfernen, im Gegenteil. Wie Fett breitete er sich aus und setzte sich auch noch in den feinsten Ritzen fest. Schließlich umwickelte er jeden Fuß mit einem Hemd, band die Ärmel an den Knöcheln fest und stieg so die Treppe hinunter. Als er an dem ehemaligen großen Saal auf der zweiten Etage vorbeikam, nahm er sich fest vor, ihn ein anderes Mal zu besichtigen.

Der Schlüssel zur Vorratskammer war der siebenundzwanzigste. Geräuschlos glitt er in das gut geölte Schloß. Charlemagne betrat einen von zwei kleinen Luken schlecht erhellten Raum. Rechter Hand, neben einem Stapel Bohlen, die für das Rollen der Fässer benutzt wurden, gab es eine breite Treppe, die, dem Geruch nach zu urteilen, in den Weinkeller führte.

Die Vorratskammer diente als Lager für die Ölfässer, die Kastanien- und Zwiebelsäcke, die Apfelfässer sowie die Weizen- und Gerstensäcke. Von der Decke, unerreichbar für Nagetiere, hing eine lange Reihe prächtiger Schinken. Auf den Regalen standen unzählige Einmachgläser mit Gurken, Oliven, Marmelade, Gänseleber und allen möglichen Pasteten.

»Wenn iss will, kann iss alles essen«, verkündete er halblaut und mit großer Zufriedenheit.

Da und dort hatte Martial mehrere mit Speck gespickte Rattenfallen aufgestellt.

Während Charlemagne genüßlich in einen Apfel biß, öffnete er sie, nahm die Speckstreifen heraus, legte sie daneben auf den Boden und spannte die Fangvorrichtungen von neuem.

Anschließend verrückte er ein Faß mit Melasse und stellte sich darauf, um an einen der Schinken zu gelangen und herzhaft hineinzubeißen. Nun fehlte ihm nur noch etwas zu trinken.

Er stieg die Treppe hinunter, die in einen dunklen Keller führte, und tastete sich blind vorwärts, bis seine Hände ein Faß mit einem hölzernen Hahn berührten. Er hielt den Mund darunter, öffnete ihn und trank mit großer Freunde drei kräftige Schlucke, die ihn schnell betrunken machten. Dann stieg er wieder in die Vorratskammer hinauf und kostete von den zahlreichen Marmeladesorten.

Als er sich satt gegessen hatte, ging er noch einmal in den Keller und zapfte sich einen Krug Wein; er verließ den Vorratsraum und vergaß nicht, die Tür sorgfältig abzuschließen.

Bevor er in sein Verlies zurückging, versuchte er sich und seine Kleidung etwas zu säubern. Da ihm nichts Besseres einfiel, wusch er sich das Gesicht, die Hände und die Füße in den Regenpfützen auf dem Wehrgang. Dann zog er seine Kleider aus und versuchte, auch sie zu reinigen, indem er sie auf den Steinplatten rieb. Doch auch damit hatte er nur mäßigen Erfolg.

Martial knurrte vor sich hin, als er die Treppe hochstieg. Bei jedem Schritt klirrten die Schlüssel vor seinem Bauch. Pater Gisclard folgte ihm und keuchte wie ein Ochse. Auch er wurde allmählich alt.

Auf dem Treppenabsatz der dritten Etage hielten sie inne.

»Wie lange werdet Ihr brauchen, Pater?«

»So lange, daß du nicht auf mich zu warten brauchst. Ich habe meine Glocke bei mir. Ich werde läuten, wenn ich fertig bin.«

Bei dem Gedanken, die vier Stockwerke noch einmal hochsteigen zu müssen, verzog Martial mürrisch das Gesicht.

»Ihr habt es mit einem üblen Burschen zu tun, Pater. Dieser

Bengel ist wie ein störrischer Gaul. Zunächst muß man ihn gehörig verprügeln, und anschließend kann man mit ihm machen, was man will. Im Grunde genommen verdient er nicht das Verlies, sondern die Peitsche. Dann wird sich zeigen, ob er immer noch ausreißen will und rebellisch ist.«

Unmutig setzten sie ihren Aufstieg fort.

Als sie vor der Tür des Wachraums standen, hörten sie dahinter jemanden fröhlich singen:

Ach, wie gut es ist, ach, wie gut es ist,
Einen Ssinken ssu ssersneiden,
Eine Seife mit den Ssähnen ssu sserbeißen.
Ach, wie gut es mir gefällt, ach, wie gut es mir gefällt,
Die Mauern in einem Satz ssu überwinden,
In einem Stück Geflügel zu smelssen.

Der Pförtner öffnete die Tür und ließ den Kaplan ein.

Pater Gisclard merkte sofort, daß mit dem Jungen etwas nicht stimmte. Erstens schien er sich unheimlich zu freuen, sie zu sehen, und zweitens hatte er sein nasses Hemd und seine nasse Hose verkehrt herum angezogen, während sein ebenfalls von innen nach außen gekehrtes Jackett zum Trocknen an einem der Wandleuchter hing.

»Guten Tag, Pater, guten Tag, Maître Martial, vielen Dank, daß Ihr so gütig wart«, sagte der Junge und deutete auf den Krug.

Der Pförtner begriff nicht, was los war, aber Pater Gisclard näherte sich dem Jungen. Seine Nasenflügel bebten. Er war ein zu großer Liebhaber guten Weins, um das Bukett nicht sofort zu erkennen.

»Mach den Mund auf!« befahl er schroff.

Charlemagne gehorchte. Der Kaplan beugte sich über ihn, roch seinen Atem und richtete sich abrupt und mit erhobenem Zeigefinger wieder auf.

»Du hast getrunken, du kleiner Dieb! Du bist besoffen wie ein Benediktiner!«

»Iss habe getrunken, weil iss Durst hatte und nists anderes da war«, erklärte Charlemagne und deutete ein weiteres Mal auf den Krug.

Pater Gisclard nahm das Gefäß und führte es an seine Nase.

»Es ist tatsächlich Wein.« Dann hielt er den Krug Martial unter die Nase: »Könntest du mir bitte erklären, wie der Junge daran gekommen ist?«

Matrial schnupperte seinerseits und konnte das Unbegreifliche nicht fassen. In dem Gefäß, in das er Wasser (und Rattenkot) gefüllt hatte, war tatsächlich Wein gewesen.

»Das kann nur mit dem Teufel zugegangen sein, Pater. Nur der Ritter und ich haben einen Schlüssel zum Donjon.«

»Und wo wird dieser Wein gelagert?«

»In der Küche und im Keller, unter der Vorratskammer.«

»Hat Maître Larouzaude einen Schlüssel zur Vorratskammer?«

»Ja, aber nur zur Vorratskammer, keinen zu diesem Zimmer.«

»Du gibst doch zu, daß sich das Kind diesen Wein nicht selbst besorgen konnte. Daß also zwangsläufig jemand ihm den Wein gebracht haben muß.«

Mißmutig schüttelte Martial den Kopf. Er wollte überhaupt nichts zugeben. Plötzlich jedoch hellte sein Gesicht sich auf, und er begann aufgeregt zu gestikulieren.

»Jetzt weiß ich's, Pater! Es waren die Ratten! Ich weiß nicht, wie sie es angestellt haben, aber ich bin sicher, daß es die Ratten waren.«

»Welche Ratten?«

»Die Ratten aus dem Schloß natürlich. Ihr wißt doch genau wie wir, daß er einen Pakt mit ihnen geschlossen hat. Erinnert Ihr Euch denn nicht mehr, daß er sogar welche aufziehen wollte? Heiliger Jesus, ich darf gar nicht daran denken!«

»Willst du mir etwa weismachen, daß es die Ratten waren, die in den Keller eingedrungen sind, diesen vorzüglichen Wein gezapft haben und vier Stockwerke hochgestiegen sind, um ihm diesen Krug zu bringen?«

Der Pförtner blieb bei seiner Meinung. Diese Möglichkeit erschien ihm keineswegs unwahrscheinlich.

Charlemagne lachte und schlug Purzelbäume auf seinem Strohsack, was ihm einen vorwurfsvollen Blick des Kaplans einbrachte.

Mit einem Mal jedoch wurde er sehr ernst, erhob sich und sagte: »Iss mösste beissten, Pater.«

»Das trifft sich gut, denn genau dazu wollte ich dich eben auffordern«, erwiderte der Kaplan schroff. »Du läßt uns jetzt besser allein«, sagte er zum Pförtner. »Aber warte draußen auf mich, denn ich bin noch längst nicht fertig mit dir.«

Martial gehorchte und schlurfte aus dem Zimmer. Auf seinem Gesicht spiegelte sich quälende Ratlosigkeit.

Pater Gisclard stellte sich neben das Bogenfenster. Charlemagne kniete vor ihm nieder, senkte den Kopf und sagte mit eintöniger Stimme: »Vergebt mir, Pater, denn iss habe viel gesündigt.«

Anschließend fügte er ohne lange Überleitung hinzu: »Maître Marssial war es, der mir heute morgen den Wein brachte. Ferner sagte er, es sei nur normal, daß iss ssu meiner Familie zurück mösste. Außerdem sagte er, daß er meine Strafe für ungerest halte und unsere Herrssaft miss zu Unresst eingesperrt hätte.«

Charlemagne wußte ganz genau, daß das Lügen eine schwere Sünde war. Er wußte ebenfalls, daß es noch schlimmer war, während der Beichte zu lügen, doch seine Rachegelüste waren stärker als alles andere.

Pater Gisclard verlor seine aufmerksame Unparteilichkeit: »Hat Martial das alles tatsächlich gesagt?«

»Ja, ja, ja. Er hat auch gesagt, daß man siss in acht nehmen muß vor der Vorderseite einer Frau, vor der Hinterseite eines Maultiers und vor allen Seiten eines Kaplans.«

Dieser gewagte Spruch, den der Junge von seinem Vater übernommen hatte, gefiel ihm außerordentlich gut, auch wenn er von den drei Warnungen nur die beiden letzten verstand.

Als die Beichte abgeschlossen und die Strafe (zwanzig *Vater unser* und zwanzig *Ave Maria*) festgelegt war, verabschiedete sich Pater Gisclard von ihm.

Charlemagne wartete, bis der Pförtner den Schlüssel dreimal im Schloß gedreht hatte, ehe er zur Tür eilte und das Ohr daran preßte. Vor lauter Entrüstung war die Stimme Martials so laut, daß sie durch das ganze Treppenhaus hallte.

»Er lügt wie gedruckt! Ihr werdet all diesen Lügengeschichten doch wohl keinen Glauben schenken? Er ist imstande, sogar bei einer Taube Streitlust zu wecken.«

»Richtig, aber wer ist sonst noch im Besitz der Schlüssel für die Vorratskammer *und* für das Verlies?«

»Ich bitte Euch, Pater, warum sollte ich diesem Früchtchen Wein gegeben haben? Noch dazu solch hervorragenden!«

»Das wird meiner Meinung nach vor allem den Herrn Ritter interessieren.«

Charlemagne war hinter der Tür des ehemaligen Wachzimmers im siebten Himmel.

»Ha, caramba! Gut, daß es mich gibt«, sagte er sich und schlug vor lauter Freude einen weiteren Purzelbaum auf seinem Strohsack, in dem er die Schlüssel gut versteckt hatte.

Die Glocke des Gemeindehauses schlug gerade Mitternacht, als ein Schlüssel (der sechsundzwanzigste) dreimal im Schloß der Donjontür gedreht wurde. Der Türflügel öffnete sich einen Spaltbreit, und Charlemagne schlich barfuß hinaus in den Geflügelhof, wo ein feiner Regen niederging.

Geräuschlos schlich er an der Fassade des neuen Schlosses entlang. Sämtliche Fenster waren geschlossen und dunkel.

Um im Falle eines Brandes eine Ausbreitung des Feuers zu verhindern, war die Küche vom Hauptgebäude getrennt. Larouzaude, der Geflügelkoch, seine Frau Joignotte und ihr Sohn Coco schliefen auf dem Speicher oberhalb des Lagers.

Charlemagne hielt den Atem an und probierte es mit sieben Schlüsseln. Der achte war der richtige. Er betrat die finstere Küche und tastete sich zum Kamin vor, wo sich die Sitztruhe mit dem kostbaren Salz und den teuren Streichhölzern befand. Er stibitzte eine Schachtel mit dreißig Stück und ließ sie in seine Hose gleiten. Dann nahm er ein weiteres Streichholz und rieb es über die Sandsteinplatte. Das Geräusch des aufflammenden Schwefels hallte durch den großen Raum, und der Junge zog den Kopf zwischen die Schultern. Da sich auf dem Speicher nichts rührte, zündete er eine der Kerzen an, die auf dem Kaminsims aufgereiht waren, nahm ein Speckmesser und schnitt eine dicke Wurst ab, die an einem Balken hing. Außerdem nahm er sich einen frischen Ölkuchen und einen halbkreisförmigen Roquefort, der in ein Stück Tuch gewickelt war. Die Wurst und den Käse schob er unter sein Hemd, während er das voluminöse runde Brot unter den Arm nahm. Nachdem er das Speckmesser und die Kerze an ihre Plätze zurückgelegt hatte, verließ er auf Zehenspitzen die Küche, wobei er die Tür hinter sich weit offenstehen ließ.

Er ging in den Donjon zurück, um dort seine Beute bis auf die Wurst zu verstecken. Dann durchquerte er eiligst den Hühnerhof und betrat den großen Hundezwinger, der nie verriegelt wurde. Vorsichtig betrat Charlemagne den Käfig mit den Bastarden: Er rief leise nach Quinteux, der sich ihm schwanzwedelnd näherte – ein deutliches Zeichen dafür, daß er ihm nicht böse war, obwohl er seinetwegen die Peitsche zu spüren bekommen hatte. Charlemagne entschuldigte sich mit gedämpfter Stimme und schenkte ihm die Wurst. Er war zwar nicht ganz sicher, ob Quinteux diese Geste verstand, doch er war überzeugt, daß der Hund die Wurst zu schätzen wußte.

»Iß, es ist eine gute Wurst, es gibt keine bessere.«

Bevor Charlemagne den Zwinger verließ, öffnete er alle Käfigtüren und forderte die Tiere auf, einen kleinen Spaziergang zu unternehmen. Anschließend begab er sich zum Hühnerstall und öffnete auch dort sämtliche Türen.

Als er zum Donjon zurückging, verriegelte er die Tür, ergriff seine am Fuß der Treppe liegende Beute und stieg in sein Verlies auf der vierten Etage hoch.

Den Schlüsselring steckte er sorgfältig in das Etui zurück und versteckte es wieder in seinem Strohsack. Der Besitz dieser Schlüssel verlieh ihm eine Macht, die mit der eines Zauberstabs vergleichbar war.

Dann stellte er sich an das Bogenfenster, das auf die Hundezwinger ging, wartete auf das, was geschehen würde, und aß genüßlich ein Stück Brot mit Roquefort, seinem Lieblingskäse.

Die ersten Hunde, die vorsichtig den Hof betraten, waren die Bracken. Obwohl es regnete und der Mond nicht am Himmel zu sehen war, erkannte Charlemagne Laissez-Passer sogleich wieder. Er sah, wie dieser sich mit der ungewohnten Situation vertraut machte, die Schnauze hob, schnupperte und schnurstracks auf den Hühnerstall zusteuerte, dessen Bewohner unruhig zu gackern begannen.

Dann tauchten die Vorstehhunde aus der Vendée, die von Tapajaud angeführten Sankt Hubertus-Hunde und zuletzt die äußerst mißtrauischen Bastarde im Hof auf.

Gleich beim ersten angstvollen Gackern begann das Blutvergießen, das zwar kurz, aber dafür um so lauter war. In weniger Zeit als nötig war, um ein Huhn zu rupfen und zu kochen, wurden sechs Dutzend Legehennen und zwei Hähne gejagt, getötet und teilweise noch an Ort und Stelle verschlungen.

Dann waren plötzlich laute Schreie und Flüche zu hören. In den Hundezwingern, den Pferdeställen, der Küche und auch im neuen Schloß gingen die Lichter an. Türen wurden zugeschlagen. Martial tauchte auf, mit einer Schlafmütze auf dem

Kopf und einer Laterne in der Hand. Bald war das ganze Schloß wach und in heller Aufregung.

Barfuß, in Nachthemd und Schlafmütze und mit einer Peitsche in der Hand liefen Quentin und Blaise herbei und riefen »He! He! He!« und »Ganz ruhig, ganz ruhig«, doch kein Hund gehorchte ihnen.

Auch in der Küche wurde wütendes Gebrüll laut: Charlemagne stampfte vor Erregung mit beiden Füßen auf den Boden, als er die Stimme Larouzaudes erkannte, der die offenstehende Tür bemerkt hatte, den Schlüsselverwalter dafür verantwortlich machte und ihn als geistlosen Schurken beschimpfte.

Martial protestierte energisch. »Ich schwöre auf den Glorienschein des heiligen Petrus, daß ich den Schinken nicht angerührt habe!«

Der Pförtner hatte noch die Rüge im Ohr, die der Ritter ihm wegen des angeblich an den Gefangenen weitergegebenen Weines erteilt hatte. Die Tatsache, daß er den Ratten die Schuld zuschieben wollte, hatte seinen Herrn so erbost, daß ihm zur Strafe anderthalb Livres von seinem Sold abzog.

»Rindvieh!«

»Ungeheuer!«

»Alter Furz!«

»Verflucht seist du, du Eselspisse!«

»Außer unserem Herrn und dir besitzt niemand einen Schlüssel zu meiner Küche!« brüllte der Geflügelkoch. Er sah Martials erschüttertes Schweigen als Schuldbekenntnis an.

»Haltet den Dieb! Haltet den elenden Schurken!«

Die schrillen Schreie seiner Frau Joignotte machten klar, daß nun auch das Verschwinden des Brotes, der Wurst und des Roqueforts entdeckt worden war.

»Nein, das lasse ich mir nicht gefallen, darauf kannst du Gift nehmen!«

Draußen bellten die Hunde. Peitschen knallten durch dic Luft.

»He, he, he!«

Dann tauchte Virgile-Amédée auf, in schlichter Kleidung und mit verdrossener Miene. Ohne seine Perücke war er fast nicht wiederzuerkennen (das Alter hatte ihm auch noch die letzten Haare vom Kopf gefressen).

»Was hat dieses Durcheinander zu bedeuten? Warum sind die Hunde nicht in ihren Käfigen?«

»Keine Ahnung, Herr Ritter, aber alle Käfigtüren standen offen«, antwortete der Erste Stallmeister, der die Vorstehhunde humpelnd in den Zwinger zurückbrachte.

Die Schnauzen mehrerer Tiere waren mit Blut, Federn und Daunenbüscheln dekoriert.

»Möglicherweise hatte man vergessen, sie zu schließen.«

»Als ich zu Bett ging, waren sämtliche Türen geschlossen«, entgegnete Onrazac in einem schroffen Ton, der deutlich machte, daß er keine Zweifel dulden würde, nicht einmal vom Lehnsherrn höchstpersönlich.

Bei jeder Bewegung taten seine Rippen und sein Knie weh. Die aufrechte Haltung machte ihm besonders schwer zu schaffen.

»Tatsache ist jedoch, daß sie geöffnet waren, und ich bezweifle, daß die Hunde zu einer solchen Leistung fähig sind.«

Der Ritter trat zur Seite, um die Ersten Hundeknechte Artauban und Compère vorbeizulassen, welche die Bracken mit Laissez-Passer an der Spitze zurückbrachten.

»Es ist das zweite Mal, daß die Hunde verrückt spielen, seit Blaise dich ersetzt. Ich gebe zu, daß das erste Mal nicht seine Schuld war, doch diesmal…«

»Mein Herr, mein Herr!«

»Was denn noch, Himmeldonnerwetter?«

»Man hat unsere Tür geöffnet, obwohl sie verschlossen war, und schlimmer noch, in unserer Küche ist eingebrochen worden.«

Virgile-Amédée untersuchte das Schloß der Küchentür,

konnte jedoch keine Spuren eines gewaltsamen Eindringens feststellen. Anschließend begab er sich in den Hühnerstall, wo Joignotte angesichts des Hühnermassakers bitterlich weinte.

»Ich schwöre bei Gott, daß ich die Tür wie jeden Abend verriegelt habe, mein Herr. Falls ich lüge, soll ich im Brunnen ertrinken.«

»Wer kann für ein solches Verbrechen verantwortlich sein?«

Beim Wort »wer« blickten mehrere Anwesende – unter anderem auch der Ritter – zum Donjon hoch. Sie sahen Charlemagnes Silhouette, die sich in der Öffnung des Bogenfensters abzeichnete. Allerdings war es zu dunkel, um den Ausdruck tiefer Zufriedenheit auf seinem Gesicht zu erkennen.

»Überprüf, ob die Tür des Donjons verriegelt ist, Pförtner.«

»Sie ist es, mein Herr, ich bin ganz sicher.«

»Schau trotzdem nach.«

Martial war gekränkt, gehorchte aber trotzdem. Das Schloß war dreifach abgesperrt.

»Laßt uns seine Tür ebenfalls überprüfen!« ordnete der Ritter an.

Sie stiegen die vier Stockwerke hoch, und schon auf der zweiten Etage waren sie außer Atem. Auf der dritten Etage dachte Virgile-Amédée an seinen verstorbenen Vater und an die Wandteppiche in dessen Zimmer, die unbedingt entfernt werden mußten, bevor sie völlig verschimmelt waren.

Damit der Ritter seine Handbewegung genau sehen konnte, stellte Martial sich seitlich neben die Tür, als er den Schlüssel dreimal im Schloß des Wachraums drehte und somit bewies, daß diese gut verschlossen war.

»Öffne!«

Das Verlies lag im Dunkeln. Martial hielt seine Laterne in die Höhe. Charlemagne stand vor ihnen. Er hatte die Arme vor der Brust verschränkt und sah die Männer, die den Raum betraten, hochnäsig an.

Nachdem der Ritter die Laterne des Pförtners übernommen hatte, inspizierte er jeden Winkel des Zimmers und schaute sogar in den Kamin und unter den Strohsack; selbst den Nachttopf des Gefangenen leuchtete er aus.

Virgile-Amédée suchte nach einem Seil oder etwas ähnlichem, das es dem Jungen ermöglicht haben könnte, in den Hof zu gelangen. Schließlich stellte er sich vor Charlemagne und prüfte, ob der Junge sich möglicherweise etwas um die Taille gebunden hatte. Er bemerkte, daß die Kleider feucht und von innen nach außen gekehrt waren.

»Was ist denn mit deinen Kleidern los?«

»Euer Stallmeister hat mir heute morgen einen Eimer Wasser über den Kopf gessüttet. Und wegen des regnerissen Wetters sind die Sachen immer noch nist trocken geworden.«

Als der Ritter den Raum verließ, war er noch ratloser als zuvor.

Charlemagne entspannte sich. Vor lauter Angst war er fast ohnmächtig geworden, als der Ritter den Kamin untersucht und mit dem Fuß den Strohsack hochgehoben hatte, um darunter zu schauen. Seinen größten Schrecken erlebte er allerdings erst nachträglich, und zwar am darauffolgenden Morgen, als er die Brot- und Käsekrümel entdeckte, die auf dem Fußboden lagen. Hastig ließ er sie verschwinden.

Am Abend des dritten Tages kam der Pförtner und befreite Charlemagne aus der Gefangenschaft. Der Junge packte den Strohsack und seine Decke zusammen und stieg, fröhlich vor sich hin singend, die vier Stockwerke hinunter.

»Plum plum tralala, caramba.«

Martial enthielt sich jeglichen Kommentars und gab sich größte Mühe, dem Blick des Jungen auszuweichen.

Charlemagne kehrte in seinen Verschlag im Hundestall zurück. La Fouine, der Knecht, hieß ihn herzlich willkommen. Seine Backe war geschwollen und wies Bißspuren auf. Drei der

Hündinnen würden bald Junge bekommen, und eine von ihnen hatte ihn in die Wange gebissen, als er ihre Streu erneuerte.

Eine trächtige Hündin konnte man mit einem Geizhals vergleichen, der sein Gold immer mit sich herumträgt. Wie er sorgte sich die Hündin um ihren Schatz, war äußerst mißtrauisch und bereit, beim geringsten Verdacht zuzubeißen.

Noch bevor Charlemagne sich seinen Schlafplatz zurecht machte, stattete er den Hündinnen einen Besuch ab. Als er seinen Strohsack in einem der leeren Käfige neben Circé ausbreiten wollte, betrat der Ritter den Hundestall.

»Kannst du mir erklären, was das nun wieder zu bedeuten hat?«

»Es ist das erste Mal, daß sie niederkommt. Und weil sie so ängstliss ist, werde iss bei ihr slafen.«

Nach reiflicher Überlegung sagte Virgile-Amédée schließlich mit ruhiger Stimme: »Sehr gut! Mach weiter so.«

Mit Ausnahme von drei oder vier sehr alten Ratten gab es bald niemanden mehr, der das Schloß besser kannte als Charlemagne Tricotin.

Dank seines Schlüsselrings gelangte er überallhin, vorzugsweise nachts, wenn alle Schloßbewohner eingeschlafen waren. Kein noch so winziger Winkel war ihm fremd.

Einmal betrat er sogar das Schlafzimmer des Ritters Virgile-Amédée, während dieser in Gesellschaft seiner alten Spürhunde auf dem Rücken im Bett lag und schnarchte. Er näherte sich dem Kopfkissen, starrte den Schlafenden an und dachte: »Wenn ich will, kann ich dich umbringen; wenn ich will, kann ich dir das Herz durchbohren; wenn ich will, kann ich dir die Gurgel durchschneiden.«

In einer anderen Nacht schlich er mit zwei Pillendöschen, von denen das eine zweiundzwanzig Läuse und das andere dreizehn große Zecken enthielt, in das Zimmer von Monsieur Anselme. Die Tierchen, die er sich im Hundezwinger besorgt hatte, waren förmlich ausgehungert. Das erste Döschen entleerte er auf der Perücke und das zweite auf dem Kopfkissen, unmittelbar neben dem Kopf des Schlafenden.

## 34

Am 1. November des Jahres 1775 wurden der Hufschmied Louis-Charlemagne Tricotin und der Gerbermeister Félix Camboulives im Schloß vorstellig. Sie baten den Ritter um die Erlaubnis, am darauffolgenden Tag – Allerseelen – mit Charlemagne gemeinsam die Messe besuchen zu dürfen.

Virgile-Amédée hatte nichts dagegen einzuwenden, zumal er mit dem Jungen sehr zufrieden war. Der Hundestall wurde ordentlich geführt, die Hündinnen waren ohne Komplikationen niedergekommen und hatten kein einziges Neugeborenes verloren. Circé, das jüngste Tier, hatte nicht weniger als sieben Welpen zur Welt gebracht – ein außergewöhnlicher Wurf für eine Erstgebärende. Natürlich wurde diese unerwartete Fruchtbarkeit dem talentierten neuen kleinen Knecht zugeschrieben. Stammte nicht auch er aus einer bemerkenswert fruchtbaren Familie?

Das Gerücht, Virgile-Amédée hätte eine wahre Perle für seinen Hundezwinger entdeckt, breitete sich rasch bei den übrigen Oberjägermeistern aus. Der Ritter tat, was er konnte, um dieses Gerücht weiterzuverbreiten. Alles, was seine Jagdmannschaft aufwertete, steigerte auch seinen eigenen Wert und ermöglichte ihm, seine überzähligen Jagdhunde zu einem höheren Preis zu verkaufen.

Am nächsten Morgen mußte der vor Ungeduld zappelnde Junge hoch und heilig schwören, keinen Fluchtversuch zu unternehmen, sondern bei Einbruch der Dunkelheit ins Schloß zurückzukehren und seine Arbeit wiederaufzunehmen.

Als Charlemagne über die Zugbrücke eilte, sah er, daß seine

Geschwister in Begleitung der Floutards, der Tricotins und der Camboulives bereits auf dem Vorplatz der Sankt Benedikt-Kirche standen. So schnell er konnte, rannte er zu ihnen und stieß ein freudiges und ohrenbetäubendes »Ravantopeck maminade« aus, das die im Glockenturm nistende Eule in die Flucht jagte. Zur Begrüßung küßte er alle seine Familienangehörigen, mit Ausnahme seines Großvaters Baptiste, den er ostentativ ignorierte.

Nie zuvor waren sie so lange voneinander getrennt gewesen. Die Kinder umarmten einander und schnatterten in ihrer Geheimsprache, stampften vor Freude mit den Füßen auf die Erde und gaben schrille Quietschtöne von sich, welche die Eule seltsamerweise beruhigten, so daß sie in ihr Nest zurückkehrte. Schließlich mußten die Tricotins eingreifen, um ein von Charlemagne angestimmtes »Hipp-Hipp-Hurra« zu unterbinden.

Während der Messe waren die Fünflinge hauptsächlich damit beschäftigt zu tuscheln, die Plätze zu wechseln, ihr nervöses Gekicher zu unterdrücken und ungeduldig auf der Betbank hin und her zu rutschen.

Beim gemeinschaftlichen Gebet auf dem Friedhof, am Grab ihrer Eltern verhielten sie sich allerdings ruhiger. Beim anschließenden Mittagessen bei den Floutards waren sie dann allerdings kaum noch zu bändigen – alle plapperten durcheinander. Sie waren so glücklich, endlich wieder zusammenzusein, daß niemand es übers Herz brachte, sie zu schimpfen.

Großvater Baptiste versuchte, Charlemagne über sein Leben im Schloß auszufragen, doch genausogut hätte er versuchen können, im Fluß einen trockenen Kieselstein zu finden. Der Junge ignorierte ihn, bis auf ein einziges Mal, als er ihm in seiner Geheimsprache antwortete, woraufhin seine vier Geschwister in böses Gelächter ausbrachen.

Alles war wie früher: Sobald einer von ihnen darum bat, vom Tisch aufstehen und pinkeln gehen zu dürfen, erhoben sich auch die vier andern und verkündeten im Chor: »Wir müssen auch!«

Im November wird es bekanntlich früh dunkel. Charlemagne mußte ins Schloß zurück. Wie bei den bisherigen Abschieden verließ er seine Geschwister, ohne sie noch einmal zu umarmen, wortlos und ohne einen letzten Blick.

Da Louis-Charlemagne sich beim Ritter für die pünktliche Rückkehr des Jungen verbürgt hatte, brachte er ihn in seinem Karren hin.

»Ich habe gehört, daß du dich gut mit den Hündinnen verstehst und der Herr Ritter deshalb sehr zufrieden mit dir ist.«

»Ja, Großvater. Iss mag sie sehr, und sie mögen miss auch.«

Martial stand neben der Ausfallpforte, als der Karren vor dem Schloß hielt. Wie jeden Abend wartete er darauf, daß die Glocken die Schließung der drei Tore verkündeten und er die Zugbrücke hochziehen könne. Wer später kam, mußte anklopfen und zwei Sols bezahlen, um eingelassen zu werden. Selbstverständlich unterlagen der Ritter, seine Verwandten sowie der Kaplan diesen Bestimmungen nicht.

Als Charlemagne am Pförtner vorbeiging, quiekte er wie eine schwarze Ratte, die sich mit einem Rivalen streitet.

Vor dem großen Hundezwinger stand ein nicht mehr ganz junges Maultier. Seine traurige Miene und sein ungepflegtes Fell verrieten Charlemagne, daß es sich um den Esel des Jagdaufsehers handelte. Der Harnisch und die Steigbügel hatten Rost angesetzt, das Zaumzeug und der Sattel waren ungepflegt, trocken und rissig. Das Maultier selbst war außerordentlich nervös.

Vorsichtig näherte Charlemagne sich ihm von der Seite. Die Decke unter dem Sattel war schmutzig: Der süßliche Aasgeruch, der ihr entströmte, deutete darauf hin, daß das Tier seit langem am Rücken verletzt war. Laszlo hatte ihm beigebracht, vor der Sattelung stets dafür zu sorgen, daß das Fell sauber und in die richtige Richtung gekämmt war, damit die Decke keine Falten warf. Eine einfache Falte im Stoff genügt, um das Rückgrat eines Reittieres in weniger als einer Stunde wund zu scheuern.

Charlemagne öffnete die Tür und betrat den Hundezwinger. Niemand beachtete ihn.

Achille Javertit erstattete dem Ritter, der beim Zuhören an seiner Unterlippe kaute, gerade seinen Bericht.

»Es sind mindestens drei, und sie wildern nun schon seit gut einem Monat in der Gegend von Montretout und in der Nähe des Grand-Foudroyé.«

Der Wildhüter hielt seinen Dreispitz in der Hand und stand breitbeinig da: Auf dem Rücken trug er eine Flinte, und an seinem Schulterriemen mit dem Wappen der Familie Armogaste hing ein langes Messer.

»Finde sie, und anschließend sorge ich dafür, daß sie nie wieder Lust verspüren, in meinen Wäldern zu wildern«, sagte der Ritter.

»Aus eben diesem Grund bin ich zu Euch gekommen: um Euch um Pulver und Kugeln zu bitten. Ich habe nämlich keine mehr.«

Charlemagne ging zu Quentin Onrazac, der im Käfig der kranken Hunde hockte und die Pfoten von Hannibal, einem struppigen Vorstehhund, der sich bei der letzten Treibjagd auf dem steinigen Boden des Kalkplateaus verletzt hatte, in einen Topf mit schwarzer Flüssigkeit tauchte. Er hatte sich die Hornsohle aufgeschürft und würde in den nächsten drei Wochen an keiner Jagd teilnehmen können.

»Geh zu Charmeuse, sie scheint nicht besonders gut in Form zu sein«, befahl Onrazac, der kein Interesse hatte, jemand anderen als seinen Sohn in die Geheimnisse seiner Hundepflegemethoden einzuweihen.

Charlemagne gehorchte widerwillig.

Als er den Hundestall betrat, zündete La Fouine gerade das Nachtlicht an. Charlemagne ging zu Charmeuse, einer jungen und wohlgenährten dreijährigen Hündin mit runden Schenkeln und breiten Hüften. Sie lag in ihrem Käfig, hatte sich auf die Seite gedreht und leckte nervös ihre Scham.

»Was willst du von ihr?« fragte der Hundeknecht gereizt.

»Der Herr Stallmeister hat miss gebeten, nach ihr zu ssauen.«

Er legte beide Hände auf die Rippen, die ihr Herz umgaben, und prüfte, ob sie Fieber hatte. Doch die Hündin war nur unruhig, so als würde etwas sie verwirren.

In jener Nacht drang Charlemagne (mit Hilfe des vierzigsten Schlüssels) in das neue Schloß ein, stieg ins erste Stockwerk hoch, wo sich das Arbeitszimmer des Ritters befand (siebter Schlüssel), und öffnete die vergitterte Tür jener Bibliothek, in der nur Bücher zum Thema Jagd standen.

Im Schneidersitz ließ er sich unter dem Arbeitstisch nieder und las im Licht der kleinen Lampe, die er bei der geringsten Störung löschen konnte. Als der Hahn am Morgen zum ersten Mal krähte, stellte er das Buch zurück, verließ das Schloß und begab sich geräuschlos in den Hundestall.

Das Ereignis, das Charlemagnes Leben grundlegend änderte, nahm seinen Anfang am Weihnachtsmorgen des Jahres 1776, als er feststellte, daß Clodomir nicht zu ihrem Wiedersehensfest erschienen war.

»Wo ist er?«

Großvater Louis-Charlemagne sagte es ihm.

Nachdem der Älteste der Fünflinge nicht nur drei Lehrer aus dem Briançon, sondern auch seinen Großvater Baptiste förmlich zur Verzweiflung getrieben hatte, hatte dieser ihn nach Rodez geschickt. Dort war er in die Lehranstalt der Heilsamen Erlösung gesteckt worden, die den problematischen Sprößlingen des wohlhabenden Bürgertums vorbehalten war. Die

Schule war teuer und berühmt-berüchtigt für ihre strengen pädagogischen Prinzipien, die sich an denen der preußischen Armee orientierten.

»Wir müssen ihn da rausholen«, sagte Charlemagne zu den drei anderen, die sofort damit einverstanden waren.

# Dritter Teil

## 35

*Im Wald von Saint-Leu, April 1777*

Trotz der Dunkelheit trippelte Bien-Noir sicheren Fußes über den Weg, der zur nördlichen Grenze des Territoriums führte. Es war eine mondlose Nacht, ein Gewitter zog auf, und das Tier hatte großen Hunger.

Ihm folgte sein Rudel, bestehend aus seinen beiden Söhnen Mezire und Bon-Garçon, zwei zweijährigen Wölfen, seiner Tochter Frisquette aus demselben Wurf, und Qui-Vive, einem dreijährigen Wolf aus dem Wald von Palanges. Bonace, eine alte, fünfjährige Wölfin, war im Verlauf einer Treibjagd aus ihrer Geburtsgrotte im Aubrac vertrieben worden und hatte sich der im ersten Monat trächtigen Grondeuse angeschlossen, die es vorgezogen hatte, im Wolfsbau zu bleiben. Vieux-Capitaine, der Vater Bien-Noirs, hatte sich ins Unterholz verzogen.

In aller Ruhe umkreiste das Rudel ein von Brombeersträuchern überwuchertes Felsmassiv und steuerte auf eine riesige Eiche zu. Da Bien-Noir unentwegt die Ohren spitzte, um die verschiedenen Geräusche unterscheiden und auf ihren Ursprung sowie ihre Entfernung schließen zu können, hörte er beinahe gleichzeitig, wie eine Schermaus sich eiligst über den dicht belaubten Boden davonmachte, ein Eichhörnchen überstürzt auf einen Baum kletterte, ganz in der Nähe eine Nacktschnecke über einen Pilz glitt, das Scharren eines Dachses, der dreißig Schritte entfernt seinen Bau erweiterte, und daß ein ausgewachsener Wolf den Pilz anknabberte, über den die Nacktschnecke sich gerade bewegte. Mit einem kurzen Satz sprang Bien-Noir auf den Siebenschläfer und biß zweimal kräftig zu, während die andern mit traurigem Blick, hängendem Schwanz und hängenden Ohren dastanden und neidisch wimmerten, sich aber nicht trauten, näher zu treten und sich womöglich eine Abfuhr einzuhandeln.

Nachdem der schwarze Wolf die wirr verflochtenen Wurzeln der alten Eiche beschnuppert hatte, wollte er zum Abschluß seiner Inspektion ein paar Tropfen Urin fallen lassen. Doch da kam ihm plötzlich Mezire in die Quere. Mit einem heftigen Schulterstoß warf Bien-Noir ihn um. Der junge Wolf unterwarf sich sofort, blieb auf dem Rücken liegen, bot seinem Gegenüber Kehle und Bauch dar und jammerte wie ein Neugeborener. Sein Vater zwang ihn, so lange in dieser Position zu verharren, wie ein Rebhuhn braucht, um ein Ei zu legen. Die anderen Wölfe täuschten unterdessen Gleichgültigkeit vor.

Es war das zweite Mal in jener Nacht, daß Mezire sich mit seinem Vater anlegte. Zur ersten Auseinandersetzung war es beim Verlassen des Wolfsbaus gekommen. Mezire hatte vorgeschlagen, in südliche Richtung aufzubrechen, da sie in jener Gegend zum letztenmal nennenswerte Beute (fünf Frischlinge) gemacht hatten. Bien-Noir jedoch hatte nicht auf ihn gehört, sondern den Weg nach Norden eingeschlagen, und zwar aus dem einfachen Grund, weil dieser gegen den Wind ging. Ohne zu zögern war das Rudel ihm gefolgt, so daß Mezire gezwungen war, sie im Laufschritt wieder einzuholen.

Die Macht des schwarzen Wolfes über die Sippschaft gründete sowohl auf seiner physischen Kraft als auch auf seiner Entschlossenheit und Selbstsicherheit, die sich bei allen seinen Unternehmungen, vor allem aber auf der Jagd, deutlich zeigten. Seinen Sohn behandelte er sehr streng, da er selbst häufig aufsässig gegen seinen eigenen Vater gewesen war, damals, als sie noch im Wald der Ribaudins, unweit von Bellerocaille, lebten.

Es war zur Brunftzeit im Herbst des Jahres 1775, als Bien-Noir seinen Erzeuger herausforderte.

Die wölfische Ordnung besagt, daß es lediglich dem Rudelführer und seiner Wölfin gestattet ist, sich zu vermehren. Jedes andere männliche Tier, das es ihm gleichtun will, muß entweder seine Stelle als Führer übernehmen oder sich vom Rudel trennen.

Bien-Noir hatte die Auseinandersetzung mit Vieux-Capitaine verloren. Da er sich aber nicht fügen wollte, hatte er das Rudel in Begleitung von Grondeuse, seiner Verlobten, verlassen. Grondeuse war die einzige Überlebende eines vom Wildhüter der Familie Boutefeux getöteten Wurfs, der aus sechs Jungen bestanden hatte, und eines Tages war sie von Bien-Noirs Vater adoptiert worden.

Das Paar, das tagsüber abwechselnd schlief und nachts weiterzog, war auf der Suche nach einem neuen Territorium.

Obwohl ihr erster gemeinsamer Winter hart und verschneit war, verstanden die beiden sich so gut, daß gefürchtete Jagdtiere aus ihnen wurden, die nicht davor zurückschreckten, auch außerhalb der Wälder auf Beutezug zu gehen.

Eines Nachts griffen sie einen Schafstall des Lehnsherrn von Racleterre an. Dazu gruben sie sich unter der Zäunung durch, und nachdem sie die besten Stücke des Hundes und eines Mutterschafes an Ort und Stelle vertilgt hatten, schnappte sich jeder zusätzlich ein Lamm. Als der Ritter Virgile-Amédée am nächsten Morgen zu einer großangelegten Suchaktion blies, in deren Verlauf ein anderes Wolfspaar und dessen drei Jungwölfe getötet wurden, waren sie längst über alle Berge.

Den Bau und das Territorium dieses getöteten Wolfspaares übernahmen Bien-Noir und Grondeuse zwei Monate später, nachdem die Zufälle der Jagd und die Suche nach einem Ort, an dem sie sich paaren konnten, sie erneut in den Wald von Saint-Leu getrieben hatten.

Bien-Noir nahm sein Gebiet in Besitz, indem er es besichtigte und sich jeden strategisch wichtigen Punkt merkte. Auf diese Weise prägte er sich die Wasserstellen, die wichtigsten Bäume, das Dickicht, das Gut von La Loubière und dessen Bewohner, die Lichtungen, auf denen sich die Hasen aufhielten, die Reviere der Hirsche und die Jagdgebiete, die wichtigsten

Wildschweinunterschlüpfe, die besten Beobachtungsposten und die freiliegenden Wege ein. Jede, wirklich jede Markierung seines Vorgängers kennzeichnete er mit seinem eigenen Urin und fügte weitere Markierungen entlang der neuen Grenzen hinzu.

Als endlich der Frühling kam und Grondeuse drauf und dran war, erstmals Junge zur Welt zu bringen, entdeckte Bien-Noir neben einer dieser Markierungen einen etwa einjährigen Wolf, der neben den Überresten einer Wanderratte lag und auf ihn zu warten schien.

Da Bien-Noir sich bedroht fühlte, sträubte sich sein Fell, und sein buschiger Schwanz richtete sich senkrecht in die Höhe. Der Schwanz des Eindringlings jedoch hing schlaff nach unten und bewegte sich leicht zur Seite, was auf Unterwerfung und Respekt hinwies.

Qui-Vive war im Wald von Roquette, in der Nähe von Villefranche, geboren und hatte vier Geschwister. Eines Morgens war er von einer Hundemeute aufgestöbert und fast zu Tode gejagt worden. Überlebt hatte er nur, weil er über ein frisch gedüngtes Feld geflüchtet war, in dem die Verfolger seine Fährte verloren hatten.

Dieses entsetzliche Erlebnis (er hatte den Atem der Hunde bereits auf seinem Fell gespürt) hatte Qui-Vive so sehr mitgenommen, daß er sich einen ganzen Tag lang verkroch, bevor er es wagte, in seinen Wald zurückzukehren. Die Höhle seiner Familie war leer, und er erfuhr nie, was mit seinen Eltern und seinen Geschwistern geschehen war.

Einige Tage lang irrte der junge Wolf umher, bevor er auf die Geruchsmarkierungen von Bien-Noir aufmerksam wurde und innehielt, wie man vor den Toren eines Schlosses stehenbleibt. Er fing eine Wanderratte, die er trotz seines Hungers nicht fraß, weil er sie als Zeichen seines guten Willens für den örtlichen Gebieter aufbewahren wollte, der bestimmt bald kommen und seine Markierungen auffrischen würde.

Plötzlich, ohne Vorwarnung, sprang Bien-Noir Qui-Vive an die Kehle, der sich diesen Angriff kläglich jammernd gefallen ließ. Angesichts dieser Reaktion ließ Bien-Noir von dem jungen Wolf ab und nahm das Begrüßungsgeschenk an, indem er die Wanderratte verschlang.

Der ausgewachsene schwarze Wolf hatte nichts dagegen, daß Qui-Vive ihm in einiger Entfernung folgte, nachdem er seine Markierungen erneuert hatte und seinen Beutezug begann. Hiermit gab er dem jungen Wolf zu verstehen, daß er ihn als Mitglied seines im Entstehen begriffenen Rudels akzeptierte. Genau wie die Menschen sind auch die Wölfe äußerst soziale Wesen. Ein einsamer Wolf ist ein unglücklicher Wolf.

Das Rudel gelangte auf eine kleine Lichtung, die infolge eines Feuers entstanden war. Rote Ameisen, Zeckenvölker, Moospflanzen und Pilze hatten sich in den verkohlten Bäumen angesiedelt und sie von innen heraus zerstört, so daß sich inmitten des dichten Hochwaldes eine Schneise gebildet hatte. Die vom Licht profitierenden Brombeersträucher hatten sich so stark verbreitet, daß sie die jungen Baumtriebe, die das verlorengegangene Gelände zurückerobern wollten, erstickten. Dieser Ort kennzeichnete den Grenzbeginn im Norden. Jenseits dieser Grenze lag der Fluß, wo das Territorium des Rudels von Grimaud begann.

Bien-Noir hielt inne. Sein Fell sträubte sich vom Nacken bis zum Schwanzansatz. Zwischen den lästigen Düften der Maiglöckchen, der gelben und der violetten Taubnesseln witterte er den Geruch eines Menschen, der sich mit dem zweier Hunde vermischte, die hier vorbeigekommen waren und in Richtung der Gebirgsausläufer unterwegs sein mußten.

Obwohl er bereits mehrmals Menschenfleisch gegessen und es durchaus schmackhaft gefunden hatte (es erinnerte ihn an Schweinefleisch), mißtraute Bien-Noir dem Menschen, den er für ein gefährliches Wildtier hielt, das zwar nur auf zwei Pfoten und sehr langsam laufen konnte, schnell außer Atem geriet, Mühe hatte, auf Bäume zu klettern, und zudem mit äußerst harmlosen Zähnen und Krallen ausgestattet war. Aber der Mensch war zu den unglaublichsten Dingen fähig! So etwa konnte er den Kieselsteinen befehlen, sich in die Luft zu erheben und den Wölfen schmerzhafte Verletzungen zuzufügen. Bien-Noir hatte das am eigenen Leib erfahren, als ein Schäfer ihn mit Steinen von seiner Wiese vertrieben hatte. Wie ließ sich eine solche Leistung erklären? Seines Wissens gab es kein anderes Wildtier, das zu einer solchen Tat fähig war.

Da die Fußspuren bereits mehrere Stunden alt waren, waren sie ungefährlich. Bien-Noir pinkelte darauf und setzte seinen Weg in Richtung Flußufer fort. Hier pflegten sich die Rammler und die Häsinnen nachts zu paaren.

Bien-Noir konnte den Fluß bereits seit einer Weile riechen und hören, als er die ersten Hasenhöhlen und die kleinen, verstreuten Häufchen runder Kotkugeln entdeckte. Er legte sich flach auf die Erde und setzte seine Begleiter über das anstehende Manöver in Kenntnis.

Mezire und Bon-Garçon duckten sich rechter Hand ins Gestrüpp, während Qui-Vive und Frisquette das gleiche linker Hand taten und vorsichtig auf einen Buchenhain zuschlichen, dessen Bäume bis auf die dicht belaubten Kronen gänzlich ohne Äste und nur noch von Unkraut, Moos und Pilzen bewachsen waren.

Es war nicht das erste Mal, daß das Rudel auf dieser Weide jagte. Nach einem Angriff verschwanden die Hasen jedesmal für mehrere Nächte, ehe ein unwiderstehlicher Drang sie veranlaßte, wieder hierher zurückzukehren. Vom wölfischen Standpunkt aus betrachtet, stellte das Hasenvolk aufgrund dieser erblich bedingten Verhaltensweise, zu der sich außerdem ihr starker Fortpflanzungstrieb gesellte, eine nicht zu unterschätzende Nahrungsquelle dar.

Unter den riesigen Buchen hüpften etwa fünfzehn erregte

Rammler um ein einziges Weibchen, das selbstverständlich so tat, als wollte es nichts von ihnen wissen.

Mezires Maul füllte sich mit Speichel. Er vergaß die Anweisungen, stürzte sich auf den nächstbesten Hasen und schlug damit alle andern in die Flucht. Folglich verfehlte Bien-Noir die Häsin, auf die er es abgesehen hatte. Frisquette schnappte nach dem Rücken eines drei Pfund schweren Hasen, der einen erbärmlichen Schrei ausstieß. Da Bon-Garçon seinen Hasen nicht erwischt hatte, machte er ihr die Beute nun streitig.

Als Mezire den weißen Bauch seines Opfers hastig aufgerissen hatte und sich gerade über die Leber und die Lungen hermachen wollte, trat sein Vater dazwischen. Der Hunger und der Blutgeschmack auf der Zunge ließen den jungen Wolf gegen seinen Vater aufbegehren. Bien-Noir biß ihn in die Schulter. Mezire heulte vor Schmerz laut auf und ließ seine Beute los, die daraufhin von Bien-Noir vertilgt wurde.

Obwohl er durchaus in der Lage war, mehrere Wochen lang zu fasten, durfte Bien-Noir nicht schwach werden, da sonst die Gefahr bestand, daß er seine Stellung als Rudelführer nicht länger behaupten konnte.

Als er den letzten Bissen hinuntergeschluckt hatte, stürzte er sich auf Frisquette, die immer noch mit Bon-Garçon um ihre Beute rang. Bien-Noir trennte die beiden, ergriff den Nager und fraß ihn mit offenkundigem Vergnügen auf. Für Frisquette und Bon-Garçon ließ er lediglich den Kopf und die Pfoten übrig, um die sich die beiden erneut stritten. Keiner von ihnen achtete auf das Gewitter, das sich über dem Wald zusammenbraute, oder auf Mezire, der etwas abseits auf der Erde lag und seine Wunde leckte.

Dann tauchte Qui-Vive aus dem Dickicht auf, mit zufriedener Miene, geröteten Lefzen und Haarbüscheln zwischen den Eck- und Schneidezähnen.

Als sein Magen zu drei Vierteln gefüllt war, bekam Bien-Noir Durst. Doch bevor er trank, überprüfte er die Markierungen, die er am Fuß der dicksten Stämme zurückgelassen hatte, und frischte sie mit ein paar Urintropfen auf. Diese Zeichen sollten mögliche Eindringlinge darauf aufmerksam machen, daß hier das Territorium eines fünf Jahre alten Wolfes begann, der sich in bester körperlicher Verfassung befand. So als wollten sie hinter dieser Warnung zusätzlich ein Postskriptum setzen, ahmten seine Begleiter ihn einer nach dem andern nach.

Der Dourdounette entsprang einem schmalen, in den Ausläufern des Aubrac beginnenden Gebirgsbach und teilte sich auf halber Strecke in zwei Arme: Einer davon wurde zu einem kleinen Fluß, der den nördlichen Teil des Waldes von Saint-Leu durchquerte und schließlich in den Dordou mündete, während der andere inmitten der Bäume zum Stillstand kam und eine große Wasserlache bildete, die der Ritter Virgile-Amédée als Weiher zu bezeichnen pflegte.

Das Wolfsrudel erfrischte sich an der Gabelung der beiden Arme, in der es von Krebsen nur so wimmelte.

Als sein Durst gestillt war und nur noch ein paar glitzernde Wasserperlen von seinen Schnurrbarthaaren tropften, spazierte Bien-Noir eine Weile am Ufer auf und ab. Zufrieden wedelte er mit seinem buschigen Schwanz und winselte leise, um sich seiner Stimme zu vergewissern. Dann warf er den Kopf nach hinten, streckte die Schnauze gen Himmel, schloß die Augen und stieß einen langen Schrei aus, in den das ganze Rudel einstimmte. Jeder, sogar Mezire, heulte, so schön er konnte.

In der Ferne antwortete das Rudel von Autre-Côté.

Dann stellten sich die Wölfe im Kreis um ihren Führer und erwiesen ihm Respekt, indem sie ihre Zungen über seinen Rükken gleiten ließen, ihn leckten und, verspielt wie kleine, hungrige Wölfe, an seinen Lefzen knabberten. Bien-Noir ließ sich nicht lange bitten und spuckte prompt die zermalmten Hinterbeine des Hasen aus, die Frisquette und Bon-Garçon im Nu verschlangen.

Mezire näherte sich ihnen humpelnd mit eingezogenem Schwanz, gekrümmtem Rücken und anliegenden Ohren. Als Beweis dafür, daß er sein ehrerbietiges Verhalten akzeptierte, leckte Bien-Noir liebevoll Mezires Wunde und spuckte anschließend eine Vorderpfote und das lange linke Ohr des Hasen aus, die sich der Reumütige hungrig einverleibte.

Das Rudel setzte seine Jagd fort und folgte dem Fluß stromaufwärts. Kurze Zeit später zuckten die ersten Blitze am nächtlichen Himmel, und sintflutartiger Regen ging auf den Wald nieder. Da die Wölfe ein spezielles Öl ausschwitzen, welches das Fell ihrer Beine wasserundurchlässig macht, konnten sie ihre Nahrungssuche einigermaßen trockenen Fußes fortsetzen.

Kurze Zeit später witterte der Wolf den zarten Geruch einer Ente, der aus östlicher Richtung kam. Er gab seinen Begleitern Bescheid und setzte sich leise und mit zitternder Schnauze auf die Fährte des Tiers, dessen Geruch allmählich stärker wurde. Bien-Noir wußte, daß es sich um ein altes, männliches Tier handelte, das allein und sehr ängstlich war. Er kauerte sich auf die Erde und kroch bäuchlings und gegen den Wind durch das aufgeweichte Gras.

Die Ente hockte in einer halbrunden Hecke aus Brombeersträuchern, die zwischen zwei Haselnußsträuchern in die Höhe ragte. Bien-Noir kroch weiter. Die Ente geriet in Panik, doch sie flog nicht davon. Daraus schloß der Wolf, daß sie entweder verletzt oder krank oder ganz einfach zu alt war. Er brauchte sich nicht länger zu verstecken und richtete sich auf. Im selben Augenblick begann das Federvieh entsetzlich zu quaken und wollte fliehen, doch irgend etwas hielt es am Bein zurück, so als wäre es in eine vom Menschen aufgestellte Falle geraten.

Bien-Noir zögerte. Die Ente war kein grauer Erpel aus dem Weiher, sondern eines jener großen, orangefarbenen Schnabeltiere mit grünem Hals, die bei den Menschen wohnten. Er gab Qui-Vive mit den Ohren und dem Schwanz ein Zeichen, und dieser ging um die Hecke herum, um nach möglichen Gefahren Ausschau zu halten.

Unterdessen näherte sich Bien-Noir dem Tier bis auf zwei Sprünge. Das orangegelbe Schnabeltier schnatterte laut und schlug aufgeregt mit den Flügeln, wobei es ihm gelang, sich drei Fuß hoch vom Boden zu erheben – genau die Länge des Hanfseils, das an dem zwischen dürren Brombeersträuchern versteckten Pflock befestigt war. Schleunigst wich Bien-Noir zurück und entfernte sich mit gesträubtem Fell und in großem Bogen von der Falle.

Er wollte sich der Beute gerade von neuem annähern, als die Schreie der Ente sich mit einem von Mezire ausgestoßenen, entsetzten und alarmierenden Heulen vermischten und ihn in die Flucht schlugen. Er rannte mit großer Geschwindigkeit davon, und das Rudel folgte ihm, so schnell es konnte.

Schon bei der Geburt war Mezire das größte Tier des Wurfes gewesen. Zum stärksten entwickelte er sich, nachdem die Geschwister erstmals gesäugt worden waren. Er war derjenige gewesen, der die Augen einen halben Tag früher als seine Geschwister geöffnet und beschlossen hatte, die Höhle zu verlassen und sie mitzunehmen. Und als ein Adler aus den Bergen sich eine seiner Schwestern geschnappt hatte, war er derjenige gewesen, der als erster in den Wolfsbau zurückgeeilt war und seine Haut gerettet hatte.

Kraft und Aggressivität sind die beiden wichtigsten Stützen der wölfischen Rangordnung und ausschlaggebend für die Stellung des einzelnen innerhalb des Rudels.

Da sich der Rang, den sie später einmal im Rudel einnehmen, aus den Kämpfen ergibt, welche die jungen Wölfe untereinander austragen, war Mezire auf Anhieb zum Führer seines Wurfs geworden. Er war der erste, der ein Maultier riß und bereits als Einjähriger eine Wildkatze tötete, die ihm die Überreste einer Elster streitig machen wollte. Bei diesem Kampf hatte er ein Drittel seines rechten Ohrs eingebüßt. Er war es ebenfalls, der, als er einer Kröte nachjagte, in seinem Übereifer in den Teich gefallen war und um ein Haar ertrunken wäre, wenn seine Mutter ihn nicht auf ein flaches Uferstück des Flusses hingewiesen hätte.

Mezire war stark und entschlossen, doch gleichzeitig stand ihm seine Unerschrockenheit, die an Dummheit grenzte, im Wege; so schreckte er nicht einmal davor zurück, einen brünstigen Hirsch oder einen Frischling in Begleitung des Mutterschweins anzugreifen.

Und eben dieses ungestüme Temperament hinderte ihn daran, Bien-Noirs Verhalten Beachtung zu schenken. Als er sich der Ente näherte, gab plötzlich der Boden unter ihm nach, und er stürzte kopfüber in die Tiefe. Er gab ein kurzes, angstvolles Heulen von sich, landete unsanft auf dem Grund einer vom Regen überfluteten Grube und versank bis zu den Knien im Schlamm. Über ihm klappte der Deckel der Falle zu, und er stand im Dunkeln.

Der junge Wolf war einen Augenblick lang vor Entsetzen wie gelähmt und konnte weder riechen noch hören. Nie zuvor hatte er solche Angst gehabt, nicht einmal in jener Nacht, als er plötzlich einem dreihundert Pfund schweren Keiler gegenübergestanden hatte.

Da nichts passierte, beruhigte er sich und gab ein kurzes Heulen von sich, das jedoch ohne Echo blieb. Das Rudel hatte ihn im Stich gelassen.

Plötzlich öffnete sich die Falltür, und ein weiteres Opfer klatschte schwerfällig auf den Boden; dabei wirbelte eine solche Ladung Schlamm hoch, daß Mezire bis über beide Ohren bespritzt wurde. Es dauerte lange, bis der junge Wolf seine Schnauze vom Dreck befreit hatte und mit Entsetzen den sehr starken Geruch eines Menschen wahrnahm, der unmittelbar neben ihm lag.

»He, caramba! Wen haben wir denn da?« fragte eine junge, laute Stimme.

Mezires Angst war so groß, daß er unter sich pißte.

## 36

*Mittwoch, 2. April 1777*

Charlemagne kauerte zwischen Quinteux und seinem Bruder Prends-Garde, die auf dem Rücken lagen und die Pfoten in die Luft streckten. Er wartete darauf, daß im Schloß endlich alle schliefen.

Durch die offenstehende Tür hörte er das regelmäßige Schnarchen des neuen Hauptknechts. La Fougère ersetzte La Fouine, der entlassen worden war, weil er Charmeuse geschändet hatte.

Bevor La Fouine fortgejagt wurde, erhielt er dreißig Peitschenhiebe von Quentin Onrazac, der sich mächtig ins Zeug legte und ihm den Rücken blutig schlug. Charmeuse war durch einen Genickschuß von ihrem Herrn getötet worden.

Charlemagne war empört: »Aber sie kann doch nists dafür!«

Die Tatsache, daß der Knecht sie gefesselt und ihr einen Maulkorb angelegt hatte, war der eindeutige Beweis dafür, daß sie keineswegs freiwillig an dem Verbrechen teilgenommen hatte und für nichts verantwortlich gemacht werden konnte. Da man zu jener Zeit jedoch befürchtete, solch widernatürlichen Vereinigungen würden schändliche Ungeheuer entspringen, mußte das Tier ebenfalls sterben.

Eine Stunde vor Mitternacht verließ Charlemagne den Zwinger der Bastarde.

Die mondlose Nacht war so dunkel, daß man kaum die eigene Hand vor den Augen erkennen konnte. Das Gewitter, das sich seit dem Vorabend andeutete, schien sich einfach nicht dazu entschließen zu können, endlich loszubrechen. Nichts war zu hören.

Er durchquerte den Hühnerhof und ging zum Donjon. In der Vorratskammer nahm er sich eine Lampe und stieg die Steintreppe hinunter, die in den Keller führte. Er griff nach einem der dicken Zapfhähne und drückte ihn in das Zapfloch des dritten Fasses von rechts. Der Wein aus La Valette spritzte hervor, strömte über den gefliesten Fußboden und bildete nach kurzer Zeit eine große Lache.

Von nun an war es nicht mehr möglich, umzukehren. Seine Flucht hatte begonnen.

Er schlich in das Arbeitszimmer des Ritters hinauf und fand eine englische Pistole mit neuem Feuerstein und einen Gürtelhaken (Laszlo besaß ebenfalls einen solchen Gürtelhaken und hatte ihm dessen Handhabung beigebracht). Auch ein Fernglas mit Lederetui, ein Pulverfäßchen für zwanzig Schüsse und ein Lederbeutel mit zwanzig Bleikugeln schienen ihm nützlich. Er überlegte einen Moment und entschied, *Das Buch der Jagd* und den *Führer durch Frankreich und Navarra* sowie eine der zahlreichen alten Bibeln auch mitzunehmen. Neben dem Kamin stand eine große, mit Wolfsfell gefütterte Jagdtasche, in der er seine Beute verstaute.

Er schloß das Arbeitszimmer hinter sich ab und begab sich in die Küche. Hier entschied er sich für eine Kerze, die zwei Stunden lang brennen würde, ein Pfund Brot, drei Portionen Schafskäse, fünf Knoblauchzehen, drei Zwiebeln und einen Schinken, der so gewaltig war, daß er ihn in zwei Teile zerschneiden mußte, damit er noch in die Jagdtasche paßte.

Als letzten Gruß an die elf Rattenfamilien des Schlosses verließ er die Küche, ohne die Türen des Vorratsschrankes zu schließen. Er begab sich in die Wäschekammer, wo er seine Kleider ablegte und eines der schönen Leinenhemden von Monsieur Anselme anzog. Obwohl es ihm ein wenig zu groß war, stand es ihm ausgezeichnet. Dann schlüpfte er in eine dunkelgrüne Hose, die an den Knien Falten warf, und zog ein Paar schwarze Kniestrümpfe an. Zuletzt zog er wieder seine eigene zu enge Jacke über und versteckte seine alten Kleider ganz unten im Korb mit der schmutzigen Wäsche.

Er mußte noch einmal zurück in den Donjon, wo im Keller das härteste Stück Arbeit auf ihn wartete.

Nachdem er seine Lampe und die Tasche auf ein Faß gestellt hatte, zündete er zusätzlich die in der Küche gestohlene Kerze an. Dann zog er Schuhe und Strümpfe aus und patschte durch den knöchelhoch im Raum stehenden Wein zu dem ausgelaufenen Faß.

Das Faß bestand aus mit Eisenringen verstärkten Kastaniendauben und wog im Leerzustand hundertfünfzig Pfund. Charlemagne schob ein Brett schräg unter das Gestell und drückte es wie einen Hebel nach oben. So gelang es ihm, das Faß zu kippen. Krachend und spritzend stürzte es auf den überfluteten Steinboden. Eine Weile stand er da wie gelähmt und horchte. Als keinerlei Reaktion zu hören war, rückte er das Gestell beiseite, stellte die Laterne darauf und tauchte seine Hände in den Wein, um nach dem Eingang zum unterirdischen Gang der Familie Armogaste zu tasten.

Zu Beginn des Sommers 1776 hatte Charlemagne diesen unterirdischen Geheimgang entdeckt. Als Ritter Virgile-Amédée und sein Sohn Anselme für mehrere Tage verreist waren (sie besuchten Baron Jean Guibonnet, den Lehnsherrn von Salmiech, der behauptete, ein Leopardenpaar im Wolfsrevier gesehen zu haben), nutzte er ihre Abwesenheit, um ungestört das Zimmer des Schloßherrn und den sogenannten *Tresorraum*, in dem sich alles befand, was die Familie Armogaste am meisten auf dieser Welt liebte, zu durchsuchen. In einer Schublade des Renaissance-Schreibtisches war er schließlich auf den Plan des unterirdischen Ganges gestoßen, der im Jahr 1531 angelegt worden war. Bei diesem Dokument handelte es sich um eine

Farbskizze des Schlosses, des Marktfleckens und des Tunnels. Den Eingang hatte der Zeichner mit blühendem Efeu verziert. Obwohl die Erklärungen in okzitanischer Sprache verfaßt waren, hatte Charlemagne sofort begriffen, daß dieser Eingang im Keller des Donjons lag. In der darauffolgenden Nacht hatte er sich dorthin begeben und festgestellt, daß sich die auf dem Plan angegebene Stelle genau unter einem Tausend-Liter-Faß befand. Er hatte sich flach auf den Bauch gelegt und war unter das Gestell gekrochen, um sich dessen zu vergewissern. Doch anstatt auf eine hölzerne Falltür zu stoßen, hatte er unter der dicken, Jahrhunderte alten Staubschicht, dem verfaulten Stroh und den alten Spinnweben eine schwere Steinplatte gefunden, die in der Mitte mit einem Eisenring versehen war: eine Steinplatte, die sich nicht öffnen ließ, solange das Faß darauf stand.

Charlemagne biß die Zähne zusammen und zog mit aller Kraft an dem Ring. Die Steinplatte bewegte sich mit einem schmatzenden Geräusch. Der Wein floß in das düstere Loch, das so tief wie ein Brunnen und mit einer schmalen Steintreppe ausgestattet war.

Er nahm seine Decke, schlüpfte wieder in Strümpfe und Schuhe und hängte sich die Jagdtasche über die Schulter. Vorsichtig stieg er die glitschigen Stufen hinab. Das Ende der Treppe führte geradewegs in ein enges, tonnenförmiges Gewölbe. Der Boden war aus festgestampfter Erde, die modrige Luft roch nach Pilzen, Schimmel, Spinnen, Ratten und seit kurzem nach Wein aus La Valette.

Mit der Lampe in der Hand setzte Charlemagne seinen Weg fort. Nach etwa hundert Schritten wurde der Gang schmaler. Die Haare des Jungen berührten die Decke, und mit einem Mal fiel Charlemagne ein starker Moschusduft auf. Er stellte fest, daß es sich um den Geruch eines Dachses handelte, und ging weiter. Kurz darauf wurde der Tunnel zu einem engen Schlund.

Er zog das Jagdmesser aus seiner Schultertasche. Da er mehr als einen Hund gesehen hatte, der mit ernsthaften Verletzungen von der Dachsjagd zurückgekommen war, wußte er ganz genau, daß dieses Tier sehr gefährlich sein konnte. Hurtaud, einem Spürhund aus der Vendée, hatten Dachskrallen den Bauch aufgeschlitzt, und Dardant, dem kurzschwänzigen Bracken von Monsieur Anselme, hatte der Biß eines Dachses die Schnauze zerstört, so daß der Hund seitdem nicht mehr jagen konnte.

Langsam ging Charlemagne vorwärts. Plötzlich fiel der Schein seiner Lampe auf eine große Dächsin, die sein Näherkommen aufgeschreckt hatte; eilig schob sie ihre Jungen durch ein Loch in der Wand. Fünf kleine Dächschen mit noch geschlossenen Augen krümmten sich winselnd auf einem Bett aus Gräsern und Blättern, das in der Mitte des Ganges lag. Der Geruch war so stark, daß er Charlemagne in der Nase und in den Augen brannte wie der Rauch von nassem Holz. Dann tauchte der Kopf des Weibchens mit seiner langen Schnauze erneut in der Öffnung auf. Ohne das Tier aus den Augen zu lassen, trat Charlemagne drei Schritte zurück und wartete ab.

Da sich die Dächsin dank dieser Distanz in Sicherheit wähnte, sprang sie in den Gang, packte ein Junges im Nacken und verschwand erneut im Loch. Diese Gelegenheit nutzte Charlemagne, um behend über das Laubbett zu springen und seinen Weg fortzusetzen.

Einmal mehr verengte sich der Gang und zwang den Jungen, sich tief zu bücken. Die abgestandene Luft und die schwere Jagdtasche erschöpften ihn. Er hatte keine Ahnung, welche Entfernung er bereits zurückgelegt hatte oder wieviel Zeit seit dem Beginn seiner Flucht vergangen war. Also marschierte er mit gebücktem Kopf einfach weiter. Ab und zu fragte er sich, unter welchem Teil des Ortes er sich wohl gerade befand. Plötzlich stieß er heftig gegen eine felsige Wand, die den Tunnel versperrte.

»Aua!«

Die Lampe glitt ihm aus der Hand, erlosch und tauchte ihn in völlige Dunkelheit. Er kniete nieder und tastete nach ihr. Als er sie berührte, stellte er fest, daß sie umgefallen und das ganze Öl ausgelaufen war. Er nahm eine Kerze aus der Jagdtasche, zündete sie an und stellte mit Erleichterung fest, daß er nicht in eine Sackgasse geraten war. Der Gang führte lediglich um einen Felsbrocken herum und machte dann eine Biegung von neunzig Grad.

Der Junge ging weiter, und da das Kerzenlicht nicht weit reichte, merkte er erst im letzten Moment, daß er auf einmal vor einer gewölbten Tür stand. Er hielt die Flamme hoch und sah, daß die Tür mit einem ziegelsteingroßen Schloß versehen war.

Mit allen Schlüsseln seines Rings versuchte er, die Tür zu öffnen – vergeblich! Der passende Schlüssel war nicht dabei.

Mit vor Aufregung schlotternden Beinen und ganz verwirrt ließ er sich zu Boden sinken und konnte sich nicht mehr bewegen. Er fühlte sich wie eine in die Falle gegangene Ratte.

Völlig verzweifelt stellte er sich vor, wie Martial die offenstehende Tür zum unterirdischen Gang entdecken, den Ritter davon in Kenntnis setzen und dieser das Verschwinden der zahlreichen Dokumente aus seinem Zimmer feststellen würde.

Diesmal würde er verurteilt und gehängt werden. Vor allem wegen der entwendeten Pistole, die auf seine bösen Absichten schließen ließ.

Auf der anderen Seite der Tür war das entsetzte Kreischen eines von einer Eule geschnappten Gartenschläfers zu hören, und ein entferntes Grollen erinnerte Charlemagne daran, daß das Gewitter bald losbrechen würde. Als er sein Ohr an die Tür preßte, glaubte er, ganz in der Nähe den Dourdou rauschen zu hören. Ein weiteres Mal sah er sich das Schloß an. Das Schließblech war mit Eisenbolzen in der Einfassung verankert und ließ sich keinen Millimeter bewegen.

Er nahm die Pistole und lud sie; dann trat er einen Schritt zurück und schoß auf die Stelle, an welcher der Riegel ins Schloß geschoben war. Das Resultat war sehr zufriedenstellend. Das Schloß hing zu drei Vierteln aus der Fassung. Ungestüm riß er es ganz heraus, stieß die Tür auf und war mit einem Schritt im Freien. Charlemagne steckte die Pistole wieder ein und bahnte sich mit Hilfe seines Jagdmessers einen Weg durch die dornige Vegetation.

Sobald er sich aufrichten konnte, ließ er sich von seinem Gehör leiten und marschierte auf den Fluß zu, dessen Rauschen von weiter unten kam. Als er das Ufer erreichte, kniete er nieder und trank ausgiebig. Er war höchst zufrieden mit sich selbst und folgte dem steinigen Ufer bis zur Sankt Benedikt-Brücke, wo er auf die große Straße nach Rodez gelangte, die an der Gerberei der Familie Camboulives vorbeiführte.

Gemächlich und mit dem Dreispitz auf dem Kopf, den Dagobert ihm überlassen hatte, marschierte Charlemagne den Fluß entlang. Die Jagdtasche, die Decke und der lederne Schlauch von Onkel Félix, den Clotilde mit Wasser gefüllt hatte, schienen mit jedem Schritt schwerer zu werden.

Er hatte natürlich bei seinen Geschwistern haltgemacht und sie über sein Vorhaben unterrichtet. Selbstgefällig hatte er seine Pistole hervorgekramt und die beiden am Lauf riechen lassen, der noch nach Pulver stank. Er hatte gehofft, sie würden ihm vorschlagen, ihn zu begleiten, damit er ihnen antworten könnte: »Nein, iss werde Clodomir allein befreien«, aber sie hatten nichts dergleichen gesagt.

Der aufkommende Wind wirbelte Staub auf. Es donnerte. In der Ferne waren heulende Wölfe zu hören, die ihn darauf aufmerksam zu machen schienen, daß er sich ihrem Gebiet im Wald von Saint-Leu näherte.

Charlemagne zögerte. Gab es einen ungeeigneteren Zeitpunkt als eine mondlose Nacht, um einen Wald zu durchqueren? Zumal den Wald von Saint-Leu, der für seine Unwirtlichkeit und die zahlreichen wilden Tiere bekannt war, die darin lebten. Er beschloß, das Ende der Nacht im Schutz der Sankt Hubertus-Kapelle abzuwarten, die hinter der alten, über den Dourdounette führenden Holzbrücke lag.

Als er nach dem Weg zu suchen begann, entlud sich das Gewitter plötzlich mit gewaltiger Kraft. Es donnerte ununterbrochen, und ein heftiger Regen prasselte auf ihn nieder. Unter dem erstbesten Baum suchte Charlemagne Schutz.

Als der Regen nachließ, machte er sich wieder auf den Weg, mußte aber bald feststellen, daß er sich verirrt hatte.

Er entschied, auf einen Baum zu klettern und dort zu warten, bis es hell werden würde. Er sah sich mehrere Bäume an, bevor er endlich einen fand, dessen unterster Ast tief genug hing. Mit beiden Händen umklammerte er ihn und versuchte, sich hochzuziehen – vergeblich. Als er sich gerade seines Gepäcks entledigen wollte, tauchten aus dem Nichts plötzlich mehrere Wölfe auf und rasten an ihm vorbei. Einer von ihnen bemerkte ihn und war von seinem unerwarteten Anblick so unangenehm überrascht, daß er einen rauhen Ton von sich gab, der seine Begleiter zu noch größerem Tempo antrieb. Charlemagne war nicht weniger entsetzt, ließ den Ast los und flüchtete, so schnell er konnte, in die entgegengesetzte Richtung.

Als Charlemagne um einen dicken Kastanienbaum herumging, über die Wurzeln sprang und sich einer Lichtung zwischen zwei Hecken näherte, gab der Boden unter seinen Füßen plötzlich nach, und ein schwarzes Loch verschlang ihn. Wie ein Stein fiel er drei Meter tief und landete auf einer dicken Schlammschicht.

Rücklings lag er da, konnte vor Schreck kaum atmen und hatte sich zu allem Übel auch noch in seiner Decke und seiner Jagdtasche verheddert. Als er sich mühsam aufgerichtet hatte, hörte er ganz in der Nähe jemanden niesen.

»He, caramba! Wen haben wir denn da?«

Nachdem er seine Hände einigermaßen vom Dreck gesäubert hatte, kramte er in seiner Jagdtasche nach Kerze und Streichholz. Der Docht fing Feuer, es wurde hell in der Grube. Als Charlemagne den schlitzäugigen Blick eines Wolfes kreuzte, hörte sein Herz einen Sekundenbruchteil zu schlagen auf. Er wich zurück und stieß mit dem Rücken gegen eine Wurzel, die aus der Grubenwand ragte. Mit Ausnahme der einjährigen Tiere, mit denen der Ritter seine jungen Hunde auf die Wolfsjagd abzurichten pflegte, hatte er ausgewachsene Wölfe noch nie anders als tot oder als Illustration auf den Einbänden der Jagdbücher gesehen.

»Ihr seid ein ssöner Wolf«, sagte er mit vor Aufregung bebender Stimme.

Das Tier kauerte in der anderen Ecke der Grube: Sein Fell war schmutzig, seine rothaarigen Beine, zwischen die sein armseliger Schwanz geklemmt war, hatte es fest aneinandergepreßt. Überdies fehlte ihm ein Stück seines rechten Ohrs.

Die Grube war so eng, daß sie einander berühren konnten, sobald sie den Arm beziehungsweise die Pfote ausstreckten.

Zwischen ihnen lag der Dreispitz, auf dem der von der Falltür heruntertropfende Regen dumpfe Geräusche verursachte.

Mit langsamen Bewegungen zog Charlemagne die Pistole aus der Jagdtasche und lud sie. Er richtete die Waffe auf den Wolf und setzte ihn auf ritterliche Weise über die neue Situation in Kenntnis: »Bleibt, wo Ihr seid, Wolf, sonst werde iss Euss erssießen.«

Automatisch siezte er den Wolf, obwohl er einen Hund spontan geduzt hätte.

Wie lange würde er wohl mit diesem großen Frischfleischliebhaber hier sitzen müssen?

Er dachte an denjenigen, der die Grube ausgehoben hatte. Wer war das, und wann würde der Betreffende seine Falle überprüfen kommen? War es das Werk des Jagdaufsehers oder, schlimmer noch, das eines Wilderers?

Da Wilderei verboten war, läge es nicht im Interesse eines Wilderers, einen Zeugen am Leben zu lassen, der ihn vor Gericht identifizieren könnte.

Bei diesem Gedanken begann Charlemagnes Herz schneller zu schlagen. Hastig erhob er sich. Der Wolf knurrte.

»Iss will bloß sauen, wie wir hier rauskommen, weiter nists«, entgegnete er zu seiner Rechtfertigung.

Natürlich wußte er ganz genau, daß das Tier ihn nicht verstehen konnte, aber er verließ sich auf den sanften Ton seiner Stimme.

Tatsächlich verstummte das Knurren des Wolfes.

Als Charlemagne die Kerze in die Höhe hielt, erkannte er zehn Fuß über ihnen die Falltür und deren Schiebevorrichtung. Allerdings gab es nichts, worauf er sich abstützen könnte, um hinaufzugelangen. Auch die schrägen Wände der Grube machten jeden Fluchtversuch unmöglich. Ohne Hilfe von außen würde er diese Falle nie wieder verlassen.

## 37

Die Lerchen waren die ersten, die den jungen Morgen begrüßten. Die Morgendämmerung tauchte den vom Gewitter blank geputzten Himmel in ein zartes Rot: Das war die Zeit der Amseln, Singdrosseln und Laubsänger.

Mit der aufsteigenden Sonne wurden auch die Kuckucke munter. Einer, der sich im nahen Nest einer Grasmücke niedergelassen hatte, gab so laute Töne von sich, daß Charlemagne aus dem Schlaf hochfuhr.

Er öffnete die Augen und wußte nicht, wo er sich befand. Erst als er die im Schlamm steckende Pistole sah, erinnerte er sich wieder.

Es regnete nicht mehr; die auf die Jagdtasche gestellte Kerze war erloschen, doch einige Sonnenstrahlen drangen bis in die

Fallgrube und verwandelten die dort herrschende Dunkelheit in Halbschatten.

Der Wolf kauerte nach wie vor an der Wand und starrte ihn mit seinen schlitzförmigen Augen an. Aus seinem Maul hing eine große, rosafarbene Zunge, die dem Jungen jedoch keine Angst machte, da er wußte, daß das Tier eher durstig als hungrig war, sonst wäre der Wolf sicher im Schlaf über ihn hergefallen.

Charlemagne erhob sich und verzog das Gesicht zu einer Grimasse. Sein ganzer Körper tat ihm weh. Er zog die Pistole, die ihm im Schlaf aus der Hand gerutscht sein mußte, aus dem Schlamm und streckte den Arm aus, um nach seinem Dreispitz zu greifen. Der Wolf zuckte zusammen und legte die Ohren nach hinten, während seine schlammverklebten Fellhaare sich aufrichteten. Er knurrte.

Charlemagne nahm den Schlauch aus Ziegenhaut, füllte den Dreispitz mit Wasser und setzte ihn behutsam nieder. Das Tier knurrte noch lauter und zog die Lefzen über seine langen Eckzähne.

Anschließend ging der Junge in seine Ecke zurück und trank, ohne das Tier aus den Augen zu lassen, das sich nicht bewegte, ja nicht einmal einen Blick auf das Wasser geworfen hatte.

Am Ende war sein Durst größer als die Angst. Obwohl der Dreispitz einen sehr starken menschlichen Geruch verströmte, näherte Mezire sich ihm und schlurfte geräuschvoll das Wasser. Er schleckte den Dreispitz so gründlich sauber, daß kein einziger Tropfen Flüssigkeit zurückblieb. Dann begann er, seine schmutzige Wunde zu lecken, wobei er den Blick nicht eine Sekunde von Charlemagne abwandte. Der Junge hatte Mitleid mit ihm.

»Ach, Wolf! Ihr habt Euch böse verlesst.«

Die Zeit verging. Charlemagne entlud die Pistole, säuberte sie und lud sie von neuem. Als er Hunger bekam, öffnete er die Jagdtasche und zog das Brot, den Schinken, die Zwiebeln und ein Käsestück hervor. Er schnitt eine dicke Scheibe Schinken ab, zeigte sie dem Wolf und warf sie ihm hin.

Mezire hatte große Angst. Es war das erste Mal, daß man ihm etwas zum Fressen vorwarf. Bisher hatte er nicht gewußt, daß es diese Möglichkeit überhaupt gab.

»Eßt, eßt, es ist kein Kieselstein, sondern ein gutes Stück Nasac-Ssinken.«

Seine Stimme war sanft und ohne jede Aggressivität.

Die Geruchspartikel des rohen Schinkens legten sich auf die von feinen Knochen durchsetzten Schleimhäute der Wolfsnase: Diese gaben die Information unverzüglich an das Hirn weiter und lösten einen üppigen Speichelfluß aus. Nur der starke menschliche Geruch, der ebenfalls daran haftete, störte ein wenig. Auch das Wasser hatte diesen sonderbaren Geschmack gehabt.

»Sehr gut«, sagte Charlemagne, als er das Tier beim Verzehr des Schinkens beobachtete.

Sodann warf er ihm ein dickes Stück Brot zu, das der Wolf vorsichtig beschnüffelte, bevor er es ebenfalls verschlang.

Nie zuvor hatte Mezire solche Nahrung zu sich genommen, und noch nie war ihm ein Wesen begegnet, das so lange auf seinen Hinterbeinen stehen konnte. Plötzlich sträubte sich sein Fell, seine Nase und seine Ohren richteten sich nach oben. Irgend etwas näherte sich.

Charlemagne hörte die Geräusche von Rädern, die kleine Zweige und welke Blätter unter sich zerdrückten. Er vernahm eine menschliche Stimme. Mit klopfendem Herzen ließ er den Pulverbehälter und das Bleisäckchen in seiner Jacke verschwinden. Er zog das Hemd aus seiner Hose und versteckte darunter die Pistole.

Die Falltür wurde geöffnet. Eine Lichtflut überschwemmte die Grube, an deren oberem Rand sich eine Silhouette zeigte. Wildes Hundegebell war zu hören. Charlemagne ging davon aus, daß es zwei waren und daß sie den Wolf gerochen hatten.

Die Silhouette war die von Javertit, dem Wolfsjäger und Jagdaufseher der Familie Armogaste.

»Das seid Ihr ja endliss, Herr Jagdaufseher. Sieht miss bitte hier raus.«

Die Hunde bellten noch lauter.

»Was machst du denn da unten, verdammt noch mal?«

»Iss bin in der Nacht hineingefallen. Bitte, werft mir ein Seil runter.«

In diesem Moment bemerkte Javertit das Tier, das sich zusammengekauert an die Grubenwand drückte.

»Da liegt auch noch ein Wolf! Deshalb bellen die Hunde so laut!« sagte er zu jemandem, der hinter ihm stand.

Er verschwand, und eine andere Silhouette erschien. Charlemagne erkannte Janot, einen jungen Burschen mit brauner Haut, schmaler Stirn und einer winzigen Nase, die er von seinem Vater geerbt hatte. Mühsam hielt er zwei Vorstehhunde an der Leine, die beim Anblick des Wolfes ungestüm zu bellen begannen.

»Wo ist der Herr Jagdaufseher hingegangen?«

Janot antwortete nicht, sondern fixierte Mezire mit haßerfülltem Blick.

Javertit kam mit einer acht Fuß langen Stangenleiter zurück und ließ sie in die Grube hinab. Charlemagne setzte seinen Dreispitz auf, ergriff die Decke und seine Jagdtasche. Nach einem traurigen Blick auf das vor Angst wie gelähmt daliegende Tier stieg er die Leiter hoch. Der Pistolenlauf stieß ihm bei jeder Bewegung gegen die Leiste. Charlemagne roch so stark nach Wolf, daß es Janot schwerfiel, seine Hunde zurückzuhalten.

Neben der Falle lagen die Reste der Ente inmitten ihrer Federn. Ein Uhu oder vielleicht ein Waldkauz hatte sie in der Nacht an Ort und Stelle vertilgt. Ein altes Maultier, das vor einen mit einer leeren Holzkiste beladenen Karren gespannt war, fraß das Gras und die Blumen in seinem Umkreis.

Der Wildhüter wühlte unter dem Sitz des Gefährts und zog einen Knüppel aus Kastanienholz sowie einen langen Stiel mit einem geflochtenen Lederriemen hervor, dessen Ende mit einer Schlinge versehen war. Er stieg die Leiter hinunter und verschwand in der Grube. Offenbar wollte er das Tier lebendig einfangen. Ähnliche Fangstöcke gab es in jedem Hundezwinger. Sie dienten dazu, aufsässige Tiere einzufangen.

Ein, zwei Minuten später erschien er erneut auf der Leiter: Auf dem Rücken trug er den jungen Wolf, dem die Schlinge die Luft abschnitt. Er warf ihn in die Kiste, schloß die Klappe und verriegelte den Schnepper. Wie betäubt, mit der Schnauze auf dem Boden und dem Schwanz zwischen den Beinen, kauerte sich das Tier zusammen.

Anschließend wandte sich Javertit Charlemagne zu. Seine kleinen grünen Augen wanderten von der Jagdtasche zum schönen Leinenhemd, das nicht zu der wollenen Jacke paßte.

»Wer bist du?«

»Iss komme aus Rodez und mösste meine Brüder in Roumégoux besuchen«, log er, ohne lange zu überlegen.

»Aber das hier ist doch nicht der Weg nach Roumégoux.«

»Als das Gewitter losging, wollte iss in der Sankt Hubertus-Kapelle Ssutz suchen, aber iss konnte sie nist finden und hab miss verlaufen.«

»Wenn du aus Rodez stammst, wieso sprichst du dann nicht den dortigen Dialekt? Und woher weißt du, daß ich der Jagdaufseher bin, obwohl ich nicht die entsprechende Kleidung trage?«

Charlemagne war verwirrt, und man sah es ihm deutlich an.

»Zeig mal her, was du da hast!«

Der Aufseher deutete mit seinem Knüppel auf die Jagdtasche. Charlemagne gehorchte. Das Jagdmesser mit dem Griff aus Spießbockhorn und das Fernrohr in dem von der Feuchtigkeit aufgeweichten Lederetui ließen dem Mann keine Ruhe. Die Bibel, die Straßenkarte und die mit dem Wappen der Familie Armogaste versehene Jagdabhandlung überzeugten ihn schließlich von der Unaufrichtigkeit des Jungen.

»Wo hast du das alles geklaut? Und was macht ein kleiner Rotzbube wie du mit den Büchern von Edelleuten? Sprich, oder ich werfe dich wieder in die Grube!«

»Achtung!« schrie Janot, als Charlemagne unter sein Hemd griff, seine Pistole zog und sie auf den Mann richtete, der ihm gegenüberstand.

»Verdammte Scheiße!« fluchte Javertit, der eher überrascht als besorgt war.

Er tat einen Schritt nach vorne. Charlemagne wich zurück und sagte mit fester Stimme: »Bei Gott, iss werde ssießen!«

Sein entschlossen klingender Ton ließ den Wildhüter innehalten.

»Langsam, langsam, Kleiner, wenn du dich aus dem Staub machen willst, dann los, verschwinde! Mir soll es recht sein.«

Charlemagne ergriff seine Jagdtasche und ging um Javertit herum, der sich, wie er ganz deutlich spürte, auf ihn werfen wollte. Es war nicht leicht, die Pistole in der ausgestreckten Hand zu halten. Er näherte sich der Kiste. Der Wolf hatte sich erhoben. Janot tat so, als wolle er im nächsten Augenblick seine Hunde auf ihn hetzen.

»Wenn du sie losläßt, ssieße iss«, warnte ihn Charlemagne, während er sich dem Karren näherte.

Er wußte ganz genau, daß die Vorstehhunde des Wildhüters ihn verfolgen würden, sobald er im Unterholz verschwunden wäre. Und er hatte keine Chance, ihnen zu entkommen.

Als er die Tür des Kastens öffnete, schrie er: »He! Mezire! Tapferer Wolf!«

Das Tier rührte sich nicht – entweder weil es immer noch unter Schock stand oder aber eine Falle vermutete.

»Mach diese Kiste wieder zu, andernfalls, das schwöre ich dir, wirst du es noch lange bereuen!« knurrte Javertit und näherte sich mit erhobenem Knüppel.

Charlemagne rüttelte am Kasten, konnte den Wolf jedoch nicht davon überzeugen herauszuspringen. Die Gitter schienen ihm dieselbe Furcht einzuflößen wie die Wände der Fallgrube.

Javertit setzte zum Sprung an. Charlemagne drückte ab. Doch der Schuß ging nicht los.

Der Knüppel des Aufsehers sauste nieder. Charlemagne sprang zur Seite, um ihm auszuweichen, und stieß dabei gegen den Esel, der hochfuhr, losrannte und den Karren hinter sich her zog. Ein Rad krachte gegen eine Wurzel, und der nicht festgebundene Kasten flog von der Plattform. Wie der Pfeil einer Armbrust sprang Mezire ins Freie und verschwand im Unterholz. Die Vorstehhunde zerrten so stark an der Leine, daß Janot zu Boden gerissen wurde und das Seil loslassen mußte, um nicht mitgeschleift zu werden. Ohne zu bellen, nahmen die Hunde die Verfolgung des jungen Wolfes auf.

»Das ist für diesen Wolf, den ich so dringend benötigte«, erklärte Javertit und versetzte dem Jungen einen kräftigen Schlag mit seinem Knüppel.

Charlemagne sah, wie der Boden, die Bäume und der Himmel sich drehten. Seine Beine knickten in den Knien ein. Er fiel hin.

»Und das ist für die Hunde, die nun wieder eingefangen werden müssen.«

Diesmal zielte der Wildhüter auf das Schlüsselbein seines Opfers, das einen schrillen Schrei ausstieß.

»Und das ist, weil du auf mich schießen wolltest.«

Charlemagne spürte, wie er an den Füßen gepackt und über den Boden gezerrt wurde. Seine Jacke und sein Hemd wurden hochgestreift, er fröstelte bei der Berührung mit dem taufeuchten Gras. In dem Moment, da Javertit ihn in die Grube fallen ließ, öffnete er die Augen. Während des Falls schrie er laut auf. Er schlug so heftig auf, daß ihm die Luft wegblieb. Undeutlich sah er, wie die Leiter hochgezogen und die Falle zugeschlagen wurde. Der Schlamm war eisig kalt. Übelkeit überkam ihn, er drehte sich zur Seite und kotzte das Brot, den Schinken und den Käse wieder aus. Dann rührte er sich nicht mehr, schloß die Augen, überließ sich den Schmerzen und schlief nach kurzer Zeit ein, so als würde er in einen Brunnen voller Brombeerranken sinken.

## 38

Der Tritt, der ihm mit einem Holzschuh gegen den Oberschenkel versetzt wurde, weckte ihn.

»Aufstehen!« befahl Janot und versetzte ihm einen weiteren Tritt, diesmal in die Nieren.

Er trug Dagoberts Dreispitz und schwang den Knüppel seines Vaters auf eine Art und Weise, die keinen Zweifel daran ließ, daß er es kaum erwarten konnte, sich seiner zu bedienen.

Die Fallgrube stand offen; draußen war es noch hell. Charlemagne kletterte ins Freie: Alles tat ihm weh, vor allem sein Schlüsselbein und sein Kopf wurden von schmerzhaften Stichen gequält.

Der Wildhüter reparierte gerade die Rüstleiter seines Wagens, die bei der wilden Flucht durch den Wald beschädigt worden war. Die Kiste war leer. Als er Charlemagne sah, ließ er von seiner Arbeit ab, näherte sich ihm und versetzte ihm einen Faustschlag ins Gesicht.

»Das ist für die Hunde, die wir bislang nicht wiedergefunden haben.«

Charlemagne fiel auf die Knie, bestürzt über soviel Grausamkeit. Javertit packte ihn an den Haaren, zog ihn zum Gefährt und fesselte seine Hände mit einem langen Hanfseil, das er anschließend an der Rüstleiter festband. Neben dem leeren Kasten entdeckte Charlemagne seine Jagdtasche und seine Decke. Der Wolf war seinen Verfolgern entwischt.

Solange der Esel über den holprigen Wildpfad dahintrottete, war das Tempo so langsam, daß Charlemagne ihm anstandslos folgen konnte. Doch die Geschwindigkeit nahm zu, als sie auf den Weg nach La Loubière gelangten. Er mußte so schnell laufen, daß er beinahe das Gleichgewicht verlor. Trotz seiner Schreie stellte der Wildhüter sich taub und schleifte ihn so brutal hinter sich her, daß er sich beinahe die Schultern ausrenkte. Der Junge überhäufte ihn mit Beschimpfungen.

»Verdammt sollst du sein, du übler Bursse! Du einfältiger Bauer! Du Ekel!«

Der Karren hielt an. Javertit stieg herunter und versetzte Charlemagne weitere Fußtritte. Einer davon verletzte den Nerv in seinem Oberschenkel und tat fürchterlich weh. Der Junge hörte, wie sein Peiniger erneut auf seinem Sitz Platz nahm und in schulmeisterlichem Ton zu seinem Sohn sagte: »Wer nicht mehr knurren kann, der beißt auch nicht mehr.«

Als Kind hatte Achille Javertit sich hauptsächlich im Wald von Saint-Leu herumgetrieben, in Begleitung seines Vaters, der Holzfäller war, und von Franc-Taupin, seinem Hund, einem wilden Basset, der über einen hervorragenden Geruchssinn verfügte.

»Alles, was keine Seele hat, kann man essen, und Tiere haben keine Seele. Das ist der Grund, weshalb sie nicht wie die Menschen leiden, wenn man sie tötet«, hatte sein Vater behauptet. Häufig hatte er hinzugefügt: »Seit Menschengedenken zählen die wilden Tiere zu den Dingen, die niemandem gehören.«

Wann immer die Jagdschreie und -hörner des Ritters Évariste zu hören waren, verließ Achille die Hütte, in der seine Familie lebte, und folgte den Jägern. Seine Holzschuhe nahm er in die Hand, um schneller voranzukommen. Ganz gleich, wie lange die Hetzjagd dauerte und wie weit der Weg war, der zurückgelegt werden mußte, Achille war stets zur Stelle, wenn das Halali geblasen wurde, und nur selten geriet er außer Atem, was dem Ritter irgendwann auffiel.

Er war etwa fünfzehn Jahre alt, als sein Vater, der eine kurz zuvor erwürgte Hirschkuh geschultert hatte, von Sans-Chagrin, dem Wildhüter und Ersten Stallmeister der Familie Armogaste, überrascht wurde. Obwohl er leugnete, das Tier umgebracht zu haben, und behauptete, daß es schon tot gewesen sei, als er es fand, verrieten ihn die Schlingen in seiner kleinen Jagdtasche. Ritter Évariste ließ ihn ohne vorheriges Gerichtsverfahren mit seinem Hund an dem dicksten Ast der Eiche aufhängen, die gegenüber der Sankt Hubertus-Kapelle stand.

Die Entdeckung dieser zweifachen Hinrichtung erregte im Dorf großes Aufsehen. Jedermann konnte sich denken, wer dafür verantwortlich war, doch es wurde keine Untersuchung eingeleitet.

Achilles Mutter, die ihren einzigen Unterstützer verloren hatte und zu verhungern drohte, blieb nichts anderes übrig, als in ihr Heimatdorf im Département Lozère zurückzukehren. Achille jedoch weigerte sich mitzukommen. Da er genausowenig Interesse an der Gesellschaft der Menschen hatte wie Eulen am Licht, richtete er sich in einer der Grotten in den Ausläufern des Aubrac-Gebirges ein und lebte fortan vom Wildern, von der Fischerei und von wilden Beeren. Er rodete das Gebüsch um die Grotte herum und baute eine Blockhütte, die er mit einem Dach aus Zweigen und Ästen deckte. Der größte Nachteil des Standortes war die erhebliche Entfernung zum Dourdou; alles Wasser mußte er mühsam herbeischleppen.

Der Wald von Saint-Leu war so groß, daß Jahre vergingen, bevor die Zufälle einer Treibjagd den Ritter Évariste in die Nähe der Lichtung führten, wo er die als Wohnung eingerichtete Grotte, die Hütte, die Ziegenkoppel, den im Bau befindlichen Hühnerstall und den großflächig angelegten Gemüsegarten entdeckte. Er gab den Befehl, alles zu zerstören, und ließ anschließend den Verantwortlichen zu sich kommen.

»Himmeldonnerwetternochmal! Dich kenne ich doch, du kleiner Gauner! Du bist der Sohn von Javertit. Anscheinend hast du nichts daraus gelernt, daß dein Vater wegen Wilderei am Galgen sterben mußte?«

»Doch, mein Herr, denn ich habe Euer Kleinwild immer nur gejagt, um es selbst zu essen, jedoch nie, um es weiterzuverkaufen.«

Die Hundeknechte legten Feuer an die Hütte, als der Ritter murmelte: »Nenn mir einen Grund, weshalb ich dich nicht ebenfalls aufhängen sollte.«

»Ich weiß von einer Wildsau, die mit ihren Frischlingen im Niederwald von Cabestan haust, und von einem alten Keiler, der unter den Eichenbäumen von Lespinasse zu schlafen pflegt.«

»Ist das alles?«

»Heute morgen bin ich einem dritten, fetten Wildschwein begegnet, dessen Schneidezähne zwar bereits ein wenig abgenutzt sind, doch das so schnell davonrannte, daß ich ihm nicht folgen konnte. Ferner weiß ich aufgrund der Fußspuren und des Geruchs von einem Zehnender, der sich seit kurzem auf der Lichtung unweit des Hofes von Grand-Puech herumtreibt.«

»Hast du ihn schon einmal mit eigenen Augen gesehen?«

»Natürlich! Ich habe ihn einmal sogar aus seinem Unterschlupf vertrieben und ihn bis ans Ufer des Teichs verfolgt.«

»Er lügt, mein Herr. Der Teich liegt zwei Meilen von Grand-Puech entfernt! Wenn das, was er sagt, stimmte, wäre er bislang kaum zurückgekehrt«, erwiderte Sans-Chagrin.

»Mein Stallmeister hat recht. Die Entfernung ist zu groß.«

»Nicht, wenn man den Weg durch die Sauvagerie nimmt.«

Die Sauvagerie war der unerforschte, unzugänglichste und geheimnisvollste Bezirk des Waldes, das Reich der Feen, Lupinen, Menschenfresser und Werwölfe, in dem selbst die Moore größer und gefährlicher waren als gewöhnlich.

»Das wollen wir sehen. Begeben wir uns zum Teich: Wir nehmen den normalen Weg, und du nimmst die Abkürzung durch die Sauvagerie. Wenn du die Wahrheit sagst, wirst du vor uns dort sein«, erklärte der Ritter.

»Aber er wird die Gelegenheit nutzen und sich aus dem Staub machen, so daß wir ihn nie wiedersehen werden«, gab Sans-Chagrin zu bedenken.

»Aus eben diesem Grund wirst du ihn begleiten.«

Als der Ritter Évariste eine Stunde später in Sichtweite des Fischweihers kam, saß Achille auf einem Erlenast und ergötzte sich an Erdbeeren.

»Wo ist Sans-Chagrin?«

»Am Ausgang des Boucaud-Tals hörte ich ihn plötzlich nicht mehr hinter mir, mein Herr. Er ist schließlich nicht mehr der Jüngste, aber ich bin sicher, daß er bald ebenfalls hier eintreffen wird.«

Während sie warteten, sah der Schloßherr sich die Spuren des Zehnenders etwas genauer an.

»Kennst du dich auch mit Wölfen aus?«

Für den Ritter, wie für die meisten Oberjägermeister, war der Hirsch nur ein falsches Pferd mit einem Geweih und das Wildschwein bloß eine gewöhnliche Sau mit langen Zähnen. Seiner Meinung nach war nur der Wolf es wert, gejagt zu werden. Seine Kaltblütigkeit und seine Ausdauer machten die Jagd auf ihn aufregend und schwierig und somit bei Edelmännern besonders beliebt.

»Es gibt zwei Rudel, die sich den Wald teilen. Die Grenzen verlaufen vom Dourdou und dem großen Weg unweit der Sankt Hubertus-Kapelle bis zu den Ländereien der Familie Brasc. Zudem gibt es zwei oder drei Wölfe, darunter eine alte Wölfin, die zu keinem Rudel gehören und frei herumlaufen.«

Sans-Chagrin tauchte nie wieder aus der Sauvagerie auf.

»Er muß sich am Ausgang des Tales verlaufen haben und dem rechten Flußufer gefolgt sein, weil das am logischsten erscheint. Falls das der Fall ist, dann hat er sich in das dichteste Gestrüpp verirrt, das es gibt«, mutmaßte Achille achselzukkend. »Möglich ist aber auch, daß er in ein Moor geraten ist. Wer weiß das schon?«

Niemand hatte den Mut, sich auf die Suche nach Sans-Chagrin zu machen, und es war Quentin Onrazac, der seine Nachfolge als Erster Stallmeister und Aufseher über die Hundezwinger antrat.

Der Ritter erlaubte Javertit, auf seiner Lichtung zu bleiben und seine niedergebrannte Hütte wieder aufzubauen. Als Gegenleistung mußte er die Schloßküche mit Wildkaninchen, Fasanen, Rebhühnern und anderem Kleinwild beliefern. Ferner mußte er an jedem Abend und an jedem Morgen vor einer Treibjagd vorstellig werden, um einen Bericht über die Lage abzuliefern.

Im Frühling des Jahres 1755 erwischte Achille Javertit einen Kohlenhändler und seine beiden Söhne, die dabei waren, ein Reh mit geschwollenen Zitzen zu zerstückeln. Er schlug mit seiner Peitsche auf sie ein und lieferte sie schließlich beim Ritter ab. Aufgrund seiner »Heldentat« wurde er zum Jagdaufseher ernannt. Er erhielt ein mit dem Wappen der Familie Armogaste geschmücktes Gehänge, eine Flinte vom Kaliber 26, ein Maultier mit Sattel sowie das Recht, zwei Hunde zu halten und Fallen aufzustellen.

Als er im darauffolgenden Jahr vom großen Markt in Rodez zurückkam, wo er eine Reihe von Fallen gekauft hatte, erfuhr er aus den Gesprächen von Tuchhändlern, daß am nächsten Tag, dem fest der heiligen Maria Magdalena, in Bellerocaille vier Dirnen und zwei Zuhälter gehängt werden sollten.

Die Neugier trieb ihn zum Place du Trou, wo die Verurteilten der Öffentlichkeit unter dem Galgen vorgeführt wurden. Mit Piken bewaffnete Bogenschützen verhinderten, daß jemand die Ware betastete.

Javertit bahnte sich einen Weg durch die versammelten

Schäfer, Soldaten, Hirten und sonstigen Hungerleider aus der näheren Umgebung, die auf der Suche nach einer Gemahlin waren. Der Tradition gemäß konnte jede Frau, die zum Tode verurteilt war und keinen Mord begangen hatte, begnadigt werden, falls jemand öffentlich den Wunsch äußerte, sie zu heiraten. Solche Gelegenheiten boten sich etwa zwei- bis dreimal im Jahr und zogen alle jungen Männer aus den umliegenden Dörfern an, die zwar kein Land besaßen und auch keine Zukunft vor sich hatten, aber dennoch den Wunsch verspürten, sich fortzupflanzen.

So also kam Javertit zu Valborge, einem kräftigen und ziemlich häßlichen Weibsbild mit dunklen Haaren, das nicht mehr ganz jung war. Javertit entschied sich im allerletzten Moment, als Pibrac bereits, wie es der Anstand verlangte, das Kleid der Verurteilten um ihre Waden verknotete.

Javertit mußte dem Henkermeister als Entschädigung für seinen Verdienstausfall acht Sols bezahlen. Der Priester, der die Vermählung an Ort und Stelle vornahm, erhielt anderthalb Livres. Da Javertit nicht über die geforderte Summe verfügte, bot er als Ersatz eine der eisernen Wolfsfallen an, die er kurz zuvor gekauft hatte. Der Priester nahm dieses Angebot an.

Anfangs fiel es Valborge schwer, sich an das beschwerliche Leben im Wald zu gewöhnen, doch schon bald fand sie sich mit ihrem neuen Dasein ab und gebar ihrem Gatten in den folgenden sieben Jahren nicht weniger als sechs Kinder, von denen jedoch nur zwei überlebten.

Sie war es, die Javertit dazu drängte, die Lichtung zu vergrößern, einen Schweinestall zu bauen und einen Brunnen anzulegen. Sie war ebenfalls diejenige, welche die Vermarktung der Wolfsprodukte übernahm und so einen einträglichen Handel aufbaute, der immer größere Mengen an Rohmaterial erforderlich machte.

»Häufig werde ich nach rechten Augen gefragt«, gestand sie ihrem Mann eines Abends. »Anscheinend helfen sie gegen Fieber, wenn man sie trocknet, in Salz einlegt und am linken Arm befestigt.«

Folglich wurden die rechten Augen gesammelt, und Javertit begnügte sich damit, die linken auszuschlürfen.

Die Leber wurde gegrillt, gepfeffert, zu Pulver zerstoßen und mit bei Vollmond geschöpftem Wasser vermischt; sie ergab so eine großartige Salbe gegen Giftstiche, bösartige Geschwülste und eiternde Wunden. Gleiches galt für die geschmorten Innereien, die sich bei Darmstörungen als sehr wirksam erwiesen. Wenn man das Herz gebraten aß, verlieh es Mut, machte aber gleichzeitig auch streitsüchtig, während es Furunkel heilte und den Haarwuchs förderte, wenn man es in der Augustsonne trocknete und in zehn Jahre alten Wein legte. Im Tausch gegen jenen Teil des Wolfes, der zur Fortpflanzung seiner Rasse diente und den sie in ihre potenzfördernden Zaubertränke gab, hatte Lacroque Javertit verraten, wieso die mit den Samen wilder Gurken vermischte und auf den Nabel einer Frau geschmierte Galle eines Wolfes ihre Monatsblutungen mit derselben Gewißheit wieder beginnen ließ wie die aufgehende Sonne den neuen Tag.

In zwei Fällen, und zwar bei Gicht und Epilepsie, mußte das Tier bei der Zubereitung des Heilmittels noch lebendig sein. Diese äußerst schwierig herzustellende Medizin wurde natürlich teuer verkauft. Der junge Wolf, für dessen Befreiung Charlemagne gesorgt hatte, war für den ehemaligen Geldeintreiber, Monsieur Amans de Bompaing, bestimmt gewesen: Dieser war bereit, hundert Livres zur Linderung der Gicht auszugeben, die ihn wochenlang an seinen Sessel fesselte und ihn unfähig machte, sich zu bewegen, ohne vor Schmerzen laut aufzuschreien.

## 39

Schließlich blieb der Wagen stehen. Das Maultier iahte. Irgendwo in der Nähe erwiderte ein anderes Tier diese Laute. Charlemagne hielt die Augen geschlossen. Sein Körper, der eine Meile weit über den Boden geschleift worden war, schien an mehreren Stellen gebrochen zu sein, vor allem die Schultern ließen sich nicht mehr bewegen. Seine gefesselten Hände schimmerten violett und waren gänzlich taub geworden. Er hatte seine Schuhe verloren, und die Unebenheiten des Bodens hatten seine Jacke und seine Hose zerfetzt.

Hinter sich vernahm er eine enttäuschte Frauenstimme:

»Noch immer nichts?«

»Es war einer in die Grube am Weg gefallen, doch dieser kleine Schurke hat ihn entkommen lassen«, erwiderte der Wildhüter, bevor er hinzufügte: »Sind die Hunde hier?«

»Nein, wieso?«

»Weil dieser Dummkopf von Janot sie nicht festhalten konnte, als sie dem Wolf folgten.«

Schleppende Schritte kamen näher.

»Ist er tot?« fragte eine zweite weibliche Stimme, die jünger klang als die erste.

Niemand antwortete ihr.

Charlemagne machte die Augen auf und sah eine Frau mit grauen Haaren unter einer speckigen Haube, die ihn anstarrte und gleichzeitig das glänzende Fell eines Wiesels streichelte: Diese Gesten erinnerten ihn an die seiner Patentante, wenn sie Monsieur Hubert streichelte. Ihre an mehreren Stellen geflickte Bluse straffte sich über einem üppigen Busen. An ihrer Seite war ein etwa fünfzehnjähriges Mädchen, das auf ihn herabblickte. Die dicken, karmesinroten Lippen ihres vorstehenden Mundes sahen aus wie zwei Fleischstücke. Sie hielt den letzten Bissen eines Schweineschmalzbrotes in der Hand.

Ganz in der Nähe war Janot damit beschäftigt, das alte Maultier auszuschirren.

»Wer ist das?« fragte die Frau.

Javertit runzelte die Stirn.

»Keine Ahnung, aber irgendwer wird es uns schon verraten. Er sagt, er sei letzte Nacht in die Grube gefallen und stamme aus Rodez.«

»Ich weiß, wer er ist. Ich bin ihm mehrmals beim großen Hundezwinger begegnet«, behauptete das Mädchen, »er ist eines der Tricotin-Wunderkinder, und zwar das Patenkind von Madame Jacinthe.«

Javertit beugte sich über den Jungen, um ihn sich genauer anzuschauen.

»Stimmt das, was Rose sagt? Bist du eines der Tricotin-Kinder?«

Als Javertit seine geschwollenen Hände bemerkte, löste er die Fesseln. Charlemagne wollte sich die Gelenke reiben, doch seine Arme waren steif wie dürres Holz und weigerten sich, ihm zu gehorchen.

»Wenn das stimmt, was Rose sagt, warum wolltest du mir dann vormachen, du kämest aus Rodez?«

Charlemagne sagte kein Wort. Sein ganzer Körper tat ihm weh, er hatte Hunger und Durst und Angst und hätte dieser Rose am liebsten die Zunge ausgerissen, weil sie ihn verraten hatte. Der Jagdaufseher würde ihn bestimmt nach Racleterre zurückbringen, und dort würde man ihn vor Gericht stellen und zweifellos zum Tode durch den Strick verurteilen.

Erneut packte Javertit ihn an den Haaren und zerrte so heftig daran, bis er sich aufrichtete. Mit dröhnendem Schädel erkannte Charlemagne eine weitläufige Lichtung und im Hintergrund ein sattgrünes Bergmassiv mit zahlreichen Grotten. Zwischen einem Hühnerstall und einem gepflegten Gemüsegarten stand ein strohgedecktes Häuschen, an das eine Hütte angebaut war. Hinter einem Zaun war das Grunzen von

Schweinen zu hören. Über der Tür des Häuschens hatte man eine niedliche Schleiereule mit ausgebreiteten Flügeln befestigt, die böse Geister vertreiben sollte. Eine andere, in ähnlicher Position über der Hüttentür angebrachte Eule sollte vor bösen Blicken schützen.

Javertit zerrte Charlemagne an den Haaren zu einer der Grotten, die mit einer Holzpforte verschlossen war. Hart stieß er ihn hinein. Der Junge fiel auf eine alte, verfaulende Strohmatte. Er hörte, wie der Wildhüter den hölzernen Riegel vorschob und seinem Sohn befahl: »Paß besser auf ihn auf, als du es vorhin mit den Hunden getan hast.«

Charlemagne wartete, bis sie sich einige Schritte entfernt hatten, bevor er sich der Tür näherte und zwischen den Rundstämmen nach draußen spähte. Er hielt sich für endgültig verloren, als er sah, wie der Aufseher kurze Zeit später mit einem fünf Jahre alten, kraftstrotzenden Maultier aus der Hütte kam. Er hatte sein Wams gewechselt, trug sein Gewehr auf dem Rücken und hatte sein mit dem Wappen der Familie Armogaste geschmücktes Gehänge angelegt. Die Frau mit dem Wiesel gab ihm zwei Hasen und zwei Feldhühner, die er an den Halftern befestigte. Bevor er sich in den Sattel hob, befahl er mit schneidender Stimme: »Gebt ihm so lange nichts zu essen und zu trinken, bis Sergent und Ravaude zurückgekommen sind. Das wird ihm eine Lehre sein, diesem kleinen Schurken.«

Im Morgengrauen kehrten Sergent und Ravaude nach La Loubière zurück: Sie schienen sehr betrübt zu sein, ihre Pfoten waren geschwollen, und die geringste Berührung verursachte ihnen heftige Schmerzen. Vom vielen Laufen hatte sich ihre Haut wundgescheuert.

## 40

*La Loubière, Sommer 1777*

Valborge entfernte den Holzbalken, der die Tür zur Wolfsgrotte verriegelte, und weckte damit Charlemagne, ohne eintreten zu müssen.

Um die kleinen Wölfe, die sich an ihn schmiegten, nicht zu wecken, erhob er sich ganz vorsichtig und schlich hinaus. Noch war es Nacht, doch schon bereitete sich der ganze Wald auf den neuen Tag vor. Er folgte der Frau so schnell, wie die Kette an seinen Knöcheln es ihm erlaubte.

Als er im Hof auftauchte, begann der Hahn im Hühnerstall zu krähen, so als wollte er ihn freundlich begrüßen. Sergent und Ravaude kamen unter dem Vordach hervor, das ihnen als Hundehütte diente, und näherten sich ihm mit feindseliger Miene. Wegen des ihm anhaftenden Wolfsgeruchs sträubte sich ihr Fell. Da es ihnen verboten war, die Hütte zu betreten, hielten sie inne, als Charlemagne hinter Valborge im Innern verschwand.

Der Raum war von einer Kerze erhellt. Von der Decke aus grob behauenen Balken, die Javertit nicht einmal von der Rinde befreit hatte, hingen ein Schinken, eine mit Schweineschmalz gefüllte Schweinsblase und geräucherte Fische.

Der Wildhüter lag unter einer breiten Decke aus Hasenfellen, in einem auf Rundstämmen aufgebockten Bett, die es vor der Feuchtigkeit schützten. An der Wand, neben der Flinte, hing eine Armbrust mit Köcher. Im gegenüberliegenden Teil des Raumes schliefen Janot und Rose. Sie lagen auf Strohmatten aus Maisresten, die jedesmal raschelten, wenn sie sich bewegten. Im hinteren Teil, der durch eine niedrige Tür mit dem Pferdestall verbunden war, waren die Ziegen untergebracht.

Mabelle, das Wiesel, war schon lange wach und lief ungeduldig in seinem Käfig herum.

Unmittelbar nach seiner Geburt hatte Valborge das Tierchen aus dem Maul eines alten Fuchses gerettet, der zuvor bereits seine Mutter und seine Geschwister verschlungen hatte. Anschließend hatte die Frau es mit der Flasche aufgezogen und es auf Hasen und Kaninchen abgerichtet.

Das Wiesel haßte Charlemagne, der es ebensowenig leiden konnte. Eines Nachts zu Beginn seiner – inzwischen dreimonatigen – Gefangenschaft, als er noch bei den Ziegen in der Hütte untergebracht war und alle schliefen, wollte Charlemagne ein Stück geräucherter Forelle stibitzen. Mabelle verriet ihn, indem sie schrille Schreie von sich gab und damit das ganze Haus weckte. Javertit peitschte ihn aus und schleifte ihn anschließend an den Haaren in die Grotte.

Er kniete sich neben den Kamin, wo Valborge ihm einen Napf mit Brei aus Kastanien und Zwiebeln reichte. Während er aß, warf er besorgte Blicke auf das Bett, in dem derjenige scharchte, den er am liebsten umgebracht hätte. Als er den letzten Bissen hinuntergeschluckt hatte, leckte er den Holznapf sauber und trottete zum Stall. Unterwegs kratzte er sich seinen völlig verlausten Nacken.

Javertit hatte ihm die sechsgliedrige Kette einer alten Wildschweinfalle um die Füße gebunden. An beiden Enden hatte er einen Ring angebracht, der sich um seinen Knöchel legen und mit einem Stift, der mit dem Hammer eingeschlagen wurde, schließen ließ.

»Solltest du versuchen, sie abzunehmen, so werde ich dir die Füße abhacken«, hatte der Jagdaufseher ihn gewarnt.

Charlemagne hatte den unteren Teil seiner Hosenbeine in Stücke gerissen und damit seine Haut vor dem steten Kontakt mit dem Metall geschützt. Außerdem hatte er aus den Schoßteilen seines Hemdes ein dünnes Seil geflochten, das er an der Kette befestigte, damit diese nicht ständig über den Boden schleifte. Wenn er sich beider Hände bedienen mußte, nahm er das Seil zwischen die Zähne.

Er betrat den kleinen Stall, in dem der alte Parpaillot und der junge Clémentin standen. Charlemagne pflegte sie gut, und sie waren ihm sehr dankbar dafür. Er schirrte das alte Maultier an den Karren mit den fünf leeren Fässern und fuhr hinaus auf den Hof. Im selben Moment tauchten die Vorstehhunde auf. Er packte Parpaillot am Halfter und schlug den Weg zum Dourdounette ein, dessen Rauschen man in etwa achthundert Metern Entfernung hören konnte. Nur Sergent folgte ihnen.

Die Morgendämmerung tauchte den Fluß in sanfte Farben. Charlemagne ließ das Maultier trinken und begann die Fässer zu füllen. In ein Faß paßten sieben Eimer Wasser. Über den Bäumen zeigte sich allmählich die Sonne. Ihr Licht und die zahlreich umherschwirrenden Mücken, die von den Libellen gejagt wurden, kündigten einen weiteren heißen Tag an.

Charlemagne nahm das Seil zwischen die Zähne, tauchte den Eimer in den Fluß, hob ihn auf den Karren, kletterte auf die Plattform, schüttete das Wasser in das Faß, stieg wieder vom Wagen herab und wiederholte diesen anstrengenden Vorgang noch neunundzwanzigmal.

Sergent saß nur einen Sprung weit entfernt auf einem großen, flachen Stein und hielt den Blick auf den Jungen gerichtet: Er überwachte ihn.

Da Javertit der besonderen Beziehung, die der Junge zu den Tieren zu unterhalten schien, mißtraute, hatte er seine Hunde mehrere Tage lang an einen Pfahl gebunden und Charlemagne den Brei in ihrem Futternapf serviert. Dann hatte er seinen Sklaven gezwungen, seine Mahlzeit vor ihren Augen einzunehmen.

Für den alten Parpaillot, der auf einem Bein lahmte und jeden Tag größere Mühe hatte, seine Last zu ziehen, war der Rückweg ausgesprochen beschwerlich. Seine Ohren hingen schlaff herunter. Den Rücken des Maultiers zeichneten lange Narben, auf denen keine Haare mehr wuchsen. Der Tag, an dem Parpaillot sich eine Schwäche erlauben würde, wäre gleichzeitig sein letzter Tag. An dem Tag würde sein Herr ihn erschießen und Valborge Pökelfleisch aus ihm machen.

Als sie die Lichtung erreichten, stellte Charlemagne mit Erleichterung fest, daß Javertit Clémentin gesattelt hatte und fortgeritten war, um die Fallen zu überprüfen. Ravaude hatte er mitgenommen. Eine wahre Erlösung! Er schirrte das Maultier ab, gab ihm eine schöne Portion Gras zu fressen, das er tags zuvor geschnitten hatte, und flüsterte: »Bald hast du's gessafft. Anssließend werde iss diss striegeln, und dann kannst du diss bis sum Abend ausruhen.«

Er lächelte, als er hörte, wie die kleinen Wölfe, die ihn gerochen hatten, kläffend an der Tür der Grotte kratzten, um ihn auf sich aufmerksam zu machen. Er nahm ihren Freßnapf und ging in die Hütte. Janot war nirgendwo zu sehen, während Rose an einem Honigbrot kaute und die zwanzig Eier, die sie im Hühnerstall eingesammelt hatte, in einen Korb legte. Ihre dicken, vorgeschobenen Lippen vermittelten den Eindruck, sie würde ständig nach etwas suchen, an dem sie saugen könnte.

Valborge säuberte gerade den Käfig von Mabelle, die sich ihre kleinen Pfoten vertrat, indem sie im Zimmer herumschnüffelte. Als Charlemagne eintrat, richtete sie sich auf, drehte ihren flachen Kopf zu ihm herüber und gab schrille Pfeiftöne von sich, während sie wie eine haarige Schlange auf ihn zugekrochen kam.

Als Charlemagne den pfeifenden Schrei des Wiesels nachahmte, hielt das Tier abrupt inne. Ohne es aus den Augen zu lassen, stellte er den Freßnapf auf den Herd, auf dem immer ein Topf mit Kastanien- und Zwiebelbrei vor sich hin köchelte, und wartete, daß Rose ihn füllte.

Zu den wenigen glücklichen Momenten, in denen Charlemagne vergaß, wo und in welcher Situation er sich befand, zählten täglich die paar Minuten, in denen er sich der Pflege der kleinen Wölfe widmete.

Javertit hatte sie im vorigen Monat mitgebracht. Damals waren sie noch keine zehn Tage alt und glichen dicken, braunen Wollknäueln, aus denen kleine, gebrochene Ohren hervorragten: Sie waren blind und taub.

Valborge hatte sich gewundert, denn normalerweise waren Wölfinnen von Januar bis Februar brünstig und bekamen ihre Jungen im Mai oder im Juni, doch Javertit hatte nur die Achseln gezuckt: »Das hat mit dem harten Winter und dem späten Frühling zu tun. Ich kann mich jedenfalls erinnern, daß wir in dem Jahr, in dem der Dourdou zugefroren war, auch erst spät welche fanden, die nicht viel älter waren.«

Mit der Holzflasche, mit der bereits Janot und Rose gefüttert worden waren, gab Valborge ihnen Ziegenmilch zu trinken.

Vor Zufriedenheit hatten die gesättigten Wölfchen leise zu jaulen begonnen, woraufhin das eingesperrte Wiesel vor Wut ganz außer sich geraten war. Wie bei einem Spiel hatten sie sich auf den Rücken gelegt, sich gewunden und noch lauter gejault. Dann hatten sie sich erhoben, ein paar unbeholfene Schritte gewagt, sich erneut auf den Rücken gelegt und wiederum gejammert, diesmal jedoch vor Schmerzen. Valborge runzelte die Stirn. Da ihr dieses Verhalten unbegreiflich war, schickte sie Rose zu ihrem Vater, der gerade damit beschäftigt war, das Ausgraben eines neuen Brunnens am südlichen Ende der Lichtung zu überwachen.

»Mutter schickt mich, um Euch zu sagen, daß die kleinen Wölfe die Ziegenmilch nicht vertragen«, sagte Rose und biß in einen Pfirsich.

»Blödsinn, es gibt keine bessere Milch!« sagte Javertit.

Er schaute zum Himmel und las am Stand der Sonne ab, wie spät es war.

»Noch drei Eimer, dann kümmerst du dich um die Schweine«, befahl er Charlemagne.

Sobald Javertit in der Strohhütte verschwunden war, stieg er aus der Grube, klopfte sich die Erde von den Kleidern, steckte sich den von Rose ausgespuckten Pfirsichkern in den Mund

und knabberte mit der Gründlichkeit eines Eichhörnchens an den Fruchtfetzen, die den Zähnen des verfressenen Mädchens entgangen waren. Dann brach er den Kern zwischen zwei Steinen auf und aß das weiße, bittere Herz.

Die Hunde knurrten aggressiv, so als wollten sie ihn auffordern, sich erneut an die Arbeit zu machen. Doch Charlemagne beachtete sie nicht. Natürlich war er auf der Hut, aber er hatte keine Angst vor ihnen, und das wußten die Hunde genau.

Aus der Strohhütte ertönten wütende Schreie, die sich mit dem schrillen Jammern der kleinen Wölfe vermischten.

Charlemagne nahm den leeren Eimer und trottete zum Stall, vor ihm Sergent und hinter ihm Ravaude. Er hörte, wie der Wildhüter gegen das Unglück wetterte, das ihn nahezu hundert Livres gekostet hätte.

Da Charlemagne befürchtete, verprügelt zu werden, weil er den Brunnen ohne Erlaubnis verlassen hatte, betrat er den Raum mit klopfendem Herzen. Die Wölfchen lagen vor dem Kamin. Drei von ihnen lagen auf dem Rücken und krümmten sich, während das vierte Tier – eine kleine Wölfin – auf dem Bauch lag und so leise wimmerte, als wäre es dem Sterben nah. Janot kniete vor der kleinen Wölfin und machte sich einen Spaß daraus, ihr mit einem Strohhalm im Ohr zu wühlen. Seine Schwester schaute ihm dabei zu und knabberte an einem Stück Knoblauchwurst. Valborge hatte die Finger zwischen die Gitterstäbe von Mabelles Käfig gesteckt und streichelte das Wiesel, um es zu beruhigen. Javertit saß auf der Tischkante und beobachtete tatenlos das Sterben der kleinen Wölfe.

Dann sah er, wie Charlemagne näher trat, und runzelte die Stirn. Er wollte bereits losschimpfen, als dieser seinem Sohn den Strohhalm aus der Hand riß, die Wölfin auf den Rücken drehte und ihren geschwollenen Bauch sanft streichelte. Sofort klang ihr Jammern anders.

»Laß ihn«, befahl Javertit seinem Sohn, als dieser Charlemagne einen Schlag versetzen wollte.

Falls bloß die Hälfte dessen stimmte, was er über die Beziehungen seines Sklaven zu Tieren gehört hatte, warum sollte er ihn dann nicht einmal gewähren lassen?

Da Charlemagne ahnte, daß die Massage nicht ausreichen würde, spuckte er auf den Bauch des Tieres, verrieb den Speichel mit der flachen Hand und beugte sich über die Wölfin, um ihn aufzulecken – so als würde eine Hündin ihr Junges säubern. Das Resultat ließ nicht lange auf sich warten. Ein Urinstrahl spritzte zwischen den Schenkeln der kleinen Wölfin hervor, die sich mit sichtlichem Wohlbehagen Erleichterung verschaffte.

»Worauf wartest du noch? Los, tu dasselbe bei den andern!«

Charlemagne gelangte damit bei den drei andern Wölfchen zum gleichen Resultat. Anschließend legte er sie nebeneinander vor die Feuerstelle, wo sie eng aneinandergeschmiegt einschliefen.

»Woher weißt du, daß man ihnen den Bauch lecken muß? Tut Onrazac das etwa mit seinen Bastarden?«

Charlemagne blickte zu Boden. Seit dem ersten Tag seiner Gefangenschaft hatte er praktisch kein einziges Wort gesprochen. Er unterhielt sich nur mit den Tieren und hatte nicht vor, demjenigen zu antworten, den er für seinen ärgsten Feind hielt.

Schließlich schlug Javertit ihm mit dem Handrücken ins Gesicht, woraufhin seine Oberlippe zu bluten begann.

»Raus mit dir, du Nichtsnutz! Geh und kümmere dich um die Schweine, bevor ich Kleinholz aus dir mache!«

In jener Nacht wurde Charlemagne von dem entrüsteten Bellen der Vorstehhunde geweckt. Er spitzte die Ohren und vernahm inmitten ihres Gebells die schrillen Schreie der kleinen Wölfe, die nach ihrer Milch verlangten. Kurze Zeit später standen Janot und Rose in der Tür zu seiner Grotte. Der Junge hielt einen Korb mit den Tieren in der Hand, den er in die Höhe hob und jäh kippte, so daß sie zu Boden fielen. Einer der kleinen Wölfe hatte große Mühe, wieder auf die Beine zu kommen, und jaulte vor Scherz. Charlemagne hob ihn auf und streichelte ihn beruhigend.

»Vater will, daß du dich von nun an um sie kümmerst«, sagte Rose.

Sie stellte die Schale mit der Ziegenmilch und das Fläschchen vor ihn auf den Boden.

»Er sagt, du wärst genauso böse wie sie, und eines Tages würde er dich den Krebsen als Köder vorwerfen«, fügte Janot hinzu, bevor er die Tür wieder schloß und den Holzriegel vorschob.

Später hörte Charlemagne, wie in der Ferne Wölfe heulten und andere ihnen antworteten. Er dachte an die Eltern der kleinen Wölfe, die noch am Leben sein mußten, da der Wildhüter kein einziges totes Tier nach Hause gebracht hatte.

Am nächsten Morgen gab er den männlichen Tieren die Namen Clodomir und Pépin, die Weibchen nannte er Dagoberte und Clotilde.

Als sie zwei Tage nach ihrer Gefangennahme die Augen öffneten, sahen sie einen Charlemagne vor sich, der trotz seiner geschwollenen Lippe über das ganze Gesicht strahlte und den sie ihr Leben lang für ihre Mutter halten sollten.

»Langsam, langsam, es sind bloß meine Finger, es ist kein Fleiss.«

Seit sie nicht mehr aus der Flasche tranken, fütterte Charlemagne die kleinen Wölfe mit der Hand. Dabei mogelte er ein wenig zugunsten von Dagoberte, dem schwächlichsten der vier Geschwister, das stets einschlief, während es noch an seinen Fingern lutschte.

In der Zwischenzeit hatten sie ihre Schneide- und Eckzähne bekommen, und außer bei Dagoberte hatten ihre Ohren sich wieder aufgerichtet. Der dicke Brei aus Kastanien und Zwiebeln war nicht die richtige Nahrung für sie, sondern verlangsamte ihr Wachstum. Unter der schlaffen Haut konnte man deutlich ihre Rippen erkennen. Ihr wolliges Fell, das sich seit kurzem mit grauen und schwarzen Haarbüscheln schmückte, war ohne Glanz, weil es nie die Sonne zu sehen bekam. Doch Charlemagne konnte nicht zulassen, daß sie die Grotte verließen, weil sie damit schutzlos den Fangzähnen der Vorstehhunde oder den scharfen Schnäbeln der Raubvögel ausgeliefert gewesen wären.

Als die letzte Handvoll Brei verteilt war, kratzte Charlemagne auch noch den Rest aus dem Napf und leckte sich die Finger ab. Dann füllte er den ausgehöhlten Holzkloben, der ihnen als Tränke diente, mit Wasser und schaute ihnen beim Trinken zu. Die beiden männlichen Tiere waren immer noch hungrig und zwickten ihn sanft in die Wade.

»Finito dawarack«, entgegnete er ihnen mit trauriger Stimme.

Als Beweis dafür, daß er die Wahrheit sagte, deutete er auf den leeren Freßnapf. Schweren Herzens verabschiedete er sich von ihnen: Da sie noch keine richtigen Wölfe waren, weinten sie wie kleine, verlassene Kinder.

Charlemagne war für die Wasserverteilung zuständig. Zuerst füllte er den Hühnertrog (ein Eimer), dann den Schweinetrog (sechs Eimer), den Ziegentrog (zwei Eimer) und schließlich den Hundetrog (ein Eimer).

Er war gerade dabei, Wasser in einen Küchenbehälter umzufüllen, als Sergent ein Bellen von sich gab, das das Nahen eines Fremden meldete.

Sogleich trat Valborge vor die Hütte und befahl Charlemagne, sich zu beeilen. Der Junge ließ seinen Eimer zu Boden fallen und trottete zur Wolfsgrotte. Von irgendwoher tauchte Janot auf: In der einen Hand hielt er einen Knüppel, in der andern einen Knebel und eine Peitsche.

»Beeil dich, Schwächling«, herrschte er Charlemagne an, als er ihn vor der Grotte einholte.

Er fesselte ihm die Hände auf dem Rücken und zog das Seil

wie immer zu fest zu. Bevor Charlemagne mit einem alten Sackfetzen geknebelt wurde, schob Janot ihn ein Stück Lammwolle in den Mund, das fürchterlich nach Hühnerkot stank. Dann versetzte Janot ihm einen Schlag auf den Rücken, stieß ihn in die Grotte und war enttäuscht, daß er nicht das Gleichgewicht verlor und hinfiel.

Freudig sprangen die kleinen Wölfe an ihm hoch und waren überglücklich, obwohl der Geruch des Knebels sie stutzig machte. Als Clodomir und Pépin merkten, daß es der Geruch von Javertits Sohn war, begannen sie zu knurren.

Charlemagne kroch zur Tür und versuchte zu erkennen, wer zu Besuch kam. Da der Stall ihm die Sicht versperrte, konnte er aber nicht sehen, wer soeben auf der Lichtung aufgetaucht war. Weil der Wind in die entgegengesetzte Richtung blies, nahm er lediglich das Räderknirschen eines Karrens und unverständliche Gesprächsfetzen wahr. Kurze Zeit später hörte er, daß das Gefährt sich entfernte. Dann sah er, wie Janot zur Grotte zurückkam: »Genug gefaulenzt! Eine Menge Arbeit wartet auf dich.«

Charlemagne gehorchte anstandslos, um dem Wildhüter keinen Anlaß zu geben, sich an den kleinen Wölfen zu vergreifen, die laut knurrten, als sie ihn witterten.

Das Maultier hatte das Gras nicht angerührt und schien am Ende seiner Kräfte zu sein. Charlemagne fuhr mit der Wasserverteilung fort und füllte wieder einen Eimer, den er in die Strohhütte trug. Beim Anblick, vor allem aber beim Geruch der von der Decke hängenden Nahrungsmittel kollerte es in seinem Gedärm. Mabelle pfiff. Der Junge antwortete dem Wiesel auf die gleiche Weise, während er den Inhalt des Eimers in das Faß schüttete, aus dem Valborge das Wasser für die Zubereitung des Essens schöpfte. Dann ging er wieder, ohne den Blick vom Wiesel abzuwenden.

Als er mit dem letzten Eimer über den Hof ging, tauchte plötzlich Ravaude auf, dem kurz darauf Javertit folgte, der auf

Clémentin ritt. Janot lief ihnen entgegen, um seinem Vater die Armbrust und die Wildtasche abzunehmen. Der Jagdaufseher stieg ab und herrschte Charlemagne an: »Du solltest schon längst fertig sein mit dem Wasser!«

Da der Junge keine Antwort gab, packte Javertit ihn bei den Haaren und riß ihn brutal zu sich herum. Charlemagne ließ den Eimer fallen, und das Wasser ergoß sich über die Halbstiefel des Wildhüters. Javertit fluchte und ohrfeigte ihn mit dem Handrücken.

»Du verdammter Scheißkerl! Ein schlimmerer Tolpatsch als du ist schwerlich irgendwo zu finden.«

Die Nase des Jungen blutete. Janot lächelte, und sein Vater tadelte ihn: »Auch du bist ein verfluchter Nichtsnutz! Wenn ich nicht da bin, hast du darauf zu achten, daß er anständig arbeitet, verstanden? Der Brunnen müßte längst fertig sein.«

»Maître Eustachette war hier, wegen eines Brustbalsams, und in der Zeit mußte ich ihn in der Grotte einsperren.«

Charlemagne erhob sich. Der Wildhüter deutete auf den umgeworfenen Eimer: »Geh und hole neues Wasser, bevor du weitergräbst! Aber nicht nur ein Faß, sondern füll auch gleich die anderen!«

Er wandte sich an seinen Sohn: »Du begleitest ihn und leerst bei der Gelegenheit die Krebsfallen.«

Charlemagne marschierte ein weiteres Mal zum Fluß hinunter. Die Sonne stand an ihrem höchsten Punkt. Geflügelte Ameisen flogen schwerfällig durch die warme Luft und versuchten, sich zu paaren. Charlemagne fühlte sich nicht wohl in seiner Haut, weil er befürchtete, daß Parpaillot ihn für einen Lügner halten könnte. Schließlich hatte er dem Maulesel versprochen, daß er sich bis zum Abend ausruhen dürfe. Das Tier lahmte rechts und gab bei jedem Atemzug einen heiseren Laut von sich, der nichts Gutes verhieß. Wann immer es langsamer zu werden schien, versetzte Janot ihm einen Peitschenhieb auf den Rücken. Charlemagne mußte die Zähne zusammenbeißen, um nicht dagegen zu protestieren. Es war, als würde man einen kranken Großvater schlagen.

Seit dem Morgengrauen war der Wasserspiegel des Dourdounette stetig gesunken. Janot zog seine Holzschuhe aus und legte sie auf den großen, flachen Stein, auf dem Sergent so gerne Wache hielt.

»Wenn ich zurückkomme, bist du fertig, verstanden?« sagte er im Tonfall seines Vaters.

Dann ging er am Ufer entlang und verschwand hinter der nächsten Flußschleife.

Charlemagne führte Parpaillot ans Wasser, doch das völlig erschöpfte Maultier weigerte sich zu trinken. Während der Junge dem Tier besorgte Blicke zuwarf, begann er von neuem mit dem mühsamen Füllen der Fässer. Es fehlten noch acht Eimer, als Janot vom Krebsefangen zurückkam. Er setzte sich auf einen flachen Stein und knackte Nüsse, die er flußaufwärts gepflückt hatte. Während er sie aß, schimpfte er über Charlemagne, weil dieser immer noch nicht mit seiner Arbeit fertig war.

Als sie den halben Rückweg nach La Loubière hinter sich hatten, hielt Parpaillot plötzlich inne: Das Tier zitterte, sein Fell war schweißnaß, es war außerstande, auch nur einen einzigen Schritt weiterzugehen. Javertits Sohn schlug erbarmungslos auf den Esel ein, der daraufhin stolperte und sich in den Deichseln verfing.

In diesem Moment brach Charlemagne sein Schweigen und brüllte: »Du verdammter Rohling! Siehst du denn nicht, daß er nist mehr kann!«

Als er das Maultier ausschirren wollte, trat Janot dazwischen. Im Nu hob Charlemagne einen dicken Stein auf und warf ihn auf Janot, der entsetzt aufschrie: Das Geschoß hatte seine Wange gestreift. Brüllend lief er davon.

»Du wirst ausgepeitscht werden!«

Charlemagne schirrte das hechelnde und am ganzen Körper

zitternde Maultier aus. Parpaillot machte ein paar zögernde Schritte, ehe er seitlich ins Gras sank.

Mit Tränen in den Augen streichelte der Junge den fiebrigen Kopf des Esels und war wütend, weil er nicht wußte, wie er ihm helfen sollte.

Plötzlich blieb sein Blick auf Parpaillots Vorderfuß haften.

Anstatt Parpaillot alle zwei Monate frisch beschlagen zu lassen, wartete Javertit stets bis zum allerletzten Moment, ehe er ihn zum Hufschmied brachte. Ein Nagel hing lose herab und drohte jeden Augenblick herauszufallen. Charlemagne zog daran. Die Spitze löste sich. Als er nach einem Versteck suchte, hörte er, daß Janot in Begleitung seines Vaters zurückkam, und steckte sich den Nagel kurzerhand in den Mund.

Javertit fluchte, als er sah, in welch erbärmlichem Zustand das Maultier war: »Das alte Luder hätte wenigstens bis zum Sankt Andreas-Tag warten können.« An dem Tag fand in Rodez der Maultiermarkt statt.

»Bring den Eimer«, befahl er Charlemagne und zog das Jagdmesser mit der breiten Klinge hervor. »Und du«, sagte er zu seinem Sohn, »du holst die Schubkarre und sagst deiner Mutter, daß sie mit dem Fleischkorb herkommen soll.«

Janot lief nach La Loubière.

Charlemagne rührte sich nicht, Javertit runzelte die Stirn. Einen kurzen Augenblick lang hielt Charlemagne seinem Blick stand, dann schaute er weg.

Dem alten Maultier wurde die Kehle durchgeschnitten, sein Blut in einem Eimer aufgefangen. Javertit häutete es an Ort und Stelle im Gras, so wie er es auch bei einem gewilderten Hirsch getan hätte. Einige Raben setzten sich auf die Äste der nahen Bäume. Die Teile, die Valborge nicht in Ragout, Blut- und Knoblauchwürste verwandeln könnte – wie der Kopf und die Pfoten – würden als Köder dienen.

»Wirst du ein neues Maultier kaufen?« fragte Javertits Frau, als sie den Schwanz unmittelbar an der Kruppe abschnitt.

Später würde der Schwanz an einem Buchsbaumgriff befestigt werden und einen ausgezeichneten, fünf Sols teuren Fliegenwedel für Ochsenhirten abgeben.

»Nicht vor dem Sankt-Andreas-Tag!« erwiderte Javertit trotzig.

Er war kein Mann, der seine Meinung änderte. Unter keinen Umständen. Er hielt das für Charakterstärke.

»Und wie sollen wir mit dem Wasser und allem andern zurechtkommen?«

Charlemagne war gerade damit beschäftigt, den Eimer auf die Schubkarre zu heben, als er merkte, daß alle ihn anstarrten. Plötzlich brach Janot in lautes Gelächter aus und schwenkte den Maultierschwanz vor seinem Gesicht.

»Hüa! Hüa! Jetzt bist du Parpaillot, du kleiner Dummkopf!«

Sie schirrten den Jungen tatsächlich an die Deichselstange, doch er schaffte es nicht, den mit fünf Wasserfässern und dem Maultierfleisch beladenen Karren auch nur einen Millimeter von der Stelle zu bewegen. Am Ende nahm Javertit seinen Platz ein, während Valborge und Janot schoben.

Charlemagne trottete mit der Schubkarre, die mit dem Eimer voller Blut, dem Kopf Parpaillots, seinen Hufen und dem Schwanz beladen war, hinter ihnen her. Ein dichter Mückenschwarm begleitete sie.

Den ganzen Vormittag lang war Charlemagne mit dem Heranschaffen des Wassers beschäftigt. Den Nachmittag verbrachte er mit dem beschwerlichen Ausheben des Brunnens.

Stunde um Stunde schaufelte er, füllte den Ledereimer, trug ihn auf der Schulter die Stangenleiter hoch, leerte ihn auf den Erd- und Geröllhaufen und stieg erneut in den Schacht hinunter, um weiterzugraben und wiederum Eimer um Eimer zu füllen. Später sah er besorgt, daß der Wildhüter die Eisenbeschläge und Nägel von Parpaillots Hufen entfernte. Jedes Hufeisen war fünf Sols wert, und für hundert Nägel bekam man eine Livre. Auch wenn Javertit bemerkt haben sollte, daß ein Nagel fehlte – er sagte nichts.

Schließlich sank die Sonne zum Horizont und ließ die Schatten der Bäume länger werden. Rose ging die Ziegen melken. Die Hühner kehrten von selbst in den Stall zurück. Der Kamin von La Loubière rauchte und war das Zeichen dafür, daß Valborge den Kastanien- und Zwiebeleintopf aufwärmte, der für die Tiere und den Sklaven bestimmt war.

## 41

*Tag des Herrn, 11. August 1777*

Wie an jedem Sonntagmorgen wurde Charlemagne gefesselt, geknebelt und in der Wolfsgrotte angekettet.

Dann brach die Familie Javertit zum Hochamt nach Racleterre auf: Der Wildhüter saß auf Clémentin, während seine Frau und die Kinder barfuß folgten und ihre Holzschuhe in den Händen hielten, um sie nicht schmutzig zu machen. Die Aufsicht über die Lichtung war feierlich den beiden Hunden Sergent und Ravaude übertragen worden.

Während die kleinen Wölfe, die Charlemagnes Verhalten für ein Spiel hielten, ihn von allen Seiten bedrängten, legte der Junge sich rücklings auf den Boden, zog die Beine an die Brust und bewegte die auf dem Rücken gefesselten Hände nach vorne. Dann befreite er sich von dem Stück Hede, das als Knebel diente, und spuckte es aus. Sogleich stürzten sich die kleinen Wölfe darauf und stritten sich lärmend darum.

Nachdem er die Tränke zur Seite geschoben hatte, buddelte er nach dem Nagel und den beiden Steinen – ein flacher und ein dicker –, die er unter dem Holzbottich versteckt hatte. Er nahm den Nagel zwischen die Zähne, schob ihn mit der Spitze zwischen die Schlingen der Knoten und bewegte ihn heftig hin und her, um sie zu lockern und schließlich zu lösen.

Als er seine Hände auf diese Weise befreit hatte, schob er den flachen Stein wie einen Amboß unter den Ring, der sich um seinen linken Knöchel schloß, und benutzte den dicken Stein als Hammer, mit dem er auf den Nagel schlug. Der Ring sprang auf, und sein gequälter Fuß war endlich erlöst. Trotz der schützenden Hosenfetzen hatte der ständige Kontakt mit den Messingrändern tiefe Wunden in seine Haut gescheuert, in die sich da und dort sogar der Stoff eingefressen hatte.

Anschließend machte Charlemagne sich an dem zweiten Fußring zu schaffen, doch der Verschluß ließ sich einfach nicht öffnen, so daß der Junge sein Vorhaben abbrechen mußte. Statt dessen probierte er, das metallene Vorhängeschloß aufzubrechen, mit dem er angekettet war.

Sein lautes Gebrüll, vor allem aber seine wilden Gesten verängstigten die Wölfchen, die sich hinten in der Grotte zusammenkauerten, ihn beobachteten, aber nicht begriffen, was da vor sich ging.

Das Schloß verbog sich, krümmte sich, doch wie der Fußring hielt es hartnäckig stand.

Irgendwann gab Charlemagne es auf und legte sich flach auf den Boden, genauso niedergeschlagen wie damals, als er vor der Tür des unterirdischen Ganges gestanden war. Die kleinen Wölfe drückten sich an ihn und zwickten ihn, in der Hoffnung auf etwas Eßbares, in die Wangen und Lippen. Wie Charlemagne hatten auch sie ständig Hunger.

Dann erhob sich der Junge, schneuzte sich geräuschvoll, wischte sich die Tränen ab und dachte an seine Brüder und Clotilde. Sein Pulsschlag beruhigte sich.

Erneut griff er nach dem dicken Stein, benutzte den Nagel als Stichel und begann, das Loch um den Haken zu vergrößern. Als er es für groß genug hielt, ergriff er die Kette mit beiden Händen und zog daran. Der Haken bewegte sich. Also zerrte Charlemagne noch heftiger an der Kette. Und mit einem Mal sprang der Haken aus der Wand.

Nun blieb nur noch die Tür aus acht senkrechten und drei waagerechten Rundstämmen, die Javertit mit mehreren fingerdicken Tauen fest aneinandergebunden hatte. Charlemagne steckte den Nagel in eines der geflochtenen Seile, zog ihn wieder heraus, steckte ihn wieder hinein, zog ihn heraus, steckte ihn erneut hinein und zog ihn von neuem heraus – jedesmal durchschnitt er einige Hanffasern. Ziemlich rasch riß das erste Tau.

Das Entfernen der Querbalken war mühsamer, als Charlemagne gedacht hatte. Jedesmal, wenn er zu heftig zuschlug, verbog sich der Nagel, und eine Menge Zeit ging damit verloren, ihn auf dem flachen Stein wieder geradezubiegen. Als einer der senkrechten Rundstämme sich endlich beseitigen ließ, streckte der Junge seinen Arm hinaus und drückte die hölzerne Stange, welche die Tür verriegelte, mit der flachen Hand nach oben.

Er hob die Kette, die an dem geschlossenen Fußring hing, vom Boden auf, schlüpfte hinaus und befahl den Wölfchen, ihm auf keinen Fall zu folgen:

»Geduld, bald könnt ihr euss die Bäusse vollslagen wie Könige.«

Als Charlemagne die Tür mit der hölzernen Stange verriegeln wollte, tauchten plötzlich Sergent und Ravaude auf. Sie machten bedrohliche Mienen. Er zeigte ihnen den dicken Stein in seiner rechten Hand und ging zum Stall. Es überraschte ihn bei jedem Schritt, daß er beinahe wieder normal gehen konnte. Er wußte, daß keinerlei Gefahr bestand, solange er sich im näheren Umkreis der Lichtung bewegte. Doch sobald er in Begleitung der kleinen Wölfe den Waldrand erreicht hätte, würde ihm vermutlich nichts anderes übrigbleiben, als die beiden Hunde zu töten.

Er betrat den leeren Stall, in dem Javertit sein Werkzeug aufbewahrte, und es dauerte eine ganze Weile, bis er den Messingring mit einer Zange und einem zwanzig Pfund schweren Hammer zertrümmert hatte. Die Freude darüber, sich endlich wieder frei bewegen zu können, löste einen solchen Adrenalinstoß in ihm aus, daß er mit einem Male heftige, drängende Rachegelüste verspürte. Mit der Axt des Wildhüters bewaffnet, betrat er die Strohhütte.

Das Wiesel gab zornige Pfeiftöne von sich, als es den Jungen auf sich zukommen sah. Richtig wütend wurde Mabelle, als er es wagte, den Käfig hochzuheben. Und vor Entsetzen quietschte das Tier, als Charlemagne den Käfig in das Wasserfaß neben der Eingangstür tauchte.

»Das gessieht dir resst, du häßlisses Biest!«

Die Jagdtasche, das Fernglas, die Bibel und die Jagdabhandlung fand Charlemagne in der einzigen Truhe wieder, welche die Familie Javertit besaß, während die Straßenkarte, das Jagdmesser, die Pistole, das Pulverfäßchen und der Beutel mit den Bleikugeln, mit denen er die Hunde in Schach halten wollte, unauffindbar blieben. Schließlich nahm er die Armbrust von der Wand. Er hatte zwar noch nie mit einer Armbrust geschossen, doch Onkel Laszlo hatte ihm beigebracht, wie man damit umgeht.

Er stopfte seine Jagdtasche mit Nahrungsmitteln voll, zerbrach den einzigen Spiegel, auf den Rose so stolz war, und schüttete die Scherben in die Stiefel des Wildhüters. Zuletzt zertrümmerte er die Bettpfosten, schlitzte die Daunendecke auf, zerriß die Laken, durchlöcherte den Boden des Eimers und den des Kessels, zerschlug die fünf Wasserfässer, zerbrach die Holme der Schubkarre und haute das Rad entzwei. Außerdem zerbrach er sämtliche Arzneibehälter von Valborge, machte Kleinholz aus der Truhe und der Sitzbank, zerlegte den Knüppel, der ihn so oft gequält hatte, in vier Teile und pinkelte auf Janots Strohmatte, nachdem er dessen Decke an sich genommen hatte.

Außer Atem, aber noch keineswegs gänzlich erleichtert, band er die Ziegen los und öffnete ihnen die Schranke zum Gemüsegarten. Dann ging er in die Hütte zurück, um sich die Jagdtasche und den Köcher umzulegen. Er steckte Valborges großes Küchenmesser ein und schnürte Janots Decke so, daß er sie auf dem Rücken tragen konnte. Mit der Holzfälleraxt in der einen und der gespannten Armbrust in der andern Hand öffnete er die Tür der Wolfsgrotte.

Die kleinen Wölfe hielten auf der Schwelle inne und starrten ihn unschlüssig an. Sie wagten es nicht, die Grotte zu verlassen.

»Nun kommt sson, wir gehen«, rief er ihnen ungeduldig zu.

Der Stand der Sonne veranlaßte ihn jetzt zur Eile. Gewöhnlich kam die Familie Javertit am späten Nachmittag aus dem Dorf zurück, doch es war auch schon vorgekommen, daß Valborge und die Kinder früher heimgekehrt waren.

Als erster entschied sich Clodomir. Eroberungslustig trat er ins Freie. Dann folgten Clotilde und Pépin, und zuletzt verließ Dagoberte die Grotte. Doch anstatt Charlemagne zu folgen, liefen die kleinen Wölfe im Hof herum, entdeckten unter ihren Pfoten plötzlich Gras, die farbigen Flecken der Blumen, spürten die Hitze der Sonne auf ihrem Fell und sahen die geflügelten Ameisen. Vor allem aber waren sie überwältigt von der berauschenden Vielfalt neuer Gerüche. Charlemagne konnte noch so laut schreien, sie wollten ihm einfach nicht gehorchen.

Da plötzlich tauchten die Hunde zwischen den Bäumen auf und fielen über die Wölfchen her. Charlemagne eilte Clotilde zu Hilfe, die von Ravaude verfolgt wurde. Aus nächster Nähe schoß er mit der Armbrust auf die Hündin. Der Pfeil drang in ihren Oberschenkel ein, durchbohrte den Beckenknochen, trat aus dem andern Schenkel wieder aus und blieb fünfzig Schritte weiter im Zaun der Hühnerwiese stecken.

Da Charlemagne keine Zeit hatte, um die Armbrust ein zweites Mal zu spannen, ließ er sie einfach fallen und machte sich an die Verfolgung von Sergent, der Pépin über die Lichtung hetzte.

»He! He!« brüllte er in dem Augenblick, als der Vorstehhund sich das Tier schnappte.

Der kleine Wolf jaulte.

Da Charlemagne zu weit entfernt war, um etwas anderes zu versuchen, schleuderte er die Axt, die durch die Luft flog und ihr Ziel um einen Klafter verfehlte. Als er Sergent endlich eingeholt hatte, zermalmte dieser dem kleinen Wolf gerade das Rückgrat, indem er ihn kräftig hin und her wirbelte. Charlemagne trat dem Hund mit seinem Fuß gegen den Brustkorb. Sergent jaulte vor Schmerz laut auf und ließ seine Beute los. Obwohl er sich die Zehen beim Stoß gegen die Rippen verstaucht hatte, trat Charlemagne noch einmal zu, diesmal in den etwas weicheren Bauch. Sergent gab ein heiseres Bellen von sich und flüchtete in den Wald. Im Vorbeilaufen streifte er Ravaude, die kläglich jammerte und nicht begreifen konnte, wieso ihre Hinterpfoten sich nicht mehr bewegen wollten.

Charlemagne holte die Axt, schob sie in die zusammengerollte Decke und spannte die Armbrust.

»Und nun folgt mir, sonst ergeht es euss genauso.«

Pépin kläffte erbärmlich, als der Junge ihn vom Boden hochhob, um ihn zu tragen.

Er mußte die Armbrust niederlegen, um die Türen des Hühner- und des Schweinestalls öffnen zu können. Er nahm der Vogelscheuche den Dreispitz ab, überließ ihr jedoch die völlig zerfetzte Jacke.

Plötzlich hatte er es sehr eilig, sich aus dem Staub zu machen, und nahm den Weg, der zum Fluß führte. Als er an der Grotte vorbeikam, in der Javertit seine Wildererutensilien aufbewahrte, trat er ein und nahm mehrere Hanfseile und eine Falle mit gezackten Klauen mit.

Der Fluß war eine grandiose Überraschung für die Wölfchen. Charlemagne mußte laut schreien und mit den Füßen aufstampfen, damit sie nicht länger ins Wasser zu beißen versuchten.

»Folgt mir, ihr Kläffer, oder ihr müßt sehen, wie ihr allein ssurest kommt.«

Charlemagne beschloß, zunächst flußaufwärts zu gehen, dem Dourdounette so weit wie möglich in Richtung der Quelle zu folgen.

Da seine Schützlinge sich weigerten, durch das Wasser zu waten, marschierten sie am Ufer entlang. Oft drehte sich Charlemagne ängstlich nach Sergent um. Regen oder ein kräftiger Wind hätte ihre Spur verwehen können, doch der Himmel war strahlend blau und nur von wenigen weißen, runden Wolken gefleckt.

Die Armbrust, die Falle, die prall gefüllte Jagdtasche, das Messer, die in die Decke gewickelte Axt und der sterbende Pépin erschwerten ihre Flucht, die wegen des dichten Unterholzes ohnehin schon ziemlich mühsam war. Am lästigsten war es für Charlemagne jedoch, sich unentwegt vergewissern zu müssen, daß die kleinen Wölfe in seiner Nähe blieben.

Pépin starb, als sie einen Eichenhain durchquerten, der sich zu beiden Seiten des Flusses ausdehnte. Der aufgewühlte Boden um die Eichenstämme wies zahlreiche Wildschweinspuren auf. In den Baumwipfeln saßen pfeifende Häher.

Ein Blick auf die zwischen dem Laubwerk durchscheinende Sonne machte ihm klar, daß Javertit und seine Familie mittlerweile nach Hause zurückgekehrt sein mußten. Es würde nicht mehr lange dauern, bis sie zu ihrer Verfolgung aufbrachen, sofern sie das nicht schon längst getan hatten.

Er kniete sich neben eine Steineiche und grub mit den Händen ein Loch in den Humus. Er nahm es sich selbst übel, daß er die Hunde nicht vor der Befreiung der kleinen Wölfe getötet hatte. Zudem bereute er, daß er La Loubière nicht in Brand gesteckt hatte.

Während Clotilde und Dagoberte nicht von der Leiche ihres Bruders wichen, beschnupperte der pragmatischere Clodomir eifrig die Jagdtasche mit den Lebensmitteln.

Charlemagne stellte die Falle auf das Loch, spannte sie, indem er die Federn mühsam auseinanderzog, legte das tote Wölfchen darauf und verbarg es unter einer dünnen Schicht welker Blätter.

»Iss hoffe, daß das hier diss ein wenig rässen wird, lieber Pépin.«

Kurze Zeit später, als Charlemagne in der Ferne Sergents Gebell zu hören glaubte, hob er die beiden Wölfinnen hoch und lief zum Fluß. Clodomir rannte ihnen hinterher. Da die kleinen Wölfe sich immer noch weigerten, ins Wasser zu gehen, und der Junge sie unmöglich alle drei auf einmal tragen konnte, band er sie kurzerhand mit dem Hanfseil an den Hälsen zusammen und zögerte nicht, sie ein wenig zu würgen, wenn sie trödelten. So legten sie ungefähr eine halbe Wegmeile in dem niedrigen Wasser zurück. Schließlich gelangten sie auf eine Lichtung, wo sich einst eine Schutthalde befunden hatte.

Charlemagne war völlig entkräftet, befreite sich von seiner Last und band die kleinen Wölfe los, die ins Gras taumelten und erschöpft hechelten.

»Iss komme ssurück«, sagte er zu ihnen und marschierte los, die nähere Umgebung nach einem möglichen Unterschlupf für die Nacht auszukundschaften.

Als er mit einem Armvoll Farnkraut zurückging, sah er einen Adler mit einem gewaltigen, graublauen Schnabel elegante Kreise am Himmel ziehen.

»Auch iss würde gerne fliegen«, gestand er, als er stehengeblieben war, um den Vogel zu bewundern. »Doch iss mösste keine Federn haben«, fügte er nach kurzer Überlegung hinzu.

Plötzlich ging der Raubvogel im Sturzflug nieder und kreischte wie ein Bussard, der sich auf eine Kükenherde stürzt. Da erst begriff Charlemagne, was los war, rannte zum Ufer, wo die kleinen Wölfe eingeschlafen waren, und schrie, so laut er konnte:

»Achtung! Achtung!«

Obwohl der Adler den herbeieilenden und wild gestikulierenden Menschen längst wahrgenommen hatte, setzte er seinen Sturzflug fort. Er spreizte seine gelben Krallen und bohrte sie in Clodomirs Fell, der laut aufschrie, als er merkte, daß er davongetragen wurde.

Charlemagne griff mit beiden Händen nach dem Vogel und erwischte ihn gerade noch an seinen Schwanzfedern. Überrascht ließ der Vogel seine Beute los und schrie laut auf. Charlemagne lockerte seinen Griff, und der Adler flog davon.

Clodomir jammerte und leckte unter den neugierigen Blikken seiner Schwestern die Wunden, welche die Krallen des Raubvogels ihm auf der Brust zugefügt hatten. Charlemagne tastete ihn ab und stellte fest, daß nichts gebrochen war. Aber er entdeckte einen Blutegel zwischen seinen Schenkeln und einen weiteren an seinem Hals, die sich zweifellos während ihres langen Marsches durch das Wasser dort festgesaugt hatten. Er untersuchte die Wölfinnen und entdeckte an ihnen ebenfalls drei Blutegel. Als er etwas Salz auf sie streute, fielen sie ab.

Mehr denn je wurde sich Charlemagne in diesem Moment der Verletzlichkeit der kleinen Wölfe und der Verantwortung bewußt, die er für ihr Überleben trug.

»Wenn iss euss im Stiss lasse, meine lieben Freunde, werdet ihr sterben, doch wenn iss bei euss bleibe, bin iss gezwungen, meinen Bruder im Stiss ssu lassen.«

Er öffnete die Jagdtasche und zog ein Glas mit wildem Honig, ein halbes Pfund Brot, Zwiebeln und ein Stück Speck hervor. Er schnitt kleine Portionen davon ab und verteilte sie an die Wölfe. Das erste Stück gab er Clodomir.

Mit Ausnahme der Zwiebel, die sie zum Niesen reizte wie eine Prise Pfeffer, waren sie von dieser neuen Nahrung geradezu begeistert, vor allem von dem mit Honig bestrichenen Brot. Den Speck allerdings mußte Charlemagne ihnen vorkauen, bevor sie ihn fraßen. Anschließend hatten sie Durst, und da der Junge vergessen hatte, einen Schlauch oder ein anderes Gefäß einzupacken, führte er sie zum Fluß, ohne sie auch nur eine einzige Sekunde aus den Augen zu lassen.

Mitten in der Nacht begannen Wölfe zu heulen. Charlemagne und die kleinen Wölfe lagen völlig erschöpft auf ihrem Laubbett und merkten nichts von den Stechmücken und den Läusen. Sie schliefen fest und hörten nichts.

## 42

Aufgrund der ergiebigen Beute (vier Hasen und drei Rebhühner), die ihnen in die Falle gegangen waren, kamen die Javertits zu spät und verpaßten den Beginn des Hochamts. So waren sie gezwungen, dem Gottesdienst im Stehen und im hinteren Kirchenschiff beizuwohnen, inmitten der Armen, die sich vom Gürtel des Wildhüters nur wenig beeindruckt zeigten.

Nach der Messe stellten sich Valborge und die Kinder wie jeden Sonntag vor die Kirche und boten ihre Heilmittel und sonstigen Produkte feil. Derweil begab Javertit sich ins Schloß, um dem Geflügelkoch die Hasen und Rebhühner abzuliefern.

Nach der Vesper machten sie sich auf den Heimweg.

Als sie an der Sankt Hubertus-Kapelle vorbeigekommen waren und sich La Loubière näherten, kreuzten plötzlich drei Hühner ihren Weg.

»Aber das sind doch unsere Hühner!« stellte Valborge erstaunt fest. »Schnell, Rose, fang sie ein! Und du hilfst ihr gefälligst!« fauchte sie Janot an.

Javertit pfiff durch die Zähne, doch nur Sergent reagierte auf sein Zeichen und tauchte mit der traurigen Miene eines Fuchses auf, dem gerade ein Huhn entwischt ist.

Beunruhigt sah Javertit zwei Schweine, die wie ihre Vorfahren, die Wildschweine, im Unterholz wühlten.

»Janot, laß die Hühner und kümmere dich lieber um die Schweine!« schrie er und gab seinem Maultier die Sporen.

Als sie in La Loubière eintrafen, stieß Javertit eine ganze Litanei von Flüchen aus, unter ihnen schlimme Gotteslästerungen, die Marias Unbeflecktheit, Josefs Anständigkeit und selbst die geistige Gesundheit ihres Sohnes Jesus in Frage stellten.

Der erbärmliche Zustand der Hündin, die im Sterben lag, schockierte ihn beinahe ebensosehr wie das Verschwinden der Armbrust oder die Zertrümmerung seines Bettes.

»Du heilige Scheiße!«

»Der herzlose Bursche hat Mabelle umgebracht!« schrie Valborge, als sie den Käfig aus dem Wasserfaß zog.

Die Untersuchung verschlug Javertit die Sprache. Sein beschränkter Geist weigerte sich, die Fakten zu akzeptieren.

Als er sich wieder gefaßt hatte, befahl er seiner Frau, ihm eine kalte Mahlzeit zuzubereiten. Er rechnete mit einer langen Verfolgung.

»Er hat alles mitgenommen: das Brot, den Käse, das Salz und den Rest des Specks. Schau her, er hat sogar den Kessel durchlöchert. Worin soll ich nun kochen?«

»Das wird er bereuen, ja, das wird er bereuen.«

Als Javertit in seinen rechten Stiefel stieg, stieß er einen fürchterlichen Schrei aus: »Dieser verfluchte Hundesohn hat eine Falle in meinen Stiefel gelegt!«

Er drehte den andern Stiefel um, und heraus fielen die Scherben von Roses Spiegel.

Da Javertit seinen Fuß nicht wieder herausziehen konnte, ohne sich eine noch schlimmere Verletzung zuzuziehen, blieb ihm nichts anderes übrig, als den Stiefel aufzuschneiden.

Ein kleiner Glassplitter hatte seinen mittleren Zeh aufgeschlitzt, während ein anderes, weitaus größeres Stück tief ins Fleisch eingedrungen war, eine Ader durchtrennt und einen Muskel verletzt hatte.

Als Janot mit den Schweinen zurückkam, machte er sich zur Verfolgung Charlemagnes und der kleinen Wölfe auf; er pfiff dem Spürhund und schulterte die Flinte seines Vaters.

»Paß auf, daß Sergent nicht den kleinen Wölfen nachrennt, falls der Scheißkerl sich von den Tieren getrennt haben sollte. Den Jungen will ich haben, und zwar lebendig, hast du kapiert? Wehe, du bringst ihn um. Und nun geh!«

Während Javertit vor der Strohhütte saß, wartete er auf Janots Rückkehr. Als die Grillen die Zikaden ablösten, tauchte Sergent plötzlich auf dem Flußweg auf. Sein nach unten hängender Schwanz und sein gewölbter Rücken ließen das Schlimmste befürchten, das sich dann auch tatsächlich bestätigte. Mit leichenblassem, vor Schmerz seltsam reif gewordenem Gesicht streckte Janot beide Vorderarme von sich: Sie waren blutüberströmt und steckten in einer Falle, die Javertit als seine eigene erkannte. Wie nasse Wäschestücke hingen die Hände seines Sohnes zwischen den Metallklauen.

»Du elender Tölpel! Wo ist meine Flinte?«

»Befrei ihn lieber aus der Falle! Siehst du denn nicht, daß er höllische Qualen leidet?« flehte Valborge ihren Mann an.

»Zuerst soll er mir erzählen, was er mit der Flinte angestellt hat.«

Eine halbe Wegmeile flußaufwärts, im Eichenhain der Wildschweine, hatte Sergent den unter den welken Blättern versteckten kleinen Wolf entdeckt. Er hatte ebenfalls den Metallgeruch der Falle und Charlemagnes Spur gewittert, sich jedoch damit begnügt, Janot auf seine Entdeckung aufmerksam zu machen, und zu diesem Zweck die Vorderpfote gehoben und die Schnauze in die Richtung des Jungen gestreckt.

Janot hatte dieses Zeichen nicht begriffen. Janot hatte das Gewehr gegen den Baum gelehnt. Janot hatte in den Blättern gewühlt. Janot hatte laut aufgeschrien. Und an die Flinte hatte Janot bei der anschließenden, überstürzten Heimkehr nicht mehr gedacht.

Valborge, die sich vor dem Hochwald fürchtete, weigerte sich hartnäckig, sie zu holen.

Am nächsten Morgen brachte sie ihren Sohn zu Lacroque, damit diese sich um seine Arme kümmerte. Anschließend begab sie sich ins Dorf, um ihren Kessel flicken zu lassen und sich Salz, Mehl und Speck zu besorgen.

Inzwischen hatte Javertit Rose in den Wald geschickt, seine unentbehrliche Flinte wieder herbeizuschaffen. Er erklärte ihr den Weg und beschrieb ihr die wichtigsten Anhaltspunkte.

Da Sergent den weiblichen Familienmitgliedern nicht gehorchte, weigerte er sich, das Mädchen zu begleiten. Folglich dauerte es nicht lange, bis Rose sich verirrt hatte.

Drei Tage vergingen, ehe Pilzsammlerinnen aus dem Weiler La Valette sie fanden. Halb verdurstet und verhungert, mit einem Holzschuh in der Hand (den andern hatte sie verloren), irrte Rose umher. Ihr Kleid war zerrissen, Wangen und Beine waren von Dornen völlig zerkratzt.

Die Pilzsammlerinnen gaben ihr etwas zu essen. Dafür entschädigte sie das Mädchen mit der Schilderung jener Nächte, die es auf den Bäumen verbracht hatte, heftig zitternd, sobald die Wölfe zu heulen begannen.

»Armes Mädchen, du hast einen langen Weg hinter dir! Dies ist der Wald von La Valette. Du wirst einen ganzen Vormittag lang unterwegs sein, bevor du wieder zu Hause bist.«

Sie begleiteten das Mädchen zur Hauptstraße und zeigten ihm den Weg.

Lange bevor Rose zu Hause ankam, hatte sie den Brandgeruch in der Nase. Als sie die Lichtung schließlich erreichte, wimmelte es dort von Menschen, und die Strohhütte war nur mehr ein völlig verkohlter Trümmerhaufen.

## 43

*Montag, 12. August 1777*

Als es hell genug war, um den Weg zu erkennen, rief Charlemagne die Wölfchen zusammen und gab ihnen kleine Speck- und Brotstücke zu fressen. Dann setzte er seine Flucht flußaufwärts in nördliche Richtung fort.

Als die Sonne ihren höchsten Stand erreicht hatte, stießen sie auf einen gefährlichen Steilabhang, der sie zwang, sich vom Ufer zu entfernen. Es beunruhigte Charlemagne ein wenig, daß er von seinem einzigen Anhaltspunkt abweichen mußte. Er hatte Angst, sich in diesem dichten Pflanzengewirr zu verirren. Kein Weg, keine Schneise, keine Fluchtmöglichkeit, nicht einmal Wildererpfade waren zu erkennen. Zwischen den Bäumen lagen umgestürzte und zumeist verfaulte Stämme, die von Hecken, Dornengestrüpp, Brombeersträuchern überwuchert waren.

Einige hundert Schritte später zwang eine breite, tiefe Felsspalte ihn zu einem weiteren Umweg. Kurz darauf war es ein Massiv aus dornigen Stechginstern, das einen dritten Umweg in östliche Richtung erforderlich machte. Die Vorsicht mahnte Charlemagne zur Umkehr. Also ging er zurück und stellte fest, daß eine auf dem Hinweg entdeckte Landschaft sich auf dem Rückweg erheblich verändert hatte. Da er seine Anhaltspunkte nicht mehr wiederfand, verirrte er sich.

Kläglich jammernd scharten sich die kleinen Wölfe um ihn. Es war warm, und sie schwitzten fürchterlich. Außerdem waren sie müde und hungrig. Vor allem aber hatten sie Durst. Charlemagne verteilte den Rest Brot und Speck unter ihnen, während er den restlichen Honig selbst aufaß.

»Um trinken zu können, meine lieben Freunde, müßt ihr warten, bis wir wieder am Fluß sind.«

Da er nicht wußte, welche Richtung sie einschlagen sollten,

entledigte er sich seiner Last und kletterte auf einen Kastanienbaum, von wo aus er den Fluß erblicken zu können hoffte. Die kleinen Wölfe jaulten erbärmlich, als sie ihn im Laub der Äste verschwinden sahen.

Als er den obersten Ast erreicht hatte, zog er das Fernrohr auseinander.

»Iss weiß, wo wir sind«, verkündete er kurz darauf den Wölfchen mit so triumphierender Stimme, daß mehrere Vögel erschrocken aus den benachbarten Bäumen aufflogen.

Da sie ihm nicht folgen wollten, nahm er sie auf den Buckel. Aber er kam nicht weit, weil er zu erschöpft war, und legte eine erneute Verschnaufpause in einem Nußbaumhain ein.

Plötzlich rannte Clodomir auf ein Dickicht zu. Seine Schwestern folgten ihm. Charlemagne begnügte sich mit einer Warnung, die er ihnen hinterherrief: »Wenn der Fuchs euss findet, frißt er euss!«

Als er sich schließlich wieder aufraffte und nach etwa zweihundert Schritten auf die Wölfchen stieß, wurde er sich ihres ausgesprochen feinen Geruchssinns bewußt. Sie stillten gerade ihren Durst im fließenden Wasser. Der Junge zog sich aus und sprang in den Fluß. Das eisige Wasser schnitt ihm die Luft ab. Seine Rippen und seine Rückenwirbel traten so stark unter seiner weißen, dreckigen Haut hervor, daß man sie einzeln hätte zählen können. Nur sein Gesicht, seine Hände und seine Füße waren von der Sonne braun gebrannt.

Nachdem die kleinen Wölfe ihren Durst gestillt hatten, hatten sie Hunger. Um Charlemagne das verständlich zu machen, bissen sie ihn sanft in die Wangen und Lippen, als er nackt am Ufer lag und sich in der Sonne trocknen ließ. Er zog seine schäbige Kleidung wieder an, leerte die Jagdtasche und begab sich zum Nußbaumhain, wobei er sich ständig umdrehte und seinen Weg kennzeichnete, indem er alle zehn Schritte einen Zweig abbrach. In seiner ungewissen Situation blieb ihm nichts anderes übrig, als rasch dazuzulernen.

Mit der Jagdtasche voller Nüsse ging er zum Fluß zurück, um die Früchte dort mit der platten Seite der Axt aufzuschlagen. Damit auch die kleinen Wölfe sie aßen, mußte er sie ihnen vorkauen, den Brei in seine Hand spucken, mit Salz bestreuen und ihnen die Hand hinstrecken. Anschließend nahm er das Fernglas und suchte das gegenüberliegende Flußufer nach einem möglichen Nachtisch ab; am Waldrand entdeckte er einen Himbeerstrauch. Trotz des Einspruchs der drei kleinen Wölfe durchquerte er den Fluß und kehrte mit dem Dreispitz voller saftiger Beeren und einem Bienenstachel im geschwollenen Unterarm zurück.

Nachdem ihr Hunger gestillt war, pinkelten die kleinen Wölfe ins Gras. Dann kuschelten sie sich an denjenigen, der ihnen gleichzeitig Vater und Mutter war. Ohne ihn hätten sie ihre Freiheit nicht eine Stunde lang überlebt. Doch würde auch Charlemagne in der Wildnis überleben können? Wollte er sie nicht im Stich lassen, so mußte er so lange mit ihnen zusammen im Wald bleiben, bis sie in der Lage waren, sich selbst zu ernähren.

Frisch gestärkt, stieg Charlemagne auf eine kleine, krumme Eiche, deren Geäst sich mit dem einer großen Ulme verschlungen hatte, und kletterte über die unteren Äste von einem Baum auf den andern. Er entdeckte ein weites, von der Sonne beschienenes Wasserbecken, in dessen klarem Wasser unzählige Fische schwammen. Auf einer Erle mit schwarzem Stamm lauerte ein Eisvogel. Etwas höher gelegen, sprudelte der Dourdounette aus einer engen Grotte, die aus einem Gewirr riesiger, moosbedeckter Felsen bestand. In der üppigen Flußvegetation trillerten zahlreiche Sperlinge. Durch sein Fernrohr erspähte Charlemagne Erdbeerpflanzen, Johannisbeersträucher und einen mindestens vierzig Fuß hohen Vogelkirschbaum sowie mehrere gewundene Apfelbäume mit stacheligen Ästen. Der Ort erschien wie das Paradies des Herrn Adam und der Dame Eva, das er aus der Bibel kannte. Außerdem fiel ihm eine rechtwinkelige Spalte auf, die im felsigen Geröll am Flußufer eine Art Nische bildete.

Nachdem er die eingeschlafenen Wölfe wachgerüttelt hatte, zwang er sie zum Weitermarsch.

Als sie den kleinen, sichelförmigen Strand am Rande des Beckens erreichten, begann es allmählich dunkel zu werden. Auf den Steinen und Wurzeln gut sichtbar abgelegte, dunkle und schleimige Kotspuren kennzeichneten das Territorium einer Fischotterfamilie. Das Wasser war so klar, daß der Junge es mit der Hand berühren mußte, um seine Oberfläche zu erkennen. Mit einem schrillen, langgezogenen »Tiiiiiiiiht« flog der Eisvogel von einem Ast auf. Ein Rotauge nutzte die Gelegenheit, um aus dem Wasser zu springen und nach einer zu tief fliegenden kleinen Mücke zu schnappen. Da und dort tauchten die ersten Sterne auf. Grillen begannen zu zirpen. Stechmükken schwirrten umher. Im Gras kroch ein weibliches Glühwürmchen in das Häuschen einer Schnecke und fraß das Tier auf. Die Stunde war gekommen, in der ein Teil des Waldes sich anschickte, einen andern Teil zu fressen. Charlemagne nutzte das letzte Tageslicht, um auf die zur Spalte führenden, ungefähr hundert Schritte flußaufwärts liegenden Felsen zu klettern.

Die acht Fuß lange, fünf Fuß breite und nur vier Fuß hohe Höhle war groß genug, um sie alle aufzunehmen. Wie eine Terrasse ragte der Granitblock, der den Boden der Höhle bildete, über den Fluß, das Becken und den gewaltigen Hochwald hinaus, der sich endlos weit erstreckte. Ganz gleich, in welche Richtung Charlemagne schaute, überall war Wald.

Nachdem er den Platz vom Holz und den Pflanzenrückständen gesäubert hatte, die bei Hochwasser angeschwemmt worden waren, legte er den Boden mit Farnkraut aus, auf das er die kleinen Wölfe betten wollte. Doch bevor sie sich hinlegten, gingen sie mehrmals schnuppernd um ihren Schlafplatz herum.

Wölfe heulten. Charlemagne zuckte zusammen. Sie waren ganz in der Nähe. Die Wölfchen richteten sich auf und spitzten ihre kleinen Ohren. Aus südlicher Richtung war ein weiteres Rudel zu hören. Clodomir war der erste, der die Rufe erwiderte. Nach einigen Klagelauten und aufgeregten Schwanzbewegungen warf er den Kopf in den Nacken und heulte gen Himmel, so wie Wölfe das nun mal zu tun pflegten. Seine Schwestern folgten seinem Beispiel.

»He! Wenn ihr sie so ruft, dann werden sie tatsächlich kommen.«

Während ihrer dreimonatigen Gefangenschaft in La Loubière hatten sie die Wölfe fast jede Nacht gehört, doch immer nur aus weiter Ferne. Hier jedoch hielt ein Rudel sich ganz in der Nähe auf. Ein verwirrender Gedanke ging Charlemagne durch den Kopf: »Vielleicht sind es ihre Eltern?« Das würde die Lage erheblich verbessern. Außer natürlich, die Tiere hielten ihn für den Entführer ihrer Jungen und hätten die Absicht, sich an ihm zu rächen.

Das Heulen setzte erneut ein. Charlemagne verließ den Unterschlupf und zeigte sich mit der Axt auf der felsigen Terrasse.

»Wenn es eure Kinder sind, so könnt ihr sie euss holen!« schrie er laut in die Richtung des Unterholzes, aus dem das Heulen kam.

Mit Ausnahme des Flusses schien der ganze Wald jäh zu erstarren. Sogar die Sperlinge verstummten. Dann hörte Charlemagne die Geräusche von etwas, das durch das Dickicht flüchtete. Falls es sich tatsächlich um ein Wolfsrudel gehandelt hatte, so hatte er es jetzt vertrieben.

Bevor er sich wieder hinlegte, verschloß er den Eingang zur Höhle mit einem dicken Steinhaufen.

Er schlief schlecht in jener Nacht. Die Mischung aus Himbeeren und Nüssen bekam ihm nicht und rumorte in seinen Eingeweiden; mehrmals mußte er sich übergeben. Außerdem hinderte der Moschusgeruch von Janots Decke ihn am Einschlafen. Einmal mehr bedauerte er, La Loubière nicht in Brand gesteckt zu haben, als ihm plötzlich bewußt wurde, daß er nichts mitgenommen hatte, um Feuer zu machen. Dieses Versäumnis vereitelte einen längeren Aufenthalt im Wald. Vom bald beginnenden Winter gar nicht zu sprechen. Er dachte an seine schäbige Kleidung, an seine nackten Füße, an die schwächlichen Wölfchen, die ständig Hunger hatten. Trotz der zahlreichen Stechmücken fühlte er sich schrecklich einsam und verlassen.

Als der neue Tag begann und der Wald geräuschvoll wach wurde, fand er sich ab mit dem Gedanken, daß er nach La Loubière zurückkehren mußte.

## 44

*Dienstag, 13. August 1777*
Charlemagne lag auf einem Felsen über dem Wasser und verlor beim Fischen mit den bloßen Händen allmählich die Geduld, als Dagoberte plötzlich gereizt zu kläffen begann. Er richtete sich auf und sah, daß sie einen dicken, unter einer Wurzel schlafenden Igel geweckt hatte.

Mit seinem Küchenmesser drehte der Junge die stachelige Kugel auf den Rücken und stach mit der Klinge in deren Bauch. Ein einziges Mal schrie das Tier kurz auf; dann starb es, indem es sich öffnete wie eine Blume. Die kleinen Wölfe beschnupperten das herausfließende Blut, bevor sie davon kosteten und feststellten, daß es ihnen schmeckte.

Mit ungeschickten Handgriffen zerstückelte Charlemagne den Igel: Es war das erste Mal, daß er so etwas tat. Die Eingeweide überließ er Dagoberte, weil sie die Beute aufgespürt hatte, doch Clodomir nahm sie ihr weg und machte sich damit aus dem Staub. Während die beiden eine wilde Verfolgungsjagd durch das Gras veranstalteten, teilte Charlemagne das

Fleisch in kleine Portionen und kaute sie den Wölfchen vor. Ein Filetstück jedoch behielt er für sich. Er salzte es und aß es roh. Da das Fleisch frisch war, mußte er es gründlich zerkauen, bevor er es hinunterschlucken konnte. Es hatte einen angenehmen Geschmack und erinnerte ihn an Kaninchenfleisch.

Anschließend verwöhnte er die kleinen Wölfe mit zerdrückten Erd- und Johannisbeeren, ließ sie nach Herzenslust trinken und brachte sie auf die Terrasse zurück. Da es keine Tränke gab und die Hitze sehr groß zu werden drohte, befeuchtete er ihr Laubbett mit Wasser. Dann verbarrikadierte er den Eingang mit dicken Steinen. Die Wölfchen durfte auf keinen Fall ausbrechen, und genausowenig durfte ein Greifvogel in die Höhle eindringen.

»Macht euss keine Sorgen, meine lieben Freunde, iss werde bald fertig sein«, versicherte er ihnen und verstärkte die kleine Mauer mit dornigen Apfelbaumästen.

Am späten Vormittag verstaute er das Fernglas, das Messer und den Köcher in der Jagdtasche. Am Stiel der Axt befestigte er ein doppeltes Hanfseil, damit er sie über der Schulter tragen konnte, falls er beide Hände brauchte.

»Iss werde bald ssurückkommen«, sagte er zu den Wölfen. Allerdings weigerte er sich, daran zu denken, was aus ihnen werden würde, falls er sein Versprechen nicht halten könnte.

Da die kleinen Wölfe Charlemagnes Vorankommen nun nicht mehr beeinträchtigten und der Junge überzeugt war, sich nicht wieder zu verirren, solange er dem Dourdounette folgte, kam er schneller voran.

Bald wurden die Ufer breiter, die Strömung beruhigte sich, das Wasser wurde wärmer. Der reißende Bach verwandelte sich in einen Fluß. Ein leichter Wind erfrischte die Luft.

Als er den Eichenhain wiedererkannte, in dem Pépin gestorben war, wußte er, daß es bis La Loubière nicht mehr weit war. Er sah die Steineiche und stellte fest, daß sowohl der Leichnam als auch die Falle verschwunden waren. Hatte das Fanggerät etwa funktioniert? Hatte Sergent den toten Wolf gewittert? Der Anblick der am Baumstamm lehnenden Flinte erfreute ihn. Was war passiert, daß der Wildhüter seine kostbare Flinte vergessen hatte? Und wieso hatte Javertit die Verfolgung aufgegeben?

Nachdem Charlemagne die Flinte auf der Astgabelung einer Erle versteckt hatte, setzte er seinen Weg durch das Flußbett fort.

Je mehr er sich La Loubière näherte, um so langsamer wurden seine Schritte. Eine immer größer werdende Furcht lastete auf seiner Brust und schnürte ihm die Kehle zu. Nach und nach wurde er sich seiner maßlosen Kühnheit bewußt. Die Familie Javertit war zu viert, mit Sergent sogar zu fünft, während er ganz auf sich allein gestellt war.

Als er den großen, flachen Stein erblickte, auf dem der Vorstehhund während des Wasserschöpfens zu sitzen pflegte, hielt er inne. Er war nur mehr achthundert Schritte von der Lichtung entfernt, und die Brise, die ihn beim Marschieren so angenehm erfrischt hatte, blies ihm nun in den Rücken. In der Nacht war ihm alles soviel einfacher vorgekommen (ich werde sie alle töten, ich werde alles mitnehmen, was mir gefällt, ich werde alles niederbrennen).

Ein paar kaum spürbare Bisse trieben ihn aus dem Wasser. Als er am Ufer stand, sah er, daß mehrere Krebse sich an den Wunden seiner Knöchel festgebissen hatten. Er schüttelte sie ab und entdeckte einen Blutegel zwischen seinen Zehen. Da er kein Salz bei sich hatte, wartete er, bis er sich vollgesaugt hatte und von selbst abfiel. Dann zerdrückte er ihn zwischen zwei Kieselsteinen.

Anschließend verbarg er sich hinter einer Gruppe von Linden, von wo aus er den Pfad im Auge behalten konnte, und überlegte sein weiteres Vorgehen.

Nach langer Unschlüssigkeit richtete Charlemagne sich

schließlich auf und vertrat sich die steif gewordenen Beine. Im selben Moment hörte er Schritte. Sein Herz schlug wild. Seine Hände umklammerten die Armbrust. Die Vorstellung, jemanden zu töten, quälte ihn weniger als die Aussicht, mit einer Waffe, mit der er noch nicht allzugut umzugehen verstand, sein Ziel zu verfehlen.

Da tauchte plötzlich Valborge auf, den Schlauch aus Ziegenleder in der einen und den neu verzinnten Kessel in der andern Hand. Charlemagne hielt den Atem an, als sie an ihm vorbeiging. Er trat hinter den Linden hervor, näherte sich ihr bis auf wenige Schritte und schoß ihr aus nächster Nähe mit der Armbrust zwischen die Schultern – die einzig wirklich sichere Methode, um sein Ziel nicht zu verfehlen.

Valborge schrie auf und ließ den Lederschlauch und den Kessel fallen.

Obwohl der Einschlag heftig war, fiel sie nicht sogleich hin, sondern geriet lediglich ins Taumeln. Mit ausgestreckten Armen und weit aufgerissenen Augen drehte sie sich um und sah, wie ihr Angreifer die Armbrust auf den Boden legte und die Axt von seiner Schulter nahm.

»Aaaaah«, schrie sie erneut.

Dann begann sie zu husten. Zwischen ihren Lippen traten rosafarbene Bläschen hervor.

»Das gessieht dir rest, du böses Weib.«

Obwohl er keinerlei Mitleid mit ihr verspürte, fiel es ihm schwerer, sie von vorne anzugreifen, als von hinten. Statt ihr, wie geplant, den Kopf zu zertrümmern, begnügte er sich damit, ihr mit dem flachen Ende der Axt einen Schlag auf das Brustbein zu versetzen.

Valborge fiel rücklings auf den Pfad, gab ein weiteres »Aaaah« von sich und spuckte einen Blutklumpen von der Größe eines Eis aus.

Als Charlemagne die Armbrust erneut spannte, dachte er einen Augenblick daran, sie zum Fluß zu schleifen und zu ertränken, so wie er es sich häufig vorgestellt hatte. Doch am Ende zog er es vor, den Lederschlauch und den Kessel aufzuheben und auf dem flachen Stein abzulegen.

Valborge jammerte und versuchte, sich hinzuknien. Der dunkelrote Blutfleck auf ihrer Bluse wurde immer größer.

Charlemagne beugte sich über sie, richtete sich jedoch schnell wieder auf, da sie fürchterlich stank.

»Wer ist im Haus?«

Er deutet auf La Loubière.

Da sie keine Antwort gab, versetzte er ihr einen Stoß, so daß sie erneut hinfiel. Als er ihr mit der scharfen Kante der Axt drohen wollte, kreuzte er ihren Blick, in dem so große Verzweiflung zu lesen war, daß er ungewollt Mitleid mit ihr bekam. Sterbende Hunde hatten denselben Blick. Er ging einige Schritte auf und ab und wußte nicht recht, was er tun sollte.

Schließlich ging er zu seinem Opfer zurück, betrachtete zum ersten Mal Valborges Holzschuhe, zog sie ihr aus und probierte sie an. Leider waren sie ihm zu klein. Er schleuderte sie ins Dickicht. Dann schoß ihm ein Jägergedanke durch den Kopf, den er sogleich in die Tat umsetzte. Er kniete sich neben sie und entkleidete sie, indem er die Schnüre der Korsage und des Rocks mit dem Messer durchtrennte. Valborge beschränkte sich darauf zu jammern. Aus ihrer Brust floß Blut über ihren schlaffen Bauch und versickerte zwischen den kohlenschwarzen Haaren ihrer sehr dicht bewachsenen Scham, die gleich unterhalb des Nabels begann und bis zwischen ihre Schenkel reichte.

Neugierig betrachtete Charlemagne die nackte Valborge. Es war das erste Mal, daß er den Körper einer Frau sah. Seine Erfahrungen beschränkten sich auf die Beobachtungen, die er am glatten Körper seiner Schwester angestellt hatte. Nie hätte er gedacht, daß eine Frau dermaßen behaart sein kann. Genausowenig konnte er sich vorstellen, wieso ein solch aufdringlicher Fischgeruch von einer Frau ausgehen kann.

Nachdem er sich Valborges Kleid wie einen Umhang umgeworfen hatte, ging er auf La Loubière zu: mit geschulterter Armbrust, dem Finger auf dem Drücker.

Als er die Strohhütte zwischen den Bäumen erblickte, zog er das Fernglas hervor. Zunächst glaubte er, es sei niemand anwesend. Doch als er näher trat, um sich zu vergewissern, daß wirklich niemand da war, wurde er eines Besseren belehrt: Das Maultier stand im Stall, und der Hund lag im Schatten des Vordachs, das ihm als Unterschlupf diente. Langsam ging er weiter, ein Auge auf den Vorstehhund, das andere auf die Tür der Strohhütte gerichtet. Trotz aller Vorsicht konnte er nicht verhindern, daß das nach der mehrtägigen Hitze völlig vertrocknete Gras unter seinen Füßen raschelte.

Plötzlich richtete Sergent sich auf und drehte den Kopf in Charlemagnes Richtung. Er hatte ihn gewittert, schien allerdings eher überrascht als beunruhigt zu sein. Ohne Eile kam er näher, ja, er blieb sogar stehen, um ein Huhn zu beobachten, das am Gemüsegarten entlang eine Eidechse verfolgte.

Charlemagne kauerte sich an einen der Kastanienbäume, die den Weg säumten, nahm seinen Dreispitz ab und schlug Valborges Kleid so über sich, daß er ganz darunter verschwand. Dann riß er einen Schlitz für die Augen, einen andern für die Armbrust in den Stoff und verharrte bewegungslos, trotz des ekelhaften Gestanks, der wegen der Hitze immer unerträglicher wurde.

Sergent verließ die Lichtung und betrat den Weg. Als er noch etwa zehn Sprünge vom Kastanienbaum entfernt war, sah und roch er das Kleid, die Farbe und den typischen Geruch der Frau seines Herrn. Schnüffelnd kam er näher, doch er zögerte, da von dem Stoff auch noch andere Gerüche ausgingen. Der Geruch von Blut, der sich mit Angstgeruch vermischte und sich bei Fleischfressern äußerst speichelfördernd auswirkt. Drei Sprünge von Charlemagne entfernt blieb der Hund mit halb geschlossenen Augen stehen; er war verwirrt.

Da der Hund, nach Charlemagnes Ansicht, noch zu weit entfernt war, um auf ihn zu schießen, fing er unter dem Kleid leise zu jammern an. Er imitierte die Schreie eines verirrten Welpen – eine alte Jägerlist, der Hunde stets auf den Leim gingen. Sogar die Rudelführer fielen darauf herein, und auch Sergent bildete in dieser Hinsicht keine Ausnahme. Zögernd kam er näher. Die Armbrust erblickte er genau in dem Moment, in dem der Junge auf den Stecher drückte: Die doppelte Sehne schnellte nach vorne, der Pfeil schoß aus dem Schaft, überwand die drei Schritte, die ihn vom Hund trennten, mit einer Geschwindigkeit von siebzig Metern pro Sekunde, und durchschlug die Brust des Tieres.

Mit einem langgezogenen Schrei drehte Sergent sich mehrmals um sich selbst. Charlemagne richtete sich auf und entledigte sich des Kleids. Dann setzte er wieder seinen Dreispitz auf, und als er die Waffe gerade ein weiteres Mal spannen wollte, tauchte auf der Schwelle von La Loubière plötzlich Javertit auf. Panisch ließ der Junge die Armbrust fallen und rannte ins Unterholz. Vor lauter Angst konnte er keinen klaren Gedanken mehr fassen.

Er wich einer Hecke aus, zermalmte ein Pilzbeet unter seinen Füßen, sprang über einen verfaulenden Baumstamm, kam aus dem Gleichgewicht, geriet ins Torkeln, prallte mit dem Kopf gegen eine Birke und fiel bewußtlos zu Boden.

Als er zu sich kam, wurde es allmählich dunkel. In seinen Ohren zirpte es, als säßen Grillen darin. Sein Gesicht war geschwollen von Mückenstichen. Zwischen den Wunden an seinen Knöcheln und ihrem Bau wanderten rote Ameisen hin und her.

Charlemagne erhob sich. In seinem Kopf schienen Steine zu sein, die gegen seine Schläfen prallten, sobald er sich bewegte. Wie bei seiner letzten Ohnmacht war ihm übel, und er mußte sich übergeben. Als er sich wieder besser fühlte, ergriff er den

Hut und die Axt und ging an den Fluß zurück, der zu seiner Rechten lag. Er spülte sich den nach Galle schmeckenden Mund aus und dachte an die kleinen Wölfe, die sicherlich dachten, er hätte sie im Stich gelassen. Er schämte sich ein wenig seiner panikartigen Flucht, die ihn um den Überraschungseffekt gebracht hatte.

Charlemagne ging am Fluß entlang zurück. Der Lederschlauch und der Kessel waren nicht mehr da. Auch Valborge war verschwunden. Die Axt in beiden Händen haltend, marschierte er auf Javertits Haus zu und war fest entschlossen, sich diesmal der Herausforderung zu stellen.

Obwohl Mond und Sterne am Himmel standen, war es noch taghell, als er zu dem Kastanienbaum kam, von wo aus er auf Sergent geschossen hatte. Er suchte nach der Armbrust, konnte sie jedoch nirgendwo finden, so daß er sich noch mehr über seine Flucht ärgerte: Eine ähnliche Reaktion hatte ihn bereits in die Fallgrube des Wildhüters befördert.

Er erreichte La Loubière. Die Eingangstür war geschlossen, der Kamin rauchte, und der Unterschlupf der Hunde war leer.

Die Schweine beschnupperten ihn und grunzten freundschaftlich, da sie sich noch bestens an die drei Monate erinnerten, in denen er sie gefüttert und gekratzt hatte. Er schlich zum Hühnerstall, ergriff ein Huhn und warf es auf die Strohhütte. Laut gackernd rannte das Federvieh über das Dach. Charlemagne stellte sich neben die Tür und hob die Axt in Schulterhöhe. Den erstbesten, der herauskäme, würde er erschlagen.

Als das Huhn vom Dach sprang und den Aufprall mit aufgeregten Flügelschlägen zu dämpfen versuchte, wurde die Tür geöffnet.

Doch als Charlemagne die Axt niedersausen ließ und laut »Caramba!« brüllte, wich Javertit rasch zurück. Statt ihn am Brustbein zu treffen, zertrümmerte die Axt ihm das Knie und blieb tief im Oberschenkelknochen stecken. Schreiend fiel Javertit nach hinten.

Mit einem heftigen Ruck zog Charlemagne die Axt wieder heraus und betrat die Strohhütte.

»Jetzt bin iss der Meister«, rief er triumphierend.

Valborge lag neben der Feuerstelle, auf der das Ragout brutzelte. Ihre gesenkten Lider und ihre vor Schweiß glänzende Haut deutete darauf hin, daß sie bald sterben würde. Janot saß auf seiner Strohmatte. Schienen aus Tannenholz waren an seinen Unterarmen befestigt, und er schlotterte im Fieber. Auch ihm ging es nicht besonders gut.

»Wie ist das passiert?«

Ohne eine Antwort abzuwarten, eilte Charlemagne zu Javertit, der, auf die Ellbogen gestützt, nach draußen kriechen wollte. An seinem verletzten Bein zog er ihn ins Haus zurück.

Der Wildhüter schrie und versuchte, sich am Fußboden festzukrallen. Da bemerkte Charlemagne den Verband an Javertits rechtem Fuß. Er entfernte ihn und war entzückt, daß der Trick mit den Scherben in den Stiefeln funktioniert hatte. Er hielt sich für ausgesprochen schlau.

»Wo ist deine Swester? Antworte mir, oder...« Er hielt Janot die Axt mit der blutbefleckten Schneide vor die Nase. Er war so aufgeregt, daß er ganz unregelmäßig atmete. Er fühlte sich wie betrunken. Somit bestätigte sich, daß Rache süß und sehr angenehm sein kann.

»Ich schwöre bei Jesus und Maria, daß ich keine Ahnung habe. Gestern morgen ist sie losgegangen, und bis jetzt ist sie noch nicht zurückgekehrt.«

Die Armbrust lag auf dem Tisch, daneben ein Bündel Nußholzreisig, mehrere Metallhaken und feine Hanfschnüre. Javertit hatte gerade Pfeile angefertigt, als er gestört wurde.

»Wo ist sie hingegangen?«

Während er diese Frage stellte, stopfte er die Äste, die Haken und die Schnüre in seine Jagdtasche.

»Sie sollte das Gewehr aus dem Eichenhain der Wildschweine holen.«

»Das habe iss bereits gefunden.«

Charlemagne sah durch die offene Tür, daß es dunkel geworden war, und dachte an die kleinen Wölfe, die bis zu jenem Tag noch nie alleine gewesen waren. Er näherte sich dem Jagdaufseher: »Wo ist meine Pistole?«

»Scher dich zum Teufel, verfluchter Hurensohn!«

Charlemagne vergaß, daß es alles anderes als ehrenhaft ist, einen am Boden liegenden Mann zu schlagen: Ohne lange zu überlegen, hackte er Javertit den rechten Fuß unterhalb des Knöchels ab. Nur mühsam gelang es ihm, die Axt, die bis zum Stiel in den gestampften Lehmboden eingedrungen war, wieder herauszuziehen.

Javertit erstarrte, gab jedoch keinen Laut von sich. Wie eine Fontäne spritzte das Blut aus seiner frischen Wunde. Mit vor Entsetzen geweiteten Augen krümmte Janot sich auf seiner Strohmatte. Der Anblick seiner sterbenden Mutter und seines verblutenden Vaters faszinierte ihn genauso, wie er ihm das Herz brach.

»Er hat Glück gehabt, denn eigentliss hatte iss auf seinen Kopf gessielt«, sagte Charlemagne ernst. »Also, nun sag mir, wo iss das Messer, die Pistole, die Kugeln und das Pulver finden kann.«

»Er hat sie ins Schloß zurückgebracht.«

Charlemagne legte alle Sachen, die er mitnehmen wollte, auf den Tisch. Bald war es soviel, daß er es nicht mehr allein tragen konnte.

»Ssade, daß du ssu nists mehr ssu gebrauchen bist. Sonst hätte iss diss ssu meinem Sklaven gemacht«, sagte er und probierte Janots Sonntagsholzschuhe an.

»Wirst du uns töten?« fragte der Junge ängstlich,

»Es steht fest, daß iss das tun könnte, wenn ich wollte.«

»Rauch in zwei Meilen Entfernung«, schrie der Wachmann des östlichen Turms.

Der diensthabende Offizier trat zu ihm auf den Rundweg, um die Richtigkeit seiner Meldung zu prüfen. In der Tat erkannte er eine weiße Rauchsäule, die senkrecht in den sternklaren Himmel stieg. Der Mond stand im Zenit.

»Das ist im Wald von Saint-Leu. Ich werde den Herrn Konsul benachrichtigen.«

Der schlaftrunkene Konsul entschied, sich die Sache mit eigenen Augen anzusehen.

»Das ist kein natürliches Feuer. Es ist Mitternacht, und nicht eine einzige Wolke ist am Himmel, so daß es auch nicht auf einen Blitzschlag zurückgeführt werden kann. Ich werde den Herrn Ritter benachrichtigen.«

Die Nachricht, in seinem Wald sei Feuer ausgebrochen, gefiel Virgile-Amédée überhaupt nicht. Quentin Onrazac begab sich unverzüglich zum Ostturm, um den Brand zu lokalisieren.

»Es brennt in Richtung Gebirgsausläufer, dort, wo sich La Loubière befindet.«

Er feuchtete seinen Finger an und streckte ihn in die Luft.

»Zum Glück ist es windstill. Aber falls sich das ändert, steht bald der ganze Hochwald in Flammen, angesichts der Hitze der vergangenen Tage. Wir müssen sofort hin und das Feuer löschen«, sagte er zum Offizier der Wache, der mit dem Kopf nickte.

Sie benötigten drei Stunden, bis sie die Lichtung erreicht hatten. Die Strohhütte sowie die Pferde- und die Hühnerställe waren fast völlig niedergebrannt, während der Schweinestall unversehrt, aber leer war. Da kein Wind wehte und die Lichtung ziemlich großflächig war, hatte das Feuer sich nicht ausbreiten können.

Sie warteten, bis es Tag wurde, ehe sie die Trümmer mit Ästen durchstöberten und auf drei verkohlte, rauchende, geschrumpfte und völlig unkenntlich gewordene Leichen stießen.

»Es fehlt einer. Diese Familie zählt vier Mitglieder«, sagte

Onrazac, der sich darüber wunderte, daß einer der Leichen ein Fuß fehlte.

»Ohne kirchlichen Segen können wir diese unglücklichen Opfer nicht begraben«, erklärte der Offizier. »Fafeur und Pichon, geht ins Dorf zurück, um dem Vikar Bescheid zu sagen, und wenn ihr zurückkommt, bringt ihr Schaufeln und Hacken mit.«

»Ich begleite euch«, sagte Onrazac und band sein Pferd los. »Der Herr Ritter wartet auf meinen Bericht. Jetzt wird er sich nach einem neuen Wildhüter umsehen müssen.«

Als Rose am frühen Nachmittag aufkreuzte, unterbrachen die zwanzig Leute, die auf der Lichtung beschäftigt waren, ihre Arbeit und starrten sie stumm an.

Schicksalsergeben hob der Vikar Augen und Arme zum wolkenlosen Himmel und setzte das Mädchen über die schreckliche Tragödie ins Bild. »Aus Gründen, die nur er kennt, hat Gott es für richtig erachtet, sie alle zu sich zu holen.«

Als das Mädchen sie ein letztes Mal sehen wollte, erklärte der Wachoffizier, sie seien bereits beerdigt worden, und deutete auf die entsprechende Stelle. Um sich das mühsame Graben zu ersparen, hatten die Bogenschützen die Leichen in das große Loch geworfen, das Charlemagne gegraben hatte, und einfach mit Erde zugeschüttet.

## 45

Charlemagne marschierte die ganze Nacht.

Die drei Hühner, die er mitgenommen und mit den Beinen an den Stiel der Axt gebunden hatte, protestierten laut gakkernd. Da er seine Kräfte überschätzt hatte, entledigte er sich rasch der schweren Armbrust und des Köchers, die nun an dem Ast einer alten, an ihrem krummen Stamm leicht wiedererkennenden Hainbuche hingen. Auch Janots Holzschuhe, von denen er Schwielen bekommen hatte, ließ er zurück. Die Decke des Maultiers und Javertits Wams hängte er schließlich über einen Hagedornstrauch, von dem er ein paar Zweige abbrach, um die Stelle später wiederfinden zu können.

Als er endlich das Wasserbecken erreichte, wurde es allmählich Tag.

»Hier bin iss wieder, meine Freunde«, rief er, als er mit wakkeligen Beinen und erschöpftem Herzen mühsam zur Felsspalte hochkletterte.

Die Stille beunruhigte ihn. Die Wölfchen hätten vor Freude winseln und Purzelbäume schlagen müssen.

Nachdem Charlemagne die stacheligen Äste entfernt und die Steine, die den Eingang versperrten, zur Seite geschoben hatte, kroch er in die Höhle. Stechmücken schwirrten durch die Dunkelheit. Halb verdurstet lagen die kleinen Wölfe in einer Ecke. Er trug sie zum Wasserbecken und rief sie ins Leben zurück, indem er sie an seinen nassen Fingern saugen ließ.

Obwohl er sich vor Müdigkeit kaum mehr auf den Beinen halten konnte, fand er die Kraft, um einem der Hühner über dem Kessel die Kehle durchzuschneiden und den Wölfchen einen nahrhaften Brei aus Brot und Blut zuzubereiten. Während sie sich satt fraßen, erklärte er ihnen mit zufriedener Miene: »Iss habe alles niedergebrannt.«

Da sie erneut durstig waren, begleitete er sie zum Wasserbecken. Während sie tranken, ging er zur Terrasse zurück, um den Lederschlauch zu holen.

Unten am Fluß hatte sich Clodomir ein Stück Holz geschnappt und war damit davongerannt wie mit einer Beute. Die andern folgten ihm und versuchten, es ihm wegzunehmen.

Plötzlich tauchten von allen Seiten Wölfe auf.

Einer hatte ein gelblich-graues Fell – möglicherweise war es eine Wölfin, was Charlemagne auf diese Entfernung aber nicht genau erkennen konnte – und ging auf die kleinen Wölfe zu, die sofort in ihrem Spiel innehielten, um ihn neugierig zu betrachten. Dann trotteten sie auf den Wolf zu, allen voran Clodomir.

Ein zweiter, dunkelgrauer Wolf lag unter der schwarzen Erle auf der Lauer, während ein dritter und ein vierter rasch den Fluß durchquerten, indem sie von einem Felsbrocken zum nächsten sprangen.

Ein fünfter Wolf, der auf einem dürren Baumstamm hockte, beobachtete den ersten, der die kleinen Wölfe vorsichtig beschnupperte: Sie ließen es sich gefallen und hüpften übermütig umher.

Keines der Tiere schien den Jungen auf der Terrasse erblickt oder gewittert zu haben.

Charlemagne schlich in die Höhle zurück und bewaffnete sich mit der Axt. Was wollten diese Fleischfresser von ihm? Waren es dieselben, die er in der Nacht zuvor heulen gehört hatte? Hatte er unerlaubterweise ihr Territorium betreten? Konnte es sein, daß die Eltern der kleinen Wölfe unter ihnen waren?

Als er die Höhle wieder verließ, sah er, daß ein riesiger schwarzer Wolf die Schneise heraufkam, die sich durch das ständigen Hin und Her zum Fluß gebildet hatte. Der Hals des Tieres war so breit wie der eines Rindes und hatte einen Umfang von mindestens drei Fuß. Ihre Blicke kreuzten sich. Der Wolf blieb stehen. Sein nach unten hängender, buschiger Schwanz richtete sich selbstbewußt in die Höhe, während sein Rückgrat sich unmerklich wellte und seine Ohren in Richtung des Jungen deuteten – lauter böse Vorzeichen.

Als Charlemagne etwas sagen wollte, tauchte hinter dem großen, schwarzen Wolf ein siebtes Tier mit farnrotem Fell auf. An seinem rechten Ohr war ein V-förmiger Einschnitt.

»Guten Tag, Monssieur Wolf. Mit Freude nehme iss ssur Kenntnis, daß die Hunde Euss neuliss nist erwist haben«, sagte Charlemagne ausgesprochen höflich.

Während er sprach, hielt er die Axt in der Hand.

Seine laute Stimme zog die Aufmerksamkeit der anderen Wölfe auf sich, die nun ebenfalls zur Terrasse hochschauten. In der Höhle gackerten die Hühner.

Langsam wich Charlemagne zum Kessel zurück, in dem das getötete Huhn darauf wartete, gerupft zu werden. Mit geschmeidigen Bewegungen sprang der große Wolf auf die Terrasse. Charlemagne hörte das Geräusch, das seine Krallen auf dem Stein verursachten.

Dann packte er das Huhn an den Beinen, warf es dem Wolf vor die Füße und sagte: »Eßt, wenn Ihr Hunger habt.«

Der große, schwarze Wolf reagierte sofort. Das Huhn war noch nicht zu Boden gefallen, da war er schon damit im Unterholz verschwunden, wohin die andern ihm sogleich folgten.

»He! Iss habe auch Speck, wenn ihr Huhn nist mögt«, schrie er ihnen hinterher und war höchst erstaunt über ihre flinke Reaktion.

Als er begriff, daß sie nicht wiederkommen würden, holte er die kleinen Wölfe, die wieder am Ufer zu spielen begonnen hatten, und kletterte in die Höhle zurück, um sich dort einzuschließen und endlich zu schlafen.

Kaum drei Stunden später weckten ihn dicke, brummende Mücken. Er war schweißnaß. Modergeruch hing in der Luft. Er hatte vergessen, vor dem Einschlafen das tote Huhn auszunehmen, und nun faulte es im Kessel vor sich hin und zog die Mücken an. Im hinteren Teil der Höhle gab Clodomir ein wütendes Winseln von sich, als er versuchte, den Lederschlauch mit seinen spitzen Zähnen zu durchbohren.

Grimassen schneidend richtete Charlemagne sich auf. Seine von Schürfwunden übersäten Füße waren stark geschwollen und taten weh.

Er eilte zu Clodomir und nahm ihm den Lederschlauch ab.

»Hör auf, Dummkopf, wenn du den Sslauch durslösserst, weiß iss nist, wie iss ihn wieder stopfen kann.«

Hechelnd schauten seine durstigen Schwestern zu ihm herüber. An ihrer Schnauze und ihren mit Blut befleckten Lefzen klebten Flaumreste und winzige Federn. Gleichzeitig sah Charlemagne, daß den beiden Hühnern die Kehle durchtrennt worden war und sie mit übereifrigen Mücken bedeckt waren.

»Lebt wohl, meine köstlichen Eierkuchen!«

Charlemagne füllte den Napf mit Wasser und mußte sich eingestehen, daß er die frühe Reife seiner fleischfressenden Freunde erheblich unterschätzt hatte. Dann beseitigte er die großen Steine und die Äste, die den Höhleneingang verbarrikadierten, und trat hinaus auf die sonnenüberflutete Terrasse, wo weitere böse Überraschungen ihn erwarteten.

Die Wölfe waren zurückgekehrt.

Einer von ihnen hatte auf die Jagdtasche geschissen, die er auf dem Fels hatte liegenlassen. Alles Eßbare war verschwunden, der Salzsack zerrissen, das Pulverfäßchen aufgebrochen. Nur die Zündhölzer und die Tasche mit dem Zunder waren unversehrt geblieben.

Charlemagne, der auf sich selbst wütend war, kletterte zum Wasserbecken hinunter, legte seine Kleider ab und stieg in das klare Wasser. Hastig ergriffen die Fische die Flucht. Der enttäuschte Eisvogel erhob sich mit einem schrillen, langgezogenen »Trrriiiiiit« von seinem Ast.

Anschließend sammelte Charlemagne dürres Holz, suchte drei geeignete Steine für die Feuerstelle, stellte den mit Wasser gefüllten Kessel darauf, warf eine Handvoll Salz hinein, nahm ein Huhn aus, rupfte es, machte Feuer und ließ es unter den interessierten Blicken der drei kleinen Wölfe eine ganz Weile kochen.

# 46

Tropfen für Tropfen, in Millionen und Abermillionen von Jahren, hatte das Wasser die Höhle geschaffen.

Menschen entdeckten sie, wohnten jahrtausendelang darin und verließen sie wieder. Um die Höhle herum entstanden Eichen-, Buchen-, Kastanien-, Birken-, Ahorn-, Weiden-, Linden- und Stechpalmenwälder voller Brombeersträucher und Farne. Mehrere Generationen von Braunbären überwinterten dort, Dohlen bauten ihre Nester in die Felsspalten.

Lange Zeit später grub eine umsichtige Häsin einen unterirdischen Gang in das mit Brombeergestrüpp bewachsene Gelände, stieß auf einen der gewaltigen Steinböden und legte darunter ihren Bau an. Als die Häsin schwanger war, bedeckte sie den Boden mit Haarbüscheln, die sie sich von ihrem eigenen Bauch gezupft hatte, und legte sich darauf.

Als sie das dritte Junge zur Welt brachte, drang ein Hermelin in ihren Bau ein und biß sie tot. Der vollgefressene Mörder schlief an Ort und Stelle ein. Als das Hermelin beim Aufwachen erneut Hunger verspürte, interessierte es sich für die kleinen Dohlen, die hungrig in den Spalten piepsten.

Sein Näherkommen auf dem schmalen Überhang, der zu einem der Nester führte, wurde von den sechs Vögelchen sogleich bemerkt. Ihre angsterfüllten »Tsick tsick tsick«-Rufe alarmierten die Eltern, die in der Nähe des Flusses Libellen jagten. Eilig flogen sie zurück. Andere Vogelpärchen kamen ihnen zu Hilfe und stießen wütend »Yup yup yup«-Schreie aus. Das Hermelin sprang in das Nest und tötete die Vögelchen der Reihe nach. Eines stürzte beim Versuch, dem Eindringling zu entkommen, aus dem Nest und fiel zwanzig Fuß tief in einen Hagedornstrauch. Sein verzweifeltes Piepsen machte Clodomir den Mund wäßrig, der in Begleitung seiner beiden Schwestern unweit des Wasserbeckens gerade auf Eidechsenjagd war.

Charlemagne untersuchte seine Scham, entdeckte jedoch keine neuen Haare. Die ersten Härchen hatte er erst wenige Tage zuvor bemerkt. Als er anschließend die Arme hob, um die Haare in seinen Achselhöhlen zu zählen, kreuzte er den Blick des Eisvogels, der wie üblich auf seinem Ast saß und ihn beobachtete. In den vorangegangenen beiden Wochen hatte sich der Vogel mit dem langen Schnabel und den kurzen Beinen allmählich an Charlemagnes Anwesenheit gewöhnt und flog nicht mehr davon, wenn er ihn erblickte. Der Junge hatte sein nahe dem Wasser gebautes Nest entdeckt, doch höflicherweise darauf verzichtet, sich ihm zu nähern. Den Bau der Fischotter unter den verschlungenen Wasserwurzeln der schwarzen Erle hatte er ebenfalls geortet. Mit dem Fernglas hatte Charlemagne ihnen von der Terrasse aus beim Jagen und Herumtollen zugeschaut. Wenn die Fischotter nicht auf Fischfang waren, amüsierten sie sich. Es war das erste Mal, daß er diese Tiere anders als in Form eines Mantels, eines Pelzmuffs oder einer Wintermütze sah. Sie waren zu viert: Vater, Mutter und zwei im Frühjahr geborene Junge. Mit Rührung hatte Charlemagne gesehen, wie sie zum Spaß Steine in die Luft warfen und sie mit dem Maul wieder auffingen. Früher hatten die Fünflinge auf die gleiche Art und Weise mit Kirschen, Erbsen oder Oliven gespielt. Einmal hatte Pépin einen Kieselstein untergemischt, und Dagobert hatte einen Zahn verloren, als er darauf biß. Daraufhin hatten die andern Pépin kräftig den Hintern versohlt.

Wie jedesmal, wenn er an seine Geschwister dachte, blickte er sich nach den kleinen Wölfen um. Er sah, daß sie eine rötliche Eidechse verfolgten, die zwischen den Felsen herumlief. Neuerdings rannten sie hinter allem her, was sich bewegte. Mit jedem Tag wurden sie ein wenig mehr zu richtigen Wölfen.

Als der Vorsprung der Eidechse immer kleiner wurde, trennte sie sich freiwillig von einem Stück ihres Schwanzes. Verblüfft hielten die kleinen Wölfe vor diesem zuckenden Teil ihres Körpers inne, während die Eidechse rasch in einer Steinritze verschwand.

Hoch oben im Geröll begannen die Dohlen schrecklich zu kreischen.

Da Charlemagne damit beschäftigt war, den richtigen Baum ausfindig zu machen, achtete er nicht weiter auf die kleinen Wölfe, die die Schneise hochkamen.

Da es seit kurzem abends rasch kühler wurde und man deutlich spüren konnte, daß der Herbst nahte, hatte der Junge beschlossen, eine Brücke über den Fluß zu bauen. Schließlich entschied er sich für eine junge Buche. Bei den ersten Axthieben vernahm er plötzlich schrilles Gebell. Ohne die Axt loszulassen, rannte er in Richtung der Schreie.

Die kleinen Wölfe waren im Brombeergestrüpp gefangen. In einiger Entfernung mühte sich ein Vögelchen, das noch sein Flaumkleid trug, ebenfalls in einer Hagedornhecke ab. Über ihm kreisten zwei Dohlen und stießen verzweifelte »Tschock tschock tschock«-Schreie aus, während die anderen Familienangehörigen ein schrilles »Yup yup yup« von sich gaben und über einem Nest zwischen den Felsen kreisten.

Während Charlemagne die Wölfchen beruhigte – »Hier bin iss, iss werde euss befreien« –, griff er nach dem Fernglas, das er an Javertits Gürtel befestigt hatte (das Schild mit dem Wappen der Familie Armogaste hatte er entfernt und verbrannt). Er richtete es auf das Nest und sah, daß ein Hermelin nervös auf fünf toten Vögelchen herumtrampelte. Allem Anschein nach wollte er das Nest verlassen, doch das ließen die Dohlen nicht zu. Sobald der Nager flüchten wollte, stürzten sie sich auf ihn und versuchten ihm mit ihren langen, spitzen Schnäbeln die Augen auszustechen.

»Beruhigt euss, iss komme«, sagte er zu den kleinen Wölfen, die kläglich nach ihm riefen.

Er kniete sich vor den Eingang des Baus (nach den feinen, flaumweichen Haaren zu urteilen, die an den Rändern klebten, handelte es sich um den eines Hasen). Die drei Dummköpfe waren dort eingedrungen, auf halbem Wege steckengeblieben und kamen nun weder vorwärts noch rückwärts. Mit Axthieben erweiterte er den Gang und störte dabei alle möglichen Flug- und Kriechinsekten auf. Mehrere Brombeerbüsche trugen schwarze, haarige Beeren, die köstlich aussahen.

Zuerst befreite er Dagoberte, dann Clotilde und schließlich Clodomir. Als er sie von den Dornen befreite, die sich in ihrem Pelz verfangen hatten, spürte er ihre pochenden Herzen in seiner Hand.

»Ihr habt Angst gehabt, nist wahr? Hoffentliss wird es euss wenigstens eine Lehre sein.«

Ohne seine Hilfe wären sie hier verendet. Kein Wolf hätte sie aus diesem dornigen Gestrüpp befreien können, und ihre Schreie hätten lediglich den Steinmarder, das Wiesel oder das Hermelin angelockt.

Mit strenger Miene schaute Charlemagne Clodomir an, den er für den Anstifter hielt, deutete auf den zu engen Bau und sagte in strengem Ton: »Du hättest wissen müssen, daß du ssu dick geworden bisst und da nicht hineinpaßt, du Schafskopf!«

Der kleine Wolf duckte sich beschämt. Da das jedoch nicht zu genügen schien, um Charlemagne zu besänftigen, drehte er sich auch noch demütig auf den Rücken und bot ihm seine Kehle und seinen Bauch dar. Charlemagne gab ihm zu verstehen, daß er ihm verzieh, und stellte ihn wieder auf die Beine.

Nachdem Charlemagne noch ein bißchen Gestrüpp entfernt hatte, erreichte er die Hasenhöhle, vor deren Eingang kleine, runde Kotkugeln lagen. Bis zur Schulter steckte er seinen Arm in den Bau und zog die tote Häsin und ihre ebenfalls toten Kleinen heraus. Alle hatten eine winzigen, blutenden Einstich am Hals, der ihren Mörder verriet. Er nahm die Häsin aus. In ihrem Innern fand er zwei weitere Häschen, die noch von der Fruchtblase umgeben waren: Er gab sie seinen Wölfen. Wann immer er die Möglichkeit dazu hatte, überließ er ihnen ein

Tier, damit sie ihre blutrünstige Unschuld daran erproben konnten.

Über ihnen waren die Dohlen nach wie vor damit beschäftigt, das Hermelin zu beschimpfen, das auf seinen Hinterbeinen stand und Pfiffe von sich gab, die an das Miauen einer Katze erinnerten.

Das Vögelchen in der Hagedornhecke piepste immer verzweifelter. Seine Eltern kreisten über ihm, konnten es jedoch nicht befreien.

Obwohl Charlemagne große Lust hatte, dem Vögelchen zu Hilfe zu eilen, griff er nicht ein. Die Dohlen hätten seine Absichten mißverstanden und ihn angegriffen.

Da der Junge sich einer Parteinahme dennoch nicht enthalten konnte, imitierte er die Schreie verärgerter Dohlen; obwohl er sich der Erbärmlichkeit seiner Leistung bewußt war, gab er voller Eifer »Yup Yup Yup«-Schreie von sich.

Die Vögel waren so überrascht, daß sie vorsichtshalber aufflogen. Drei von ihnen lösten sich aus der Gruppe und kreisten über ihm, so als wollten sie herausfinden, was dort unten vor sich ging. Sie sahen, wie der Junge einen Stein vom Boden aufhob und damit auf das Hermelin zielte, es jedoch verfehlte.

Charlemagnes zweiter Stein traf die Kante des Nestes. Panikartig sprang das Hermelin auf den schmalen Überhang, rutschte aus und fiel kreischend ins Brombeergestrüpp. Bevor es wieder festen Boden unter die Pfoten bekam, zog es sich zahlreiche Schürfwunden zu und verlor etliche Haarbüschel.

Dann sah Charlemagne, wie es in einer breiten Vertiefung zwischen zwei haushohen Felsen verschwand. Mit der Axt bahnte Charlemagne sich einen Weg durch das Dickicht und stand plötzlich am Rand eines von Eschen, wilden Feigenbäumen, Hornsträuchern mit zweifarbigen Zweigen und giftigen Früchten gesäumten Halbrunds. Geißblattlianen und andere rebentreibende Pflanzen hingen girlandenförmig nach unten und verdeckten beinahe den Eingang zu einer Höhle.

Sofort vergaß Charlemagne das Hermelin und die Dohlen, kämpfte sich zur Öffnung vor, schob den Pflanzenvorhang zur Seite und erblickte eine Art geräumiges Vorzimmer mit nach hinten abfallendem Fußboden. In der rückwärtigen Wand befand sich eine Öffnung, vor der ein Haufen Steine lag, die sich von der Decke gelöst hatten.

Er suchte den Boden nach Fußspuren und Kotresten ab, die auf das Schlupfloch eines wilden Tiers hindeuten könnten, entdeckte jedoch nur die feinen Abdrücke von Waldmäusen und Wasserratten. Beruhigt betrat er einen düsteren Gang mit unebenem Boden und sanftem Gefälle. Als er die Augen schloß, um besser hören zu können, vernahm er ferne Wassergeräusche, die an abtropfende Wäsche erinnerten.

»Iss bin Ssarlemagne Tricotin«, verkündete er den möglichen Bewohnern lauthals, bevor er weiterging.

In den illustrierten Büchern wurde der Eingang zur Hölle häufig als Ort dargestellt, der diesem hier ganz ähnlich war. Aber statt nach Schwefel roch es nach feuchtem Lehm. Da er bald überhaupt nichts mehr sehen konnte, machte er kehrt: Die Aussichten, die sich mit dieser unerwarteten Entdeckung verbanden, erregten ihn heftig. Der Herbst nahte, und in absehbarer Zeit würde es ziemlich kalt werden.

Charlemagne ging zu seinen Wölfen zurück, die damit beschäftigt waren, die toten Häschen immer wieder von neuem zu töten. Er führte sie in die Höhle und sperrte sie trotz ihres lebhaften Protestes dort ein.

»Iss will mir keine Sorgen um euss machen müssen. Wartet einfach hier auf miss.«

Er füllte die Lampe mit Öl und eilte an den Ort zurück, den er bereits als seine künftige Winterresidenz betrachtete.

Als er zu der Stelle kam, an der er zuvor stehengeblieben war, zündete er den Docht an. Noch etwa zwanzig Fuß weit führte der Gang abwärts. Das Plätschern wurde lauter. Plötzlich entdeckte er an der linken Wand eine Zeichnung, auf der kleine, ockerfarbene, galoppierende Pferde zu erkennen waren. Ihre Mähnen wiesen seltsame Bürstenschnitte auf. Zwei von ihnen hatten pralle Bäuche wie schwangere Stuten.

Als er seine Lampe nach rechts richtete, erblickte er merkwürdige Stiere mit Bärten und Buckeln, die ebenfalls über die Felswand rannten; einige von ihnen waren mit gefiederten Pfeilen gespickt. Er glitt mit dem Finger über einen davon und war überrascht, daß die Farbe noch ganz frisch war. Obwohl auf dem Boden vor der Wand keine Fußspuren zu erkennen waren, mußte jemand diese Bilder erst vor kurzem gemalt haben. Er dachte an einen Zaubertrick der Hexe Lacroque: Sie war die einzige Person, die sich in der Sauvagerie herumtrieb und in der Lage war, sich auf einem Besen fortzubewegen und keine Spuren auf dem Boden zu hinterlassen.

Der Gang endete in einem beeindruckenden Raum, der breiter und höher war als das größte Zimmer im neuen Schloß. Die Decke mit ihren verwirrenden Formen schien von zahlreichen weißen Pfeilern gestützt zu werden, die wie zufällig im Raum verteilt waren: Die einen waren so dick wie die Stämme alter Kastanienbäume, die andern so schlank wie daumendicke Hanfseile. Diejenigen, die in der Mitte gebrochen waren, tropften in runde Pfützen, deren Wasser so klar war wie das des Beckens.

Da das Licht der Lampe zu schwach war, um die ganze Höhle auszuleuchten, ging Charlemagne nach draußen und sammelte einen Armvoll Reisig, den er in der Mitte des Raumes aufhäufte und anzündete. Das trockene Holz erzeugte hohe, gelbe Flammen, die eigenartige, behaarte Elefanten sichtbar machten, die von schlecht gezeichneten menschlichen Gestalten gejagt wurden. Auch diese Zeichnungen berührte Charlemagne mit dem Finger – wiederum schien die Farbe erst am Tag zuvor aufgetragen worden zu sein.

Das Feuer brannte rasch nieder, und er besorgte Nachschub. Abermals ließen die Flammen die vor Feuchtigkeit glänzende hohe Decke aufleuchten. Auf der rechten Seite des Gangs entdeckte er einen muschelförmigen Winkel, der mit mehreren gezeichneten Händen verziert war. Etlichen davon fehlten einzelne Fingerglieder und der Daumen.

Als er näher trat, bemerkte er auf dem Boden zwei ineinander verkeilte Skelette.

»He, caramba!«

Er hielt seine Lampe tiefer und erkannte die Gebeine eines sehr großen Tieres – möglicherweise eines Bären –, die sich mit denen eines eher kleinen Menschen vermischten – zweifellos ein Wilderer –, der anscheinend unter dem Tier gelegen hatte. Der Unterkiefer des menschlichen Schädels hing etwas schief nach unten und verlieh dem Gesicht ein albernes Grinsen. Als Charlemagne das Kinn geradebiegen wollte, zerrann der Knochen unter seinen Fingern wie Sand.

Dasselbe galt für die riesigen Elfenbeinzähne des Tieres, die zu einer feuchten Masse zerfielen, als er sie berührte.

Als Charlemagne seine Lampe an dem menschlichen Skelett entlangwandern ließ, tauchte plötzlich ein Wolfskopf mit weit aufgerissenem Maul auf, das aussah, als wolle das Tier im nächsten Augenblick zubeißen. Als er den Kopf aufheben wollte, hielt er ein Jagdschwert in der Hand, das in seiner Scheide steckte: der Wolfskopf, der Charlemagnes Aufmerksamkeit auf sich gezogen hatte, schmückte den Knauf des Griffs und war aus Bronze, während mehrere Hundeköpfe die Enden der Stichblattzapfen aus demselben Metall verzierten. Der Besitzer dieses Schwerts war kein einfacher Wilderer gewesen.

Als Charlemagne das Schwert aus der Scheide zog, zerbröckelte die Klinge zu Eisenstaub. Da in die Scheide ein Wappen graviert war, hielt er sie näher an den Öldocht und spuckte darauf. Um das geschwärzte Metall zu säubern, rieb er mit dem Ärmel darüber. Erregt und überrascht las er: *Laßt sie uns alle töten.*

Das Feuer war erloschen. Den Kopf voll wirrer Gedanken verließ Charlemagne die Höhle, um neues Brennmaterial zu besorgen.

Handelte es sich etwa um Sans-Chagrin, den Jagdaufseher und Stallmeister des Ritters Évariste, der sich während der Durchquerung der Sauvagerie in Luft aufgelöst hatte? Im Schloß sprach man immer noch von seinem mysteriösen Verschwinden, dem Javertit und Quentin Onrazac ihre Stellung zu verdanken hatten.

Nachdem Charlemagne die Zweige in der Nähe der Skelette zusammengelegt hatte, setzte er seine Suche fort und harkte die Gebeine mit gespreizten Fingern zusammen. Zwischen den Fingerknochen der rechten Hand fand er einen breiten Goldring, in dessen Fassung das Wappen der Lehnsherren von Racleterre eingeritzt war. Diese Gravur war seitenverkehrt angebracht worden, um richtig aufzuscheinen, wenn man den Ring in warmes Wachs drückte. Den gleichen Ring hatte Charlemagne am Mittelfinger des Ritters Virgile-Amédée gesehen.

Charlemagne spürte, wie es unter seinen Haarwurzeln auf unangenehme Weise zu kribbeln begann.

Er entdeckte noch drei kleine Kupfermünzen, eine große Silbermünze sowie das bronzene Mundstück von etwas, was einst ein Jagdhorn gewesen sein mußte.

Ein drittes Skelett – das eines großen Hundes – lag an der Wand. Am Halsband aus beweglichen Messingplatten fehlten das Leder und die Eisenspitzen, doch das eingravierte *Ich gehöre dem Sehr Ehrenhaften und Sehr Mächtigen Ritter Walter Armogaste* war noch deutlich zu lesen.

Demnach hatte Charlemagne nicht die Überreste des Ersten Stallmeisters Sans-Chagrin gefunden, sondern die von Ritter Walter, der vor zweihundertsechsundsechzig Jahren verschollen und mittlerweile zum berühmtesten Phantom der Burggrafschaft und der ganzen Umgebung geworden war.

## 47

Als die Bäume sich ihrer Blätter entledigten, verloren auch die Wölfe ihr Kinderfell. Das neue Stichelhaar und das dichte Unterfell wuchsen mit derselben Geschwindigkeit, mit der die immer kälter werdenden Tage vergingen.

Noch bevor der erste Reif kam, verließ Charlemagne die Felsgrotte und richtete sich in der neu entdeckten Höhle ein. Die Feuerstelle verlegte er ins Vorzimmer, während er im Innern der Höhle, in dem schalenförmigen Winkel mit den gemalten Händen, schlief.

Den Efeuvorhang, der den Eingang verdunkelte, riß er herunter, und das Geröll, das den Zugang versperrte, schaffte er beiseite, so daß ein wenig Licht in den großen Raum gelangte. Trotzdem war es dort immer noch zu dunkel, um sich ohne Lampe zu bewegen.

Bei der Suche nach einem möglichen Notausgang war er auf zwei weitere Gänge gestoßen, die den großen Raum in entgegengesetzten Richtungen verlängerten.

Der erste, etwa dreißig Fuß lange Gang endete abrupt vor einer tiefen Schlucht, in die Charlemagne um ein Haar gefallen wäre. Die Steine, die er hinunterwarf, um sich einen Eindruck von der Tiefe zu verschaffen, blieben ohne Echo. Mit einer Mauer aus Steinen und Ästen versperrte er den kleinen Wölfen den Zugang zu diesem Gang.

Der zweite, enge und gewundene Gang verwandelte sich nach fünfzig Schritten in einen Schlauch, durch den man nur mehr auf Knien vorankam. An den Wänden waren Zeichnungen, auf denen Steinböcke einander die Stirn boten und rosige Kühe mit weichen Bäuchen an die schräge Decke hüpften. Da der Gang in der Folge sogar noch schmaler wurde, nahm Charlemagne seinen Dreispitz ab und kroch auf den Ellbogen weiter, während er die Lampe vor sich her schob. Als er schließlich mit den Haaren und den Schultern die Wände berührte, zögerte er, seinen Weg fortzusetzen. Allmählich wurde der Schlauch zu eng. Doch in wenigen Metern Entfernung machte der Gang eine rechtwinkelige Kurve: Auf die Wände waren zahlreiche Hirsche mit eigenartigen Geweihen gemalt. Was für eine sonderbare Idee, hier unten alles auszumalen! Und wozu eigentlich?

Mit tief eingezogenem Kopf und ausgestreckten Armen setzte Charlemagne seinen Weg fort. Als er nur mehr einen halben Kopf von der Biegung entfernt war, merkte er, daß der Schlauch abermals enger wurde. An der Wand lagen Feuersteinstückchen sowie eine Sandsteinlampe voller schwärzlicher Aschenreste. Charlemagne vergaß jegliche Gefahr und zwang sich so weit vorwärts, bis er sehen konnte, was hinter der Kurve lag. Zu seiner Enttäuschung endete der Schlauch eine Armlänge später vor einem dicken Lehmblock, der als eine Art Pfropfen diente. An der äußersten Wand war ein unbekanntes, gewaltiges, haariges Tier mit zwei Hörnern (einem kleinen und einem größeren) und kurzen Beinen zu sehen. Es streckte den Schwanz in die Höhe wie eine scheißende Kuh. Das Wesen, welches das Monster gebar, ähnelte einem Menschen, der halb heraushing und die Arme von sich streckte, um seinen bevorstehenden Aufprall zu dämpfen. Diese Szene beobachteten sieben Jäger, die an ihren Bogen zu erkennen waren; sie waren genauso schlecht gezeichnet wie die Gestalten in dem großen Raum.

Als Charlemagne umkehren wollte, schien der Schlauch sich heimtückischerweise geschlossen zu haben. Er klemmte fest. Er hatte große Angst, und sein Herz schlug wie wild. Der Öldocht gab einen feinen, beißenden Rauch ab, der den ohnehin knappen Sauerstoff noch bitterer machte.

Vergeblich versuchte Charlemagne, sich herauszuwinden – es gelang ihm nicht, auch nur einen einzigen Millimeter rückwärts zu kriechen. Schließlich gab er es auf und stieß einen

Ohnmachtsschrei aus, der in der Stille widerhallte. Er war nicht gescheiter gewesen als die kleinen Wölfe, als diese sich neulich im Brombeergestrüpp verfangen hatten. Allerdings konnte er schreien, so laut er wollte, niemand würde kommen, ihn an den Füßen packen und herausziehen.

Nach einer Weile atmete er wieder regelmäßiger und beruhigte sich. Wenn es ihm gelungen war, bis hierher vorzudringen, so mußte es doch auch eine Möglichkeit geben, den Schlauch rückwärts wieder zu verlassen. Schließlich war er derselbe geblieben und in der Zwischenzeit nicht dicker geworden.

Er unternahm einen neuen Versuch, der wiederum fehlschlug. Wie lange würde es dauern, bevor er vor Hunger und Durst krepierte?

Bei diesem Gedanken leuchtete ein Fünkchen Hoffnung in ihm auf. Möglicherweise wäre er nach ein oder zwei Tagen unfreiwilligen Fastens so sehr abgemagert, daß er sich wieder bewegen könnte? Allerdings bestand die Gefahr, daß er bis dahin am Rauch erstickt wäre, der sich im Schlauch ansammelte. Seine Hoffnung schwand – und loderte abermals auf. Er mußte nur den Docht löschen. Wieso sollte er eigentlich nicht im Dunkeln hier liegen? Verirren konnte er sich sowieso nicht.

Er packte die Lampe, hielt sie sich vor das Gesicht, öffnete die kleine Glastür, holte tief Luft und blies die gelbe Flamme aus. Im selben Augenblick wußte er, was er tun mußte. Wenn die Luft, die seine Brust dehnte, ihn fester gegen die Wände drückte, so mußte er lediglich das Gegenteil tun, um sich zu befreien.

Nachdem Charlemagne seine Lungen so weit wie möglich geleert hatte, gelang es ihm, die Schultern etwas enger an seinen Körper zu ziehen und zuerst einige Millimeter, dann einige Zentimeter rückwärts zu kriechen. Bald konnte er sich wieder aufrichten, in den großen Raum zurückgehen und dort ausgiebig Wasser trinken.

## 48

Der Winter des Jahres 1779 war so mild, daß die Murmeltiere bereits am Sankt-Martinstag aus ihrem Winterschlaf erwachten und zu willkommenen Leckerbissen für die Wölfe, Luchse und Füchse wurden. Sogar Charlemagne fing welche im nördlichen Bezirk, wo die ersten Lärchen wuchsen.

Aus den Wölfen waren prächtige, fünfzig Pfund schwere Tiere geworden, die ihren ersten Winterpelz stolz zur Schau trugen. Ihre Schnauze war spitzer geworden, und Clodomir hatte eine wunderbare graue Mähne bekommen, die sich um seinen Hals aufbauschte, wenn er wütend war. Weil sie ständig gejagt – und immer häufiger auch erwischt – wurden, waren die Eidechsen, Wasserratten und Waldmäuse aus dem Vorzimmer und dem Hauptraum ihrer Höhle verschwunden.

An einem schönen Spätnachmittag im Februar – zumindest glaubte Charlemagne, daß es Februar war – bekamen sie Besuch von Bien-Noir und seinem Rudel. Normalerweise hieß das, daß die Wölfe in unmittelbarer Umgebung der Höhle auftauchten und einen Augenblick warteten, um zu sehen, ob er ihnen etwas anzubieten hätte. Die jungen Wölfe grüßten ihre Artgenossen auf immer verschiedene, doch stets Zuneigung bezeugende Weise, und diese Grüße wurden stets erwidert.

Da Charlemagne sich damit begnügte, sie mit Worten willkommen zu heißen, ohne von seiner Arbeit aufzuschauen (er flocht gerade eine Schnur zu einer Bogensehne), zogen sie genauso schnell wieder ab, wie sie gekommen waren. Diesmal jedoch folgten die jungen Wölfe ihnen. Charlemagne wagte es nicht, sie zurückzurufen, und verbrachte den Abend und einen Teil der Nacht damit, auf einem Stein neben dem Eingang zu sitzen und auf sie zu warten, die Dunkelheit zu erforschen, die Ohren zu spitzen und das Schlimmste zu befürchten (schließlich konnten sie in einen Graben gefallen oder auf eine Falle getreten sein oder sich gar mit einem erwachsenen Wolf angelegt haben).

Als das Feuer erloschen und Charlemagne in seiner Decke aus dem Fell von sieben silbergrauen Hasen, vier weißen Hermelinen, zwei rotbraunen Füchsen und einer hübsch getupften Ginsterkatze eingeschlafen war, berührte Clodomirs feuchtes Maul plötzlich seine Wange und weckte ihn. Mit selbstzufriedener Miene wünschten die drei Wölfchen ihm einen guten Morgen. Die roten Flecken auf ihren Schnauzen verrieten, daß die Meute erfolgreich gejagt und jeder seinen Anteil bekommen hatte.

»Nun seid ihr risstige Wölfe«, sagte Charlemagne und roch an ihren befleckten Lefzen, um herauszufinden, welches Tier sie verspeist hatten.

Da er weder den Geruch noch den Geschmack kannte, tippte er auf ein Wildschwein – ein Tier, das ihm äußerst sympathisch war, er aber bislang noch nicht gefangen hatte.

»Bald werdet ihr ohne miss auskommen, und dann werde iss ssu meiner Familie ssurückkehren können.«

Am übernächsten Morgen setzte Charlemagne den jungen Wölfen große Mengen Fleisch, Fisch und Honig vor, den er mit geschälten Kastanien vermischt hatte. Dann heulte er mit ihnen, und als sie sich anschließend im Kreis drehten und hinlegten, um zu verdauen, holte er die Axt und die Jagdtasche mit dem Fernglas, dem geräucherten Rehfleisch, den gebratenen Kastanien und mehreren Schlingen aus der Felsspalte und verschwand.

Eine Stunde bevor die Sonne ihren höchsten Stand erreicht hatte, erblickte er den flachen Stein und jene Stelle am Fluß, wo er soviel Wasser für die Familie Javertit geschöpft hatte. Am Ufer waren Spuren von Wölfen, Hirschen und Wildkaninchen zu erkennen. Der Weg zur Lichtung, den er in schlechter Erinnerung hatte, war von welken Blättern bedeckt.

Freude hingegen bereitete ihm der Anblick der verkohlten Überreste der Blockhütte, des Pferde- und des Hühnerstalls. Der Bretterzaun des Gemüsegartens war umgestürzt, Wildschweine hatten die Gemüsebeete verwüstet. Überall lag Hasenkot herum. Er ging zu dem Holzkreuz, das das Grab der Familie Javertit bezeichnete.

Er war stolz auf seine grausame Rache. Wenn es möglich gewesen wäre, hätte er nicht gezögert, seine Peiniger ein zweites Mal umzubringen, wie er ihnen mit halblauter Stimme zu verstehen gab: »Iss bedaure es, daß iss euss nur einmal töten konnte.«

Das Kreuz bestand aus einem waagrechten und einem senkrechten Ast, die man mit einem dicken Hanfseil zusammengebunden hatte.

Da es Charlemagne an einem robusten Strick fehlte, löste er die Knoten mit der Spitze seines Messers und steckte das Seil in seine Jagdtasche. Die Äste des auseinandergefallenen Kreuzes ließ er einfach liegen.

Bevor er weiterzog, entdeckte er die Fährten von mehreren Wildkaninchen und legte fünf Schlingen aus.

Mit gespitzten Ohren, auf jedes Geräusch lauschend und äußerst umsichtig, marschierte er über den Waldweg dahin. Er wußte ganz genau, daß er sich auf gefährlichem Terrain befand. Jederzeit konnte er Holzfällern, Reisig- oder Pilzsammlern, Wilderern oder – schlimmer noch – dem neuen Jagdaufseher des Ritters begegnen.

Als er ungefähr eine Stunde unterwegs war, erblickte er mit Verwunderung das Ziegeldach der Sankt Hubertus-Kapelle, die in seiner Erinnerung viel weiter entfernt lag. Mitten auf der Lichtung stand ein an einen Karren geschirrtes Pferd: Hinter der offenen Tür waren Stimmen zu hören. Mit einem stechenden Schmerz in der Brust dachte Charlemagne an jenen Tag zurück, an dem er mit seiner Familie hierhergekommen war, um die Rettung ihres Vaters beim heiligen Leu zu erflehen.

Plötzlich fiel ihm das von Clotilde gemalte Votivbild wieder ein.

Geräuschlos näherte er sich dem Gefährt, wobei er darauf achtete, gegen den Wind zu gehen. Als das Pferd ihn erblickte, legte es ängstlich die Ohren nach hinten. Charlemagne gab einen langgezogenen, feuchten Ton von sich – den Ton, der bei Pferden ein Ausdruck von Wiedersehensfreude ist. Während das eine Ohr des Tieres nach hinten gerichtet blieb, bewegte sich das andere, zum Zeichen seiner Verwirrung, nach vorne.

Der Karren war leer. Charlemagne begnügte sich mit der gefalteten Decke, die als Sitzkissen diente, und lief damit ins Unterholz, um sie dort zu verstecken. Dann kam er zurück und bemächtigte sich der langen Lederzügel, die hervorragende Tragegurte abgeben würden.

Das Pferd drehte die Ohren in seine Richtung – ein Zeichen von Interesse und Neugier. Da Charlemagne den starken Wolfsgeruch unterschätzte, der ihm bis unter die Fingernägel anhaftete, stellte er sich vor das Tier, um das Zaumzeug loszubinden. In diesem Moment witterte das Pferd ihn, legte die Ohren schlagartig wieder nach hinten, gab ein lautes Wiehern von sich und schüttelte sich, daß die Deichsel knarrte.

Eiligst versteckte sich Charlemagne hinter dem Stamm der großen Eiche.

Er sah, wie eine ältere Frau aus der Kapelle kam und eine jüngere ihr folgte. Sie waren gut gekleidet und hatten vom Weinen gerötete Augen und Nasen.

Ratlos schauten sie sich um. Plötzlich rief die junge Frau: »Heilige Maria, Muttergottes! Die Decke ist verschwunden.«

»Sie wird runtergerutscht sein.«

»Nein, nein, seht selbst, sie ist nicht mehr da.«

Charlemagne holte tief Luft, legte den Kopf in den Nacken und heulte lange, lange, lange wie ein ausgewachsener Wolf. Ohne ein Wort, ohne einen Schrei stiegen die beiden Frauen auf ihren Karren und ergriffen die Flucht.

Charlemagne betrat die Kapelle, in der es angenehm nach brennenden Kerzen roch, und lächelte bei dem Gedanken, daß man nun auch noch den Diebstahl einer Decke auf die lange Liste der von den Wölfen aus dem Wald von Saint-Leu begangenen Missetaten setzen würde.

Am Fuße der Statue des heiligen Leu brannten drei Kerzen. Er löschte sie mit den Fingerspitzen und legte sie neben den Eingang. Er hatte nicht vergessen, daß der Heilige sie auf schändliche Weise betrogen hatte, als er sie glauben ließ, ihr Vater wäre gerettet. Obwohl sie ihm Clotildes Votivbild geschenkt hatten, war das Übel wenige Tage später wieder zurückgekehrt.

»Du hast sie nist verdient, du böser Heiliger! Und wenn iss will, kann iss Kleinhols aus dir machen«, drohte er ihm und hielt seine Axt in die Höhe.

Die bemalte Eichentafel befand sich nach wie vor an der Stelle, an der sie sieben Jahre zuvor von ihnen angebracht worden war. Trotz der vom Staub und vom Kerzenrauch matt gewordenen Farben erkannte Charlemagne, dem bei diesem Anblick ganz traurig ums Herz wurde, ihren lieben Vater und ihre liebe Mutter wieder. Auch die vereinten Brüder sah er, und ebenso Clotilde, die einen Kopf größer war als alle andern. Sogar der gute Goliath war präsent.

In seinen Augen brannte es so heftig, als hätte jemand nasses Holz angezündet. Niemals mehr würde er seine Eltern wiedersehen, und niemals wieder würde das Leben so sein, wie es früher einmal gewesen war. Mit diesem »Niemals« konnte er sich einfach nicht abfinden, es schnürte ihm die Kehle zu.

Um die Eisennägel herauszuziehen, mit denen das Bild befestigt war, schob Charlemagne die Klinge seines Jagdmessers zwischen das Holz und die Wand und drückte auf den Griff. Als die Klinge am Heft abbrach, stieß der Junge einen wütenden Schrei aus. Der Schaden war irreparabel. Zwar besaß er immer noch Valborges Küchenmesser, das in der Höhle lag, doch das war weniger stabil und zudem für seine Zwecke weniger geeignet. In diesem Moment kreuzte Charlemagnes Blick den des heiligen Leu, der von seinem Sockel herunterlächelte. Mit einem heftigen Axthieb brachte er die Statue zu Fall. Der Bischofsstab zerschellte auf dem Steinboden. Die folgenden Schläge zertrümmerten dem Heiligen das Gesicht, spalteten seine Mütze und trennten seinen Kopf von den Schultern.

Den Wolf, der unschuldig war, verschonte er. Er setzte ihn auf den Sockel zurück, nachdem er die Hand, die ihn streichelte, abgehauen hatte. Dann beschäftigte er sich wieder mit der Entfernung des Votivbildes. Als er es schließlich von der Wand gelöst hatte, holte er die Decke, wickelte das Votivbild und die Kerzen hinein und versteckte das Bündel hinter dem Altar.

Eine halbe Wegmeile später stieß Charlemagne auf die große Straße nach Rodez, über die ein heftiger Wind fegte. Einige Krähen, die im Kot wühlten, flogen davon, als sie ihn sahen. Bis zur Gerberei der Familie Camboulives brauchte er nur mehr eine Stunde.

Da er es nicht wagte, sich tagsüber dort zu zeigen, suchte er sich abseits der Straße eine schöne Ulme, kletterte in die Krone hinauf und wartete dort auf die Abenddämmerung. Er aß ein Stück geräuchertes Rehfleisch, schälte ein paar Kastanien und betrachtete durch das Fernglas die Landschaft. Der »Hang des Buckligen« hinderte ihn daran, auch den Marktflecken zu erblicken.

Zwei galoppierende Reiter, die aus Racleterre kamen, störten die Krähen von neuem. Dann kam eine Gruppe schwerbeladener Reisigsammlerinnen vorbei, die mit großer Eile unterwegs waren, da sie noch vor Einbruch der Dunkelheit zu Hause sein wollten. Um sich Mut zu machen, trällerten sie ein Liedchen:

Setz dich auf einen Ameisenhaufen
Und sag mir, welche dich gestochen hat.

Gnädigerweise verzichtete der hoch oben in seinem Baum hokkende Charlemagne darauf, sie mit Wolfsgeheul zu erschrekken.

Nachdem es dunkel geworden war, machte er sich auf den Weg zur Gerberei. Die Vorstellung, endlich seine Schwester Clotilde und seinen Bruder Dagobert wiederzusehen, rührte ihn. Als er um die Gänsekoppel herumging, kamen die drei Kolosse vom Flußufer herbeigeeilt. Der Gestank der Gerberwannen lockte alle möglichen Tiere dorthin.

»Gans ruhig, iss bin's.«

Die Hunde hielten inne und schüttelten verwirrt die Köpfe. Sie erkannten seine Stimme wieder, nicht jedoch seinen Geruch, der sich zu sehr mit dem der jungen Wölfe vermischt hatte. Zitternd begleiteten sie ihn zur Gerberwerkstatt, weigerten sich aber, sich von ihm zwischen den Ohren kraulen zu lassen.

Geräuschlos stieg Charlemagne die Treppe hoch und lächelte, als er die flüsternden Stimmen seiner Geschwister hörte. Sie schliefen noch nicht. Als er sich ihren überraschten Gesichtsausdruck bei seinem Anblick vorstellte, ging sein Lächeln in ein breites Grinsen über. Sachte klopfte er an die Tür.

»Wer ist da?« fragte eine verunsicherte Stimme.

»Rate mal.«

Als die Tür geöffnet wurde, strahlte er: Vor ihm standen Clodomir, Pépin, Dagobert und Clotilde. Kreidebleich und starr vor Entsetzen sahen sie ihn an. Noch bevor er sich darüber wundern konnte, stellte er mit Genugtuung fest, daß er einen halben Kopf größer war als seine Geschwister.

»He, caramba! Ihr seid ja alle hier!«

An der Wand hing ein Bild von ihm, das von mehreren Bienenwachskerzen beleuchtet wurde. Ein Ofen heizte das Zimmer.

Nach kurzem Schweigen umarmte Clotilde ihren Bruder stürmisch. Als sie sich an ihn drückte, spürte er ihren beträchtlich entwickelten Busen und machte sich mit leiser Stimme darüber lustig: »Ein prächtiges Weib bist du geworden, meine liebe Clotilde. Bald werden wir diss melken müssen.«

Seine Schwester wurde rot im Gesicht, stieß ihn von sich und sagte: »Ich wußte ganz genau, daß du nicht tot bist! Das hätte ich gespürt.«

Dann umarmten ihn auch die andern, drückten ihn fest an sich und redeten wild durcheinander.

»Wir dachten, du seist seit mindestens zehn Wochen tot!«

»Ich nicht, denn ich hätte das gespürt!« beharrte Clotilde.

»Du hättest uns früher Bescheid geben können!«

»Das war nist mögliss. Es hat eine Menge Unheil gegeben«, erwiderte Charlemagne bescheiden. »Und außerdem hatte iss keine Ahnung, daß man miss für tot hält.«

Sie tätschelten seine Arme, seine Hände, seine Waden, streichelten seinen Rücken, seine Wangen, zogen an den Zöpfen, die er sich geflochten hatte, und waren sich darin einig, daß er groß geworden war, mager war und schrecklich stank.

Er deutete auf das Porträt an der Wand. Clotilde hatte ihn mit vor der Brust verschränkten Armen und spitzbübischem Lächeln abgebildet.

»Das habe ich gemalt, damit du immer bei uns bist. Ich habe noch ein anderes gemalt, doch das hängt in der Hufschmiede.«

»Wenn man bedenkt, daß in der Sankt Benedikt-Kirche eine Totenmesse für dich abgehalten wurde!« sagte Clodomir und schüttelte den Kopf.

»Und daß man den Fluß gesegnet hat, in dem du angeblich ertrunken bist.«

»Großvater Louis-Charlemagne hat sogar ein Kreuz aufstellen lassen.«

»Wer hat erssählt, iss sei ertrunken?«

»Wir haben es von Onkel Laszlo erfahren. Er war im Schloß, als der Wildhüter kam, um sich die ausgesetzte Belohnung von zwanzig Livres zu holen. Er erzählte dem Ritter, du hättest ihn bestohlen.«

Charlemagne nickte. »Swansig Livres! Das ist eine Menge Geld.«

»Onkel Laszlo sagte, er hätte ein Pistole, ein Messer und ein Buch wie das, das du uns gezeigt hast, dem Ritter gegeben. Und deshalb haben wir ihm geglaubt«, erklärte Dagobert.

»Der Jagdaufseher erzählte, er hätte dich in dem Moment erschlagen, als du ihn erschießen wolltest.«

»Und dann seist du in den Fluß gefallen...«

»... und untergegangen wie ein Stein.«

»Jedesmal, wenn Großvater Louis-Charlemagne dem Aufseher begegnete, spuckte er auf den Boden.«

»Onkel Caribert wollte ihn zum Duell fordern, hat es jedoch nie getan.«

Dann begannen sie erneut, aufgeregt an Charlemagne herumzufummeln. Da er befürchtete, man könnte sie hören, versuchte er, ihre Begeisterung zu zügeln: »Onkel Féliss wird uns hören.«

»Heute dürfen wir so lange aufbleiben, wie wir wollen«, beruhigten sie ihn.

»Heute? Und warum gerade heute?«

»Weil heute unser Geburtstag ist! Weißt du das denn nicht?«

Charlemagne verschlug es die Sprache. Die Tatsache, daß er sich in der Zeit geirrt hatte, kränkte ihn mehr, als das Phänomen der Übereinstimmung ihn entzückte, weil das für ihn und seine Geschwister nichts Ungewöhnliches war.

Dann ließen sie sich Schulter an Schulter um den Ofen nieder. Clotilde bemerkte die vielen verschiedenartigen Federn, die aus seinen Holzschuhen hervorschauten.

»Sie ersetsen mir die Strümpfe. Sie halten warm und sind sehr weiss, aber man braucht häufig frisse.«

Pépin interessierte sich für seine Axt. Mit dem Zeigefinger deutete er auf die Schneide. »Sie ist nicht gut geschliffen.«

Charlemagne zeigte ihm das Fernglas: »Iss besitse auch noch eine Armbrust und ein Gewehr, aber iss habe sie nist mitgenommen, weil sie ssu swer sind und iss ssu weit weg wohne.«

»Und wo ist dieses ›weit weg‹?«

»In der Sauvaserie.«

»In der Sauvagerie! Aber dort lebt doch niemand, Charlemagne!«

»Iss lebe dort. Iss habe eine Höhle entdeckt, wo es immer ssön warm ist.«

»Du lebst in einer Höhle?«

»Wie die wilden Tiere?«

»Und was ist mit den Wölfen? Man sagt, es gebe dort Hunderte, wenn nicht sogar Tausende von Wölfen.«

»Das stimmt, aber gans so viele sind es nist. Iss habe drei Rudel gezählt, die siss die verssiedenen Besirke und den Fluß teilen.«

»Und wie, bitteschön, zählt man Wolfsrudel, Charlemagne?« fragte der Älteste spöttisch.

»Wenn meine Wölfe ssu heulen anfangen und die anderen ihnen antworten. Da alle Wölfe verssiedene Stimmen haben, kann man sie mit der Sseit auseinanderhalten.«

»Deine Wölfe? Was willst du damit sagen?«

»Daß mir drei Wölfe gehören. Anfangs waren es noch vier, aber dann ist einer von ihnen getötet worden.«

Ihre Verwirrung belustigte ihn.

»Iss habe sie Clodomir, Pépin, Dagoberte und Clotilde genannt.«

Dagobert verzog das Gesicht.

»Es ging nist anders, weil sswei von ihnen Weibsen sind«, erklärte Charlemagne.

»Ich hoffe, daß meiner der stärkste von allen ist«, sagte Pépin.

Betrübt schüttelte Charlemagne den Kopf: »Deiner starb an dem Tag, an dem iss geflohen bin.«

Mit einem Mal sprudelte es einfach so aus ihm heraus. Er erzählte seinen Geschwistern von seinem Sturz in die Grube und seiner Begegnung mit Mezire, vom Auftauchen Javertits und der Sklavenarbeit, die er bei ihm verrichten mußte. Er entblößte seinen Knöchel und zeigte die von den Fußfesseln hinterlassenen Narben. Er berichtete von der mühsamen Pflicht des Wasserschöpfens, vom Ausheben des Brunnens, den Schlägen mit dem Hanfseil, von der widerlichen Valborge, von Parpaillots Nagel, von seiner Flucht mit den kleinen Wölfen, vom Biß, der Pépin tötete, vom langen Marsch bis zur Sauvagerie und von dem Leben in der Felsspalte.

»Mittlerweile hat Gott dich gerächt, denn sie sind alle bei einer Feuersbrunst ums Leben gekommen.«

»Das hat mit Gott nists zu tun.«

Ohne ihnen etwas zu verheimlichen, schilderte Charlemagne seinen Geschwistern die Rückkehr nach La Loubière und wie er sich mit der Axt und dem Feuer gerächt hatte.

»Oh! Wie gerne wäre ich dabeigewesen!« jubelte Pépin und schwang seine Fäuste.

»Iss hätte miss über eure Anwesenheit sehr gefreut, denn so mußte iss den langen Weg bis ssu meiner Höhle mehrmals allein ssurücklegen, um alles dorthin ssu ssaffen.«

Nach kurzem Schweigen sagte er: »Iss habe Hunger, und es ist lange her, daß iss ssum letstenmal Brot gegessen habe.«

Clotilde erhob sich und ging in die Küche.

»Auch ich bin ausgerissen«, sagte Clodomir. »An einem Markttag, als wir alle zusammen zur Messe gingen und am Embergue-Tor vorbeikamen. Ich rannte weg, und keiner konnte mich einfangen. Drei Tage habe ich bis hierher gebraucht.«

Dagobert lächelte, als er sich daran erinnerte: »Eines

Abends klopfte es an der Tür, wie du es vorhin getan hast, und als er erfuhr, daß du abgehauen warst, wollte er, daß wir uns gemeinsam auf die Suche nach dir machen. Doch weil wir nicht wußten, wo wir mit unserer Suche anfangen sollten, haben wir den Plan bald wieder aufgegeben.«

»Und was sagte Großvater Baptiste dassu?«

»In Ketten wollte er mich nach Rodez zurückbringen. Doch der Rektor teilte ihm mit, ich sei im Internat nicht länger erwünscht. Seitdem bin ich hier, und man bringt mir bei, wie man Handel treibt.«

Clotilde kam mit einem Laib Brot und einem Topf Knoblauchsuppe zurück, den sie auf den Ofen stellte. Charlemagne biß so genüßlich in das Brot wie in ein Stück Kuchen: »Hm, wie köstliss.«

Sie lachten einstimmig, wie damals, als sie noch eine vereinte Familie waren.

»Wie geht es Großvater Louis-Ssarlemagne?«

»Seit er nicht mehr in der Hufschmiede arbeiten kann, ist er ganz mürrisch geworden. Er geht sogar den Mücken auf die Nerven. Er spricht oft von dir und sagt, daß man schon ein besonders schlauer Fuchs sein muß, um aus dem Schloß zu entkommen.«

»Aus dem Ssloß ssu entkommen, war nicht besonders swierig. Iss hätte sogar die geheime Ausfalltür benutsen können, denn iss hatte alle Sslüssel. Viel swieriger war es, das Dorf ssu verlassen. Die Wachposten hätten miss an den Toren erwisst. Wenn iss den unterirdissen Gang nist gefunden hätte, wäre iss heute noch dort.«

Charlemagne tunkte das Brot in die Suppe, aß und lauschte seinen Geschwistern, die ihm erzählten, was sich in der Familie und in Racleterre zugetragen hatte.

»Aber was wirst du jetzt tun, da du nicht mehr tot bist?« fragte plötzlich Clotilde und schaute Charlemagne an, der den Topf mit der Hand auswischte.

»Laßt uns alle ssusammen weggehen«, schlug er vor, während er sich die Finger ableckte. »Ssunächst holen wir meine kleinen Wölfe, und dann gehen wir nach Versailles, um wie geplant beim König vorssuspressen.«

Da er ihre Verlegenheit mißverstand, lächelte er, um seine Geschwister zu beruhigen: »Ihr müßt keine Angst vor ihnen haben, iss werde ihnen sagen, daß sie euss nist beißen dürfen. Ihr werdet sehen: Wölfe sind weniger böse, als behauptet wird.«

»Aber Wölfe sind doch grausam und blutrünstig!«

Charlemagne zuckte die Achseln: »Sie töten, um etwas ssu fressen ssu haben und weil ihnen keine andere Möglisskeit bleibt. Gott hat sie eben so gemacht. In Versailles werde iss dem König den Vorschlag machen, ein Bündnis mit sämtlissen Wölfen des Königreiss einssugehen. Oder könnt ihr euss ein besseres Regiment gegen den Feind vorstellen?«

Clodomir wich seinem Blick aus. »Aber wir haben auf die Seelen unserer Verstorbenen geschworen, nie wieder zu fliehen. Nur unter dieser Bedingung hat man uns erlaubt, uns hier zu treffen und außerhalb der Stadtmauer zu übernachten. Doch morgen müssen wir wieder zurück.«

»Großvater Baptiste hat gedroht, daß er uns ins Gefängnis werfen läßt, wenn wir noch einmal ausreißen.«

»Und ich muß morgen vier Rinder beschlagen, das ist keine Kleinigkeit«, sagte Pépin.

»Selbst wenn wir mit dir kommen würden, bis Paris ist es verdammt weit, rund zweihundert Wegmeilen von Rodez aus. In kürzester Zeit würde man uns einfangen, und dann kämen wir ins Gefängnis.«

Charlemagne senkte den Kopf: Zum ersten Mal fühlte er sich unwohl im Kreise seiner Geschwister. »Iss will nur, daß wir ssusammen sind, mehr nist.«

Dagobert versetzte ihm ein paar liebevolle Fausthiebe. »In wenigen Jahren werden wir erwachsen sein, und dann kann uns niemand mehr verbieten, für immer zusammenzubleiben.«

Aus weiter Ferne war das vom Wind herangewehte Glokkenläuten zu hören. Charlemagne dachte an seine Wölfe: »Iss muß gehen. Iss mösste nist am hellisten Tag auf der großen Straße unterwegs sein.«

Clodomir, der Älteste, reagierte als erster und entledigte sich seiner Kleider. »Nimm meine Sachen, dann siehst du nicht mehr ganz so erbärmlich aus.«

Doch zum erstenmal waren Clodomirs Kleider Charlemagne zu eng und zu kurz.

»Du bist schneller gewachsen als wir, du bist nicht mehr wie wir«, stellte Clodomir ein wenig neidisch fest.

Lediglich Dagoberts Dreispitz paßte ihm wie angegossen. »Was ist aus dem anderen geworden?«

»Ein Otter hat ihn mitgenommen, während iss fisste.«

Er öffnete die Jagdtasche und zeigte ihnen sein gebrochenes Messer. Er erzählte ihnen, wie er sich das Votivbild besorgt (»iss werde es in meiner Höhle aufhängen«) und den heiligen Leu zertrümmert hatte (»er hatte es seit langem verdient, denn er ist eindeutig ssuldig«).

Als er aufbrach, war seine Jagdtasche prall gefüllt. Clotilde hatte alles eingepackt, was sie in der Küche an Eßbarem finden konnte. Pépin legte ein paar Dochte, ein Stück Seil, Schießpulver und ein ordentliches Messer dazu; in aller Eile erklärte er Charlemagne, wie man eine Axt schärfte.

Dann begleiteten sie ihn zur großen Straße und umarmten ihn herzlich. Schweren Herzens und beladen wie ein Packesel, verschwand Charlemagne in der Morgendämmerung.

Im Osten wurde es bereits hell, als er die große Straße verließ und auf den Weg zur Sankt Hubertus-Kapelle abbog.

Ein Waldkauz kreischte. Als er ihn zum Spaß nachahmte, fiel ihm ein, daß er völlig vergessen hatte, seinen Geschwistern von seiner Begegnung mit Ritter Walter zu erzählen.

Zu Beginn des Herbstes fing Charlemagne sein erstes Wildschwein. Es war eine vierjährige Sau, die zweihundert Pfund wog und mit den Beinen in einer Falle steckengeblieben war, in der frische Eicheln als Köder auslagen. Er tötete sie mit dem Dolch und zerlegte sie in vier Teile, da er sie nicht im Ganzen tragen konnte. Anschließend heulte er wie ein Wolf, und seine Wölfe stimmten in den Ruf mit ein.

Zwanzig Minuten später tauchte Bien-Noir auf, und schon nach kurzer Zeit folgten ihm auch die andern. Sie waren völlig außer Atem, so als wären sie sehr schnell gerannt.

Anfangs hatten die Wölfe sich damit begnügt, ihn nur unregelmäßig zu besuchen, waren stets auf Distanz geblieben und hatten sich nie allzu lange in seiner Nähe aufgehalten. Da er ihnen jedoch oft Feder-, Fell- oder Schuppentiere anbieten konnte, waren ihre Besuche immer häufiger geworden. Ihr Bündnis wurde an jenem Wintermorgen geschlossen, an dem Charlemagne sie im Vorzimmer seiner Höhle entdeckte: Zusammengerollt, mit der Schnauze am Schwanz, lagen sie da und schliefen friedlich.

Charlemagne rieb seine blutbeschmierten Hände im Gras sauber, hob die an einem Stock befestigten Wildschweinviertel hoch und machte sich auf den Weg. Den Wölfen ließ er fast die halbe Sau zurück. Immer wenn er einige Wölfe – und zwar die magersten – selbst füttern wollte, hatte Bien-Noir eingegriffen, sich des Wildes bemächtigt und es demonstrativ vor seinen Augen gefressen. Auf diese Weise hatte Charlemagne die Rangordnung des Rudels kennengelernt.

Bevor er zwischen den Bäumen verschwand, rief er ihnen freundlich zu: »Teilt brüderliss und vergeßt nist, daß iss euss diesen Ssmaus besorgt habe!«

## 49

Es gab das Heulen beim Aufwachen, das dem Heulen beim Sichstrecken vorausging, das Heulen vor dem Aufbruch zur Jagd, das Heulen nach dem Fressen und das Heulen, mit dem der Rudelführer gefeiert wurde, wenn man mit ihm zufrieden war. Und dann gab es auch noch das gemeinschaftliche Heulen, bei dem die einzelnen Rudel ihre Rivalitäten vergaßen, sich vereinten und stundenlang zusammen sangen. Eines Abends lud Bien-Noir Charlemagne zu einem solchen Heulen ein. Es geschah im Sommer, als der Junge dabei war, den Eingang und die unmittelbare Umgebung der Höhle mit flachen Steinen auszulegen und so zu verhindern, daß Regen und schmelzender Schnee den Platz wie im Jahr zuvor in ein Schlammloch verwandelten.

Bien-Nor und sein Rudel tauchten aus dem Wald auf und trotteten zum Wasserbecken, um dort ausgiebig zu trinken. Die drei kleinen Wölfe, die auf der Steinterrasse faulenzten, gingen sogleich zu ihnen, um sie willkommen zu heißen. Die Wölfe waren überaus freundlich zueinander, immer auf die Form bedacht. Nachlässigkeit gab es für sie nicht. Wenn ein Wolf einem anderen begegnete, so nahm jeder sogleich die Haltung ein, die seiner Position in der Hierarchie des Rudels entsprach.

Charlemagne ging zur Felsspalte, um weitere Steine zu holen. In der Nähe des Wasserbeckens waren die Wölfe gerade damit beschäftigt, sich gegenseitig mit den Zungen zu berühren, die Schwänze zu krümmen und sich aneinanderzudrükken. Er begriff, daß irgend etwas Außergewöhnliches bevorstand, und kletterte zu ihnen hinunter.

Bien-Noir ging ihm entgegen und brachte ihm gegenüber dieselben freundschaftlichen Gefühle zum Ausdruck, ohne daß es allerdings zu physischen Kontakten kam. Bislang hatte

Charlemagne außer seinen Wölfen noch keinen anderen berührt: Wenn er einem Mitglied des Rudels auf dem schmalen Weg zum Wasser begegnete, so zog der Wolf es stets vor, den Schwanz zwischen die Beine zu legen und umzukehren, um eine Berührung zu vermeiden.

Er erwiderte die Grüße mit liebevollen Jammer- und Knurrlauten, die sich nicht von den Lauten der Wölfe unterschieden.

Nach diesen Höflichkeitsbezeigungen starrte Bien-Noir ihn einen kurzen Augenblick lang schwanzwedelnd an. Dann deutete er mit der Schnauze mehrmals in seine Richtung, machte kehrt und lief mit den andern und Charlemagnes Wölfen in den Wald.

Mit einem Anflug von Verbitterung sah Charlemagne sie zwischen den Bäumen verschwinden. Mehrmals hatte er versucht, sie auf die Jagd zu begleiten, doch nie hatte er ihrem Tempo folgen können. Ein paarmal hatte er sich sogar verirrt, demütig wie ein kleiner, verlorener Wolf heulen müssen, damit seine Wölfchen die Jagd unterbrachen und nach ihm suchten.

Als er zum Gemüsegarten ging, den er im Frühjahr in einem Haselnußdickicht angelegt hatte, tauchte das Rudel wieder aus dem Unterholz auf. Winselnd und mit knirschenden Zähnen bildeten sie einen Kreis um ihn herum. Ihre Stimmen hörten sich freundschaftlich, aber völlig ungewohnt an.

»Habt ihr etwas vergessen?«

Erneut begann Bien-Noir, auf unverständliche Weise die Schnauze zu bewegen. Dann lief er wieder mit den andern zusammen in den Wald. Bevor er zwischen den Bäumen verschwand, drehte er sich noch einmal um und hob und senkte erneut seine Schnauze.

Charlemagne überlegte noch, was diese Gebärden zu bedeuten hatten, als der schwarze Wolf wieder aus dem Unterholz auftauchte und in seiner Ungeduld ein kurzes Gebell von sich gab. Staunend ging Charlemagne auf ihn zu. Wölfe bellen praktisch nie.

»Iss habe sehr wohl verstanden, daß ihr mir etwas sagen möchtet, aber was?«

Clodomir und Dagoberte lösten sich aus dem Rudel, um ihn leicht gegen den Schenkel zu schubsen. Da er glaubte, sie wollten ihm im Unterholz etwas zeigen, folgte er ihnen.

Offensichtlich zufrieden, lief Bien-Noir in westliche Richtung, hielt jedoch schon nach wenigen Schritten erneut inne, um sich zu vergewissern, daß die andern ihm folgten.

»Hoffentliss ist es nist mehr allsu weit, denn iss muß meinen Garten noch gießen«, sagte Charlemagne, als sie bereits eine gute halbe Stunde unterwegs waren.

Er entfernte sich ungern unbewaffnet von seiner Höhle, vor allem wenn er noch nicht einmal sein Seil bei sich hatte.

Solange er sich am Fluß orientieren konnte, war alles in Ordnung, doch plötzlich schlug Bien-Noir einen Weg ein, den Charlemagne nicht kannte und der so kurvenreich war, daß er schließlich nicht mehr wußte, wo er sich befand. Um sich orientieren zu können, hätte er auf einen Baum klettern und nach seinen wichtigsten Anhaltspunkten Ausschau halten müssen.

»Wenn iss gewußt hätte, daß es so weit ist, hätte iss vorher etwas gegessen.«

Da es Juni war, der Monat der vier roten Früchte – Erdbeeren, Heidelbeeren, Himbeeren und wilde Kirschen –, entdeckte er unterwegs zahlreiche »Vorkommen«. Weil er jedoch keine Ahnung hatte, wo er sich befand, konnte er damit zwar seinen Hunger und Durst stillen, würde sie aber später nicht »ausbeuten« können.

Es dauerte eine ganze Weile, bis er in weiter Ferne beruhigendes Wasserrauschen vernahm. Kurze Zeit später gelangte das Rudel ans Ufer eines fast zwanzig Fuß breiten Flusses, der nur der Dourdou sein konnte. Die Wölfe stellten sich um Bien-Noir herum und winselten freudig erregt.

»Wenn Ihr mir den Fluß sseigen wolltet, so sollt Ihr wissen, daß iss ihn sson gesehen habe«, sagte Charlemagne schroff.

Bien-Noir stieg ins Wasser, gefolgt von Grondeuse, die sich mit den Zähnen an seinem Schwanz festbiß. Das gleiche tat Frisquette bei Grondeuse und so weiter, bis sich eine lange Kette von Wölfen gebildet hatte, die den Fluß durchqueren konnte, ohne abgetrieben zu werden. Nachdem Bien-Noir am gegenüberliegenden Ufer sich kräftig geschüttelt hatte, hob er wieder die Schnauze in Charlemagnes Richtung, so als wollte er ihm einen Befehl erteilen. Der Junge seufzte und legte seine Kleider ab. Er durchschwamm den Fluß, indem er sein Hemd und seine Hose mit ausgestrecktem Arm aus dem Wasser hielt, während die Wölfe ihn aufmerksam beobachteten. Kaum hatte er Boden unter den Füßen, rannte Bien-Noir schon wieder los und ließ ihm kaum Zeit, sich anzuziehen.

Sie durchquerten einen jungen Hochwald voller Hagedornsträucher und Mispelbäume, liefen an einem großen Feld entlang, das in Kürze abgeerntet werden würde, und gelangten in einen von Hohlwegen durchzogenen Wald. Hinter einem von Mispelbäumen bedeckten Hügel standen Charlemagne und sein Rudel plötzlich etwa fünfzig Wölfen gegenüber, die gerade dabei waren, eine ehemalige Köhlerlichtung mit ihren Urinspuren zu kennzeichnen.

Beide Seiten waren gleichermaßen verblüfft, sogar die Grillen hörten jäh zu zirpen auf. Die am nächsten stehenden Wölfe sprangen ins Dickicht und verschwanden, zwei oder drei bellten vor Schreck laut auf, während die allermeisten, zweifellos im Vertrauen auf ihre zahlenmäßige Überlegenheit, dem Rudel Bien-Noirs mit aufgerichtetem Schwanz, stolz erhobenem Kopf, nach hinten gelegten Ohren und hochgezogenen Lefzen die Stirn boten. Einige begannen sogar, sie mit durchhängendem Rückgrat zu umkreisen.

Bien-Noir und sein Rudel waren von dem Eindruck, den sie auf ihre Artgenossen gemacht hatten, wie verzaubert und bewegten sich fröhlich jaulend und mit weit aufgerissenem, lächelndem Maul von einem Wolf zum nächsten.

Nie zuvor hatte Charlemagne so viele Wölfe auf einmal gesehen. Sein Herz schlug rasend schnell. Das Schauspiel erinnerte ihn an einen seiner liebsten Wachträume, in dem er an der Spitze eines Heeres aus tausend Wölfen nach Racleterre marschierte und den Ort einnahm.

Als er sich wieder gefaßt hatte, tat er, was er von Anfang an hätte tun müssen: Er ließ sich auf alle viere nieder und winselte so, wie seine Wölfe winselten, wenn sie Bien-Noir und sein Rudel willkommen hießen.

Diejenigen, welche die Anführer der Sippe sein mußten, schlichen um ihn herum und beschnupperten ihn. Die jüngeren Tiere hingegen blieben auf Distanz.

»Ravantopeck, meine Freunde.«

Seine Wölfchen eilten herbei, kuschelten sich an ihn, bedrängten ihn mit der Schnauze, zwickten ihn in die Wangen und ins Kinn. Langsam richtete er sich wieder auf. Die andern Wölfe wichen zurück.

»Und jetzt?« fragte er sich und sah sich nach Bien-Noir um, der dabei war, auf jede Markierung der Lichtung gewissenhaft seine Urintropfen zu setzen.

Charlemagne suchte sich eine Eiche mit zerfurchtem Stamm aus und imitierte Bien-Noirs Vorbild. Es war schwierig für ihn, jeweils nur wenige Tropfen fallen zu lassen. Zuviel Urin wäre als eine Unverschämtheit empfunden worden. Neugierig inspizierten die Rudelführer diese neue Markierung, die sie schließlich, einer nach dem andern, mit ihrem eigenen Urin bedeckten.

Wie Bien-Noir waren es die größten und kräftigsten Tiere des Rudels, und wie Bien-Noir waren sie diejenigen, die bestimmten.

Als die vier Hauptecken der Lichtung markiert waren, ging Charlemagne zu der Eiche zurück, setzte sich auf eine der dikken, knorrigen Wurzeln und wartete ab, was als nächstes passieren würde, sofern überhaupt noch etwas passieren würde.

Die Grillen hatten wieder zu zirpen begonnen, und es wurde bereits dunkel.

Was hatte eine solche Versammlung zu bedeuten, und zu welchem Zweck war sie einberufen worden? Würden sie sich etwa unversehens in gehörnte Teufel verwandeln und ihn trotz seiner Einwände in die Hölle entführen?

Er bekam einen heftigen Stoß in den Rücken und fiel ins Gras. Als er sich eilig wieder aufrichtete, erkannte er den alten Wolf, der ihn mit eitler Miene anschaute und freudig mit dem Schwanz wedelte.

»Caramba! Ihr seid auch hier, Vieux-Capitaine!«

Er glaubte, mindestens vier Rudel mitsamt Sprößlingen, ein junges, etwas abseits stehendes Paar mit ihren erst wenige Monate alten Jungen sowie mehrere Einzeltiere ausmachen zu können. Einer von ihnen, ein junges Männchen, das auf der rechten Vorderpfote hinkte, schien Gefallen an Dagoberte gefunden zu haben. Da sein Bein offensichtlich nicht gebrochen war, tippte Charlemagne auf den Stachel eines Igels oder einen Dorn, der zwischen den Sohlenballen festsaß. Die Pfote würde sich entzünden, der Wolf würde nicht mehr laufen und nicht mehr jagen können und schließlich verhungern. Charlemagne hätte ihm diesen Stachel problemlos entfernen können, doch sie kannten einander nicht: Das Tier würde ihm niemals gestatten, näher zu kommen, und noch viel weniger würde es sich an der Pfote berühren lassen.

Diejenigen, die bei Charlemagnes Auftauchen die Flucht ergriffen hatten, tauchten wieder aus dem Gestrüpp auf: zuerst mit dem Kopf, dann mit dem Hals und schließlich mit dem Rest des Körpers. Sie kamen auf die Lichtung zurück, warfen ihm mißtrauische Blicke zu und machten einen großen Bogen um ihn.

Nicht ohne Stolz stellte Charlemagne fest, daß seine Wölfe mit Abstand die größten von allen waren. Seine Freundschaft mit Bien-Noir und dessen Rudel beruhte auf seiner Fähigkeit, den Tieren täglich zwischen achtzig und hundert Pfund frisches Fleisch zu besorgen. So war in einem Jahr ein Rudel kräftiger und vor Vitalität strotzender Wölfe herangewachsen. Das beste Beispiel war Vieux-Capitaine, der älteste von allen, der so zappelig war wie ein junger Wolf, wenn die andern ihm ihre Ehre erwiesen.

»Iss hoffe, ihr sagt ihnen, daß ihr es mir ssu verdanken habt, daß ihr alle so stols und so ssön seid«, rief er ihnen überflüssigerweise zu.

Ausnahmslos alle Wölfe drehten sich zu ihm um. Er lächelte, ohne allzu deutlich seine Zähne zu zeigen, und jammerte erneut zum Zeichen seiner Freundschaft. Nach kurzem Zögern antworteten ihm die Wölfe, die ihm am nächsten standen, mit den gleichen Klagelauten. Dann nahm jeder seine Beschäftigung dort wieder auf, wo er sie zuvor unterbrochen hatte.

Nachdem Charlemagne alle Bäume, die den Rand der Lichtung säumten, abgeschätzt hatte, entschied er sich für eine hohe Buche, auf allen vieren kroch er darauf zu, um nicht erneut für Aufregung zu sorgen. Die aufrechte Haltung gefiel den Wölfen nicht.

Einige junge Wölfe wagten es, ihn zu begleiten, hüpften um ihn herum und wurden immer kühner. Einer von ihnen, der größte, versuchte sogar, ihn mit den Vorderpfoten umzustoßen, während ein anderer mit den Zähnen nach einem Zipfel seines Hemdes schnappte und damit wegzulaufen versuchte.

Als er die Buche erreicht hatte, richtete er sich langsam auf, sprang hoch, hielt sich am untersten Ast fest und zog sich hinauf. Seine Wölfe eilten herbei.

»Habt keine Angst. Iss will bloß sehen, wo wir sind, bevor es dunkel wird, weiter nists.«

Er kletterte so weit wie möglich hinauf und überblickte das riesige Pflanzenmeer, das sich endlos weit vor seinen Augen ausdehnte. Als er am Horizont die Gebirgsausläufer erkannte, war er beruhigt.

Er war etwa drei Wegstunden von seinem Zuhause entfernt.

Ganz weit hinten, zu seiner Linken, erblickte er Racleterre und die hohen Stadtmauern, die im Licht der untergehenden Sonne wie koloriert wirkten. Obwohl er die Gerberei der Familie Camboulives nicht sehen konnte, so wußte er doch, daß sie hinter der Pappelreihe lag. Als er seine Brüder und Schwestern gegen Ende des Winters besuchen wollte, hatten drei unbekannte Wachhunde ihn daran gehindert, sich der Gerberei zu nähern. Da er einerseits zu stark nach Wolf roch, um sie beruhigen zu können, und es andererseits nicht über sich gebracht hatte, sie zu töten, war er schließlich wieder umgekehrt.

Unter dem Baum hockte eine Wölfin und knirschte beharrlich mit den Zähnen. Charlemagne beugte sich nach unten und sah, daß die Wölfe sich in große Gruppen aufgeteilt hatten. Er stieg vom Baum herunter. Als er den Boden berührte, gab die Wölfin ein langgezogenes, außergewöhnlich wohlklingendes Heulen von sich, das gut eine Minute lang anhielt und das Tier so außer Atem brachte, daß ihm am Ende die Zunge aus dem Maul hing.

Kaum war die Wölfin verstummt, da begann die Gruppe, der Dagoberte und das junge Einzeltier mit der verletzten Pfote angehörten, zu heulen. Der Ton brach abrupt ab, wenn die Tiere Luft holen mußten, und wenn er anschließend erneut einsetzte, bemühten sich die Wölfe, noch lauter und noch anhaltender zu heulen. Bevor sie verstummten, stimmte bereits die nächste Gruppe in ihr Heulen ein. Bald heulten auf der Lichtung an die fünfzig Wölfe aus voller Kehle, wobei jedes einzelne Tier auf seine ganz eigene Weise das Glück besang, welches das Zusammensein ihm bescherte.

Charlemagne fühlte sich einsamer als je zuvor, ausgeschlossen und verloren. Er senkte den Kopf und schloß die Augen, während eine Gänsehaut ihm über den Rücken und die Arme lief. Plötzlich wühlte eine feuchte Schnauze in seinen Haaren. Er öffnete die Augen und sah Clotilde, die mit den Zähnen knirschte, den Kopf in den Nacken legte und zum violetten Himmel heulte. Er deutete ein Lächeln an, räusperte sich und antwortete ihr, indem er ihren schrillen Ton nachahmte. Daran fand er solchen Gefallen, daß er auch die tiefere Stimme von Bien-Noir nachahmte und überdies noch ein wenig lauter heulte. Zuletzt wagte er es sogar, auch die übrigen Rudelführer zu imitieren.

Er kam rasch außer Atem, und allmählich wurde ihm so angenehm schwindelig im Kopf, als hätte er Wein getrunken. Einmal mehr dachte er an seine Geschwister, die ihm sehr fehlten und die nichts mehr unternahmen, um mit ihm in Verbindung zu treten. Häufig begab er sich zur Sankt Hubertus-Kapelle, doch das Versteck, das sie für ihre Botschaften auserwählt hatten, war stets leer. Dabei wurden seine Nachrichten sehr wohl in Empfang genommen. Er hatte ihnen so viele Geschichten zu erzählen. Zudem hätte er sie so gerne mit den Wölfen bekannt gemacht und ihnen vorgeführt, wie er zu einem der gefürchtetsten Jäger des Waldes geworden war. Zu gerne hätte er ihnen seine Schlingen, seine Fallgruben, seine Totschläger, seine Fallen mit den scharfgeschliffenen Klauen gezeigt.

Ähnlich wie Sols und Livres in Racleterre war Frischfleisch die einzige Währung, die hier im Wald Gültigkeit hatte. Glücklichsein bedeutete, sich jeden Tag satt essen zu können; reich war man, wenn man mehr besaß, als man vertilgen konnte; und Macht besaß derjenige, der sich selbst und allen andern beides gewährleisten konnte.

Seine mangelnde Schnelligkeit und Ausdauer bei der Nahrungsbeschaffung sowie seine nur mäßig entwickelten Geruchs- und Gehörsinne hatte Charlemagne durch sein Talent im Aufspüren von Wildfährten und im Aufstellen von Fallen ausgeglichen.

Erneut begann er zu heulen. Seit er herausgefunden hatte, auf welche Weise man die Zunge gegen den Gaumen pressen mußte, konnte er die einzelnen Töne lauter ausdrücken und länger halten als alle andern. Als er an seine Geschwister dachte, gab er einen solch inbrünstigen Schrei von sich, daß die Wölfe innehielten, um ihm mit neu erwecktem Interesse zuzuhören. Sie warteten, bis er wieder zu Atem gekommen war, bevor sie sich ihm näherten und sich vertraulich an ihm rieben, an seinen Haaren, seinen Waden und seinen Schultern knabberten und fröhlich winselten. Als erster begann ein großer Wolf mit einem fahlgelben Fellfleck auf seinem schwarzen Rücken wieder zu heulen, und das Wolfskonzert wurde mit noch größerer Lautstärke fortgesetzt.

Bei Vollmond begab sich Charlemagne regelmäßig zur Sankt Hubertus-Kapelle, um sich dort mit Kerzenstummeln zu versorgen und nachzusehen, ob möglicherweise eine Botschaft im Versteck auf ihn wartete. Diesmal deuteten mehrere winzige, auf dem Boden verstreute Papierfetzen darauf hin, daß sehr wohl ein Zettel in die Spalte unter dem Altar geschoben worden war, Ratten ihn jedoch herausgezogen und fast vollständig aufgefressen hatten. Plötzlich begriff er, warum er so lange nichts von seinen Geschwistern gehört hatte, obwohl seine eigenen Botschaften immer verschwunden waren.

Als er wieder zu Hause war, wusch er sich gründlich im Fluß, zog saubere Kleider an, die nicht nach Wolf rochen, und machte sich auf den Weg zur Gerberei der Familie Camboulives, wo er den abgebrochenen Kontakt wiederaufnehmen und sich mit seinen Geschwistern zusammen ein neues, rattensicheres Versteck ausdenken wollte.

## 50

*Oktober 1780*
Es war der Monat der Winde, welche die Blätter von den Bäumen wehten, und der Monat des Regens, der die Blätter am Boden verfaulen ließ. Es war ebenfalls der Monat des Geflügelmarktes in Bellerocaille.

Frohen Herzens und mit prall gefüllten Geldbörsen kehrten die Geflügelzüchter- und Mästerfamilien Tabardel und Lenfant nach Hause zurück. Begleitet wurden sie von zwei schweigsamen Söldnern. Der alte Tabardel, seine Gattin und ihr Schwiegersohn fuhren in einem mit einer Plane bedeckten Karren, der von einem rötlichen Maultier gezogen wurde, während der Geflügelmäster Lenfant und sein Sohn auf Reittieren aus Katalonien und die Söldner auf Schindmähren saßen, die genauso mager waren wie sie selbst.

Die Geflügelhändler reisten in kleinen Etappen und legten häufig Pausen ein, um zu schlemmen und einige Flaschen zu leeren.

> Heilige Liebe zum Schlemmen,
> Mach unseren Magen größer
> Und runder unseren schönen Bauch.

Ihr liebenswürdiges Wesen und ihre gute Laune gefielen ihren Beschützern nicht. Der ältere der beiden Söldner, dessen Gesicht so zerfurcht war wie ein altes Stück Leder, deutete auf die am Horizont untergehende Sonne: »Ich will Euch nicht drängen, meine Freunde, aber wenn Ihr Euch nicht beeilt, werden die Tore von Racleterre geschlossen sein, und dann müßt Ihr zahlen, damit man Euch in die Stadt läßt.«

Er sprach den Dialekt der Leute aus dem Morvan, und für seine fünfundvierzig Jahre sah er schon ziemlich alt aus. Eine

Ledermütze verbarg die Ohren, die er nicht mehr hatte. Als Jugendlicher war er desertiert, und als man ihn später wieder gefaßt hatte, wurde er verurteilt und bekam die Ohren gestutzt.

»Morvandiou hat recht. Und außerdem müssen wir noch durch den Wald von Saint-Leu«, fügte sein Kompagnon hinzu, ein Koloß, der gerne übertrieb und sich einen dicken, buschigen Vollbart wachsen ließ, der seine schlaffen Gesichtszüge verbergen sollte.

Morvandiou nannte ihn Bigos, und Bigos war wie einer jener Dampfkessel, die unentwegt brodeln, ohne jemals etwas zum Kochen zu bringen. Sein Gefährte hatte ihn wegen seines abschreckenden Äußeren ausgesucht.

»Wie ängstlich Ihr seid!« beklagte sich Maître Tabardel. »Wir haben Euch dafür bezahlt, uns zu beschützen, und nicht, um uns mit Albernheiten zu langweilen.«

Da die Geflügelzüchter sich der unliebsamen Überraschung, die jede längere Reise durch die Provinz mit sich bringen konnte, durchaus bewußt waren, hatten sie sich mit den Mästern zusammengeschlossen. Auf diese Weise konnten sie sich die Dienste zweier Söldner leisten, deren Beruf es war, Reisenden zur Seite zu stehen. Man konnte sie an den Stadttoren, in den Pferdepostämtern und an Jahrmarkttagen auf den Hauptplätzen der Ortschaften anheuern. Man erkannte sie an ihrer kriegerischen Haltung und an dem mit einer Metallspitze versehenen Strick, den sie durch die Luft schwangen.

»Wovor fürchtet Ihr Euch? Die große Straße ist in dieser Gegend schön breit und in gutem Zustand. Und falls wir uns verspäten sollten, wird der Mond uns Licht spenden.«

Dann wandte er sich an die Mäster und fügte hinzu: »Ich wußte gar nicht, daß Söldner sich so schnell in die Hosen machen.«

Morvandiou zuckte die Achseln und drehte sich nach dem alten Karren um, auf dem die in Käfigen zusammengepferchten Hühner gackerten. Bigos, der hinter ihm her trottete, murmelte etwas vor sich hin, aus dem ganz deutlich das Wort »Wolf« herauszuhören war und das die fröhliche Gesellschaft ein wenig ärgerte. Obwohl Tabardels Frau gerade an einem großen Stück Schweinefleisch kaute, bekreuzigte sie sich.

Tatsache war, daß seit der Pest im Jahre 1711 nie mehr so viele Wölfe gezählt worden waren. Obwohl zahlreiche Konsule, unter anderem die von Racleterre und Roumégoux, schon häufig beim Herrn Oberjagdmeister Anselme Armogaste vorgesprochen hatten, zog dieser es weiterhin vor, sich auf feierlichen Abendveranstaltungen und Bällen in Rodez zu amüsieren, anstatt Wölfen von widerlicher Vitalität durch feuchte Wälder nachzujagen.

»Seid unbesorgt«, sagte der alte Lenfant, »Ihr wißt, daß ich seit der Regentschaft von Philippe von Orléans jeden Jahrmarkt besuche, und ich schwöre, daß ich auf dieser Strecke nie auch nur einen Wolf zu Gesicht bekommen habe.«

Er öffnete eine Flasche Rotwein aus Roumégoux und lud die Söldner ein, mit ihnen zu trinken. Das ließen die beiden sich nicht zweimal sagen.

Als die Sonne hinter den Ausläufern des Aubrac unterging, kamen sie in Sichtweite eines riesigen Waldes. Mit Morvandiou voran und Bigos hinterher verschwand die kleine Truppe hinter den ersten Bäumen am Waldsaum. Unter der Plane begannen die Hühner unruhig zu gackern, und auch die Pferde und Esel wurden immer nervöser.

Mit zunehmender Dunkelheit wurde es kälter, und die Truppe hielt am Croisille-Platz an, um sich wärmer anzuziehen. Der weitläufige runde Platz diente den Jägern als Treffpunkt. Um eine metallene Wetterfahne herum, welche die Form einer Oriflamme hatte und an einem in den Farben der Familie Armogaste gestrichenen Mast befestigt war, standen mehrere mit Ringen und Eisenhaken versehene Pfosten, an denen die Pferde und Hunde angebunden werden konnten.

Trotz der Einwände Morvandious öffnete der alte Lenfant noch eine Weinflasche, während Tabardels Schwiegersohn vom Karren sprang, um am Fuße des Mastes sein Wasser abzuschlagen.

Plötzlich flog ein Stein aus dem Unterholz und prallte geräuschvoll gegen die Wetterfahne, die sich quietschend um die eigene Achse zu drehen begann.

»Was ist denn das, verdammt noch mal?«

Ein zweiter Stein traf die Wetterfahne.

Die Söldner, die etwas abseits standen, rannten zum Karren, um ihre Gewehre zu holen. Während sie sie eiligst zu laden versuchten, ertönte eine klare, laute Stimme: »Legt die Gewehre nieder!«

Niemand war zu sehen. Irgendwo auf einem Baum schwätzte eine Elster.

Mit einem dumpfen Knall bohrte sich der Pfeil einer Armbrust in den auf dem Karren stehenden Kübel und verfehlte den am ganzen Körper zitternden Morvandiou um lediglich zwei Fuß.

Trotz ihrer Lautstärke erinnerte die Stimme den Söldner an die eines Jünglings, der seine Stimme verstellt, um älter zu wirken. Er behielt das Gewehr in der Hand, bewegte es jedoch nicht und gab seinem Gefährten mit einem Blick zu verstehen, ebenfalls innezuhalten.

Tabardels Frau versteckte sich hinter ihrem Mann und hielt sich an seinen Hüften fest. Die Mäster eilten zu ihren Maultieren. Dann war erneut die Stimme zu hören, die diesmal von der rechten Seite kam:

»Gebt uns alles, was ihr ssu essen habt, und dann verswindet.«

»Wer ist da? Wer spricht da?« brüllte Morvandiou und schüttelte seine breiten Schultern.

»Zeig dich, wenn du dich traust, du verfluchter Plünderer aus dem Dickicht!«

Zumindest beruhigte es die Reisenden, daß man es nicht auf ihr Geld abgesehen hatte. Demnach handelte es sich nicht um einen Überfall mordender Straßenräuber, sondern lediglich um die Attacke eines erbärmlichen Hungerleiders und Herumtreibers, der ihre Situation ausnutzen wollte. Also setzte Bigos das Laden seines Gewehres fort.

Im nächsten Moment wurde er von einem schweren Stein auf der Brust getroffen.

»Mein Gott«, jammerte die Frau, als zwischen zwei Baumstämmen eine Gestalt auftauchte und sich dem Brombeergestrüpp näherte.

Zuerst war nur eine Art unförmiger Umhang zu erkennen, der aus grob zusammengenähten Fellstücken bestand. Unten schauten ein paar Holzschuhe hervor, oben stand ein Kopf heraus, der zu drei Vierteln unter einem mit Federn verzierten Hut verschwand.

Erleichtert atmeten die Reisenden auf. Es handelte sich tatsächlich um einen Hungerleider, der seiner verstellten Stimme nach zu urteilen noch ziemlich jung sein mußte. Allerdings war er mit einer Armbrust bewaffnet.

»Wir wollen alles, was ihr ssu essen habt, und swar snell! Andernfalls kann ich sie nicht länger ssurückhalten.«

»Wen meinst du? Deine Läuse etwa?«

Die Familie Lenfant fand diese Bemerkung äußerst witzig und lachte laut auf. Als die Gestalt allerdings ein paar Schritte näher kam, herrschte sofort wieder Stille. Nur die Elster krächzte erneut ganz in der Nähe.

»Du hast nur einen Pfeil in deiner Armbrust, und wir sind zu sechst«, sagte Morvandiou, ergriff seinen Strick und ging geradewegs auf den Bettler zu.

»Ravantopeck, meine Freunde«, rief dieser in aller Gelassenheit.

Beim Anblick der drei großen Wölfe, die geräuschlos aus dem Unterholz kamen, wäre Morvandiou vor Schreck beinahe tot umgefallen. Mit heftig pochendem Herzen ging er schleunigst zu den andern zurück.

Einer der Wölfe ging nach links, der andere nach rechts, während der dritte sich neben seinem Herrn postierte und mit seinem buschigen Schwanz wedelte wie ein zufriedener Hund. Daraufhin räusperte sich der Bettler wie ein Sänger, der sich auf seinen Auftritt vorbereitet; entsetzt sahen die Überfallenen, wie er den Kopf in den Nacken legte, den Mond anheulte und die drei Wölfe seinem Beispiel unverzüglich folgten.

Tabardels Frau bekreuzigte sich. Bigos gab ein ängstliches Jammern von sich, während alle andern wie gelähmt dastanden und kaum zu atmen wagten. Die Pferde und Esel schnaubten unruhig. Die Hühner gackerten, ein Truthahn gluckste. Die Schnauzen und Ohren der Wölfe waren auf den Karren gerichtet.

Eine Elster flog auf und ließ sich auf der Wetterfahne nieder, wo sie lauthals zu krächzen begann. Es war, als würde sie die Situation in ihrer eigenen Sprache kommentieren. Morvandiou sah, daß ihr ein Bein fehlte.

Als in unmittelbarer Nähe weiteres Heulen zu hören war, das darauf hindeutete, daß der Platz von einem ganzen Rudel von Wölfen umzingelt war, ließ Bigos sein Gewehr fallen, sank auf die Knie und vergrub das Gesicht in seinen Händen: »Lieber Gott, beschütze uns vor diesem Wolfsführer.«

Ein Wolfsführer mußte nicht unbedingt ein Werwolf sein, doch es konnte vorkommen, daß er einer war. Um das herauszufinden, hätte man ihm die Haut abziehen und prüfen müssen, ob seine Haare nach innen wuchsen. Bigos begann ein Gebet gegen die Wölfe zu sprechen, das er noch aus der Zeit kannte, als er selbst Schäfer war.

Heilige Agatha, fessel ihre Beine,
Heiliger Gregor, schnür ihnen das Maul zu,
Heiliger Remo, verdreh ihnen die Eingeweide.

»Gebt uns alles, was ihr ssu essen habt, und swar snell!« wiederholte der Wolfsführer und bewegte seine Armbrust.

Tabardel öffnete einen Zipfel der über den Karren gespannten Plane und rief den anderen zu: »Helft mir!«

In größerer Entfernung, aus nördlicher, östlicher und sogar aus südlicher Richtung war neues Geheul zu hören, das weitere, aus allen Richtungen herbeieilende Rudel ankündigte.

Alle, außer Bigos, der nach wie vor auf dem Boden kniete, begannen, in großer Eile die Geflügelkäfige vom Wagen zu laden. Die Nähe der Fleischfresser machte das rötliche Maultier so unruhig, daß es mit den Hufen zu scharren begann. Als sie mit dem Abladen fertig waren, deutete der Wolfsführer auf den Mast mit der Wetterfahne: »Stellt euss um den Mast herum und rührt euss nist mehr von der Stelle.«

Morvandiou half seinem Kollegen, sich aufzurichten, doch da dieser sich weigerte, die Hände vom Gesicht zu nehmen, mußte er ihn wie einen Blinden zum Mast führen. Bigos begann von neuem mit seiner Litanei.

> Heiliger Loup, brich ihnen den Hals,
> Heiliger Lorenz, schlag ihnen die Zähne aus,
> Heiliger Preux, verknote ihren Schwanz.

Der Wolfsführer näherte sich dem Karren. Einer der Wölfe folgte ihm. Das Pferd wieherte. Die Elster krächzte vom Mast herunter. Von seinem Platz aus konnte Morvandiou genau sehen, wie Charlemagne das völlig verängstigte Maultier beruhigte, indem er seinen Hals streichelte und ihm etwas zuflüsterte, was er nicht hören konnte. Er sah ebenfalls, wie er den Holzkübel an sich nahm, seinen Pfeil herauszog und sich dann rückwärts zum Waldrand bewegte.

»Geht nun, aber dreht euss nist um.«

Hastig banden die beiden Mäster ihre Maultiere los, während die Geflügelzüchter auf den alten Karren stiegen. Morvandiou hob Bigos' Gewehr vom Boden auf und führte seinen Gefährten zu den Schindmähren. Zunächst langsam, dann immer schneller entfernten sie sich.

Clotilde stelle sich neben Charlemagne und stieß ihn zum Zeichen ihrer Ungeduld mit der Schnauze gegen das Bein. Clodomir und Dagoberte schlichen um die Käfige herum; ihre Beute war beachtlich – acht Hühner, fünf Enten, eine Gans aus Toulouse, die sogar mit leerem Magen stolze zwölf Pfund wog, und ein dicker Truthahn, der sich vor lauter Angst die Federn ausriß und aus seiner Kiste zu flüchten versuchte.

Charlemagne interessierte sich vor allem für den Inhalt des umgekippten Lebensmittelkorbes, den er in seiner Jagdtasche verstaute. Er fand den Rest einer mit Pfeffer zubereiteten Hasenpastete, etwas Ziegenkäse, ein Stück getrocknete Wurst, einen Topf mit Senf, eine Flasche Wein und ein Stück Brot von der Größe einer Hand, das er sofort aß.

Dann tauchte Bien-Noir aus dem Dickicht auf, gefolgt von Grondeuse, Qui-Vive, Bon-Garçon, Frisquette und Mezire, der argwöhnisch die Umgebung beschnupperte, bevor er sich den andern anschloß und seinen Teil abbekam. Seit seinem Aufenthalt in der Fallgrube war Mezire zu einem scheuen und außerordentlich mißtrauischen Tier geworden.

»Iss hätte miss gefreut, wenn ihr vorhin bereits hier aufgetaucht wäret, ihr Angsthasen«, spottete Charlemagne freundlich.

Er wußte nur zu gut, daß die Wölfe sehr empfindlich waren, wenn es um ihre Ehre ging, und daß sie eher auf den Klang der Wörter reagierten als auf ihre Bedeutung. Bien-Noir beispielsweise konnte es nicht ertragen, wenn man sich über ihn lustig machte. Er war in der Lage, einen ironischen Unterton in der Stimme herauszuhören oder eine verächtliche Geste zu erkennen.

Charlemagne legte drei Leghorn-Hühner und den Hahn in einem Käfig zusammen. Dann schloß er die Augen, um sich besser konzentrieren zu können, und ließ einige Tropfen Urin darauf fallen. Sogleich trat Bien-Noir näher und schnupperte aufmerksam an dieser Markierung. Nach kurzem Zögern stimmte er der Aneignung zu und pißte seinerseits auf den Käfig. Daraufhin öffnete Charlemagne den Käfig mit dem Truthahn, der glucksend protestierte, und überließ Bien-Noir dieses dickste der Geflügeltiere.

Eine der wesentlichen Grundlagen seines Bündnisses mit dem Rudel des großen, schwarzen Wolfes bestand darin, daß er die Hierarchie peinlich genau respektierte.

Anschließend gab er seinen Wölfen und allen andern Mitgliedern des Rudels zu fressen: Er beschränkte sich darauf, die Käfige zu öffnen, und ließ sie sich selbst bedienen.

Er packte die Gans am Hals, trug sie zum Waldrand und schnitt ihr über dem Holzkübel die Kehle durch.

»Das ist für Euss, Vieux-Capitaine«, rief er ins Unterholz und trat ein paar Schritte zurück.

Er ging in die Hocke, um der Gans das Herz und die riesige Leber herauszureißen und sie im Gras zu zerlegen.

Die Elster flog von der Wetterfahne auf und ließ sich auf dem Bottichrand nieder. Sie nickte mit dem Kopf und stieß einen kurzen Schrei aus. Charlemagne warf ihr ein Stück Leber zu, das sie im Fluge aufschnappte und sofort verschlang.

Als die Elster noch ein winziges Vögelchen war, hatte Charlemagne sie in einer Hecke gefunden. Ein Igel war gerade dabei, sie an einem Bein ins Dickicht zu zerren, um sie dort zu fressen. Aus dem Stacheltier hatte er Ragout gekocht, und die junge Elster hatte er gesund gepflegt, doch es war ihm nicht gelungen, ihr von den Igelzähnen zermalmtes Bein zu retten. Er hatte ihr den Namen Clopante gegeben und sie, je nach Jahreszeit, mit Maikäfern, Raupen, Grillen, Heuschrecken, Schmetterlingen, Spinnen, Nackt- und anderen Schnecken und Beeren gefüttert. Damit die Wölfe sie nicht fraßen, hatte er sie mehrmals mit seinem Natursaft benetzt.

Obwohl Elstern eher Lauf- als Flugvögel sind – meistens fangen sie ihre Beute zu ebener Erde –, hatte Clopante gelernt, auf einem Bein herumzuhüpfen. Mit der Zeit war sie zu einer dicken, schönen Elster geworden, die ihre Nahrungspalette nach und nach um Eidechsen, Frösche, junge Schildkröten und sogar Spitzmäuse erweitert hatte, denen sie mit einem gezielten Schnabelschlag das Genick brach. Wenn Charlemagne zur Jagd ging oder nach seinen Fallen schaute, flog sie von Baum zu Baum neben ihm her.

Vermutlich weil er ihr oft in Honig getränkte Bienen zu fressen gegeben hatte, verstand sie sich besonders gut darauf, wilde Bienenstöcke aufzustöbern und ihm ihren Standort mitzuteilen, indem sie die ersten Takte des Liedes *Malbrough s'en vat'en guerre* pfiff, die er ihr zusammen mit den Liedern *À la claire fontaine* und *Frère Jacques* beigebracht hatte.

Plötzlich versetzte ihm eine große, dunkle, haarige Gestalt von hinten einen Stoß und hätte ihn beinahe aus dem Gleichgewicht gebracht. Er lachte leicht verkrampft, denn er hatte sich ziemlich erschrocken. Wie immer war der alte Wolf geräuschlos dort aufgetaucht, wo er ihn nicht erwartet hatte. Laut protestierend flog Clopante davon.

Charlemagne konnte sich nur schwer an diese Vorliebe der Wölfe für Überraschungen gewöhnen. Er fragte sich, warum Gott ihm keine Augen auf dem Rücken gegeben hatte, da Er ihn doch immer wieder in Situationen brachte, in denen es günstig gewesen wäre, auch dort welche zu haben.

Der große, alte Wolf blieb neben dem Bottich stehen, drehte sich zu Charlemagne um und rührte sich nicht mehr von der Stelle. Er starrte ihn an, als wollte er sagen: »Siehst du, wenn ich gewollt hätte...«

Charlemagne gab vor, ihn nicht zu beachten, und fuhr fort, die Innereien der Gans zu zerkleinern.

Nachdem der alte Wolf, zweifellos mit Genugtuung, die anderen elf Wölfe betrachtet hatte, begann er zu trinken. Nach jedem Schluck hielt er inne und schnupperte mit der ernsten Miene desjenigen, der ganz genau weiß, wie gefährlich es sein kann, auf freiem Gelände die nötige Vorsicht vermissen zu lassen. Vieux-Capitaine hatte zwei Hetzjagden überlebt, die ihm nicht in guter Erinnerung geblieben waren.

Als er das Blut getrunken hatte, fraß er die ihm dargebotenen Leber- und Herzstücke. Charlemagne schaute ihm gerne dabei zu, wenn er einen dicken Bissen verschlang, der seinen Hals beim Hinunterschlucken anschwellen ließ. Das Alter hatte seine Zähne stumpf werden lassen, so daß er weder kauen noch töten konnte. Ohne die Hilfe des Rudels – und neuerdings auch die Charlemagnes – wäre Vieux-Capitaine längst verhungert.

Als der alte Wolf sein letztes Stück Toulouser Gans vertilgt hatte, ging er davon, ohne sich zu bedanken – so wie das bei den Wölfen üblich war. Statt dessen ließ er seinen Schwanz hängen und kehrte Charlemagne nicht den Rücken zu – eine gleich zweifache Respekterweisung, wenn man bedenkt, daß Wölfe demjenigen, den sie verachten oder als ärgerlich empfinden, gerne den After zeigen.

Von Norden her ertönte Geheul. Charlemagne erkannte die zufriedenen Stimmen von Grimaud und seinem Rudel von Autre-Côté, die auf diese Weise zu verstehen gaben, daß sie gut gespeist hatten. Wie nicht anders zu erwarten, antwortete Bien-Noir ihnen umgehend. Dasselbe taten die anderen Wölfe, und auch Charlemagne stimmte in ihr Heulen ein.

»Auch wir, wir haben den Bauch prächtig gefüllt. Auch wir sind glücklich und zufrieden!« riefen sie, jeder auf seine Weise.

Obwohl man Charlemagnes Heulen von dem der Wölfe unterscheiden konnte, hatte das nichts damit zu tun, daß es einer menschlichen Kehle entsprang. Der Grund war vielmehr der, daß es kräftiger klang und über größere Entfernung trug. Längst wußte jedes Tier im Wald, daß sich ein Mensch dem Rudel von Bien-Noir angeschlossen hatte.

Mit der Zeit hatte Charlemagne gelernt, verschiedene Formen des Heulens zu unterscheiden, die alle einer bestimmten Situation entsprachen. Das Heulen, das er vorhin in Gegenwart der Reisenden ausgestoßen hatte, war dasjenige, das Bien-Noir benutzte, um sein Territorium zu verteidigen. Er hatte sich bewußt für diesen Ton entschieden, weil er wußte, daß der Wolf der Versuchung nicht würde widerstehen können, ihm zu antworten, genausowenig wie die Rudel von Autre-Côté und Grand-Diable.

Er nahm seine Armbrust, ergriff den Käfig mit den glucksenden Leghorn-Hühnern und verließ den Platz. Seine Wölfe und das Rudel folgten ihm.

Eine Zeitlang ließ Bien-Noir ihn höflicherweise an der Spitze gehen, doch dann holte er ihn ein und übernahm die Führung.

Charlemagne nutzte die Gelegenheit, um nach seinen ausgelegten Schlingen zu schauen. Sie waren alle leer. Die meisten Tiere lagen bereits im Winterschlaf und hatten sich tief in ihren Bau verkrochen.

Sollten die Fallen am nächsten Tag erneut leer sein, müßte er das Rudel zur Schäferei der Familie Brasc führen; er würde schon eine Möglichkeit finden, sie in die Ställe eindringen zu lassen.

Da es seit dem Ende des Sommers zahlreiche Anzeichen für einen strengen Winter gab (der verfrühte Aufbruch der Schwalben, die dreifache Schale der wilden Zwiebeln, die Fülle an Nüssen, die feuchten und weichen Buchenblätter an Allerheiligen), war Charlemagne gezwungen gewesen, eines Nachts in Richtung Bellerocaille zu marschieren und unterwegs die großen Schäfereien der Familie Armogaste in der Nähe von La Valette, die der Familie Brasc im Bonnefons-Tal und die des Abtes von Bartonnet auszukundschaften.

Es war längst dunkel geworden, als Charlemagne, die Elster und die Wölfe die Höhle erreichten. Clopante ließ sich auf ihrem Lieblingsbaum nieder, um dort die Nacht zu verbringen.

Charlemagne wartete, bis alle Wölfe eingetreten waren, bevor er die Lämpchen anzündete und zwischen den drei Steinen der Feuerstelle die Glut entfachte. Seine diesbezüglichen Handgriffe riefen bei den Tieren immer noch eine Mischung aus Furcht und Faszination hervor.

Bei den ersten Frösten waren die Wölfe von sich aus in die Höhle gegangen und hatten sich recht gut an deren Vorzüge gewöhnt. Allerdings hatte es eine Weile gedauert, bis sie nicht mehr zum Ausgang rannten, sobald Charlemagne Feuer machte oder sich aufrecht hinstellte.

Weil sie beobachtet hatten, daß seine drei Wölfe unmittelbar neben der Feuerstelle schliefen, ohne daß ihnen etwas passierte, wagten sie es schließlich in einer besonders kalten Nacht, den hinteren Teil der Höhle zu verlassen und sich ebenfalls dem Feuer zu nähern, obwohl die Furcht davor seit dem Ursprung der Welt in jedem ihrer Gene festgeschrieben war. Nur Bonace und Qui-Vive, die sich bei jenem Brand im Sommer 1776, der die Wälder des Bischofs von Rodez verwüstete, Verbrennungen zugezogen hatten, blieben skeptisch. Vieux-Capitaine, der nicht in Gemeinschaft des Rudels schlief, ließ sich nicht ein einziges Mal blicken.

Charlemagne nahm Birkenscheite für das Feuer – ein Holz, das wie Schwefel brannte und gut heizte. Wäre er mit seinen Wölfen allein gewesen, so hätte er auch noch einen Ginsterbusch ins Feuer geworfen, der die von den vielen Tieren verpestete Luft mit einem angenehmen Duft erfüllt hätte. Aber Ginster knisterte beim Verbrennen und wirbelte glühende Funken auf, was die Wölfe nervös machte.

Die Höhle wurde schnell warm. Bald gackerten sogar die eingesperrten Hühner und der Hahn vor Wohlbehagen. Charlemagne rechnete damit, nicht nur täglich frische Eier, sondern eines Tages auch Küken zu bekommen. Das einzige Problem bestand darin, sie vor den Wölfen zu schützen, deren Appetit durch dieses Zusammenleben auf engstem Raum auf außerordentliche Weise angeregt wurde.

Der Junge nahm etwa zwanzig Kastanien und schob sie unter die Asche, während das Rudel es sich auf dem großen Farnbett bequem machte. Charlemagnes Nähe war ausschließlich seinen drei Wölfen vorbehalten, die diese auch entschlossen verteidigten. Wie in La Loubière oder in den ersten Tagen in der Felsspalte schliefen alle vier dicht aneinandergekauert, und erst kürzlich hatte Dagoberte es sich abgewöhnt, mit seinen Fingern im Maul einzuschlafen.

Bien-Noir setzte sich in den Lichtschein der Flammen und betrachtete nachdenklich das Feuer.

Charlemagne nahm zuerst die Pastete und den Käse in den Mund und kaute sehr langsam darauf herum. Zwischen zwei Bissen trank er jeweils einen Schluck Rotwein. Immer dann, wenn sich die Blicke des Wolfes und des Jungen trafen, schauten beide höflich zur Seite. Einander anzustarren wurde von den wilden Tieren nicht als ein Zeichen von Aufrichtigkeit gedeutet, sondern als eine böswillige Herausforderung, die der sehr auf seinen Stolz bedachte Bien-Noir auf der Stelle hätte annehmen müssen.

Zum Schluß spülte Charlemagne das Stückchen Wurst und das restliche Brot mit einem kräftigen Schluck hinunter. Der gute Wein regte seine Gefühle an. Mit der Spitze seines Dolches nahm er die Kastanien aus dem Feuer, aß sie eine nach der anderen auf und warf die Schalen wieder in die Glut. Eine der Kastanien ließ er Bien-Noir vor die Nase rollen. Der Wolf beschnüffelte sie, rührte sie jedoch nicht an. Schließlich warf der Junge sie Clodomir zu, der sie im Flug aufschnappte und sie verschlang. Dann schälte Charlemagne eine weitere Kastanie, die er Bien-Noir abermals vor die Nase warf. Auch diesmal begnügte sich der Wolf damit, an ihr zu schnuppern. Aber als

Charlemagne sie nehmen wollte, gab er große Wolf ein leises Knurren von sich.

»Was man einmal verssenkt hat, verlangt man nist zurück, nist wahr?« übersetzte Charlemagne und drehte ihm den Rükken zu, um ein weiteres Holzscheit ins Feuer zu werfen.

Als er sich wieder zu Bien-Noir umdrehte, war die Kastanie verschwunden.

Nach dem Essen nahm er die in einer Felsnische liegende Bibel, näherte sich dem Lämpchen und begann den Wölfen vorzulesen, was in der Genesis über sie geschrieben stand.

»Es tut mir furstbar leid für euss, meine lieben Freunde, aber Gott sprist nist von euss. Er sprist ledigliss von ›wilden Tieren‹, die er wie uns Menssen, aber früher als uns, am sechsten Tag erssaffen hat. Folgliss ist eure Rasse älter als die unsere.«

Um sie nicht zu verdrießen, ersparte er ihnen die Worte, die der Schöpfer über sie äußerste:

> Ihr werdet Angst und Schrecken verbreiten, unter sämtlichen wilden Tieren und sämtlichen Vögeln des Himmels, unter allem, was am Boden kriecht, und unter sämtlichen Fischen des Meeres; sie werden euch ausgeliefert sein. Alles, was sich bewegt und lebt, wird euch als Nahrung dienen, ebenso das Grün der Pflanzen: Ich überlasse euch alles.

Später erzählte er ihnen von der Sintflut und von der Arche Noah.

»Die einzige Zeit, in der iss lieber ein Fiss gewesen wäre«, schlußfolgerte Charlemagne ernst, als er die Flasche Rotwein leer getrunken hatte.

Am späten Vormittag fand Charlemagne einen Rehbock, der sich in einer seiner Schlingen erwürgt hatte. Ein Fuchspärchen saß neben dem Bock und ließ sich die Eingeweide schmecken.

Seine gegen den Wind heranschleichenden Wölfe überraschten die beiden und schnappten sie sich nach einer rasanten Verfolgungsjagd durch den Wald. Sie fraßen sie auf, indem sie ebenfalls mit den Eingeweiden begannen.

Charlemagne löste die Schlinge und trug den Rehbock zum Fluß, wo er ihn zerlegte.

Nach einem langen Umweg, der ihn an den Glatthaferfeldern von La Valette vorbeiführte, begab er sich zu den Geflügelfallen, die er in der Nähe der Hecken ausgelegt hatte. Er fand ein altes Rebhuhn und eine magere, noch lebende Amsel.

Ein Teil des Rudels kreiste um die Höhle herum. Er gab ihnen das Rebhuhn und hob die Amsel für Bien-Noir auf, falls dieser sich wieder einmal zeigen sollte.

Nachdem er die Steine, welche die Wölfe daran hindern sollten, seine Hühner zu fressen, beiseite gerückt hatte, betrat Charlemagne die Höhle und machte ein Feuer, auf dem er den rechten Schenkel des Rehbocks grillte. Bevor er herzhaft hineinbiß, rieb er ihn mit Senf ein. Als er gesättigt war, trank er etwas Wasser, verbot sich jedes Herumspazieren und begann mit dem Bau eines Hühnerstalls. Täglich trug er sich eine ganze Reihe solcher Arbeiten auf, die ihn daran hinderten, allzu häufig über sein eigenartiges Leben nachzudenken.

»Ja ja, mein lieber Charlemagne, wie gut, daß es dich gibt.«

## 51

*Montag, 10. November 1780*

Am Tag des heiligen Gottfried war es morgens so kalt, daß die Bäume mit kurzen, jähen Geräuschen auseinanderbrachen.

Charlemagne wachte unter seiner warmen Felldecke auf und spitzte beunruhigt die Ohren. Seine Wölfe marschierten aufgeregt am Höhleneingang, vor dem lange, spitze Eiszapfen hingen, auf und ab.

Er stand auf und zog rasch sein Wams an. Irgend etwas gefiel ihm nicht, aber er wußte nicht, was es war. Er zog seine Strümpfe aus gewendetem Hasenpelz an, die auf halber Wadenhöhe mit einer Schnur aus der Sehne eines Hirsches festgebunden waren. Dann schlüpfte er in die Holzschuhe, die er ein Jahr zuvor einem Trüffelsammler entwendet hatte. Um Kopf und Ohren zu schützen, hatte er sich aus dem Fell eines Fuchses einen Hut genäht, den er mit den Pfoten unter dem Kinn verknotete.

Mit dem Stiel der Axt schlug er die Eiszapfen vor dem Eingang ab. Die Wölfe drängelten sich an seine Beine, um so schnell wie möglich nach draußen zu kommen. Krächzend wünschte Clopante ihnen einen guten Morgen.

Ganz in der Nähe brach ein weiterer Baum mit gewaltigem Krach auseinander und ließ die drei Wölfe vor Schreck zusammenzucken. Sie starrten Charlemagne an, als wäre er dafür verantwortlich.

Nie zuvor war es im Wald so still gewesen. Der Himmel erstrahlte in leuchtendem Blau und überwältigender Klarheit. Plötzlich begriff Charlemagne, was nicht stimmte: Er konnte den Fluß nicht mehr hören.

Als er das Halbrund durchquerte, das er seinen großen Hof nannte, flog Clopante heran und ließ sich auf seiner Schulter nieder. Zusammen stiegen sie zum Wasserbecken hinab – es war komplett zugefroren.

Nachdem Charlemagne das Eis an mehreren Stellen aufgebrochen hatte, damit der Eisvogel auf Fischfang gehen konnte, ging er zum Wasserfall, wo er entzückt vor den vereisten Kaskaden stehenblieb.

Auch Charlemagne zuckte erschreckt zusammen, als ganz in der Nähe ein weiterer Baum zerbarst.

Der Gang zu den Fallen erwies sich als sehr enttäuschend. Mit Ausnahme eines erfrorenen Raben, der tot auf dem Rükken lag, fand er nichts. Der Frost hatte den Vogel in einen Stein verwandelt. Als er die gefrorenen Flügel berührte, brachen sie ab wie Kristalle.

Am Abend desselben Tages begab sich Charlemagne zu den Schafen des Herrn Generalpächters Lucien Brasc.

Am Nachmittag machte er sich mit seiner umgehängten Jagdtasche, dem Fernglas, der Axt und dem Jagdmesser, das dem verstorbenen Javertit gehört hatte, auf den Weg.

Eine Stunde später erreichte er die Grenze des Reviers von Bien-Noir. Seine Wölfe hörten auf herumzuschnüffeln und begaben sich in seine Obhut. Sie blieben ihm dicht auf den Fersen und hielten ihren Urin so lange zurück, bis sie in das nächste neutrale Gebiet kamen.

Als es dämmerte und der Mond bereits hoch am Himmel stand, erkletterten sie einen der Bergkämme, die das kleine, in die Gebirgsausläufer eingeschnittene Tal überragten. Das Bonnefons-Tal verdankte seinen Namen den zahlreichen Quellen und der sonnigen Südlage. Auf seinen Feldthymian- und Zaunrübenweiden, die fast das ganze Jahr über grün waren, blieben weder Schnee noch Reif liegen. Der von einigen jungen Kastanienbäumen umgebene Schafstall mit seinem schrägen Ziegeldach beherbergte nahezu dreihundert Tiere, für die ein Oberschäfer zuständig war. Diesem standen ein Schäferhund und zwei Hirtenlehrlinge von dreizehn und neun Jahren zur Seite.

Seit langem zog der Generalpächter es vor, seine gesamte Schafmilchproduktion an die Roquefort-Hersteller zu verkaufen, denen es stets an Rohmaterial fehlte und die sich damit brüsteten, jährlich zwölftausend Maultierladungen im gesamten Königreich zu verkaufen. Die Sennhütte, in der einst der Käse hergestellt wurde, diente neuerdings als Lager für das Winterfutter. Zwischen den beiden Gebäuden lagen ein Brunnen und eine mit einer steinernen Zisterne verbundene Tränke, in der das Regenwasser aufgefangen wurde.

Charlemagne machte einen großen Umweg, um sich gegen den Wind anpirschen zu können. Die drei Wölfe schnupperten, und Dagoberte und Clotilde zappelten vor Begeisterung, während sich bei Clodomir das Rückenfell sträubte, was darauf hinwies, daß er unter dem Schafgeruch auch Hundegeruch witterte.

»Sehr gut«, beglückwünschte ihn Charlemagne, als er den kurvenreichen Weg zu den Kastanienbäumen hinunterstieg.

Die Stalltür bestand aus zwei breiten Flügeln; am Holz waren ältere Spuren von Wölfen und Füchsen zu sehen. Der Kamin rauchte, und dumpfes Geplauder ließ vermuten, daß die Bewohner gemütlich beisammensaßen. Charlemagne ging so nahe heran, bis er deutlich hörte, daß Kastanien geschält wurden. Mit kehliger Stimme erzählte der Schäfer: »Und dann sagte der Mann zu ihm: Wenn ich sehe, wie diese Tauben die Statue besudelt haben, dann, verdammt noch mal, danke ich Gott dafür, daß er den Kühen keine Flügel gegeben hat.«

Charlemagne stieß ein vierfaches Heulen aus, das Bien-Noir zu verstehen geben sollte, daß er frisches Fleisch gefunden hatte und ihn herzlich dazu einlud, es mit ihm zu teilen. Seine Wölfe bestätigten diese Aussage, indem sie in das Geheul einstimmten.

Die Schafe begannen ängstlich zu blöken, Widderglocken ertönten, der Hund bellte, junge Stimmen tauschten einige kurze Sätze aus.

Die Kälte und die Nacht trugen die Geräusche weit hinaus. Es dauerte nicht lange, bis ein anderes Rudel antwortete, doch es war so weit entfernt, daß Charlemagne nicht sicher war, die Stimme des schwarzen Wolfes erkannt zu haben. Er gab drei weitere Rufe von sich.

Von Westen her antwortete ein Rudel, das nicht so weit weg zu sein schien. Diesmal erkannte der Junge ganz deutlich die Stimme von Grimaud, dem Anführer des Rudels von Autre-Côté.

Der Hund im Schafstall bellte nun noch lauter und noch bedrohlicher. Charlemagne lief zum Brunnen, von wo aus er einen Stein gegen den linken und einen gegen den rechten Türflügel schleuderte.

»Barmherziger Himmel, Maître Brot! Wölfe haben an unsere Tür geklopft«, jammerte einer der jungen Hirten.

»Unsinn! Wölfe werfen doch nicht mit Steinen.«

Charlemagne warf einen dritten, größeren Stein, der die Tür regelrecht erzittern ließ.

»Wer ist da, verflucht noch mal?«

Der Junge antwortete mit drei kurzen Heulrufen, denen sich das näher kommende Rudel Grimauds anschloß.

»Hinter dem Brunnen sitzt eines dieser verdammten Biester!« rief der Schäfer.

»Und eine Menge anderer Wölfe sind hierher unterwegs«, schrie Charlemagne und ließ eine Handvoll kleinerer Kieselsteine gegen die Tür prasseln.

Die Angst der Schäfer übertrug sich auf die Tiere, die aufgeregt blökten und sich gegenseitig anrempelten. Einer der Hirten begann zu beten.

Allmächtiger Gott, schlag ihnen die Zähne aus,
Jesus am Kreuz, iß ihre Leber auf,
Liebste Maria, gib ihnen eine Tracht Prügel.

»Gebt uns lieber vier Ssafe und ein neugeborenes Lamm, und iss werde sie auffordern, euss in Frieden zu lassen!« befahl Charlemagne, indem er sich die Hände trichterförmig vor den Mund hielt.

Das Tor wurde einen Spaltbreit geöffnet, und heraus stürmte der große Schäferhund, der zum Brunnen rannte, hinter dem Charlemagne in die Hocke gegangen war. Der Hals des Hundes war durch ein mit spitzen Eisennägeln besetztes Band geschützt.

Als Charlemagne sich aufrichtete, fiel ein Schuß. Die Kugel prallte am Brunnenrand ab, und spitze Schiefersplitter flogen durch die Luft. Mehrere Splitter blieben in seinem Wams stekken, durchbohrten den Stoff jedoch nicht. Charlemagne war so überrascht, daß er in Panik geriet, davonlaufen und verschwinden wollte, bevor der Schütze sein Gewehr zum zweiten Mal laden konnte.

Er sah weder, wie Maître Brot aus dem Schafstall kam, noch, wie seine Wölfe den Hund erwischten. Clotilde schnappte ihn am Bein und ließ ihn nicht mehr los. Der Schäferhund fiel hin und bot seine Brust dar. Kraftvoll biß Clodomir hinein, genau unterhalb des Halsbandes, während Dagoberte ihm den Bauch aufschlitzte.

Dann fiel ein zweiter Schuß. Clodomir gab ein kurzes, erstauntes Bellen von sich. Vor Schreck über den Knall ergriffen die Wölfinnen die Flucht.

»Ich habe ihn erwischt!« schrie eine kehlige Stimme.

Da Charlemagne glaubte, der Schäfer hätte erneut auf ihn gezielt, warf er sich zu Boden. Der Schrei seines Wolfes und der des Schäfers veranlaßten ihn, sich umzudrehen. Der Schäferhund und Clodomir lagen auf dem Boden, während ein kleiner, untersetzter Mann sein Gewehr eilig nachlud. Charlemagne rannte auf ihn zu. Die Bewegungen des Schäfers wurden noch schneller. Als Charlemagne nur mehr wenige Schritte von ihm entfernt war, feuerte Brot einen weiteren Schuß ab, verfehlte jedoch sein Ziel.

»Verflucht!« schrie er und rannte zum Stall.

Clotilde und Dagoberte, die zurückgekommen waren, um den Schäferhund endgültig zu töten, nahmen seine Verfolgung auf. In den Augen eines Fleischfressers hat jeder, der vor ihm flüchtet, Angst. Und wer Angst hat, ist meistens auch eßbar.

»Aufmachen!« flehte der Schäfer seine Lehrlinge an, die sich hinter der Tür verschanzt hatten und so taten, als hätten sie nichts gehört.

Clotilde warf den Mann mit ihren hundert Pfund wohlgenährter Muskeln um. Als er hinfiel, stieß er einen entsetzlichen Schrei aus. Dagoberte suchte nach der Kehle, die Brot verzweifelt zu schützen versuchte, indem er den Kopf zwischen die Schultern zog. Daraufhin nahm die Wölfin seinen Kopf zwischen ihre Kiefer und riß einen großen Fetzen Fleisch aus seinem Gesicht. Clotilde versuchte unterdessen, ihrem Opfer den Bauch zu öffnen, woran sie jedoch das Kettenhemd hinderte, das sie zuerst in Stücke reißen mußte, bevor sie an das Fleisch gelangen konnte. Brot brüllte. Charlemagne eilte herbei.

»Genug, Clotilde, genug, Dagoberte. Genug!« wetterte er plötzlich in seiner Verärgerung darüber, daß sie ihm nicht sofort gehorchten.

Die Wölfinnen zitterten, als sie von ihrer Beute abließen. Der Schäfer atmete ruckartig. Clotilde hatte ihm ein Auge und die linke Wange abgerissen, sein Zahnfleisch, seine Zähne, seine Zunge und den Kieferknochen freigelegt. Die beiden Wölfinnen machten sich über den Hund her, der neben ihrem Bruder im Sterben lag.

Im Osten war Wolfsgeheul zu hören. Charlemagne erkannte das Rudel von Bien-Noir und wiederholte seine Einladung zum Frischfleischverzehr. Geschockt und verängstigt kroch der Schäfer zur Sennhütte, dicht an den beiden Wölfinnen vorbei, die gerade seinen toten Hund zerfetzten.

Auch Grimaud und sein Rudel waren bereits in der Nähe: Sie lauerten hinter dem Felsgrat.

Charlemagne hob seine Axt, zögerte, ließ den Arm wieder sinken und war enttäuscht, daß er plötzlich keine Lust mehr verspürte, sie dem Schäfer in den Rücken zu schlagen. Er begnügte sich damit, ihm sein Gewehr und das Gehänge mit dem Pulverfäßchen, dem Kugelbeutel und den Ersatzfeuersteinen abzunehmen.

»Steh auf und verswinde, ehe auch noch die andern kommen!«

Der Mann gehorchte, faßte sich an den Unterleib und taumelte zur Tür der Sennhütte.

Charlemagne kniete sich neben Clodomir, der ihn mit weit aufgerissenen Augen anstarrte. Die Kugel war unterhalb des Ohrs in sein Hirn eingedrungen. Er war bereits kalt.

Der Junge ließ die Finger zwischen die langen Läufe des Wolfes gleiten. Tränen kullerten über seine Wangen. Die Kälte ließ sie unverzüglich gefrieren. Als Charlemagne niesen mußte, zuckten die Wölfinnen, die eifrig damit beschäftigt waren, den großen Hund zu verschlingen, erschrocken zusammen. Er beneidete sie um ihre scheinbare Gleichgültigkeit.

»Es ist meine Ssuld. Iss hätte wissen müssen, daß dieser verdammte Ssäfer möglisserweise ein Gewehr hat«, sagte er zu ihnen.

Vom Felsgrat stiegen mehrere Wölfe ins Tal, die in der Nähe der Kastanienbäume ängstlich innehielten. Das Mondlicht fiel auf ihre abgemagerten Körper. Unter ihrer schlaffen Haut waren die vorstehenden Rippen zu sehen.

Grimaud, deutlich erkennbar an seinem majestätischen Nacken, trat zwei Schritte vor, nahm eine abwartende Haltung ein und starrte zu Clotilde und Dagoberte hinüber, die ihnen den Rücken kehrten und sie nicht gewittert hatten, da sie sich gegen den Wind genähert hatten.

Charlemagne stellte sich vor die Tür der Sennhütte, schlug mit der Faust dagegen und schrie: »Öffne, verdammter Hirte! Iss habe es mir anders überlegt. Iss werde diss meinen Wölfen ssum Fraß vorwerfen.«

In der Hütte war es mucksmäuschenstill. Der Schäfer öffnete nicht.

Ganz in der Nähe wagte ein einzelner Wolf sich zu zeigen. Charlemagne hieß ihn mit einem langen Heulen willkommen, ehe er mit festen Schritten zum Stall marschierte, wo die Schafe unruhig blökten und ihre Glöckchen läuten ließen. Er hämmerte gegen die Tür.

»Masst auf, oder iss slage die Tür ein!«

Da man ihm auch hier nicht gehorchte, ergriff er seine Axt und begann, die Bretter um die Metallbeschläge zu zertrümmern, indem er bei jedem Schlag ein heiseres »Ha!« ausstieß.

Unterdessen schlich Grimaud, gefolgt von seinem Rudel, zu Clodomir, riß ihm den Bauch auf, fraß dessen Eingeweide und zeigte jedem die Zähne, der sich ihm nähern wollte.

Als die beiden Angeln zerschlagen waren, kippte die schwere Tür in den Stall hinein und löste bei der Herde Panik aus. Charlemagne trat ein. Der starke Wollfettgeruch kribbelte ihn in der Nase. Er brüllte: »Ihr habt meinen Wolf getötet, und iss werde ihn rässen!«

Der Schafstall wurde von einer Öllampe beleuchtet, die unter einer kleinen Statue des heiligen Leu hing, dem Schutzpatron der Schäfer und Beschützer der Wolltiere. An den Wänden waren Futterkrippen befestigt. Der dem Schäfer und seinen Lehrlingen vorbehaltene Teil des Stalls war durch einen Lattenzaun vom Bereich der Tiere getrennt. Das Mobiliar bestand aus einem Tisch, einer Sitztruhe, einem Schemel, einem schäbigen Holzbett und zwei Matten, die vor dem Kamin auf Ginsterbündeln ausgebreitet waren. An den Haken hingen Mäntel. Doch niemand war zu sehen.

Nachdem Charlemagne die Einfriedung geöffnet hatte, jagte er die Schafe mit fürchterlichen Schreien nach draußen. Im Nu war der Stall leer.

Charlemagne drückte das Schnappschloß des Lattenzauns auf und betrat langsam den Raum der Schäfer. Er wunderte sich, daß er die beiden Lehrlinge nicht sah. Die Fenster waren viel zu schmal, um sich hindurchzwängen zu können, und einen anderen Ausgang als die Tür gab es nicht. Möglicherweise hatten sie sich auf allen vieren zwischen den Tieren hinausgeschlichen.

Er öffnete seine Jagdtasche und stopfte alles Eßbare, das er finden konnte, hinein: Brot, Käse, Gepökeltes, Rebhuhnpastete, Zwiebeln, Knoblauchzehen. Als er die Ecke des Oberschäfers durchwühlen wollte, hörte er plötzlich ein dumpfes Blöken, das aus der Sitztruhe kam. Mit erhobener Axt öffnete er den Deckel und entdeckte einen der Lehrlinge, der das Lamm, das ihn verraten hatte, fest an sich drückte. Das Kind zitterte am ganzen Körper, während dicke Tränen über seine roten Wangen liefen.

»Habt Erbarmen, Herr Werwolf, laßt uns am Leben.«

»Wo ist der andere Junge?«

Das Kind hob die Augen, ließ sie dann aber sogleich wieder sinken. »Ich weiß es nicht, Herr Werwolf.«

Traurig blökend versuchte das Lamm, sich aus den Armen des Knaben zu befreien.

»Wo hat dein Meister Pulver und Bleikugeln versteckt?«

Diesmal rückte der kleine Hirte unverzüglich mit der Antwort heraus: »In dem Kästchen über dem Kamin, Herr Werwolf.«

»Iss bin kein Werwolf«, erwiderte Charlemagne schroff und ließ das Kästchen in seiner Jagdtasche verschwinden. »Hier ist der Beweis, ssau.«

Das Kind hob den Kopf nur so weit, daß es sehen konnte, wie Charlemagne sich mehrmals auf richtige Weise bekreuzigte. Wer unfähig war, diese Geste zu vollführen, war erwiesenermaßen kein Mensch.

Charlemagne deutete auf das Lamm, das seine Mutter draußen blöken hörte und weiterhin versuchte, sich zu befreien: »Ist das dein Lieblingslamm?«

»Ja.«

»Dann sorge dafür, daß es nicht nach draußen läuft.«

Als Charlemagne neben dem Bett des Schäfers ein Paar Holzschuhe erblickte, probierte er sie an, doch sie waren ihm zu klein.

»Gehören sie deinem Meister?«

»Ja.«

Charlemagne warf sie ins Feuer und schürte die Glut mit einer Handvoll Ginsterblüten.

»Dein böser Meister hat meinen Wolf getötet.«

»Habt Ihr ihn deswegen umgebracht?«

»Nein, im Gegenteil, ich habe ihm das Leben gerettet. Wenn iss nist gewesen wäre, hätten meine Wölfe ihn bei lebendigem Leibe gefressen. Sie hatten sson damit begonnen.«

Er betrachtete den runden, struppigen Kopf des Hirten, der aus der Truhe hervorschaute.

»Gibt es hier Wein?«

»In dem Schlauch, der über dem Bett des Meisters hängt.«

Als Charlemagne den Kopf in den Nacken legte, um zu trinken, bemerkte er den zweiten Lehrling, der auf dem dicksten Balken des Dachstuhls lag. Da der Junge sich entdeckt wähnte, wollte er sich aufrichten, doch vor Angst verhielt er sich so ungeschickt, daß er ausrutschte und sechs Fuß tief auf der Erde landete. Die dicke Schlammschicht dämpfte seinen Sturz. Flink wie eine Katze sprang er auf und rannte zur umgestürzten Tür, die wie eine Fallbrücke widerhallte, als er darauf trat.

»Geh nist raus!« befahl Charlemagne dem Jungen und hängte sich den Schlauch um.

Der Wein gab ihm ein Gefühl von Wärme. In der Truhe blökte das Lamm.

»Wie heißt du?«

»P'tit Bicou, Herr Werwolf.«

»Habe iss dir nist soeben bewiesen, daß iss kein Werwolf bin. Iss bin... iss bin eher ihr Ssäfer und weiß, wie man mit ihnen spricht. Natürlich nur mit den Wölfen aus dieser Gegend, denn jedes Rudel hat seinen eigenen Dialekt«, fügte er berichtigend hinzu. Er war froh, endlich mit jemandem sprechen zu können, der weder ein Tier noch ein Baum war. »Iss gebe ihnen ssu fressen und bessütse sie, wo iss nur kann. Als iss meine kleinen Wölfe bekam, hatten sie nist einmal die Augen geöffnet und waren nist größer als so.«

Er zeigte mit den Händen, wie winzig die Wölfchen damals gewesen waren. Doch plötzlich runzelte er die Stirn und fügte mit strenger Stimme hinzu: »Wenn du das, was iss dir soeben erssählt habe, weitersagst, verrate iss allen meinen Wölfen deinen Namen, und dann werden sie miss rässen. Und glaube mir, sie sind alles andere als vergeßlich.«

Nachdem Charlemagne diese furchtbare Drohung ausgesprochen hatte, verließ er den Stall.

Draußen war das Schafsmassaker in vollem Gange. Charlemagne griff nach dem Gewehr und dem Gehänge. Er sah, wie Grimaud sich ein einjähriges Lamm schnappe, es schulterte und nach wenigen Sprüngen auf der anderen Seite des Hügels verschwunden war. Der muskulöse Hals der Wölfe bestand aus ungemein beweglichen Wirbeln, die es ihnen erlaubten, auch große Beutestücke zu tragen, mit ihnen über Zäune zu springen und über sehr weite Strecken mit ihnen zu flüchten.

Es überraschte Charlemagne kaum, daß Clodomir fast ganz aufgefressen war. Er hob den Rest auf und nahm ihn mit; sein schöner Kopf sollte nicht als ausgestopfte Trophäe in der Stube der Familie Brasc hängen oder am Pranger ausgestellt werden.

Als er den Hügelkamm erreichte, tauchten plötzlich Bien-Noir und sein Rudel vor ihm auf.

»Laßt es euss gut ssmecken«, rief er ihnen entgegen, als sie, ohne ihr Tempo zu verlangsamen, an ihm vorbeiliefen und dem unwiderstehlichen Geruch der auf der Weide verstreuten Schafsherde folgten.

Charlemagne heulte noch einmal in alle vier Himmelsrichtungen und forderte damit die übrigen Rudel auf, sich ihnen anzuschließen. Diesmal gab es wirklich genug für alle!

Der Frühnebel hatte sich noch nicht aufgelöst, als Pierre Mérican, der Pächter der Familie Brasc, P'tit Bicou im Hof auftauchen sah.

»Die Wölfe haben uns angegriffen«, sagte der Junge mit atemloser Stimme. »Sie haben den Hund getötet und Maître Brot schrecklich zugerichtet.«

»Wie viele Wölfe waren es?«

»Mindestens hundert, Meister.«

»Hundert! Das kann nicht sein. Außerdem kannst du gar nicht bis hundert zählen!«

Der Pächter schickte einen seiner Knechte zum Herrenhaus, um dort Bescheid zu geben.

»Sollte Monsieur Lucien bereits ins Dorf unterwegs sein, so holt ihn ein und sagt ihm, wir würden in der Schäferei auf ihn warten.«

Er rief die Pflüger und Ochsenhirten zusammen, ließ den großen Karren anspannen und sattelte sein Maultier.

Als sie näher kamen, flog eine erschreckend große Zahl von Aasgeiern auf. Auf den Kastanienbäumen saßen einige, auf dem Dach der Sennhütte, auf dem Stalldach, dem Brunnenrand und auf der Tränke. Die größten und stärksten machten einander die herumliegenden Gerippe streitig.

Nie zuvor hatte Mérican ein solches Gemetzel gesehen. Da und dort weideten ein paar unversehrt gebliebene Schafe. Einige standen oben auf dem Hügel, während andere im Tal herumliefen.

»Warum sind die Tiere nicht zusammen? Wo ist Jolibois?«

»Keine Ahnung, Meister«, erwiderte P'tit Bicou.

Die zertrümmerte Tür verwirrte den Pächter und zwang ihn, die Sache unter einem anderen Gesichtspunkt zu betrachten: »Das kann kein Wolf gewesen sein, nein, dazu sind nicht einmal hundert Wölfe fähig.«

Die zu zwei Dritteln aufgefressene Leiche Jolibois' lag hinter der Sennhütte. Das tote Kind wurde auf den Karren geladen und mit seinem Mantel zugedeckt.

»Wo ist sein Halsband?« fragte Mérican, als er den aufgeschlitzten Schäferhund sah.

Niemand antwortete.

Maître Brot lag in der ehemaligen Käserei auf Heubündeln und hatte starkes Fieber. Die blutigen Fleischfetzen, die von seinem Gesicht übriggeblieben waren, hatten sich violett verfärbt. Trotzdem konnte der Schäfer noch sprechen, doch seine kehlige Stimme war kaum wiederzuerkennen. An den Wunden klebten Strohhalme.

»Ich schwöre auf mein Leben, daß es ein Wolfsführer war. Ich habe ihn gesehen, und er hat mit mir gesprochen. Er hat auch mit den Wölfen gesprochen, und die verfluchten Bestien haben ihm gehorcht. Zum Glück, denn sonst könnte ich euch das alles gar nicht erzählen. Aber ich habe auch einen von ihnen getötet.«

Als man den Verwundeten auf den Karren lud, auf dem bereits Jolibois' Leiche lag, kam Lucien Brasc auf einem nervösen hellbraunen Pferd angeritten.

Er warf einen Blick auf den Hirten und fragte dann Mérican: »Wo ist der Lehrling, der dir Bescheid gesagt hat?«

»Er hilft meinen Knechten, die restlichen Tiere der Herde einzufangen.«

»Wie viele Tiere haben wir verloren?«

»Offensichtlich sind alle Lämmer verschwunden, ich habe nicht weniger als dreißig Gerippe rund um den Stall gezählt. Ich habe meine Männer in die Wälder geschickt, um nachzusehen, ob auch dort noch welche zu finden sind.«

»Was sagt der Lehrling über die Räuber? Er muß doch irgend etwas gesehen haben, oder?«

»Nein, im Grunde genommen weiß er nicht viel, Monsieur Lucien. Er behauptet, sich in der Truhe versteckt und diese erst am nächsten Morgen wieder verlassen zu haben. Er erzählt lediglich, er hätte unzählige Wölfe heulen hören. Brot behauptet allerdings, daß ein Mensch bei den Wölfen war und daß die Tiere ihm aufs Wort gehorcht haben.«

»Das kann ich mir nicht vorstellen. Es müssen Herumtreiber

gewesen sein, die diese Tür eingeschlagen und alles mitgenommen haben, was sie finden konnten. Die vom Geruch angelockten Wölfe haben dann die Gelegenheit ausgenutzt.«

Brot und der Leichnam Jolibois' wurden nach Racleterre transportiert. Bevor der Karren das Croisades-Tor erreichte, zog Lucien Brasc die Rüstleiter herunter und rollte den als Leichentuch dienenden Mantel zusammen, damit alle Leute sehen sollten, welch verhängnisvolles Werk die Wölfe aus dem Wald von Saint-Leu vollbracht hatten.

»Ich kann mir nicht vorstellen, daß die Gemeindeverwaltung den Mut haben wird, uns eine allgemeine Hetzjagd zu verbieten.«

Das von nachdenklichen Falten durchzogene Gesicht des Richters Puigouzon belebte sich.

»In diesem Fall drängt sich eine Hetzjagd förmlich auf, und ich werde umgehend ein Gesuch beim Herrn Oberjagdmeister einreichen, der es an den königlichen Verwalter weiterleiten wird.«

Lucien Brasc war empört: »Ihr bemüht Euch vergeblich, Herr Konsul! Der königliche Verwalter residiert in Montauban und wird nicht vor dem nächsten Frühjahr antworten, sofern er überhaupt zu antworten geruht. Ich erlaube mir, Euch daran zu erinnern, daß wir ein Menschenleben zu beklagen haben. Nicht zu vergessen die dreiundfünfzig Schafe und die einundzwanzig Lämmer, die ebenfalls von diesen Bestien getötet wurden. Müssen wir etwa warten, bis sie die großen Schäfereien des Schloßherrn oder jene des Herrn Abtes angreifen, bevor Ihr endlich etwas unternehmt?«

»Ihr seid gewiß zu bedauern, mein Herr. Aber auch ich habe meine Vorschriften und kann es mir nicht erlauben, nach meinem Gefühl zu handeln. Unser Oberjagdmeister ist jährlich zu drei Hetzjagden verpflichtet, die bislang auch regelmäßig stattfanden. Aber das wißt Ihr ja selbst, denn Ihr habt stets daran teilgenommen. Und Ihr wißt ebenso, daß eine weitere Hetzjagd nicht ohne die Zustimmung des königlichen Verwalters abgehalten werden darf.«

»Da wir nun schon von Hetzjagden sprechen! Sind sie nicht jedesmal äußerst kläglich ausgefallen? Etwa die am Michaelstag, an der knapp hundert Mann teilnahmen, von denen die Hälfte es vorzog, Pilze zu sammeln.«

In diesem Moment erlaubte sich der Wachmann Rondon, das Wort zu ergreifen: »Mit Verlaub, Herr Konsul, aber uns wurde bereits mehrfach von Wölfen berichtet, die Menschen angefallen haben.«

Der erste Zwischenfall hatte sich am Michaelstag zugetragen. Eichelsammlerinnen hatten sich beklagt, sie seien im Wald von Lespinasse von einem jungen Wolf angegriffen worden, der mit einem Hasenfell bekleidet war, einen mit Federn geschmückten Dreispitz auf dem Kopf trug und in Begleitung von drei riesigen Wölfen und einer einbeinigen Elster war. Der Frechdachs hatte ihnen sämtliche Lebensmittel sowie einige Kleidungsstücke gestohlen, während die Wölfe ihre beiden Trüffelhunde getötet und davongetragen hatten.

Eine weitere Beschwerde wurde im Oktober eingereicht. Geflügelzüchter und Mäster aus Roumégoux berichteten, sie seien am Croisille-Platz von einem Wolfsrudel ausgeraubt worden, das unter dem Befehl eines jungen Wolfsführers stand. Und dann war da noch jene mysteriöse Schändung der Sankt Hubertus-Kapelle, bei der die Statue des Heiligen Leu zertrümmert worden war.

Lucien Brasc zuckte die Achseln. Er weigerte sich, an ein Zusammenspiel zwischen Mensch und Wolf zu glauben. Er ging zur Tür: »Da die Gemeindeverwaltung nichts für uns tun kann und der Herr Oberjagdmeister offensichtlich nicht in der Lage ist, uns vor diesen Raubtieren zu schützen, werden wir uns eben selbst schützen müssen. Vor den Wölfen ebenso wie vor diesen Bettlern.«

Dieses bedrohliche »wir« schloß sämtliche Landbesitzer mit ein, die Woll-, Horn- oder Federtiere ihr eigen nannten.

Für den Fall, daß der Schäfer von einem tollwütigen Tier gebissen worden war, stellte der Arzt Mathieu Izarn ihn unter Quarantäne. Nach einem zweiwöchigen Todeskampf starb Maître Brot schließlich an einer Blutvergiftung.

Die großen Schäfereien der Familie Armogaste wurden am Weihnachtsabend überfallen, als die Schäfer in der Sankt Benedikt-Kirche der Mitternachtsmesse beiwohnten.

Am nächsten Morgen stellte der Schäfer Goulart einen Verlust von siebenundsiebzig Schafen, von denen mehr als die Hälfte trächtig waren, und drei Hunden fest. Im Schnee entdeckte man die Spuren eines gewaltigen Wolfsrudels. Die drei Stalltüren waren mit einer Axt eingeschlagen worden.

Die vier Lehrlinge, die Wache halten sollten, waren im Verschlag eingesperrt worden, wo sie eng aneinandergedrückt überlebt hatten. Sie hatten fürchterliche Angst gehabt; mit weit aufgerissenen Augen erzählten sie von den unzähligen Wölfen, die gleichzeitig von allen Seiten aufgetaucht waren und von einem Wolfsführer kommandiert wurden, der mit einem Pelz bekleidet und mit einem Gewehr bewaffnet gewesen war.

»Er sagte, der Ritter Walter würde ihn schicken.«

Maître Goulart sah sie mit ernstem Blick an: »Was sollen diese Lügengeschichten?«

»Das sind keine Lügengeschichten, Meister. Er hat uns sogar eine Quittung ausgehändigt, auf die er vor unseren Augen das Siegel des Ritters gedrückt hat. Schaut selbst.«

Maître Goulart begab sich sofort mit dieser schlechten Nachricht ins neue Schloß. Allerdings hatte er Angst davor, mit Monsieur Anselme persönlich sprechen zu müssen. Da der bald siebzigjährige Ritter Virgile-Amédée sich immer noch nicht von seiner Erkältung erholt hatte, übertrug er seine

Machtbefugnisse immer häufiger auf seinen Sohn, der in den meisten Fällen jedoch nichts damit anzufangen wußte.

Monsieur Anselme war seit langem einer der schlechtesten Wolfsjäger, den die Provinz ertragen mußte. Wenn er hin und wieder zur Jagd ging, so hetzte er Horntiere, die weitaus bequemer zu erlegen waren als Wölfe, deren Verfolgung oft mehrere Tage dauerte. Folglich brauchte man sich nicht darüber zu wundern, daß es in den Wäldern nur so wimmelte von ungestraften und ständig hungrigen Wölfen.

Als Maître Goulart das Arbeitszimmer betrat, saß Ritter Virgile-Amédée, bis zu den Ohren in eine Merinowolldecke gehüllt, vor dem Kamin. Mit müder Stimme diktierte er seinem Sekretär die neueste Episode der Familienchronik.

Als er von der Katastrophe erfuhr, bekam Virgile-Amédée einen schlimmen Hustenanfall, der ihm Tränen in die Augen trieb und seinem Gegenüber Myriaden von Speicheltröpfchen ins Gesicht sprühte. Plötzlich stand Francol, der ehemalige Gemeindeverwalter, der sich stets in seiner Nähe aufhielt, in der Tür.

»Geh zu Monsieur Anselme und sag ihm, daß er sofort zu uns kommen soll. Gib auch Hector Bescheid.«

Anschließend ließ sich der Ritter die genaue Zahl der getöteten Tiere sowie die ungefähre Zahl der Angreifer wiederholen.

»Es waren mehr als hundert, Euer Ehren.«

»Das kann nicht sein. Wölfe treten nie in so großer Zahl auf.«

»Mit Verlaub, Euer Ehren, diesmal haben sie es getan.«

»Wie haben sie sich Zugang zu den Schafställen verschafft?«

Das war der peinliche Moment, vor dem Maître Goulart sich gefürchtet hatte.

»Man hat die Türen mit der Axt eingeschlagen.«

Ungläubig starrte ihn der Ritter mit seinen runden, geröteten Augen an. Der Schäfer wich seinem Blick aus und fügte rasch hinzu: »Entschuldigt, Euer Ehren, aber diese Wölfe hatten einen Führer, und dieser Führer…, nun… dieser Führer hat meinen Lehrlingen erzählt, er habe von Ritter Walter die Vollmacht erhalten, sich so viele Schafe zu besorgen, wie ihm beliebt, da sie ihm ohnehin gehören.«

Goulart zeigte dem Ritter, der einem Schlaganfall nahe war, das aus dem Geschäftsbuch der Schäferei gerissene Blatt Papier; in der Mitte war deutlich ein Siegel mit dem Wappen der Familie Armogaste zu sehen.

»Diese versiegelte Quittung hat er zurückgelassen, Euer Ehren.«

»Versiegelt!«

Virgile-Amédée schob die Decke zur Seite, um das Blatt Papier selbst in die Hände nehmen zu können.

»Bringt mir die angelsächsischen Chroniken und meine große Lupe!« befahl er seinem Sekretär.

Die Untersuchung des Siegels (das auf geschmolzenes Bienenwachs gedrückt war) und der Vergleich mit dem Siegel, das in den Ledereinband der Chroniken aus der Zeit von Ritter Walter eingraviert war, bewiesen seine Authentizität. Die Angelegenheit wurde immer rätselhafter.

In diesem Augenblick betrat Monsieur Anselme die Räume. Nachdem er die schlechten Nachrichten gehört hatte, begann er zu toben; er schwang seine geballte Faust und stieß schreckliche Drohungen aus. Schließlich gehorchte er seinem Vater, der ihn aufforderte, unverzüglich zu schweigen.

»So unglaublich es auch scheinen mag, aber dieses Siegel ist tatsächlich das unseres Vorfahren.«

»Das kann doch nur ein Schwindel sein.«

»Nein. Habt Ihr denn nicht bemerkt, daß unser Jagdschrei in englischer Sprache auf diesem Siegel steht?«

Mit dem Nagel seines kleinen Fingers strich Virgile-Amédée über das eingravierte *Kill them all.*

»Ritter Walter lebte noch in England, als er zum Namens- und Waffenträger der Familie Armogaste ernannt wurde. Und als er im Wald verschwand, trug er den Ring mit diesem Siegel am Finger.«

»Gut. Aber was bedeutet das? Ihr glaubt doch wohl nicht, daß es sein Phantom ist, das den Wölfen Befehle erteilt und unsere Schafe getötet hat?«

»Ich glaube vielmehr, daß jemand versucht, uns das weiszumachen. Jemand, der den Ring unseres Vorfahren gefunden haben könnte.«

»Und der fähig ist, den Wölfen Befehle zu erteilen«, erlaubte sich Maître Goulart hinzuzufügen.

Mit dem Ersten Stallmeister Hector kam zugleich ein aufdringlicher Hundegeruch ins Arbeitszimmer. Er war kleinwüchsig und gedrungen, doch angesichts seines Talentes als Hundeführer und Fährtensucher hatte man bald über dieses ärgerliche Detail hinweggesehen.

Hector war dreiunddreißig Jahre zuvor im Dachgeschoß des Schlosses von Baron de Guibonnet de Salmiech als Sohn einer Küchenmagd und eines Großen Hundeknechtes zur Welt gekommen. Man behauptete, nachdem er an der Brust seiner Mutter getrunken hätte, hätte er auch an den Jagdhündinnen des Hundestalls gesaugt, die ihn anstandslos gewähren ließen. Als er vier Jahre alt war, ritt er ohne Sattel auf den riesigen Hetzhunden des Barons und jagte Hühner und Truthähne. Mit zehn Jahren befehligte er das Rudel der Vorstehhunde, mit der bloßen Stimme und ohne Peitsche. Als er fünfzehn Jahre alt war, ernannte der Baron ihn zum Ersten Stallmeister des kleinen Hundezwingers, und mit siebzehn Jahren wurde er zum Ersten Stallmeister des großen und des kleinen Zwingers bestimmt.

Er war es gewesen, der den Baron dazu überredet hatte, Windhunde zu züchten, die nur auf Wölfe abgerichtet wurden, und ebenfalls war er es gewesen, der den Baron überredet hatte, das Leopardenpaar zu kaufen, das später für erhebliches Aufsehen in der sehr exklusiven Welt der königlichen Oberjagdmeister sorgen sollte.

Zusätzlich zu seiner mehr als erbärmlichen Körpergröße war Hector mit einem jähzornigen Charakter ausgestattet, der ihn zu einem schwer zugänglichen Menschen machte. Da er sich seiner außergewöhnlichen Fähigkeiten bereits in jungen Jahren bewußt wurde, war er wahrhaftig davon überzeugt, daß alle Menschen ihn vermissen würden, wenn er nicht geboren worden wäre.

Die Geschichte vom Wolfsführer, der angeblich in Diensten des Gespenstes von Ritter Walter stand, konnte ihn nicht erschüttern. Regung zeigte er erst, als vom Ausmaß der Schäden und von den – mutmaßlichen – Tätern die Rede war.

»Mehr als hundert Wölfe auf einmal? Das ist sehr unwahrscheinlich, Herr Ritter.« Da er kaum die Lippen bewegte, wirkte das, was er sagte, stets ziemlich starrköpfig.

»Begebt Euch an den Ort des Geschehens, Herr Oberster Stallmeister, und berichtet mir so schnell wie möglich, was tatsächlich vorgefallen ist.«

Eine knappe Stunde später erreichte Hector die großen Schäfereien an der südöstlichen Grenze des Waldes von Saint-Leu. Er saß auf einer Stute aus dem Limousin und wurde von Toujours-Là, dem besten Spürhund aus dem großen Hundestall, begleitet.

Zahlreiche Dorfbewohner hatten sich hierher begeben, um sich mit eigenen Augen von dem Wahrheitsgehalt der Neuigkeit zu überzeugen, spazierten um die Ställe herum und diskutierten lebhaft darüber, was zu tun sei.

Beim Anblick des Ersten Stallmeisters der Familie Armogaste verstummten alle wie auf Kommando. Obwohl jeder seine ungewöhnlichen Qualitäten anerkannte, wurde sein arrogantes Auftreten nur wenig geschätzt, und insgeheim trauerte man Monsieur Onrazac nach.

Das, was der Erste Stallmeister sah, zwang ihn, seine Vorstellung von dem, was er bislang für möglich gehalten hatte, grundsätzlich zu überdenken. Er stieg von seinem Pferd, untersuchte die Spuren und wunderte sich, daß sie so verschieden waren. Er entdeckte Fußabdrücke von alten Wölfen und Wölfinnen und Spuren von jungen männlichen und weiblichen Wölfen. Das alles war sehr ungewöhnlich.

Die Schäfer und ihre Lehrlinge erwarteten ihn bei den Ställen. Mit geradem Rücken und auf den Zehenspitzen – um ja keinen Zentimeter an Körpergröße einzubüßen – stolzierte er zu ihnen hinüber: Man erkannte ihn schon von weitem.

Zehn nur teilweise aufgefressene Schafe, die man in der näheren Umgebung gefunden hatte, lagen neben den drei aufgeschlitzten Hunden. Der größte von ihnen war durch einen Gewehrschuß getötet worden.

»Wo sind die Halsbänder?«

»Der Wolfsführer hat sie ihnen weggenommen, Herr Stallmeister.«

Hector kniete sich neben den Hund, zog sein Jagdmesser und wühlte so lange in der Wunde, bis er die Bleikugel gefunden hatte. Anschließend wischte er die Klinge an der Schnauze des Hundes ab und steckte das Messer wieder ein.

»Kaliber 26«, sagte Maître Goulart, während der Stallmeister die Kugel in seiner Tasche verschwinden ließ.

Dann untersuchte Hector jedes einzelne Schaf und seine Wunden. Es war eindeutig, wer ihnen diese Wunden zugefügt hatte. Die Zähne des Wolfes waren seine Waffe und seine Unterschrift zugleich.

Wie alle wilden Tiere hielt auch der Wolf bei der Art und Weise seiner Ernährung beharrlich an bestimmten Gewohnheiten fest. Er begann stets mit dem Bauch und fraß zunächst alle mit Blut gefüllten Organe wie das Herz, die Leber und die Lunge. Anschließend verschlang er die Eingeweide mit ihrem nahrhaften Inhalt.

Während seines Aufenthaltes im Schloß von Salmiech hatte Hector ein Wolfspaar aufgezogen, um mit ihm Nachkommen zu züchten und allen Ungläubigen zu beweisen, daß man den Wolf sehr wohl auf den Wolf abrichten konnte. Als dies jedoch dem Herrn Bischof von Rodez zu Ohren kam, suchte er den Baron de Guibonnet auf, um ihm eine gehörige Standpauke zu halten. Hector wurde aufgefordert, seine beiden Wölfe zu töten, und gehorchte widerwillig. Seit jenem Tag war das Verhältnis zu seinem Herrn gestört.

Der Stallmeister wandte sich an die jungen Hirten, die ihren Hut abnahmen, bevor sie ihre Geschichte noch einmal vortrugen.

»Hat er das Blatt Papier vor euren Augen versiegelt?«

»Ja, Herr Stallmeister. Er hatte eine Kerze in seiner Jagdtasche und trug den dicken Ring an einer Kette um den Hals.«

»Wieso seid ihr sicher, daß er alleine war?«

»Wir haben sonst niemanden gesehen.«

Hector begab sich in den Verschlag, um sich die Stelle, von wo aus die Lehrlinge das Gemetzel beobachtet hatten, genauer anzusehen.

»Zunächst waren nur zwei Wölfe bei ihm, doch die andern müssen bereits in der Umgebung gelauert haben, denn als er zu heulen begann, dauerte es nicht lange, bis auch sie da waren.«

»Ja, ja, Herr Stallmeister, von allen Seiten kamen sie gerannt, lauter Werwölfe!«

»Wie hat er nach ihnen gerufen?«

»Wie ein richtiger Wolf, Herr Stallmeister. Anfangs dachten wir, eines der Tiere würde heulen, aber nein, er war es.«

»Was tat er, bevor die anderen Wölfe kamen?«

»Er öffnete alle Stalltüren und trieb die Herden auf die Weide. Zwei einjährige Lämmer hat er für sich behalten, erwürgt und neben dem Brunnen zerlegt. Ich habe es deutlich gesehen, und ich kann Euch versichern, daß er etwas davon versteht.«

»Und dann?«

»Dann hat er sie gesalzen und in seine Jagdtasche gesteckt.«

»Und dann?«

»Dann sind die anderen Wölfe gekommen. Zuerst blieben sie in einiger Entfernung stehen, so als trauten sie ihren Augen nicht. Er hat sie dazu ermutigt, sich zu bedienen.«

»Ein sehr großer, schwarzer Wolf machte den Anfang. Er sprang auf Câlinette und trug sie mit sich fort. Danach bissen auch alle anderen Wölfe zu.«

Hector ging zu seiner Stute zurück und schwang sich mit einer einzigen Bewegung in den Sattel. Die versammelte Menge nickte in stummer Anerkennung mit dem Kopf.

Maître Goularts Blick folgte dem Stallmeister, als dieser immer größer werdende Kreise um die Schäfereien zog und aufmerksam den Schnee betrachtete. Kurz darauf stieg er von seinem Pferd und folgte zu Fuß etwas, was nur er sah. Dann ritt er wortlos in südöstliche Richtung davon. Toujours-Là kam hinter einer Sennhütte hervor und rannte ihm hinterher.

Die Schäfer warteten, bis die beiden am Horizont verschwunden waren, ehe sie nachschauten, was diesen plötzlichen Aufbruch bewirkt hatte. Zwischen den Wolfsspuren entdeckten sie die Abdrücke von Holzschuhen, die in südöstliche Richtung führten, wo der Wald von Saint-Leu begann.

Am späten Vormittag des darauffolgenden Tages kehrte Hector ins Schloß zurück. Seine Kleider und auch die Flanken seines Pferdes wiesen zahlreiche Biß- und Schürfwunden auf.

Bevor der Stallmeister den Ritter aufsuchte, um ihm Bericht zu erstatten, kümmerte er sich um seine Stute und um den Hund. Letzterer war so erschöpft, daß er sich weigerte, etwas zu fressen, sondern sich gleich in seine Ecke legte. Er war bereits eingeschlafen, als Hector sein Fell untersuchte und vier Zecken entfernte, die sich auf dem langen Weg bis an den Rand der Sauvagerie darin festgesetzt hatten.

»Ich mußte den Spuren im Schnee folgen, bevor das Wetter umschlug und die Fährte verwischen würde«, erklärte er später dem Ritter, der ihm aufmerksam zuhörte.

Virgile-Amédée schien sich besserer Gesundheit zu erfreuen und sah nicht mehr so kränklich aus. Eine große Karte der Burggrafschaft war vor ihm auf dem Tisch ausgerollt.

»Was ist mit dem Wolfsführer?«

»Im Unterholz verlor ich seine Fährte. Der Weg war sehr schmal, und die zahlreichen Wolfsspuren hatten seine Spuren verwischt. Zwar konnte Toujours-Là seiner Fährte noch eine Weile folgen, doch da es dunkel zu werden begann, mußte ich Unterschlupf in einer der Grotten suchen. Kurz bevor die Nacht hereinbrach, hörte ich mindestens fünf Wolfsrudel gleichzeitig heulen, was wirklich sehr viele Wölfe ergibt, Herr Ritter. Da es die ganze Nacht über schneite, konnte Toujours-Là die Fährte am Morgen nicht wiederfinden. Eines jedoch steht fest, Herr Ritter: Er lebt irgendwo in der Sauvagerie und ist im Besitz eines Gewehres vom Kaliber 26.«

Er zeigte die Bleikugel, die er in der Wunde des Hundes gefunden hatte.

»Wir werden ihn finden und gefangennehmen«, versprach Anselme und schlug mit der rechten Faust in die Innenfläche seiner linken Hand.

»Und wie gedenkt der Herr Oberjagdmeister das zu bewerkstelligen?« fragte Hector und musterte den ältesten Sohn der Familie Armogaste, der ihn um drei Köpfe überragte.

In seiner Stimme lag ein winziger Anflug von Ironie.

Der Ritter antwortete anstelle seines Sohnes: »Wir werden eine große Hetzjagd mit zwei Treibergruppen organisieren. Die eine Gruppe wird vom Waldrand aus losgehen, während die andere Gruppe die Gebirgsausläufer durchkämmt. Auf diese Weise können wir die Sauvagerie gewissermaßen mit einem Netz umgeben, dem niemand entkommt.«

»Schön und gut, mein Herr Vater. Aber um ein solches Gebiet abzudecken, benötigen wir mindestens fünfhundert Mann.«

Virgile-Amédée beugte sich über die Karte und deutete auf die Aubrac-Berge sowie auf die lange Linie des Waldsaums. »Um gleichzeitig die Ränder des Waldes absuchen und die Ausläufer durchstöbern zu können, braucht Ihr wenigstens tausend zum Teil mit Gewehren ausgerüstete Männer.«

»Mit Verlaub, mein Herr Vater, aber Ihr scheint mit offenen Augen zu träumen. So etwas hat es in dieser Gegend noch nie gegeben! Kein Bauer wird sich dafür zur Verfügung stellen.«

Die meisten Bewohner von Racleterre hatten kein Interesse daran, einen Arbeitstag zum Nutzen Monsieur Anselmes zu opfern. Sie zogen es vor, zu Hause zu bleiben und die Geldbuße von sechzig Sols zu bezahlen. Keiner der Dorfbewohner hatte Lust, den Wölfen in ihrem Revier zu begegnen. Folglich war es dem Herrn Oberjagdmeister bislang nie gelungen, mehr als zweihundert Mann zusammenzutrommeln.

»Sie werden kommen, wenn wir die Strafe bei Nichterscheinen auf zehn Livres erhöhen, und sie werden die Wälder so lange wie nötig abklappern, falls Ihr geruht, ihnen Eure Prämie zu erlassen.«

Für jeden gefangenen Wolf erhielt der Oberjagdmeister eine Belohnung. Diese Belohnung, die für einen Wolf fünfzig, für eine Wölfin siebzig und für eine schwangere Wölfin hundert Livres betrug, mußte von allen Haushalten aufgebracht werden, die in einem Umkreis von bis zu zwei Wegmeilen vom Fangort entfernt lagen. Und da die Entfernung zwischen Racleterre und dem Wald von Saint-Leu eine Meile betrug, mußte jeder Dorfbewohner seinen Beitrag leisten.

Monsieur Anselme enthielt sich einer Antwort. Er machte eine verdrießliche Miene, die ihm gut stand und die er für den Rest des Tages nicht mehr ablegte.

Sein Vater diktierte den Antrag an den königlichen Verwalter.

»Es ist nicht nötig, auf seine Antwort zu warten! Ich versichere Euch, daß sie positiv ausfallen wird, so daß wir unverzüglich mit den Vorbereitungen beginnen können.«

Die Vorbereitungen zu der bedeutendsten Hetzjagd, die das Département Rouergue jemals erlebt hatte, dauerten zwei Monate. Der Konsul und seine Versammlung ließen sich nicht lange bitten, eine außerordentliche Gemeindeverfügung zu erlassen, welche die Strafgebühr bei Nichterscheinen auf zehn Livres anhob.

Diese neue Verordnung wurde vom öffentlichen Ausrufer bekanntgemacht und in allen Dörfern und Weilern der Burggrafschaft und darüber hinaus angeschlagen.

Die Mitteilung, daß eine Belohnung von zweihundert Livres für den Fang des Wolfsführers sowie eine Prämie von vierzig Livres für jedes getötete Tier ausgesetzt sei, wurde mit allgemeiner Begeisterung aufgenommen. Man bildete Jagdkomitees und ernannte Jagdführer, die sich unter den Befehl des Obersten Jagdmeisters stellten.

Das Zusammenspiel zwischen dem Wolfsführer und dem Gespenst des Ritters Walter zeigte sich noch einmal, als die Schäfereien des Abtes von Bartonnet in der Nacht zum Valentinstag überfallen wurden. Vierunddreißig Schafe, siebzehn Lämmer und zwei Hunde kamen ums Leben. Bei dieser Gelegenheit hinterließ der Wolfsführer das Siegel der Familie Armogaste auf einer aus der Bibel gerissenen Seite.

Diejenigen, die es auf die Belohnung von zweihundert Livres abgesehen hatten, schmolzen ihre in geweihtes Wasser getauchten Sankt Hubertus-Medaillen zu Silberkugeln.

Die ersten, von auswärts kommenden Treiber trafen bereits mehrere Tage vor Beginn der Hetzjagd in Racleterre ein. Einige von ihnen stammten aus so weit entfernten Städten wie

Saint-Affrique, Villefranche-de-Rouergue oder Mur-de-Barrez. Unter ihnen waren zahlreiche Söldner, andere behaupteten, fahrende Dachs-, Maulwurf- und Rattenfänger zu sein, während es sich in Wirklichkeit um »Mondritter« handelte, wie die Wilderer damals genannt wurden. Ferner kamen zahlreiche Holzfäller, Waldarbeiter, Köhler aus den Wäldern von Regimbal, Palanges und Ribaudins, ja sogar aus dem Wald von Lagast, der weiter südlich im Levezou lag.

Sie alle wurden von den ausgesetzten Belohnungen angelockt, und die meisten von ihnen besaßen ein Gewehr oder eine Armbrust, Waffen, die normalerweise verboten waren, von der Gemeindeverwaltung jedoch zu besonderen Anlässen geduldet wurden – und dies war einer dieser besonderen Anlässe.

Da die Gemeindeverwaltung verhindern wollte, daß die Männer im Dorf unter freiem Himmel übernachteten, öffnete sie ihnen die Türen des ehemaligen Priesterseminars und brachte sie dort unter.

Der Beginn der Sehr Großen Hetzjagd wurde auf den Tag des heiligen Aubin, den ersten März, einen Mittwoch, festgelegt.

Eine Fehlentscheidung, wie sich im nachhinein herausstellen sollte. Da Jesus, unser Herr und Gebieter, von Judas an einem Mittwoch verkauft wurde, galt dieser Tag seit jeher als ein Unglückstag. Die folgenden Ereignisse straften diesen Glauben keineswegs Lügen, ganz im Gegenteil.

## 52

*Januar 1781*
*Ales geht schlecht. Am morgen des Neumonts komen wir zur Kappele. Geschrihben von mir, Clotide* stand auf dem Zettel, der in dem rattensicheren Versteck in der Sankt Hubertus-Kapelle lag.

Bereits bei Tagesanbruch traf Charlemagne auf der Lichtung ein, über die ein trockener, kalter Nordwind fegte. Jedes Wiedersehen mit seinen Geschwistern stellte für ihn ein Ereignis dar, das ihn so bewegte, daß er nicht schlafen konnte. Außerdem war es das erste Mal, daß sie ihn in seinem »Zuhause« besuchten – im Wald.

Während er auf sie wartete, streifte er mit seinen beiden Wölfinnen durch das Unterholz und entdeckte mehrere Hasenfährten, auf denen er seine Schlingen auslegte.

Die Schafe, die sie in der Woche zuvor beim Abt Harloup gestohlen hatten, waren längst aufgegessen und verdaut. Die allzu große Entfernung zwischen der Sauvagerie und den Schäfereien machte das mehrmalige Zurücklegen dieser Strecke unmöglich. Selbst wenn hundert Schafe zu ergattern gewesen wären, Charlemagne hätte immer nur eines oder zwei gleichzeitig tragen können, und das gleiche galt für die Wölfe.

Am frühen Vormittag tauchten Clotilde und Dagobert auf. Charlemagnes Schwester trug einen prall gefüllten Sack über der Schulter, während sein Bruder mit leeren Händen kam. Sie waren außer Atem, da sie die Wegmeile zwischen der Gerberei und der Kapelle in zügigem Tempo zurückgelegt hatten. Ihr Atem produzierte kleine, weiße Wölkchen in der kalten Luft.

»Sie denken, wir sind ins Dorf gegangen«, sagte Clotilde und öffnete den Sack, in dem sich ein vier Pfund schwerer Brotlaib, eine Entenpastete, zwei Krüge Weißwein, Salz, Kerzen, Zündhölzer, ein halbes Pfund Schießpulver, zwanzig Bleikugeln des Kalibers 26 und zehn Armbrustpfeile befanden, die Pépin geschmiedet hatte.

Dagobert zog ein Exemplar des *Reineke Fuchs* aus seiner Jackentasche, das er seinem Bruder mit der nachsichtigen Bemerkung schenkte: »Kann sein, daß es dir nicht gefällt.«

»Wieso?«

»Weil der Wolf jedesmal verliert.«

»Tatsässliss! Und wer gewinnt?«

»Meister Reineke.«

Mit einem zweifelnden Lächeln steckte Charlemagne das Buch ein. Dann ging er auf eine große Hecke zu und gab mehrere Laute von sich. Sogleich kamen zwei große fahlgelbe Wölfe aus dem Gestrüpp. Sie trugen Hundehalsbänder mit langen Eisenspitzen.

»Mein Gott, Charlemagne! Ich hoffe, du kennst die beiden!« schrie Dagobert und stellte sich ängstlich neben seinen Bruder.

Ebenso Clotilde. Nie zuvor hatten sie einen lebendigen Wolf gesehen.

Da die Anwesenheit der beiden Fremden die Wölfinnen einschüchterte, blieben sie auf Distanz.

»Die mit der baussigen Pfote ist Clotilde, und die andere, die neben ihr steht, Dagoberte. Es gibt im gansen Wald keinen einssigen Fuchs, der sie besiegen kann.«

Als sie ihre Namen hörten, spitzten die Wölfinnen die Ohren.

»Laßt uns etwas essen«, befahl Charlemagne und ging zu der kleinen Kapelle.

Vor der Statue des heiligen Hubertus ließen sie sich nieder (die Statue des heiligen Leu war noch nicht ersetzt worden). Kurz nach ihnen betraten die Wölfinnen die Kapelle, mißtrauisch schnüffelnd und sich nach allen Seiten umschauend.

Clotilde zog den Zeichenblock, der sie überallhin begleitete, aus ihrer Schürzentasche und begann die Tiere mit ihrem Kohlestift zu zeichnen.

»Vorgestern hat der Ausrufer überall verkündet, daß am ersten März eine große Hetzjagd stattfinden wird«, sagte Dagobert und beobachtete, wie eine der Wölfinnen genüßlich die mit Pastete belegte Brotscheibe verschlang, die sein Bruder ihr gegeben hatte.

»Sie werden auch diesmal nists fangen.«

Obwohl er es sich nicht anmerken ließ, ärgerte sich Charlemagne über die Nachricht. Ungünstiger hätte der gewählte

Zeitpunkt nicht sein können. Die jährliche Brunstzeit stand bevor, und im April würden die im Februar geschwängerten Wölfinnen niederkommen. Im März wären sie folglich sehr dick und bestimmt nicht sehr schnell.

»Der Ausrufer sagte, fünfzehnhundert Treiber aus der gesamten Burggrafschaft und sogar von auswärts würden daran teilnehmen.«

»Nein, so viele werden nist kommen. Es kommen nie mehr als sweihundert.«

Er belegte eine weitere Scheibe Brot für die andere Wölfin.

»Diesmal werden sie kommen, Charlemagne. Sie haben für jeden toten Wolf eine Belohnung ausgesetzt. Außerdem wollen sie diesmal, wenn nötig, sogar bis in die Sauvagerie vordringen.«

In Gedanken stellte Charlemagne sich bereits vor, wie die Treiber sein Revier umzingeln und in seine Höhle eindringen würden, um dort alles kaputtzuschlagen.

»Du hast ihnen einfach zu viele Schafe geklaut. Auch auf deinen Kopf wurde eine Belohnung ausgesetzt.«

Charlemagne gab sich interessiert: »Wieviel?«

»Zweihundert Livres.«

Ein hübsches Sümmchen. Zehnmal mehr als beim letzten Mal. Er fühlte sich geschmeichelt.

»Es heißt, du seist ein Werwolf, der kürzlich aus der Hölle gekommen und in die Dienste des Gespenstes von Ritter Walter getreten sei.«

Charlemagne lächelte, als er seinen Geschwistern erklärte, weshalb er sich des Siegels bedient hatte: »Iss wollte ihnen angst machen und sie von möglissen Vergeltungsmaßnahmen abhalten.«

»Das ist dir offenbar nicht gelungen, Charlemagne.«

Dem konnte der Betroffene nur zustimmen.

»Warum läßt du dich nicht im Wald von Palanges nieder? Nach der Hetzjagd kannst du ja hierher zurückkommen.«

»Und was ist mit den Wölfen?«

»Die nimmst du natürlich mit.«

Verdrießlich schüttelte Charlemagne den Kopf. Wie sollte er den Tieren das verständlich machen? Im Gegensatz zu den Menschen, die in der Vergangenheit oder in der Zukunft lebten, lebten die Wölfe ausschließlich in der Gegenwart. Wie sollte er ihnen begreiflich machen, daß sie demnächst in großer Gefahr sein würden?

Mit den Jahren hatte Charlemagne gelernt, die fünf verschiedenen Arten von Schreien, welche die »gesprochene« Sprache der Wölfe ausmachten, voneinander zu unterscheiden: das Winseln, das Zähneknirschen, das Knurren, das Bellen und das Heulen. Außer durch ihre Stimme verständigten sich die Wölfe untereinander durch Körperhaltung, Gesten und Gebärden, die so genau festgelegt waren, daß sie eine wahrhaftige Wolfssprache darstellten. Leider waren der Schwanz und die Ohren ihre wichtigsten Verständigungsorgane, daher fiel es Charlemagne naturgemäß sehr schwer, sich auf diese Weise auszudrücken.

Wenn er nach ihnen rief, kamen sie. Er konnte ihre Laune ebenso von ihrem Verhalten ablesen wie die Gründe, die zu dieser Laune geführt hatten. Er hatte die Hierarchie innerhalb des jeweiligen Rudels entschlüsselt und herausgefunden, wer welche Stellung einnahm, doch er hatte keine Ahnung, wie er ihnen verständlich machen sollte, daß große Gefahren auf sie lauerten und es ratsam wäre, sich auf diese Gefahren vorzubereiten. Wie sollte er ihnen erklären, was »morgen« oder sogar »vorhin« bedeutete?

Am späten Vormittag mußten sie sich voneinander verabschieden. Um diesen Augenblick hinauszuzögern, begleitete Charlemagne seine Geschwister an die große Straße. Dort umarmten sie sich ein letztes Mal und vereinbarten, sich so bald wie möglich wiederzusehen.

## 53

*Mittwoch, 1. März 1781*

Noch vor Mittag trafen die auswärtigen Treiber am Croisille-Platz ein. Während sie auf das Morgengrauen warteten, machten sie einige Feuer an, um sich daran aufzuwärmen, tranken Schnaps, verglichen die Wolfsprämien, die von einem Lehnsherrn zum anderen verschieden waren, und schlossen Wetten ab, wer als erster einen Wolf töten würde. Dann vertrieb man sich mit Kartenspielen die Zeit und unterhielt sich über den Wolfsführer, ohne recht zu wissen, was man sich über ihn erzählen sollte. Auf die Belohnung von zweihundert Livres war natürlich jeder aus, und obwohl die meisten behaupteten, nicht an Werwölfe zu glauben, hatte jeder eine oder zwei Silberkugeln in seiner Jagdtasche versteckt, für alle Fälle…

Die Treiber aus Racleterre und ihre Gruppenführer kamen später. Etwa hundert Mann trugen stolz die von der Gemeindeverwaltung zur Verfügung gestellten Piken, die nach der Hetzjagd allerdings wieder abgeliefert werden mußten.

Als es hell wurde, trafen auch Ritter Virgile-Amédée, Monsieur Anselme, Hector, der Erste Stallmeister, Blaise Onrazac, der Zweite Stallmeister, ihre drei Hundeknechte, vier Spürhunde, zwei Meuten sowie etwa dreißig Jagdgäste auf dem Croisille-Platz ein, wo sich die Treiber versammelt hatten.

Virgile-Amédée hatte sämtliche Jäger der Region aufgeboten, dieselben Männer, die beim Begräbnis des Ritters Évariste Ehrenspalier gestanden hatten. Mehrere von ihnen waren mit doppelläufigen Gewehren vom Kaliber 12 bewaffnet.

Die Jagdführer stellten sich um den Oberjagdmeister herum, der sich gerade vor einer großen Karte des Waldes wichtig machte. Darauf war jeder Weg, jede kleine Schneise, jeder Fluchtweg und jeder Hohlweg verzeichnet – nur in der Sauvagerie gab es keinen einzigen Weg.

Mit herrischen Gesten legte Monsieur Anselme die Linien der Treiber und die Standorte der Jäger fest. Dann erläuterte er die Bedeutung der einzelnen Hornsignale: Ein langer Ton rief zum Aufbruch, zwei lange Töne verkündeten, daß man einen Wolf gesichtet hatte, zwei lange Töne und ein *Taïaut*-Schrei vermeldeten einen Zwischenfall.

Der Oberjagdmeister war als einziger befugt, die drei langen Töne zu blasen, die das Ende der Hetzjagd anzeigten. Solange sie nicht ertönt waren, durfte niemand seine Linie oder seinen Posten verlassen, andernfalls mußte er mit einer gepfefferten Geldbuße rechnen.

»Jeder Gruppenführer postiert jeweils einen Stellvertreter an den äußeren Enden des rechten und des linken Flügels seiner Linie. Ich möchte noch einmal daran erinnern, wie wichtig es ist, die Reihen nicht zu verlassen, sich an den Abstand von zehn Schritten zu halten und erst nach dem Ertönen des entsprechenden Signals loszugehen.«

Abschließend gab er bekannt, wo sich die Schützenstände befanden, auf welche die Wölfe zugetrieben werden mußten.

»Vergeßt nicht, daß wir nur Wölfe jagen. Wehe demjenigen, der sich nicht daran hält.«

Zuletzt verwies er auf jenen Teil des Waldes, der für seinen Herrn Vater und dessen Gäste reserviert war, die während der Hetzjagd dort ungestört jagen wollten.

Das erste Opfer an jenem unheilvollen Tag war Toujours-Là.

Ein Pferd versetzte dem an seinen Beinen schnuppernden Spürhund einen solchen Tritt, daß dieser mit eingedrücktem Brustkorb und geplatzter Leber zehn Meter weit durch die Luft geschleudert wurde.

Mit vor zurückgehaltenen Tränen glänzenden Augen lud Hector sein Gewehr und erlöste den Hund mit einem Schuß hinter das Ohr. Kreischend erhob sich eine Elster von dem Ast, auf dem sie gesessen hatte.

Dann gab Monsieur Anselme das Zeichen zur Aufstellung der Treiberreihen.

Mit dem jeweiligen Jagdführer an der Spitze marschierten die einzelnen Gruppen zu ihren Positionen. Die mit Riemen aneinandergebundenen Hunde zitterten vor Aufregung. Peitschen knallten durch die Luft.

»Zusammenbleiben, meine Lieben, immer schön zusammenbleiben.«

Über den Bäumen ging die weit entfernte Sonne mit rötlichen, kaum wärmenden Strahlen auf.

Ritter Virgile-Amédée näherte sich seinem Sohn und flüsterte ihm diskret ins Ohr: »Nun, worauf wartet Ihr noch? Blast endlich zum Aufbruch!«

Monsieur Anselme ergriff das Horn, das er um den Hals trug, preßte die Lippen auf das silberne Mundstück und blies einen langen, kräftigen Ton, der sein Gesicht rot anlaufen und die Adern an seinen Schläfen und auf seiner Stirn dick anschwellen ließ. Bei seinem Anblick begriff man, warum das Horn niemals von Frauen geblasen wurde.

In der Ferne ertönten sogleich ähnliche Signale, die verkündeten, daß sich die anderen Gruppen ebenfalls in Bewegung setzten.

Die nächsten Opfer waren der alte Rondin, ein Holzfäller, und der alte Antoine, ein Köhler. Rondin geriet auf dem Weg zur Sankt Hubertus-Kapelle in eine Wolfsfalle. Die gezähnten Krallen brachen ihm das Bein auf Wadenhöhe. Vor Schmerz schrie er laut auf.

Antoine, der neben Rondin in der Reihe ging, trat in eine zweite Falle, als er seinem Kollegen zu Hilfe eilen wollte, und brüllte wie am Spieß.

Die Treiber wurden unruhig, und die Gruppenführer erkundigten sich bei ihren Stellvertretern: »Was ist los? Was hat dieses Geschrei zu bedeuten?«

»Vorsicht. Hier liegen überall Wolfsfallen herum«, warnte laut der alte Rondin.

Ungläubig und bleich wie ein sauberes Leintuch betrachtete er sein gebrochenes Bein. Diejenigen, die mit Stöcken bewaffnet waren, näherten sich dem Verletzten, indem sie den Boden vor sich abtasteten, während der Gruppenführer zwei lange Töne blies und einen lauten Schrei von sich gab, um den Zwischenfall zu melden.

Hector kam als erster angeritten.

»Nehmt Euch in acht, Herr Stallmeister, hier ist alles voller Fallen.«

Lentille, ein Waldarbeiter, der behauptete, sich sehr gut mit Fallen auszukennen, zeigte ihm die zahlreichen Spuren, die in unmittelbarer Nähe der Fallen zu sehen waren.

»Der Arsch soll mir abfallen, wenn dies nicht die Abdrücke eines großen, alten Wolfs sind!«

Hector folgte den Spuren, bis sie vom Weg ins Unterholz führten. Es fiel ihm schwer, zu begreifen, was er sah. Die Fährte wies nur die hinteren Pfoten eines ausgewachsenen, männlichen Tieres auf, nicht jedoch die seiner Vorderpfoten. Und Hector bezweifelte, daß ein Wolf Fallen legen und aufrecht auf seinen Hinterbeinen gehen konnte.

Die Verletzten jammerten, als man sie aus den Stahlklauen befreite.

Die genauere Untersuchung der Fallen verstärkte das Unbehagen des Ersten Stallmeisters. Die Fallen waren erst kürzlich geschärft worden. Außerdem deutete der Standort der Fallen – mitten auf dem Weg, wohin kein Tier sich jemals trauen würde – und das Fehlen von Ketten zum Befestigen der Fallen deutlich darauf hin, daß der Fallensteller kein Wilderer war, sondern es auf Menschen abgesehen hatte.

Die Ratlosigkeit des Stallmeisters beunruhigte Lentille. Er beugte sich ein weiteres Mal über die Fallen und betrachtete sie noch einmal genau.

Als man den Holzfäller und den Köhler abtransportierte, rief er plötzlich mit zitternder Stimme: »Der Wolf soll mich holen, wenn es nicht der Werwolf höchstpersönlich ist, der uns in die Falle locken will. Und ich weiß, was ich sage, verdammt noch mal!«

»Halt den Mund! Werwölfe – das sind doch Ammenmärchen«, entgegnete der Erste Stallmeister erbost.

Dennoch breitete sich die Nachricht von den im Wald ausgelegten Fallen so rasch unter den Treibern aus, wie ein mit Schwefel durchtränkter Docht Feuer fängt. Die Folgen ließen nicht lange auf sich warten. Die Hetzjagd hatte noch nicht richtig angefangen, da waren bereits die ersten Deserteure und somit die ersten Lücken in den Treiberreihen zu beklagen.

## 54

Dreihundert Schritte von Croisille-Platz entfernt und aus seinem Versteck zwischen den hohen Ästen einer Buche heraus beobachtete Charlemagne die Vorbereitungen zur Hetzjagd.

Als er durch sein Fernglas den Ritter Virgile-Amédée, Monsieur Anselme und Blaise Onrazac wiedersah, geriet sein Blut in Wallung, und erneut kamen heftige Rachegelüste in ihm auf. Obwohl bereits Jahre vergangen waren, hatte er nichts vergessen. Selbst wenn er es gewollt hätte, es wäre unmöglich gewesen, so tief war der Groll in sein Gedächtnis eingraviert.

Neugierig musterte Charlemagne den neuen Ersten Stallmeister der Familie Armogaste. Mit Kennermiene begutachtete er die Haltungen und Gebärden der Hunde und stellte nicht ohne Neid fest, daß sie ihren neuen Herrn liebten und respektierten. Der Mann schien etwas von seinem Beruf zu verstehen – und das machte ihn um so gefährlicher.

Da ein Teil des Platzes von Bäumen verdeckt wurde, konnte Charlemagne nicht sehen, sondern lediglich hören, wie Toujours-Là vom Huf eines Pferdes getroffen wurde. Ebensowenig sah er, daß Hector ihn niederstreckte. Als der Gnadenschuß ertönte, war er unangenehm überrascht. Er glaubte, man hätte ihn entdeckt und würde auf ihn schießen. Folglich drückte er sich so jäh an den Ast, auf dem er saß, daß ihm um ein Haar das Fernglas aus der Hand gefallen wäre. Ebenso erschrak Clopante, die kreischend aufflog.

Als sich nichts weiter tat, beruhigte Charlemagne sich wieder und setzte seine Beobachtung fort, während Clopante einige Male über den Croisille-Platz kreiste, bevor sie sich erneut auf einem nahen Ast niederließ.

Monsieur Anselme blies zum Aufbruch, und die Treiber schlugen sich mit viel Krach ins Unterholz. Die Hetzjagd hatte begonnen.

Ritter Virgile-Amédée und seine Gäste blieben auf dem Platz und prosteten einander mit kleinen Schnapsgläsern zu. Die um den Hauptmast versammelten Stallmeister und Knechte hielten derweil die Hunde in Schach, die es nicht erwarten konnten, endlich losgebunden zu werden.

Die Hetzjagd war erst wenige Minuten alt, da vermeldeten die Hörner bereits einen ersten Zwischenfall.

Hoch oben in seinem Baum saß Charlemagne und grinste über das ganze Gesicht. Die beiden auf dem Weg zur Kapelle aufgestellten Fallen hatten »zugeschlagen«.

Er sah, daß der kleine Stallmeister sich flink wie Onkel Laszlo auf seine Stute schwang und zwischen den Bäumen verschwand.

Von den achtundzwanzig Fallen, die in Charlemagnes Besitz waren, stammten sechzehn aus La Loubière, und zwölf hatte er bei seinen täglichen Rundgängen gefunden. Er hatte unter ihren vorherigen Besitzern Angst und Schrecken verbreitet, weil er um die leeren Standorte herum Spuren hinterließ, die er mit den Pfoten des im letzten Winters an Altersschwäche verstorbenen Vieux-Capitaine in die Erde kratzte. Dessen Tod war ihm so zu Herzen gegangen, als wäre sein eigener Großvater gestorben.

In einer Dezembernacht, als er sein Ende nahen spürte, schleppte sich der alte Wolf ins Vorzimmer der Höhle. Er atmete noch, als Charlemagne ihn am nächsten Morgen neben dem erloschenen Feuer fand. Vergeblich versuchte das sterbende Tier, sich zu erheben und ihn zu begrüßen; schließlich mußte es sich damit begnügen, seinen Schwanz leicht hin und her zu bewegen.

Mit vor Kummer zugeschnürter Kehle schlug Charlemagne ein Hühnerei in seiner Hand auf und hielt dem alten Wolf seine triefenden Finger hin, die dieser mit halb geschlossenen Augen ableckte – sein Lieblingsessen in diesen letzten Wochen. Es kostete Charlemagne große Mühe, ihn nicht zu streicheln oder fest an sich zu drücken, so wie er das gerne getan hätte. Aber er wußte, daß die Wölfe es nicht mochten, angefaßt oder gar umarmt zu werden.

Wenige Augenblicke später war Vieux-Capitaine tot. Er starb ohne einen Laut, ohne ein Zucken. Nachdem Dagoberte und Clotilde kurz an ihm geschnuppert hatten, wandten sie sich wieder ihren gewohnten Beschäftigungen zu.

Mit Genugtuung sah Charlemagne, wie der Holzfäller und der Köhler mit vor Schmerz verzerrten Gesichtern aus dem Wald kamen und von mehreren Treibern gestützt werden mußten. Ritter Virgile-Amédée stieg von seinem Pferd, um sie zu befragen, während man ihnen half, hinten auf einen Karren zu steigen.

Der Erste Stallmeister zeigte seinem Herrn die Fallen und erklärte ihm etwas, das Charlemagne wegen der großen Entfernung nicht verstehen konnte.

Die Treiber, die mit den Verletzten gekommen waren, diskutierten angeregt miteinander. Als Charlemagne sein Fernglas auf sie richtete, sah er, daß sie sich um die Plätze auf dem Karren stritten. Offensichtlich war keiner von ihnen gewillt, trotz der Geldstrafe von zehn Livres in den Wald zurückzukehren.

Zuerst versuchte Hector, dann der Ritter höchstpersönlich, sie wieder zur Vernunft zu bringen, doch die Männer dachten nicht im Traum daran, sich umstimmen zu lassen. Als der Karren sich in Bewegung setzte, nahm er die beiden Verletzten und fünf Treiber mit.

»Bleiben nur noch eintausendvierhundertvierundneunzig... äh, nein, dreiundneunzig«, rechnete Charlemagne nicht ohne Mühe. Rechnen war noch nie seine Stärke gewesen.

Der Ritter stieg wieder auf sein Pferd und blies zum Aufbruch, worauf seine Gäste schon ungeduldig gewartet hatten. Kurze Zeit später übernahm Blaise das Horn und entzückte alle Anwesenden mit seinem wundervollen Spiel.

Ihr listigen und gefräßigen Wölfe.
Zittern sollt ihr,
Denn bald werden die Armogaste-Hunde
losgekoppelt und euch aufstöbern,

sangen die Männer des Ritters aus vollem Halse und setzten sich an die Spitze der Jäger.

Der Platz war leer; Charlemagne steckte sein Fernglas ein und kletterte von seinem Baum.

Als er sich an den untersten Ast hängte und fallen lassen wollte, hörte er zwei lange Töne und einen *Taïaut*-Schrei vom Weiher herüber, wo er noch mehr Fallen aufgestellt hatte.

Charlemagne hatte die zweimonatige Vorbereitungszeit der Hetzjagd genutzt, um alle möglichen Hindernisse zu errichten. Zur Umgehung dieser Hindernisse hatte er Wege angelegt, und diese Wege hatte er mit Fallen bestückt.

Er holte seine Holzschuhe, seine Axt, die Armbrust und den Köcher mit den zehn Pfeilen aus dem Dickicht und verließ den Buchenwald in der Absicht, den Jagdmannschaften des Ritters zu folgen und ihr Treiben zu stören, wann immer das möglich wäre.

Zwei Männer stürzten gleichzeitig in eine Fallgrube, die entlang einer Schneise gegraben worden war. Das Loch war nicht tief, aber mit gebrochenen und in der Erde steckenden Knochen, alten Hirschgeweihen und gespitzten Ästen gespickt.

Auch an den Rändern dieser Fallgrube entdeckte man zahlreiche Fußspuren, die von einem alten, großen und aufrecht gehenden Wolf stammten.

Es gab eine Menge Freiwillige, die beim Abtransport der beiden Verletzten helfen wollten. Ihr Verschwinden hinterließ neue Lücken in den Treiberreihen, durch welche die ersten Hirsche und Wildschweine entkommen konnten.

Albert Boissonade, der Holzschuhmacher aus der Rue des Affitos, der unentwegt seine Position mit der seiner Kollegen verglich, klatschte in die Hände und schrie – wenn auch ohne große Überzeugung – aus voller Kehle. Die Natur langweilte ihn, und er nahm nur an dieser Jagd teil, um die Geldbuße nicht bezahlen zu müssen. In Wirklichkeit fürchtete er sich davor, sich in diesem Gewirr von Pflanzen zu verirren, wo alles gleich aussah und die fehlenden Blätter das erbärmliche Aussehen der Äste und die Feindseligkeit dieser Umgebung zusätzlich betonten.

Als ein umgestürzter Baum den schmalen Weg versperrte, sprang er kurzerhand darüber hinweg. Doch als sein Fuß auf der anderen Seite den Boden berührte, sah er, wie ein dicker Knoten sich um seinen Knöchel zusammenzog und ihm das Bein wegriß, so daß er nach hinten kippte und mit dem Kopf so heftig gegen einen Felsen prallte, daß er das Bewußtsein verlor.

Seine Kameraden eilten ihm zu Hilfe und brachen erneut eine Lücke in ihre Reihe, während der Gruppenführer den Zwischenfall mit dem entsprechenden Signal meldete.

»Schnell, wir müssen ihn befreien, er blutet aus dem Kopf«, schrie Rognon, ein Seiler aus dem Arbalète-Viertel.

Er näherte sich dem großen Baum, an dem die Schlinge befestigt war, die den Holzschuhmacher an einem Fuß und sechs Fuß über dem Boden schwingend gefangenhielt. Da der Seiler nach oben schaute, bemerkte er die unter dem Farn versteckte Wolfsfalle nicht und trat hinein. Sein Schrei ließ alle, die ihn hörten, auf der Stelle erstarren.

Die Nase am Boden, konzentriert und voller Eifer durchkämmten die flinken Hunde die Dickichte und Gebüsche.

Hector ritt an ihrer Spitze nach Plagnol und feuerte sie unentwegt an: »Los, meine Lieben, da hinein, da hinein!«

Hinter dem Ersten Stallmeister kamen die mit Riemen aneinandergebundenen Meuten, die Blaise und den Knechten gehorchten. Etwa hundert Schritte nach ihnen kamen der Ritter Virgile-Amédée und seine plaudernden Gäste in leichtem Trab.

»Nie wieder habe ich einen solchen Vorstehhund gefunden«, sagte der Vicomte de la Pléginères zu seinem Nachbarn, dem Rittmeister von Hautes-Rives. »Wenn Ihr Euer Ziel verfehltet, blieb er stehen, drehte sich zu Euch um und sah Euch mit einem bösen Blick an. Dann setzte er seine Suche fort, doch wenn Ihr unglücklicherweise ein zweites Mal nicht getroffen habt, so drehte er sich erneut um, schaute Euch tief in die Augen, kam geradewegs auf Euch zu und biß Euch ins Bein.«

Das herrische Gebell eines Hundes war zu hören, das aus einem rechter Hand gelegenen Dickicht kam. Hundepeitschen knallten durch die Luft.

»Das ist Laissez-Passer. Er hat eine Fährte aufgenommen«,

sagte der Ritter, während die anderen Spürhunde sich um ihren altgedienten Kollegen versammelten und ihrerseits zu bellen begannen.

Laissez-Passer tauchte auf dem steinigen Pfad auf, schnupperte kurz, hielt inne und rannte dann bellend los.

Hector beugte sich aus seinem Sattel, um den Boden nach Spuren abzusuchen, und rief Virgile-Amédée zu: »Zwei schöne, dreijährige Wölfinnen, Herr Ritter, aber die Fährte ist nicht frisch.«

Er wollte damit sagen, daß die Wölfinnen bereits tags zuvor hier vorbeigekommen waren. Ohne weitere Erklärung gab er seinem Pferd die Sporen und folgte dem Spürhund.

Wie meistens, wenn ein Mensch oder ein Tier in eine Falle gerät, sah Hector das über den Weg gespannte Seil zu spät. Es erwischte ihn unterhalb der Nase und schleuderte seinen Kopf so heftig nach hinten, daß er sich das Genick brach. Sein Dreispitz flog durch die Luft. Die beiden jungen Bäume, an denen das Seil befestigt war, bogen sich und richteten sich aber sogleich wieder auf. Der leblose Körper des Stallmeisters sank auf der schnell weitertrabenden Stute in sich zusammen. Kurz darauf rutschte er an der linken Flanke des Pferdes zu Boden, blieb in den Steigbügeln hängen und wurde so lange mitgeschleift, bis das Tier dreihundert Schritte später stehenblieb.

»Mein Gott!« fluchte der Ritter angesichts dieses neuen Opfers.

Die Knechte brachten die Hunderudel zum Stehen. Blaise Onrazac zog seinen Jagddolch und wollte das Seil durchtrennen, erreichte es jedoch nicht. Es war der Rittmeister aus Hautes-Rives, der das mit einem einzigen Säbelhieb erledigte.

Die Untersuchung des Seils und seiner Spannhöhe ergab, daß man es ausschließlich auf die Reiter abgesehen hatte. Wäre der Erste Stallmeister von normaler Körpergröße gewesen, so hätte das Seil ihn an der Brust getroffen und ihn lediglich aus dem Sattel gehoben.

»Offenbar wußte der Wolfsführer im voraus über Eure Hetzjagd Bescheid«, sagte der Rittmeister spöttisch zum übelgelaunten Ritter.

Wie zur Bestätigung seiner Worte erklangen zwei lange Töne und ein *Taïaut*-Schrei aus östlicher Richtung.

»Es kommt von den Treibern aus dem Bezirk Beaugland«, sagte Blaise.

Ritter Virgile-Amédée begab sich zu seinem Ersten Stallmeister und sah an der unnatürlichen Krümmung des Nackens sofort, daß dieser tot war.

Als er den toten Körper aus den Steigbügeln befreien wollte, überschätzte er seine Kräfte. Ein heftiger Schmerz fuhr ihm in den Rücken und zwang ihn, den Leichnam augenblicklich loszulassen. Er schrie erneut auf. Blaise und Compère, der große Knecht, eilten ihm zu Hilfe.

Zu seinem großen Mißfallen mußte der Ritter sich von ihnen in den Sattel helfen lassen, was ihm noch nie passiert war.

Er ritt zu seinen Gästen zurück, um sich verstimmt von ihnen zu verabschieden. Gleichzeitig forderte er sie auf, die Jagd ohne ihn fortzusetzen und so viele Wölfe wie möglich zu töten.

Dann forderte er Blaise auf, ihn nach Racleterre zu begleiten, und ernannte Compère für die Dauer der Jagd zum Ersten Stallmeister. Bei jedem Wort machte er ein schmerzverzerrtes Gesicht. Die geringste Bewegung bereitete ihm schreckliche Qualen, und mit Entsetzen dachte er an den einstündigen Ritt, der ihn vom Schloß und dem opiumhaltigen Saft des Arztes Izarn trennte.

Bewaffnet mit Axt und Armbrust und im Schutz des Gebüschs trottete Charlemagne etwa fünfzig Schritte hinter den Jägern her. Es war eine kleine Gruppe von sechs Edelmännern, die sich laut lachend über die Erfahrungen mit Frauen unterhielten (»Eine treue Frau ist doch nur eine Frau, die auf einen einzigen Mann versessen ist«).

Charlemagne war sehr zufrieden, als die Jagdgesellschaft die Kreuzung zur Großen Eiche erreichte und dort auf den Weg nach Plagnol abbog, auf dem er tags zuvor, zusammen mit Dagoberte, Clotilde und Lunatique, einem schönen, dreijährigen Wolf, mehrere Fallen ausgelegt hatte. Lunatique verdankte seinen Namen seinem mißtrauischen Charakter. Er gehörte dem Rudel von Autre-Côté an und machte Clotilde seit langem den Hof. Da der Wolf ihn anfangs für einen Rivalen gehalten hatte, war er ihm zunächst sehr feindlich gesonnen gewesen und hatte ihn einmal sogar angegriffen. Charlemagne hatte ihm einen Fußtritt in die Rippen versetzt, den er so bald nicht vergessen sollte.

Erwartungsgemäß war Clotilde brünstig geworden und hatte sich mit Lunatique gepaart. Die Begattung hatte im großen Hof, unter den wachsamen Augen von Dagoberte und Charlemagne, stattgefunden. Der Junge hatte sich unbemerkt, aber mit geladenem Gewehr im Vorzimmer auf die Lauer gelegt, für den Fall, daß die anderen brünstigen Männchen, die durch die Gegend streiften, sich einzumischen versuchten. Er wußte ganz genau, daß er mehr als einer gewöhnlichen Frühjahrsbegattung beiwohnte, nämlich der Geburtsstunde eines künftigen Rudels.

Plötzlich hörte Charlemagne Laissez-Passer mit seinem Gebell verkünden, daß er die Fährten von zwei Wölfinnen aufgenommen hatte und ihnen folgen würde. Die Jäger näherten sich dem gespannten Seil.

Diesmal brauchte der Junge sich keine Sorgen um seine Wölfe zu machen. Sie waren alle mit Lunatique zusammen in der Höhle. Er hatte ihnen reichlich zu fressen gegeben, bevor er gegangen war. Zudem hatte der ungewöhnliche Lärm längst alle Tiere des Waldes vor der Gefahr gewarnt.

Er nahm ein weiteres Seil aus seiner Jagdtasche und spannte es in Brusthöhe eines Reiters über den Weg. Dann zog er sich hinter einige junge Kastanienbäume zurück, von wo aus er den Weg gut überblicken konnte. Während er die Armbrust mit beiden Händen hielt, setzte er ein Knie auf den Boden und wartete. Sein Herz schlug schnell. Wenn sein Vorhaben gelang, so verfügte er in Kürze über ein Pferd und könnte sich schneller über größere Distanzen bewegen.

Am plötzlichen Stimmengewirr, an den unruhigen Pferden, die schnaubten, weil ihre Reiter nervös waren, sowie am Klirren der Trensen und Gehänge erkannte Charlemagne, daß die Jagd des Ritters unterbrochen worden war.

Kurze Zeit später hallten Hornsignale aus dem Bezirk Beaugland herüber. Auch dort hatte Charlemagne auf den wichtigsten Wegen Fallen ausgelegt.

Lange bevor Charlemagne die beiden Pferde sehen konnte, hörte er sie näher kommen. Sie waren schwer beladen. Ihre Hufe klapperten laut auf dem steinigen Weg. Über dieselben Steine hatte Javertit ihn einst von der Fallgrube zur Wolfsgrotte in La Loubière geschleift.

Er richtete sich auf und ging in Position.

Charlemagne wunderte sich, als er sah, daß der Ritter Virgile-Amédée an der Seite von Blaise Onrazac trabte. Aufgrund der sonderbaren Haltung des Ritters dachte er zunächst, dieser wäre in eine seiner Fallen geraten, doch dann erblickte er die über dem Pferd von Blaise liegende Leiche und erkannte die Uniform des Ersten Stallmeisters. Das machte ihn traurig. Ein einfacher Beinbruch hätte genügt. Schließlich hatte das wenige, das er durch sein Fernglas von diesem kleinen Mann gesehen hatte, ihm durchaus gefallen. Er hatte sich ihm verwandt gefühlt und sich dabei ganz auf die Hunde verlassen, die sich nur demjenigen anvertrauten, der ihr Vertrauen verdiente.

Der Ritter dachte an seine schmerzende Hüfte, während Blaise immer noch enttäuscht darüber war, daß nicht er, sondern Compère zum Ersten Stallmeister ernannt worden war – da warf das Seil die beiden plötzlich aus dem Sattel. Virgile-Amédée wurde aus den Steigbügeln gerissen, kippte nach hinten und fiel kopfüber zu Boden. Dabei brach er sich das Schulterblatt und den Oberschenkel und verlor das Bewußtsein.

Blaise Onrazac kippte ebenfalls nach hinten, fiel schwerfällig auf die Erde, zerdrückte sein Blasinstrument unter sich und blieb mit dem linken Fuß im Steigbügel hängen.

Da Laszlo der Stute beigebracht hatte, unverzüglich innezuhalten, wenn ihr Reiter aus dem Sattel fiel, blieb sie stehen, anstatt ihn, wie ein gewöhnliches Pferd das getan hätte, über die Steine mitzuschleifen. Statt dessen entledigte sie sich ihres Reiters mit einem kurzen Aufbäumen.

»Um Gottes willen! Was ist denn passiert, Euer Ehren?« jammerte Blaise und bewegte vorsichtig den Kopf. Sein gestrecktes Bein und der im Steigbügel festgeklemmte Knöchel taten sehr weh. Worüber war er gestolpert? Auf dem Hinweg hatte es hier doch noch keine Falle gegeben. Als er den Kopf drehte, sah er, daß wenige Schritte von ihm entfernt der Ritter auf dem Rücken lag und sich nicht mehr bewegte. Sein Pferd hatte sich einem Strauch genähert und knabberte an dessen Rinde.

Blaise versuchte gerade, seinen Fuß aus dem Stiefel zu ziehen, als ein Treiber in schäbiger Bauernkleidung aus dem Unterholz auftauchte. Der junge Mann trug einen mit Federn geschmückten Dreispitz auf dem Kopf und hatte eine Wildererarmbrust in den Händen.

»Du kommst mir gerade recht, lieber Mann. Hilf mir rasch, mich aus diesem verfluchten Steigbügel zu befreien!«

Doch anstatt zu gehorchen, interessierte sich der Mann für die Stute, die am ganzen Körper zitterte, ganz so, als würde sie einen Wolf wittern. Der junge Mann ergriff die Zügel und führte das Tier zu einem Nußbaum.

Weil er auf diese Weise einige Schritte weit über den Boden geschleift wurde, herrschte er den Fremden an: »Aua, mein

Knöchel! Du verfluchter Einäugiger! Was tust du da, Dummkopf? Ich befehle dir, mir aus dem Steigbügel zu helfen!«

Nachdem Charlemagne die Stute mit halblauter Stimme beruhigt hatte, band er sie am Stamm des Nußbaums fest, packte den gestiefelten Fuß des Stallmeisters und befreite ihn mit einem heftigen Ruck aus dem Steigbügel.

»Auaaaaaaa! Kannst du nicht aufpassen!«

Blaise setzte sich auf und massierte seinen zerquetschten Knöchel, während derjenige, den er für einen Treiber hielt, sich ihm näherte und mit einer Stimme, die ihm seltsam vertraut vorkam, sagte: »Wer nist beißen kann, bellt auch nist!«

Dann hob er einen Fuß und trat Blaise mit aller Kraft ins Gesicht. Der Stallmeister fiel rücklings auf die Steine. Sein Mund füllte sich mit Blut. Der mit einem Holzschuh bekleidete Fuß wurde ein weiteres Mal in die Höhe gehoben. Blaise schloß die Augen.

Der zweite Tritt, noch heftiger als der erste, drückte ihm mehrere Schneide- und Eckzähne in den Mund. Der dritte traf ihn auf der rechten Wange und zertrümmerte seine Backenzähne. Blaise wollte seinen Peiniger anflehen, ihn nicht zu töten, doch seine Worte waren unverständlich: Es hörte sich an, als hätte er den Mund voller Kohlenglut.

Das aus Richtung Plagnol ertönende Gebell von Laissez-Passer verkündete, daß der Hund die Fährte der Wölfinnen verloren hatte.

Da kein weiterer Tritt mehr folgte, öffnete Blaise die Augen und drehte sich zur Seite, um das Blut und die Zahnsplitter auszuspucken. Dabei sah er, daß der wilde Kerl sich über den Ritter beugte und versuchte, ihm den Ring vom Finger zu ziehen. Er war also ganz sicher kein Treiber, sondern ein Waldräuber. Blaise war so entsetzt, daß er sogar die zahlreichen Wunden in seinem Mund vergaß.

Die Waldräuber wußten, daß sie auf dem Scheiterhaufen endeten, wenn sie erwischt wurden, und hatten daher nicht das geringste Interesse, etwaige Zeugen ihrer Verbrechen am Leben zu lassen.

Dieser Gedanke versetzte dem Stallmeister einen heftigen Adrenalinstoß, der ihm mit einem Mal die Kraft gab, sich zu erheben und humpelnd ins Unterholz zu flüchten.

Charlemagne ließ ihn entkommen. Er war fertig mit ihm. Er würde nie mehr sein Horn blasen und nie wieder zur Jagd gehen können. Allerdings war er ein wenig enttäuscht darüber, daß der Stallmeister ihn nicht wiedererkannt hatte.

Da der Siegelring des Ritters sich nicht so ohne weiteres entfernen ließ, spuckte der Junge darauf, damit er besser von dem Mittelfinger glitt, an dem er seit mehr als zwanzig Jahren steckte. Es war das erste Mal, daß er seinen ehemaligen Meister berührte. Früher hatte er stets mindestens zwei Schritte Abstand halten müssen und ihm nicht ins Gesicht schauen dürfen.

Charlemagne schnallte das glänzende Ledergehänge ab und zog das schöne Jagdmesser heraus. Er wollte dem Ritter nichts antun, er wollte ihn nur ärgern, was ihm sicher mit dem Diebstahl des Siegels und des Messers gelingen würde. Da er die Stute des Stallmeisters dem rotbraunen Pferd des Schloßherrn vorzog, hob er einen Stein auf und warf ihn nach dem Tier. Das Geschoß traf es am Schenkel, und es bäumte sich verärgert auf.

»Los! Lauf in deinen Stall ssurück und nimm Onkel Laszlo einen ssönen Gruß von mir mit«, rief er und warf einen zweiten Stein, worauf das Pferd endlich losgaloppierte.

Charlemagne entlud seine Armbrust, bevor er sie sich wieder über die Schulter hängte. Als er auf das Pferd steigen wollte, stellte er fest, daß seine dicken Holzschuhe nicht in die Steigbügel paßten. Also ging er zu dem bewußtlosen Ritter zurück, zog ihm die Stiefel aus, schlüpfte hinein und behielt sie an, obwohl sie ihm eine halbe Nummer zu klein waren. Er hatte das Gefühl, der alte Mann war längst wieder zu sich gekommen und spielte den Toten. Die Vorstellung, daß der Ritter Angst vor ihm hatte, gefiel dem Jungen.

Er klemmte seine Holzschuhe in die Halfter der Stute, setzte seinen linken Fuß in den Steigbügel und zog sich hoch. Sogleich merkte er, daß er vergessen hatte, die Zügel loszubinden, und mußte leicht verwirrt noch einmal absteigen.

»Tut mir leid, meine Liebe, aber iss habe halt wenig Erfahrung in diesen Dingen«, gestand er dem Pferd und streichelte seinen Hals. Er war ohnehin selten geritten, und die Zeit, da er mit seinem Vater hin und wieder auf Favorite gesessen hatte, lag schon sehr lange zurück.

Als er wieder im Sattel saß, wußte er, daß die Stute seine Unerfahrenheit bemerkt hatte und früher oder später versuchen würde, davon zu profitieren.

Bevor sie sich vorsichtig in Bewegung setzten, gab Charlemagne ein Geheul von sich, auf das die Hunde, die es hörten, sogleich mit Gebell reagierten.

Als sie an die Kreuzung zur Großen Eiche kamen, ertönten die ersten Hornsignale, die verkündeten, daß ein Wolf gesichtet worden war. Den Hornsignalen folgte eine ebenso heftige wie wilde Schießerei. Einen Moment lang dachte Charlemagne voller Zuneigung an Pas-Belle, die große Wölfin mit dem roten Pelz, die zwei Jahre zuvor gewaltsam Grimauds Nachfolge angetreten hatte. Seitdem tauchte der unterlegene alte Wolf immer wieder in der Nähe der Höhle auf, wo es – wie er wußte – jederzeit etwas zu fressen gab.

An der Zahl der einzelgängerischen Wölfe, von denen er die meisten nicht kannte, die aber von Zeit zu Zeit im großen Hof auftauchten und hofften, hier etwas zu fressen zu bekommen, hatte Charlemagne mit Stolz feststellen können, daß sein Ruf als Nährvater weit über die Grenzen des Waldes von Saint-Leu hinausging. Zudem war dies, sofern es eines solchen Beweises überhaupt noch bedurfte, ein weiterer Beleg dafür, wie gut die Verständigung der Wölfe untereinander funktionierte.

Da Charlemagne inzwischen sicherer geworden war, ließ er die Stute traben. Schon bald erreichte er den Croisille-Platz, wo sich zahlreiche desertierte Treiber versammelt hatten.

Den Blick stur nach vorne gerichtet und ohne sein Tempo zu verlangsamen, überquerte Charlemagne den Platz und ritt auf die große Straße zu. Man trat zur Seite und bemerkte seine ungewöhnliche Haltung auf dem Pferd. Manch einer wunderte sich, daß er mit einer Axt und einer Armbrust bewaffnet war.

Kurz darauf begegnete er weiteren Deserteuren, die auf dem Rückweg nach Racleterre waren.

Als Charlemagne an den Weizenfeldern von Longviala entlangtrottete, tauchten in der Ferne plötzlich drei Reiter auf, die in schnellem Galopp auf ihn zukamen. Er konnte der Versuchung nicht widerstehen; er hob die Augen, als sie auf gleicher Höhe waren, und eine Sekunde lang kreuzte er den Blick von Monsieur Anselme. Als er ihnen jedoch über die Schulter hinterherschaute, stellte er beruhigt fest, daß die Reiter ihren Weg fortsetzten, ohne sich umzudrehen. Gleichzeitig war er ein wenig verbittert darüber, daß er jeden wiedererkannte, aber niemand ihn. Man hielt ihn tatsächlich für tot.

Kurze Zeit später erklomm die Stute den steilen Hügel des Buckligen. Von dort oben hatte man einen weiten Blick über das gesamte Kalkplateau und den Marktflecken. Er widerstand der Versuchung, einen Umweg zur Gerberei der Familie Camboulives zu machen, die er am Ufer des Dourdou erkannte.

Als eine Glocke neun Uhr schlug, kam er auf die Idee, die Scheunen zwischen Racleterre und dem Bonnefons-Tal in Brand zu stecken. Eine in moralischer Hinsicht äußerst zweifelhafte Idee, die sich in strategischer Hinsicht jedoch als sehr wirksam erweisen würde.

Obwohl Charlemagne wußte, daß es den Bauern bei einer Zerstörung der Futterreserven kaum möglich, wenn nicht gar unmöglich wäre, das Vieh bis zum nächsten Frühjahr durchzufüttern, hatte er keine Gewissensbisse. Er hatte sich ein für allemal entschieden, auf welcher Seite er leben wollte, und das war nicht die Seite der Menschen.

Da alle Männer zur Jagd gegangen waren, hatte Charlemagne kaum Probleme, die sieben Scheunen anzuzünden. Die aufgebrachten Bäuerinnen schossen mehrfach auf ihn, und er verdankte sein Leben allein ihrer Unerfahrenheit im Umgang mit Feuerwaffen. Allerdings verlor er seinen Dreispitz, der ihm plötzlich vom Kopf gerissen wurde.

Als die ersten Rauchschwaden aufstiegen, läuteten überall die Sturmglocken. Die wendigsten Männer kletterten auf die Bäume, und sofort gaben diejenigen, die aus den Orten stammten, wo schwarzer Rauch gen Himmel stieg, die Jagd auf und kehrten eilig nach Hause zurück.

Da Charlemagne sich noch immer nicht traute zu galoppieren, dauerte es eine ganze Weile, bevor die Schäfereien der Familie Brasc in Sicht kamen. Jenseits der Hügelkämme lag der Waldsaum, wo die ersten Schützen lauerten. Der Ort erinnerte ihn an Clodomir.

Mehrere ungesattelte und an den Füßen gefesselte Pferde standen auf der Weide hinter dem Schafstall. Die Karren, mit denen man die Schützen zu ihren Posten gebracht hatte, standen in einer langen Reihe am Kastanienhain und warteten auf die Rückkehr der Jäger.

Die Schäfer hatten Anweisung bekommen, ihre Schafe während der Hetzjagd nicht ins Freie zu lassen. Die zertrümmerten Türen waren durch neue ersetzt worden; eine davon war einen Spaltbreit geöffnet.

Charlemagne bemerkte die Unruhe der Tiere, weil sie nicht auf die Wiesen durften, und er hörte Stimmen, die er für diejenigen der Schäfer hielt.

Knurrend liefen ein Hirtenhund und zwei Riesenschnauzer vor der Sennhütte auf und ab. Sie beschnupperten das Holz und wedelten mit dem Schwanz, was bedeutete, daß sie hineinwollten. Sie beachteten den Jungen nicht.

Charlemagne stieg vom Pferd und taumelte einen Moment, bevor er das Gleichgewicht wiederfand. Sein Rücken war wie gebrochen, der harte Sattel hatte seinen Hintern wund gescheuert. Er band die Stute an die Rüstleiter eines Karrens, ließ die Armbrust von der Schulter gleiten und lud sie.

Unbeholfen ging er in den engen Stiefeln auf die etwa zwanzig Pferde zu, band sie los und redete in seiner Geheimsprache leise auf sie ein: »Ravantopeck sawoda minodutt serabo.«

Da das sonderbare Verhalten der Hunde ihn stutzig machte, ging er zur Sennhütte zurück. Er glaubte, Gejammer zu hören, stellte aber fest, daß es aus dem Schafstall kam.

Er näherte sich den Hunden und sah Blutspuren auf dem Boden und den flachen Steinplatten vorm Eingang. Er stieß die Tür auf und betrat die ehemalige Käserei, in der es nun nach Stroh roch. An der Wand entlang lagen etwa zwanzig Sättel, die zweifellos zu den Pferden gehörten, die er soeben losgebunden hatte.

Die Hunde kamen ihm nach und fielen über die beiden Wolfsleichen her, die auf der Erde lagen. Charlemagne erkannte Farouche, eine liebenswürdige einjährige Wölfin, und ihren gleichaltrigen Bruder Cornichon, die beide zum Rudel von Autre-Côté gehört hatten. Sie waren seit mindestens einer Stunde tot. Mit Fußtritten drängte er die Hunde zur Seite.

Leise vor sich hin brummend, schnitt er die Schnüre auf, mit denen die Strohbündel zusammengebunden waren, und verstreute das Stroh in der Hütte. Die Hunde standen neben der Tür und schauten ihm zu. Dann schlug er Feuer, zündete das Stroh an und öffnete die kleinen Fenster.

Charlemagne begab sich in den Schafstall, um die Hirten zu fragen, wer die jungen Wölfe getötet hatte. Als er die angelehnte Tür aufstieß und eintrat, zuckte er zusammen. Doch es war zu spät, um umzukehren.

Im Stall saß eine Gruppe von vier Wandergesellen. Ein fünfter, der auf einer Strohmatte lag, schien eine schwere Beinverletzung zu haben, doch keiner kam auf die Idee, ihm das Bein abzubinden.

Als Charlemagne an den Schafen vorbeiging, wurden die Tiere ganz unruhig, so als würden sie ihn wiederkennen. Inmitten der Herde erblickte er P'tit Bicou und den Nachfolger jenes Schäfers, den Grimauds Wölfe sich geschnappt hatten. Mit großen Augen starrten sie ihn an; Charlemagne lächelte dem jungen Hirten zu.

Zwei der Wanderburschen waren Maulwurffänger, die beiden anderen und der Verletzte Rattenfänger. Man erkannte sie an ihren Umhängen, die aus dem Fell jener Tiere bestanden, auf die sie spezialisiert waren. Derzeit war es bei den Rattenfängern Mode, die langen, schuppigen Rattenschwänze an den Fellen zu lassen. Da man für einen Mantel mehr als hundertzwanzig Ratten benötigte, war der Anblick beeindruckend.

Die Männer musterten Charlemagne und warfen einen mißbilligenden Blick auf seine Armbrust, die er auf sie richtete. Also senkte er die Waffe und sagte mit einer Stimme, die nur er selbst für unsicher hielt: »Seid gegrüßt, Kameraden!«

»Herzlich willkommen, Kumpel«, entgegnete der Maulwurffänger mit den großen, schwarzen, stark glänzenden Augen, der gerade im Kamin Feuer machte.

Die andern hießen ihn ebenfalls willkommen. Anscheinend stammte keiner von ihnen aus der Burggrafschaft. Einer der Rattenfänger war gerade dabei, dem Verletzten ein Stück Leinen um das Bein zu binden, doch tat es sehr ungeschickt. Er hatte den braungebrannten Teint eines Mittelmeeranwohners und einen kleinen Mund mit rissigen Lippen, über die er unentwegt mit der Zunge fuhr, um sie mit Speichel zu befeuchten.

Charlemagne näherte sich dem Zaun, der die Schafe von den Schäfern trennte. An der Wand unter der Nische mit der Statue des heiligen Leu standen mehrere Gewehre, unter anderem auch eine Flinte mit trichterförmigem Lauf. Die Falle, in die der Mann geraten war, lag daneben auf dem Boden. Charlemagne erkannte die Wolfsfalle wieder, die er tags zuvor in der einzigen Schneise ausgelegt hatte, die durch das eine halbe Wegmeile entfernte Felsmassiv von Feuillus-Tout-Plein führte. Zu gerne hätte er sie an sich genommen.

Der Verwundete jammerte. Sein blutleeres Gesicht hatte eine graue Farbe angenommen, die nichts Gutes verhieß.

»Mir ist kalt, Freunde«, sagte der Verletzte. Er war derjenige, der einen der jungen Wölfe getötet hatte, und ihm standen vierzig Livres Belohnung zu. Falls er überlebte.

»Lebrun ist dabei, Feuer zu machen«, antwortete ihm der andere Maulwurffänger gereizt.

Er war kleiner als sein Gefährte, hatte ein pockennarbiges Gesicht, einen autoritären Blick und mitten auf der Stirn ein Feuermal, das aussah wie ein drittes Auge. Er war ein kleiner, ungeduldiger Bursche und schien darauf zu warten, endlich zur Hetzjagd zurückkehren zu können.

Nicht einen einzigen Augenblick lang dachte Charlemagne daran, einzugreifen. Dabei wußte er ganz genau, wie man jemanden abbindet, und hatte stets alle möglichen Arzneien in seiner Jagdtasche bei sich, unter anderem ein aus den Wurzeln zerstampfter Geranien hergestelltes Mittel zur Blutgerinnung. Ringelblumenblätter zum Desinfizieren und fiebersenkende Weidenrinde.

Seine Pflanzenkenntnisse gingen auf seine erste, drei Jahre zurückliegende Begegnung mit Lacroque zurück. Die Hexe war an einem Sommertag mit ihrem Ziegenbock, den sie Pierrot nannte, Pilze suchen gewesen. Sein Geruch hatte die Wölfe in diesen Teil des Waldes gelockt, und um ein Haar wäre Clodomir von dem gewaltigen Wiederkäuer aufgespießt worden.

»Seid gegrüßt, Frau Hexe.«

Zum letzten Mal hatte Charlemagne sie kurz vor dem Tod seiner Mutter gesehen.

»Schweig! Ich bin keine Hexe!«

Während Charlemagne die jungen Wölfe nicht aus den Augen ließ, die den Ziegenbock zu umzingeln versuchten, wunderte er sich über die schlechte Laune von Lacroque.

»Aber alle behaupten, Ihr wäret eine!«

»Ich bin eine Wunderheilerin, und nur Dummköpfe halten mich für eine Hexe. Ich war drei Jahre Lehrling und weitere fünf Jahre lang Gesellin, ehe ich meine Meisterprüfung ablegte.«

Charlemagne wagte nicht, sie nach der Art des Meisterstükkes zu fragen, das sie hatte vorlegen müssen.

»Es ist, als würde man dich als Wolfsführer bezeichnen, nur weil du in Gesellschaft der Wölfe durch die Wälder ziehst.«

Plötzlich ging Dagoberte zum Angriff über. Der Ziegenbock drehte sich zu ihr um. Als die junge Wölfin jäh einen Haken schlug, der verriet, daß ihr Angriff nichts anderes als ein Ablenkungsmanöver war, griffen Clodomir und Clotilde von beiden Seiten an. Ohne Charlemagnes Eingreifen wäre der große Ziegenbock ernsthaft verletzt worden. An jenem Tag war er sehr stolz auf seine Wölfe gewesen.

Später waren sie sich immer wieder mal begegnet und hatten vereinbart, daß Charlemagne Lacroque verschiedene Produkte wie Wildschweinkot oder Hirschfellstücke besorgte. Dafür durfte er sie bei ihrer Suche nach Heilpflanzen begleiten.

»Bist du gerade erst eingetroffen, oder kommst du schon wieder zurück?« fragte der zweite Rattenfänger in Anspielung auf die Hetzjagd.

Der Mann war groß und hatte einen Buckel. An seinem Gürtel hing ein breites Fleischermesser in einem hölzernen Schaft.

Die Lüge kam Charlemagne mühelos über die Lippen. »Iss stehe in Diensten von Monsieur Anselme«, sagte er, indem er den herrischen Ton des Oberjagdmeisters nachahmte.

Als er an die beiden toten Wölfe dachte, fügte er hinzu: »Iss bin für die Liste der ssu ssahlenden Prämien ssuständig.«

Diese Erklärung weckte das Interesse der Treiber. Charlemagne warf einen Blick auf die jungen Hirten. Nur P'tit Bicou wußte, daß er nicht die Wahrheit sagte. Verkrampft stand der Junge neben dem Zaun, so als sei er heftig erregt.

Als die Hunde draußen laut zu bellen begannen, wußte Charlemagne, daß die Sennhütte in Flammen stand.

»Wir haben bereits zwei Wölfe erlegt!« verkündete der Rattenfänger und vergaß den Verletzten. »Stimmt es, daß die Belohnung die gleiche ist, egal ob man ein männliches oder ein weibliches Tier erlegt hat?« fragte er und fuhr sich rasch mit der Zunge über die rissigen Lippen.

»Das stimmt«, erwiderte Charlemagne, obwohl er nicht die leiseste Ahnung hatte.

Das aufgeregte Bellen der Hunde machte die Schafe zusehends nervöser: Sie begannen, ängstlich zu blöken.

Schwarzer Rauch kam durch die kleinen Fenster. Der Maulwurffänger, den man Lebrun genannt hatte, zog stirnrunzelnd die Nase hoch.

Charlemagne setzte eine besorgte Miene auf und ging zur Tür, als wolle er prüfen, woher der Rauch kam. Als er am Türflügel angelangt war und ihn aufstoßen wollte, schrie P'tit Bicou mit einer Stimme, die sich vor lauter Aufregung beinahe überschlug: »Er ist der Wolfsführer! Ich erkenne ihn wieder! Ich kann beschwören, daß er es ist!«

Charlemagne wurde so wütend, daß er sich umdrehte, seine Armbrust hob und auf den Jungen richtete. Der Pfeil durchdrang die Brust des neben P'tit Bicou stehenden Schäfers. Die Maulwurf- und Rattenfänger flüchteten und griffen nach ihren Gewehren. Keiner von ihnen war jemals in seinem Leben so nah an zweihundert Livres gewesen.

Die Sennhütte brannte lichterloh. Feuergarben schossen aus den Fenstern und der Tür. Zwischen den Dachziegeln trat Rauch hervor, und bald würde die Hitze die ganze Hütte in die Luft jagen.

Während er zu der Stute lief, die beim Anblick des Feuers mit den Hinterbeinen auszuschlagen begonnen hatte, schob er einen weiteren Pfeil in den Bolzensteg der Armbrust, blieb stehen, stemmte den Kolben gegen sein Bein und spannte mit beiden Händen die gekordelte Doppelsehne.

Als erster kam der Rattenfänger mit den rissigen Lippen aus dem Schafstall. Als er die in Flammen stehende Sennhütte sah, stieß er einen eigenartigen Fluch aus: »Heiliger Vater Maria! Jetzt brennen unsere Wölfe und unsere Sättel!«

Er hatte den zweiten Wolf getötet, doch nun löste sich seine Belohnung in Rauch auf. Charlemagne nutzte die Verwirrung des Mannes, um die Armbrust anzulegen und auf den breitesten Teil zu zielen, genauso wie er es bei einem Hirsch, einem Damhirsch oder einem Wildschwein getan hätte.

Der Pfeil traf den Rattenfänger im Bauch. Die vierzig Schritte Entfernung verhinderten, daß er in seinem Rücken wieder heraustrat.

»Ach, ich Ärmster!« stöhnte der Mann und fiel zuerst auf die Knie, dann mit dem Oberkörper nach vorne.

Während Charlemagne weiterlief, lud er seine Waffe mit den geübten Handgriffen desjenigen, der den Umgang mit dieser Waffe gewohnt war. Für Jäger war es von großer Wichtigkeit, schnell nachladen zu können. Man brauchte nur eine alte Sau – oder einen Luchs, wie das Charlemagne im vergangenen Herbst passiert war – zu verletzen, um sich dessen bewußt zu werden. Folglich hatte er häufig geübt.

Es dauerte eine Weile, bis die andern den Schafstall verließen. Der Anblick des vom Armbrustpfeil getroffenen Rattenfängers mahnte sie zur Vorsicht, und sie luden ihre Waffen, bevor sie sich nach draußen wagten.

Während Charlemagne die Stute hastig von der Rüstleiter losband, ging ihm der Verrat des jungen Hirten nicht aus dem Kopf.

»Neulich hätte ich ihn meinen Wölfen zum Fraß vorwerfen

können, in drei oder vier Bissen hätten sie ihn mitsamt seinem Lamm verschlungen. Ach, wenn ich das gewußt hätte!«

Es war das erste Mal, daß das Schicksal sich gegen ihn gewandt hatte, und so schwor er sich, P'tit Bicou niemals zu vergessen.

Als er einen Fuß in den Steigbügel setzte und sich in den Sattel hob, fiel ein Schuß. Eine Bleikugel streifte seinen Schenkel und schlug in den Sattel ein. Unter der Wucht des Geschosses rutschte der Sattel zur Seite, so daß er plötzlich ganz schief auf dem Pferd hing. Die Stute wieherte und machte einen Sprung nach vorne. Charlemagne ließ seine Armbrust los, klammerte sich an der Mähne fest und konnte sich so gerade noch halten. Er flehte das Tier an, nicht zu galoppieren.

Die Stute rannte über die Weide, gefolgt von einigen der losgebundenen Pferde.

Dann fielen zwei weitere, fast gleichzeitig abgegebene Schüsse.

Charlemagne spürte, daß etwas Hartes, Brennendes seitlich tief in sein Fleisch eindrang. Er schrie, fiel aber nicht. Die Stute setzte zum Galopp an.

»Ich habe ihn getroffen«, schrie der große Rattenfänger.

»Quatsch! Ich war's!« protestierte der Maulwurffänger mit dem Feuermal auf der Stirn.

»Ihr hättet zuerst auf das Pferd zielen müssen«, sagte Lebrun und lud sein Gewehr nach, so schnell er konnte.

# Vierter Teil

## 55

*Baronat Bellerocaille, im Herrenhaus der Familie Pibrac, Februar 1781*

Der Tagesablauf der Familie Pibrac war so genau geregelt wie auf einem königlichen Dreimaster. Jeder wußte, was er wann und wie zu tun hatte. Diejenigen, die das noch nicht wußten, wurden jener Tradition gemäß ausgebildet, an deren Anfang Justinien I., der Gründervater der Scharfrichterfamilie, stand.

Diese Tradition – eine Art Lehrbuch für Scharfrichter – brachte den Schülern nicht nur bei, sich daran zu gewöhnen, daß sie anders waren, ausgeschlossen und von allen anderen Menschen abgelehnt wurden, sondern vermittelte ihnen auch, daß ein jeder von ihnen sich für das reibungslose Funktionieren des Haushalts und für das Gedeihen der beruflichen Tätigkeit einzusetzen hatte.

Justinien III. war ein vorbildliches Exemplar dieser traditionsbewußten Erziehung.

Der am Martinstag des Jahres 1732 im Herrenhaus geborene Justinien III. wurde dank seiner früh erkannten Fähigkeiten bereits an seinem siebten Geburtstag zum Henkerlehrling ernannt. Mit elf Jahren ging er nach Paris und wurde bei der Familie Sanson untergebracht. An seinem vierzehnten Geburtstag ernannte man ihn zum Zweiten und an seinem zwanzigsten Geburtstag zum Ersten Henkersknecht; mit einunddreißig Jahren, nachdem sein Vater Justinien II. sich zur Ruhe gesetzt hatte, wurde er zum Henkermeister befördert.

Da es für einen Scharfrichter aufgrund der öffentlichen Verachtung seines Berufes unmöglich war, sich mit einer Frau zu vermählen, die einer anderen Gesellschaftsschicht angehörte, hatte Justinien III. Pauline Plagnes geheiratet, die älteste Tochter seines Ersten Knechtes Basile; sie hatte ihm drei Jungen und drei Mädchen geboren, die sich allesamt einer ausgezeichneten Konstitution erfreuten. Die Geburt eines siebten Kindes wurde am Tag des heiligen Johannes erwartet.

Da das Schicksal von Justinien III. bereits feststand, als er noch in der Wiege lag, hatte er nie ein anderes in Erwägung gezogen und seinen vorgezeichneten Lebensweg akzeptiert, ohne sich jemals darüber zu beklagen. Seinem beruflichen Selbstverständnis gemäß betrachtete er sich keineswegs als einen Handwerker, sondern als einen Künstler in Sachen Zerstörung von Körpern und gerichtlicher Tötung.

Seine erste große technische Neuerung war zunächst die Konzeption und später der Bau eines zerlegbaren Schafotts ohne Pflöcke und Schrauben, dessen Einzelteile perfekt ineinanderpaßten und sich auf harmonische Weise zusammenfügen ließen. Eine wunderbare Erfindung, der weitere folgen sollten.

Wie an jedem Spätnachmittag saß Justinien III. mit dem Rükken zur Bibliothek, die eine ganze Wand seines Arbeitszimmers einnahm, und schrieb an seiner *Abhandlung über die allgemeine sowie die besondere Geschichte der körperlichen Züchtigungen vom Altertum bis heute.*

Mit dieser Abhandlung – und anhand einer genauen Dokumentation – wollte Justinien III. beweisen, daß keine Verurteilung, keine Folter und keine Hinrichtungsart jemals von einem Scharfrichter erfunden worden, sondern immer nur der Phantasie eines Königs, eines Hohen Richters, eines Magistrats, eines Geistlichen oder eines Soldaten entsprungen war.

Im Nebenzimmer übte seine älteste Tochter Bertille gerade auf dem Cembalo, das er ihr im Jahr zuvor zu ihrem sechzehnten Geburtstag geschenkt hatte. Trotz ihres guten Willens klang das, was sie auf dem Instrument zustande brachte, so melodiös, als würde eine Katze über die Tasten laufen. Aber keiner der sieben Musiklehrer aus Bellerocaille hatte sich bereit erklärt, einer Pibrac-Tochter Unterricht zu geben, nicht einmal für das dreifache Honorar.

Dann ertönte das von den dicken Wänden gedämpfte Klingeln der Torglocke und kündigte Besuch an.

Das Cembalo verstummte. Schritte ließen den Holzboden knarren. Er erkannte die Schritte von Basile Plagnes, der sein Erster Knecht und gleichzeitig sein Schwiegervater war.

»Komm herein«, sagte er, noch bevor der Henkersknecht angeklopft hatte.

Die Tür des Arbeitszimmers wurde geöffnet, und ein korpulenter Sechzigjähriger in rotschwarzer Uniform trat ein. Seit drei Generationen stand die Familie Plagnes in Diensten der Familie Pibrac.

»Ein Kurier hat das soeben gebracht«, sagte Basile und reichte Justinien einen mit dem Siegel der Gemeindeverwaltung von Routaboul versehenen Brief.

Sorgfältig entfernte der Henker das Wachs und las die beiden Zeilen, die hastig auf billiges Papier geschrieben worden waren.

»Die Gemeindeverwaltung von Routaboul möchte uns übermorgen für eine vierfache Hinrichtung engagieren.«

»Wann werden wir aufbrechen, Meister?«

»Morgen, am späten Nachmittag.«

»Darf ich mitkommen?« rief eine junge, lebhafte Stimme hinter der Tür.

Dann tauchte das Gesicht Bertilles im Türspalt auf. Ihre grünen Augen glänzten erwartungsvoll. Sie machte keinen Hehl aus ihrem Wunsch, eines Tages die Nachfolge ihres Vaters anzutreten. Auch wenn es nicht gerade selten war, daß Scharfrichter aus Mangel an Personal Frauen als Henkersknechte einstellten, so war doch bislang noch nie eine Frau als Henkersmeisterin zugelassen worden.

»Wer hat dir erlaubt, an der Tür zu horchen?« fragte ihr Vater ernst.

Das Mädchen faltete die Hände und bat: »Ach, liebster Vater, ich bitte Euch, laßt mich Euch begleiten!«

»Ihr habt ein Unrecht begangen und wollt dafür auch noch belohnt werden? Habe ich Euch so erzogen?«

Die Augen des Mädchens füllten sich mit Tränen, ihre feinen Gesichtszüge schienen von tiefer Trauer gezeichnet. Bertille war imstande, einen Stein zu erweichen. Leise sagte sie: »Ich werde auch Mutter zur Hand gehen, damit sie sich nicht so anstrengen muß.«

Justinien III. war kein Stein, und wie es sich für einen Vater gehörte, gab er nach. Zum Dank umarmte Bertille ihn stürmisch.

## 56

*Am nächsten Morgen*

Die granatfarbene Kutsche verließ die große Straße und bog auf den Schotterweg ab, der zur Hinrichtungsstätte von Routaboul hinaufführte. Am Horizont zeichneten sich die Galgen ab. Im Wind schaukelten die Überreste der beiden Wilderer, die im Jahr zuvor dort gehängt worden waren.

Vor dem am Ende des breiten Vorgebirges aufgerichteten steinernen Kreuz hielt die Kutsche an. Von hier oben hatte man einen guten Blick auf Routaboul, das in einem Tal zwischen terrassenförmig angelegten Weinbergen lag.

Mit tropfender Nase und steifgefrorenen Gliedern stiegen Basile und Félix Vermeille vom Kutschersitz, während Justinien III. die Wagentür öffnete und die Trittleiter selbst herunterklappte, um auszusteigen.

Hinter ihm stiegen Pauline und Bertille aus, die sich nach der langen Reise wie gerädert fühlten. Während Mutter und Tochter ihren Reisetopf hinter einem Gebüsch leerten, schirrten der alte Erste Knecht und der Lehrling die vier Pferde aus und legten eine Decke über sie.

Der große, mit einer Plane abgedeckte Karren, auf dem das Schafott und der Galgen transportiert wurden, traf eine Stunde später ein. Wie auf den Türen der Kutsche war auch auf beide Seiten der Plane das Wappen der Familie Pibrac aufgemalt.

Auf einer windgeschützten Feuerstelle am Fuß des gemauerten Galgenfundaments bereiteten Pauline und Bertille das Essen. Gelegentlich bewegte der Wind die beiden Gehängten so heftig hin und her, daß sie aneinanderstießen.

Obwohl es noch früh am Morgen war, stärkte jeder sich mit gesundem Appetit. Man wußte, daß man vor dem Ende der Hinrichtung nichts mehr zu essen bekommen würde: In keiner der dreizehn Herbergen und Tavernen von Routaboul würde man ihnen eine Mahlzeit vorsetzen. Die Unabhängigkeit der Scharfrichterfamilien war demnach keine eigenwillige Laune, sondern eine grundlegende Notwendigkeit.

Erst im Dezember des Jahres 1779 waren ein Scharfrichter aus Marvejols und seine beiden Söhne, die sich innerhalb der Grafschaft auf dem Weg zur Vollstreckung eines Gerichtsurteils befanden, von Schnee und großer Kälte überrascht worden. Der Henker wollte in einer Herberge einkehren, doch als man ihn an seinem roten Kleid erkannte, wurde er aufgefordert, unverzüglich zu verschwinden. Nach einem ähnlichen Empfang auf einem Bauernhof suchte er schließlich Schutz unter einem Kastanienbaum, wo man ihn am nächsten Tag fand, erfroren und an seine ebenfalls toten Söhne geklammert.

Nach dem Essen machten sich alle an die Arbeit.

Die Federung der Kutsche wurde neu gespannt. Basile und Honoré schirrten die Pferde an und hängten ihnen die lärmenden Glöckchenbänder um. Mit einem weichen Tuch staubten die Lehrlinge das Wappen an den Wagentüren ab. Pauline und Bertille verstauten das Küchengeschirr in den Weidenkörben. Justinien III. stopfte seine Pfeife mit echtem Malteser Tabak, rauchte und beobachtete seine Lehrlinge bei der Arbeit. Er mochte keinen der beiden und wollte sie so rasch wie möglich durch andere Gesellen ersetzen.

Tixier Jeanjean, der älteste Sohn des Henkers von Réalmond, war eher dumm als duckmäuserisch. Er war achtzehn Jahre alt und hatte eine kleine, zu kurze Nase sowie einen großen, wulstigen Mund mit Hundezähnen; er hatte oft Zahnschmerzen und einen abscheulichen Mundgeruch. Seine größte – und nach Ansicht des Scharfrichters äußerst hinderliche – Schwäche bestand allerdings darin, daß er sich seines Berufs schämte und nicht wußte, wie er das verbergen sollte.

Félix Vermeille, der älteste Sohn des Scharfrichters von Cambrai, war ein Jahr älter als Tixier und ihm in keiner Weise ähnlich. Er sprach mit dem ausgeprägten Akzent der Franzosen aus dem Norden und ließ sich einen Schnurrbart wachsen, doch seine Barthaare wollten nicht so recht sprießen. Da er sehr stolz auf seine stämmige Figur und seine geraden Beine war, hielt er sich für eine ausgezeichnete Partie und machte Bertille schöne Augen.

Als alles bereit war, spannte man ein großes Tuch zwischen das Kreuz und die Kutsche, hinter dem sich alle umziehen konnten. Die Knechte und Lehrlinge legten ihre tomatenroten Uniformen mit den schwarzen Aufschlägen an, während Justinien III. seine Perücke aufsetzte und seinen kadmiumfarbenen Gehrock mit dem purpurroten Kragen anzog. Pauline entschied sich für ein Kleid mit aufgetrennter Taillennaht, unter dem sie ihren im fünften Monat schwangeren Bauch versteckte, und Bertille schlüpfte in ein grelles, aprikosenfarbenes Kleid, das über dem Gesäß gerafft war und sowohl ihre wohlgeformte Taille als auch ihre Brüste zur Geltung brachte.

Für die dreihundertzweiundzwanzig Haushalte des Ortes, der von einer dicken Mauer aus rotem Sandstein umgeben war, gab es nicht weniger als sieben Kirchen. Diese ungewöhnlich hohe Zahl erklärte, wieso die dort herrschenden Sitten als außerordentlich streng galten. Eine Strenge, die allerdings im Widerspruch zu der Produktion eines Weines stand, der so beliebt war, daß die Einheimischen von sich behaupteten, kein anderes Getränk zu kennen und nicht zu wissen, ob Wasser einen salzigen oder einen süßen Geschmack habe.

Der Offizier der städtischen Miliz, der mit großen Schritten auf dem Rundweg auf und ab ging, um sich gegen die Kälte zu schützen, hörte die Kutsche, lange bevor er sie sehen konnte. Er läutete kräftig, um die Einwohner über das unmittelbar bevorstehende Eintreffen des Scharfrichters zu unterrichten.

Als die Familie Pibrac und die Knechte die Glocken hörten, setzten sie unverzüglich eine gleichgültige Miene auf.

»Die Menschen dürfen in keinem Moment das Gefühl haben, daß ihre Verachtung euch etwas ausmacht. Ihr müßt so tun, als gäbe es sie gar nicht. Und wenn eure Blicke sich kreuzen, so dürft ihr nie als erste wegschauen«, lehrte Justinien I. in seinem Buch über die Tradition, in dem auf drei Seiten die wirkungsvollsten Methoden beschrieben waren, verächtlichen Blicken standzuhalten.

Als die Kutsche das Zollhaus passierte, schwang Basile seine Peitsche und ließ sie knallen. Die vier Stuten wieherten einstimmig und lösten damit jenes faszinierende Unbehagen aus, das jeden Auftritt des Henkers begleitete.

In den Straßen, die auf dem Hauptplatz zusammenliefen, wimmelte es von Menschen: Nicht zufällig fielen der Markttag und der Hinrichtungstag auch diesmal wieder zusammen. Zahlreiche Dorfbewohner führten einen Hund an der Leine, was äußerst ungewöhnlich war.

»Zurück, ihr Heuchler! Gebt der wahren Justiz den Weg frei!« brüllte Basile lauthals und ließ erneut seine Peitsche knallen.

Die Pferde wieherten. Die Menge wich zurück.

»Zurück, ihr Hinkenden! Macht dem Rächer der Unschuld Platz!«

Im Verlauf seines fünfzigjährigen Berufslebens hatte Basile sich eine solche Menge an Schimpfwörtern eingeprägt, daß er hundertmal hintereinander fluchen konnte, ohne sich zu wiederholen.

»Zurück, ihr stinkendes Gesindel! Geht der rechten Hand Gottes aus dem Weg!«

Das Gemeindehaus befand sich am Standort des ehemaligen Schlosses der Lehnsherren von Routaboul, das von den Papisten zur Zeit der Gegenreformation vollständig zerstört worden war. In einer langen Reihe stand das durch die Glocke benachrichtigte Personal auf dem großen Balkon der ersten Etage und wartete auf das Eintreffen des Scharfrichters.

Die auf dem dreieckigen Platz versammelte Menge rückte auseinander, um die Kutsche und den rotschwarzen Karren vorbeizulassen.

Basile zog die Zügel. Das Gespann blieb vor dem Gebäude stehen, das ausschließlich aus den Bruchsteinen des ehemaligen Schlosses errichtet worden war. Seine Peitsche knallte. Die Pferde wieherten. Sie waren da.

Félix sprang von seinem Sitz, um die Wagentür zu öffnen und die Trittleiter auseinanderzufalten. Steifbeinig, das Schwert in der Hüfte und die beiden Pistolen über Kreuz vor seiner violett gestreiften Weste, stieg Justinien III. aus, richtete seinen betreßten Dreispitz und marschierte zum Portalvorbau, der mit dem Wappen des Marktfleckens geschmückt war.

Alles, was er über den Grund seiner Anwesenheit wußte, war, daß er vier Verurteilte an den Galgen bringen sollte. Er hatte keine Ahnung, wo und zu welcher Stunde die Hinrichtung stattfinden sollte. Normalerweise war es üblich, daß die Bestrafung dort stattfand, wo das Verbrechen begangen worden war (»Dort, wo unschuldiges Blut geflossen ist, muß auch das Blut des Schuldigen fließen«, hieß es im Gesetz), doch es kam ebenfalls vor, daß der Richter anders entschied.

Pauline und Bertille blieben in der Kutsche, während Basile

sein Gewehr unter dem Kutschersitz hervorzog und laut die Bleikugeln zählte, mit denen er die Waffe lud. Neben ihm saß Félix, welcher der versammelten Menge streitlustige Blicke zuwarf, bevor er sich zu Bertille umdrehte, um zu sehen, welche Wirkung sein Verhalten auf sie hatte. Da Pibracs Tochter eine gute Partie und auch von der Natur bestens ausgestattet worden war, hatte Félix die feste Absicht, sie zu heiraten.

Auf dem Karren saßen Honoré und Tixier: Während der eine seinen Vater nachahmte und an seinem doppelläufigen Gewehr hantierte, gelang es dem andern einfach nicht, sich gleichgültig gegenüber diesen haßerfüllten Blicken zu verhalten; am liebsten wäre er unter die Plane gekrochen. Er saß auf einer der Planken des Schafotts, kaute an seinen Fingernägeln und bedauerte es, daß Scharfrichter keine Kapuzen mehr trugen wie zur Zeit der Dogen in Venedig: rote Kapuzen, die lediglich Augen und Mund frei ließen. Tixier hätte sich eine Justiz gewünscht, die ihre Urteile hinter verschlossenen Türen vollstreckt.

Justinien III. betrat die Vorhalle des Gemeindehauses, wo zahlreiche Soldaten herumstanden, die bei seinem Anblick verstummten.

Der Scharfrichter stieß die Tür zum Gerichtssaal auf, wo der Konsul, der Gemeinderichter, der Offizier der städtischen Miliz, der Gerichtsvollzieher und ein junger Gerichtsschreiber, den er noch nie gesehen hatte, ihn erwarteten. Sie diskutierten über die große Hetzjagd, die derzeit in der Burggrafschaft der Familie Armogaste stattfand. Auch etliche Bewohner Routabouls nahmen daran teil.

»Herr Konsul, Herr Richter, Herr Offizier, hier bin ich«, verkündete Justinien III. und begrüßte die Anwesenden mit einer kurzen Handbewegung und einer leichten Verbeugung.

Die Notabeln erwiderten höflich seinen Gruß, erhoben sich jedoch nicht von ihren Sitzen und boten ihm auch nicht an, Platz zu nehmen.

Die linke Hand auf dem kunstvoll gearbeiteten Knauf seines Schwertes und die rechte in die Hüfte gestemmt, hörte Justinien III. sich den Urteilsspruch an, den der Gerichtsvollzieher ihm vorlas.

»Das kommunale Gericht von Routaboul befindet Monsieur Bombec, dessen Gemahlin, dessen Sohn und deren Komplizen Noiraud für schuldig, die beiden Kinder der Familie Albin entführt, verstümmelt und an falsche Bettler aus Lyon verkauft zu haben.

Als Wiedergutmachung erklärt dieses Gericht den genannten Vater Bombec, dessen Gemahlin und dessen Sohn sowie den genannten Noiraud für unnütz in dieser Welt und verurteilt sie dazu, auf einem Karren zum Place Saint-Hilarian gebracht und dort am Hals aufgehängt zu werden, bis der Tod eintritt. Anschließend werden ihre Leichen an den Füßen zum Galgen außerhalb der Stadt geschleift, wo sie ein weiteres Mal gehängt werden und bis zu ihrer vollständigen Verwesung hängenbleiben sollen.«

Der Gerichtsvollzieher überreichte Justinien III. das Urteil, und dieser wandte sich fragend an den Richter:

»Wann soll ich mein Amt ausüben?«

»Sobald Eure Vorbereitungen abgeschlossen sind«, erhielt er zur Antwort.

Justinien III. nickte, drehte sich um und ging davon. Der Offizier der Miliz folgte ihm. Die in der Vorhalle stehenden Soldaten griffen nach ihren Piken und stellten sich in ziemlich wirren Zweierreihen auf. Dieses Durcheinander zeugte eher von ihrem guten Willen als von ihren kriegerischen Kenntnissen. Da die Gemeindeverwaltung von Routaboul nicht reich genug war, um ihnen Uniformen zur Verfügung zu stellen, trugen sie ihr Gehänge und die Waffen über ihrer besten Zivilkleidung. Lediglich der Offizier trug den blauen und roten Rock der französischen Garde, den er sich bei einem Juden in Rodez hatte anfertigen lassen.

»Wir errichten den Galgen auf dem Place Saint-Hilarian«, sagte Justinien III. zu seinen Leuten und stieg in die Kutsche.

Erneut fiel ihm die ungewöhnlich große Zahl von Hunden auf, die überall in der Menge zu sehen waren.

Die Soldaten und der Offizier bahnten ihnen einen Weg zu dem viereckigen Platz, auf dem es wegen der hohen Häuser bereits am frühen Nachmittag dunkel zu werden begann. Auf dem Vorplatz der Kirche erhob sich ein Podium, das mit Fahnen in den Farben des Marktfleckens geschmückt war.

Singend entfernten die Knechte und Lehrlinge die Plane und luden das Gerüst und den in Einzelteile zerlegten Galgen ab.

Pauline und Bertille achteten nicht auf die neugierigen Blicke, die sie auf sich zogen, sondern rollten die Stricke mit den lederverstärkten Schlingen auseinander und begannen, sie sorgfältig mit Wachs einzureiben. Alle redeten über die Schwangerschaft der Gattin des Henkers.

Die junge Bertille freute sich sehr, an diesen Vorbereitungen teilnehmen zu dürfen, und ihre Wangen glühten. Schließlich war sie das älteste Kind der Familie Pibrac, und wäre sie kein Mädchen gewesen, so hätte sie – als Pibrac die Vierte – und nicht Justinien die Nachfolge ihres Vaters angetreten.

Da der Place Saint Hilarian nicht gepflastert war, mußte Justinien III. mehrfach auf sein Senkblei zurückgreifen. Es dauerte eine Stunde, bis alle vierunddreißig Teile des Gerüsts zusammengefügt waren, und eine weitere halbe Stunde, um den Galgen aufzurichten.

Während die Lehrlinge sich um die letzten Vorbereitungen kümmerten, kehrte Justinien III. mit seinen Knechten ins Gemeindehaus zurück, um die Verurteilten abzuholen. Der Offizier und zehn Milizsoldaten begleiteten sie.

In der Zwischenzeit stellten die Lehrlinge einen Tisch auf und bedeckten ihn mit einem roten Tuch. Darauf breiteten die Frau und die Tochter des Scharfrichters jede Menge sogenannter

Galgenheilmittel aus: gelbes Fett zur Heilung von gebrochenen Knochen, eine schwärzliche, aus Scheiterhaufenasche hergestellte Salbe gegen Brandwunden und Blasen, graue, verschlungene Alraunwurzeln, die das, was weich geworden war, wieder hart machten, zu Pulver zerstampfte Haare eines Enthaupteten, welche das Gedächtnis auffrischten, wenn man sie schnupfte. Ferner gab es Fingernägel zu kaufen, die von der rechten Hand eines Vatermörders stammten und gegen Masturbationszwang wirkten, sowie Stücke eines Stricks, die sowohl gegen Halsschmerzen als auch gegen Halsstarre halfen, wenn man sie kochte und als Tee trank. Der Verkauf all dieser Mittelchen erhöhte das jährliche Einkommen der Familie Pibrac um etwa tausend Livres.

Justinien III., seine Knechte und der Offizier folgten dem Kerker- und Foltermeister Latreille und seinem Gehilfen über die Treppe, die in den Keller führte, den man unter den ehemaligen Vorratsraum des Schlosses gegraben hatte.

Plötzlich begann ein Hund bösartig zu bellen. Justinien III. wunderte sich: »Was hat dieser Hund hier zu suchen?«

»Bei seiner Verhaftung hat er drei Menschen gebissen«, antwortete der Offizier.

»Warum wird er nicht im Hinrichtungsbefehl erwähnt?«

»Das wird er. Er ist der Komplize.«

Es war durchaus üblich, auch Tiere zum Tod zu verurteilen. So verurteilte man das Pferd, das seinen Herrn zu Tode getrampelt hatte, ließ die Sau hinrichten, die das Kind aufgefressen hatte, welches in ihren Stall gefallen war, brachte den Hund des Wilderers zusammen mit seinem Herrn an den Galgen. Acht Jahre zuvor hatte Justinien III. in Roumégoux einen Esel verbrannt, der in eine Kirche eingedrungen war und aus dem Weihwasserbecken getrunken hatte. Seine Hinrichtung hatte in Anwesenheit sämtlicher Esel aus der Burggrafschaft stattgefunden.

Da bekanntermaßen kein Tier auf die Idee kam, von sich aus einer Hinrichtung beizuwohnen – und somit alle Bemühungen, ein Exempel zu statuieren, zwangsläufig fehlschlugen –, hatte der Konsul die »obligatorische und triftige« Anwesenheit sämtlicher Hunde aus Routaboul angeordnet.

Die Tür des Kerkers war mit einem so gewaltigen Riegel verschlossen, daß der Foltermeister sich beider Hände bedienen mußte, um ihn zurückzuschieben. Hinter der Tür befand sich eine etwa zwanzig Fuß breite und zwanzig Fuß lange Zelle, in der es nach Urin stank. Es war unangenehm kalt und feucht.

Die Familie Bombec lag auf dem blanken Boden und war mit Hand- und Fußketten an die Wand gefesselt. Keiner konnte den anderen berühren. Alle drei waren bloß mit ihrem Hemd bekleidet und betrunken.

Da der reichlich vorhandene Rohstoff den Kerkermeister Latreille nicht viel kostete, gab dieser seinen Gästen lieber Wein als Wasser zu trinken. Indem er sie sinnlos betrunken machte, konnte er in aller Ruhe seinen anderen Beschäftigungen als Hausmeister der Gemeindeverwaltung, Glöckner des Belfrieds und öffentlicher Ausrufer nachgehen.

Der Komplize der Familie Bombec, ein ausgemergelter Bastard mit grauem Fell, knurrte. Er war am Hals angekettet und schien zum Beißen aufgelegt zu sein. Noch bevor Justinien III. ihn dazu aufforderte, ergriff Honoré eine der Fackeln und ging zum Karren, um das dort liegende Fangseil zu holen.

Der Junge weinte.

»Steh auf!« befahl ihm Justinien III.

Das Kind gehorchte. Seine Tränen zeichneten feine Rinnen auf seine schmutzigen Wangen. Der Kerkermeister und sein Gehilfe befreiten ihn von seinen Ketten.

Anschließend mußte man seinen Eltern helfen, sich zu erheben. Justinien III. stellte fest, daß die Frau größer war als der Mann. Dem müßte er bei der Wahl der passenden Stricke Rechnung tragen.

»Möchtet ihr euch, bevor man euch fesselt, ein letztes Mal umarmen?« fragte er und achtete nicht auf den mißbilligenden Blick des Kerkermeisters.

Das Ehepaar nickte, während der Junge ein ängstliches Gesicht machte. Seine Eltern eilten zu ihm hin, woraufhin er laut losplärrte. Sein Vater schlug ihn ins Gesicht, während seine Mutter ihm ein ganzes Büschel Haare ausriß.

Justinien III. und Basile griffen ein.

»Was hat er ihnen getan?« fragte Justinien III. den Kerkermeister, der angewidert auf seine Holzschuhe starrte.

»Sie sind durch seine Schuld erwischt worden, und außerdem hat er gleich bei der ersten Folterung alles ausgeplaudert. Er hatte so große Angst, daß er sogar Dinge zugab, die wir gar nicht von ihm wissen wollten. Auf diese Weise haben wir herausgefunden, daß sie unbelehrbare Gewohnheitsverbrecher sind.«

Honoré kam mit dem Fangseil zurück und bändigte das Tier, indem er ihm das Maul zuschnürte. Anschließend fesselte er die Pfoten des Hundes, nahm ihn auf die Schultern und trug ihn zum Karren. Die anderen Verurteilten folgten ihnen mit auf den Rücken gefesselten Händen.

Um jeden Versuch, vom Karren zu springen, von vornherein zu verhindern, kettete Justinien III. sie mit den Füßen an eigens dafür vorgesehene Ringe, die am Eisenrahmen der Rüstleiter festgeschweißt waren.

Als alles bereit war, postierte der Offizier seine Soldaten zu beiden Seiten des Karrens, während der Henker und seine Knechte vorne auf dem Wagen Platz nahmen. Dann setzte das Gefährt sich in Bewegung. Und schon wurden die ersten Gegenstände auf die Verurteilten geworfen.

»Sterben soll die grausame Familie!«

Die von Basile und Honoré mit großem Geschick geschwungenen Peitschen warnten die Werfer davor, sich die falschen Ziele auszusuchen.

»Macht unserer schönen und gerechten Justiz Platz!« brüllte der Offizier, während er dem rotschwarzen Karren einen Weg durch die Menge bahnte.

Die Ankunft der Verurteilten auf dem Place Saint-Hilarian sorgte für ein fürchterliches Gedränge. Hunde bellten. Die Beschimpfungen wurden lauter, die Geschosse zahlreicher. Ein Kohlstrunk streifte Basiles Wange. Sogleich knallte seine Peitsche durch die Luft, und der Dreispitz des Missetäters, ein Krämer mit hochrotem Gesicht, flog weit über die Köpfe der Schaulustigen davon.

Pauline und Bertille warteten neben den aufgerollten Strikken, die unter dem Gerüst lagen. Félix stolzierte um das junge Mädchen herum, während Tixier die beiden heimlich beobachtete und gleichzeitig in seinen schlechten Zähnen stocherte.

Nachdem Basile und Honoré die Verurteilten losgebunden hatten, halfen sie ihnen, vom Karren zu steigen: Die Lehrlinge verstauten die Ketten in der Kiste unter dem Vordersitz.

Justinien III. wog Bombec, indem er ihn an der Taille in die Höhe hob; das gleiche tat er mit der Frau, dem Jungen und dem Hund.

Die Länge und die Dicke der Stricke richteten sich nach der Statur und dem Gewicht der Verurteilten. Eine Fehleinschätzung konnte allerlei unerwünschte Konsequenzen haben. Die gefürchtetste davon war das Zerreißen des Stricks, das die sofortige Begnadigung des Verurteilten sowie die Streichung des Henkerhonorars wegen Berufsfehlers, also einen Einkommensverlust von vierzig Livres, nach sich zog.

»Zwei daumendicke Stricke, einer von acht Linien Länge und einer von sechs«, verkündete Justinien III.

Die Lehrlinge suchten die entsprechenden Stricke heraus und gaben sie dem Henker, der die Schlinge des daumendicken Seils um den Hals der zitternden Frau Bombec legte.

»Ich bin absolut unschuldig«, stammelte die Frau, als sie zu der dreizehnstufigen Treppe geführt wurde.

Wie gewohnt, glaubte sich die Menge zur Empörung verpflichtet, als die Frau oben auf dem Gerüst erschien. Die Schreie und Beschimpfungen wurden noch lauter.

»Verrecken sollst du, du widerliche Vogelscheuche!«

»In die Hölle mit dir, du verkrüppelte Hexe!«

Die andern standen unten an der Treppe und warteten, bereits mit dem Strick um den Hals, daß die Reihe an sie käme. Basile paßte auf sie auf.

Justinien III. führte Frau Bombec zum Schemel.

»Lieber Henker, Ihr könnt doch nicht zulassen, daß ich sterbe, ohne zuvor gebeichtet zu haben«, flehte sie ihn an.

»Der Herr Offizier hat Euch doch bereits gesagt, daß der Beichtvater es ablehnt, Euch die Beichte abzunehmen«, erwiderte Justinien III. und schubste die Frau zum Hocker, den Félix herbeibrachte.

»Es ist eine Schande, mich zu hängen, denn ich bin unschuldig. Sie haben es getan«, beklagte sie sich und deutete auf ihren Mann und den in Tränen aufgelösten Jungen, der neben dem gefesselten, auf der Seite liegenden Hund stand.

Honoré stieg auf die Leiter und befestigte den Strick, während Justinien III., so wie es das Gesetz vorschrieb, das Kleid der Frau um ihre Waden festband, damit das öffentliche Schamgefühl nicht verletzt würde.

»Sie waren diejenigen, die die Kinder verstümmelten, ich hielt sie bloß fest«, erklärte sie mit einer Stimme, die aufgrund der Schlinge, die ihr die Kehle zuschnürte, ganz heiser klang.

Justinien III. trat an den Rand des Gerüsts. Plötzlich wurde es ganz still auf dem Platz, an den Fenstern, auf den Balkonen und auf den Dächern. Es wurde so still, daß man das Plätschern des Wassers hörte, das aus dem Springbrunnen spritzte und ins steinerne Becken fiel.

»Die Verurteilte beteuert ihre Unschuld und beschwert sich, daß kein Geistlicher ihr beisteht, Herr Konsul«, sagte Justinien III. und schaute zu Pfarrer Albin.

»Wenn sie unschuldig ist, wird Gott dafür sorgen, daß der Strick reißt. Wenn nicht, soll sie ihre Seele Tropfen für Tropfen hergeben«, erwiderte der Geistliche verärgert.

Justinien III. ging zu der Verurteilten zurück. Wie der Brauch es verlangte, drehte er den geladenen Gästen ostentativ den Rücken zu und rief mit vibrierender Stimme in die Menge: »Und vergeßt nie, daß nur Gott und wir richten dürfen!«

Dann zog er den Schemel unter den Füßen der Frau weg. Der Strick spannte sich, die ordentlich mit Wachs eingeriebene Schlinge zog sich zu, wurde immer enger, preßte die zahlreichen Muskeln zusammen, zermalmte den Knorpel des Adamsapfels und verletzte die Luftröhre. Die Nackenwirbel jedoch hielten stand.

Die Gehängte bewegte sich: Ihre Augen traten aus den Höhlen, ihr Gesicht schwoll an und verfärbte sich violett, ihre gefesselten Beine zitterten, ihre Zehen verkrampften sich. Honoré schob einen Eimer unter die Frau.

Damit alle ihr Todesröcheln hören konnten, wurde es mucksmäuschenstill. Diejenigen, die von der Schnelligkeit des Henkers überrascht worden waren und nicht alles gesehen hatten, wurden durch die Langsamkeit entschädigt, mit der die Gehängte erstickte.

Als Justinien III. seinem Knecht Basile das Zeichen gab, den Mann auf das Gerüst zu bringen, bewegte sie sich immer noch.

»Ich will nicht da hinauf«, erklärte Bombec mit Bestimmtheit.

»Gestatte, daß ich auf deine Einwilligung verzichte, Schleimer«, erwiderte Basile und versetzte ihm einen heftigen Stoß in den Rücken.

Sein Auftauchen auf dem Gerüst brachte wieder Bewegung in die Menge.

»Büßen sollst du, elender Kinderschänder!« schrie eine schrille Stimme von rechts.

Vor lauter Aufregung und Verzweiflung versagten dem Mann die Beine, er fiel auf die Knie. Der Eichenboden hallte unter dem Aufprall wider. Er stieß einen Schmerzensschrei aus, und verschiedene Leute klatschten Beifall, während andere böse »Das geschieht dir recht!« brüllten.

Schließlich packten Justinien III. und Basile den Mann an den Schultern, richteten ihn wieder auf und zwangen ihn, auf den Todesschemel zu steigen.

»Binde ihm die Hände los, Henker!« forderte eine Stimme.

»Ja, freie Hände, freie Hände, freie Hände!« skandierte eine Gruppe von betrunkenen Gemüsegärtnern.

Die Idee fand Gefallen, denn bald brüllte die ganze Menge: »Freie Hände, verdammt noch mal!«

In diesem Moment wandte sich Justinien III. an seine Tochter und an seine Lehrlinge und erklärte ihnen: »Schaut sie euch gut an und vergeßt nie, daß es diese blutrünstigen Heuchler sind, die uns seit Jahrhunderten mit den immer gleichen Vorurteilen begegnen.«

Wie die Tradition es verlangte, fügte er sich dem Wunsch der Mehrheit, band dem Verurteilten die Hände los und zog gleichzeitig den Schemel unter seinen Füßen weg. Der Mann fiel, doch mit den freien Händen konnte er nach dem Strick über seinem Kopf greifen und sein Erwürgen hinauszögern. Lebhaft kommentierte die begeisterte Menge seine Kraftanstrengungen. Einige schlossen Wetten ab, wie lange er es aushielte, bevor seine Kräfte ihn verließen und er gezwungen wäre loszulassen.

Honoré stellte einen Eimer unter seine Füße, während Basile den jungen Bombec holte, der von den Lehrlingen bewacht wurde. Sie machten sich lustig über seine nicht versiegenden Tränen.

»Jetzt bist du an der Reihe, und es wird *sehr* weh tun«, sagte Félix zu ihm und warf Bertille einen eindringlichen Blick zu, in der Hoffnung, sie auf sich aufmerksam zu machen.

Das junge Mädchen aber war zu sehr vom Anblick der Frau gefesselt, die soeben ihren letzten Atemzug getan hatte und sich, nachdem ihre Schließmuskeln sich geöffnet hatten, geräuschvoll in den Eimer entleerte.

Dann richtete Bertille ihre Aufmerksamkeit auf den Mann, der mit seiner Kraft am Ende schien und ein lautes Grunzen von sich gab: Sein verzweifeltes Bemühen ließ seine Adern anschwellen, und das Mädchen sah sie unter der feinen Haut der Stirn und der Schläfen krampfartig zucken.

»Halt durch, Bombec, sonst bin ich fünf Louisdors los!« schrie eine Stimme, woraufhin die Menge fröhlich lachte.

Der Junge zog das Interesse derjenigen auf sich, die keine Wetten abgeschlossen hatten.

»Jetzt bist du dran, Galgenvogel!«

Da sein Geständnis in einer Auflage von fünfhundert Exemplaren gedruckt (und vom Bruder des Gemeinderichters zum Preis von zehn Sols pro Exemplar verkauft) worden war, wußte jeder in Routaboul, daß die Entführung der Albin-Kinder ohne seine Hilfe nicht möglich gewesen wäre. Er war es gewesen, der sie angelockt und sie seinen Eltern ausgeliefert hatte. Zur Belohnung hatte er Noiraud, den Hund, erhalten.

»Wenn du dich nicht wehrst, ist es gleich vorbei«, erklärte Justinien III. dem Jungen, während er ihn an den Schultern packte und zum Todesschemel führte.

Mit gebeugtem Rücken und tränennassen Wangen stieg der junge Bombec auf den Schemel. Er wandte den Kopf ab, um nicht sehen zu müssen, wie die Arme seines Vater sich verkrampften und er unter den Schreien des Pöbels nach und nach loszulassen begann.

Das letzte, was er sah, bevor der Henker den Schemel zur Seite drückte, waren die Frauen, die ihre Kinder in die Höhe hoben, damit sie ihm beim Sterben zuschauen konnten.

Honoré schob einen Eimer unter seine Füße. Basile holte Noiraud, den Komplizen.

Als Basile mit dem Hund das Gerüst bestieg, deutete der Konsul dem Henker an, die Hinrichtung kurz zu unterbrechen. Dann bat er den Kerker- und Foltermeister, zu ihm auf das Podium zu kommen. Kurze Zeit später forderte Latreille die anwesenden Hundebesitzer mit lauter Stimme auf, sich in der ersten Reihe aufzustellen, damit ihre Tiere sich ein Beispiel an dem lehrreichen Spektakel, das nun folgen würde, nehmen könnten.

Es dauerte eine Weile, bis das geschehen war. Mehrfach mußten die Soldaten eingreifen und verschiedene Zuschauer zwingen, ihren günstigen Platz zu räumen. Unflätige Beschimpfungen wurden laut, hauptsächlich als die Rudel des Edelmannes Brémont de Lambruche auftauchten.

»He! He!« brüllten die Stallmeister und schwangen ihre Peitschen über den Köpfen der Hunde.

Zwei Spürhunde bellten in Richtung des Balkons der Herberge *Trois Pochards*, wo ihr Meister Platz genommen hatte.

»Ganz ruhig, Loustic! Ganz ruhig, Mauraude!« befahl dieser und war stolz auf ihren außerordentlichen Geruchssinn.

Brémont de Lambruche hielt nicht viel von der Beispielhaftigkeit einer solchen Bestrafung. Allerdings war der Edelmann so stolz auf seine Rudel, daß er keine Gelegenheit ausließ, seine Persac-Bastarde und seine Spürhunde vorzuführen, deren Nasen so fein waren, daß sie seinen Geruch von hundert anderen Gerüchen unterscheiden und ihn hier auf dem Platz genau lokalisieren konnten.

Um Noiraud zu hängen, war kein Schemel nötig. Justinien III. brauchte ihn lediglich hochzuheben, während Honoré den Strick spannte.

»Nehmt ihm zuerst die Mundfessel ab«, verlangte der Konsul. Die Schreie des verurteilten Tieres sollten seinen Artgenossen eine deutliche Warnung sein.

Da Justinien III. keine Lust hatte, gebissen zu werden, dachte er gar nicht daran, dieser Aufforderung nachzukommen, sondern tat einfach so, als hätte er sie überhört. Als Honoré ihm das Zeichen gab, daß alles bereit sei, öffnete er die Arme und ließ den Hund ins Leere fallen. Anschließend konnte Justinien III. ohne Risiko das Seil entfernen, das als Maulkorb gedient hatte, und die Fesseln lösen. Honoré stellte den vierten Eimer unter das Tier.

Zur größten Zufriedenheit der Menge und der geladenen Gäste gab Noiraud allerlei schrille Töne von sich, die seine Artgenossen außer Rand und Band gerieten ließen. Bald schien der Platz förmlich zu erzittern unter dem Gebell von etwa zweihundert Hunden, denen, wenn sie zu heftig an der Leine zerrten, ebenfalls die Kehle zugeschnürt wurde. Peitschen knallten, erneut wurde »He! He!« und »Ganz ruhig!« geschrien, woraufhin das Durcheinander nur noch größer wurde.

Da eine Hinrichtung immer erst mit dem letzten Atemzug des Gehängten abgeschlossen ist, mußte Justinien III. warten, bis Noiraud tot war, bevor er das Ende der Vollstreckung verkünden konnte. Sodann begannen Honoré und die Lehrlinge unverzüglich mit den Vorbereitungen zum Aufbruch.

Widerwillig verließen die Leute den Platz.

Während Justinien III. sich in die Kutsche zurückzog, um in aller Ruhe seine Kostenrechnung aufzustellen, kümmerten sich Pauline und Bertille um den Verkauf der übriggebliebenen Arzneimittel.

Als die Rechnung fertig war, streckte Justinien III. den Kopf zur Wagentür hinaus und gab Honoré das Zeichen. Der Knecht stieg auf den Kutschersitz, löste die Bremsen und fuhr seinen Meister zum Gemeindehaus, wo der Konsul ihn bereits erwartete. Der Rechnungsbetrag belief sich auf vierhundertzwanzig Livres, achtzehn Deniers und elf Sols.

»Fünfzig Livres für den Hund! Ihr seid nicht gerade billig, Maître Pibrac! Könntet Ihr uns nicht zehn Livres nachlassen? Schließlich war es nur ein Hund.«

»Eine Hinrichtung ist eine Hinrichtung, Herr Konsul. Hättet Ihr eine Wespe zum Tode verurteilt, so wären für die Hinrichtung trotzdem fünfzig Livres zu zahlen gewesen.«

»Laßt und dreißig Livres nach, und wir entschädigen Euch mit einem kleinen Faß unseres vorzüglichen Weins.«

»Für dreißig Livres muß es schon ein großes Faß sein. Und ich darf es behalten, wenn es leer ist.«

Die großen Fässer waren aus Kastanienholz und beinhalteten zwei kleine Fässer (hundertfünfunddreißig Liter). Im Baronat Bellerocaille kostete ein solches Faß drei Louisdors, also zweiundsiebzig Livres.

Resigniert seufzend gab der Konsul schließlich sein Einverständnis.

Das Faß wurde hinten auf die Kutsche geladen. Dann zündete Justinien III. seine Pfeife an und fuhr auf den Place Saint-Hilarian zurück.

Die Lehrlinge waren dabei, unter Basiles Kommando das Gerüst abzubauen. Die Gehängten lagen bäuchlings auf der Erde und warteten darauf, zu dem Galgen vor der Stadt transportiert und dort ein weiteres Mal gehängt zu werden. Drei Soldaten schützten sie vor den zahlreichen Dorfbewohnern, die sich weigerten, den Platz zu verlassen, obwohl die Hinrichtung längst vorbei war. Es waren ebenfalls noch einige Hunde da, die man nun wieder frei herumlaufen ließ: Der Geruch von totem Fleisch regte ihren Hunger an.

Als das Gerüst, der Galgen, der Schemel und das restliche Material verladen waren, spannten die Lehrlinge die Plane darüber, während Basile und Honoré die Gehängten an den Knöcheln fesselten und die Seile hinten am Wagen befestigten. Nachdem er sich vergewissert hatte, daß sie nichts vergessen hatten, gab Justinien III. den Befehl zum Aufbruch.

»Paß auf, dicker Mistbauer! Zurück, ihr Weinsäufer!«

Der von Honoré gelenkte Karren folgte der Kutsche und schleifte die vier Leichen hinter sich her. Kinder rannten ihnen nach und lachten laut, wenn die Köpfe gegen einen Stein schlugen. Hunde schlossen sich ihnen an und versuchten, die Gehängten zu beißen, was ihnen meistens auch gelang.

Die Glocke, die zuvor ihre Ankunft verkündet hatte, gab nun ihre Abreise bekannt.

Während die Familie Bombec und ihr Komplize Noiraud ordnungsgemäß gegenüber den Kadavern der beiden Wilderer aufgehängt wurden, machten Pauline und Bertille Feuer an derselben Stelle wie vorhin.

Von irgendwoher tauchten Raben auf, ließen sich auf den nahen Bäumen nieder und starrten begehrlich auf die vier Augenpaare, die sie demnächst ausstechen würden. Das plötzliche Erscheinen einer Schar Elstern ärgerte sie. Sie sträubten die Federn und begannen feindlich zu krächzen.

Die Lehrlinge ergriffen ein kleines Beil und machten sich auf die Suche nach Holz, mit dem sie ein großes Feuer anzünden wollten, das an diesem grauen Winternachmittag nicht nur etwas Wärme, sondern auch für eine fröhlichere Stimmung sorgen sollte.

Während ihres üppigen Abendmahls unterhielten sich der Meister und seine Knechte über den korrekten Ablauf der Hinrichtung.

Es war längst Nacht geworden, als die Kutsche und der Karren den langen Rückweg nach Bellerocaille antraten.

## 57

*Zweiter Tag des Monats März 1781*

Über dem Wald von Azémard ging allmählich die Sonne auf, als die Kutsche jene Kreuzung erreichte, auf welche die königliche Straße von Rodez nach Millau mündete. Obwohl das Herrenhaus der Familie Pibrac nur mehr drei Wegmeilen entfernt war, brachte Basile das Gespann am Waldrand zum Stehen. Wie er selbst, waren auch die Pferde müde und hatten Hunger und Durst. Leise knurrend, stieg er vom Kutschersitz herunter. Die Kälte und die Feuchtigkeit steckten in seinen rheumatischen Gliedern, die bei jeder Bewegung schmerzten.

Die Passagiere nutzten die Gelegenheit, um sich die Beine zu vertreten. Nur Pauline blieb liegen und schlief weiter.

Mit einem Eimer in jeder Hand ging Félix zu dem tiefer gelegenen Fluß, während Bertille zwischen den Bäumen verschwand und nach einem geeigneten Ort suchte, wo sie ihre Blase entleeren könnte. Unversehens stolperte sie dabei fast über den unter einer Eiche liegenden Reiter.

Er lag auf dem Rücken, halb unter welken Blättern und einem Pferd begraben, das Gesicht blutverschmiert.

»Vater! Kommt rasch her! Hier liegt ein Toter«, schrie sie und schaute sich nach allen Seiten um, um sich zu vergewissern, daß nicht irgendwo noch einer herumlag.

Auf einem der unteren Äste der Eiche hockte eine Elster und kreischte, als wolle sie die Schreie des Mädchens nachahmen.

Justinien III., der gerade die Federung der Kutsche überprüfte, richtete sich jäh auf und zog seine Pistolen aus den Halftern. Dann rannte er in die Richtung, aus der die Schreie seiner Tochter gekommen waren, während Basile das Gewehr unter dem Kutschersitz hervorholte und seinem Herrn folgte.

Bertille hatte inzwischen bemerkt, daß der Reiter noch atmete und auch sein Pferd noch lebte.

»Er ist nicht tot!« schrie sie ihrem Vater und ihrem herbeieilenden Großvater zu.

Justinien III. beugte sich über den Verletzten und tastete seinen Schädel ab; das Blut war auf eine breite, aber nicht besonders tiefe Wunde am Kopf zurückzuführen. Bei seinen weiteren Untersuchungen stellte er fest, daß dem Jungen ein Stück Zunge fehlte, die Narbe aber schon lange verheilt war.

»Wir müssen ihn rausziehen«, sagte er mit einem Blick auf die Stute, die ein Bein des Verletzten unter sich begrub.

Das Tier lag seitlich in einer Blutlache und atmete nur noch schwach. Beide Vorderbeine waren gebrochen. Justinien III. setzte den Lauf seiner Pistole zwischen Auge und Ohr und drückte ab. Die Stute starb ohne das geringste Zucken, während alles, was in der näheren Umgebung Flügel hatte, eilig davonflog.

Félix, der vom Fluß zurückkam, setzte die vollen Eimer ab und rannte schreiend herbei: »Was ist passiert? Wo seid ihr?«

Schlaftrunken, mit einer Hand auf ihrem dicken Bauch und in der anderen eine schußbereite Pistole, kam Pauline aus der Kutsche. Der Schuß hatte sie geweckt.

Als Félix auf den Kutschersitz stieg, um sein Gewehr zu holen, stellte er fest, daß es verschwunden war.

»Wo ist der Meister? Wo ist Monsieur Basile?«

»Keine Ahnung. Ich habe geschlafen.«

»He! Wo seid ihr?« schrie der Lehrling heiser.

»Hier sind wir«, erwiderte Basile aus nicht allzu weiter Entfernung.

»Bring eine Decke her!« befahl Justinien III.

Der Verwundete trug einen Gehrock, der so schmutzig war, daß man ihn nicht einmal einer Vogelscheuche angezogen hätte, über seiner Schulter hing eine alte abgenutzte Jagdtasche. Seine langen Beine steckten in einer grünlichen Hose, die an mehreren Stellen geflickt war, und seine Füße in hübschen Stiefeln aus geschmeidigem Leder.

»Wir werden die Stute so weit wie möglich hochheben, während du den Jungen an den Schultern packst und dann herausziehst«, sagte Justinien III. zu Bertille, die froh war, daß sie sich nützlich machen konnte.

Als sein Bein von dem Gewicht befreit wurde, jammerte der Verletzte, ohne jedoch zu Bewußtsein zu kommen. Justinien III. zog seinen Fuß aus dem Steigbügel und bemerkte dabei die Schwellung, die auf ein gebrochenes Schienbein hindeutete. Um dem Jungen den Stiefel ausziehen zu können, mußte er ihn mit seinem Messer aufschneiden. Der Scharfrichter wunderte sich, daß der Verletzte keine Strümpfe trug. Der Fuß war schmutzig und die Fußsohle mit einer Hornhaut überzogen, die so dick war wie eine Ledersohle. Die Innenflächen seiner großen Hände waren ebenfalls schwielig.

Félix kam mit der geforderten Decke und half ihnen, den Verletzten daraufzulegen.

»Dies ist nicht das Pferd eines Herumtreibers. Ich glaube kaum, daß es sein eigenes Pferd ist«, sagte Basile, als er die Zügel der toten Stute an sich nahm.

Justinien III. nahm dem Jungen die Jagdtasche ab und stellte fest, daß sein rechter Oberarm gebrochen war.

Als er den Gehrock aufknöpfte, auf dem links in Taillenhöhe ein großer Blutfleck zu sehen war, bemerkte er, daß die beiden fehlenden Knöpfe durch Knochen ersetzt worden waren, die er als die Wirbel einer großen Viper identifizierte. Der Faden, mit dem sie am Stoff befestigt waren, entpuppte sich als die Sehne eines Tieres. Unter den Schoßteilen entdeckte er das Gehänge eines Wildhüters und ein Jagdmesser, das in seinem Schaft steckte. Um den Hals trug der junge Mann eine lange Goldkette, an der verschiedene Trophäen hingen: der Nagel und der Eckzahn eines Wolfs, zwei Adlerkrallen, der Zahn eines Wildschweins, ein langer Hornring, der einfache, gekrümmte Hufnagel eines Maultiers, ein Hirschkreuz – diesen gekreuzten Knorpel gab es nur im Herzen ausgewachsener Hirsche – und eine Silbermünze, die Heinrich VIII. im Profil zeigte.

»Ich glaube, wir haben es mit einem sehr ungewöhnlichen Wilderer zu tun«, sagte der Scharfrichter zu Basile, der dem Pferd gerade den Sattel abnahm.

»Wenn nicht mit einem noch schlimmeren Gesellen«, brummte der Knecht, als er den Einschuß am hinteren Teil des Sattels entdeckte.

»Schaut Euch das an, Meister«, sagte er und deutete auf das in den Sattelknopf eingravierte A.

Sie schauten einander an und dachten beide gleichzeitig an die große Hetzjagd, die tags zuvor stattgefunden hatte; sie waren keine vier Wegmeilen vom großen Wald von Saint-Leu entfernt.

»Das Pferd ist ebenfalls angeschossen worden«, sagte Basile. »Es war an der Kruppe und an der Hinterbacke verletzt und hat viel Blut verloren.«

Sie suchten das Gelände ab und fanden mühelos den Weg, über den der Reiter gekommen war. Das festgestampfte Gras, die abgebrochenen Äste und die Blutspuren führten zur königlichen Straße hinauf.

»Er hat sich im Unterholz versteckt, um seinen Verfolgern zu entkommen«, mutmaßte Justinien III.

Bertille betrachtete neugierig die Kette mit den seltsamen Anhängern. »Glaubt Ihr, daß Räuber ihn so zugerichtet haben?«

»Nein, im Gegenteil. Alles deutet darauf hin, daß er der Räuber ist.«

»Und was werdet Ihr nun mit ihm tun?«

»Nun, ich werde ihn dem Herrn Prévôt übergeben.«

Jeder ergriff eine Ecke der Decke, und so trugen sie den Verletzten zur Straße und legten ihn neben der Kutsche auf die Erde. Mit geblähten Nüstern, nach hinten gelegten Ohren und wachsender Unruhe reagierten die Pferde auf den Fremdling. Ganz in der Nähe schrie eine Elster.

»Ganz ruhig, ganz ruhig, meine Lieben, wovor fürchtet ihr euch denn?« fragte Basile mit besänftigender Stimme.

Félix ging noch einmal zurück, um den Sattel, die Zügel, das Zaumzeug und die Jagdtasche zu holen.

»Ich habe ihn gefunden«, erklärte Bertille ihrer Mutter, während ihr Mann die Taschen des Gehrocks leerte.

Er zog einen Feuerstein und einen Siegelring mit dem Wappen der Familie Armogaste hervor, was ihn sehr verwirrte.

Als er den Inhalt der Jagdtasche untersuchte, stieß er auf ein

Fernglas im Etui, verschiedene Schlingen aus Roßhaaren, gebratene Kastanien, in Streifen geschnittenes Räucherfleisch, eine billige Ausgabe von *Reineke Fuchs* sowie auf mehrere Arzneibeutel.

Er öffnete das Buch. Auf dem Vorsatzblatt stand in schönster Druckschrift: *Dieses Buch gehört Dagobert Tricotin.*

Justinien III. zog seine dichten Augenbrauen langsam bis zu den Haaren hoch – dann befahl er mit fester Stimme: »Basile, wir fahren sofort weiter. Félix, du bleibst hier, um Honoré Bescheid zu sagen, daß wir nicht auf ihn warten konnten. Pauline, hilf mir, ihn auf die Bank zu setzen. Bertille, du holst eine weitere Decke. Er soll sich nicht erkälten. Wir fahren so schnell wie möglich nach Hause.«

Angesichts des fragenden Blicks des Knechtes fügte er hinzu: »Es könnte sein, daß er nicht nur ein Räuber ist.«

Der Verletzte wurde auf die eine Bank gebettet, und die Familie Pibrac drängte sich zu dritt auf die andere.

Später blätterte Justinien III. in den von Fingerabdrücken beschmutzten Seiten des Romans. Trotz des Gerüttels gelang es ihm, die an die Ränder gekritzelten Anmerkungen zu entziffern. Es waren ausnahmslos Notizen, die Isegrim, den Wolf, verteidigten.

> Lüge und Verleumdung! Der Wolf ist nicht feige! Er mag es bloß nicht, sich unnützerweise einer Gefahr auszusetzen. Er ist ganz einfach schlau, aber nicht ängstlich.
>
> Gott mag Tiere nicht!
>
> Es ist eine Dummheit, zu behaupten, ein Wolf sei grausam. Ein Wolf ist ganz einfach ein Wolf.

Die letzte Seite war komplett durchgestrichen, und darunter stand:

Für den Kohl ist der Wolf, im Gegensatz zur Ziege, ein sanftmütiges Tier.

Die ungelenke Handschrift war eine andere als die auf dem Vorsatzblatt.

Ein besonders heftiger Ruck schüttelte den Verletzten so heftig, daß er einen kurzen, doch ungeheuer lauten Schrei von sich gab.

»Ein zäher Bursche«, sagte Justinien III. und hob die zur Seite gerutschte Decke auf.

Adeline Pibrac, die Witwe von Justinien II. und Mutter von Justinien III., saß bequem in einem Sessel, den ihre beiden Schwiegertöchter, Rose und Amélie, durch das schmale Treppenhaus geschleppt hatten. Sie wärmte sich die Füße an einem Fußwärmer, dessen Glut jede halbe Stunde erneuert wurde, und lauerte vom nördlichen Turm aus auf die Rückkehr ihres Sohnes, so wie sie früher auf die Rückkehr ihres Gatten gelauert hatte.

Hin und wieder schaute sie durch das mächtige Schiffsfernrohr, das Justinien II. ihr am Tag nach ihrer Hochzeit geschenkt hatte; dann wieder bediente sie sich von dem Teller mit den Butterkeksen, der zwischen zwei Zinnen stand.

Das wiederholte Bellen der Hunde im Hof verkündete, daß der Hausherr sich näherte. Die Königinmutter, wie man sie hinter ihrem Rücken nannte, richtete das Fernrohr auf die Straße und brauchte nicht lange zu warten, bis sie die Kutsche mit großer Geschwindigkeit den Weg entlangkommen sah.

Sie erhob sich, um die Glocke zu läuten, und beobachtete mit Genugtuung, wie ihre gut gedrillten Schwiegertöchter aus der Küche kamen und sich beeilten, das Tor zu öffnen. Ihnen folgte der neunjährige Justinien, der zukünftige Henker, der nicht so recht wußte, was er tun sollte, um sich nützlich zu machen.

Die Kutsche erreichte den Hof. Rose und Amélie schlossen das Tor. Der kleine Justinien rannte hinter dem Wagen her, der durch den großen Hof fuhr und vor der Küche anhielt. Die schwitzenden Pferde dampften in der kalten Luft. Schaumspuren bedeckten ihre Brust. Es mußte wirklich etwas Ernsthaftes passiert sein, andernfalls hätte Basile die Tiere nicht zu solcher Eile angetrieben.

Kaum war Justinien III. aus der Kutsche gestiegen, da gab er auch schon seine Befehle: »Tante Lucette, bereitet einen Topf mit kochendem Wasser vor. Tante Berthe, räumt den Küchentisch frei. Wir haben einen Verletzten dabei, der sofort operiert werden muß. Pauline, geh mit Marion in die Wäschekammer und zerreiß ein altes Stück Stoff in zehn Fuß lange Streifen. Basile und Félix, helft mir, ihn in die Küche zu tragen.«

»Ich war es, die ihn im Wald von Azémard fand. Er lag bewußtlos unter seinem Pferd und hat sämtliche Knochen gebrochen«, erklärte Bertille stolz ihrem Bruder Justinien, der auf das Trittbrett stieg, um sich den Verwundeten anzuschauen.

Sie legten ihn in der Küche auf die gebrannten Steinfliesen und warteten, bis der lange Tisch vollständig abgeräumt war. Die Königinmutter trat ein, als der Scharfrichter, Basile und einer der Lehrlinge gerade dabei waren, den schweren Eichentisch vor den Kamin zu rücken. Ihre porzellanblauen Augen richteten sich auf den Verwundeten.

»Ich bin diejenige, die ihn gefunden hat«, sagte Bertille.

»Guten Tag, Mutter. Entschuldigt bitte, daß ich Euch nicht begrüßt habe, aber ich muß diesen Jungen unverzüglich operieren.«

Der Verwundete schrie, als man ihn auf den Tisch legte. Mit einer Schere schnitt Justinien III. den Ärmel des Gehrocks auf, in dem der gebrochene Arm steckte, und riß ihn bis zum Kragen entzwei.

Da Justinien zu klein war, um etwas sehen zu können, rückte er einen Schemel neben den Tisch und stellte sich darauf.

»Basile, hol meine Tasche. Félix, du kümmerst dich um die Pferde. Bertille, nimm die Kinder und laß uns bitte allein.«

Das junge Mädchen gehorchte widerwillig. Zu gerne hätte sie der Entkleidung beigewohnt. Sie hatte noch nie einen nackten Mann gesehen.

Basile kam mit einer abgegriffenen Ledertasche zurück.

Justinien III. zerschnitt die beiden Wämse und entfernte die an der Wunde klebenden Stoffetzen, indem er die Kruste mit lauwarmen Umschlägen betupfte. Anschließend beugte er sich über den Verwundeten und untersuchte sorgfältig das Einschußloch. Die leicht geröteten Ränder waren entzündet. Die Hitze im Raum sorgte für unangenehme Gerüche.

»Er stinkt wie zehn Iltisse«, knurrte Basile, während er dabei half, den jungen Mann aus seiner Hose zu befreien.

»Eher wie zehn Wölfe«, verbesserte die Königinmutter, die ihm mit einem Schwamm das Blut vom Gesicht wischte.

Auf seinem Rücken, der Brust und den Beinen waren verheilte Narben zu erkennen. Zwischen den Beinen war die Haut völlig wund gerieben, wie bei jemandem, der es nicht gewohnt ist, längere Zeit auf einem Pferd zu sitzen.

Das gebrochene Bein war stark geschwollen, während dicke Blutergüsse die schmutzige Haut bläulich rot färbten. Als Justinien III. die beiden gebrochenen Knochenstücke ein wenig bewegte, um herauszufinden, um welche Art von Fraktur es sich handelte, jammerte der Verwundete erneut. Es war ein direkter Bruch, bei dem es keine Komplikationen geben würde.

Eine Fraktur wieder einzurichten war eine delikate Angelegenheit. Man mußte den gebrochenen Knochen in die Lage, Form und Richtung zurückbringen, in der er vor dem Unfall gewesen war. Um die genaue Beschaffenheit des menschlichen Körpers besser kennenzulernen, hatte Justinien III. mehrmals Leichen seziert. Seitdem wußte er, was sich unter der Haut eines Menschen abspielte. Bei der Autopsie von Gevierteilten hatte er alle Arten von Knochenbrüchen studieren können.

Justinien III. wandte sich an Basile: »Wir müssen das Schienbein reponieren und dann schienen.«

Allmählich erwachte Charlemagne aus seiner Bewußtlosigkeit. Er war nackt, frisch gewaschen und lag auf einem Eichentisch, der nach Bienenwachs roch. Er hatte stechende Schmerzen, und dennoch war ihm eines plötzlich bewußt: »Wenn ich Schmerzen verspüre, so heißt das, daß ich noch lebe.«

Ein Arm und ein Bein taten ihm besonders weh. Seine Seite brannte. Er hörte jemanden jammern, begriff aber nicht, daß er das selbst war. Er glaubte, in Gefangenschaft geraten zu sein. Man hatte ihn ins Schloß zurückgebracht. Er wurde gefoltert. Man nahm Rache.

Als er die Augen öffnete, sah Charlemagne lediglich das rotschwarze Wams eines Mannes, der ihn festhielt. Er nahm Küchengerüche und den Geruch von verbranntem Holz wahr.

»Er kommt zu sich, haltet ihn gut fest«, befahl eine unbekannte Stimme.

Irgend etwas bohrte sich tief in seine linke Seite und wühlte in seinem Fleisch herum. Der Schmerz wurde unerträglich. Er wollte sich wehren, doch das machte alles nur noch schlimmer. Schließlich verlor er erneut das Bewußtsein.

Wie jeden Abend vor dem Schlafengehen knieten Bertille und Marion sich vor das zwischen ihren Betten hängende Kruzifix, bekreuzigten sich, falteten die Hände und sagten das Gebet der Junggesellinnen auf, die nicht ewig Junggesellinnen bleiben wollten.

»Oh, liebster Herr, der Ihr Adam aus einer Handvoll Erde erschaffen und ihm Eva als seine Frau zur Seite gestellt habt, schickt auch uns bitte einen guten Mann. Natürlich nicht der Wollust wegen, sondern um Euch zu ehren und Kinder zu gebären, die Euch für alle Zeit dafür dankbar sein werden. Amen.«

Bertille hatte kurz zuvor ihren siebzehnten Geburtstag gefeiert und träumte von der göttlichen Fürsprache, die sie von ihrem Schicksal befreien sollte, den Sohn eines Henkermeisters oder, schlimmer noch, den eines Ersten Henkersknechtes zu heiraten.

Für Marion, ihre drei Jahre jüngere Schwester, stand nicht einmal fest, ob sie überhaupt jemals heiraten würde. So wie Séverine, ihre andere Schwester, die zweifellos ihr Leben lang für die Familie Pibrac würde arbeiten müssen.

Als sie ihr Gebet beendet hatten, bürsteten sie ihre langen Haare und unterhielten sich lebhaft über das außergewöhnliche Ereignis, das die Gegenwart eines Fremden im Haus des Scharfrichters darstellte. In aller Ausführlichkeit schilderte Bertille die Umstände ihrer Entdeckung.

Der Uhu aus dem hohlen Baum war längst zu seiner nächtlichen Jagd aufgebrochen, als die beiden Mädchen einander gute Nacht wünschten und gemeinsam die Kerze ausbliesen.

## 58

Als Charlemagne wieder zu sich kam, befand er sich in einem kleinen, runden Zimmer. Er lag in einem Bett, das zwischen einem blauen Kachelofen und einem Stuhl mit Armlehnen stand. Durch das bogenförmige Turmfenster fiel ein schmaler Streifen graues Licht.

Irgendwo im Haus war der Gesang weiblicher Stimmen zu hören. Zudem übte jemand auf einem Cembalo. Lautes Krächzen deutete darauf hin, daß sich ganz in der Nähe eine Saatkrähenschar niedergelassen hatte.

Sein linker Arm und sein linkes Bein steckten in Holzschienen. Die Hand und der Fuß, die herausschauten, waren dick angeschwollen und bläulich rot. Um den Kopf und um die Taille trug er breite Verbände; er hatte höllische Schmerzen.

Als er die wunde Haut zwischen seinen Beinen berühren wollte und sein gebrochenes Bein bewegte, glaubte er, sich vor lauter Pein übergeben zu müssen: Er wurde wieder ohnmächtig.

Die Tür wurde geöffnet, Schritte näherten sich über den steinernen Boden, unverständliche Worte wurden gewechselt. Charlemagne spürte, daß man ihn berührte. Er wollte sich seine Peiniger ansehen, hatte jedoch nicht die Kraft, die Augenlider zu heben. Statt dessen begnügte er sich damit, leise zu jammern. Seit seiner Gefangenschaft in La Loubière wußte er, daß die Schmerzen nur größer wurden, wenn er versuchte, sich dagegen zu wehren. Während man ihm den Verband um die Taille abnahm, drückte ihm jemand ein dickes Stück Stoff auf die Nase, das einen so widerlichen Geruch verströmte, daß er sofort wieder ohnmächtig wurde.

Als er wieder zu sich kam, lag das Zimmer im Halbdunkel. Eine Weile bewegte er sich nicht, sondern starrte bloß die Balken an der Decke an.

Er fühlte sich schwach und verletzlich, alles tat ihm weh. Erinnerungsfetzen schossen ihm durch den Kopf. Er sah sich Hals über Kopf davonrennen. Er dachte an seine Wölfe, vor allem an Clotilde, die schwanger war. Ob Lunatique, ihr Verlobter, imstande sein würde, sie anständig zu ernähren?

Raschelndes Papier ließ ihn aufhorchen. Als er den Kopf langsam in die Richtung drehte, aus der das Geräusch kam, erblickte er einen etwa zehnjährigen Jungen, der in ein Buch vertieft war. Er sah den neben dem Bogenfenster sitzenden Jungen im Profil. Seine stark gekrümmte Nase schien seine Lippen zu berühren. Der Junge mußte spüren, daß er beobachtet wurde, denn plötzlich hob er den Kopf. Ihre Blicke kreuzten sich. Das Gesicht des Kindes strahlte etwas Sanftmütiges, Eifriges aus. Es legte sein Buch zur Seite und verließ wortlos den Raum.

Charlemagne vergaß seine Verletzungen und wollte sich

aufrichten. Das tat so weh, daß ihm ein Schrei entfuhr und er einen Moment lang mit zuckendem Herzen und weit aufgerissenem Mund verharrte.

Ein großer Mann mit einem – trotz seiner mächtigen Habichtsnase – freundlichen Gesicht trat ein. Er legte Charlemagne seine nach Tinte und Tabak riechende Hand auf die Stirn und schaute ihn forschend an. Seine Brauen waren über den Augen zusammengewachsen und bildeten einen schwarzen Balken. Die leicht ergrauten, von einem granatfarbenen Band zusammengehaltenen Haare rochen nach Zibetpulver.

»Das Fieber scheint gesunken zu sein.«

Er schlug die Decke und das Laken zurück und prüfte die Verbände. Den Verband um Charlemagnes Taille sah er sich genauer an.

»Diese Wunde an Eurer Seite war schuld an dem hohen Fieber. Ein Stück Stoff war mit der Kugel eingedrungen, und wir mußten es so rasch wie möglich entfernen.«

Charlemagne verzog das Gesicht, als der Scharfrichter die Schienen des rechten Arms abtastete. Obwohl er ausgesprochen behutsam vorging, war allein diese Berührung so schmerzhaft, daß dem Jungen fast schlecht wurde.

»Beim Sturz vom Pferd habt Ihr Euch den Arm und das Bein gebrochen«, erklärte der Mann und beugte sich über den Kopfverband. »Euer Pferd hat nicht überlebt.«

Einen Moment lang sah Charlemagne die Stute des Stallmeisters wieder vor sich. Er erinnerte sich an die Schreie der Treiber, an die Schüsse, an den brennenden Schmerz in seiner Seite, an den wilden Ritt durch die Wälder.

»Den Schädel habt Ihr Euch an einer Wurzel aufgeschlagen, und es grenzt an ein Wunder, daß Ihr nicht mehr als eine Platzwunde davongetragen habt.«

Seine klare, akzentfreie Aussprache, die Qualität seiner Kleidung, die Perücke, die Hände mit den manikürten Nägeln ließen Charlemagne an einen Adeligen denken.

Dann wurde die Tür ein weiteres Mal geöffnet, und herein kam der Junge in Begleitung eines Mädchens mit Wespentaille und frischem Teint. Sie trug ein Tablett, auf dem eine dampfende Suppenschüssel stand.

Da Charlemagne zu schwach war, um selbst zu essen, mußte er gefüttert werden. Das Mädchen übernahm diese Aufgabe. Obwohl es mitten im Winter war, roch ihre feine, helle Haut, unter der ein Netz blauer Äderchen durchschimmerte, angenehm nach Veilchen.

Charlemagne öffnete den Mund, und das Mädchen schob den Löffel hinein. Das Besteck war aus Silber, die Suppenschüssel aus Porzellan, und die Hühnerbrühe schmeckte köstlich.

Nachdem der Mann und das Mädchen das Zimmer wieder verlassen hatten, sagte der Junge: »Meine Schwester Bertille hat Euch im Wald von Azémard gefunden.«

Da Charlemagne keinen Wald dieses Namens kannte, fragte er verwundert: »Wo liegt dieser Wald?«

Der Junge zog seinen Stuhl näher zum Bett und setzte sich. »Vier Wegmeilen von hier entfernt.«

Der Junge roch nach sauberer Wäsche, und seinen Händen haftete der Geruch eines großen Hundes an.

»Und wo bin iss hier eigentliss?«

»Wie bitte?«

»Wo bin iss hier?«

»Nicht weit von Bellerocaille entfernt.«

»He, caramba!«

Nie hätte Charlemagne geglaubt, daß er eine so weite Strecke zurückgelegt haben könnte. Er dachte an seine Wölfinnen. Er dachte an Clopante, die ihn bestimmt überall suchte. Er dachte an die Wolfsrudel. War es ihnen gelungen, den Jägern zu entkommen?

»Ist es sson lange her, daß Ihr miss gefunden habt?«

»Heute morgen vor drei Tagen. Meine Großmutter glaubt,

Ihr seid der Werwolf, von dem in der ganzen Provinz gesprochen wird.«

Die Einzelheiten über die unheilvolle Hetzjagd, die der Herr Oberjagdmeister Anselme Armogaste veranstaltet hatte, waren so schnell nach Bellerocaille gelangt wie die Postkutsche von Rodez nach Millau. Trotz der fünfzehnhundert Jagdteilnehmer war kein einziger Wolf erwischt worden. Statt dessen hatte man den Tod von sieben Treibern – zu denen auch der Erste Stallmeister der Familie Armogaste zählte –, etwa dreißig Verletzte sowie zahlreiche Brände zu vermelden. Sogar der Oberjagdmeister persönlich war in eine Schlinge geraten, die heimtückischerweise über einen Weg gespannt worden war: Da der Strick seinen Kehlkopf eingedrückt hatte, klagte Monsieur Anselme seitdem über Schmerzen beim Atmen und Sprechen.

»Iss bin kein Werwolf. Ihr habt bei Euren Folterungen doch feststellen können, daß meine Haare nist nach innen wachsen.«

Der lange Satz erschöpfte Charlemagne. Er schloß die Augen und konnte die kummervolle Miene des Jungen nicht sehen.

»Ich schwöre bei Gott, daß wir Euch nicht gefoltert haben! Im Gegenteil. Mein Vater hat Euch die Kugel aus dem Körper entfernt, Euren Schädel wieder zusammengenäht und alle Eure Brüche geschient. Wir haben gescheite Männer in unserer Familie und glauben nicht an Werwölfe. Vater sagt, daß die Gesetze der Natur keine Werwölfe kennen.«

Charlemagne träumte, er wäre in der Sauvagerie mit seinen Wölfen auf der Jagd. Er träumte, er würde Monsieur Anselme mit einer Axt niederstrecken. Er träumte, er würde seinen Sieg laut hinausschreien und seinen Hunden den Oberjagdmeister zum Fraß vorwerfen. In dem Augenblick, da er sich dem Festschmaus anschließen wollte, wachte er auf.

Als er die Augen öffnete, sah er zwei schwarzgekleidete Frauen, die neben dem Kachelofen standen und ihn anstarrten. Die eine schwang einen Schürhaken, die andere hatte ein Kastanienholzscheit in der Hand. Das ganze Haus schien in Aufruhr zu sein. Charlemagne hörte ungehaltene Stimmen, Hunde – mindestens drei –, die aufgeregt bellten, sowie ein weinendes Kleinkind.

Hastige Schritte eilten über den Flur. Die Frau mit dem Schürhaken öffnete die Tür, ohne ihn aus den Augen zu lassen. Zwei uniformierte Männer traten ein. Der erste, ein alter, weißhaariger Mann, richtete sein Gewehr mit trichterförmigem Lauf auf das Bett, während der andere, der dem ersten sehr ähnlich sah, aber zwanzig Jahre jünger zu sein schien, eine Mistgabel in der Hand hielt.

Charlemagne glaubte, die Leute des Ritters hätten sein Versteck entdeckt und wären ins Haus eingedrungen, um ihn zu töten.

»Während er schlief, begann er plötzlich wie ein Wolf zu heulen«, sagte eine der schwarzgekleideten Frauen.

Weitere Personen kamen herbeigelaufen, unter anderem der Hausherr und sein Sohn. Dann tauchte eine alte Frau mit einem runzeligen Gesicht und kleinen, blauen Augen auf. Ihr folgten zwei Mädchen. Charlemagne erkannte diejenige wieder, die ihn gefüttert hatte. Das andere Mädchen war offenbar ihre jüngere Schwester.

»Keine menschliche Kehle kann so laut heulen«, sagte die alte Frau. »Er ist ein Werwolf, und wir müssen ihn uns schnellstens wieder vom Hals schaffen.«

»Iss bin kein Werwolf und kann das auch beweisen!« erwiderte Charlemagne und bekreuzigte sich mehrmals hintereinander.

Die Königinmutter war entsetzt: »Er bekreuzigt sich mit der linken Hand.«

»Weil mein rester Arm gessient ist, du alte Hexe!« Charlemagne war empört. Am liebsten hätte er ihr etwas ins Gesicht geschleudert.

Ein riesiger Hund tauchte auf, der so groß war wie ein Ochse.

»Mordache, bei Fuß!« befahl Justinien III.

Der Mastiff gehorchte, zog jedoch verärgert die Lefzen hoch.

Da Charlemagne sich freute, ein Tier zu sehen, gab er einige Knurrlaute von sich und ließ ein kurzes Begrüßungsbellen folgen. Mordache erwiderte dieses Knurren und Bellen und streckte dem Verletzten schwanzwedelnd seine schwarze Schnauze hin. Charlemagne lächelte und kraulte ihn mit seiner gesunden Hand zwischen den Ohren, genau dort, wo der Mastiff sich nie selbst kratzen konnte. Der gewaltige Hund wand sich vor Wohlbehagen.

Stumm wohnten die übrigen Anwesenden der Szene bei. Basile und Honoré senkten ihre Waffen. Man hätte eine Katze über einen Teppich laufen hören können.

Das Verhalten des Hundes überraschte Justinien III., schließlich war Mordache alles andere als ein zutrauliches Tier.

»Es gibt keine Werwölfe«, sagte Charlemagne eigensinnig.

So als würde Mordache zustimmen, fuhr er ihm mit seiner langen Zunge über die Wange.

»Ihr habt recht«, sagte der Scharfrichter. »Doch für die Existenz von Wolfsführern gibt es eindeutige Beweise. Erst kürzlich wurde einer im Wald von Saint-Leu entdeckt.«

»Wo sind meine Kleider?« fragte Charlemagne, um vom Thema abzulenken.

»Keine Angst, Ihr werdet sie zurückbekommen, sobald Ihr aufstehen könnt.«

»Und mein Halsband? He! Wo ist meine Kette, caramba?«

Man zeigte sie ihm. Sie lag auf dem Nachttisch, den er bislang noch nicht bemerkt hatte. Dort befanden sich ebenfalls das Gehänge, das Messer, die Jagdtasche, das Fernglas und sein Buch.

Justinien III. schlug die erste Seite auf und deutete auf die Eintragung: »Kennt Ihr diesen Dagobert Tricotin?«

»Iss habe Hunger«, verkündete Charlemagne.

»Es ist noch eine Käse- und Kartoffelomelett da, ich kann es holen.«

Alle drehten sich zu Bertille um und sahen sie staunend an. Die Stirn, die Wangen und sogar der Hals des jungen Mädchens liefen rot an. Ihr Vater half ihr aus der Verlegenheit.

»Bring ihm lieber Suppe, für nahrhafte Speisen ist es noch zu früh.«

Er legte das Buch auf die Jagdtasche zurück und schaute Charlemagne nachdenklich an. »Tricotin ist kein geläufiger Name in unserer Provinz. Aber ich kenne einen Hufschmied aus Racleterre, der so heißt.«

Er sah, daß der Junge Mühe hatte, die Fassung zu wahren.

»Ich habe Maître Tricotin einmal erklärt, daß meine Familie ihm zu großem Dank verpflichtet ist. Obwohl das bereits viele Jahre zurückliegt, gilt das immer noch, sowohl für ihn selbst als auch für seine Nachkommen.«

Charlemagne gab sich den Anschein, als würde ihn der mit Schneewolken verhangene Himmel stark interessieren.

»Solltet Ihr zufälligerweise mit der Familie Tricotin aus Racleterre verwandt sein, so würde ich Euch nicht dem Prévôt ausliefern.«

»Und aus welssem Grund würdet Ihr so etwas Bösartiges tun?«

»Weil er der einzige ist, der Eure Identität auf legale Weise feststellen kann.«

»Und warum wollt Ihr unbedingt wissen, wer iss bin?«

»Nun, weil alles darauf hindeutet, daß Ihr der besagte Wolfsführer seid, der für mehrere Morde und zahlreiche Brände verantwortlich ist. Wenngleich meine christliche

Nächstenliebe mir befiehlt, hilflose Verwundete bei mir aufzunehmen und gesund zu pflegen, so zwingt mich doch andererseits mein Amt als Rechtsdiener, sie dem Prévôt auszuliefern, sobald sie wieder auf den Beinen sind.«

»So ein Pech!« dachte Charlemagne und fragte sich, bei welcher Sorte von Rechtsdiener er wohl gelandet war. Die Perücke und die uniformierten Knechte ließen auf einen Richter schließen.

Justinien III. nahm etwas vom Nachttisch und legte es dem Jungen auf die Brust. Charlemagne sah, daß es sich um eine Silberkugel handelte.

»Nach jener unheilvollen Hetzjagd, die neulich stattfand, hält der Ritter Virgile-Amédée eine Belohnung von vierhundert Livres für denjenigen bereit, der ihm den angeblichen Wolfsführer aus dem Wald von Saint-Leu bringt, egal ob tot oder lebendig.«

Einmal mehr erfüllte diese Summe Charlemagne mit Stolz. Und die Silberkugel wollte er, falls er sich heil aus dieser Affäre ziehen konnte, als Erinnerung an seine Kette hängen.

»Weshalb seid Ihr der Familie Tricotin ssu Dank verpflisstet?«

»Es wird mir eine Freude sein, Euch das zu erzählen, sobald Ihr mir versichern könnt, daß Ihr ein Tricotin seid.«

»Das könnte durssaus sein.«

»Wie bitte?«

»Nun, iss bin ein Tricotin.«

»Ein Tricotin aus Racleterre?«

Charlemagne nickte. Diese Bewegung rief eine schmerzhafte Grimasse bei ihm hervor.

»Euer Vater ist also besagter Hufschmied aus der Rue des Frappes-Devant?«

»Nein, nein, das ist Onkel Caribert. Mein Vater war Holssuhmacher in der Rue des Afitos.«

Justinien III. beugte sich vor.

»Der an Tollwut gestorben ist? Seid Ihr etwa einer der Fünflinge?«

»Iss bin der Älteste.«

Justinien III. deutete auf das Buch. »Und wer ist der Tricotin, dem dieses Buch gehört?«

»Mein Bruder Dagobert.«

»Und wie heißt der Vater Eures Vaters?«

»Louis-Ssarlemagne. Vor ssehn Jahren war auch er Hufsmied.«

Justinien III. nickte mit dem Kopf, lächelte und war überzeugt, einen echten Tricotin vor sich zu haben. Die ein Jahrhundert zuvor vom Gründervater der Familie Pibrac auf sich genommene Schuld konnte endlich beglichen werden.

»Wie heißt Ihr?«

»Iss bin Ssarlemagne. Und wer seid Ihr?«

Der Scharfrichter lächelte nicht mehr. Doch seine Knechte grinsten.

»Mein Vorname ist Justinien.«

»He! Das ist doch ein Henkersname!«

Seit 1683, dem Jahr, in dem Justinien I. vom Baron Raoul Boutefeux aus Bellerocaille seinen ersten Auftrag erhielt, war außer in der Familie Pibrac in der ganzen Provinz kein Kind mehr auf diesen Namen getauft worden.

»So wie auch der Name Pibrac ein Henkersname ist.«

»Ach! Sprest lieber nist von denen!« sagte Charlemagne und vollführte mit seiner gesunden Hand eine spöttische Geste zur Decke.

»Bevor Ihr Euch zu einer noch größeren Beleidigung hinreißen laßt, solltet Ihr wissen, daß Ihr nicht weniger als fünf vor Euch stehen seht.«

»Fünf was?«

»Fünf Pibracs.«

Mit einer Handbewegung stellte Justinien III. sie ihm vor: »Das hier ist mein Sohn, Justinien Pibrac, der vierte Träger unseres Namens; hier meine Mutter, die keineswegs eine Hexe ist; Tante Berthe und Tante Lucette; und das da sind Basile und Honoré, meine Knechte.«

»Was habt Ihr mit mir vor?«

Der Ton seiner Stimme trog den Scharfrichter nicht.

»Habt keine Angst. Ihr könnt so lange hierbleiben, bis Ihr wieder vollkommen gesund seid. Dann werden wir weitersehen. Niemand weiß, daß Ihr hier seid, so daß Ihr Euch keine anderen Sorgen zu machen braucht, als so schnell wie möglich wieder auf die Beine zu kommen.«

Ausgerechnet in diesem Moment fiel dem völlig verwirrten Charlemagne ein altes Lied ein:

Kommt herein, kommt herein, liebe Kinder.
Hier ist gewiß Platz genug.
Sobald sie eingetreten waren,
Hat der Pibrac sie umgebracht.
Er hat sie in kleine Stücke zerschnitten
Und dann in einer Tonne in Salz gelegt.

## 59

Man hatte Charlemagne vom nördlichen Turm in ein Zimmer auf dem ersten Stock, über der Küche, verlegt. Die hübsch getäfelten Wände und die himmelblau gestrichene, mit goldenen Sternen übersäte Decke gefielen ihm auf Anhieb, ohne daß er wußte, warum. Er lag in einem großen Bett, das er ans Fenster gerückt hatte, welches auf einen U-förmigen, gepflasterten Hof ging. Wenn er sich in seinem Bett aufrichtete, konnte er das geschäftige Treiben beobachten, das den Hof von früh bis spät belebte. Der Hof ging in einen weitläufigen Park über, dessen Ende nicht zu sehen war. Über einem Wäldchen, in dem Saatkrähen nisteten, ging die Sonne auf.

Jeden Morgen, eine Stunde bevor der Hahn krähte, verließ Honoré Plagnes den südlichen Turm, überquerte den Hof und betrat den Pferdestall. Charlemagne hörte, wie er die Treppe des Verschlags hochstieg und die noch schlafenden Lehrlinge weckte.

»Aufstehen, ihr Faulpelze! Los, los, beeilt euch! Die Pferde müßten längst gestriegelt sein, verdammt noch mal!«

Dann wurde man auch in der Küche wach, und kurz darauf erschienen Rose und Amélie im Hof und gingen zum Brunnen, um Wasser zu holen. Die gut geölte Rolle quietschte nie.

Die Frauen, die unter der Fuchtel der Königinmutter standen, hatten sich um den Haushalt, die drei Mahlzeiten, das Brotbacken, den großen Gemüsegarten, den Obstgarten, die Bienenstöcke und die Haustiere zu kümmern.

Mit den Augen, den Ohren und der Nase hatte Charlemagne herausgefunden, daß es sich um drei Kühe, fünf Ziegen und einen Bock, mehrere Schweine, Kaninchen und an die vierzig Hühner und Hähne handelte.

Für die fünf Pferde und die beiden Maulesel waren die Knechte zuständig, während der Meister und sein Sohn sich um die drei Hunde kümmerten. Da Charlemagne ihnen ab und zu einige Knochen zuwarf, schauten sie jedesmal, wenn sie in den Hof kamen, zu seinem Fenster hoch.

Täglich am frühen Nachmittag errichteten die Knechte und Lehrlinge das Schafott und den Galgen in der Mitte des Hofes und hängten die Puppe daran auf, die sie Monsieur Turgot getauft hatten.

»Erfahrung, meine Lieben, bekommt man, wenn man zehntausendmal dasselbe tut und es hunderttausendmal wiederholt«, trichterte Maître Pibrac ihnen ein, während er sie bei der Arbeit beobachtete.

Wenn sie nicht das Aufhängen übten, wurden sie im Aufbau eines Scheiterhaufens unterrichtet, in der Handhabung einer Rädervorrichtung und über die Notwendigkeit, dabei Handschuhe zu tragen. Ferner wurde ihnen der Umgang mit dem schweren Gerechtigkeitsschwert beigebracht sowie die sicherste Art und Weise, jemanden mit einem einzigen Schlag zu enthaupten. Dazu machte Justinien III. seinen Nacken frei und zeigte mit dem Finger auf die Stelle, wo man zuschlagen mußte (zwischen dem vierten und dem fünften Halswirbel).

»Eine ordentliche Enthauptung kommt niemals ohne die Mitarbeit des Verurteilten zustande. Aus diesem Grund werden Edelmänner meistens enthauptet und Nichtadelige meistens gehängt. Lediglich erstere besitzen die nötige Gelassenheit, um sich keinen Millimeter mehr zu bewegen, sobald sie das Kinn auf den Richtblock gelegt haben.«

Charlemagne fand es unerträglich, das Bett hüten zu müssen. Das erzwungene Untätigsein rief Hitzewallungen bei ihm hervor, die ihn völlig erschöpften.

Der Wald fehlte ihm, und es verging kein Tag, an dem er nicht an seine Wölfe dachte. Hatten sie genug zu fressen? Waren sie traurig über sein Verschwinden? Wer würde die Eiche, die er drei Jahre zuvor in der Mitte des Hofs gepflanzt hatte, von dem erstickenden Efeu und der mörderischen Mistel befreien? Was war aus Clopante geworden? Wie könnte er seine Geschwister wissen lassen, daß er die Hetzjagd überlebt hatte?

Zu Beginn seines Aufenthalts im Haus der Familie Pibrac hatte Charlemagne es genossen, sich nach jeder Mahlzeit den Bauch zu reiben und zu heulen wie ein Wolf nach einem erfolgreichen Gemetzel. Da dieses Geheul jedoch angeblich meilenweit zu hören war, hatte Justinien III. ihn gebeten, das in Zukunft zu unterlassen.

»Niemand darf wissen, daß Ihr bei uns seid. Es ist noch längst kein Gras über Eure Geschichte gewachsen, im Gegenteil. Man weiß nicht nur, daß Ihr lebt, sondern macht Euch überdies für den neulich erfolgten Überfall von etwa hundert Wölfen auf eine Schäferei verantwortlich.«

»Wo liegt diese Ssäferei?«

»Im Bezirk Chanteclerc.«

»Wie sind sie eingedrungen?«

Die Stimme des Henkers klang skeptisch: »Anscheinend sind mehrere Tiere auf das Dach der Strohhütte gesprungen, das dann unter ihrem Gewicht zusammengebrochen ist.«

Charlemagne war stolz auf seine Rudel, die sich also trotz seines Verschwindens zusammengetan hatten, um gemeinsam zu jagen. Bestimmt war das Bien-Noirs Idee gewesen. Nie zuvor war der Junge einem pragmatischeren Tier begegnet. Weil es Charlemagne gelungen war, sich ihm zu nähern und ihm eines der mit Nägeln versehenen Halsbänder umzulegen, die er den Schäferhunden von La Valette gestohlen hatte, hatte er die Führungsrolle des Wolfes innerhalb seines Rudels um mehrere Jahre verlängert.

Da sein Gesundheitszustand sich gebessert hatte und kein Krankenwärter mehr ständig an seiner Seite sein mußte, hatte man ihm einen vier Fuß langen Stock gegeben. Wenn er nun einen Wunsch hatte, klopfte er damit auf den Fußboden, und schon kam jemand und kümmerte sich um ihn.

Wenn er sich einsam fühlte, stellte er sich ans Fenster und stieß ein paar Krächzlaute aus, die für Clopante bestimmt waren. Er war sicher, daß die einbeinige Elster seit seinem Verschwinden nach ihm suchte. Auch den Krähen rief er einige Höflichkeiten zu, und es dauerte nie lange, bis sie ihm antworteten. Manchmal kamen drei oder vier männliche Vögel in Begleitung ihrer Weibchen angeflogen und ließen sich auf der Brüstung nieder. Nachdem sie einige Male gekrächzt hatten, wagten sie sich sogar in das Zimmer und flogen zu dem Tisch, auf dem Charlemagne die Reste seiner Mahlzeit für sie ausgebreitet hatte. Es waren große, pechschwarze Saatkrähen, die mehr als anderthalb Fuß hoch waren. Im Gegensatz zu ihren Vettern aus Racleterre fraßen sie am liebsten Fleisch.

Hin und wieder flog eine der Krähen auf das Bett, um Charlemagne mit der Spitze ihres langen Schnabels die Haare zu entwirren.

Eines Morgens völlig regungslos auf seinem Stuhl sitzend, hatte der kleine Justinien diesem Schauspiel beiwohnen dürfen; seine Bewunderung für Charlemagne war dadurch noch größer geworden.

Jeden Morgen kam Justinien III. zu Charlemagne und sah sich seine Wunde am Oberkörper an; täglich wechselte er den Verband aus wilden Kohlblättern, um einer Entzündung vorzubeugen.

Die Platzwunde am Kopf verheilte schnell, die Ränder begannen bereits zu jucken. Die Kopfschmerzen waren verschwunden.

»Falls Euer Arm und Euer Bein nicht krumm wachsen sollen, dürft Ihr Euch nicht bewegen.«

Während Justinien III. sprach, bewegte er Charlemagnes Finger und Zehen, zog daran und erklärte dem Jungen, daß man darauf achten müsse, daß die Sehnen nicht verkümmerten.

»Wie lange wird es noch dauern, bis iss wieder laufen kann?«

»Bis Ostern werdet Ihr Euch zweifellos noch gedulden müssen.«

Abends kamen der Scharfrichter, seine Gemahlin und ihre sechs Kinder zu ihm, um in seiner Gesellschaft eine Tasse Klatschmohntee zu trinken.

An einem dieser friedlichen Abende erzählte Charlemagne ihnen von den besonderen Umständen, unter denen er die Kette und den Siegelring der Familie Armogaste gefunden hatte.

Justinien III. machte ein gelangweiltes Gesicht. »Gespenster gibt es genausowenig wie Werwölfe.«

»Iss behaupte nist, dem Gespenst von Ritter Walter begegnet ssu sein, sondern iss sage bloß, daß es siss um die Überreste des tatsässlichen Ritters handelt«, erwiderte Charlemagne ungeduldig.

»Aber es hat ihn nie gegeben; das ist ein Ammenmärchen.«

»Natürliss hat es ihn gegeben! Im Ssloß hängen sogar swei Porträts von ihm. Eines in der Ahnengalerie und ein anderes im Arbeitszimmer. Und auf beiden Gemälden trägt er diese Kette und diesen Siegelring.«

Und er erzählte ihnen die Geschichte, so wie er sie sich zurechtgelegt hatte: »Seinersseit jagte der Ritter Walter einen sehr großen Bären und verfolgte ihn bis in seinen Bau, dort haben sie miteinander gekämpft, und der Ritter hat den Bär ssließlis getötet. Doch im Sterben ist der Bär auf den Ritter gefallen und hat ihn erdrückt.«

Gebannt hingen die Kinder an seinen Lippen. Die Gelegenheit, in ihrem Haus ein neues Gesicht zu sehen, war so selten wie Erdbeeren im Januar. Mit Ausnahme der Lehrlinge, die alle zwei Jahre wechselten, und der Scharfrichter, die auf Durchreise waren, bekamen sie nie Besuch. Die Liebhaber der sogenannten Galgenheilmittel kamen immer nur, wenn es bereits dunkel war und niemand sie sehen konnte, und zogen nach dem Bezahlen ihrer Waren gleich wieder weiter.

Zwar hatten der vierjährige Louis und der zweijährige Antoine den Bereich des Herrenhauses bereits verlassen, doch noch nie waren sie weiter gekommen als bis zum Dolmen und in die nähere Umgebung des Galgens, während Séverine mit ihren sieben Jahren gerade zu lernen begann, wie man als Henkerstochter mit den Vorurteilen und der Verachtung der Menschen umgeht.

Die Königinmutter und die beiden Tanten bekam Charlemagne nie zu Gesicht. Wenn er mit dem Stock auf den Fußboden klopfte, kam stets einer der beiden Lehrlinge, Félix oder

Tixier, und fragte, was er wünsche. Keiner von ihnen konnte ihn leiden, und es gefiel ihnen überhaupt nicht, daß sie sich abwechselnd um die Reinigung seines Zimmers kümmern mußten. Der Dreck der Saatkrähen, der den feinen Holzfußboden von Zeit zu Zeit beschmutzte, war für sie immer wieder Anlaß, über die schwarzen Vögel zu schimpfen. Wenn ihm ihre Nörgeleien auf die Nerven gingen, drohte er ihnen, indem er auf die Rabennester deutete.

»Haltet den Mund, oder iss werde ihnen alles weitersagen.«

Eines Morgens war Félix absichtlich mit dem Griff seines Besens gegen das Bettgestell gestoßen. Vor Schmerz hatte Charlemagne geknurrt, woraufhin sich der Lehrling mit einem fürchterlichen Lispeln entschuldigte.

Als der Lehrling noch einmal in die Nähe seines Bettes kam, nutzte er die Gelegenheit und versetzte dem Lehrling mit seinem Stock einen heftigen Schlag. Félix flog gegen die Wand, eine Augenbraue platzte auf, und das Blut schoß ihm aus der Nase.

»Er tut mir weh, also tue iss ihm auch weh«, erklärte Charlemagne Justinien III. nüchtern, nachdem Félix sich bei seinem Meister beklagt hatte. »Und wenn er noch einmal anfängt, werde iss ihn noch slimmer zuristen.«

Die angenehmsten Momente des Tages waren die Mahlzeiten, die Bertille und ihre Schwester Marion ihm dreimal täglich brachten.

Während er mit großem Appetit aß und sich dabei gehörig bekleckerte, bedrängten die Mädchen ihn mit Fragen über sein Leben in den Wäldern, über die Eisvögel und Fischotter, über die Krähen, seine Lieblingsbäume, die Wölfe, über Clotilde und ihre zukünftigen Jungen.

Bei seinen Antworten achtete er darauf, hauptsächlich Wörter zu gebrauchen, bei denen er nicht lispeln mußte. Auch hütete er sich, ihnen den genauen Standort seiner Höhle zu verraten, und nie erwähnte er die Sauvagerie, den Dourdounette oder die Sankt Hubertus-Kapelle.

»Wenn alles gutgeht, wird sie am Himmelfahrtstag niederkommen.«

»Auch wir haben Wölfe gehabt«, vertraute Bertille ihm eines Tages an. »Ich war sieben Jahre alt, als die alte Papatte starb. Sie hatte eine Pfote in einer Falle verloren. Honoré fand sie und brachte sie mit nach Hause. Es war so ähnlich wie in Eurem Fall«, fügte sie lächelnd hinzu.

Als ihre Blicke sich kreuzten, schauten beide gleichzeitig weg.

»Iss habe eine einbeinige Elster, und iss habe sie Clopante genannt.«

Manchmal war es Bertille, die ihn unterhielt, indem sie ihm Geschichten erzählte. Zum Beispiel die von Marguerite Le Paistour, einer Frau, auf die das Mädchen große Stücke zu halten schien.

»Sie wurde in Cancale geboren, ihr Vater war Kapitän auf einem Handelsschiff. Eines Tages starb ihre Mutter, und ihr Vater heiratete eine andere Frau. Da sie sich mit ihrer Stiefmutter ständig stritt, ließ sie sich die Haare schneiden, stahl die Kleider ihres Bruders und riß von zu Hause aus. Sie nannte sich Henri, und es gelang ihr, in die Armee des Königs einzutreten, der sie in den Österreichischen Krieg schickte.«

Bertille schien diese Marguerite nicht nur zu bewundern, sondern auch zu beneiden. Ihre grünen Augen glänzten, ihre lilienweißen Wangen waren rot vor Aufregung.

»Sie desertierte, schloß sich jedoch einem anderen Regiment an, nämlich den Truppen der Kaiserin Maria-Theresia. Da es ihr auch dort nicht gefiel, desertierte sie erneut und kehrte in ihr Heimatland zurück. Mit sechs Liards in der Tasche kam sie nach Straßburg und begegnete dort einem gutgekleideten Mann, der ihr eine Stelle anbot. Sie nahm das Angebot an und wurde Henkersknecht.«

»Pfui! Ein Henkersweib!« sagte Charlemagne und verzog das Gesicht zu einer Grimasse.

Den bekümmerten Blick, den Bertille ihm zuwarf, verstand er nicht.

Eines Morgens brachten nicht die beiden jungen Mädchen, sondern Rose und Amélie Charlemagne das Frühstück.

»Wo ist Bertille?«

Die beiden Schwiegertöchter lächelten, sahen ihn jedoch nicht an.

»Sie ist mit dem Meister aufgebrochen.«

»Und wohin ist der Meister gegangen?«

»Zu einer Hinrichtung nach Séverac.«

»Wann kommt sie zurück?«

»Morgen vermutlich.«

Charlemagne war so verärgert, daß er die Fasanenpastete nicht anrührte. Er knabberte ein bißchen an dem Pfrillenomelett und nahm einen einzigen Bissen vom Hasenpfeffer mit Röhrlingen. Die Kohlblätter und die Scheibe Blauschimmelkäse ließ er stehen. Auch das Stück Nußkuchen, das so dick war wie ein tausendseitiges Buch, ließ er unberührt.

»Laßt alles hier«, befahl er den Frauen, als sie das Essen in die Küche zurücktragen wollten.

Er traute sich nicht, sie zu fragen, warum Bertille ihren Vater begleitete. Half sie ihm womöglich bei der Ausübung seines widerlichen Berufs?

Am rätselhaftesten jedoch war ihm der fieberhafte Zustand, in dem er sich befand und der mit der Abwesenheit des Mädchens zusammenzuhängen schien.

Am späten Vormittag besuchte der kleine Justinien Charlemagne und brachte ihm ein neues Buch mit. Es trug den Titel *Die schrecklichen und furchterregenden Abenteuer und Heldentaten des sehr berühmten Pantagruel.* Charlemagne warf einen kurzen Blick darauf und sagte: »Das habe iss sson gelesen.«

Rabelais' Gesamtwerk stand in der Bibliothek des Ritters Virgile-Amédée. Charlemagne hatte in sechzig Nächten alle Bände verschlungen.

»Warum bist du nist auch in Séverac?«

»Weil ein Pibrac stets im Herrenhaus bleiben muß.«

»Und wer ist dieser Pibrac?«

Der Junge zeigte mit dem Finger auf sich.

»Das bin ich.«

»He! Du bist auch bereits ein Henker?«

»Seit dem Tag meiner Geburt. Das ist Tradition. Aber es hat auch damit zu tun, daß dieses Amt nie unbesetzt sein darf.«

Betrübt fügte er hinzu: »Du solltest uns nicht immer Henker nennen.«

»Aber das seid ihr doch, oder?«

»Nein, das sind wir nicht. Ein Henker ist ein Verbrecher, ein grausamer Mensch, der zu seinem Vergnügen oder aus Gewinnsucht andere Menschen umbringt. Wir hingegen sind Rechtsdiener. Wir vollstrecken Gerichtsurteile. Die Ausübung unseres Berufs ist eine Rechtshandlung und kein Verbrechen.«

Sein Vater hätte es nicht besser ausdrücken können.

»Wie soll man euss dann nennen?«

»Wir sind Scharfrichter.«

»Ein komplissiertes Wort.«

»Aber so heißt das nun mal.«

»Allerdings kann iss miss nist erinnern, jemals gehört ssu haben, daß jemand euss so nannte.«

Justinien versuchte Gleichgültigkeit vorzutäuschen, als er antwortete: »Weil uns niemand mag.«

»Das stimmt«, gab Charlemagne zu.

Als er dem vorwurfsvollen Blick des Jungen begegnete, fügte er besänftigend hinzu: »Das stimmt fast, denn iss mag diss, jetzt, wo iss diss kenne, egal ob du ein Henker bist oder nist.«

Justinien sah ihn prüfend an, so als wollte er sich von seiner Ehrlichkeit überzeugen: »Ist das wahr?«

»Ja. Iss mag auch deinen Vater, obwohl er mir mansmal ein wenig angst macht. Die alte Ssiege aber, die immer noch behauptet, iss sei ein Werwolf, mag iss überhaupt nist.«

»Das ist meine Großmutter.«

»Iss weiß, aber das ist nist deine Ssuld.«

»Und was ist mit Bertille?«

»Bertille? Bertille? Iss mag Bertille sehr gerne.«

Die Nennung ihres Namens linderte auf merkwürdige Weise sein Unwohlsein.

»Bertille erinnert miss an meine Sswester.«

Dann begann er, wie eine Nachtigall zu singen, die das Gelände um ihr Nest markiert. Entzückt und gleichzeitig ein bißchen neidisch hörte Justinien ihm zu.

»Vater fragt sich oft, wieso du so gut pfeifen kannst, obwohl dir ein Stück Zunge fehlt?«

Da kein spöttischer Unterton in dieser Frage mitschwang, erwiderte Charlemagne:

»Anfangs hat es miss sson ein wenig gestört, doch dann habe iss mir angewöhnt, die Ssunge anders zu legen.«

»Und wie bist du darauf gekommen?«

»Das ist mir einfach so eingefallen.«

Plötzlich war ein Knarren auf dem Flur zu hören.

»Jemand horst an der Tür«, sagte Charlemagne und schleuderte seinen Stock, der geräuschvoll gegen das Holz krachte.

Sie hörten, wie jemand davonrannte. Charlemagne erkannte Marions Schritte.

Als Justinien nachschaute, war niemand mehr zu sehen. Er untersuchte den Türflügel, hob den Stock auf und gab ihn Charlemagne zurück.

»Die Tür muß frisch lackiert werden.«

Charlemagne reagierte nicht auf den Vorwurf, sondern versuchte, den Stock auf seinem Zeigefinger zu balancieren.

Verwirrt schüttelte Justinien den Kopf. Wie sein Vater war sich der Junge nicht sicher, ob Charlemagne nicht wußte, was gute Manieren waren, oder ob er sich ganz einfach nicht darum kümmerte. Er achtete nicht auf das Knarren der Bretter im Flur, das verriet, daß der Spion zurückkehrte. Charlemagne hörte es zwar, sah diesmal aber davon ab einzugreifen. Statt dessen legte er seinen Stock beiseite und überraschte Justinien mit ausführlichen Fragen über seine Schwester.

»Als sie klein war, wollte sie die Nachfolgerin unseres Vaters werden, doch heute weiß sie, daß ich dazu bestimmt bin. Nun möchte sie lediglich heiraten.«

»Wen?«

»Das ist ja das Schwierige. Es fehlt ihr zwar nicht an Bewerbern, vor allem angesichts der Mitgift, die unser Vater versprochen hat, aber keiner ist ihr recht. Großmutter meint, sie würde auf den Märchenprinzen warten. Doch Großmutter sagt auch, daß Märchenprinzen, wenn sie schon eine Nichtadlige heiraten, sich stets für eine Schäferin entscheiden, aber niemals für die Tochter eines Scharfrichters.«

Charlemagne schlief noch nicht lange, als die Kutsche in den Hof fuhr und ihn weckte. Er erhob sich und lehnte sich zu dem trotz der eisigen Kälte offenstehenden Fenster hinaus: Er atmete den Wind ein und roch den feinen, leicht metallischen Geruch, der Schnee verhieß.

Während Rose und Amélie die Fackeln im Hof anzündeten, öffneten der kleine Justinien und Marion die Türen des Pferdestalls, in dem die Kutsche verschwand. An ihrem Atem erkannte Charlemagne, daß die Pferde müde und froh waren, endlich wieder zu Hause zu sein.

Dann kamen Bertille und ihre Mutter aus dem Stall und überquerten den Hof. Charlemagne machte die beiden auf sich aufmerksam, indem er eine Spechtmeise nachahmte und deren sanften und gleichzeitig schrillen Liebesgesang trillerte.

Das junge Mädchen schaute lächelnd zu ihm hoch und winkte ihm zu. Er antwortete ihr mit dem ruckartigen »Huhu, huhu, huhu, huhu« eines Uhus, der sein Revier markiert.

Im nächsten Moment zeigte sich der Uhu, der in einem abgestorbenen Baum nistete, mit gesträubten Federn und stellte sich der Herausforderung. Charlemagne kannte ihn und hatte ihn schon häufig dabei beobachtet, wie er den Mäusen über das Dach des Herrenhauses nachjagte.

Er beruhigte ihn, indem er mehrere kurze Willkommensschreie ausstieß. Dann legte er sich wieder ins Bett.

Draußen begann es, lautlos zu schneien.

Während Marion schweigend das Feuer im Ofen entfachte, zog Bertille sich aus. Als sie aus der Kutsche gestiegen war, hatte ihre Schwester ihr zugeflüstert: »Ich habe sehr wichtige Neuigkeiten von… na, du weißt schon…« Doch seitdem wollte sie nicht mit der Sprache herausrücken.

Bertille fröstelte, als sie in ihr Nachthemd schlüpfte. Während sie bibbernd zwischen die grauen Leintücher glitt, auf denen ein mit Gänsefedern gefülltes Daunenkissen lag, sagte sie zu Jesus, der über dem Bett an seinem Kreuz hing: »Ich verspreche dir, ich werde auch dieses Nachtgebet nachholen.«

»Das macht bereits vier«, erwiderte Marion ungnädig. Seit vier Nächten legte Bertille sich schlafen, ohne zuvor ihre religiösen Pflichten erfüllt zu haben. Sie hatte vor, das am darauffolgenden Sonntag nachzuholen und ihre Gebete dann viermal hintereinander zu sprechen.

»Nun spann mich nicht länger auf die Folter. Hat er nach mir gefragt? Sag schon, und verschweig mir kein einziges Detail.«

»Zuerst hat er den ganzen Tag geschmollt und fast nichts gegessen«, sagte Marion. »Sein Frühstück hat er den Saatkrähen überlassen, sein Mittagessen bekamen die Hunde, und das Abendessen hat er an die Dohlen aus dem südlichen Turm verteilt. Du hättest Großmutters Gesicht sehen sollen, als alle diese Vögel zwischen dem Turm und dem Zimmer hin und her flogen.«

»Vielleicht ist er krank? Vielleicht hat er sich erkältet, weil er sein Fenster nie schließt?«

»Nein, nein, dann hätte ich ihn husten hören.«

Während Bertille Marion dabei zuschaute, wie sie sich entkleidete, jedes Stück faltete und auf den Stuhl legte, dachte sie an Charlemagne. Er zog sie an, wie eine Biene von einer Blume angezogen wird. Sie ahnte, daß seine starke Persönlichkeit Eindruck auf ihren Vater machte, und war ihrerseits ebenfalls tief beeindruckt. Außerdem hatte bislang noch niemand sie so angeschaut wie er. Sie spürte, daß sie für ihn mehr war als nur »die Tochter des Scharfrichters Pibrac«.

»Am frühen Nachmittag ist Justinien zu ihm gegangen, und die beiden haben sich lange miteinander unterhalten: Ich habe fast alles mitbekommen. Er hat deinen Namen mindestens dreißigmal erwähnt. Er wollte alles über dich wissen. Er sagte, du würdest ihn an seine Schwester erinnern.«

»Und was antwortete Justinien darauf?«

»Er sagte, du würdest einen Märchenprinzen heiraten wollen.«

»Gütiger Jesus! Hat dieser Dummkopf das tatsächlich gesagt!«

»Ja, das hat er.«

## 60

Eines Morgens im Frühling richtete sich Charlemagne im Bett auf und setzte seinen gesunden Fuß auf den Boden. Sein gebrochenes Bein wurde von einer ausgeklügelten Schiene aus Korbweide geschützt, die Justinien III. mit kleinen Kissen ausgestattet hatte, um Reibungen zu verhindern. Den Arm trug er in einer Schlinge.

Er wartete, bis ihm nicht mehr schwindelig war, bevor er einige Schritte tat und dann zur Tür zu hüpfen versuchte. Da er gut zwanzig Tage lang stillgelegen hatte, waren auch die Muskeln seines gesunden Beines völlig erschlafft und hatten große Mühe, sein Körpergewicht zu tragen. Mit Hilfe eines Stuhls, auf dem er sich abstützte, erreichte er die Tür, öffnete sie und konnte endlich sehen, was sich dahinter befand.

Er sah einen langen Flur mit je zwei Fenstern an beiden Enden, mehrere geschlossene Türen, einen polierten Holzboden und Wände mit Gemälden in goldenen Rahmen.

Er ging zum nächstliegenden Fenster. Obwohl es nur etwa zehn Schritte von ihm entfernt war, rang er nach Luft, als er es erreichte. Sein Herz schlug rasend schnell, und im Oberschenkel seines gebrochenen Beins kündigte sich ein Krampf an.

Das offenstehende Fenster gab den Blick frei auf ein kleines Wäldchen. Zwischen den blühenden Bäumen erblickte er den Galgen (er war leer) und, in weiter Ferne, das auf einer Bergspitze thronende Schloß von Bellerocaille mit dem umliegenden Dorf. Er atmete die wohlriechende Frühlingsluft tief ein und dachte an Clotilde, die bald niederkommen würde. Er wäre so gerne bei ihr gewesen, um sich zu vergewissern, daß es keinerlei Probleme gab. Würde Lunatique in der Lage sein, ihr genug Fleisch zu besorgen? Hatte sie die Höhle zu ihrem Wolfsbau gemacht?

Plötzlich wurde eine Tür geöffnet, und im Flur ertönte die Stimme der Königinmutter wie ein Peitschenknall. »Was steht Ihr hier herum? Ihr habt hier nichts zu suchen!«

»Iss tue, was mir gefällt«, erwiderte Charlemagne in einem Ton, der so hochmütig und schroff klang, daß man ihn für das Bellen eines Wachhundes hätte halten können. Die alte Frau zuckte empört zusammen.

Unvermittelt wurde eine weitere Tür geöffnet. Sichtlich verstimmt trat Justinien III. auf den Flur. Als er sah, daß sein Patient das Bett verlassen hatte, wurde er noch ungehaltener:

»Eure Knochen sind noch längst nicht geheilt, sondern können beim geringsten Stoß wieder brechen.«

Charlemagne blickte zu Boden, nickte und setzte sich auf den Stuhl. Er schätzte die Aufrichtigkeit des Scharfrichters, und es betrübte ihn, daß er dessen Mißfallen erregt hatte.

»Iss würde so gerne vor dem Himmelsfahrtstag nach Hause ssurückkehren. Meine Wölfin wird demnächst niederkommen, und da es das erste Mal ist, weiß man nie, was gessehen kann.«

Die Königinmutter bekreuzigte sich.

»Ich kann nicht verstehen, warum Ihr diesen Werwolf immer noch in unserem Haus behaltet. Zumal bald Vollmond sein wird.«

Justinien III. warf ihr einen besänftigenden Blick zu, doch sie gab keine Ruhe: »Die Schuld von Justinien I. ist längst beglichen. Wenn Ihr ihn nicht im Wald gefunden hättet, wäre er jetzt tot, und wenn man bedenkt, daß Ihr ihm die Knochen gerichtet, ihn gepflegt, ernährt und bei Euch aufgenommen habt, und daß Ihr ihn auuuaaa... Hilfe! Neiiin!«

Bevor Justinien III. ihn daran hindern konnte, hatte Charlemagne den knochigen Arm der alten Frau gepackt und hineingebissen.

»Wenn iss ein Werwolf bin, dann seid Ihr jesst ebenfalls einer.«

Kurz vor Ostern schenkte Justinien III. Charlemagne einen Haselnußstecken, der zu einer Krücke geschnitzt und mit einer gepolsterten Stütze versehen war.

»Ihr könnt Euren Fuß auf den Boden setzen, aber Ihr dürft Euch noch nicht darauf stützen. Der Knochen würde das nicht aushalten.«

Von nun an konnte Charlemagne sich auf der ersten Etage frei bewegen und sich in allen Zimmern umsehen, weil keines davon abgesperrt war. Wenn er dabei ertappt wurde, so erklärte er jedesmal, er hätte wissen wollen, was sich hinter der Tür verbarg, und wenn man ihn auf den offenstehenden Schrank oder die geöffnete Truhe ansprach, dann sagte er lächelnd: »Iss wollte ssauen, was drin liegt.«

Eines Morgens wagte er sich die Treppe hinunter und betrat den Hof, wo Justinien III. gerade damit beschäftigt war, seinen Schülern beizubringen, »wie man Falschmünzer auf ehrliche und anständige Weise verbrüht«.

Die Lehrlinge hatten einen aus dem vorigen Jahrhundert stammenden großen, verzinnten Kupferkessel aus dem Schuppen geholt und in der Mitte des Hofes aufgestellt. In den achtzehn Jahren seiner Amtsausübung hatte Justinien III. ihn lediglich sechsmal benutzt, so daß er meistens den Knechten bei ihrem alle drei Monate abgehaltenen Bad als Wanne diente.

Schwanzwedelnd liefen die Hunde Charlemagne entgegen. Der Junge begrüßte sie mit einem kurzen Bellen und einigen fröhlichen Knurrlauten, welche die Konzentration von Justinien III. und seinen Schülern störten.

Auf beiden Seiten des Kessels bemerkte Charlemagne das eingravierte Wappen und den Wahlspruch der Familie Pibrac.

Bertille hatte ihn über die Herkunft dieses Spruchs aufgeklärt und ihm erzählt, daß der Gründervater ihrer Familie sich anläßlich einer Hinrichtung (bei der ein Adeliger geköpft worden war, weil er die Suppe seiner Gemahlin vergiftet hatte, um eine andere Frau heiraten zu können) geweigert hatte, dem Zeichen des Barons von Bellerocaille Folge zu leisten. Der für seine gelehrte Überheblichkeit bekannte Justinien I. hatte behauptet, er wäre als einziger befugt zu entscheiden, wann zugeschlagen werden müsse.

»Nur Gott und wir Scharfrichter dürfen ungestraft töten, Herr Baron, und, mit Verlaub, Ihr seid weder der eine noch einer der andern.«

Am nächsten Tag ließ Justinien I. diesen Ausspruch als Devise in den Frontgiebel des Herrenhauses meißeln.

Da die Lektion über das Verbrühen von Falschmünzern ihn nicht interessierte, hüpfte Charlemagne zum Pferdestall und stellte sich den Pferden und den Maultieren vor, die er bislang nur von seinem Fenster aus gesehen hatte. Später ging er zu den Kühen, den Ziegen und den Schweinen, die es ausgesprochen gerne mochten, wenn man ihnen den Rücken kratzte.

Am Tag der heiligen Valerie, dem achtundzwanzigsten Tag des Eiermonats, nahm Justinien III. ihm die Schienen und Bügel ab. Besorgt betrachtete Charlemagne seine um die Hälfte geschrumpften Bein- und Armmuskeln.

»Sie werden wieder kräftig, wenn Ihr sie regelmäßig bewegt.«

Charlemagne setzte seine Erkundungen des Herrenhauses fort und dehnte sie auch auf die Türme, die Nebengebäude und den großen Park aus, der so weitläufig war, daß er zu dessen Besichtigung mehrere Tage benötigte.

Sobald seine Arbeit es ihm erlaubte, schloß sich ihm der kleine Justinien an. In Charlemagnes Begleitung verwandelte sich ein einfacher Baum in eine potentielle Nahrungsquelle, in Brennmaterial, Kleidung, Waffen, in einen Unterschlupf oder einen Aussichtsplatz. Außerdem war Charlemagne in der Lage, die Fährten sämtlicher Tiere zu identifizieren und ihren jeweiligen Bau ausfindig zu machen.

Zwei Stunden vor Anbruch des vierzehnten Mai, dem Tag vor Christi Himmelfahrt, zog Charlemagne die neuen Kleider an, die der Scharfrichter ihm als Ersatz für seine alten Sachen gegeben hatte, hängte sich seine Trophäenkette (mit dem Ring des Ritters und der Siberkugel) um, nahm seine Jagdtasche und verließ, mit den Schuhen in der Hand, sein Zimmer.

Lautlos begleiteten ihn die Hunde zum Tor und beobachteten aufmerksam, wie er in seine Schuhe schlüpfte, einen der Türflügel öffnete und verschwand.

Es war das erste Mal, daß Charlemagne das Herrenhaus verließ. Er orientierte sich an dem Galgen und machte sich auf den Weg Richtung Racleterre, das fünfzehn Wegmeilen von der Kreuzung des Jüngsten Gerichts entfernt lag. Die Größe des Dolmens beeindruckte ihn, vom Turm aus hatte er bedeutend kleiner gewirkt.

Als es allmählich Tag wurde, hatte Charlemagne bereits zwei Wegmeilen zurückgelegt. Er überlegte, daß die Bewohner des Herrenhauses mittlerweile bestimmt wach geworden waren und sein Verschwinden zweifellos längst bemerkt hatten. Man würde es ihm ziemlich übelnehmen, daß er sich einfach so und ohne Dank davongeschlichen hatte. Er dachte an Bertille und stellte mit Erstaunen fest, daß er stechende Schmerzen in der Herzgegend verspürte. Es waren fast die gleichen quälenden Stiche, die er immer dann ertragen mußte, wenn er an seine Wölfin dachte, die irgendwo in der Sauvagerie ohne ihn niederkommen würde.

Als die Sonne sich ihrem höchsten Punkt näherte, gelangte Charlemagne ans Ufer des Dourdou, wo er seinen geschwollenen rechten Fuß aus dem Schuh befreite. Auch der Knöchel und die Wade waren entzündet und brannten, wenn er sie berührte. Er streckte sie zur Abkühlung ins Wasser. Dann setzte er sich auf einen flachen Stein und aß das Brot und die Wurst, die er tags zuvor in der Küche gestohlen hatte. Als er wieder an Bertille dachte, hatte er plötzlich keinen Hunger mehr.

»Achtung, Achtung! Dies ist mein Revier, und ich steche jedem die Augen aus, der sich ihm nähert!« trillerte ein auf einem nahen Nußbaum sitzendes Rotkehlchen.

Charlemagne setzte seinen Weg fort, ging nun jedoch langsamer und legte häufiger Pausen ein. Er begegnete Hausierern, die ihn grüßten, und anderen, die ihm keine Beachtung schenkten. Er stieß auf Gruppen von Händlern, die von wichtigtuerischen Söldnern eskortiert wurden.

Gegen Abend hatte Charlemagne zu seiner Überraschung

erst zwei Drittel der Strecke zurückgelegt, die ihn von seinem Wald trennte. Er legte sich hinter eine Hecke, rollte sich zu einer Kugel zusammen und bettete seinen Kopf auf die Jagdtasche.

Da er die letzten beiden Monate in einem bequemen Bett verbracht hatte, schlief er jetzt sehr schlecht und wälzte sich von einer Seite auf die andere. Plötzlich schnupperte ein Fuchs an ihm, den er mit einem Fußtritt verjagte.

Als während der Nacht kühler Wind aufkam, bedauerte Charlemagne, daß er keine Decke mitgenommen hatte. Da er nicht wieder einschlafen konnte, aß er ein bißchen Brot und Käse, auf dem er lange herumkaute, um mehr davon zu haben. Dann setzte er seinen Weg fort. Er fühlte sich wie zerschlagen.

Am frühen Vormittag durchquerte er ein Dorf. Die wenigen Bewohner, denen er begegnete, trugen ihre schönsten Kleider und bereiteten sich darauf vor, die Himmelfahrt Christi zu feiern.

Am frühen Nachmittag kamen die Glatthaferfelder des Abtes von Bartonnet in Sicht. Nun wußte Charlemagne, daß es bis in den Wald von Saint-Leu nicht mehr weit war. Zwei Stunden später traf er am Croisille-Platz ein und bog auf dem Pfad ab, der zur Sankt Hubertus-Kapelle führte. Mit klopfendem Herzen suchte er nach einer Nachricht und fand ein von der Feuchtigkeit bereits ganz aufgeweichtes Blatt Papier, das zerriß, als er es auseinanderfaltete. Dennoch konnte er lesen, was darauf geschrieben stand: *Wenn du nicht tod bisst, laß es uns schnell wissen! Geschrihben von mir, Clotilde.*

Da er weder Papier noch etwas zum Schreiben bei sich hatte, wickelte er einfach den Ring, den er dem Ritter abgenommen hatte, in den Fetzen und schob ihn in das Versteck zurück. Dann nahm er sämtliche Kerzenreste an sich, die er finden konnte, und ging.

Als Charlemagne über den Reiterweg nach Plagnol marschierte, erkannte er die Stelle wieder, an der er den Ritter Virgile-Amédée und Blaise in die Falle gelockt hatte. Voller Schadenfreude dachte er an den Stallmeister, der seither nur noch Suppe essen konnte.

Bei seinem Eintreffen in La Loubière ging allmählich die Sonne unter. Sowohl die Lichtung als auch das Grab der Familie Javertit waren unter der Vegetation verschwunden. Efeu überzog die Ruinen der Strohhütte. Er entdeckte Kaninchenfährten und legte ein paar Schlingen aus, die er im Herrenhaus aus Pferdehaaren gekordelt hatte. Diese Haare stammten vom Gespann des Henkermeisters. Dann ging er zum Fluß hinunter, wo er trank und sein vom langen Marsch geschwollenes Bein abkühlte.

Als er sich mit seinem Messer einen Weg zur Wolfsgrotte bahnen mußte, bedauerte er, daß er seine Axt verloren hatte. Was von der Tür aus Rundstämmen übriggeblieben war, war vollkommen verfault. Die Wände der kleinen Grotte waren von einer feinen Moosschicht überzogen. Auf dem Boden lag Rattenkot. Nachdem er festgestellt hatte, wie sehr er in den letzten vier Jahren gewachsen war, verzichtete er darauf, die Nacht in der Grotte zu verbringen.

Er schaute zum abendlichen Himmel hoch und stieß ein Wolfsgeheul aus, das allen Tieren des Waldes verkünden sollte, daß er wieder zu Hause war. Zuletzt krächzte er in verschiedene Richtungen einige »Schak-rrrak-rrrak-schak«-Rufe, die für Clopante bestimmt waren.

Eine ganze Weile später antworteten ihm ferne Stimmen, die er jedoch nicht identifizieren konnte, weil sie zu weit weg waren. Wo waren die Wolfsrudel?

Er wollte die Nacht in der ehemaligen Fallenstellergrotte verbringen. Um die Feuchtigkeit zu vertreiben, zündete er ein Feuer an. In dem Moment sah er, daß mehrere Fledermausfamilien an der Decke hingen und sich entsetzlich vor den Flammen und dem Rauch fürchteten. Charlemagne entschuldigte sich und machte das Feuer wieder aus.

Da ihm keine bequemere Schlafgelegenheit zur Verfügung stand, entfernte er die Steine und Brombeersträucher, die den Eingang versperrten, und legte sich auf die nackte Erde. Sein Wams diente ihm als Decke und seine Jagdtasche als Kopfkissen.

Charlemagne träumte gerade davon, daß Bertille ihm liebevoll die Wangen ableckte, als plötzlich eine kalte, feuchte und vertraute Schnauze ihn mehrmals gegen die Stirn und die Backe stieß. Er öffnete die Augen und sah über sich eine große, ausgemergelte dreijährige Wölfin, die freundschaftlich zu winseln begann und mit dem Schwanz wedelte. Charlemagne richtete sich auf und erblickte ebenfalls Lunatique, der genau an der Stelle urinierte, an der er selbst am Abend zuvor gepinkelt hatte. Seine gelben Schlitzaugen funkelten im Licht des Halbmondes. Er schien sehr mit sich zufrieden zu sein.

»Wo ist Dagoberte?« fragte er ihn, ohne eine Antwort zu erwarten.

Dann tastete er Clotilde nach dem mit Nägeln versehenen Halsband ab, das unter den langen Haaren ihres Halses fast nicht zu erkennen war. Die Wölfin ließ ihn gewähren. Als er ihre Flanken streichelte, stellte er fest, daß sie vor kurzem niedergekommen war. Die Haut ihres entspannten Bauchs hing schlaff nach unten, während ihre Zitzen mit Milch gefüllt waren. Er spürte, daß sie müde war, und ahnte, daß sie einen weiten Weg hierher zurückgelegt hatte. Es rührte ihn, daß sie sich von ihren Jungen getrennt hatte, um zu ihm zu kommen. Bestimmt hatte sie sein Heulen gehört.

»Wenn iss das gewüßt hätte, hätte iss den Mund gehalten.«

Um Charlemagne verständlich zu machen, daß sie gerne wieder in ihren Wolfsbau zurückkehren würde, verschwand sie auf dem Weg zum Fluß und tauchte kurze Zeit später erneut auf, um zu sehen, ob er ihr folgte. Er folgte ihr, ging zuvor jedoch noch zu seinen Schlingen und fand in einer davon eine erwürgte Häsin. Trotz seines quälenden Hungers bot er das Tier der Wölfin an, die es allein verschlang, ohne sich um Lunatique zu kümmern.

Sie marschierten die ganze Nacht durch und trafen in der Sauvagerie ein, als die Sonne aufging.

Als Charlemagne das Wasserbecken und die Spalte inmitten der moosbedeckten Felsen wiedersah, schnürte es ihm vor lauter Rührung fast die Kehle zu. Nichts hatte sich verändert. Der auf dem Ast der Schwarzerle sitzende Eisvogel stieß bei Charlemagnes Anblick sein gewohntes, langgezogenes »Tiiiiiiiiit« aus. Der Junge antwortete ihm mit dem gleichen Ton.

Die zahlreichen Spuren an dem Buchenstamm, der als Brücke über das Wasser diente, verrieten ihm, daß sich die Fischotterfamilie um mindestens zwei Junge vergrößert hatte.

Clotilde trank rasch etwas Wasser und rannte zu den Felsen, während Lunatique sich auf die Steinterrasse legte und sofort einschlief.

Charlemagne folgte der Wölfin über den schmalen Pfad und begrüßte die Dohlen im Vorbeilaufen mit einigen »Tschock yup yup«-Rufen, auf die die Vögel unmittelbar reagierten.

Clotilde war bereits in der Höhle verschwunden, als Charlemagne den großen Hof betrat. Die junge Eiche stand in voller Blüte und war wunderschön anzuschauen.

Als Charlemagne sich dem Baum näherte, um eine grüne Raupe zu zerdrücken, die an seinem Stamm hochkroch, kam Dagoberte aus der Höhle gerannt, blieb vor ihm stehen und winselte freudig.

»Ach, da bist du ja endliss!«

Um ihrer Wiedersehensfreude Ausdruck zu verleihen, schubsten sie sich eine Weile gegenseitig hin und her. Dann ging Charlemagne auf die Höhle zu. Der Efeu war nachgewachsen und verdunkelte das Vorzimmer. Die Steine der Feuerstelle schien niemand angerührt zu haben. Auf dem Boden waren nur die Fußspuren der Wölfe zu sehen. Er erkannte die

Abdrücke seiner Wölfinnen und die von Lunatique eindeutig wieder.

Nachdem er einen Kerzenstummel angezündet hatte, betrat er den Flur und freute sich, auch die kleinen, ockergelben, über die Wände laufenden Pferde und buckeligen Stiere wiederzusehen.

Clotilde hatte sich in der Ecke mit den gemalten Händen eingerichtet und ihre Jungen auf einer schönen Pelzdecke zur Welt gebracht. Als Charlemagne sich ihr näherte, hatte sie sich bereits hingelegt und stillte fünf braune Wollknäuel. Er war traurig, daß er die Geburt nicht miterlebt hatte, und gleichzeitig war er erleichtert, daß sie ohne Komplikationen vonstatten gegangen war.

»Wie iss sehe, seid ihr bestens ohne miss ausgekommen.«

Er kniete nieder und hielt die Kerze näher an die kleinen Tiere, um sie sich genauer anzusehen. Ihre Augen waren noch geschlossen. Sie rochen nach Milch und waren noch keine fünf Tage alt. Charlemagne fühlte sich wie ein Großvater, der seine ersten Enkelkinder zu Gesicht bekommt.

Da die Wölfe die Höhle nie verlassen hatten, lagen die Weidenkörbe mit den Nüssen und den Kastanien, die Zwiebeln, die Knoblauchzehen und die getrockneten Äpfel unberührt hinter der groben Steinmauer. Auch sein Gewehr hing immer noch an der Stelle, an der er es am Tag vor der Hetzjagd aufgehängt hatte.

Obwohl der Vorrat an Speck und geräuchertem Fleisch stark verschimmelt war, konnte man ihn noch essen. Charlemagne machte ein Feuer und briet einige lange Speckstreifen darin. Dann nahm er etwa zwanzig Kastanien und schob sie in die Glut.

Er hatte es sich gerade neben dem Feuer gemütlich gemacht, als er Zeuge eines Ereignisses wurde, das er nicht für möglich gehalten hätte, wenn er es nicht mit eigenen Augen gesehen hätte.

Zunächst hörte er, wie Clopante ihr Eintreffen im Flur mit lautem Krächzen ankündigte. Dann sah er, wie die Elster in der Höhle auftauchte und mit einer Wanderratte in ihrem langen Schnabel auf Clotildes Ecke zuhumpelte. Dort legte sie ihre Beute vor der Wölfin auf den Boden, gab ein kurzes Krächzen von sich und verschwand wieder, genauso wie sie gekommen war, das heißt, auf ihrem einzigen Bein hüpfend. In diesem Moment erblickte sie Charlemagne. Sie flatterte in die Höhe, kreiste einige Male um den Jungen herum, ließ vor lauter Aufregung einige Kotspritzer fallen und gab Schreie von sich, die so schrill waren, daß man sie durchaus für Vorwürfe hätte halten können.

Es vergingen elf Tage.

Im Morgengrauen des zwölften Tages verließ Charlemagne, schweren Herzens, aber fest entschlossen, die Höhle, durchquerte den Wald von Saint-Leu und machte sich auf den Weg nach Bellerocaille.

Nach einer angenehmen Nacht, die er auf einer großen, wunderbar duftenden Erle in der Nähe eines Weihers verbrachte, kam Charlemagne am späten Vormittag in Sichtweite der roten Türme des Herrenhauses der Familie Pibrac. Die Aussicht, Bertille schon bald wiederzusehen, ließ sein Herz so heftig schlagen, daß er ganz außer Atem geriet, so als sei er eine längere Strecke gerannt.

## 61

*Im Herrenhaus der Familie Pibrac, Samstag, 28. September 1781*

Von den fünfzig zur Hochzeit eingeladenen Henkermeistern nahmen sechsundzwanzig die Einladung an und erschienen mit ihren Gattinnen, ihren heiratsfähigen Kindern und den

Henkersknechten zur Feier. Insgesamt fuhren sechsundachtzig Personen in zweiunddreißig Wagen vor.

Die ersten Gäste trafen bereits eine Woche vor der Trauung ein, die am Tag des heiligen Erzengels Michael, um Mitternacht, stattfinden sollte.

Die wohlhabendsten Familien, wie die Outredebanques aus Arras, die Merciers aus Angoulême und die Féreys aus Rouen, kamen in mit Wappen verzierten sechsspännigen Kutschen, während die Verdiers aus der Ardèche, die Noirceurs aus Lozère oder die Jeanjeans aus Réalmond in Planwagen anreisten, die von Schindmähren gezogen wurden. Die ledigen Scharfrichter saßen zu Pferd und wurden von ihren Knechten begleitet, die auf Maultieren ritten.

Zu den Abwesenden gehörten die Sansons aus Paris, die die Stadt nicht verlassen konnten, da der König ihnen die Erlaubnis zum Reisen außerhalb ihres Gerichtsbezirks verweigert hatte, sowie die Vermeilles aus Cambrai. Am Tag nach dem Unterzeichnen des Ehevertrags (in Form einer Errungenschaftsgemeinschaft) zwischen Bertille und Charlemagne hatte Félix, der es nicht überwinden konnte, daß er bei der Tochter des Scharfrichters nicht zum Zuge gekommen war, das Haus der Familie Pibrac verlassen und war in sein Heimatdorf im Artois zurückgekehrt. Sein Herz war gebrochen, und zum erstenmal zweifelte er an seiner Fähigkeit, das, wonach er in seinem Leben strebte, tatsächlich zu erreichen.

Trotz ihrer fünfundsechzig Jahre und des schlechten Zustandes der Straßen hatte Marguerite Le Paistour sich nicht davon abhalten lassen, sich zusammen mit ihrem Gatten Noël Roche und ihrer einzigen, vierunddreißigjährigen Tochter Jacquemine auf den Weg nach Bellerocaille zu machen. Innerhalb der kleinen, geschlossenen Welt der Scharfrichter war Marguerite eine Kuriosität, vergleichbar etwa mit einem fünfbeinigen Schaf oder einem viereckigen Ei.

Sie war der einzige Gast, der sich damit rühmen konnte, an

einem Krieg teilgenommen zu haben: Diejenigen, die sie in Lyon als *Monsieur Henri* gekannt hatten, wußten nicht, wie sie sich in ihrer Gegenwart verhalten sollten. Ihr allzu lautes Gelächter verbarg ihre Verlegenheit jedenfalls nur schlecht.

Die Begegnung mit der Frau, die sie seit langem als Heldin verehrte, enttäuschte Bertille. Sie hatte nicht damit gerechnet, einer alten, kurzbeinigen und unsympathischen Frau mit schlechten Manieren und einem taufbeckenähnlichen Umfang gegenüberzustehen. Außerdem war klar, daß sie nur gekommen war, um sich bewundern zu lassen und einen Mann für ihre Tochter zu finden.

Die Unterbringung und Verpflegung der zahlreichen Gäste warf natürlich erhebliche logistische Probleme auf, die Justinien dadurch löste, daß er bereits ab Mitte August beträchtliche Mengen an Hafer und Stroh in den Scheunen des Herrenhauses eingelagert hatte. Auf dem Markt von Rodez hatte er fünf fette Rinder, fünfzehn rosige Schweine, etwa hundert Hühner und Enten, sechs Fässer Wein aus Routaboul und genügend Weizen gekauft, um tausend einpfündige Brote backen zu lassen.

Ein spätherbstliches Gewitter schwärzte den Himmel und konnte sich nicht entschließen, endlich loszubrechen. Die feuchte Hitze ärgerte die Bremsen, Mücken und Hornissen, die ihrerseits die Menschen und Tiere ärgerten.

Justinien III. verbrachte einen Teil des Tages damit, beim Abt der Sankt Laurentius-Kirche, beim Prévôt sowie bei der Junggesellenvereinigung vorzusprechen.

»Die Hochzeit soll um Mitternacht stattfinden.«

Der Abt, Colin Beaulouis, war empört. Um diese Stunde vermählten sich lediglich der alte Adel und das hohe Bürgertum.

Justinien III. wußte ihn mit dreißig Livres zu überzeugen, denen er fünfundzwanzig weitere Livres hinzufügte, die für den Kauf von Kerzen bestimmt waren.

Auch dem Herrn Prévôt paßte die Stunde, die er für anmaßend hielt, nicht. Andererseits wußte er nur zu gut, daß eine mitternächtliche Henkershochzeit die Gefahr von Auseinandersetzungen zwischen der Hochzeitsgesellschaft und der Bevölkerung in Grenzen halten würde. Fünfundzwanzig Livres überzeugten ihn schließlich davon, das westliche Tor bis nach Mitternacht geöffnet zu halten.

Anschließend begab sich Justinien III. zum Sitz der Junggesellenvereinigung und bat um die Heiratserlaubnis für seinen zukünftigen Schwiegersohn, der nicht aus dem Baronat stammte. Die Junggesellenvereinigung vertrat sämtliche Junggesellen aus Bellerocaille und hatte die Aufgabe, auf die Einhaltung des Brauchs zu achten, der den Frauen aus Bellerocaille vorschrieb, sich ausschließlich mit ortsansässigen Männern zu verheiraten. Auf diese Weise sollte der Reichtum des Dorfes erhalten bleiben.

»Wer ist er, und woher stammt er?«

»Er heißt Charles Leloup und ist der Neffe des Scharfrichters aus Montpellier«, log Justinien III. dreist.

»Wird er anschließend in seine Heimatprovinz zurückkehren?«

»Nein, er wird von nun an als mein Zweiter Henkersknecht tätig sein.«

»Warum kommt er nicht selbst hierher, so wie das Vorschrift ist?«

»Er hat zu Hause zuviel zu tun. Schließlich erwarten wir sechsundachtzig Gäste, und wir sind nur wenige, die sich um alles kümmern müssen.«

Vierzig Livres und ein Faß Rotwein aus Roumégoux besiegelten schließlich das Arrangement mit der Junggesellenvereinigung.

Am späten Nachmittag kehrte Justinien III. nach Hause zurück und geriet mitten in eine aufgeregte Auseinandersetzung, an der sein zukünftiger Schwiegersohn schuld war.

Alles begann damit, daß Jovial Dardillon, der Sohn des Scharfrichters aus Grasse, einen Stein nach Clopante warf, die auf der Suche nach Insekten über das Dach des Schuppens hüpfte.

Obwohl der Junge sie verfehlte, stürzte sich Charlemagne auf ihn wie ein Bussard auf ein Küken. Er packte ihn im Nakken, schleifte ihn zum Brunnen und brüllte, er würde ihn hineinwerfen, den Deckel schließen und mit einem Vorhängeschloß absperren. Den Schlüssel würde er Clopante geben und sie auffordern, ihn an einen Ort zu bringen, wo man ihn niemals wiederfinden würde.

Der junge Dardillon war völlig verängstigt und schrie laut um Hilfe. Unverzüglich eilten seine Eltern sowie weitere Gäste herbei, woraufhin Charlemagne das Kind widerwillig losließ.

»Es ist meine Elster, und iss rässe sie.«

»Er ist doch ein erst knapp siebenjähriges Kind.«

»Und meine Elster ist erst drei Jahre alt.«

»Aber deine Elster ist bloß eine Elster!«

»Sie ist meine Elster, das genügt.«

Jovial suchte Schutz hinter den Beinen seiner Eltern, stampfte vor Wut mit den Füßen auf und schrie: »Reißt ihm den Kopf ab, Vater, reißt ihm den Kopf ab!«

Plötzlich begann Charlemagne zu krächzen, woraufhin Clopante, die sich hinter einem der Kamine des Herrenhauses versteckt hatte, angeflogen kam, sich auf seine rechte Schulter niederließ und ihren langen, schwarzen Schwanz unruhig hin und her bewegte.

Jovial war so verdutzt, daß er das Weinen und Stampfen ganz vergaß. Nie zuvor hatte er einen lebendigen Vogel so nah gesehen, vor allem keine Elster, die wie ihr Vetter, der Rabe, als einer der mißtrauischsten Vögel überhaupt gilt.

»Als iss sie fand, war sie nist größer als mein Finger.« Er deutete auf seinen kleinen Finger. »Sie war aus ihrem Nest gefallen, und ein Igel wollte sie siss gerade snappen.«

Da er nicht weitererzählte, vergaß der Junge seinen Groll und fragte: »Und dann?«

»Dann habe iss den Igel getötet und als Ragout gegessen.«

Kurze Zeit später, als Charlemagne sich gerade mit dem kleinen Justinien unterhielt und ihm versicherte, daß auch Hunde wissen, was Eigentum ist – »Du wirst nie einem Hund begegnen, der bellt, um das Haus seines Nachbarn zu verteidigen« –, trat Justinien zu ihnen und fragte verwundert: »Findet Ihr nicht, daß es allmählich Zeit wird, Euch fertigzumachen?«

»Iss verstehe nist, was Ihr meint!«

»Ich meine, daß es Zeit wird, Eure Uniform anzuziehen, denn um neun Uhr werde ich das Zeichen zum Aufbruch geben.«

Charlemagne musterte ihn mit einem Blick, der so kalt war wie die Schnauze eines gesunden Hundes.

»Später kann iss Eure Uniform noch lange genug tragen. Heute heirate iss!«

Justinien III. hatte ihm in Rodez eine tomatenrote Uniform mit schwarzen Ärmelaufschlägen nach Maß anfertigen lassen. »Heiliger Jesus am Kreuz! Ihr habt doch nicht etwa vor, in diesem zerrissenen Wams und dieser dreckigen Hose vor den Traualtar zu treten?«

»Aber natürliss! Diese Kleider gefallen mir, und iss fühle miss in ihnen sehr wohl.«

Er trug seine gewöhnlichen Holzschuhe und den großen, paradiesgrünen Dreispitz, den er sich erst kürzlich gekauft hatte. Er hatte ihn mit einer Auswahl von Federn geschmückt, die er auf seinen Streifzügen durch die benachbarten Wälder gesammelt hatte.

Charlemagne streckte die Hand aus und berührte den weinroten Gehrock, den Justinien III. heute zum erstenmal angezogen hatte. »Wenn iss Euss sagen würde, daß iss Euren Rock ssum Kotzen finde, würdet Ihr dann einen anderen anssiehen?«

Justinien III. spürte, wie ungewohnte Verärgerung ihn überkam. »Das hat damit nichts zu tun! Außerdem ist mein Gehrock alles andere als häßlich! Er ist aus reinstem Roubaix-Tuch und hat mich zusammen mit den Knöpfen zweiundvierzig Livres gekostet.«

»Warum müssen meine Kleider den andern gefallen? Sie gefallen mir, und das genügt.«

Der Scharfrichter zog es vor, die Diskussion an diesem Punkt abzubrechen und sich statt dessen um die unzähligen Dinge zu kümmern, die noch vor dem Aufbruch der Hochzeitsgesellschaft zur Kirche geklärt werden mußten. Nach der Zeremonie war ein Festmahl bei Fackelschein geplant, das bis zum Morgengrauen dauern sollte.

Die Wagen standen schon bereit, als ein rollendes Donnern etliche Gäste aufhorchen ließ.

Gerade war die strahlende Bertille in ihrem prachtvollen, zartroten Kleid erschienen, und alle wußten, daß der Aufbruch kurz bevorstand.

Die Frauen begrüßten die Braut mit Beifall und begriffen nun auch, weshalb sie den ganzen Tag über nicht zu sehen gewesen war. Man hatte in dieser Zeit das Korsett auftrennen und die Taille weiter machen müssen, um den unerhörten Leibesumfang der jungen Frau – mehr schlecht als recht – zu kaschieren.

Auch auf die lächerliche Aufmachung des Bräutigams reagierten zahlreiche Gäste mit Fassungslosigkeit. Nicht wenige waren entsetzt darüber, daß Maître Pibrac sich einen solchen Schwiegersohn ins Haus geholt hatte. Warum trug er keine Uniform? Und was sollte man von den bunten Federn auf seinem Kopf halten? Von der einbeinigen Elster, die ihn ständig begleitete, ganz zu schweigen.

Erneut donnerte es, doch diesmal schien das Unwetter fortzuziehen.

Als erste und mit vor Aufregung und Hitze geröteten Wangen bestieg Bertille die girlandengeschmückte Karosse. Sie öffnete ihren Fächer und begann, sich kühle Luft zuzuwedeln. Die Pferde scharrten mit den Hufen; bei jeder Bewegung bimmelten die Glöckchenbänder.

Basile saß auf dem Kutschersitz und hielt die Zügel und die Peitsche fest in der Hand. Trotz seiner qualvollen Rheumaschmerzen hatte er darauf bestanden, die Kutsche zu lenken. Es war sein letzter Arbeitstag. Am nächsten Morgen würde Charlemagne Tricotin, der neue Schwiegersohn, Honorés Posten als Zweiter Henkersknecht übernehmen, während Basiles Sohn anstelle seines Vaters zum Ersten Knecht ernannt werden würde.

Charlemagne nahm neben Bertille Platz. Er schwitzte in seinem Wams aus dickem Tuch. Das feuchte Wetter machte seinen erst kürzlich verheilten Knochen sehr zu schaffen. Er nahm seinen Dreispitz ab und wischte sich mit dem Handrükken über die Stirn. Bei dieser Bewegung löste sich einer seiner schlecht geflochteten Zöpfe.

Justinien III., Pauline und der kleine Justinien nahmen auf der Sitzbank gegenüber Platz.

Mit umgehängter Flinte ritt Honoré dem Zug auf dem Wallach seines Meisters voran. Die Karosse fuhr durch das mit Blumen geschmückte und mit Fackeln beleuchtete Tor, während die Gäste sich zu ihren Kutschen begaben.

Die Königinmutter blieb im Herrenhaus, um sich um die Vorbereitung zum Bankett zu kümmern und Adeline, der kleinen, im Juni zur Welt gekommenen Letztgeborenen, die Flasche zu geben. Ihre Schwiegertöchter Rose und Amélie sowie einige Scharfrichtergemahlinnen, die angesichts der vielen Arbeit ihre Hilfe angeboten hatten, gingen ihr zur Hand.

Nachdem die Kutsche den Dolmen umrundet hatte, fuhr sie an den auf mehr als dreihundert Metern aneinandergereihten Wagen vorbei. Als Basile an der Spitze des Zuges angekommen war, brachte er die Pferde zum Stehen. Justinien III.

schaute zur Wagentür hinaus. Mit hochgehaltener Fackel trat Honoré näher. Die Brust des Wallachs glänzte vor Schweiß.

»Sieh nach, ob alle bereit sind.«

Mit ihrem Taschentuch wischte sich Pauline den Hals und den Nacken ab. Draußen pfiff jemand sehr laut *À la claire fontaine*. Charlemagne war der einzige, der lächelte. Er achtete nicht auf den mißbilligenden Blick von Justinien III., sondern öffnete die Wagentür und sprang hinaus.

Die Grillen in der näheren Umgebung verstummten.

Die Elster hockte auf dem Dach der Kutsche und bewegte verärgert ihren langen, stufenförmigen Schwanz. Charlemagne stieg auf den Kutschersitz, nahm eine Handvoll Weizenkörner aus seiner Hosentasche und hielt sie dem Vogel hin. Clopante beachtete sie nicht.

»Sie scheint Kummer zu haben«, sagte Basile.

»Sie ist slest gelaunt. Gewöhnliss släft sie um diese Sseit«, erklärte Charlemagne und steckte die Körner wieder ein.

Er verstand sich gut mit dem alten Knecht. Ihre Zuneigung zu Pferden hatte sie einander nähergebracht.

Vom Kutschersitz aus konnte Charlemagne den Zug bestens überblicken. Die etwa dreißig Wagen waren mit Blumen geschmückt und hatten allesamt ihre Laterne angezündet. Die Fackeln der zu Pferd sitzenden Knechte erhellten den Weg vom großen Dolmen bis zum Tor des Herrenhauses. Zahlreiche Nachtfalter kreisten durch die Luft und verglühten in den Flammen. Charlemagne konnte sogar den ebenfalls mit Blumen geschmückten Galgen erkennen, an dem ein Enthaupteter hing, der mit einem Seil unter den Achseln befestigt war.

Das Zirpen der Grillen hatte wieder eingesetzt.

Honoré ging von Wagen zu Wagen: »Sind alle da?«

Clopante hüpfte hin und her und pickte gegen die Tasche von Charlemagne, in der sich die Weizenkörner befanden.

»Hast du es dir jesst anders überlegt?« sagte er und hielt ihr eine Handvoll hin.

Plötzlich kam eine leichte Brise auf und wurde erfreut zur Kenntnis genommen.

»Das ist das Gewitter, das wiederkommt«, prophezeite Charlemagne und setzte sich wieder zu Bertille in die Kutsche.

Dumpfes Donnern bestätigte seine Worte.

Kurz darauf setzte sich der Hochzeitszug in Bewegung. Angeführt wurde er von Honoré, der an der Spitze von vier mit Fackeln ausgestatteten Knechten ritt. Zwei der Knechte trugen die Farben der Familie Férey aus Rouen, einer die der Pradels aus Rodez und der vierte die der Merciers aus Angoulême. Justinien III. hatte sie wegen ihrer prunkvollen Uniformen ausgewählt.

Als der Zug an den von Pappeln und Erlen gesäumten Fluß kam, griffen die Stechmücken an. Mehrere fanden den Weg in die Kutsche und stachen Bertille, und nur Bertille. Ihre Arme, Wangen und Stirn bedeckten sich mit nesselnden roten Stellen.

»Wenn du daran kratzt, wird es nur noch schlimmer!« warnte ihre Mutter.

Dann überquerte die Kutsche die Vieux-Pont und hielt vor dem geschlossenen westlichen Stadttor. Basile ließ seine Peitsche knallen. Die Pferde wieherten.

»Aufmachen, verdammt noch mal!« schrie er, so laut er konnte.

Doch nichts rührte sich.

Das war nicht normal und verhieß nichts Gutes.

Basile stieg ab und schlug mit der Faust gegen die Ausfallpforte.

»He, Wachmann! Öffnet Maître Pibrac und seinen Gästen.«

Honoré näherte sich den hohen Eichenflügeln und stellte fest, daß sie lediglich angelehnt waren. Er stieg vom Pferd, stieß kräftig dagegen und rief: »Hierher, das Tor ist nicht abgeschlossen.«

Im nächsten Augenblick fiel ihm ein mit Steinen gefüllter Waschbottich auf den Kopf. Seine Beine knickten ein, er ließ die Fackel zu Boden fallen und brach zusammen, während er auf dem Rundweg über sich Schritte und ein unterdrücktes Lachen zu hören glaubte.

»Verflucht seist du, Maria!« schrie Basile und eilte zu ihm, so rasch seine alten Glieder es ihm erlaubten.

Auch die Knechte stiegen ab und eilten herbei. Honoré verzog das Gesicht zu einer Grimasse, als er sich aufzurichten versuchte. Mit sachkundiger Hand tastete Justinien III. seinen Schädel ab: »Du wirst bloß eine dicke Beule bekommen, doch dieser Holzbottich hätte dir auch den Hinterkopf zertrümmern können.«

Auch Charlemagne war ausgestiegen. »Was ist denn passiert?« fragte er und starrte auf den Holzkübel und die Steine.

»Alles deutet darauf hin, daß die Junggesellenvereinigung uns einen üblen Streich spielen wollte«, erwiderte Justinien III. zurückhaltend.

Hatte die Junggesellenvereinigung etwa erfahren, daß Bertille im Zustand der Sünde zum Traualtar schritt? Oder hatte sie die wahre Identität des neuen Henkersknechtes und zukünftigen Schwiegersohnes des Scharfrichters herausgefunden?

Honoré hatte sich schließlich wieder aufgerappelt, und man half ihm, auf seinen Wallach zu steigen. Justinien III. sagte zu ihm: »Reite zum Herrenhaus zurück und hole zehn Pfund grobes Salz und noch ein paar Fackeln. Sag allen Bescheid, daß wir möglicherweise mit weiteren Streichen rechnen müssen. Wir warten vor der Kirche auf dich.«

Honoré gehorchte in aller Behäbigkeit. Je länger er über den Zwischenfall nachdachte, um so gekränkter war er. Wie hatte er bloß auf einen derart billigen Trick hereinfallen können?

Justinien III. zertrümmerte den Bottich an einem der steinernen Pfosten und warf die Stücke in das leere Waschhäuschen.

»Wieso sollen gerade an meinem Hochseitstag üble Streisse geplant sein?« fragte Charlemagne, während er den Scharfrichter interessiert beobachtete.

Das letzte Mal, daß er ihn so verärgert gesehen hatte, war an jenem Tag, als Bertille ihm ihre Schwangerschaft mitteilte.

»Dazu brauchen diese Bauerntölpel keinen besonderen Grund. Unser Stand genügt ihnen vollauf. Sie können es einfach nicht ertragen, daß wir genauso sind wie sie. Daß wir heiraten, daß wir lesen, schreiben und Klavier spielen lernen. Viele halten es sogar für eine Unverschämtheit, daß wir Kinder in die Welt setzen.«

Nachdem sie sich vergewissert hatten, daß kein weiteres Gefäß ihnen auf den Kopf fallen würde, öffneten die Knechte das Tor.

Der Scharfrichter kletterte neben Basile auf den Kutschersitz, und Charlemagne stieg wieder in die Kutsche.

»Was ist denn mit Honoré passiert?« fragte Pauline.

»Ansseinend haben sie uns einen bösen Streiss gespielt«, sagte Charlemagne zu Bertille, die den Tränen nahe war.

Sie hatte sich gekratzt, und die Mückenstiche hatten sich in Bläschen verwandelt, die zwar kleiner waren als Kirschen, aber fast genauso rot.

»Falls es sich tatsächlich um einen üblen Hochzeitsstreich handelt, so kann nur die Junggesellenvereinigung dafür verantwortlich sein«, meinte Pauline und warf einen strengen Blick auf Bertilles runden Bauch.

Der Zug setzte sich wieder in Bewegung und fuhr in das offenbar schlafende Bellerocaille ein. Trotz der Hitze waren die Fenster sämtlicher Häuser geschlossen.

Die eisenbeschlagenen Wagenräder rollten krachend über die Pflastersteine. Das Klirren des Pferdegeschirrs, das Bimmeln der Glöckchen hallte in den engen Gassen wieder. Einige Wachhunde bellten. In der Ferne donnerte es.

In der abschüssigen Rue du Parapel erwartete die Hochzeitsgesellschaft eine weitere böse Überraschung: Auf einer Länge von zehn Fuß waren die Pflastersteine mit Schafsfett eingerieben.

Die Pferde an der Spitze kamen als erste ins Rutschen. Das Pferd der Familie Pradel stürzte auf die Stute des Knechtes der Merciers, die ihrerseits den Halt verlor.

Den Knechten der Familie Férey gelang es, rechtzeitig abzuspringen, doch einer von ihnen glitt auf einem Pflasterstein aus, fiel hin und brach sich das Steißbein.

Basile wollte sein Gespann zum Stehen bringen, doch dafür war es bereits zu spät, so daß er nur noch die anderen warnen konnte. »Paßt auf! Die Straße ist mit Talg eingerieben!«

Die Pferde waren schon ins Rutschen geraten, und die nachschiebende Karosse ließ sie endgültig das Gleichgewicht verlieren; ein sanftmütiger und widerstandsfähiger Navarese knickte plötzlich in den Sprunggelenken ein und fiel hin.

»Paßt auf!« schrie Justinien III. unnützerweise dem Wagen des Scharfrichters von Arras zu, der ihnen folgte.

Die Pferde wieherten, und dann war auf einmal das fürchterliche Krachen von zersplitterndem Holz zu hören. Der hintere Teil der Kutsche der Familie Pibrac prallte seitlich gegen eine Hauswand, drückte die Tür ein und riß das Trittbrett ab.

Erneut kam die Kolonne zum Stehen. Wagentüren wurden geöffnet.

»Potztausend! Was ist denn jetzt schon wieder los?«

Der Zug war so lang, daß der letzte Wagen unter dem Bogen des westlichen Tores anhielt.

In der ganzen Rue du Parapel ging kein einziges Licht an, niemand zeigte sich an den Fenstern, um sich nach der Ursache dieses Radaus zu erkundigen, und auch der Wachmann ließ sich nicht blicken. Nur einige Hunde bellten gewissenhaft.

Während Basile den am Schienbein verletzten Navaresen ausschirrte, untersuchte Justinien III. den gefallenen Knecht: Der Mann jammerte und kam nicht wieder auf die Beine.

»Aaaah, verflucht, mein Hintern tut mir verdammt weh!«

»Tragt ihn zur Kutsche seines Meisters, und sobald wir den Place du Trou erreicht haben, bringt ihr ihn ins Herrenhaus zurück.«

Zahlreiche Knechte kamen an die Spitze der Wagenkolonne, um sich zu erkundigen, was los war. Diejenigen, die keine Fackeln trugen, waren mit Flinten oder Gewehren bewaffnet.

Übelgelaunt half Charlemagne Bertille aus der Kutsche, Pauline und Justinien folgten ihnen.

Mehrere Scharfrichter waren ebenfalls ausgestiegen, um sich die mit Talg eingeriebenen Pflastersteine anzuschauen. Sorgsam achteten sie darauf, keinen zu betreten.

»Die Straße ist zu schmal, wir können hier unmöglich wenden. Wir müssen das Fett entfernen, um weiterzukommen«, erklärte Doublot aus Tours und bückte sich, um die Dicke der gelblichen Talgschicht zu prüfen.

»Wenn es um Scherze geht, scheint ihnen nichts zu teuer zu sein. Hier wurden für mindestens zwanzig Livres Talg verschmiert.«

»Wir brauchen Bürsten, eine Menge Wasser und Seife.«

»Wir haben nichts dergleichen dabei.«

»Wir könnten es anzünden! Was scheren uns die Häuser.«

»Der Talg wird nicht brennen.«

»Aber meine Kerzen sind doch auch aus Talg.«

»Es ist der Docht, der brennt, nicht der Talg.«

Einige lachten.

»Es gibt nur eine Lösung für diesen Unfug«, sagte eine kräftige Stimme, die akzentfrei durch die Rue de Parapel hallte.

Alle Blicke wandten sich Justinien III. zu.

»Ich habe fünfzehn Reihen mit je zwanzig beschmierten Pflastersteinen gezählt, also insgesamt etwa dreihundert Stück. Wir werden sie einfach herausreißen. Wenn wir gleich beginnen, werden wir noch vor Mitternacht fertig sein.«

Lauthals stimmte man ihm zu und gab seinen Plan bis zum letzten Wagen weiter.

Alle Wagen waren mit den für lange Reisen unentbehrlichen Utensilien ausgestattet. In verschiedenen Gegenden war die Erde so lehmig, daß man beim geringsten Regen bis zu den Radachsen darin versank. In anderen Regionen kam es häufig zu Geröllstürzen und Bodenverschiebungen, die anstrengende Aufräum- und Ausbesserungsarbeiten erforderten, bevor die Fahrt fortgesetzt werden konnte.

Justinien III. stellte sechs Knechte in einer Linie auf, die mit Eisenstangen auf die Pflastersteine einschlugen, um sie zu zertrümmern. Nachdem die erste Reihe ausgegraben war, ging das Entfernen der restlichen Steine bedeutend schneller. Ein paar Knechte sammelten die Steine ein und verteilten sie auf die verschiedenen Kutschen. Justinien III. beabsichtigte, wie er sagte, damit die unmittelbare Umgebung seiner Familienkrypta zu pflastern. Um ganz sicherzugehen, ließ er fünf zusätzliche Reihen Pflastersteine ausheben, die nicht mit Talg beschmiert waren. Da die ganze Operation zügig unter der begeisterten Anteilnahme aller Beteiligten voranging, dauerte sie nicht einmal eine Stunde. Zeit genug für Charlemagne, die ganze Stadt zu wecken.

Die Idee kam ihm, als er in der Nähe einen Hund bellen hörte: Er begann zu heulen wie ein Wolf, der Hunger hat und verkündet, daß er auf die Jagd gehen wird. Für jeden Wachhund, der etwas auf sich hält, eine schier unerträgliche Provokation. Als Charlemagne schließlich wie ein ausgewachsener Wolf heulte, der soeben seine junge Wölfin begattet hat, gab es keinen einzigen ruhigen Hund mehr in Bellerocaille.

Die Hochzeitsgesellschaft wußte Charlemagnes außerordentliches Können zu schätzen.

»Es ist der zukünftige Schwiegersohn von Pibrac, der den Wolf so gut nachmachen kann«, hieß es in sämtlichen Kutschen.

»Donnerwetter! Und ich dachte schon, es hätte sich tatsächlich ein Wolf bei uns eingeschlichen«, gestand Scharfrichter Férey und steckte seine Pistole in den Halfter zurück.

Als man die letzten Pflastersteine verstaute, kam Honoré zurück. Auf seiner Stirn hatte sich zwischenzeitlich eine dicke rote Beule gebildet.

Beim Anblick der Säcke mit dem groben Salz, die aus den Halftern hervorschauten, strahlten die Augen der Scharfrichter. Die Besitzer von Gewehren wurden aufgefordert, sich ohne Scheu zu bedienen.

Kurz nach Mitternacht erreichte der Zug den großen Place du Trou. Die Kutsche der Familie Pibrac hielt auf dem Vorplatz der Sankt Laurentius-Kirche, die gegenüber dem Amtsgebäude des Prévôts lag. Nach kurzer Zeit war der Platz voller Wagen. Die Fackeln und Laternen beleuchteten die Fassaden und die leeren Balkone. Daß kein einziger Neugieriger sich zeigte, war eher beunruhigend als tröstlich.

Während ein paar Knechte Wasser aus dem Brunnen schöpften und die andern doppelte Haferportionen an die Pferde verteilten, versammelten sich die Scharfrichter um Justinien III.

Die Hochzeitsgesellschaft formierte sich traditionsgemäß. Bertille, die so aufgeregt war wie noch nie zuvor, ging am Arm ihres Vaters, Pauline wurde von Charlemagne geführt, der seltsam geistesabwesend zu sein schien. Dann kamen der kleine Justinien, Marion, Basile Plagnes und die Tanten Berthe und Lucette. Ihnen folgten die Gäste in der vorgeschriebenen Reihenfolge. So stand zum Beispiel die Familie Bougon aus Ozoir, die das Scharfrichteramt seit 1583 ausübte und ein jährliches Einkommen von zweitausend Livres hatte, vor der Familie Férey, obwohl deren Einkommen sechsmal höher lag.

Als alle bereit waren, betraten Justinien III. und seine Tochter die Kirche. Der Anblick verschlug ihnen den Atem.

Mit Ausnahme der Bankreihe der Familie Pibrac, die seit 1685 auf der rechten Seite des Altars saß, war das von fünfundzwanzig Bienenwachskerzen hell erleuchtete Kirchenschiff leer. Die Betpulte, die Stühle und sogar die Bänke der Armen waren verschwunden.

»Ihr kommt zu spät«, sagte der Küster Lamentin, der mit zwei Meßdienern neben der Sakristeitür stand.

In Bellerocaille war der Küster für den ordnungsgemäßen Ablauf der religiösen Zeremonien verantwortlich. Er war es, der sich um die Ausstattung des Altars und um die Sauberkeit des Ortes kümmerte, die Kerzen anzündete und sie auch wieder löschte.

»Wo ist der Abt Beaulouis?«

»Toinou, Lafille, lauft zum Herrn Pfarrer und sagt ihm, daß sie endlich eingetroffen sind«, befahl er den Meßdienern, während die Hochzeitsgesellschaft die Kirche betrat.

Die Knechte, die mit ihren bis zur Mündung mit grobem Salz vollgestopften Gewehren bewaffnet waren, blieben draußen, um auf die Wagen und die Pferde aufzupassen.

»Wo ist das Mobiliar?« fragte Justinien III. und trat so nahe an den Küster heran, daß dieser einen Schritt zurückwich.

»Ich war nicht dabei, als es passierte, Maître Pibrac. Aber der Herr Pfarrer wird Euch mit Sicherheit eine Antwort geben können.«

»Bedeutet das, daß meine werten Freunde während der Trauung stehen müssen?«

Lamentin antwortete nicht. Aber aus dem Eingangsbereich waren plötzlich wütende Schreie zuhören.

Man hatte Tinte in die Weihwasserbecken geschüttet, und etwa zehn Gäste hatten bereits schwarze Spritzer auf Stirn und Brust.

»Noch scheint ihr Unfug kein Ende zu haben«, erklärte der Scharfrichter ruhig. »Nun müssen wir auch noch ohne Stühle auskommen.«

Die Sakristeitür wurde geöffnet, und der Abt Colin Beaulouis erschien. Er war ein kleiner, rundlicher Mann, der unter seinem Meßgewand stark schwitzte.

»Ihr kommt zu spät, Maître Pibrac.«

»Mit Verlaub, Herr Abt, aber Ihr werdet mir doch wohl nicht weismachen wollen, Ihr wüßtet nicht, daß wir Opfer übler Streiche geworden sind, und das sogar in Eurer Kirche.«

Er machte eine weit ausholende Handbewegung, die die Weihwasserbecken und das leere Kirchenschiff einschloß.

»Ich kann meinen Pfarrkindern nicht verbieten, ihre Stühle mit nach Hause zu nehmen. Mit Verlaub, Maître Pibrac, aber der Gedanke, daß Henker darauf Platz nehmen könnten, ist ihnen zuwider. Ihr müßt sie verstehen und ihnen verzeihen.«

»Ihnen verzeihen? Nein, niemals! Ich habe der Junggesellenvereinigung vierzig Livres und ein Faß Rotwein bezahlt, und dennoch macht man uns solchen Ärger.«

Bertille und Charlemagne traten vor.

»Seid gegrüßt, Herr Abt«, sagte das junge Mädchen und machte einen Knicks.

Sie ergriff die Hand, die er ihr hinhielt, und küßte sie.

Der Geistliche achtete weder auf ihren runden Bauch noch auf das schlichte Nicken des Bräutigams. Er wußte ganz genau, daß die Pibrac-Tochter nicht als Jungfrau in die Ehe ging, doch das war ihm egal. Es ging ihm einzig und allein darum, die Henkershochzeit so schnell wie möglich hinter sich zu bringen, nach Hause zu gehen und sich neben seine Haushälterin ins Bett zu legen.

Er mußte warten, bis die Hochzeitsgesellschaft sich in Achterreihen aufgestellt hatte. Da die Trauung vor der Messe stattfand, begab sich der Abt zum Altar, kniete nieder und murmelte rasch ein Gebet.

Draußen donnerte es, und er glaubte sogar, eine Elster krächzen zu hören – doch das konnte nicht sein, da diese Vögel sich nachts nie zeigten.

Der Abt erhob sich wieder und wandte sich an die Brautleute, die Seite an Seite vor ihm standen und sich bei der Hand hielten. Der Bräutigam starrte auf seine staubigen Holzschuhe, während die Braut sich mit der freien Hand an der Wange kratzte. Hinter ihnen standen die vier Trauzeugen – der kleine Justinien, Basile und die beiden Tanten – sowie die beiden Verwandten mit den Eheringen.

Abt Beaulouis näherte sich dem zukünftigen Ehepaar, benetzte es mit Weihwasser und sagte mit ausdrucksloser Stimme:

»Gott soll den Tau seiner Gnade bis in alle Ewigkeit über Euch ausbreiten.«

Er machte eine Pause und versuchte, dem Bräutigam in die Augen zu schauen, was ihm aber nicht gelang.

»Charles Leloup«, sagte er schließlich, »möchtet Ihr die hier anwesende Bertille Pibrac dem Ritual unserer Sehr Heiligen Kirche gemäß zu Eurer rechtmäßigen Frau nehmen?«

Charlemagne ließ Bertilles Hand los, kreuzte die Arme vor der Brust und bewegte sich in seinen Holzschuhen hin und her.

Nach einem Moment, der nicht wenigen Gästen entsetzlich lange erschien, hörte er sich schließlich laut und deutlich sagen: »Nein…«

GENEALOGIE

*Lou Tricoten*
Geboren 1585 (?) in ?
Gestorben am 10. März 1653 in La Valette
Hersteller und Verkäufer von Seilen
Heiratet 1604 Magdeleine Jolyette
Drei Kinder: Clodion, Radegonde, Basine

*Clodion Tricautin*
Geboren 1605 in La Valette
Gestorben 1664 in La Valette
Bauer und Teilpächter des Lehnsherrn Armogaste von Racleterre
Heiratet 1626 Rose Durande
Fünf Kinder: Childéric, Théodebald, Marcatrude, Haregonde und Clotilde

*Childéric Tricotin*
Geboren 1628 in La Valette
Gestorben 1698 in Racleterre
Bauer und Teilpächter. Wechselt den Beruf und wird Hufschmiedemeister in Racleterre
Heiratet 1655 Nanette Lenfant
Vier Kinder: Sigebert, Pharamond, Sichilde und Fredegonde

*Sigebert Tricotin*
Geboren 1656 in Racleterre
Gestorben 1727 in Racleterre
Hufschmiedemeister
Heiratet 1694 Flandrine Sassiet
Vier Kinder: Mérovée, Clovis, Flandrine und Marcatrude

*Mérovée Tricotin*
Geboren 1696 in Racleterre
Hufschmiedemeister in der Rue des Frappes-Devant
Heiratet 1718 Lisette Fournil
Drei Kinder, davon zwei Totgeburten: Louis-Charlemagne

*Louis-Charlemagne Tricotin*
Geboren 1718 in Racleterre
Hufschmeidemeister und Eisenhändler
Heiratet 1740 Jeanne Camboulives
Zwei Kinder: Caribert, Clovis

*Caribert Tricotin*
Geboren 1740 in Racleterre
Eisenhufschmied
Heiratet 1763 Immaculée Trognon
Ein Sohn: Mérovée, geboren 1764

*Clovis Tricotin*
Geboren 1743 in Racleterre
Gestorben 1774 in Racleterre
Holzschuhmacher
Heiratet 1762 Apolline Floutard
Fünflinge: vier Söhne und eine Tochter, genannt »die Wunderkinder von Racleterre«: Clodomir, Pépin, Dagobert, Clotilde, Charlemagne

*Charlemagne Tricotin*
Geboren am 31. März 1763 in Racleterre
Heiratet in Turin Guileta Benvenuti
Ein Sohn: Carolus

*Carolus Tricotin(i)*
Geboren in Coucoumelo
Ein uneheliches Kind mit Maria Anna Schicklgruber: Alois
Heiratet Victoria Bruzzi
Ein Sohn: Marcello

*Marcello Tricotini*
Geboren in Coucoumelo
Heiratet Maria Castagna
Drei Söhne: Aldo, Carlo, Giannello

*Die verborgene Geschichte*
*Roman*
*320 Seiten*
*btb 72003*

btb
Aus Freude am Lesen

## Caroline Llewellyn

Nach dem tragischen Tod ihres Mannes hofft die Kinderbuchautorin Jo, im malerischen Dorf Shipcote zur Ruhe zu kommen. Doch im Cottage ihrer Großmutter stößt sie schon bald auf tödliche Geheimnisse aus der Vergangenheit. Ein atmosphärisch dichter Kriminalroman in bester englischer Tradition.

*Trügerischer Blick*
*Roman*
*377 Seiten*
*btb 72010*

btb
Aus Freude am Lesen

## Jane Stanton Hitchcock

Die Trompe-l'œil-Künstlerin Faith Cromwell ahnt nicht, in welch dunkles Spiel sie bei ihrem neuesten Auftrag hineingezogen wird. Für eine legendäre Kunstsammlerin soll sie einen Ballsaal ausmalen, der sich jedoch als Mausoleum entpuppt.

»Psychologisch ausgefeilter Vollblut-Thriller.«
*freundin*